KIM NINA
OCKER

THE LIE
IN YOUR
KISS

DIE HÜTER DER FÜNF JAHRESZEITEN

KIM NINA
OCKER

THE LIE
IN YOUR
KISS

DIE HÜTER DER FÜNF JAHRESZEITEN

BAND 1

RAVENSBURGER

MIX
Papier aus verantwortungsvollen Quellen
FSC® C111262

1 3 5 4 2

Originalausgabe

Dieses Werk wurde vermittelt durch die
Literaturagentur Langenbuch & Weiß, Hamburg.

Umschlaggestaltung: Carolin Liepins unter Verwendung von Fotos von
© Shutterstock/ninanaina, ShotPrime Studio, Inara Prusakova, Anton Watman,
asharkyu, BERNATSKAIA OKSANA und kostasgr

Lektorat: Tamara Reisinger
www.tamara-reisinger.de

Printed in Germany

ISBN 978-3-473-58602-8

www.ravensburger.de

Für Nadja.

Das hier ist *unser* Buch.

Einst wurde die Welt von den Göttern beherrscht. Sie lenkten den Wandel der Zeiten, ließen Blumen erblühen, Blätter fallen und Flüsse vereisen. Die Jahreszeiten, von den Göttern entworfen, sollten die Menschen an ihre eigene Vergänglichkeit erinnern und sie dem göttlichen Willen unterwerfen. Als die Götter sich jedoch in ihre Welt zurückzogen und die Erde der Herrschaft der Menschen überließen, verfiel die Welt, so wie wir sie kennen, dem Chaos. Die Natur geriet außer Kontrolle, starke Temperaturschwankungen überrollten das Land, Ernten wurden zerstört und Eis legte sich wie eine Decke über Teile der Welt.

Um dem Chaos entgegenzuwirken und die Welt vor dem Verfall zu retten, erwählten die Götter vier Familien, die den Wechsel der Jahreszeiten übernehmen und die ursprüngliche Ordnung wiederherstellen und gemeinsam aufrechterhalten sollten. Um diese Pflicht erfüllen zu können und die Sicherheit der Menschen zu bewahren, erhielten die Familien magische Kräfte, die ihren zugeteilten Jahreszeiten entsprachen.

Energetische Kräfte für die Kontrolle über den Winter, Heilkräfte als Symbol für den Frühling, körperliche Kraft und Überlegenheit für die Wächter des Sommers und degenerative Fähigkeiten als Zeichen für das Sterben der Natur im Herbst.

Die Familien wurden angewiesen, in jedem neuen Jahr, für jeden anbrechenden Kreislauf, jeweils einen Hüter aus ihren Reihen auszuwählen. Vier Hüter, stellvertretend für ihre Familien, sollen gemeinsam für das Sterben und Entstehen der vier Jahreszeiten sorgen.

Diese Aufgabe wird von Generation zu Generation weitergegeben. Auf dass sie die Familien daran erinnert, dass auch sie vergänglich sind und fallen werden. Genau wie die Blüten der ersten Blumen im Frühling, der Regen im Sommer, das Laub der Bäume im Herbst und der Schnee im Winter, wenn sich der Kreislauf dem Ende neigt.

Familie Ostara, Hüter des Frühlings.

Familie Flores, Hüter des Sommers.

Familie Chastain, Hüter des Herbstes.

Familie Kalinin, Hüter des Winters.

Cold

Fluchend steige ich über den Klamottenberg im Zimmer meines Cousins. Ich hasse es, dass Sander sich benimmt wie ein Prinz in seinem verdammten Königreich. Egal was er in der Hand hält – er lässt es einfach fallen oder stellt es ab und ist dann der Meinung, die Sachen rücken durch Zauberhand wieder zurück an ihren ursprünglichen Platz. Ich bin mir hundertprozentig sicher, dass Sander keine Ahnung hat, wie viele Angestellte nötig sind, um jeden Tag seinen Scheiß wegzuräumen.

Für gewöhnlich stört mich seine Selbstbezogenheit nicht. Ich bin damit aufgewachsen und habe mich irgendwie daran gewöhnt. Leider hat dieser Idiot sich mein Ladekabel ausgeliehen, und ich kann es nirgends finden. Ich habe nur noch sieben Prozent Akku, und wenn ich es noch rechtzeitig ins Kino schaffen will, muss ich in einer halben Stunde los.

Still sende ich ein paar Flüche gegen Sander in die Luft. Sollten die Götter, an die meine Familie glaubt, wirklich existieren, werden sie ihren Goldjungen zwar sicher nicht bestrafen, aber es kann auch nicht schaden.

Ich laufe durch den breiten Flur meines Elternhauses und lasse den Blick dabei über die unzähligen Gemälde an den Wänden schweifen. Vermutlich könnte ich die Gesichter aus dem Gedächtnis zeichnen, auch wenn ich kaum einen dieser Menschen persönlich getroffen habe. Jedes Bild zeigt das Gesicht eines Winterhüters – die Stars ihrer jeweiligen Generation. Mir ist klar, dass ich als Mitglied des Winterhauses ein wenig stolzer auf diese Menschen sein sollte, immerhin sind sie allesamt meine Vorfahren. Wenn Sander, meine Tante oder mein Großvater an diesen Gemälden vorbeilaufen, ist bei ihnen jedes Mal ein gewisses Maß an Ehrfurcht zu erkennen. Bei mir nicht. Ich bin kein aktiver Teil dieses ganzen Familienunternehmens und sehe damit auch nicht wirklich die Notwendigkeit, so zu tun, als würde mir all das etwas bedeuten.

Im Treppenhaus halte ich inne und lausche. Wie kann ein Haus, das so viele Menschen beherbergt, so verdammt still sein? Vielleicht sollte ich direkt nach unserer Haushälterin Märtha suchen – in der Regel weiß sie deutlich besser über das Verbleiben sämtlicher Gegenstände Bescheid als die Besitzer selbst.

»Sander?«, rufe ich und höre das Echo meiner eigenen Stimme. Ich sollte im Haus eigentlich nicht schreien. Nicht schreien, nicht rennen, nicht toben – im Grunde ist alles, was Spaß macht, verboten. Als Kind habe ich mich penibel daran gehalten, weil ich allen gefallen und dazugehören wollte. Heute ist es mir herzlich egal.

Als ich keine Antwort erhalte, stoße ich einen lauten Seufzer aus und laufe die Treppen hinunter, immer zwei Stufen auf einmal nehmend. Im Keller befindet sich der einzige Raum dieses

Anwesens, in dem man ansatzweise Spaß haben kann. Dort stehen ein Kicker und eine Leinwand, auf der wir als Kinder oft Filme geguckt haben – vor Netflix und Co. Da Sander weder in seinem Zimmer noch in einem der Trainingsräume war, ist das mein nächstes Ziel.

Ich erschaudere kurz und schlinge die Arme um meinen Oberkörper, als ich die letzte Treppe erreiche. Der Winter mag sich dem Ende zuneigen, trotzdem ist es immer noch verdammt kalt. Für mich persönlich kann der Frühling nicht schnell genug kommen. Für meine Familie hingegen bedeutet diese Zeit im Jahr immer ein wenig Wehmut, da der Winter und dadurch unsere Herrschaft zu Ende geht. Seit unzähligen Generationen schon lenken die Kalinins die kalte Jahreszeit. Und meine Familie nimmt diese Aufgabe sehr ernst – alle, bis auf mich. Ich bin ein uneheliches Kind, was an sich noch nicht so schlimm wäre, doch mein Vater ist kein Mitglied eines Jahreszeitenhauses, was bedeutet, dass er von meiner Familie nicht akzeptiert wurde. Er ist noch vor meiner Geburt verschwunden, und ich wurde quasi geduldet, aber nie wirklich für voll genommen. Anders als all diese Jungen und Mädchen auf den Gemälden, bei denen ich immer das Gefühl habe, dass sie mich irgendwie abschätzig aus ihren Rahmen heraus beäugen.

Als ich am Fuß der hölzernen Treppe ankomme, sinkt die Temperatur noch einmal um gefühlte zehn Grad. Was seltsam ist, da die Wände dick und die Räume für gewöhnlich selbst im Keller gut beheizt sind. Vermutlich haben Sander oder meine Cousinen eines der Oberlichter offen gelassen.

Ein ungutes Gefühl steigt in mir auf. Ich kann nicht benennen, woher es kommt, doch es legt sich wie eine eiskalte Hand um mein Herz. Mitten in der Bewegung halte ich inne und sehe mich um. Außer einer kleinen Kommode, auf der eine Vase mit Blumen steht, ist nichts zu sehen. Ich bin allein. Und genauso fühle ich mich auch. Als wäre ich der einzige Mensch auf der Welt oder als hätte jemand eine Glaskuppel über mich gestülpt, die mich von der Außenwelt abschirmt.

Mit zitternden Fingern strecke ich die Hand nach der Türklinke aus und versuche, die seltsamen Gedanken zu vertreiben. Das hier ist nur mein Keller. Ich habe ihn schon Tausende Male betreten, und nie ist etwas passiert. Meine Hand umschließt den Knauf und dreht ihn herum, während der Druck sich von meinem Herzen auf meine Lunge ausbreitet. Plötzlich dringt mein Atem nur noch in kleinen weißen Wolken aus meinem Mund.

Nervös lache ich auf. Ich bin an seltsame Geschehnisse in diesem Haus gewöhnt. Das bleibt einfach nicht aus, wenn die Mehrzahl der Bewohner über magische Fähigkeiten verfügt. Doch diese Ereignisse hatten nie etwas mit mir zu tun, denn ich besitze keine Fähigkeiten. Ich bin nichts Besonderes.

Ein wenig entschlossener öffne ich die Tür. Womöglich macht Sander gerade irgendwelche Experimente mit seinen Kräften.

Doch drinnen ist kein Sander zu sehen. Der Fernseher ist aus, keine Musik ist zu hören und sämtliche Lichter sind erloschen, was das Zimmer in einen einzigen seltsamen Schatten verwandelt. Nichts Außergewöhnliches also, abgesehen von der Tatsache, dass es auch hier drinnen verdammt kalt ist. Fröstelnd sehe ich mich um. Vielleicht ist mein Ladekabel trotzdem hier unten.

Ich habe erst ein paar Schritte in den Raum hineingemacht, als ich stirnrunzelnd bemerke, dass einige der Kissen nicht mehr auf der Couch liegen. Außerdem ist eines der kleinen Beistelltischchen umgeworfen worden und liegt auf dem Boden. Vorsichtig gehe ich um die Couch herum.

Und bleibe wie angewurzelt stehen.

Von einer Sekunde auf die andere rast mein Herz wie wild, mein Atem stockt und hängt als undurchsichtiger Nebel vor meinem Gesicht.

Mein Hirn scheint eine Weile zu brauchen, um die Situation zu analysieren. Als es das jedoch schafft, dringt ein markerschütternder Schrei aus meiner Kehle. Ich erkenne meine Stimme selbst kaum wieder.

Vor mir auf dem Boden, die Gliedmaßen seltsam unnatürlich abgewinkelt, liegt Sander.

Meine Knie geben unter mir nach. Ich lasse mich neben ihm auf den Boden fallen, und einen Moment lang weiß ich nicht, was ich tun soll.

»Sander«, flüstere ich und berühre mit den Fingerspitzen seine Stirn.

Wie ein elektrischer Schlag fährt die Energie von seiner Haut in meine Finger. Ruckartig zucke ich zurück. Er ist eiskalt, seine Augen blicken ins Leere. Keine Reaktion. Kein Leben. Ich könnte seinen Puls fühlen, doch aus irgendeinem Grund weiß ich einfach, dass er tot ist.

Sander ist tot.

»O mein Gott«, schluchze ich, auch wenn ich mir sicher bin, dass die Worte von meinem Herzschlag übertönt werden. Ich kann den Blick nicht von Sander lösen. Kälte ergreift von mir Besitz, immer mehr, bis ich das Gefühl habe, zu erfrieren. Ich kann kaum atmen, keinen klaren Gedanken fassen. »Hilfe!«, schreie ich, während ich mich verzweifelt umsehe. Meine Stimme hallt durch den Keller, wird von den Steinwänden um mich herum zurückgeworfen. Die Mauern sind dick, doch ich weiß, dass sie mich hören werden. Das hier ist der Tod, und meine Familie kann ihn spüren. Sie *müssen* spüren, dass sie einen von uns verloren haben.

Nur am Rande registriere ich Stimmen, Schritte auf der alten Holztreppe, die in meine Richtung rennen, auf Sander zustürzen und mich zur Seite schieben. Ich will etwas sagen, will die Leute anschreien und fragen, was das zu bedeuten hat. Doch ich kann nicht. Es ist, als wäre sämtliche Kraft aus meinen Muskeln gewichen und hätte mich als kleines Häufchen Elend zurückgelassen.

Sander ist tot.

Mein Cousin ist tot. Dabei war er jung und nicht krank und nicht … nicht bereit zum Sterben.

Die Erkenntnis sickert nur langsam in mein Bewusstsein, als würde sie durch dichten Nebel waten. Ich muss etwas tun. Ich muss aufstehen und … keine Ahnung.

Die Hände an meinen Seiten ballen sich zu Fäusten. Ich spüre die Energie der Menschen um mich herum, kann sie beinahe greifen, auch wenn ich nach wie vor kein Wort von dem verstehe, was sie sagen.

Als wäre mein Körper auf Autopilot, öffne ich den Mund und schreie. Ein gewaltiger Schmerz ballt sich hinter meiner Stirn zusammen, kleine Lichter tauchen in meinem Blickfeld auf, doch ich fühle mich stärker. Mächtiger. Ich schreie das Leid und den Schock aus meiner Seele heraus, die Augen fest auf Sander gerichtet. Schließlich verebbt meine Stimme, und ich atme zischend ein und wieder aus. Immer noch ist es so kalt im Raum, dass mein Atem augenblicklich kondensiert.

Zitternd sehe ich mich um und schnappe nach Luft. Um

mich herum auf dem Boden liegen weitere leblose Körper. Ich erkenne die Gesichter einiger Angestellter und das meiner Cousine Zara. Sie alle haben die Augen geschlossen und rühren sich nicht.

»Was zur Hölle …?« Erschrocken springe ich auf. Die Leute, die gerade noch um mich herumgestanden und durcheinandergerufen haben, sind ohnmächtig. Ich habe so etwas schon einmal gesehen, habe miterlebt, wie einer meiner Onkel die Energie aus den Leuten gezapft hat wie Harz von einem Baum. Diese magischen Fähigkeiten sind an sich nichts Ungewöhnliches, dennoch ergibt es keinen Sinn. Denn die einzige noch aufrecht stehende Person in diesem Raum bin ich. Aber ich habe keine Kräfte, habe noch nie welche besessen. Ich kann das nicht gewesen sein, ich kann nicht …

Ich blinzle ein paarmal und stolpere ein paar Schritte rückwärts.

»Wacht auf«, flüstere ich verzweifelt. Ich habe keine Ahnung, was hier passiert ist, und mein Verstand weigert sich, seine Schlüsse zu ziehen.

Als ich aus dem Raum stürme, fällt mein Blick für den Bruchteil einer Sekunde auf die Blumen, die auf der kleinen Kommode im Flur in einer Vase stehen. Die Blumen, die noch vor ein paar Minuten leuchtend rot geblüht haben.

Jetzt sind sie tot, als hätte jemand oder etwas sämtliches Leben aus ihnen herausgesogen.

THE ENERGY OF DEATH

Zwanzig Minuten später schließe ich zitternd die Tür hinter mir und schlinge die Arme um meinen Oberkörper. Keine Ahnung, wie lange ich so dastehe – ohne etwas zu sehen, ohne mich zu bewegen. Wahrscheinlich sind es höchstens ein paar Minuten, aber es kommt mir vor wie Stunden. Immer wieder taucht Sanders lebloses Gesicht vor meinem inneren Auge auf, und egal, wie sehr ich es auch versuche, ich werde es einfach nicht los. Tausend Fragen schwirren durch meinen Kopf wie ein aggressiver Bienenschwarm. Am liebsten würde ich erneut alles aus mir hinausschreien. Oder irgendetwas tun, um die Bilder und die Stimmen aus meinen Gedanken zu verbannen.

Sander ist tot. Zweifellos. Ich bin zwar kein Arzt, aber als ich sein Gesicht berührt habe, war seine Haut eiskalt, seine Augen leer. Und ich habe es gespürt. Ich habe den Tod in diesem Raum gespürt wie einen widerlichen Gestank. Genauso wie meine

Familie. Niemand hat es laut ausgesprochen, aber sie alle wirkten geschockt und verunsichert.

Denn eines ist klar – mein Cousin ist nicht einfach tot umgefallen. Er ist ein mächtiges Mitglied eines Jahreszeitenhauses. Wir haben Privatärzte, und unsere Gesundheit wird vermutlich gründlicher überwacht als die der Königsfamilie. Es muss also einen triftigen Grund dafür geben, dass sein Herz aufgehört hat zu schlagen.

Ein Schaudern ergreift mich, und erneut wird mein Körper von einem Zittern geschüttelt. Meine Beine beginnen zu kribbeln und drohen unter mir nachzugeben. Ich atme einmal tief durch, versuche, mich zu beruhigen, und durchquere mein Zimmer, um mich auf meine kleine Lesebank vor dem Fenster zu setzen. Der kahle Wald, der sich um unser Anwesen erstreckt, scheint bedrohlich seine Finger nach mir auszustrecken. Normalerweise liebe ich diese Bäume, selbst wenn sie blattlos und irgendwie trist aussehen. Heute jedoch erscheinen sie mir wie dunkle Boten, die mich mit Fragen zu befeuern scheinen, auf die ich keine Antworten habe.

Sander ist tot. Immer wieder geistern diese drei Worte durch meine Gedanken, doch sie ergeben nach wie vor keinen Sinn. Mein Cousin kann nicht einfach tot in unserem Keller liegen. So etwas passiert einem nicht mal eben so an einem normalen Freitagabend. Schon gar nicht einem Jahreszeitenmitglied. Völlig unmöglich.

Genauso unmöglich wie die Tatsache, dass ein Dutzend Leute um mich herum einfach aus den Latschen gekippt ist. Meinetwegen. Energisch schiebe ich die Erinnerung daran beiseite. Wenn ich mich jetzt auch noch damit beschäftige, verliere ich vermutlich völlig den Verstand.

Ein leises Klopfen lässt mich so erschrocken zusammenfahren, als hätte jemand ohne Vorwarnung die Tür eingetreten. Mein Herz stolpert ein paarmal in meiner Brust, und ich schnappe nach Luft, während ich mich hastig ein wenig aufrechter hinsetze.

»Ja?«, rufe ich und bin überrascht, dass meine Stimme kaum zittert.

Die Tür öffnet sich; es ist meine Mom. Doch anstatt hereinzukommen, bleibt sie im Türrahmen stehen und lehnt sich mit der Schulter dagegen. Diese Geste kenne ich von ihr – für gewöhnlich folgt darauf eine Predigt darüber, dass ich meinen Kram irgendwo herumliegen gelassen habe oder etwas in der Art. Aber nicht heute.

Eine Weile mustert sie mich schweigend. »Wie geht es dir?«, fragt sie schließlich.

Ich zucke mit den Schultern. »Keine Ahnung. Wie geht es dir?«

Ein halbes Lächeln erscheint auf ihren Lippen, verschwindet aber sofort wieder. »Keine Ahnung. Dr. Sørensen ist auf dem Weg. Er wird hoffentlich ein bisschen Licht ins Dunkel bringen.«

Gedankenverloren nicke ich. Wir haben keinen eigenen Arzt auf der Insel, aber einen Vertrauten auf dem Festland. Er weiß über uns Bescheid, und ich bin mir ziemlich sicher, dass meine Familie einen Haufen Geld dafür springen lässt, dass er sein Wissen nicht dem nächstbesten Reporter erzählt. Ein Besuch von Dr. Sørensen ist selten und macht nur noch deutlicher, wie ernst die Sache ist. Wieder macht mein Herz einen schmerzhaften Sprung.

»Mom«, beginne ich zögernd. »Ich habe ihn gesehen. Er sah … nicht gut aus.«

Mom hebt beide Augenbrauen und presst die Lippen aufeinander. »Das ist wohl eher untertrieben, Bloom.«

»Ich meine, er sah nicht einfach so aus, als hätte er sich den Kopf gestoßen. Ich glaube, seine Beine waren gebrochen, und seine Arme …«

»Das reicht«, unterbricht meine Mutter mich barsch und schließt einen Moment lang die Augen. Es wirkt beinahe, als wäre sie genervt. Als wäre ich ein Kind und würde mit ihr darüber diskutieren, länger wach bleiben zu dürfen. Nicht als würden wir gerade die Todesursache meines Cousins erörtern. »Es bringt uns nichts, Vermutungen anzustellen, Bloom. Wir warten auf den Arzt, der wird uns Genaueres sagen können.«

Ich will protestieren, doch dann klappe ich den Mund wieder zu, bevor auch nur ein Wort herauskommen kann. Ich misstraue meiner Mutter nicht, es gibt Zeiten, in denen ist sie meine einzige Verbündete in dieser Familie. Aber ich weiß, dass dieses Haus manchmal einer Schlangengrube gleicht. Es wird getuschelt, und an jeder Ecke gibt es Geheimnisse. Daher ist es manchmal einfach besser, zu schweigen und zu beobachten, bevor man sich einmischt.

»Okay, aber gebt mir bitte Bescheid, wenn ihr etwas Neues wisst«, sage ich und bemühe mich, einen versöhnlichen Ton anzuschlagen.

Mom nickt, während sie mich erneut mustert. »Wir reden über alles, versprochen. Wenn es so weit ist. Versuch jetzt, etwas zu schlafen, okay? Es werden ein paar anstrengende Tage. Ich schicke Märtha mit einem Tee rauf.«

Als sie die Tür hinter sich zuzieht, lehne ich müde den Kopf gegen die Wand und schließe die Augen. Der Tag und die Ereignisse der letzten Stunden stecken mir immer noch in den

Knochen. Ich habe Magie eingesetzt – zum ersten Mal in meinem Leben.

Für gewöhnlich besitzen alle direkten Nachfahren des Meisters, alle Nachfahren des ersten, von den Göttern auserwählten Hüters, magische Kräfte. Sie sind ein Teil von uns, genau wie unsere Augenfarbe oder unsere Persönlichkeit. In der Regel zeigen sie sich bereits sehr früh, im Kleinkindalter oder sogar noch früher. Am Anfang sind unsere Kräfte nur schwach ausgeprägt und nicht richtig kontrollierbar. Wir lernen sie zu beherrschen, wie wir das Laufen oder Sprechen lernen. Es ist ein natürlicher Prozess.

Doch nicht so bei mir. Ich war nicht außergewöhnlich, ich habe nie auch nur den Verdacht erweckt, irgendwelche Kräfte zu besitzen.

Bis heute.

Und ich habe keine Ahnung, was das zu bedeuten hat. Noch nie habe ich von einem Menschen gehört, dessen Kräfte sich erst so spät gezeigt haben. Es liegt zwar in meinem Blut, aber ich bin immer davon ausgegangen, dass ich eine Ausnahme von der Regel darstelle. Weil mein Vater kein Mitglied der Jahreszeitenhäuser ist und daher keine Magie wirken kann. Ich bin davon ausgegangen, dass ich diese normale Seite von ihm geerbt habe.

Aber vielleicht war es ja auch nur eine einmalige Sache. Vielleicht hat sich diese winzige Seite meiner Jahreszeitenmagie nur einmal kurz gezeigt, in einer Extremsituation. Ähnlich wie Mütter, die bei großer Angst um ihr Kind plötzlich in der Lage sind, ein Auto anzuheben. Vielleicht bin ich immer noch normal.

Nach ein paar Minuten reiße ich mich selbst aus meinen

Grübeleien und schleppe mich ins Badezimmer. Obwohl ich seit Stunden nichts mehr gegessen habe, verspüre ich keinerlei Appetit. Ich kann kaum klar denken, geschweige denn mir vorstellen, dass morgen oder in ein paar Tagen alles wieder normal sein wird und wir alle gemeinsam am Tisch sitzen und zusammen zu Abend essen werden. Routiniert drehe ich die Heizung ganz auf und lege ein paar Handtücher darüber, damit sie schön warm werden. Eine nicht zu vertreibende Kälte hat sich in meinen Körper gefressen – und das, obwohl ich ein Wintermädchen bin. Die Legenden sagen, dass wir mit der Kälte und dem Tod verbunden sind, ihn im Kreislauf der Jahreszeiten symbolisieren. Jede Familie steht für etwas anderes, der Frühling für das Leben, der Sommer für Kraft und Stärke, der Herbst für das Alter und den Zerfall und der Winter für den Tod. Die Ruhe nach dem Leben. Ich habe daran nie geglaubt. Tatsächlich habe ich in diesem Moment das Gefühl, als würde die Energie des Todes an meiner Haut kleben wie ein Schleier.

Nachdem ich meiner besten Freundin Emma eine kurze Nachricht geschickt und den Kinoabend abgesagt habe, ziehe ich mich aus und stelle mich unter den heißen Strahl. Sobald das Wasser auf meine verspannten Nackenmuskeln trifft, schließe ich die Augen und lasse den Kopf nach vorn fallen. Die Wärme und das monotone Prasseln beruhigen mich irgendwie. Am liebsten würde ich einfach hier bleiben. Auf ewig unter der heißen Dusche und einfach so tun, als würde all das Chaos um mich herum nicht existieren.

Als wäre ich selbst kein Teil davon.

Habe ich gestern noch gehofft, die Lage würde sich bis zum nächsten Morgen etwas beruhigen, so werde ich nun eines Besseren belehrt; es ist noch genauso chaotisch und seltsam wie am Abend zuvor. Weil niemand wirklich die Ruhe hat, sich hinzusetzen, frühstücke ich allein an der großen Tafel im Esszimmer. Zwar bin ich auch nicht wirklich bei der Sache, aber anders als die anderen habe ich anscheinend keine Aufgabe. Normalerweise verbringe ich die Sonntage erst im Bett und treffe mich dann mit Freunden, surfe an meinem Laptop oder sehe mir Serien an. Jetzt nach Oslo zu fahren und etwas zu unternehmen, erscheint mir jedoch irgendwie unpassend, und für Netflix fehlt mir einfach die Geduld.

Märtha, unsere Haushälterin, hat mir eine Portion Rømmegrøt gebracht, aber ich schmecke kaum etwas. Eine wirklich besorgniserregende Tatsache, denn der Grießbrei mit Honig ist normalerweise eines meiner Lieblingsessen. Doch der gestrige Tag steckt mir immer noch in den Knochen, und meine Gedanken kreisen unablässig um Sanders Tod. Auch in der Nacht habe ich kaum ein Auge zugetan.

Nach dem Frühstück überlege ich kurz, einfach wieder in mein Zimmer zu gehen, entscheide mich dann aber dagegen. In diesem Haus kann ich nicht denken, an manchen Tagen fällt es mir sogar schwer, zu atmen. Also schlüpfe ich stattdessen in meine Winterjacke, wickle mir einen gigantischen Schal um den Kopf und schlüpfe durch einen Nebeneingang hinaus in den kalten Morgen. Der Winter mag sich dem Ende zuneigen, aber nicht auf Kalinøya, der Insel, die meine Familie bewohnt. Hier herrscht das ganze Jahr über Winter. Zwar wird es zwischendurch ein bisschen wärmer, aber die Bäume bleiben stets kahl und die Landschaft irgendwie eisig. Trotzdem liebe ich es. Der Winter hat seinen eigenen Charme, und ich mag die nachdenkliche Stimmung, die er verbreitet.

Bevor ich mich vom Haus entferne, klopfe ich noch einmal auf meine Tasche, um zu überprüfen, ob ich das Handy dabeihabe. Ich habe meine Mutter heute nur kurz im Vorbeigehen gesehen, und sie sagte, sie würde sich melden, sobald mein Großvater Zeit hätte und wir über meine Kräfte reden könnten. Was dringend notwendig ist. Auch wenn ich immer noch hoffe, dass es nur eine einmalige Sache war.

Während ich dem schmalen Pfad folge, der um unser gigantisches Haus herumführt, schweifen meine Gedanken erneut zu Sander. Er war der amtierende Hüter des Winters. Hüter zu sein, ist eine der größten Ehren, die einem in meiner Welt zuteilwerden kann. Es ist eine Art Geburtsrecht, vergleichbar mit der Thronfolge einer Königsfamilie. Mein Ur-ur-ur-ur-ur-keine-Ahnung-wie-viel-urgroßvater war der erste Hüter unserer Familie. Der erste, der – der Legende nach – von den Göttern ausgewählt wurde, um den Winter im Kreislauf der Jahreszeiten zu beherrschen. Danach wurde dessen Sohn Hüter, danach dessen und so weiter und sofort. Mein Großvater war ebenfalls Hüter, bevor er nach dem Tod seines Vaters Meister, also der Chef unseres Hauses und der Vertreter des Winters, wurde. In meiner Generation war Sander das älteste Kind und somit der aktuelle Hüter des Winters. Er hätte später gute Chancen auf den Job des Meisters, des Familienoberhauptes, gehabt, wäre er nicht gestorben.

Unwillkürlich frage ich mich, wer nun seine Aufgabe übernehmen wird. Vermutlich Zara. Sanders jüngere Schwester ist zwar jünger als ich, aber immerhin hat sie Kräfte. Sie kann die Zukunft sehen, wenn auch nicht sehr verlässlich. Damit ist sie mir ein ganzes Stück voraus.

Als ich die steile Steinküste erreiche, die mich vor dem

unruhigen Fjord schützt, bleibe ich stehen und lasse mich auf einen großen Felsen sinken, der neben mir aus dem vereisten Boden ragt. Das Wasser ist so dunkel, dass es beinahe schwarz wirkt, und peitscht hin und her, als wäre es wütend. Mein Blick wandert über die Wellen und bleibt an der undeutlichen Skyline von Oslo hängen. Die Stadt erhebt sich majestätisch aus dem Wasser, ist wegen des Nebels und des leichten Nieselregens aber kaum zu erkennen.

Mir entfährt ein sehnsüchtiges Seufzen, das sofort vom Wind davongetragen wird. Als Kind habe ich mir oft gewünscht, auf dem Festland zu wohnen, anstatt auf dieser Insel. Die Einwohner von Oslo, genau wie die Einwohner vom Rest der Welt, haben keine Ahnung von der Magie, die meine Familie und die anderen Jahreszeitenfamilien besitzen. Unsere Höfe sind auf der ganzen Welt verteilt, dennoch haben die Menschen keine Ahnung davon, dass wir ihnen jedes Jahr aufs Neue den Frühling, Sommer, Herbst und den Winter bringen. Und ein Teil von mir beneidet sie dafür. Unwissend zu sein, ihr Leben ohne weitreichende, weltverändernde Verpflichtungen zu leben. Denn obwohl ich in dieser Welt aufgewachsen bin, hatte ich durch meine fehlenden Kräfte und meinen normalen Vater nie einen wirklichen Platz darin. Also habe ich früh gelernt, zu den anderen zu gehören. Ich gehe auf eine normale Schule, habe normale Freunde und will ein normales Leben. Für mich persönlich kann der Schulabschluss nicht schnell genug kommen – und danach bin ich weg. Weg von den Geheimnissen, weg von Hütern und Meistern und weg von Magie, mit der ich mich bisher nie auseinandersetzen musste.

Erneut mustere ich die Umrisse der Stadt. Aus der Schule weiß ich, dass Oslo im Mittelalter zwei Burgen und einen Königshof hatte. Und ich habe mich schon oft gefragt, ob eines dieser Anwesen meiner Familie gehörte. Heute hat meine Familie viel Einfluss in der Stadt – uns gehören große Firmen, wir besitzen eine Menge Geld, haben Leute im Stadtrat und mischen überall mit, wo es etwas zu entscheiden gibt. Manchmal erinnert es mich an die Mafia. Es würde mich daher nicht wundern, wenn wir auch am Königshof eine Rolle gespielt hätten.

Das Vibrieren meines Handys reißt mich so abrupt aus meinen Gedanken, dass ich kurz zusammenzucke. Es ist meine Mom, die mich darüber informiert, dass sich die Familie in zehn Minuten im Salon trifft. Wortkarg versichere ich ihr, dass ich auf dem Weg bin, und springe auf. Mein Herz legt einen Gang zu, während ich zum Haus zurückrenne. Ein Teil von mir ist sich sicher gewesen, dass sie sich nicht melden würde. Ich bin so lange außen vor gelassen worden, dass ich mir kaum vorstellen konnte, warum es heute anders sein sollte.

Ein wenig außer Atem erreiche ich das Haus, streiche mir kurz die Haare hinter die Ohren und gehe dann zum Salon. Der Raum hat eher repräsentable Zwecke und wird kaum genutzt, außer für Versammlungen und Ansprachen. Die Flügeltüren sind nur angelehnt, und bereits auf dem Flur ist das Stimmengewirr zu hören, das aus dem Raum dringt. Als ich eintrete, begegne ich den Blicken von knapp dreißig Leuten – meine Familie. Enge und entfernte Verwandte, und zu keinem von ihnen habe ich ein wirklich inniges Verhältnis. Meine Tante und mein Onkel, also Sanders und Zaras Eltern, die wie alle anderen ebenfalls hier im Haus wohnen, reden kaum mit mir, weil sie sich schon vor Jahren mit meiner Mutter zerstritten haben. Meine Cousine Zara und ich gehen ständig aufeinander los und können uns einfach nicht ausstehen. Mit Sander bin ich einigermaßen klargekommen, aber auch er war definitiv nicht der Lieblingsmensch in meinem Leben.

Nach ein paar Sekunden entdecke ich meine Mom, gehe hastig zu ihr hinüber und lasse mich in einen kleinen Ohrensessel neben ihr sinken, als mein Großvater den Salon betritt. Sobald die anderen ihn bemerken, verstummen die Gespräche um mich herum, und irgendwie scheinen sich alle ein wenig zu straffen. Sie kommen mir vor wie Soldaten, die dazu angehalten werden, vor ihrem Vorgesetzten zu salutieren. Oder wie Kinder in der Schule, die ihren Lehrer begrüßen. Wie auch immer – die Macht, die mein Großvater und der Meister des Winters ausstrahlt, ist beinahe greifbar.

Er bleibt hinter einem Sessel stehen und stützt sich mit den großen Händen auf der Rückenlehne ab. Sein Blick schweift kurz durch den Raum und bleibt den Bruchteil einer Sekunde an mir hängen, bevor er sich wieder abwendet. Mein Mund wird trocken.

»Danke, dass ihr alle so schnell herkommen konntet«, sagt er mit lauter, fester Stimme und nickt ein paar Leuten zu. »Ich verspreche euch, es wird nicht lange dauern. Aber ihr alle habt ein Recht darauf, zu erfahren, was passiert ist. Meine Tochter und ihr Mann sind noch auf dem Festland, um sich um ein paar Angelegenheiten zu kümmern. Ich soll euch ausrichten, dass sie für eure Gebete und Gedanken sehr dankbar sind.« Er strafft die Schultern und sein Blick wird, wenn überhaupt möglich, noch ernster. »Ich weiß, dass ihr alle Fragen habt. Ich selbst befinde mich in tiefer Trauer, aber auch ich wollte Antworten auf den plötzlichen Tod meines Enkelsohnes. Deswegen haben wir noch gestern Abend einen Mediziner vom Festland kommen lassen, der Sanders Leichnam mitgenommen und eine Obduktion durchgeführt hat.«

Mein Magen zieht sich schmerzhaft zusammen. Ich hebe den Kopf und starre meinen Großvater an, der erneut eine dramatische Pause macht.

»Das Ergebnis wurde mir vor etwa zwanzig Minuten mitgeteilt, und es hat mich sehr betrübt. Sander starb an einem allergischen Schock. Sein Tod ist ebenso tragisch wie sinnlos. Die Beisetzung wird nächsten Samstag stattfinden, und ich möchte euch alle bitten …«

Seine nächsten Worte gehen in dem verwirrten Rauschen in meinem Kopf unter. Ein allergischer Schock? Ist das sein Ernst?

Wie auf Kommando beschwört mein Verstand Bilder von Sander herauf, wie er mit verdrehten Gliedmaßen vor mir auf dem Boden liegt. Wenn Sander nicht gegen irgendwelche Schläger allergisch war, ist eine Allergie mit Sicherheit nicht schuld an seinem Tod gewesen.

Aber warum sollte mein Großvater lügen?

Wie betäubt drehe ich den Kopf und sehe meine Mom an, die neben mir steht. Für den Bruchteil einer Sekunde begegnet sich unser Blick, dann wendet sie sich ab und konzentriert sich wieder auf meinen Grandpa.

LIES

Emma zieht ihren Löffel einmal durch den Milchschaum und leckt ihn dann ab, bevor sie ihn auf die kleine Untertasse neben uns legt und mich mit großen Augen ansieht. »Krass.«

Mit einem freudlosen Lächeln erwidere ich den Blick meiner besten Freundin seit der dritten Klasse. »So kann man es gut zusammenfassen.«

»Mein Beileid«, sagt sie hastig, bevor sie nachdenklich den Kopf schief legt. »Aber wirklich, Bloom, das ist unfassbar. Deine Familie lebt in einer ganz schlechten Soap, weißt du das?«

Ich zucke mit den Schultern, weil ich nicht weiß, was ich darauf antworten soll. Denn sie hat recht. Schon für mich sind diese ganzen Dramen schwer zu verarbeiten, und ich bin damit aufgewachsen. Ich kann mir nicht einmal vorstellen, wie es sich für sie anhören muss. Genau wie alle anderen Menschen in Oslo denkt Emma, dass wir lediglich eine Familie mit altem Geld sind. Ein langer Stammbaum, ein beeindruckender Kontostand und einflussreiche Positionen im Stadtgeschehen und in der Politik. Die Familie Kalinin gehört seit Jahrhunderten zu Oslo und ist beinahe ein Bestand des Stadtbildes, ähnlich wie der Oslofjord oder unser Königsschloss. Für Emma sind wir lediglich eine schrullige Familie, denn sie hat keine Ahnung von der Magie und der Aufgabe, die auf unseren Schultern lastet. Viel zu oft bin ich schon kurz davor gewesen, ihr die Wahrheit zu sagen. Ich vertraue Emma, ich liebe sie wie eine Schwester und ich habe keine Angst, dass sie zur Presse rennt oder Ähnliches. Aber ich kenne meine Familie, und ich weiß, wie unbarmherzig sie sein kann. Sollte sie je herausfinden, dass Emma Bescheid weiß, würden sie mich einen Kopf kürzer machen. Und Emma vermutlich niemals wieder in Ruhe lassen, sie überwachen, ihr Handy anzapfen und was weiß ich noch alles. Das will ich meiner Freundin nicht antun.

»Die Ärzte sagen, es war ein allergischer Schock«, wiederhole ich die Erklärung meines Großvaters, auch wenn sich die Worte in meinem Mund wie Asche anfühlen. Nach der Versammlung gestern hat mein Großvater noch eine Pressemitteilung herausgegeben, in der er den Tod seines Enkels erklärt hat, um keine Fragen aufkommen zu lassen. Das ändert aber nichts daran, dass ich Fragen habe. »Es ist immer noch irgendwie unwirklich.«

»Das kann ich mir vorstellen«, sagt sie mit einer Mischung aus Verwirrung und Mitgefühl. »Wusstet ihr denn, dass er eine Allergie hat?«

Widerstrebend schüttle ich den Kopf. »Ich nicht. Aber das ist auch kein Wunder, Sander hat nie etwas erwähnt, und ich habe ja auch kein wirklich kuscheliges Verhältnis zu Victoria oder Askjell.«

Emma nickt. Sie weiß, dass meine Mom, ihre Schwester und deren Mann seit Jahren kaum ein Wort miteinander wechseln, auch wenn Emma den wahren Grund dafür nicht kennt: nämlich, dass meine Mom sich mit einem normalen Menschen eingelassen und sich von ihm hatte schwängern lassen. Was natürlich ein Riesenskandal war.

»Aber egal. Wie geht es dir?«, frage ich, um das Thema in eine andere Richtung zu lenken.

Es tut gut, mit Emma zu sprechen, aber wenn ich sie zu lange anlüge, fühle ich mich schuldig, und das kann ich im Moment nicht gebrauchen. Ich brauche eine Pause. Und Emma hat bestimmt einiges zu erzählen, was mich auf andere Gedanken bringen kann. Denn wir haben uns jetzt knapp zwei Wochen nicht gesehen, weil sie die Winterferien bei ihrem Dad in Brålanda verbracht hat.

Sie stöhnt und schüttelt den Kopf, grinst mich aber über ihren Kaffee hinweg an. »Gut, die Zeit mit Dad war wirklich schön. Aber das Highlight war die Fahrt. Du weißt ja, dass meine Mom mich hingebracht hat, aber nachdem sie und Dad sich jedes Mal ankeifen, wenn sie sich sehen, habe ich beschlossen, das erste Stück mit dem Zug und den Rest mit dem Bus zurückzufahren. So.« Sie holt tief Luft. »Der erste Teil ging super, dann stand ich am Busbahnhof, der Fahrer hat mein Ticket gescannt und meinte dann zu mir, dass das Ticket nicht gültig sei. Mein Dad hat sich einfach um eine Woche im Datum geirrt! Also stand ich in Uddevalla rum – und glaub mir, niemand will in Uddevalla stranden! Also wollte ich Mom oder Dad anrufen, aber mein Akku war leer!«

Sie sieht mich so schockiert an, dass ich laut auflachen muss, woraufhin sich ein Pärchen am Nachbartisch zu mir umdreht.

Hastig nehme ich einen Schluck von meinem Kaffee und höre Emma zu, die ihre Geschichte so weit ausschmückt, dass es sich wie die Zusammenfassung eines Actionfilms anhört. Die Minuten vergehen, und ich spüre, wie ich mich allmählich entspanne. Diese Wirkung hat Emma immer auf mich, genau wie die Schule oder einfach … einfach *normale* Dinge. Im Haus, umgeben von meiner Familie, fühle ich mich hingegen immer irgendwie unter Strom.

Mein Blick schweift nach draußen und zu den Menschen, die durch die Straßen huschen. Der Tag ist grau und kalt, die Stadt ist es jedoch nicht. Emma und ich haben uns in Grünerløkka getroffen, einem der alternativen Stadtviertel Oslos. Der Großteil der Stadt ist irgendwie traditionell und versprüht einen historischen Charme. Dieses Viertel hingegen ist das genaue Gegenteil – hier ist die Künstler- und alternative Szene zu Hause, und das kann man deutlich erkennen. Hier gibt es Galerien, kleine Secondhandläden und Flohmärkte im Park. Alles ist bunt – die Hauswände, die Dekorationen vor den Geschäften, sogar die Parkbänke sind in allen möglichen Farben lackiert. Vor allem im Herbst und Winter komme ich gern hierher, weil die Umgebung das Grau und die Trübheit vertreibt.

»Im Frühling will Dad mit mir herumfahren und sich Unis angucken«, sagt Emma und reißt mich damit aus meinen Gedanken. »Und ich dachte mir, dass du vielleicht mitkommen willst.«

Ein Lächeln stiehlt sich auf mein Gesicht. »Total gern. Aber Mom darf davon nichts wissen.«

Sie runzelt die Stirn, wie immer, wenn ich Kommentare in diese Richtung mache. »Erwartet sie wirklich, dass du dein Leben lang in Oslo bleibst?«

»Nicht unbedingt Oslo, nur eben beim Familienunternehmen. Holland wäre bestimmt auch okay, da habe ich auch Verwandte.« Das stimmt nicht so ganz. Die Mitglieder des Frühlingshofes sind nicht wirklich mit mir verwandt, aber Emma das zu erklären wäre deutlich zu kompliziert.

Emma schnaubt. »Du kennst diese ganzen Familienmitglieder doch gar nicht. Ich meine, versteh mich nicht falsch, es ist cool, so eine große Familie zu haben. Ich kenne nicht einmal die Cousins meiner Mutter. Aber was macht es für einen Unterschied, ob du nach Holland zu irgendwelchen Verwandten gehst oder in Stockholm studierst? Weg ist weg.«

Ich zucke mit den Schultern, weil ich nicht recht weiß, wie ich es erklären soll. Nachfahren der Meister, in meinem Fall mein Großvater, übernehmen nach der Schule in der Regel entweder Aufgaben in der Familie, in einem der vielen Unternehmen oder erledigen andere Jobs, die mit den Jahreszeiten zu tun haben. Hin und wieder werden Leute an die anderen Höfe geschickt, die überall auf der Welt verteilt sind. Man kann es als eine Art Botschaftertätigkeit bezeichnen, aber darauf bin ich nicht unbedingt scharf. Ich kenne die anderen Familien kaum, habe lediglich Geschichten gehört. Auch wenn die Jahreszeitenhöfe irgendwie zusammenarbeiten, ist das Verhältnis untereinander distanziert. Bei den Erwachsenen und den Meistern geht es vor allem um Konkurrenz – wer verfügt über die größte weltliche Macht, wer hat das meiste Geld, wessen magische Kräfte sind eindrucksvoller, welches Haus ist prachtvoller? Die jüngere Generation saugt dieses Konkurrenzdenken zwar quasi mit der Muttermilch auf, für sie sind aber in erster Linie die Fähigkeiten beeindruckend. Der Sommer verfügt zum Beispiel über außerordentliche körperliche Stärke, ähnlich wie Hercules. Der Frühling kann Wunden heilen, und einige Mitglieder des Herbstes können durch Berührungen sogar töten. Diese Fähigkeit ist zwar relativ selten, dennoch aber auch etwas Furcht einflößend. Das führt dazu, dass wir den anderen Häusern grundsätzlich skeptisch gegenüberstehen. Davon abgesehen, würde ich mich entscheiden, nach der Schule an einen der anderen Höfe zu gehen, wäre ich wieder eine Fremde. Eine Fremde, umringt von Leuten, die teilweise wirklich gruselige Kräfte besitzen.

Aber mein Leben hier in Oslo verbringen? Auch keine wirklich reizvolle Vorstellung.

Am liebsten würde ich weggehen und studieren. Irgendetwas mit Medien oder vielleicht Journalismus. Meine Familie ist recht altmodisch, vielleicht reizt mich deswegen die Vorstellung, raus in die Welt zu gehen und mit all der Technik des 21. Jahrhunderts zu arbeiten. Die Welt zu bereisen und über sie zu berichten, ist der Inbegriff von Freiheit.

Ich möchte an einen Ort, in ein Land, das *ich* mir aussuche. Weil es mir gefällt oder weil ich an einer guten Uni angenommen werde, nicht weil es dort einen Jahreszeitenhof gibt. Ich will meine Zukunft selbst bestimmen, unabhängig von meiner Familie. Aber das ist nicht so einfach. Jedes Mal, wenn ich das Thema bei meiner Mom anspreche, kommt es zum Streit. Sie verbietet mir nicht direkt, meine eigenen Entscheidungen zu treffen, aber sie macht ziemlich deutlich, dass ich damit gegen ihre Erwartungen handle und sie enttäuschen würde. Ich weiß, dass eine Jahreszeitenfamilie in der Lage ist, Mitglieder zu verstoßen. Dann ist man kein Teil der Familie mehr, kein Teil ihrer Welt. Und auch wenn das manchmal ziemlich verlockend für mich klingt, kann ich mir nicht vorstellen, niemals wieder mit meiner Mom zu sprechen oder sie zu besuchen. Sie ist immer noch mein Zuhause.

Egal, in welche Richtung ich mich bewege, ich habe jedes Mal das Gefühl, dass es einfach nicht die richtige ist. Bleibe ich und übernehme eine Aufgabe am Hof, werde ich mich immer wie in einer Art Käfig fühlen. Kehre ich meiner Familie und allem, was ich kenne, den Rücken, habe ich Angst, dass ich es irgendwann einmal bereuen werde. Und dann gibt es kein Zurück mehr.

Schnell schüttle ich die Gedanken ab und konzentriere mich wieder auf das Jetzt. Auf Emma. Eine Weile unterhalten wir uns noch über die Schule und den üblichen Ferien-Gossip, den wir über Instagram und Snapchat mitbekommen haben. Es tut gut, einfach abzuschalten und mich mit anderen Themen als ermordete Cousins und überraschend auftretende Kräfte zu beschäftigen.

Als wir uns voneinander verabschieden, drücke ich sie einen Moment länger als sonst an mich. Mir ist klar, dass ich sie morgen in der Schule wiedersehe, aber ein Teil von mir will sie einfach nicht gehen lassen. Am liebsten würde ich sie mit nach Hause nehmen und in meinem Schrank verstecken. Sie wäre meine persönliche Auszeit. Bei der Vorstellung muss ich ein wenig lachen, als ich mich umdrehe und Richtung Hauptstraße laufe, wo mein Fahrer auf mich wartet.

Es regnet nicht, aber ein feuchter Nebel liegt in der Luft, der über meine Haut streicht und mich erschaudern lässt. Ich ziehe mir die Kapuze meines Parkas über den Kopf und schiebe die Hände in die Hosentaschen, um sie vor der Kälte zu schützen. An den Bordsteinen und Hauswänden türmen sich immer noch die Reste des letzten Schnees, auch wenn sie inzwischen eher graubraunem Matsch ähneln. Der Winter ist eindeutig auf dem Rückzug, und das bedeutet, dass sich auch die Zeit meines Hauses dem Ende neigt. Ich mag den Winter, aber ich freue mich trotzdem auch auf den Frühling. Meine Familie ist dann zwar immer etwas wehmütig, aber irgendwie auch entspannter und ein wenig normaler, weil ihre Arbeit getan ist und sie sich eine Weile ausruhen können.

Unsere aktive Aufgabe beschränkt sich im Grunde auf Überwachung und Dokumentation. Mein Haus wird in den Geschichten als Gedächtnis der Welt beschrieben. Wir sind die Archivare und führen quasi über alles Buch. Alles, was in unserer Welt und der Welt der normalen Menschen passiert, wird aufgezeichnet und für unsere Nachfahren festgehalten. Auf Kalinøya gibt es gefühlt zehn Bibliotheken, allesamt bis zur Decke gefüllt mit Büchern. Manchmal frage ich mich, wofür das alles überhaupt gut ist. Kein einzelner Mensch wäre in der Lage, sich das alles durchzulesen. Dafür bräuchte man hundert Leben.

Abgesehen von der archivarischen Aufgabe müssen wir während des Winters auch auf die Temperaturen und das Verhalten der Natur achten und gegebenenfalls eingreifen. Dabei helfen uns natürlich auch unsere Kräfte. Mein Haus steht für den Tod und die Energie, was bedeutet, dass die Mitglieder meiner Familie teilweise in die Zukunft sehen, Kraftlinien erkennen oder manchmal sogar mit den Toten kommunizieren können. Wir können Wetterumschwünge vorhersagen, sie bis zu einem gewissen Grad verhindern oder ihnen entgegenwirken. Mit Energie lässt sich ziemlich viel bewirken, wenn man versteht, wie sie funktioniert und wie man sie lenken kann. Diese Fähigkeiten sind unterschiedlich stark ausgeprägt, allerdings habe ich persönlich noch nie jemanden getroffen, der tatsächlich mit Toten sprechen kann. Ich bin mir nicht einmal sicher, ob es aktuell einen lebenden Menschen gibt, der dazu in der Lage ist. Ansonsten hätte mein Großvater ihn doch bestimmt herbestellt, um mit Sander zu kommunizieren, oder nicht? Dass er an einem allergischen Schock gestorben sein soll, kann ich beim besten Willen nicht glauben. Aber weder meine Mutter noch mein Großvater wollen darüber reden.

Nachdem ich mir ein paar feuchte Strähnen aus dem Gesicht gestrichen habe, schaue ich mich um, auf der Suche nach meinem Wagen. Doch in dem Moment vibriert das Handy in meiner Tasche. Ich hole es heraus und entsperre das Display, um die Nachricht zu öffnen, die meine Mom mir geschickt hat.

Komm in den Salon, wenn du zu Hause bist.
Wir müssen reden.

Mein Herz macht einen aufgeregten Satz. Das wird sicher interessant.

Nachdem Matheo, mein Fahrer, mich eingesammelt und mit dem Boot über den Fjord nach Hause gefahren hat, renne ich schnell hoch in mein Zimmer, um mich umzuziehen. Meine Klamotten sind klamm von der Feuchtigkeit, und ich bin so durchgefroren, dass nur noch eine weiche Jogginghose und dicke Socken helfen können. Ich schlüpfe noch schnell in einen dicken Pullover, dann mache ich mich auf den Weg in den Salon. Wie immer gleicht der Weg durchs Haus einer Wanderung. Als ich vor der breiten Flügeltür stehe, atme ich einmal tief durch und frage mich, warum solche Gespräche immer im Salon oder im Büro meines Großvaters stattfinden müssen. Wir haben immerhin auch ein normales Wohnzimmer und einen Küchentisch wie normale Familien.

Meine Mom ist schon da, genau wie mein Großvater. Am meisten überrascht mich allerdings, dass auch Zara anwesend ist. Sie sitzt ziemlich steif auf einem der Sessel und sieht aus, als wäre ihr selbst nicht so ganz klar, warum sie hier ist. Als ich sie mustere, muss ich mir ein Seufzen verkneifen. Der Unterschied zwischen mir und ihr ist offensichtlich. Während ich in meinen Klamotten beinahe versinke und vermutlich wirke wie frisch aus dem Bett gestiegen, sieht sie aus wie aus dem Ei gepellt. Eine dunkle, enge Jeans, eine hellblaue Bluse und die Haare zu einem perfekten Dutt zurückgebunden. Genau wie Sander sieht man ihr ihre tadellose Erziehung und Ausbildung an.

»Was gibt's?«, frage ich, nachdem ich einmal in die Runde gewunken und mich dann auf eine Couch gesetzt habe, die so weit wie möglich von Zara entfernt steht.

Meine Mom sieht mich streng an, dann seufzt sie. »Wir müssen uns mit deinen Kräften beschäftigen.«

Ich beiße die Zähne zusammen. Obwohl mir klar war, dass wir irgendwann darüber reden würden, hatte ich gehofft, dass dieser kleine Machtschub zwischen den anderen Ereignissen der letzten Tage einfach untergegangen ist. Ich selbst hatte vor, meine Kräfte fürs Erste zu ignorieren und einfach abzuwarten, ob sie sich überhaupt noch einmal zeigen.

»Es war nur ein einziges Mal«, bemerke ich und werfe einen Blick zu Grandpa, der mich emotionslos ansieht.

Dieser Mann hat das Pokerface wirklich perfektioniert. Mit seinen silberfarbenen Haaren, dem immer perfekt gebügelten Anzug und den grauen Augen wirkt er auf mich wie ein König, dem die Lasten seines Volkes auf den Schultern liegen. Und irgendwie passt dieser Vergleich auch. Er ist zwar kein richtiger König und wir sind nicht seine Gefolgschaft, trotzdem ist er eine Art Monarch. Ein weiser Mann, dessen Entscheidungen enormen Einfluss auf das Fortbestehen der Welt haben. Zumindest ist das die allgemein vertretene Meinung meiner Familie. Meine eigene Meinung steht auf einem anderen Blatt, das sicher keiner lesen will.

»Einmal reicht, um sich darüber Gedanken zu machen«, sagt er ruhig, steht auf und streicht sich mit den Händen übers Jackett. Meiner Meinung nach würde eine Brille seinen Look perfekt komplettieren, aber selbstverständlich sind seine Augen großartig.

»Ich habe keine Ahnung, wie ich das gemacht habe.« Automatisch setze ich mich ein wenig aufrechter hin und verschränke die Hände im Schoß. »Ich wüsste überhaupt nicht, womit ich mich beschäftigen soll.«

»Genau darum geht es«, wirft meine Mom ein. »Du kannst es nicht kontrollieren, weil du es nie gelernt hast. Daran müssen wir arbeiten, bevor du erneut etwas tust, was du nicht beherrschen kannst.«

Der Vorwurf in ihrer Stimme versetzt mir einen Stich. »Niemandem ist etwas geschehen«, verteidige ich mich. »Alle sind wieder aufgewacht.«

»Das mag sein. Trotzdem ist es zu gefährlich, wenn wir es drauf ankommen lassen. Was, wenn es in der Schule passiert?«

Ich beiße mir auf die Lippe, weil das ein Argument ist, dem ich nichts entgegenzusetzen habe. Es wäre sicher schwierig, zu erklären, falls ich aus Versehen meine Klasse in Ohnmacht fallen lasse.

»Wir fragen uns«, sagt mein Großvater mit einem kurzen Seitenblick zu Zara, »ob es nicht vielleicht am Sinnvollsten wäre, wenn wir dich zu Hause unterrichten. Zusammen mit Zara.«

Zara und ich schauen uns gleichzeitig an, und uns beiden ist deutlich anzusehen, was wir von diesem Vorschlag halten.

»Was?«, fragt sie empört und setzt sich auf.

»Nein!«, rufe ich zeitgleich. »Nein, das ist nicht nötig. Ich will zur Schule gehen.«

»Es wäre zu deinem Besten, Bloom«, versucht meine Mutter, mich zu beruhigen, allerdings ohne Erfolg. Wütend funkle ich sie an, doch sie hebt nur herausfordernd eine Augenbraue, bevor sie hinzufügt: »Es gibt einen Grund, warum du bislang auf eine öffentliche Schule gegangen bist und die anderen nicht, das weißt du. Dass du Kräfte besitzt, ändert eine Menge.«

»*Falls* ich Kräfte besitze«, verbessere ich sie beinahe verzweifelt. »Vielleicht war es auch nur irgendein Reflex, weil es eine Extremsituation war«, wiederhole ich die Theorie, die ich mir selbst zurechtgesponnen habe. »Vielleicht kommt es nicht noch mal vor. Wenn ich wirklich Kräfte besitzen würde wie die anderen, hätten sie sich doch schon früher zeigen müssen.«

»Das wissen wir nicht.«

»Weswegen es umso wichtiger ist, dass du trainierst«, fügt Grandpa streng hinzu.

Fassungslos sehe ich die beiden an. Dass das Thema früher oder später auf meine Fähigkeiten fällt, war mir klar. Auch wenn ich gehofft habe, dass sie es nicht ansprechen. Dass ich jedoch auch von der Schule genommen werden soll, darüber habe ich mir keine Gedanken gemacht. Das wäre das Schlimmste. Meine Freunde nicht mehr zu sehen und in diesem Haus eingesperrt zu sein, zusammen mit Zara … nein, das kann ich nicht zulassen.

»Ich trainiere nachmittags«, sage ich flehend und sehe meine Mom an. »Ich verspreche es, jeden Tag nach der Schule. Wenn es sein muss, sogar den ganzen Tag nach der Schule. Aber ich will nicht zu Hause unterrichtet werden.«

Zweifelnd mustert sie mich, dann seufzt sie leise und wendet sich an ihren Vater. »Ich denke, wir sollten es so versuchen.«

Zara schnaubt neben mir. »Ja, das solltet ihr. Sie hat so viel aufzuholen, sie würde mich nur bremsen.«

Ein Teil von mir will sich mit einem dummen Spruch revanchieren, ein anderer ist dankbar für ihre Unterstützung. Mir ist klar, dass sie das nicht für mich tut, sondern allein für sich. Zara und ich mögen uns nicht, was vor allem daran liegt, dass sie, solange ich zurückdenken kann, auf mich herabsieht. Früher haben wir noch ab und zu miteinander gespielt, aber als die Unterschiede zwischen uns deutlicher wurden, hat sich das geändert. Ich kann mich noch gut daran erinnern, wie ich als Kind an den Türen gelauscht und meinen Cousins und Cousinen beim Training zugehört habe. Wenn man in eine der Jahreszeitenfamilien hineingeboren wird, wenn man direkter Nachfahre des Oberhauptes ist, dann durchläuft man eine strenge Ausbildung. Man hat Unterricht, erfährt alles über unsere Geschichte und unsere Regeln. Man lernt, seine Kräfte zu kontrollieren und sie richtig einzusetzen. Da ich im Gegensatz zu den anderen jedoch nie Kräfte gezeigt habe, wurde ich auf eine normale Schule geschickt, während die anderen Kinder Privatunterricht hatten und am Hof unterrichtet wurden. Nur einmal in der Woche bekam ich eine Nachhilfestunde bei meiner Mom aufgebrummt, in der sie mir in Kurzfassung erzählt hat, was die letzten Jahrhunderte bei meiner Familie los war.

Heute mag ich mich bewusst abgrenzen, doch das ist nicht

meine Schuld. Es ist eine Art Schutzmechanismus, den ich während meiner Kindheit aufgebaut habe. Denn ich musste auf die harte Tour lernen, dass ich nicht dazugehöre. Viel zu oft habe ich allein in meinem Zimmer gesessen und mir die Augen ausgeheult, weil die anderen so viel cooler waren als ich. Doch das ist jetzt vorbei.

Mein Großvater mustert Zara kurz, als würde er tatsächlich über ihre Worte nachdenken, dann wendet er sich mir zu. »Wir wissen noch nicht, warum deine Kräfte sich erst jetzt zeigen, Bloom. Aber egal, ob das nur eine einmalige Sache war oder nicht, ich hoffe, dass dir klar ist, dass du eine Verantwortung gegenüber dieser Familie hast.«

Am liebsten hätte ich geschnaubt, aber ich halte mich zurück. Meine Aufgabe in diesem Haus hat sich die vergangenen siebzehn Jahre darauf beschränkt, nicht zu laut zu sein und die anderen nicht bei der Arbeit zu stören. Dass ausgerechnet *er* von Verantwortung spricht, ist lächerlich. Sein Enkel ist tot, und es scheint ihn nicht sonderlich zu interessieren, wie es dazu gekommen ist.

»Ist mir klar«, zwinge ich mich zu sagen und ignoriere Zara, die leise und freudlos lacht.

»Gut.« Grandpa nickt. »Dann darfst zu vorerst weiter zur Schule gehen. Vorerst. Wir werden sehen, wie sich die Sache entwickelt und neu entscheiden, falls sich etwas verändert.«

Erleichtert atme ich aus. Ich bin nicht wirklich scharf auf irgendeine Art von Training und schon gar nicht darauf, dass ich die kommenden Nachmittage zu Hause verbringen werde, statt etwas mit meinen Freunden zu unternehmen. Aber alles ist besser, als zu Hause unterrichtet zu werden.

Er hat sich schon abgewandt, blickt dann aber noch einmal

zu uns zurück. »Ihr beide solltet lernen, miteinander auszukommen«, sagt er zu Zara und mir. »Wir sind eine Familie, und wir sollten einander unterstützen, anstatt uns gegenseitig Steine in den Weg zu legen.« Ohne auf eine Antwort zu warten, dreht er sich um und marschiert aus dem Raum.

Fassungslos sehe ich ihm hinterher. Am liebsten hätte ich gelacht. Ja, wir sind eine Familie, rein biologisch betrachtet. Aber mehr ist da nicht. Ich liebe meine Mutter und ich fühle mich ihr verbunden, aber wenn ich ehrlich bin, habe ich mehr familiäre Gefühle zu unserer Haushälterin Märtha als zu meinem Großvater oder zu Zara. Wir mögen eine Familie sein, aber wir sind absolut verkorkst.

Als nur noch meine Mom, Zara und ich übrig sind, steht auch meine Cousine auf und verlässt wortlos den Salon.

Nachdenklich sehe ich hinab auf meine ineinander verschränkten Hände. »Findest du wirklich, dass das nötig ist?«, frage ich leise und nicke dann mit dem Kopf zu der Tür, durch die mein Großvater gerade verschwunden ist. »Oder sagst du das nur, weil er das denkt?«

Mom setzt sich neben mich. »Ich will nicht, dass du Schwierigkeiten bekommst. Wenn es tatsächlich eine einmalige Sache war, dann werden wir das merken und wir können mit dem Training wieder aufhören. Aber fürs Erste ist es wichtig, dass wir uns absichern, okay? Solange …« Als sie zögert, sehe ich auf. In ihren blauen Augen erkenne ich Sorge und etwas, was beinahe aussieht wie Angst.

»Solange?«, hake ich nach, als sie nicht weiterspricht.

Sie sieht mich eindringlich an, hebt eine Hand und streicht mir eine Haarsträhne hinters Ohr. »Solange wir nicht wissen, was passieren wird.«

»Mom«, sage ich, während ich versuche, ihre unheilvollen Worte zu verdauen. »Wegen Sander … Ich … ich habe seine Leiche gesehen. Das war sicher kein allergischer Schock.«

Ihr Blick wird irgendwie … unbeteiligt. Als würde sie sämtliche Gefühle und Gedanken abstellen. Sie erhebt sich langsam, scheint ihre Antwort hinauszögern zu wollen. Als sie endlich spricht, passen ihre Stimme und ihr Tonfall ziemlich gut zu ihrem Gesichtsausdruck – glatt und teilnahmslos. »Damit musst du dich nicht beschäftigen, Bloom. Das ist eine Sache, um die sich dein Großvater kümmert.«

»Ich soll also den Mund halten, obwohl ich weiß, dass ihr lügt?«

»Das will ich nicht noch einmal von dir hören«, fährt sie mich so barsch an, dass ich reflexartig ein Stück zurückweiche. Als sie meine Reaktion bemerkt, seufzt sie leise und fährt sich mit den Händen übers Gesicht. Auf einmal sieht sie unfassbar müde aus. »Ich meine das nicht böse, Bloom. Im Gegenteil. Im Moment ist so viel los, und du hast schon genug durchgemacht, als du ihn gefunden hast. Du solltest dich mit solchen Dingen nicht beschäftigen, und du brauchst dir auch keine Sorgen machen. Okay? Das ist alles, was du wissen musst.«

»Aber …«

»Nichts aber«, unterbricht sie mich, immer noch streng, aber nicht mehr ganz so barsch wie gerade eben. »In diesem Fall musst du mir einfach vertrauen. Mir und deinem Großvater.«

Am liebsten hätte ich protestiert, so lange nachgebohrt, bis sie mir endlich die Wahrheit sagt. Aber ich halte den Mund. Ich bin lange genug ein Teil dieser Familie, um zu erkennen, wann ich verloren habe. Aber eines ist sicher – blind vertrauen werde ich niemandem. Dafür geistern zu viele Geheimnisse und Lügen durch die Flure dieses Hauses.

THE CHOSEN ONE

Ich bin mir ziemlich sicher, dass man mir meinen Unmut ansehen kann, als ich am nächsten Tag nach der Schule in den Trainingsraum gehe. Während ich mir meine Sportsachen angezogen und auf dem Weg in den Trainingsraum ein paar Kjøttkaker gegessen habe, habe ich innerlich die ganze Zeit vor mich hin geschimpft. Die letzten Stunden in der Schule waren so schnell vergangen, dass ich mir inzwischen sicher bin, das Schicksal hat irgendeinen dummen Scherz mit mir vor.

Ich will das hier nicht machen. Zum einen, weil dieser ganze Aufstand verdammt peinlich wäre, sollten sich meine berüchtigten Fähigkeiten tatsächlich nicht mehr zeigen. Zara würde mich sicher auslachen. Der andere Grund, warum ich meine Zeit lieber anders verbringen würde, ist, dass ich Angst habe, meine Kräfte könnten immer noch unter der Oberfläche brodeln wie ein Vulkan, der eigentlich schläft, aber jederzeit ausbrechen kann. Und dass dieses Training meine Kräfte irgendwie triggern könnte. Sollten sie tatsächlich immer noch da sein, brauchen sie wahrscheinlich einen Auslöser. Und ich will keine magischen Fähigkeiten. Na gut, die Kräfte vielleicht schon, aber ich will nicht dazugehören, will keinen Platz in diesem Familienunternehmen erhalten. Denn das würde bedeuten, dass ich meine Zukunftspläne definitiv in die Tonne treten kann. Ich würde nicht ins Ausland gehen können, um dort etwas mit Medien oder vielleicht sogar Journalismus zu studieren. Für was auch immer ich mich entscheide, es würde meiner Familie jetzt schon nicht gefallen, wenn ich mich für eine eigene Karriere von ihr distanziere. Aber sollte sich herausstellen, dass ich wirklich Kräfte habe, dann würde meine Familie durchdrehen. Das einzig Positive, was meine Normalität mir in der Vergangenheit gebracht hat, ist, dass ich in Ruhe gelassen wurde. Und ich bin nicht scharf darauf, an diesem Zustand etwas zu ändern.

Als ich den riesigen Trainingsraum betrete, schaue ich mich einen Moment lang um. Als Kind war ich oft hier – eigentlich immer, wenn man es uns erlaubt hat. Später nicht mehr, denn dann war er von Sander und Zara und den anderen besetzt worden. Ich war seit Jahren nicht mehr hier gewesen, doch es sah immer noch so aus wie damals. Wie eine Art Halle mit hohen Decken und Parkettboden, der größtenteils mit dünnen Matten ausgelegt wurde. An den Wänden erstreckt sich eine gigantische Spiegelfläche mit einer Stange davor. Ich bin mir ziemlich sicher, dass diese Vorrichtung fürs Balletttanzen gedacht ist, und frage mich, inwiefern mir das dabei helfen sollte, meine Kräfte unter Kontrolle zu bekommen.

Mein Blick fällt auf Matheo, meinen persönlichen Fahrer,

Bodyguard, Babysitter und nun wohl auch Trainer, der in der Ecke steht und mich stirnrunzelnd mustert. Er scheint beinahe ein bisschen überrascht zu sein, mich hier zu sehen.

»Wusstest du nicht, dass ich komme?«, frage ich und schlendere in die Mitte des Raumes.

»Doch«, sagt er und kommt auf mich zu. Im Gegensatz zu sonst trägt er Jeans und ein T-Shirt und wirkt damit ungewohnt leger. Ich weiß, dass er auch Zara und Sander hin und wieder unterrichtet, aber irgendwie bin ich immer davon ausgegangen, dass er das im Anzug tut. Was natürlich Quatsch ist. »Aber ich wusste nicht, dass Sie in Sportkleidung kommen.«

Ich hebe eine Augenbraue und verkneife mir einen Kommentar darüber, dass er mich endlich duzen soll. »Was soll ich denn sonst zum Training anziehen?«

»Was immer Sie wollen. Aber wir werden hier keinen Sport machen.«

»Sondern?«, frage ich irritiert.

»Ihre Kräfte beruhen mit großer Wahrscheinlichkeit auf mentaler Stärke. Daher werden wir uns konzentrieren.«

Beinahe hätte ich gelacht, reiße mich aber rechtzeitig zusammen. »Wir sind hier, um uns zu konzentrieren?«

Matheo nickt. »Ja.«

Und er meint es tatsächlich ernst. Die nächsten zwei Stunden verbringen wir damit, uns zu konzentrieren. Oder wir versuchen es zumindest, meiner Einschätzung nach ohne nennenswerten Erfolg.

Matheo hat mir erklärt, dass meine Kräfte mit Energie wirken müssen, da das das Element unseres Hauses ist, also der Ursprung meiner Fähigkeiten. Der Legende zufolge hat jedes der Häuser eine Art Kategorie, in die die jeweiligen Kräfte einzuordnen sind und die irgendwie mit ihrer jeweiligen Jahreszeit zusammenhängen.

Frühling: Heilkräfte. Ähnlich wie die Natur nach dem kalten Winter sind die Mitglieder in der Lage, Energie von sich selbst auf Menschen oder andere Lebewesen zu übertragen und Schäden auszugleichen. Hilfe zur Selbsthilfe quasi.

Sommer: körperliche Stärke, weil im Sommer alles blüht, das Leben nur so sprießt und so weiter.

Herbst: degenerative Fähigkeiten. Diese Familie kann Dinge altern lassen, manchmal sogar bis zum Tod. So zumindest das Gerücht.

Und dann wir, der Winter. Wir sind das Haus der Energie. Die meisten von uns können Dinge wie Auren wahrnehmen, die Essenz der Menschen erkennen, in die Zukunft sehen und so einen Kram. Laut Matheo beruhen die Kräfte, die ich im Keller eingesetzt habe, wohl auf der Fähigkeit, Kraftlinien zu erkennen und anzuzapfen. Also Energie zu erkennen und zu entziehen. Kraft oder Energie steckt in so ziemlich allen Dingen: Lebensenergie in Menschen und Pflanzen, die Kraft des Alters und der Geschichte in Steinen oder Gebäuden.

All das klingt ziemlich einleuchtend, trotzdem hilft es mir nicht wirklich weiter. Meine Mom kann Auren erkennen und bei manchen Menschen sehen, wie verdorben ihre Seelen sind. Das ist keine exakte Wissenschaft und funktioniert auch nicht immer und automatisch. Mein Großvater kann den Fluss von Energien kontrollieren, kann sie blocken oder herstellen. Das bedeutet in etwa, dass er bestimmte Kräfte anderer abschwächen oder befeuern kann, auch wenn ich die genaue Funktion nicht wirklich verstehe. Matheo ist in der Lage, genau wie Zara, bestimmte Ereignisse in der Zukunft vorherzusehen, aber nur einzelne Zeitpunkte. Auch diese Fähigkeit ist eher schwammig, weil die Zukunft sich immer wieder ändern kann und er nur den aktuellen Ausgang der Gegenwart sieht. All diese Fähigkeiten unterscheiden sich deutlich von meinen, weswegen mir keiner wirklich erklären kann, *wie* ich meine Kräfte einsetzen kann. Wie ich sie hervorrufen und dazu bringen kann, mir zu gehorchen. Was ziemlich anstrengend ist.

Dennoch ist diese Macht ein Teil von mir. Ich müsste sie also laut Matheo genauso aufrufen können, wie ich mich zum Sprechen oder zum Laufen entscheiden kann. Als das nicht klappt, versucht Matheo, mir zu erklären, wie er seine Kräfte einsetzt. Er gibt mir Tipps, wie ich die Kräfte zu fassen bekomme, was ich mir vorstellen, woran ich denken soll und so weiter. Aber nichts funktioniert. Das Einzige, was ich erreiche, ist ein roter Kopf und jede Menge Flüche, die meinem Großvater Tränen in die Augen getrieben hätten.

Als Matheo endlich aufgibt, bin ich frustriert. Ein Teil von mir ist erleichtert, dass ich nicht zu Superwoman mutiert bin, ein anderer Teil fühlt sich irgendwie in seinem Stolz verletzt.

Sobald ich mich von Matheo verabschiedet und den Trainingsraum verlassen habe, macht sich mein Magen laut bemerkbar. Ich muss dringend etwas essen. Vor dem Training war ich zu nervös, um tatsächlich viel hinunterzubekommen, aber jetzt bin ich kurz vorm Verhungern.

Gedankenverloren greife ich nach meinem Handy und werfe einen Blick auf die neuen Nachrichten, als ich beinahe in Zara hineinlaufe, die vor mir um eine Ecke biegt und stolpernd stehen bleibt.

»Pass auf, wo du hinläufst« Sie weicht so übertrieben aus, als wäre ich zwei Meter breit.

»Lass deine schlechte Laune nicht an mir aus, Zara.«

Sie schnaubt. »Wie war das Training?«, fragt sie spöttisch.

»Großartig«, antworte ich und gehe einfach weiter. Ich habe jetzt wirklich keine Lust mit ihr zu streiten. Ich habe Hunger.

»Weißt du, was mich am meisten aufregt?«, ruft sie mir hinterher.

Innerlich fluchend bleibe ich stehen. Ich schließe einen Moment die Augen, bevor ich mich umdrehe und sie ansehe. »Was?«

Zara funkelt mich an. »Alle sind damit beschäftigt, sich Gedanken über dich zu machen.«

»Ich habe nicht darum gebeten.«

»Und trotzdem schaffst du es irgendwie immer, im Mittelpunkt zu stehen.«

Ich balle die Hände zu Fäusten. »Was ist der Punkt?«

»Der Punkt ist: Sie vergessen Sander einfach«, schleudert sie mir entgegen. »Sie machen Pläne, was sie mal wieder mit dem Problemfall der Familie anstellen sollen, und keiner denkt mehr an meinen Bruder oder daran, was mit ihm passiert ist. Und das Schlimmste ist, dass du es nicht einmal zu schätzen weißt.«

»Zara«, sage ich leise und mache einen Schritt auf sie zu. Ich mag Zara nicht, und ich habe auch ihren Bruder nicht wirklich gemocht. Trotzdem hat sie ihn verloren, und ich bin mir ziemlich sicher, dass der Verlust ihr mehr wehtut, als sie zugeben will.

»Vergiss es«, faucht sie, reißt die Tür zum Trainingsraum auf und verschwindet.

Einen Moment lang stehe ich da und schaue ihr hinterher, dann drehe ich mich wieder um. Das reinste Irrenhaus.

Die kommende Woche ist die Hölle. Meine ganz persönliche Hölle. Ich gehe in die Schule, verbringe so viel Zeit mit meinen Freunden wie möglich und komme dann nach Hause, um direkt in den Trainingsraum zitiert zu werden. Es ist nicht jedes Mal Matheo, der mich trainiert. Manchmal ist es auch meine Mom, einmal sogar mein Großvater. Sie alle versuchen, mir zu erklären, was ich tun muss und wie ich meine Kräfte hervorrufen kann.

Wenn sie denn da sind. Inzwischen bin ich mir relativ sicher, dass der durchaus beeindruckende Ausbruch im Keller einfach eine Ausnahme war. Ich weiß weder, wie ich es gemacht habe, noch kann ich es wiederholen. Ich bin ein Reinfall. Deswegen habe ich auch kein gutes Gefühl, als ich am Samstag in das Büro meines Großvaters zitiert werde.

Es ist nie gut, ins Büro kommen zu müssen, schon gar nicht im Moment.

Ein wenig nervös lasse ich mich in den Ohrensessel fallen, der dem Schreibtisch meines Großvaters gegenübersteht. Sein Arbeitszimmer ist das reinste Klischee eines reichen Familienoberhauptes mit altem Geld. Unzählige Bücherregale, natürlich ohne ein einziges Buch, das wirklich jemanden interessieren würde. Beistelltischchen mit Pokalen und Auszeichnungen, eine Bar in Form eines Globus und Gemälde von wichtigen Vorfahren an den Wänden. Wahlweise auch von sich selbst. Jeder Gegenstand in diesem Raum ist perfekt platziert, genau wie der Rest in unserem Haus. Wäre ich ein Staubkorn, ich würde es nicht wagen, mich hier niederzulassen.

Ich hasse es, hierher zitiert zu werden, denn ich fühle mich dabei jedes Mal wie ein Kind. Als Mom sich auch noch neben mir in dem anderen Sessel niederlässt, habe ich das Gefühl, als würde ich mich gleich vor meinem Schuldirektor rechtfertigen müssen.

»Was ist?«, frage ich leise und sehe mich um, obwohl mein Großvater noch gar nicht da ist. Trotzdem weiß ich, dass dieses Haus Ohren hat. Er hört alles.

»Lass uns auf deinen Großvater warten«, sagt meine Mutter, und ich lehne mich ein wenig enttäuscht zurück.

Was auch immer ich ausgefressen habe, ich bin mir ziemlich sicher, dass es nicht so unangenehm werden würde, würde ich allein mit meiner Mom darüber sprechen. Sie mag streng sein und ein wenig distanziert, aber um Längen besser als Grandpa.

In dem Moment geht hinter uns die Tür auf, und mein Großvater kommt herein. Wie immer, wenn er einen Raum betritt, widerstehe ich dem Drang zu salutieren.

»Hey, Grandpa«, sage ich betont fröhlich und lächle, als er mich stirnrunzelnd ansieht.

»Bloom.« Er nickt nur kurz und lässt sich dann hinter seinem Schreibtisch nieder. Es wäre ja auch deutlich zu persönlich, wenn er sich neben uns setzen würde oder etwas in der Art. »Wie geht es dir?«

Meine Gedanken wandern zu Sander, doch ich lenke sie hastig wieder in eine andere Richtung. Daran darf ich jetzt nicht denken, sonst werde ich wieder wütend, weil sie seinen Tod immer noch als Unfall abtun. Ein wenig befürchte ich, dass die beiden mich wieder von der Schule nehmen wollen. Und das will ich auf jeden Fall vermeiden. Daher werde ich all mein Verhandlungsgeschick brauchen – Wut bringt mich dabei nicht weiter.

»Es geht schon«, antworte ich bemüht ruhig und ernte dafür ein verständnisvolles Lächeln von Mom.

»Wir haben uns in den letzten Tagen viel beraten, wie du dir wahrscheinlich vorstellen kannst. Auch mit Matheo«, sagt Grandpa und reibt sich über die Augen. Er sieht tatsächlich müder aus als gewöhnlich. Was vermutlich daran liegt, dass er in einer Nacht sowohl seinen Enkel als auch den amtierenden Winterhüter verloren hat und nun seitdem ziemlich unter Druck steht. »Der Jahreswechselball steht kurz bevor, und wir sind zum ersten Mal in der Geschichte in der Position, dass wir keinen Hüter für das Ritual haben«, erklärt er so sachlich, als würde er nicht über seine eigene Familie sprechen. »Was uns vor die Frage stellt, wer diese Aufgabe übernimmt. Darüber hinaus sind wir uns immer noch nicht ganz sicher, was dort unten im Keller mit dir geschehen ist, trotzdem denken wir, dass es für die Ohnmacht der Menschen und die anderen Vorkommnisse nur eine Erklärung gibt.«

Er sieht mich so erwartungsvoll an, dass ich langsam die Brauen hebe. »Dass ich Kräfte besitze.«

Meine Mom und er nicken, während sie mich immer noch mustern. Ich weiß nicht genau, was für eine Reaktion sie erwarten. Überraschung? Entsetzen? Oder Freude vielleicht?

Tatsächlich empfinde ich nichts davon, was vermutlich daran liegt, dass ich eine höhere Meinung von mir selbst habe als sie. Natürlich bin ich überrascht davon, dass doch offensichtlich ein wenig Magie in mir brodelt, wenn auch gut versteckt. Aber warum denn auch nicht? Ich bin die Enkelin des Wintermeisters, auch wenn ich wegen meines Vaters aus der Reihe getanzt bin.

Für gewöhnlich ist es Mitgliedern aus der direkten Abstammungslinie der Häuser nicht gestattet, jemand »Normalen« zu daten. Jemand, der nichts mit diesem ganzen Firlefanz zu tun hat. Mögliche Partner werden penibel ausgewählt und von der Familie geprüft, bevor man sich vermählen darf. Meine Mom hatte eine wilde Teenagerzeit und war dann dummerweise von jemandem schwanger geworden, der so gar nicht standesgemäß war. Und daraus bin ich entstanden – ein Kind von einem Vater, der kein Jahreszeitenmitglied ist und bereits vor meiner Geburt verschwunden ist. Ich bin wie ein Mischlingswelpe in einer astreinen Hundezucht. Niedlich anzusehen, aber nicht wirklich zu gebrauchen. Und ohne magische Kräfte.

Bis jetzt. Als ich vor zwei Wochen neben Sander in diesem verdammten Keller gekniet habe, habe ich es irgendwie geschafft, sämtliche verfügbare Energie im Raum auf mich zu übertragen. Das Ergebnis waren der Ohnmachtsfall der Leute um mich herum und ein Haufen verwelkter Blumen.

Und da sind wir jetzt.

»Okay«, sage ich, als ich bemerke, dass beide mich immer noch ansehen, als würden sie auf eine Reaktion warten. »Das ist vielleicht eine Überraschung und so weiter, aber ändert es tatsächlich irgendwas? Die Sache im Keller war krass, aber so etwas ist noch nie zuvor passiert, das schwöre ich. Wir haben keine Ahnung, wie stark meine Kräfte sind oder ob sie überhaupt bleiben. Vielleicht verschwinden sie ja auch wieder.«

Ich kann nicht verhindern, dass meine Stimme am Ende ein wenig hoffnungsvoll klingt. Ich persönlich hätte überhaupt kein Problem damit, wenn dieser kleine Anflug von Kräften eine einmalige Sache gewesen wäre.

»Du übersiehst da eine Kleinigkeit, befürchte ich«, sagt meine Mom und wirft mir einen Blick zu, in dem sich eine Mischung aus Argwohn und Mitleid spiegelt.

Mein Großvater seufzt und lehnt sich in seinem Sessel zurück. »Sanders Tod hat Folgen, Bloom«, sagt er ernst. »Mir ist klar, dass du dich in den letzten Jahren nicht viel mit unseren Traditionen auseinandergesetzt hast, aber selbst dir sollte klar sein, dass der Tod eines Hüters mitten in der Saison ein schwerwiegendes Problem darstellt.«

Ich beiße mir auf die Lippe, um nichts Patziges zu erwidern. Bei ihm klingt es, als wollte ich kein Teil der Traditionen sein, als hätte ich mich bewusst dazu entschieden, ein Außenseiter in meiner eigenen Familie zu sein. Aber das stimmt nicht. Sie haben mich ausgegrenzt.

»Was ist mit Zara?«, frage ich und konzentriere mich wieder auf das eigentliche Gespräch. »Sie ist die Nächste, oder nicht? Sie ist vielleicht noch ein bisschen jung, aber für eine Zeremonie sollte es doch reichen.«

Für gewöhnlich wird man erst mit achtzehn Jahren zum Hüter ernannt. Meine Cousine Zara und ich sind erst siebzehn. Sie mag ein halbes Jahr jünger sein als ich, aber ihr Ego sollte den kleinen Altersunterschied locker ausgleichen.

»Zara ist nicht die direkte Nachfolgerin, Bloom.«

Etwas in seiner Stimme lässt mich aufhorchen. Ich werfe meiner Mom einen Blick zu, doch die zupft nur nervös am Saum ihrer Bluse. Nach ein paar Sekunden steht sie auf, geht zur Tür und lehnt sich an die Wand, als könnte sie das Stillsitzen nicht mehr ertragen.

Mir wird klar, worauf mein Großvater hinauswill, doch gleichzeitig kann ich es nicht glauben. »Nein«, sage ich leise und sehe Grandpa an. »Du verarschst mich.«

»Achte auf deine Worte«, ermahnt Mom mich.

»Du bist die nächste Hüterin«, bestätigt mein Großvater meine Befürchtungen. Sein Gesicht zeigt keinerlei Emotionen, trotzdem fühlen sich seine Blicke an wie kleine Messerstiche.

Es ist, als hätte mir jemand eine Ohrfeige verpasst. Bis jetzt habe ich nicht gewusst, was für eine Wirkung Worte haben können. Doch in diesem Moment spüre ich sie beinahe körperlich.

»Wie bitte?«, frage ich mit hochgezogenen Augenbrauen. Ich habe mich sicher verhört.

Hüter sind die auserwählten Goldjungen und -mädchen einer jeden Generation. Im Grunde kann man sie mit Thronfolgern vergleichen, mit der Ausnahme, dass ihre Amtszeit meist nur kurz währt. Jede Familie erwählt jeweils einen Hüter, der sein Haus bei wichtigen Veranstaltungen vertritt. Das sind in der Regel die direkten Nachfahren des Oberhauptes beziehungsweise Meisters – in diesem Fall mein Großvater. Normalerweise wird man auf diese besondere Ehre vorbereitet, wie Zara und Sander. Die Kräfte werden trainiert, bis man sie auf Kommando abrufen kann. Man lernt die richtige Etikette, paukt Stammbäume und die Namen Hunderter Hüter, um auf Veranstaltungen passenden Small Talk halten zu können. Denn auch wenn die Amtszeit eines Hüters manchmal nur ein paar Jahre dauert – abhängig davon, wann der nächste Hüter das passende Alter erreicht und einen ablöst –, gehört man für immer zum engsten Kreis und damit zur Elite der Jahreszeitenfamilien. Die Meister eines Hauses waren alle einmal selbst Hüter – das Ganze ist also eine ziemlich große Sache.

Die bedeutendste Aufgabe ist jedoch die Teilnahme an der Übergangszeremonie während des Jahreszeitenballs. Zu jedem Jahreszeitenwechsel wird ein Ball veranstaltet, auf dem die beiden amtierenden Hüter die gehende Jahreszeit verabschieden und die kommende entstehen lassen. Eine Ehre, für die mich vermutlich viele meiner Generation beneiden würden. Ich persönlich sehe das anders.

Mein Großvater seufzt so schwer, als würde die Last der Welt auf seinen Schultern ruhen. Er sieht meine Mutter an, die immer noch mit versteinerter Miene neben der Tür lehnt und ihre Füße mustert, als gäbe es in diesem Moment nichts Wichtigeres auf der Welt.

»Du bist die Hüterin, Bloom«, wiederholt Grandpa und runzelt die ohnehin faltige Stirn. »Du bist die älteste deiner Generation, jetzt, da dein Cousin tot ist. Das können wir nicht ignorieren.«

Ich lache trocken auf. Wieder sehe ich zu meiner Mom hinüber, doch die weigert sich nach wie vor, meinen Blick zu erwidern. Na, vielen Dank auch. »Das können wir also nicht ignorieren? Aber die Tatsache, dass ich siebzehn Jahre nichts mit alledem zu tun hatte, schon?«

»Zügle dein Temperament, Bloom«, mahnt mein Großvater. Ihm ist deutlich anzusehen, was er von meinen Worten und meinem Tonfall hält, doch das ist mir im Moment wirklich egal. »Es ist nun mal, wie es ist.«

Ich schnaube. »Ihr macht es euch ja wahnsinnig einfach!«, rufe ich fassungslos. »Was, wenn ich überhaupt keine Hüterin sein will? Wenn ich keine Lust auf diesen ganzen Quatsch habe?«

»Du hast keine Wahl«, sagt er ungerührt. Er verschränkt die Hände vor sich auf dem Schreibtisch und mustert mich streng.

Wenn man ihn so sieht, könnte man meinen, er wäre einfach nur ein besorgter Großvater. Doch ich kenne den Menschen hinter der unscheinbaren Fassade und weiß, dass ich für ihn lediglich ein Zahnrad im System bin. Ein wichtiges, zugegeben, doch er würde mich auf der Stelle austauschen, wäre es ihm möglich. Er ist nicht um mich besorgt, er hat lediglich Angst um seinen verdammten Winterhof.

»Dieser ganze *Quatsch*, wie du ihn nennst«, fährt mein Großvater fort, »ist auch dein Erbe, Bloom. Es würde dir nicht schaden, es ein wenig ernster zu nehmen.«

»Ach, jetzt ist es auf einmal mein Erbe?«, frage ich ungläubig. Ich wünsche mir, dass Mom endlich etwas sagt. Dass sie mir zur Seite steht und irgendwie Partei für mich ergreift, doch sie lehnt weiterhin an der Wand wie eine Statue. »All die Jahre habt ihr mir immer wieder gesagt, dass ich nicht dazu bestimmt sei, bei euren ganzen Angelegenheiten mitzumischen. Ihr habt es zwar nie so krass formuliert, aber glaub mir, Kinder können grausam sein. Zara hat mich nie vergessen lassen, dass ich ein Mitglied zweiter Klasse bin. Sie hat mich sogar mal ›Schlammblut‹ genannt, nachdem sie *Harry Potter* gelesen hat!«

Ich bin mir sicher, dass Grandpas Mundwinkel kurz zucken, und das bringt das Fass zum Überlaufen.

»Wisst ihr was?«, schreie ich beinahe, selbst überrascht von meiner Kaltschnäuzigkeit, und springe auf. Mag ja sein, dass ich diesen ganzen Zirkus mit den Jahreszeitenhäusern lächerlich finde, doch ich habe verdammten Respekt vor meinem Großvater. Eigentlich. »Ich mache da nicht mit! Ich trete das Amt nicht an. Oder ich trete zurück … keine Ahnung. Scheiße, ich lasse mich doch nicht zu einer verdammten Figur in diesem Spiel machen!«

»Bloom!«

Verwirrt sehe ich zu meiner Mom. Sie hat sich tatsächlich bewegt, doch nicht, um sich schützend neben mich zu stellen, wie ich gehofft habe. Stattdessen schlägt sie sich auf die Seite meines Großvaters und verschränkt die Arme vor der Brust. Sie bilden eine Einheit, eine unnachgiebige Mauer der Kälte, die mir den Wind aus den Segeln nimmt.

»Mäßige deinen Ton«, sagt sie und ahmt dabei genau den Tonfall nach, den mein Großvater gerade eben noch an den Tag gelegt hat. »Ich verstehe, warum du aufgebracht bist, wirklich. Wir sind alle nicht begeistert, aber wir müssen da jetzt durch, okay?«

Ich schüttle ungläubig den Kopf. »Ihr seid nicht begeistert? Es tut mir wirklich leid, dass ich euch in die Quere komme.« Mir steigen die Tränen in die Augen, doch ich blinzle sie entschlossen weg. Ich werde ihnen nicht die Genugtuung geben, vor ihnen zu heulen. »Vielleicht wäre es besser, wenn es mich einfach gar nicht geben würde. Dann würde ich euer beschissenes Leben nicht so durcheinanderbringen!«

Und damit drehe ich mich entschlossen um und renne aus dem Büro.

Ich weiß, dass weglaufen keine Lösung ist. Mir ist auch klar, dass ich weder diesem Gespräch noch dessen Folgen wirklich entkommen kann. Doch es reicht mir. Ich habe keine Lust mehr darauf, mir ständig anzuhören, dass ich nicht gut genug für das alles hier bin. Dass ich zu wenig Erfahrung, einfach nicht das Zeug dafür habe. Und das alles nur, weil meine Mom keine Ahnung hat, wer mein Vater ist. Wobei, das ist nicht ganz richtig. Sie hat praktischerweise seinen Namen vergessen, jedoch nie versäumt zu erwähnen, dass er ein normaler Mensch ist. Ein Mann ohne Verbindung zu den Jahreszeitenhäusern, ohne Kenntnisse von der Magie, die in uns Mitgliedern fließt. Meine Mom ist die Tochter des Wintermeisters, eine Beziehung zu einem Unbeteiligten war in ihrer Position schon beinahe ein Skandal. Hätten die Höfe ihr eigenes Klatschblatt, wäre meine

Mom damals auf der Titelseite gelandet. Dass sie von diesem Mann dann auch noch ein Kind bekommen hat, war einfach nur eine Schande. Natürlich spricht es niemand direkt aus, doch ich weiß, dass meine Existenz vielen der Familienmitglieder ein Dorn im Auge ist.

Tja, so wie es aussieht, ist dieser Dorn im Auge nun die amtierende Hüterin des Winterhofes.

Ich schnaube wütend, während ich die Treppe zu meinem Zimmer hochrenne, immer zwei Stufen auf einmal nehme, und dabei die fragenden Gesichter der Angestellten ignoriere, die mir aus dem Weg springen.

Hüterin. Ich. Das ist doch ein blöder Witz. Damit machen sie im Grunde den Bock zum Gärtner, denn es gibt wohl kaum jemanden in den vier Jahreszeitenhäusern, der dieses ganze Tamtam lächerlicher findet als ich. Dass ich auf einmal zu der zweitwichtigsten Person am ganzen Hof werden soll, ist total absurd.

In meinem Zimmer knalle ich die Tür hinter mir zu und lasse mich auf die Fensterbank fallen, die ich mit Polstern ausgelegt habe. Das hier ist eigentlich meine Leseecke, aber in den letzten Jahren hat sie sich als perfekter Platz zum Grübeln entwickelt. Nirgends kann man besser nachdenken – der blattlose Wald vor der von Regentropfen übersäten Fensterscheibe ist wie ein Freund, der sich stillschweigend jedes noch so nichtig erscheinende Problem anhört.

Heute jedoch sind meine Probleme alles andere als nichtig. Und dabei geht es nicht nur darum, dass mir mein Stolz im Weg steht. Klar, ein Teil von mir will bei dieser ganzen Sache aus Prinzip nicht mitmachen. Ich sehe nicht ein, dass ich jahrelang wie ein Mensch zweiter Klasse behandelt werde, nur um mich dann ins kalte Wasser zu schmeißen und vollen Einsatz zu erwarten.

Doch selbst wenn ich diese Tatsache ignoriere, will ich auf keinen Fall Hüterin werden. Das hat mehrere Gründe. Zum einen bin ich der Meinung, dass ich ein Mindestmaß an Begeisterung an den Tag legen sollte, was ich definitiv nicht tue. Ich bin nicht naiv – ich weiß, dass unsere Aufgabe und der Wechsel der Jahreszeiten wichtig sind. Ohne uns würde die Welt aus dem Gleichgewicht geraten und vermutlich irgendwann explodieren oder etwas in der Art. Das respektiere ich. Würde es allein um die Aufgabe gehen, wäre ich vermutlich sofort dabei. Denn im Grunde hat man als Hüterin ausgesorgt – man übernimmt die Aufgabe, seine Jahreszeit einzuläuten und an ihrem Ende in die nächste zu verabschieden. Und wenn der nächste Hüter mit achtzehn das Amt übernimmt, widmet man sich anderen Aufgaben, erhält aber bis an sein Lebensende die Anerkennung eines Hüters und wird möglicherweise sogar Meister.

Was ich jedoch nicht verstehe – und wovon ich definitiv kein Teil sein möchte –, ist das Getue der Familien: vier Familien mit beeindruckenden Stammbäumen, jede verantwortlich für eine Jahreszeit; einst von den Göttern zu dieser Aufgabe berufen, mit unterschiedlichen magischen Fähigkeiten ausgestattet. So besagt es die Legende, auch wenn ich persönlich ernsthaft bezweifle, dass an dieser Entstehungsgeschichte wirklich Götter beteiligt waren. Jedenfalls halten sich alle für etwas Besonderes, etwas Besseres, was sie auch deutlich zeigen. Seit ich denken kann, ist mein Haus damit beschäftigt, mit den anderen zu konkurrieren. Diese ganze Planung von möglichst prunkvollen Bällen, die Außendarstellung gegenüber den anderen Familien … Das alles nervt mich wahnsinnig. Immerhin sitzen wir alle im selben Boot – wäre es also so schlimm, wenn wir harmonisch miteinander umgehen würden? Schließlich geht es darum, zusammenzuarbeiten und gemeinsam das Gleichgewicht zu wahren. Zumindest sollte es darum gehen, und nicht darum, welche Familie am coolsten ist.

Ich tue gern so, als wäre ich völlig unbeeindruckt von den Mitgliedern der Familien oder deren Meistern. Doch in Wahrheit machen sie mir Angst. Ich selbst gehöre zu dem mit Abstand langweiligsten Haus, doch es gibt andere Häuser, die eindeutig mehr draufhaben als wir. Mit einer Berührung töten, zum Beispiel, wie es angeblich die Mitglieder des Herbstes können. Ich habe auch von einem Sommerjungen gehört, der Fußabdrücke in festem Beton hinterlassen hat, als er laufen gelernt hat. Das ist krass, und ich bewundere das alles auch, aber so richtig geheuer ist es mir nicht. Allein das Wissen, dass sie zu alledem fähig sind, macht sie irgendwie unheimlich.

Dazu kommt, dass es kaum moralische Werte gibt, denen wir folgen. Klar, wir haben bestimmte Regeln, doch die sind bei Weitem nicht so streng, wie man es aus Superheldenfilmen kennt. Es gibt keinen Ehrenkodex. Niemanden, der uns wirklich kontrolliert. Wenn also irgendein Herbstmitglied jemanden um die Ecke bringt – gibt es dann eine Art Untersuchung? Nein. Wird er zur Rechenschaft gezogen? Auch nicht. Ist dergleichen unser gottgegebenes Recht, weil wir schließlich etwas Besonderes sind? Den anderen zufolge auf jeden Fall.

Seufzend lehne ich die Stirn gegen das kalte Glas und beobachte einen Wassertropfen, der sich langsam seinen Weg über die Scheibe bahnt. Nein, ich will nicht Teil dieser abgehobenen Gesellschaft werden, die sich für etwas Besseres hält und den Kontakt zur Realität verloren zu haben scheint. Ich will nicht zu diesem Ball. Will mir kein Kleid anziehen und das Jahreszeitenamulett übergeben. Denn danach wird es kein Zurück mehr geben. Hüter bekommen für gewöhnlich nach Ausführen ihres Amtes irgendwelche wichtigen Rollen in ihrem jeweiligen Haus, die sie natürlich nicht ablehnen können. Manche werden zu einer Art Botschafter und zum Studieren an andere Höfe geschickt. Das will ich auf keinen Fall.

Meine Gedanken wandern zu Sander, und erneut zieht sich mein Herz schmerzhaft zusammen. Er ist tot. Und so wie ich ihn aufgefunden habe, glaube ich nicht, dass er an einer Allergie gestorben ist – auch wenn mein Großvater das allen weismachen will. Was bedeutet, dass jemand nachgeholfen haben muss. Aber wer? Und vor allem, warum? Dass es jemand aus unserer Familie war, ist sehr unwahrscheinlich. Doch dass jemand aus den anderen Familien hier unbemerkt eindringen konnte, ist eigentlich genauso abgedreht. Nicht bei den Sicherheitsvorkehrungen, die hier auf Kalinøya herrschen.

Wieder denke ich an den Herbsthof und die Kräfte, die den Mitgliedern nachgesagt werden. Nein, ich will auf keinen Fall ein Zahnrad in dieser Maschinerie werden.

Ich will nicht die Nächste sein.

CIRCLE OF FOUR

Die nächsten Tage vergehen wie im Flug. Die Ballvorbereitungen laufen auf Hochtouren, ich werde mit Informationen und Anweisungen quasi überschüttet: wie ich mich verhalten, mit wem ich mich unterhalten und von wem ich mich fernhalten solle. Dazu das Training mit Matheo und die Tatsache, dass ich nach wie vor nicht in der Lage bin, meine Kräfte einzusetzen. Mein Kopf schwirrt immer noch, und ich war mehrere Male kurz davor, einfach rauszurennen und mich ein paar Stunden lang im Wald zu verstecken.

Umso erleichterter bin ich, dass ich dem ganzen Trubel heute für einen Nachmittag entfliehen kann. Als Hüterin spiele ich eine der Hauptrollen auf dem Jahreszeitenball, was bedeutet, dass ich dementsprechend gekleidet sein muss. Also wurde ich shoppen geschickt – ein Angebot, das ich unter den gegebenen Umständen dankend angenommen habe.

Nervös streiche ich mit den Handflächen über den ausladenden Rock meines Kleides. Wow! Ich würde wirklich gern die Unbeeindruckte spielen, aber ich kann nicht verhindern, dass sich ein kleines Lächeln auf mein Gesicht stiehlt, als ich mein Spiegelbild betrachte. Ich meine, ja, ich wehre mich gegen meine Rolle als Hüterin. Das ändert aber nichts an der Tatsache, dass dieses Kleid der Wahnsinn ist.

Es besteht aus einem tiefblauen, mit Perlen besetzten Oberteil aus Spitze, das knapp über meinem Bauchnabel endet, und einem weit fallenden Rock aus blauer Seide. Wenn ich mich bewege, wallt der Stoff mir um die Beine wie Wasser, und die Perlen glänzen silbern im Licht. Es ist perfekt. Es erinnert an Schnee, Eis und dunkle Winternächte und gleichzeitig an den Sternenhimmel. Der Ausschnitt ist ein bisschen gewagt, aber immerhin zaubert der integrierte Push-up-BH die Illusion von Brüsten, die in Wahrheit definitiv nicht so groß sind.

»Unglaublich«, sagt Emma und reckt den Daumen in die Höhe. Sie sitzt auf dem antiken Chesterfieldsofa der Boutique und wirkt mit ihren Chucks und der zerrissenen Jeans genauso fehl am Platz, wie ich mich fühle.

Vermutlich wäre ich auch nicht hier, wenn meine Mom diesen Termin nicht für mich gemacht hätte. Eigentlich hat sie darauf bestanden, mich zu begleiten, doch ich habe es Gott sei Dank geschafft, ihr das auszureden. Meine Mom hat zwar einen guten Geschmack, aber ich brauchte etwas, was diesen Termin erträglicher macht – meine beste Freundin ist da eindeutig die bessere Wahl. Seit der Offenbarung meiner neuen Hüterrolle ist meine Mom etwas schwierig. Ich liebe sie, und sie ist definitiv der normalste Mensch in meiner Familie, abgesehen von mir selbst. Aber ich habe ein wenig das Gefühl, als würde sie durch mich endlich die Chance ergreifen wollen, einen Teil zum Familienunternehmen beizutragen. Immer wieder liegt sie mir damit in den Ohren, wie wichtig meine Aufgabe sei und dass ich sie nicht auf die leichte Schulter nehmen solle.

Nein, ich brauche dringend eine Auszeit von meiner Familie, und mit Emma gestaltet sich dieser kleine Shoppingtrip tatsächlich ganz lustig.

Ich drehe mich noch einmal im Kreis und zupfe an dem Oberteil herum. Es ist nicht mit dem Rock verbunden, und ich habe die ganze Zeit das Gefühl, dass es nach oben rutscht und deutlich mehr Haut entblößt, als ich möchte.

»Gibt es eine Möglichkeit, das festzukleben oder so?«, wende ich mich an die Verkäuferin, die mit einem Maßband um den Hals neben mir steht und jede meiner Bewegungen verfolgt, als befürchtete sie, ich würde einfach lossprinten und in die nächste Pfütze springen.

Es ist offensichtlich, was sie denkt – sie fragt sich, ob ich überhaupt genug Geld besitze, um das Kleid zu bezahlen. Zumindest würde sie das, wenn sie nicht allein schon anhand meines Nachnamens wüsste, wer ich bin. Meine Familie kommt schließlich regelmäßig hierher, auch wenn ich selbst bislang noch nie das Vergnügen hatte. Wenn ich meinen Großvater auf die Jahreszeitenbälle begleitet habe, habe ich stets ältere Kleider aus dem Familienfundus aufgetragen.

»Wir könnten es am Rock festnähen«, schlägt sie zweifelnd vor. »Aber der Streifen Haut ist durchaus gewollt.«

Ich runzle die Stirn. »Sicher, dass das eines der Kleider aus der Vorauswahl ist?«

Sie nickt und verschwindet in einem der hinteren Räume, vermutlich, um noch einmal meine Reservierung zu checken. Meine Mom hat mir eine Auswahl Kleider zurückhängen lassen. Wohl um zu verhindern, dass ich mir einen Jumpsuit oder etwas in der Art aussuche. Ihr Vertrauen in mich schmeichelt mir wirklich sehr.

»Und du brauchst das für einen Ball?«, fragt Emma und rutscht vorsichtig ein Stück nach vorn, um nach ihrem Glas Wasser zu greifen.

Ich lächle unbestimmt. »Ja. Eine Familientradition. Einmal im Jahr kommen alle zusammen, und anscheinend sind sie der Meinung, ein Ball sei der passende Rahmen für dieses Treffen.«

»Ziemlich übertrieben.«

»Du sagst es«, kommentiere ich und verdrehe die Augen. Wenn sie wüsste.

Der Jahreszeitenball wird als Maskenball veranstaltet, was die ganze Veranstaltung noch um einiges pompöser macht. Den wahren Grund des Balls kann ich Emma natürlich nicht sagen, also tue ich so, als handle es sich bei dem Ball um etwas, was reiche Leute eben einfach so tun. In Wahrheit sind die vier Bälle jedoch die wichtigsten Ereignisse in unserem Jahr. Sie beenden eine Jahreszeit und lassen gleichzeitig eine neue beginnen. Die Jahreszeitenbälle finden immer an dem Hof statt, dessen Jahreszeit als Nächstes bevorsteht. Sie sind jedes Mal prunkvoll, übertrieben und protzig. Ein Anlass für die Höfe, um sich nicht nur gebührend selbst, sondern auch ihre Macht zu feiern. Manchmal habe ich das Gefühl, dass die eigentliche Aufgabe – die Übergabe des Jahreszeitenamuletts durch die Hüter – dabei ein wenig in den Hintergrund gerät. Ohne uns und dieses Ritual würde auf der Welt ewig Winter, Sommer, Herbst oder Frühling herrschen, und die Natur würde völlig durcheinandergeraten.

Alles in allem werde ich also eine der Hauptrollen auf diesem

Ball spielen. Und das Kleid ist dafür durchaus angemessen, auch wenn es für meinen Geschmack doch etwas zu ausgefallen ist.

Als die Verkäuferin schließlich wiederkommt und mir bestätigt, dass meine Mom dieses Kleid abgesegnet hat, drehe ich mich seufzend wieder zum Spiegel um.

»Ich denke, das nehme ich«, murmle ich und mustere stirnrunzelnd mein Spiegelbild. Das Kleid ist wirklich wunderschön. Zusammen mit der Maske, die extra an das Kleid angepasst wird, werde ich aussehen wie eine Figur aus einem Film. »Aber ich brauche hohe Schuhe dafür.«

Emma verzieht das Gesicht. Sie kennt mich und weiß, dass ich mich auf Absätzen ähnlich grazil bewege wie ein neugeborenes Fohlen, das seine ersten Schritte macht. »Kannst du nicht einfach Turnschuhe anziehen? Das Kleid ist lang genug, um das zu verdecken.«

Ich lache trocken. »Ich wette, meine Mom guckt vorher unter den Rock.«

»Deiner Mom trau ich das glatt zu.« Sie grinst kurz, wird dann aber ernst. »Wie geht es eigentlich deiner Familie? Wir haben uns die letzten zwei Wochen kaum gesehen.«

Mir ist klar, worauf sie hinauswill. An dem Abend von Sanders Tod war ich zu geschockt, um ihr mehr als nur eine kurze Nachricht zu schicken, doch Sonntag, als wir uns auf einen Kaffee trafen, habe ich ihr – mit etwas Abstand – erzählt, was passiert ist. Zumindest die offizielle Version, wonach Sander an einem allergischen Schock gestorben ist. Doch daran glaube ich nicht. Ich bin mir sicher, dass mein Großvater etwas verheimlicht, auch wenn ich nicht weiß, was. Und vor allem, warum. Ich bin mir auch ziemlich sicher, dass Emma etwas ahnt. Vielleicht denkt sie, es sei Selbstmord gewesen. Am liebsten würde ich ihr von meinen Zweifeln erzählen, doch das kann ich nicht. Und ich habe ein wahnsinnig schlechtes Gewissen, sie deswegen anlügen zu müssen.

Ich zucke mit den Schultern und raffe meinen Rock, um von dem kleinen Podest herunterzusteigen. »Es geht schon. Irgendwie ist es immer noch zu surreal, um es wirklich zu begreifen, verstehst du?«

»Hm.« Emma mustert mich nachdenklich. »Es ist echt kaum zu fassen. Von alten Menschen erwartet man irgendwie, dass der Zeitpunkt kommt, aber wie alt war Sander? Achtzehn?«

Ich nicke. Vor meinem inneren Auge tauchen erneut Bilder von Sander auf, wie er vor mir liegt, mit verdrehten Gliedmaßen und starrem Blick. Energisch schiebe ich sie beiseite, zwinge mich, an etwas anderes zu denken. Jetzt nicht heulen. Ich räuspere mich. »Wir fahren nächste Woche los«, sage ich, in der Hoffnung, dass sie mir den abrupten Themenwechsel durchgehen lässt und nicht weiter nachbohrt. »Sehen wir uns am Wochenende noch?«

»Klar.« Sie grinst und legt den Kopf schief. »Und ihr fahrt echt in die Niederlande? Alle zusammen?«

»Jup«, erwidere ich. Die Bälle finden immer am Hof der anbrechenden Jahreszeit statt, und da der Frühlingshof in den Niederlanden liegt, macht die ganze Familie einen Ausflug ins schöne Groningen. Aber auch das kann ich Emma nicht erzählen. »Allerdings«, füge ich hinzu und verdrehe die Augen, »sehen wir nie wirklich etwas von der Stadt, also ist das eigentlich kein großer Unterschied, ob wir hier sind oder dort. Die Anwesen sehen alle in etwa gleich aus.«

»Ich werde das nie ganz verstehen«, sagt sie kopfschüttelnd und hält mir die Hand hin, um mir in die Kabine zu helfen. Ich fühle mich barfuß schon ein wenig unsicher in diesem Kleid, mit hohen Schuhen werde ich wahrscheinlich kaum zwei Meter schaffen, ohne zu stolpern. »Wie kann man das jemals normal finden?«, fährt sie fort. »Ich raste schon aus, wenn ich mit meinen Eltern mal das Land verlasse. Und ihr veranstaltet Bälle und so was.«

Wieder bringe ich nicht mehr zustande als ein Lächeln. Dabei sollte man meinen, dass ich inzwischen eine gewisse Übung in Geheimniskrämerei und Verschwörungen habe. Damit bin ich schließlich aufgewachsen. Seit nunmehr siebzehn Jahren wird mir mehr oder weniger eingetrichtert, dass unsere Geschichte und unsere Arbeit das wichtigste Geheimnis ist, das ich jemals hüten werde. Dass unsere Familien von den alten Göttern selbst dazu auserwählt wurden, die Jahreszeiten und damit den Verlauf der Natur in die richtigen Bahnen zu lenken. Ich halte diese Geschichte eher für ein hübsches Märchen als eine Tatsache, trotzdem ist mir klar, dass wir etwas Besonderes sind. Wir besitzen magische Fähigkeiten, allein das ist schon der Wahnsinn. Ich habe meine Kräfte zwar erst ein einziges Mal richtig eingesetzt, doch ich kann mich noch gut an das Gefühl erinnern. Als wäre ich mächtig, als würde ein Teil meines Körpers sich abspalten und mit der Umgebung um mich herum verschmelzen. Es war ein seltsames Gefühl, und ein Teil von mir ist erleichtert, dass es nicht noch einmal vorgekommen ist. Den Schein vor Emma oder meinen Klassenkameraden zu wahren, wäre vermutlich erheblich schwieriger, wenn ständig irgendwelche Magie aus mir herausbrechen würde.

Ich zucke mit den Schultern. »Man gewöhnt sich dran«, sage ich nur und verschwinde in die Kabine. Ich würde alles dafür geben, mit Emma reden zu können. Richtig reden zu können, meine ich. Eine Freundin oder einen Freund zu haben, vor dem ich mich nicht verstellen muss.

Für gewöhnlich sind die Kinder innerhalb einer Familie miteinander befreundet. Manche der Hüter halten auch Kontakt zu den Hütern anderer Häuser, nachdem sie sich auf den Jahreszeitenbällen kennengelernt haben. Ich bin jedoch immer die Außenseiterin gewesen, und meiner Cousine Zara gegenüber empfinde ich eher so etwas wie Rivalität als wirkliche Zuneigung. Daher hatte ich auch nie jemanden, dem ich mich anvertrauen konnte.

Als ich mich umgezogen und der Verkäuferin meine endgültige Wahl mitgeteilt habe, nehmen Emma und ich ein Taxi nach Aker Brygge und ergattern einen der wenigen freien Tische im Starbucks. Ich brauche dringend süßen Kaffee mit viel Sirup. Zu meiner Erleichterung bleiben wir bei unverfänglichen Themen und kommen nicht wieder auf den Ball zu sprechen. Während ich an meinem Kaffee schlürfe, erzählt Emma mir von einem Tinder-Date, das sie am Wochenende hat, und wir überlegen, ob sie dafür ein neues Outfit braucht. Ein wenig sehnsüchtig höre ich ihr zu. Es ist nicht so, dass ich noch nie ein Date hatte. Natürlich habe ich mich schon mit Jungs aus der Schule getroffen, aber ums Onlinedating habe ich bislang immer einen großen Bogen gemacht. Nicht weil ich kein Interesse daran habe, sondern weil ich weiß, dass es keinen Sinn hat. Sollte ich jemals einen festen Freund haben, würde der von meiner Familie genauestens unter die Lupe genommen werden. Mein Leben und mein Alltag sind speziell, und irgendwie kann ich mir nicht vorstellen, dass ich das alles mit einem Fremden aus dem Internet teilen kann. Ganz davon abgesehen, dass nach Moms Fehltritt mit meinem Dad für mich vermutlich sowieso nur eine arrangierte Ehe infrage kommt. Oder ein ewiges Singleleben.

Als Emma sich schließlich auf den Weg macht und Richtung U-Bahn verschwindet, bleibe ich noch ein paar Minuten vor dem Café stehen und schaue ihr hinterher. Ich bin mir nicht sicher, ob wir uns tatsächlich vor dem Ball noch sehen, aber ich wünsche es mir. Ein ungutes Gefühl in meinem Bauch sagt mir, dass danach nichts mehr sein wird wie vorher. Ich habe diesen Gedanken in den vergangenen Tagen wenig Platz eingeräumt, um nicht von ihnen überwältigt zu werden. Doch einem Teil von mir ist klar, dass die unbeschwerten Tage im Schatten meiner Familie gezählt sind. Früher habe ich es gehasst, nicht miteinbezogen zu werden. Ich habe mich unbedeutend und fehl am Platz gefühlt. Doch in den letzten Jahren ist mir bewusst geworden, wie viel Glück ich hatte, kein Zahnrad in dieser Maschinerie zu sein. Während Sander, Zara und die Kleinen Hausunterricht hatten und ihre Freizeit mit dem Training ihrer Kräfte verbracht haben, war ich mit meinen Freunden unterwegs, bin zur Schule gegangen und habe alle möglichen Sportarten ausprobiert.

Das alles wird nun vermutlich vorbei sein.

Ich schüttle den Kopf, um die dunklen Gedanken zu vertreiben, schlage den Kragen meines Mantels hoch und ziehe meine Handschuhe über, bevor ich mich ebenfalls auf den Heimweg mache. Zwar steht der Frühling vor der Tür, trotzdem herrschen aktuell frostige vier Grad in Oslo. Allerdings ist Norwegen generell nicht wirklich für sein sonniges Klima bekannt. Eine Mischung aus Schnee und Regen prasselt auf mich ein, während ich mir die Kapuze über den Kopf ziehe und Richtung Fjord laufe. Ich könnte mich auch einfach von meinem

Fahrer abholen lassen. Aber wenn ich ehrlich bin, mag ich das norwegische Wetter, auch wenn es sich im Moment eher von seiner kalten und nassen Seite zeigt. Mir fällt es auch nach wie vor schwer, mir vorzustellen, wie wir während des Frühlingsballs die ersten Blüten erblühen lassen werden. Ich habe vielleicht einen sommerlichen Namen, bin aber definitiv ein Wintermädchen. Ich schätze, da kann ich einfach nicht aus meiner Haut.

Nach etwa zehn Minuten Fußbarsch bin ich bis auf die Knochen durchgefroren, fühle mich aber irgendwie besser. Als hätten die kalten Temperaturen mich geerdet und mich daran erinnert, dass all meine Probleme im großen Plan des Lebens eher unbedeutend sind. Meine Schuhe treffen auf den kalten Stein unter meinen Füßen, durch den jahrtausendealte Energie fließt. Er beinhaltet die Stärke und die Kraft der Menschen, die ihn einst aus dem Felsen gehauen und genau hier im Boden versenkt haben. Meine Haut beginnt leicht zu kribbeln, als würde der Stein kleine elektrische Stöße aussenden.

Als ich den Anleger erreiche, stehe ich vor einem riesigen, schmiedeeisernen Tor, das den Steg von den Passanten abschirmt. Dahinter liegt ein einzelnes Schnellboot; dasselbe, mit dem ich heute Morgen aufs Festland übergesetzt bin. Obwohl das Anwesen meiner Familie in Oslo recht zentral liegt, leben wir auf einer Insel. Einer Insel, auf der es keinerlei Menschen gibt, die nicht zu meiner Familie gehören. Selbst die Angestellten sind in irgendeiner Art und Weise mit uns verwandt. Ziemlich clever, wenn man darüber nachdenkt. Wir wohnen zivilisiert genug, um von den Vorteilen der modernen Gesellschaft zu profitieren, sind aber dennoch ganz für uns und können sicherstellen, dass die normalen Menschen nichts von den seltsamen Machenschaften mitbekommen, die wir auf unserer kleinen Insel treiben. Mir ist klar, dass in Oslo und in meiner Schule über uns gesprochen wird, ich kann es ihnen aber nicht verübeln. Ich selbst würde wahrscheinlich auch darüber reden, wenn es nicht meine Familie wäre.

Schaudernd streife ich mir meinen Handschuh ab und drücke den Daumen auf das kleine Scanfeld. Es piept einmal, dann öffnet sich summend das Tor. Noch bevor es hinter mir ins Schloss fällt, hat Matheo den Schutz des kleinen Bootes verlassen und beginnt es abzutäuen. Ich schmunzle, als er mir die Hand hinhält.

»Auf einer Skala von eins bis zehn«, sage ich und schirme mein Gesicht mit der freien Hand vor dem eisigen Wind ab, »wie durchgefroren bist du?«

Matheo verzieht keine Miene, wie eigentlich immer. Mit seinem Kurzhaarschnitt, den stahlgrauen Augen und der markanten Kinnpartie sieht er aus wie ein Elitesoldat, nur dass er einen Anzug trägt. Trotzdem mag ich ihn irgendwie. Er ist nicht sonderlich kuschelig, aber ich bin mir ziemlich sicher, dass er mich mag. Zumindest hat er mich noch nie bei meiner Mom oder meinem Großvater verpetzt, und manchmal lacht er sogar über meine Witze.

»Sorgen Sie sich nicht, Miss Bloom«, erwidert er, und ich verdrehe beinahe reflexartig die Augen. Seit Jahren arbeite ich daran, dass Matheo mich duzt. Doch er weigert sich unerschütterlich, was mir schon mehr als einen peinlichen Moment vor Freunden oder Klassenkameraden eingebracht hat.

»Du hättest wirklich im Café oder so warten können«, versuche ich es noch einmal, während ich mir von ihm ins Boot helfen lasse, das bedenklich unter dem unausgeglichenen Gewicht schwankt. Ich hasse Bootfahren, auch wenn es notwendig ist, um von dieser verdammten Insel runterzukommen. Zumindest bis mein Onkel die Landefläche für ein Privatflugzeug fertigstellt.

Matheo hat offenbar beschlossen, sich gar nicht erst zu einer Antwort herabzulassen und startet stattdessen das Boot. Das Röhren des Motors vibriert unter meinem Hintern, während ich versuche, mich in die Sitze zu krallen. Langsam wendet er das Boot und gibt einen kurzen Funkspruch durch, bevor wir über die Wellen rasen. Der Himmel über uns ist immer noch wolkenverhangen, und Schleier aus Regen und Schnee zeichnen ein abstraktes Muster auf das dunkle Wasser. Niemand anders ist unterwegs, die Touristenschiffe sind noch im Winterschlaf und die Shuttles zu den übrigen Fjordinseln liegen alle am Dock.

Ich drehe automatisch den Kopf, als Kalinøya in Sicht kommt. Wie ein schlafendes Ungeheuer schält es sich aus der Umgebung und erhebt sich mit jedem Meter, den wir darauf zufahren, mehr aus dem Wasser. Knorrige blattlose Bäume, die auch im Sommer nicht blühen, und alte schwarze Felsen, die von Raureif bedeckt sind, tauchen vor mir auf. Im Grunde besteht die komplette Insel aus Wald, sodass das eigentliche Anwesen, der Winterhof, von hier aus nicht zu erkennen ist. Er ist mein Zuhause, auch wenn man sich darin kaum wirklich wohlfühlen kann. Ein riesiges Anwesen, in dem wahrscheinlich um die hundert Menschen wohnen – die Angestellten und der enge Kreis der Familie

Ich weiß, was für Geschichten sich um Kalinøya ranken. Ich selbst habe sie damals in der Grundschule weitererzählt und mich an ihnen beteiligt. Viele sind märchenhaft – dass die

Bäume keine Blätter tragen, weil das Land verflucht sei, und dass es aus diesem Grund auch immer kalt sei, wenn man mit einem Boot doch einmal zu nahe an die Insel heranfährt. Andere Geschichten sind grausam und düster. Ein Junge aus dem Sportunterricht hat mir einmal erzählt, dass meine Familie vor Jahrhunderten die ursprünglichen Eigentümer des Landes ermordet haben soll. Allerdings erst, nachdem sie sie gezwungen haben, das Haus zu bauen und die Ländereien vorzubereiten. Nach deren Tod gossen meine Vorfahren die Pflanzen mit dem Blut der Eigentümer, was der Grund dafür sei, dass nichts Neues auf Kalinøya zu wachsen scheint.

Der wahre Grund allerdings würde nie jemandem in den Sinn kommen. Dass das Haus der Hof des Winters ist. Dass auf diesem verhältnismäßig unscheinbaren Stück Land die Welt jeden Tag weitergedreht und von einem Haufen Freaks mit magischen Kräften bewohnt wird.

Einem Haufen Freaks, zu dem ich jetzt dazugehöre.

Ich verziehe das Gesicht und klemme mir die Hände unter die Oberschenkel, damit sie nicht einfrieren. Ja, ich gehöre jetzt dazu.

Wieder steigt eine schlechte Vorahnung auf Veränderungen in mir auf, und wieder beginnt meine Haut zu kribbeln. Dieses Mal ist es allerdings kein kleines Gefühl, keine komische Eigenart, die ich mit einem Schulterzucken abtun kann. Nein, dieses Mal ist es anders. Das Gefühl überwältigt mich so schnell, dass ich keine Chance habe, etwas dagegen zu tun. Eine Welle der Angst und Unsicherheit überrollt mich wie ein Tsunami, gleichzeitig spannt sich meine Haut an, als würden meine Knochen plötzlich aus ihr herauswachsen. Wie von selbst beginnen sich meine Finger zu strecken, der Atem stockt mir in der Kehle und das Summen in meinem Kopf wird so unerträglich laut, dass ich für einen kurzen Moment die Augen schließe.

Dann, plötzlich, ist alles still. Die Geräusche in meinem Inneren verstummen, das Summen ebbt ab und der Druck auf meiner Brust verschwindet. Ich atme einmal tief durch und stelle überrascht fest, dass ich mich besser fühle. Als hätte ich geschlafen oder einen wirklich starken Kaffee getrunken. Die melancholische Stimmung, mit der ich gerade noch das schwarze Wasser und die Insel betrachtet habe, sind weg.

Irritiert sehe ich mich um.

Und treffe auf Matheos starren Blick.

»Was ist?«, frage ich, als ich merke, dass er mich nachdenklich mustert. Wieder fällt mir die Stille auf, doch dieses Mal wird mir ihre Bedeutung klar. »Warum fahren wir nicht mehr?«

Wortlos deutet Matheo auf den Motor, und ich sehe sofort, was er meint. Aus dem Gerät dringt dichter schwarzer Qualm, und man braucht kein nennenswertes Technikwissen, um zu erkennen, dass er im Eimer ist.

Ich habe den Motor geschrottet.

Verunsichert reiße ich den Blick von Matheo los und schaue hinunter auf meine Finger.

Erschrocken schnappe ich nach Luft. Die Fingerspitzen sind kohlrabenschwarz, als hätte ich sie in schwarze Tinte getaucht.

Verdammter Mist!

Mein ganzer Körper scheint vor Nervosität zu summen, als ich in mein Zimmer schleiche. Ich erwarte die ganze Zeit, dass mich jemand aufhält und mich zu dem kaputten Motor befragt. Ich habe Matheo gebeten, das Ganze nicht an die große Glocke zu hängen. Er ist nicht gerade der geschwätzige Typ, und eigentlich vertraue ich ihm, trotzdem fühle ich mich wie eine Verbrecherin. Das ist jetzt das zweite Mal, dass meine ominösen Kräfte mit solcher Wucht zum Vorschein gekommen sind, und wieder war es ein Unfall. Wieder habe ich keine Ahnung, wie ich das gemacht habe. Inzwischen bin ich mir ziemlich sicher, dass es mit meinen Emotionen zusammenhängt, aber was bringt mir das schon? Gefühle sind schlecht kontrollierbar. Und genau davor habe ich Angst. Wenn meiner Mom und meinem Großvater bewusst wird, dass solche Dinge jederzeit passieren können, werden sie mich garantiert von der Schule nehmen.

Ich schmeiße meine Tasche und meine Jacke auf das Bett und renne beinahe ins Badezimmer. Als ich den Kopf hebe und mich im Spiegel über dem Waschbecken mustere, beiße ich fest die Zähne zusammen. Ich sehe furchtbar aus. Der Stress der vergangenen Tage steht mir deutlich ins Gesicht geschrieben – meine Haut ist noch blasser als sonst, meine Locken scheinen jegliche Ambitionen für eine ordentliche Frisur aufgegeben zu haben und unter meinen Augen zeichnen sich dunkle Ringe ab.

Aus irgendeinem Grund muss ich plötzlich gegen die Tränen ankämpfen, als ich den Hahn aufdrehe und die Hände unter das laufende Wasser halte. Meine kalten Finger schmerzen, als sie langsam wieder warm werden. Ich schrubbe über die verfärbte Haut, will die Ereignisse zusammen mit dem schwarzen Staub am liebsten einfach abwaschen. Das alles hier ist das reinste Chaos. Gerade noch habe ich einen schönen Tag mit meiner besten Freundin verbracht, und kaum eine Stunde später habe ich den Motor eines Schnellbootes geschrottet.

Als meine Finger wieder normal aussehen, drehe ich das Wasser ab und stütze mich auf dem schmalen Waschtisch ab. Einen

Moment lang schließe ich die Augen und atme ein paarmal tief durch. Ich würde mich gern aufs Bett schmeißen und ein wenig in Selbstmitleid versinken, aber dafür habe ich jetzt keine Zeit. Es bringt mich auch nicht weiter. Ich muss die Kontrolle über mein Leben übernehmen, und das geht nur, indem ich diese bescheuerten Kräfte zu beherrschen lerne.

Die Jahreszeitenmagie in mir ist ganz offensichtlich sehr wankelmütig, und ich kann mir kaum vorstellen, dass mein Großvater mich mit diesen Fähigkeiten in irgendeiner Weise ernst nehmen wird. Ich muss nur diesen Ball hinter mich bringen – und einfach hoffen, dass sie mich danach wieder in Ruhe lassen. Sobald Zara achtzehn ist, kann sie übernehmen, und ich verkrieche mich wieder in meiner eigenen kleinen Nische, sitze meine letzte Zeit in diesem Haus ab und verschwinde dann an eine Uni ganz weit weg.

Seufzend richte ich mich auf, trockne mir die Hände an einem Handtuch ab und gehe zurück in mein Zimmer. Auf meinem Schreibtisch liegen immer noch die Notizen, die meine Mom mir gestern in die Hand gedrückt hat. Sie beinhalten meine Aufgaben auf dem Ball, die Etikette, wichtige Informationen zu dem Hüter und dem Meister des Frühlings. Die Notizen füllen beinahe vier Seiten und gleichen einer Broschüre. Bislang habe ich mich davor gedrückt, aber jetzt lasse ich mich auf den Schreibtischstuhl fallen und überfliege die gerade, feingliedrige Schrift meiner Mutter.

Der Ball der Jahreszeiten ist *das* Ereignis in meiner Welt. Zu jedem Jahreszeitenwechsel wird er veranstaltet, immer von dem Haus, dessen Jahreszeit gerade anbricht. Es gibt ausladende Kleider, das beste Essen des Landes, Musik und viele Menschen, die sich unfassbar wichtig fühlen. Die wenigen Male, die ich meine Mom und meinen Großvater zu solch einem Ball begleiten durfte, kann ich an einer Hand abzählen. Und wenn ich dort war, habe ich meistens am Rand gestanden oder das Büfett geplündert. Ich weiß daher kaum etwas über die Bräuche und die Rituale, und genau das ist jetzt mein Problem.

Was ich jedoch weiß, ist, dass es als Hüterin meine Aufgabe sein wird, mit dem Hüter des Frühlings zu tanzen und ihm danach feierlich das magische Amulett, das aktuell im Safe meines Großvaters liegt, zu übergeben. In diesem Amulett ist der Winterkristall eingelassen – ein blauer Jaspis. Sobald der Frühling anbricht, wird der Kristall durch den Frühlingsstein ersetzt, und das Amulett wird in die Obhut der neuen Jahreszeit übergeben. Wenn ich ehrlich bin, habe ich keine Ahnung, ob diese Geste rein repräsentativ ist oder tatsächlich eine Wirkung hat. Zusätzlich gibt es in jedem Hof noch einen Baum, der von den Hütern symbolisch in die folgende Jahreszeit geschickt wird – im Frühling erblühen Blüten, im Sommer eine Frucht, im Herbst fällt das Laub und im Winter vereisen die Äste. Sehr dramatisch, aber meines Wissens nach dient das lediglich der Veranschaulichung.

Ein wenig überfordert stütze ich den Kopf auf die Hand und blättere weiter. Dort steht, wie ich mich den anderen Meistern und Hütern gegenüber verhalten soll, was ich sagen darf und was nicht und welche Programmpunkte auf solch einem Ball abgearbeitet werden. Das werde ich mir unmöglich alles merken können. Wahrscheinlich sollte ich an diesem Abend ohnehin so wenig wie möglich reden – immerhin spricht keiner von den anderen Häusern Norwegisch. Zumindest gehe ich davon aus. Wäre ich wie Zara, Sander und all die anderen Kinder unterrichtet worden, spräche ich inzwischen die verschiedenen

Sprachen der Jahreszeitenhäuser. Tue ich aber nicht. Auch wenn ich weiß, dass auf den Bällen in der Regel Englisch gesprochen wird, macht mich dieser Punkt wahnsinnig nervös.

Erneut blättere ich um und sehe eine Abbildung des Jahreszeitenamulettes. Meine Mom hat sie beschriftet, was mich ein wenig grinsen lässt. Der Stein prangt in der Mitte und scheint selbst auf der Zeichnung irgendwie Macht auszustrahlen. Ich überfliege den Text darunter. Laut den Notizen meiner Mom kann das Amulett nur von den Hütern übergeben werden, und dafür werden unsere Kräfte benötigt. Der Grund dafür erschließt sich mir nicht wirklich, und ich wage zu bezweifeln, dass es dafür eine logische Erklärung gibt. Wir Hüter haben keine besonderen oder zusätzlichen Fähigkeiten, die uns von den anderen Mitgliedern unterscheiden. Ich habe daher auch nie verstanden, warum nur diese bestimmten Menschen dazu in der Lage sind, das Übergangsritual zu vollziehen. Meine Mom hat mir mal erklärt, dass die Götter auf diese Weise Übermut und Größenwahn verhindern wollten. Eine so wichtige Aufgabe sollte weder von jedem x-beliebigen noch einem einzigen Menschen allein übernommen werden, sondern wie auch die Tage des Jahres unter den Jahreszeiten aufgeteilt werden. Ich zweifle ein wenig an dieser Göttertheorie, aber das ändert nichts an der Tatsache – nur die Hüter der sich begegnenden Jahreszeiten können das Ritual vollziehen.

Nervös streiche ich mir durch die Haare. Großartig. Also ist es doch keine reine Formsache. Ich kann nur hoffen, dass die Existenz meiner Magie ausreicht und ich nicht tatsächlich aktiv etwas bewirken muss. Ich bin mir nämlich ziemlich sicher, dass keiner der Anwesenden, schon gar nicht mein Grandpa, begeistert wäre, wenn ich irgendetwas abfackeln oder ein paar Leute in eine Ohnmacht versetzen würde. Falls ich es überhaupt schaffe, meine Kräfte bewusst einzusetzen.

Je länger ich darüber nachdenke, desto mehr Dinge fallen mir ein, die schiefgehen könnten. Ich könnte beim Tanzen stolpern, ich könnte auf mein eigenes Kleid treten und der Länge nach hinfallen. Ich könnte aus Versehen das Amulett kaputt machen oder den Jahreszeitenbaum, wenn meine Kräfte wieder einmal aus mir herausbrechen. Was, wenn ich den Hüter oder den Meister des Frühlings in Ohnmacht fallen lasse? Wahrscheinlich würde mein Großvater mich verstoßen und meinen Namen aus sämtlichen Stammbäumen unserer Familie radieren.

Mit einem leicht verzweifelten Stöhnen schiebe ich die Notizen von mir und lehne mich im Stuhl zurück. Am liebsten würde ich wieder verschwinden – mit Emma ins Kino oder irgendwo etwas essen gehen. Tatsächlich wäre mir im Moment alles recht, was mich von dieser Insel wegbringt.

Mein Blick fällt auf meine inzwischen wieder sauberen Hände. Versuchsweise krümme ich die Finger – einen nach dem anderen – und kneife die Augen ein wenig zusammen. Es fühlt sich an wie immer. Alles an mir fühlt sich an wie immer, als hätte sich nichts verändert. Was bedeutet, dass die Magie in meinem Inneren entweder wirklich schon immer da war oder sich einfach unbemerkt in meinen Körper geschlichen hat. Ich frage mich, zu was ich wohl in der Lage wäre, wäre ich so wie Sander und Zara gewesen. Wenn meine Kräfte sich im Kindesalter gezeigt hätten und ich trainiert worden wäre.

Unwillkürlich verziehe ich das Gesicht. Die Chancen stehen gut, dass ich genauso geworden wäre wie Zara und Sander – eingebildet und elitär. Ich wäre niemals auf eine normale Schule gegangen, hätte kaum Freunde außerhalb dieser Insel und der

Großteil meines Lebens würde aus Familiengeschichte und dem Hinfiebern auf die Bälle bestehen.

Nein danke. Sosehr ich vor allem als Kind auch unter der Ausgrenzung gelitten habe, so froh bin ich jetzt, dass ich ein normales Leben hatte.

Mit einem leisen Seufzen stehe ich auf und räume ein paar Klamotten in den Wäschekorb, dann ziehe ich meinen flauschigsten Hoodie und eine Yogahose an, bevor ich mich mit dem Laptop auf dem Schoß aufs Bett setze. Eigentlich müsste ich packen und mich auf unseren Flug nach Oslo vorbereiten. Ich sollte mit meiner Mutter sprechen und noch mal den Ablauf durchgehen oder noch einmal tanzen üben.

Aber ich habe das dringende Bedürfnis nach einer Pause. Mein Kopf braucht einen unbeschwerten Abend mit Popcornkino und vorhersehbaren Storylines.

THE HOUSE OF SPRING

Drei Tage, zwei Tanzstunden und ein paar Mini-Nervenzusammenbrüche später ist es so weit. Den ganzen Morgen über glich der Hof einem Hühnerstall – alle liefen aufgeregt herum, Taschen wurden verladen, Anweisungen durcheinandergerufen und Familienmitglieder auf die einzelnen Wagen verteilt. Den Großteil der Zeit habe ich auf den Stufen der großen Treppe gesessen und dem Treiben zugesehen – alles war besser, als mir Gedanken darüber zu machen, dass am Abend tatsächlich der Ball stattfinden wird.

Der Flug von Oslo nach Groningen in den Niederlanden hat kaum zwei Stunden gedauert, dennoch bin ich erleichtert, als ich endlich wieder festen Boden unter den Füßen habe. Ich leide nicht unter Flug- oder Platzangst, allerdings befürchte ich, dass ich allmählich doch eine ausgewachsene Soziophobie entwickle. Auf engstem Raum mit meiner Familie eingesperrt zu sein und nicht weglaufen zu können, hat mich nervös gemacht.

Ihnen dabei zuzuhören, wie sie das Übergangsritual immer und immer wieder durchgingen, ihre Sorge darüber, dass ich kaum Zeit zum Trainieren hatte und niemand weiß, ob meine Kräfte für das Ritual überhaupt ausreichen, verbunden mit der Tatsache, dass ich bei alledem zwar im Mittelpunkt stehe, jedoch nach wie vor nicht wirklich mit einbezogen werde, hat mir doch mehr zugesetzt als gedacht. Und im Moment ist Nervosität kein gutes Gefühl, erst recht nicht dann, wenn ich mich in der Luft befinde und mein Überleben davon abhängt, dass das Flugzeug uns sicher wieder auf den Boden bringt. Den ganzen Flug über hatte ich panische Angst davor, noch einmal die Kontrolle zu verlieren und die Maschinen des Fliegers zu schrotten. Das wäre weitaus schlimmer gewesen als die Tatsache, dass Matheo die letzten Meter bis Kalinøya paddeln musste. Denn hier gäbe es niemanden, der uns manuell an Ziel bringen würde.

Ich fühle mich immer noch ein bisschen zittrig, als unser Wagen schließlich vor dem Anwesen des Frühlingshofes vorfährt. Ich sitze in Großvaters Wagen, was ein seltsames Gefühl ist. Noch nie zuvor wurde mir ein solch wichtiger Platz zugewiesen. Ich bin mir ziemlich sicher, dass es meinem Großvater nur darum geht, die Etikette zu wahren. Auf dieser Veranstaltung wird es vier Hauptpersonen geben: mich, den Hüter des Frühlings, den Meister der Ostara, der Frühlingsfamilie, und meinen Großvater, den Meister des Winters. Auch wenn diese Bälle eigentlich dem Jahreszeitenwechsel gewidmet sind, nehmen die Familienoberhäupter ihn jedes Mal zum Anlass, miteinander zu konkurrieren und sich von ihrer besten Seite zu zeigen. Daher ist es naheliegend, dass mein Großvater und ich gemeinsam vorfahren. Trotzdem fühle ich mich irgendwie nicht so richtig wohl.

Nervös streiche ich über mein Kleid, als der Wagen hält. Für unsere Ankunft hat meine Mom mir ein schlichtes blaues Kleid mit passendem blauem Mantel herausgesucht. Die hellblonden Locken fallen mir ein wenig chaotisch über die Schultern, aber in Verbindung mit meinen hellgrauen Augen sehe ich aus wie die Eiskönigin aus den Märchenbüchern. Ich weiß, dass es hier um die Erscheinung geht, den ersten Eindruck. Trotzdem muss ich, ähnlich wie bei dem Ballkleid, zugeben, dass mir der Look ganz gut gefällt. Ich wirke einschüchternd, und im Grunde ist das genau das Bild, das ich vermitteln will. Sollen die ganzen verwöhnten und trainierten Jahreszeitenkinder ruhig von vornherein wissen, dass ich mich nicht unterkriegen lasse, nur weil ich die Neue bin.

»Es ist normal, nervös zu sein.«

Überrascht sehe ich auf und begegne dem Blick meines Großvaters. Er trägt einen dunkelblauen Dreiteiler mit Nadelstreifen und sieht aus, als hätte man ihn direkt aus einem Modemagazin für Männer herausgeschnitten.

Ich versuche ein entspanntes Lächeln, scheitere aber sicher auf ganzer Linie. »Es ist einfach nur ungewohnt.«

Eine seiner Augenbrauen hebt sich langsam. »Ist das ein positives oder negatives Gefühl?«

Schulterzuckend weiche ich seinem Blick aus. »Ganz ehrlich? Ich fühle mich ein bisschen … scheinheilig.«

»Weil du jahrelang die Rebellin gespielt hast und jetzt der Mittelpunkt bist?«

Ich nicke nur und schlucke eine patzige Antwort hinunter. So wie er es sagt, klingt es, als hätte ich einfach nur eine rebellische Teenagerphase durchgemacht und mich gegen die Regeln aufgelehnt. Dabei vergisst er, dass er selbst und die ganze

Familie mich an den Rand gedrängt haben und dass das keine bewusste Entscheidung von mir gewesen ist.

»Ich will einfach nicht, dass die Leute denken, ich hätte direkt ›hier‹ geschrien, als die Stelle frei wurde.« Obwohl ich versuche, ruhig zu bleiben, schaffe ich es nicht, den schneidenden Ton aus meiner Stimme zu verbannen.

Er lacht trocken. »Keine Sorge, Bloom. Ich denke nicht, dass irgendjemand diesen Eindruck erhält.«

Bevor ich etwas darauf erwidern kann, wird die Tür an seiner Seite geöffnet, und ein Butler hält bereits einen Regenschirm für meinen Großvater bereit. Mit einem letzten Blick in meine Richtung steigt er aus und hebt die Hand wie ein König, der seinem Volk zuwinkt. Und irgendwie passt dieser Vergleich auch, mit dem Unterschied, dass es nicht *sein* Volk ist, das er begrüßt. Dieses hier folgt dem Frühling.

Als auch meine Tür aufgeht, atme ich einmal tief durch und versuche, meine flatternden Nerven zu beruhigen. Das hier ist wie das Theaterstück in der fünften Klasse, in dem ich eine kleine Rolle spielen musste. Genau wie damals sträubt sich alles in mir dagegen, doch ich muss da jetzt einfach durch. Es hinter mich bringen. Ganz einfach.

Vorsichtig, um das Kleid nicht zu zerknittern, steige ich aus und greife nach der Hand des Butlers. Sofort fegt mir ein kühler Wind durch die Haare und nimmt mir einen Moment die Sicht. Ich versuche, die Umstehenden zu ignorieren, während ich den Regenschirm nehme, den der Butler mir hinhält, und meinem Großvater folge. Mir ist klar, dass mich alle anstarren. Ich bin die Nachfolgerin, das Mädchen, das niemals offiziell vorgestellt wurde und plötzlich den Platz ihres toten Cousins einnimmt. Doch trotz der vielen Augen, die auf mich gerichtet sind, werde ich sicher nicht so eine Show abziehen wie mein Großvater. Ich werde ausschließlich das Nötigste machen.

Während ich zur Eingangstür laufe, lasse ich den Blick kurz über das gigantische Anwesen streifen, das unserem ziemlich ähnlich sieht. Dicke steinerne Mauern aus hellem Sandstein, Säulen, unzählige Erkerfenster und ein großes Wappen über der Tür, das vage an eine Blume erinnert – vier symmetrische Blütenblätter, darunter in geschwungenen Buchstaben der Name der Familie: Ostara.

Ich straffe die Schultern, als ein älterer Mann auf uns zuschreitet, der ähnlich gekleidet ist wie mein Großvater. Er kommt mir bekannt vor, vermutlich habe ich ihn schon einmal auf Fotos oder auf einem der Bälle gesehen, auf denen ich nur Zaungast war. Trotzdem weiß ich sofort, wer er ist: Christopher Arn Ostara, Meister des Frühlingshofes. Seine wässrigen Augen sind hellblau und wirken tatsächlich wie Blumen, wie ich ein wenig irritiert feststelle.

»Wie schön, dass ihr hier seid«, sagt er, schüttelt meinem Großvater die Hand und deutet eine kleine Verbeugung in meine Richtung an, die ich mit einem vornehmen Knicks erwidere. »Hattet ihr eine gute Anreise?«

Ich lächle nur unbestimmt, genau wie Mom es mir im Vorfeld geraten hat. Ich mag die amtierende Hüterin sein, das Reden wird dann aber doch eher den Männern überlassen. Eine ziemlich überholte Einstellung, wenn man mich fragt. Aber das tut ja keiner.

»Wir freuen uns, dass ihr uns willkommen heißt.« Mein Großvater macht eine ausladende Geste. »Wie immer empfängt uns euer Hof in all seiner Pracht. Der nahende Frühling steht euch wirklich gut.«

Ostara lacht herzlich über den albernen Witz, der vermutlich schon viel zu oft gerissen wurde, und deutet auf die geöffneten Eingangstüren. Dann wendet er sich das erste Mal direkt an mich, und mir rutscht beinahe das Herz in die Hose. »Bloom, meine Liebe, es ist wirklich schön, dich endlich einmal kennenzulernen. Eine wunderhübsche Hüterin des Winters, die uns dieses Jahr die Ehre erweisen wird.«

»Sehr freundlich«, antworte ich ein wenig unsicher und lächle erneut. »Vielen Dank, dass Sie uns so herzlich empfangen.« Ich werfe einen schnellen Blick zu meinem Großvater, der jedoch nicht unzufrieden aussieht. Mein Englisch ist gut, aber sicher bei Weitem nicht so perfekt wie das der anderen Jahreszeitenkinder. Die meisten angehenden Hüter werden von Geburt an mehrsprachig erzogen, um sie auf den Kontakt mit den internationalen Häusern vorzubereiten. In meinem Fall wurde an solch eine Behandlung nicht gedacht, und ich habe ein wenig Angst, mich zu verhaspeln.

Ostara macht eine Handbewegung Richtung Tür und tritt dann zurück, um uns vorgehen zu lassen. Verstohlen sehe ich mich um und halte nach meiner Mom Ausschau, kann sie jedoch nicht entdecken. Ich weiß, dass sie keinen annähernd so pompösen Auftritt hinlegen wird wie wir, trotzdem hatte ich irgendwie gehofft, dass sie an meiner Seite ist.

Drinnen erwartet uns eine gigantische Eingangshalle mit allem Drum und Dran – Kronleuchter, altehrwürdige Porträts, ausladende Blumengestecke und zwei imposante Steintreppen, die links und rechts der Galerie entlang ins obere Stockwerk führen. Manchmal versuche ich, mir vorzustellen, wie das auf Menschen wirken muss, die in einer normalen Wohnung oder in einem Haus aufgewachsen sind. Für mich persönlich hat das alles seinen Reiz verloren, denn ich weiß, dass es sich in Wahrheit um einen schön dekorierten Käfig handelt, in dem die Familie ein- und die Welt ausgesperrt wird.

Ich lege den Kopf in den Nacken und betrachte die Gemälde an den Wänden, während mein Großvater und der Meister des Frühlings irgendwelchen Small Talk austauschen. Die Bilder zeigen hauptsächlich Jahreszeitenmotive, auch wenn der Frühling natürlich dominiert. Dazwischen sind immer wieder Abbildungen von riesigen Gestalten zu sehen, die irgendwelche Behältnisse an die Menschen übergeben. Das soll vermutlich das erste Jahreszeitenritual darstellen – den Tag, an dem die Götter den Menschen ihre Macht übereignet haben.

Nach den üblichen Floskeln und gegenseitigen Versprechen auf einen tollen Abend werden wir von ein paar Butlern auf unsere Zimmer gebracht. Meine Familie bewohnt einen ganzen Flügel, was nicht wirklich verwunderlich ist. Insgesamt sind rund zwanzig Mitglieder meines Hauses angereist, und diese Leute sind einen gewissen Lebensstandard gewohnt.

Als sich die schwere Holztür meines Zimmers hinter mir schließt und ich endlich einen Augenblick allein bin, lasse ich mich gegen die Tür sinken und atme ein paarmal tief durch. Die erste Hürde habe ich überstanden. Ich habe den Meister des Frühlings getroffen, mich mit ihm unterhalten, bin an der Seite meines Großvaters durch das Haus spaziert und bin dabei weder gestolpert, noch habe ich aus Versehen geflucht oder jemandem vor Nervosität auf die Füße gekotzt.

Sobald ich mich etwas beruhigt habe, sehe ich mich in meinem Zimmer um. Ein großes Bett, hübsche Deko, frische Blumen. Alles in allem wirkt es wie ein ziemlich teures Nobelhotel. Wir bleiben nur eine Nacht, also sehe ich nicht wirklich

Sinn darin, meine Koffer auszupacken. Zara ist wahrscheinlich schon dabei, all ihre Kleider auf Bügel zu hängen und ihre Cremetigelchen auf der Ablage im Bad aufzureihen. Zara ist das perfekte Beispiel für Organisation und Wohlerzogenheit. Sie wäre eindeutig die bessere Wahl für diesen Job.

Seufzend werfe ich einen Blick auf die Uhr: noch dreieinhalb Stunden Zeit, bis ich mich zum Ball aufmachen muss. Mein Kleid hängt bereits in einem Kleidersack in der Zimmerecke und wartet auf seinen Einsatz, genau wie der sündhaft teure Schmuck und die viel zu hohen Schuhe. Da ich nicht viel zu tun habe, setze ich mich kurzerhand aufs Bett und checke meine Nachrichten. Keine. Wie toll.

Nach zehn Minuten an die Wand starren und einem kurzen Telefonat mit Emma, beschließe ich, mich ein bisschen auf dem Frühlingshof umzusehen. Niemand hat mir verboten, das Zimmer zu verlassen, und da der Hof gerade genug mit den Vorbereitungen für die anstehende Festlichkeit beschäftigt ist, wird vermutlich niemand großartig auf mich achten.

Vorsichtig öffne ich die Tür. Als ich niemanden entdecke, laufe ich hastig zur Treppe und hinunter ins Erdgeschoss. Es ist, als würde ich eine völlig andere Welt betreten. Während oben beinahe eine Grabesstille herrscht, geht es hier unten zu wie im Bienenstock. Unzählige Angestellte verrücken Möbel, tragen Tabletts und Blumenbouquets durch die Gegend und rufen sich gegenseitig Dinge auf Niederländisch zu, die ich nicht verstehe. Ich versuche, in den Gesichtern der Leute irgendeine Ähnlichkeit zu erkennen, doch es gelingt mir nicht. Ich weiß, dass die meisten Menschen, die an einem der Höfe arbeiten, irgendwie mit den Familien verwandt sind. Die Jahreszeitenfamilien sind ein Paradebeispiel für Vetternwirtschaft. Wahrscheinlich hat es praktische Gründe, da die Köche und Reinigungskräfte vermutlich jeden Tag eine Menge absurdes Zeug zu sehen bekommen, und die Familien müssen sich sicher sein, dass nichts davon an die Außenwelt gerät.

Ich schlüpfe zwischen ihnen hindurch, ohne dass einer von ihnen sonderlich auf mich achtet. Das ist der Vorteil daran, wenn einen kaum jemand kennt. Ich wage zu bezweifeln, dass Sander sich so unbehelligt hier hätte bewegen können.

Die Erinnerung an ihn versetzt mir einen Stich, wenn auch nicht mehr ganz so schmerzhaft wie noch am Anfang. Während ich mich umsehe und durch die breiten Flure laufe, frage ich mich, wie Sander das alles hier wohl empfunden hätte. Als Höhepunkt seiner Karriere? Was verdammt traurig wäre, immerhin war er erst achtzehn Jahre alt. Dieser eine Abend, war er tatsächlich die unzähligen Stunden des Trainings und Vorbereitens wert?

Irgendwann gelange ich in eine kleinere Halle, deren Türen trotz der kühlen Temperaturen weit offen stehen. Zögernd trete ich hindurch, bis ich in einem gigantischen Garten stehe. Unwillkürlich schnappe ich nach Luft. Ich fühle mich, als hätte ich mich in ein niederländisches Gemälde aus dem 17. Jahrhundert gebeamt – überall Blumen. Vor allem Tulpen, natürlich, aber auch Narzissen, Krokusse und Hyazinthen. Das hier ist der wahrhaftig gewordene Frühling. Dazu herabhängende Äste einer gigantischen Weide und jede Menge Schmetterlinge, die herumflattern.

Vorsichtig fahre ich mit den Fingerspitzen über eine leuchtend rote Tulpe. Sämtliche Blüten sehen so aus, als wären sie gerade erst aus dem Winterschlaf erwacht. Ob es hier das ganze Jahr über so aussieht? Auf Kalinøya herrscht auch im Sommer eine Art schwacher Winter, der auch die Pflanzen beeinflusst. Ich kann mir gut vorstellen, dass es hier ähnlich ist und das ganze Jahr über Blumen blühen. Irgendwie hübsch. Der Frühling hat es in Sachen Landschaftsgestaltung deutlich besser getroffen als wir.

Langsam bahne ich mir einen Weg durch den Garten und genieße die Ruhe, während ich hin und wieder einem der Gärtner zunicke, die hier wahrscheinlich das ganze Jahr über im Einsatz sind. Ich frage mich, ob es sich bei ihnen um wichtigere Familienmitglieder handelt. Klar, das übliche Personal gehört nicht zum engeren Kreis, aber irgendwie bezweifle ich, dass der Frühling seinen Garten einem eher Unbeteiligten überlässt.

Als ich eine dicke Eiche umrunde und an einer Steinmauer kehrtmache, höre ich ein Geräusch, das mich innehalten lässt. Leise Männerstimmen, dann ein Rumsen und schließlich ein Fluchen, das meiner Mom die Tränen in die Augen getrieben hätte.

Ich bleibe stehen und sehe mich um. Zu meiner Linken zieht sich die Mauer um das Grundstück herum, zu meiner Rechten liegt der Garten und irgendwo hinter den Bäumen und Rosenbüschen das Anwesen. Niemand ist zu sehen, dem letzten Gärtner bin ich vor zehn Minuten oder so begegnet.

»Hallo?«, frage ich auf Englisch, auch wenn ich mir irgendwie ziemlich dumm vorkomme.

Wieder ein Rascheln, dann Stille. Vielleicht können die Eichhörnchen am Frühlingshof reden. Absurd, aber auch nicht viel absurder als Bootsmotoren mit bloßer Willenskraft zum Schmoren zu bringen.

»Hallo?«, dringt schließlich eine dunkle Stimme aus dem Gebüsch.

Vorsichtig lehne ich mich vor, doch als ich Schritte höre, richte ich mich hastig wieder auf. Genau rechtzeitig, bevor ein hochgewachsener Junge, der etwa in meinem Alter sein muss, aus den Büschen tritt und mich argwöhnisch mustert.

Nervös räuspere ich mich. »Tut mir leid«, sage ich schnell und weiche ein paar Schritte zurück. »Ich wollte nicht stören oder so. Ich bin vom Winterhof und bin nur ein bisschen herumgelaufen.«

Er mustert mich so eingehend, dass ich noch nervöser werde. Ich muss beinahe den Kopf in den Nacken legen, um ihm ins Gesicht sehen zu können. Ich bin mit meinen ein Meter siebzig nicht sehr klein, doch er überragt mich trotzdem um zwei Köpfe. Das Auffälligste an ihm sind allerdings seine Haare. Sie sind kurz geschnitten und grau. Manche Strähnen schimmern im Licht des Nachmittags beinahe silbern. Ich habe selbst recht helle Haare, doch solche wie seine habe ich bei jemandem in seinem Alter noch nie gesehen. Mit den dunklen Augen, dem markanten Kinn und der schwarzen Kleidung sieht er wirklich gut aus. Und nicht im Mindesten wie das typische reiche Jahreszeitensöhnchen, das ich gewöhnt bin.

»Du bist ein Wintermädchen?«, fragt er unvermittelt und macht einen weiteren Schritt auf mich zu. Sein Englisch hat einen deutlichen Akzent, auch wenn ich ihn auf die Schnelle nicht einordnen kann, aber es sind seine Augen, die mich einen Moment lang fesseln. Sie sind dunkelbraun, was irgendwie nicht so recht zu den hellen Haaren passen will. Sein Blick ist so schneidend, als würde er durch meine Haut in mein Inneres dringen. Er sieht wirklich verdammt gut aus – eine Tatsache, die selbst meine Nervosität nicht überlagern kann.

»Ja?« Eigentlich wollte ich ihm eine selbstbewusste Antwort

geben, ihm zeigen, dass er mich nicht einschüchtert, doch das gelingt mir nicht; meine Aussage klingt mehr wie eine Frage. »Wegen des Balls heute Abend, du weißt schon.«

Sein verwirrter Gesichtsausdruck lässt mich innehalten. Oder weiß er nicht, wovon ich spreche? Das würde bedeuten, dass er nicht hierher gehört, und das wiederum würde bedeuten, dass ich gerade einem Außenstehenden etwas über …

»Solltest du dir dann nicht die Haare machen oder etwas in der Art?«, fragt er schließlich und erstickt damit meine aufkommende Panik. »Der Ball ist in drei Stunden.«

»Und du?«, frage ich zurück und verschränke die Arme vor der Brust. Diese Aussage passt schon deutlich mehr zu der Art von Mensch, die ich hier erwartet habe, und seine plötzliche Arroganz verdrängt meine Unsicherheit endgültig. »Müsstest du dir nicht die Nägel knipsen, den perfekten Krawattenknoten binden oder die passenden Manschettenknöpfe aussuchen?«

Er zögert, offensichtlich überrascht, und ich unterdrücke ein Grinsen.

»Touché«, sagt er mit einem anerkennenden Nicken.

»Ich weiß.«

Seine Augenbrauen wandern in die Höhe, während sich ein schiefes Lächeln auf seinen Lippen ausbreitet. Dieses Lächeln ist … wow! Er sah schon gut aus, als er noch grimmig aus der Wäsche geguckt hat, aber wenn er lächelt, wirkt er auf eine ganz andere Art und Weise charmant. In seinen Augen liegt etwas Verwegenes, was mich neugierig macht.

»Du bist eindeutig nicht auf den Mund gefallen«, bemerkt er. »Und? Bist du aufgeregt wegen des ganzen Festes und so?«

Ja, aber aus Gründen, die ich ihm sicher nicht auf die Nase binden werde. »Es ist ein Ball wie jeder andere.«

Einen Moment lang mustert er mich eingehend, als würde er den tieferen Sinn hinter meinen Worten suchen. Dann zuckt ein Muskel um seinen Mund und er tritt zurück. »Das will ich nicht hoffen.«

Ich habe keine Ahnung, was er damit meint, aber mir entgeht der flirtende Tonfall in seiner Stimme nicht. Ein Lächeln stiehlt sich auf mein Gesicht, ohne dass ich mich bewusst dazu entschieden habe. »Also«, sage ich ein wenig unentschlossen, »Dann sehen wir uns später?«

Er zwinkert mir zu. »Ich werde nach dir Ausschau halten, Wintermädchen.«

Bevor ich darauf etwas erwidern kann, hat er sich umgedreht und … verschwindet einfach wieder in den Büschen. Er zwängt sich zwischen den Ästen der umstehenden Bäume hindurch, als wäre es ein Laufsteg, bis ich ihn in dem grünen Blätterwerk nicht mehr sehen kann. Ein paar Sekunden lang stehe ich regungslos da und starre auf die Stelle, als würde er wieder herausspringen und »Überraschung!« rufen. Doch das tut er natürlich nicht.

Was für ein seltsamer Typ. Er gehört offensichtlich zu einer der Jahreszeitenfamilien, auch wenn er weder die Manieren, noch die Verhaltensweisen an den Tag legt, die ich von einem echten Familienmitglied erwartet hätte. Andererseits tue ich das auch nicht, aber ich bin sicher eine Ausnahme.

Als ich mich zurück auf den Weg in mein Zimmer mache – tatsächlich, um mich allmählich einmal meinen Haaren zu widmen –, geht der Typ mir immer noch nicht aus dem Kopf. Sein Blick, die Art und Weise, wie er mich angesehen hat … Es ist merkwürdig, aber ich habe mich irgendwie zu ihm hingezogen gefühlt, obwohl er ein Fremder ist. Das habe ich noch nie erlebt. Unwillkürlich frage ich mich, ob ich ihn auf dem Ball wiedersehen werde, und ein Teil von mir wünscht sich das sogar. Was total irrational ist, weil ich an diesem Abend wirklich andere Dinge im Kopf haben sollte als irgendeinen gut aussehenden Typen, der aus einem Busch gesprungen ist. Ich kann es nicht genau benennen, doch irgendetwas an ihm ist seltsam.

Aber was soll das in dieser Welt schon heißen.

FLOWERS AND MASKS

Meine Haare sitzen perfekt, mein Make-up sieht aus wie aus einer Modezeitschrift und das Kleid flattert mir in sanften Wellen um die Beine. Wenn ich mich bewege, glitzern die Steine auf der Korsage wie Sterne am Himmel. Die zarte Maske, die meine Augen bedeckt, besteht aus einer Mischung aus silbernen Pailletten und Spitze, die mich ein wenig an vereiste Äste im Winter erinnert. Sie ist wirklich wunderschön. Und passt perfekt zu meinem Outfit, was kein Wunder ist, da die Masken individuell angefertigt werden. Als ich sie gestern das erste Mal gesehen habe, bin ich aus dem Staunen fast nicht mehr herausgekommen.

Ehrlich gesagt habe ich keine Ahnung, warum der Jahreszeitenball immer als Maskenball veranstaltet wird, aber ich hinterfrage es auch nicht. Denn mal ehrlich, wann hat man schon einmal die Gelegenheit für so etwas? Ich fühle mich wunderschön … wären da nicht diese verdammten Schuhe. Diese Hacken werden mir heute Nacht garantiert Probleme bereiten. Ich habe versucht, genau das meiner Mom auch zu erklären, allerdings ohne Erfolg.

Während ich nun auf die festlich geschmückte Eingangshalle zulaufe, klammere ich mich an den Arm meines Großvaters und hoffe, nicht mit der Nase auf den polierten Marmor zu knallen. Zwei Butler öffnen uns die breiten Flügeltüren, die in den Ballsaal führen. Dahinter ist eine Mischung aus Stimmengewirr und sanfter Pianomusik zu hören, und eine Reihe maskierter Gesichter wendet sich in unsere Richtung. Ich bin froh, dass wir nicht angekündigt werden oder dergleichen. Ein Teil von mir hat befürchtet, einen großen Auftritt hinlegen und vielleicht eine Treppe hinunterschreiten zu müssen. Zu meiner Erleichterung nutzen wir aber denselben Eingang wie alle anderen Gäste und dürfen uns mehr oder weniger unters Volk mischen, bis der offizielle Teil des Abends beginnt.

Ich sehe mich um, suche nach bekannten Gesichtern, auch wenn das bei all den Masken nicht ganz einfach ist. Um ehrlich zu sein, hoffe ich einfach, mich im Schatten halten zu können, während mein Großvater die Menschen begrüßt und seine Runden dreht, bis ich mit dem Frühlingshüter tanzen muss. Ich bin mir ziemlich sicher, dass Sander ebenfalls mit den Leuten gesprochen und Kontakte geknüpft hätte. Er war der Goldjunge, er hat dieses Spiel mit Sicherheit bis zur Perfektion beherrscht. Mir wird das aber offensichtlich nicht zugetraut, und ausnahmsweise bin ich dafür ziemlich dankbar.

Mein Blick schweift über die farbenfrohen Kleider, sichtlich teuren Anzüge und unzähligen Blumen, die überall im Saal verteilt sind – einige sind auf den herumstehenden Tischen arrangiert, andere wurden als Blütenvorhänge an den Wänden drapiert und ein paar hängen sogar zwischen den Kronleuchtern von den hohen Decken. Überall glitzern kleine Lichter, ohne dass ich genau ausmachen kann, woher sie stammen. Auch wenn ich all diesem Getue eher skeptisch gegenüberstehe, muss ich zugeben, dass es wunderschön aussieht. Jede Jahreszeit hat ihren eigenen Reiz – der Frühling mit seiner Blumenpracht, der Sommer mit den satten Farben und der Wärme der Sonne. Den Herbst mag ich, weil er irgendwie gemütlich ist. Und der Winter glitzert. Wenn ich an mein eigenes Haus denke, sehe ich ein Meer aus Eiskristallen und starrer Schönheit.

Mein Großvater drückt mir kurz den Arm – eine Geste, die nach außen hin wohl irgendwie beschützend wirken soll – und verschwindet dann in der Menge. Ein wenig erleichtert atme ich aus. Ich sehe mich noch einmal kurz um, um sicherzugehen, dass er mich nicht mehr beobachtet, und ziehe dann mein Handy aus der kleinen Handtasche. Hastig schieße ich ein paar Fotos für Emma. Ich kann mir nur schwer vorstellen, wie meine ganzen Geschichten auf sie wirken müssen, deswegen wird sie sich sicher freuen, wenn ich ihr ein paar Bilder zeigen kann.

Nervös schiebe ich das Handy zurück in die Tasche und sehe mich erneut um. Ehrlich gesagt weiß ich nicht so richtig, was ich jetzt tun soll. Meine Familie ist nirgends zu sehen, was bei all den Menschen auch nicht verwunderlich ist. Die Suche gleicht der nach einer Nadel im Heuhaufen. Meine Gedanken wandern unwillkürlich zu dem bevorstehenden Übergangsritual. Ganz automatisch huscht meine Hand an meinen Hals, und ich berühre mit den Fingerspitzen das Amulett der Jahreszeiten.

Ich mag mit all diesem Getue so wenig wie möglich zu tun haben wollen, aber als mein Großvater mir das Amulett um den

Hals gelegt hat, war das ein seltsam erhabenes Gefühl. Mir ist klar, dass ich für meinen Großvater nicht die erste Wahl für diese Rolle bin, trotzdem hatte ich für den Bruchteil einer Sekunde den Eindruck, dass er mir seinen Segen gibt. Ich frage mich, wie das alles wohl abgelaufen wäre, wenn ich ganz normal als potenzielle Hüterin aufgewachsen wäre. Wäre das hier ein besonderer Moment für uns beide gewesen? Hätte er mich stolz angesehen, nachdem er mir die Kette umgelegt hat? Ist das normalerweise eine emotionale Sache, bei der man sich gegenseitig in den Arm nimmt und vielleicht sogar ein paar Tränen verdrückt, weil man so lange auf diesen Abend gewartet hat?

So oder so habe ich mir den Moment irgendwie spektakulärer vorgestellt. Vielleicht wie bei *Harry Potter*, als er das erste Mal den für ihn bestimmten Zauberstab in der Hand hält. Bei mir gab es keinen aufkommenden Wind, kein Licht von oben oder dramatische Hintergrundmusik. Das Einzige, was ich spüre, ist eine leichte Wärme, die von dem Schmuckstück ausgeht. Wobei es durchaus möglich ist, dass ich mir das nur einbilde.

Ich bin zwar die Hüterin, was im eigentlichen Wortlaut bedeutet, dass ich das Amulett den Winter über hüten muss, allerdings ist diese Aufgabe im Laufe der Jahrtausende wohl ein wenig verloren gegangen, denn heutzutage tragen die Hüter das Amulett lediglich während des Balls und legen es danach wieder in irgendeinen Tresor. Entweder ist das Amulett tatsächlich so wertvoll, dass man es wegsperren muss, oder es wird nur unnötig viel Tamtam darum gemacht.

Ich senke den Blick und mustere das Schmuckstück. Es ist verhältnismäßig schlicht, nicht so, wie ich mir ein magisches

Amulett wahrscheinlich vorstellen würde. Ein runder Stein, etwa in der Größe einer Ein-Krone-Münze, der von einer goldenen Fassung gehalten wird, die stets auf Hochglanz poliert ist und an einer feinen goldenen Kette hängt. Im Moment trägt das Amulett den Winterstein, einen blauen Jaspis. Doch das wird sich heute Abend ändern. Während der Zeremonie wird der Stein getauscht, und der Frühling nimmt das Amulett in Besitz.

Am Rande meines Sichtfeldes bemerke ich eine Bewegung und sehe auf. Neben mir steht Zara, die hellblonden Haare glatt wie Schnittlauch, in einem kanariengelben Kleid.

Ich hebe die Augenbrauen, auch wenn mir klar ist, dass sie das wegen meiner Maske vermutlich nicht bemerken wird. »Gewagte Farbwahl«, sage ich und verzichte bewusst auf eine Begrüßung.

Zara schnaubt. »Nur den Hütern ist es erlaubt, Blau zu tragen«, klärt sie mich hochnäsig auf. »Wusstest du, dass Sander bereits einen Anzug hatte maßschneidern lassen?«

Der Kommentar versetzt mir einen schmerzhaften Stich, aber ich lächle tapfer weiter. »Nein, wusste ich nicht.«

Sie rümpft die Nase. »Das Kleid ist dann wohl von der Stange.«

Ich schenke ihr ein betont freundliches Lächeln. »Ich befürchte, Sander hat es verpasst, uns vorher über seinen Tod zu informieren. Es war leider keine Zeit mehr für eine Maßanfertigung.« Normalerweise würde ich so nie über Sander reden, aber wegen der Nervosität liegen meine Nerven blank, und ich kann einfach nicht anders.

Ihre Augen werden groß, und sie schnappt kaum hörbar nach Luft. »Wie kannst du nur so taktlos sein?«

»Hast du das etwa nicht kommen sehen?«, bemerke ich kühl und mache einen Schritt auf sie zu. Für gewöhnlich gehe ich Ärger und damit auch Zara aus dem Weg. Aber sie hat angefangen. »Bist du nicht die große Hellseherin? Warum hast du Sanders Tod dann nicht kommen sehen?«

Wieder zieht sie zischend die Luft ein, dieses Mal deutlich hörbar. »Du Miststück!«

Ich werfe ihr eine Kusshand zu, auch wenn meine Finger dabei ein wenig zittern. »Ich habe um das hier nicht gebeten, Zara. Also lass mich in Ruhe.«

»Ich wäre eine bessere Wahl gewesen«, faucht sie mich an und sieht sich dann kurz um. Wahrscheinlich hat sie Angst, ihr perfektes Bild könnte Risse bekommen, würde man sie so reden hören. »Jeder wäre eine bessere Wahl gewesen als du. Jeder, der unsere Traditionen auch nur ein bisschen ernst nimmt.«

Demonstrativ sehe ich einmal an ihr herab. »Gelb wie der Neid. Das passt immerhin.«

Zara lacht freudlos. »Du denkst, ich bin neidisch?«

»Ich denke, das hast du selbst ziemlich deutlich gemacht.«

»Du tust mir echt leid«, zischt sie. »Du wirst zerfetzt von dieser Verantwortung, bis nichts mehr von dir übrig ist. Was hast du in deinem Leben bislang gemacht, hm? Herumgelungert und so getan, als würde dich das alles nichts angehen und als wärst du so viel cooler als wir. Du hast keine Ahnung, wie es sich anfühlt, ständig pflichtbewusst handeln zu müssen. Und jetzt denkst du, du könntest einfach so eine Rolle einnehmen, auf die wir seit unserer Geburt vorbereitet wurden? Du denkst, du kannst ein Erbe antreten, für das Sander gestorben ist? Wenn ja, dann bist du wirklich dümmer, als ich dachte, Bloom.«

»Du bist so …« Ich breche ab, als mir ein Teil ihrer kleinen

Rede ins Bewusstsein sickert. »Was meinst du damit, dass Sander für das Erbe gestorben ist?«

Etwas blitzt in ihren Augen auf, doch es ist so schnell verschwunden, dass ich mir nicht sicher bin, ob ich es mir nicht doch nur eingebildet habe. »Vergiss es«, sagt sie nur. »Genieß deine fünf Minuten Ruhm. Du wirst die Erinnerung an bessere Zeiten brauchen.« Und damit dreht sie sich um und verschwindet in der Menge.

Wow! Ein paar Sekunden stehe ich mit offenem Mund da und starre auf die Stelle, an der sie gerade gestanden hat. Ein Teil von mir will über den Mist lachen, den sie da von sich gegeben hat. Ein anderer Teil jedoch denkt immer noch daran, wie sie mich angesehen hat, als ich nach Sander gefragt habe. Sie hat beinahe ... erschrocken gewirkt. Als wüsste sie etwas, was ich nicht weiß. Aber das kann nicht sein. Sie ist so stolz auf unser Haus und versucht so verzweifelt, ihren Beitrag zu leisten, dass sie sicher als Erstes zu meinem Großvater gerannt wäre, hätte sie eine Vision gehabt. Ein ungeklärter Todesfall in einem Haus voller Hellseher ist nicht wirklich die beste Werbung für uns.

Ich schüttle den Kopf und versuche, das ungute Gefühl zu vertreiben, das dieses seltsame Gespräch bei mir hinterlassen hat. Seltsame Gefühle kann ich nicht gebrauchen, wenn ich immer noch Angst haben muss, irgendwelche Maschinen durchzuschmoren oder allen Menschen in einem Umkreis von fünf Metern die Energie auszusaugen. Das wäre mit Sicherheit ein Partykiller.

Vorsichtig bahne ich mir einen Weg durch die Menge, erwidere hie und da ein paar Begrüßungen, ohne wirklich darauf einzugehen. Ich kenne keinen von diesen Leuten, und die meisten von ihnen sprechen nicht mal meine Sprache. Manche unterhalten sich auf Niederländisch, andere auf Französisch, Englisch oder in einem seltsamen Mischmasch, das ich noch weniger verstehen kann. Meine eigenen Fremdsprachenkenntnisse beschränken sich auf Englisch und gebrochenes Deutsch. Was vielleicht der Grund dafür ist, dass mein Großvater mich keine Begrüßungsrunde hat drehen lassen.

Als ich mich abermals umsehe, bemerke ich, dass ich unbewusst nach silbernen Haaren und beeindruckenden Oberarmen Ausschau halte. Die Masken machen es ziemlich schwer, jemanden genau zu erkennen, aber die Haare des Typen, den ich im Garten getroffen habe, sind unverkennbar. Ich würde ihn gern wiedersehen, auch wenn ich nicht weiß, was ich dann tun würde. Ich bin nicht mutig genug, um einfach zu ihm zu gehen und ihn anzusprechen. Aber vielleicht würde es schon reichen, ihn einfach ein bisschen anzustarren – ohne dass er es bemerkt.

Ich werfe einen Blick auf die Uhr meines Handys, und mein Herz schlägt einen Tick schneller. Der offizielle Teil des Abends fängt gleich an, und allmählich bekomme ich doch ein wenig Nervenflattern. Ich fühle mich ein bisschen wie früher vor einem wichtigen Vortrag in der Schule, mit dem Unterschied, dass heute Abend deutlich mehr Menschen anwesend sind und ich vermutlich im nächsten Kanal versenkt werde, wenn ich irgendetwas falsch mache. Wenn ich so darüber nachdenke, gibt es wirklich verdammt viele Sachen, die heute Abend schiefgehen können. Ich muss zu Beginn mit dem Hüter des Frühlings tanzen, dort lauert bereits der erste Stolperstein; im wahrsten Sinne des Wortes. Was, wenn ich ihm aus Versehen mit diesen Hacken auf den Zeh trete und ihm den Fuß breche? Oder auf dem Weg zum Übergaberitual stolpere und das Amulett fallen lasse?

Gerade als ich mich so richtig in meine kleine Panikattacke hineinsteigern will, verstummt die Musik um uns herum, und nach und nach verebben auch die Gespräche. Mein Magen sackt eine Etage tiefer, während ich mich auf die Zehenspitzen stelle und versuche, über die Menge hinweg etwas sehen zu können.

In der Mitte des Saals hat sich eine Lücke gebildet, die immer größer wird, je weiter die Menschen zurückweichen. Schon bald erkenne ich meinen Großvater und Christopher Ostara, die auf die Aufmerksamkeit der Leute warten. Hinter ihnen stehen meine Mom, Zara, meine Tante und ein paar andere Familienmitglieder. Ich frage mich, ob ich irgendein Signal verpasst habe oder ob sie einfach die ganze Zeit über dort waren und auf ihren Einsatz gewartet haben. Kurz darauf fange ich den Blick meiner Mom auf. Sie hebt kaum merklich die Augenbrauen, lächelt mir dann aber aufmunternd zu und nickt.

Okay, los geht's.

Meine Handflächen werden feucht, und mein Herz rast immer schneller, während ich mir einen Weg durch die Menge bahne und meinen Großvater dabei nicht aus den Augen lasse. Das hier ist es. Das hier ist mein Einsatz. Das hier muss ich hinter mich bringen, dann bekomme ich nach diesem Abend hoffentlich mein Leben wieder.

»Willkommen!« Ostaras Stimme hallt beinahe wie ein Peitschenknall durch den Saal, und abrupt verstummen auch noch die letzten Gespräche. Er breitet die Arme aus und lächelt seine Gäste an. »Willkommen, Freunde, zum diesjährigen Frühlingsball. Die dunklen Tage neigen sich dem Ende zu, und der Frühling ist bereit, wieder Farbe und Leben in die Welt zu tragen.«

Verstohlen sehe ich meinen Großvater an, der bei dem Seitenhieb kaum merklich die Lippen aufeinanderpresst.

»Aber bevor wir beginnen«, fährt Ostara fort; er wird plötzlich ganz ernst und lässt seinen Blick über die Menge schweifen als würde er nach jemandem suchen, ihn aber nicht finden, »möchte ich euch bitten, einen Moment innezuhalten und unseren Verstorbenen zu gedenken.«

Stolpernd bleibe ich stehen. Diese Tradition kenne ich nicht. Zugegeben, ich war nur bei einer Handvoll Bälle dabei und da habe ich meistens so weit hinten gestanden, dass ich kaum etwas mitbekommen habe. Dennoch kann ich mich nicht erinnern, jemals eine Gedenkminute abgehalten zu haben. Bilder von Sander, tot auf dem Boden unseres Kellers, tauchen erneut vor meinem inneren Auge auf, doch ich schiebe sie beiseite. Nicht hier, nicht jetzt.

Sanfte Musik stimmt ein, und um mich herum senken die Leute den Blick und legen die Hände aneinander, die Handflächen flach aufeinandergepresst. Ich kenne diese Geste, auch wenn ich sie seit meiner Kindheit nicht mehr benutzt habe. Es ist eine alte Form des Betens, die eigentlich kaum noch verwendet wird. Wenn ich mich recht erinnere, stellt sie eine Art Verbindung zu den alten Göttern dar und zu den Kräften der Natur, die uns verliehen wurden. Sie wird unter anderem auf Beerdigungen noch gebraucht, was die ganze Sache irgendwie ziemlich makaber macht.

Trotzdem lege auch ich die Hände aufeinander und sehe hinab auf den Saum meines Rockes. Vielleicht halte ich nicht viel von alledem, aber es ist mit Sicherheit nicht meine Absicht, respektlos zu sein.

Ein paar Sekunden vergehen, dann erscheint eine große Projektion an der hinteren Wand des Saals. Ich habe keine Ahnung, ob es sich um eine rein irdische Technik handelt oder ob irgendeiner seine magischen Finger im Spiel hat. Das Bild zeigt einen Mann, einen alten Mann, sicher weit älter als mein Großvater. Darunter steht ein Name, den ich jedoch nicht kenne. Als Nächstes folgt eine Frau, deutlich jünger. Ich würde sie auf um die dreißig schätzen, und ich frage mich, wie sie wohl gestorben ist. Die Familienmitglieder, die Magie wirken können, werden deutlich seltener krank als normale Menschen, weswegen wir im Grunde nur an Altersschwäche, durch Unfälle und … und Mord sterben.

Das dritte Bild versetzt mir einen so heftigen Schlag, dass ich zischend einatme. Sander.

Er trägt einen Anzug und lacht so offen in die Kamera, dass es mir das Herz zusammenzieht. Sander war wirklich nicht mein Lieblingsmensch auf diesem Planeten, trotzdem war er mein Cousin, ein Teil meiner Familie. Wir sind zusammen aufgewachsen, und wenn ich die Augen schließe, kann ich immer noch das Lachen hören, das zu diesem Foto passt.

Und er wurde ermordet. Da bin ich mir inzwischen sicher. Auch wenn ich nicht weiß, von wem und warum. Es mag sein, dass meine Mom das leugnet, dass sie sich einzureden versucht, es wäre tatsächlich ein allergischer Schock gewesen. Doch das glaube ich nicht.

Ich atme ein paarmal tief ein und aus und presse mir die Hand auf den Bauch. Allmählich befürchte ich wirklich, eine Panikattacke zu bekommen. Mir flattern die Nerven mehr, als ich vorher befürchtet habe.

»Vielen Dank«, sagt Ostara und reißt mich damit aus meiner Starre. Ich sehe auf und begegne dem Blick meines Großvaters.

Seine grauen Augen bohren sich so intensiv in meine, dass ich mich einen Moment lang kaum traue, mich zu bewegen. Dann wird mir klar, worauf er hinauswill.

Mein Einsatz.

Das Herz schlägt mir bis zum Hals, während ich die letzten Meter zurücklege und ein wenig unschlüssig am Rand der Tanzfläche stehen bleibe.

Auf Ostaras Gesicht breitet sich ein Lächeln aus, und einen Moment lang sieht er aus wie ein kleines Kind am Weihnachtsabend. »Und jetzt freue mich ganz besonders, euch allen die diesjährigen Hüter des Winters und des Frühlings vorzustellen. Bloom Kalinin und Milan Ostara, erweist uns bitte die Ehre und eröffnet diesen wundervollen Frühlingsball mit einem ersten Tanz.«

Leichte Panik steigt in mir auf, während ich mich umsehe und nach meinem Tanzpartner Ausschau halte. Irgendwie habe ich erwartet, dass wir einander vorgestellt oder nach vorn gebeten werden, doch offensichtlich werden wir einfach ins kalte Wasser geschubst. Zögernd trete ich aus der Menge hervor, im selben Moment wie ein junger Mann in schwarzem Anzug. Die Leute um uns herum machen uns noch mehr Platz, während mein Großvater und Ostara sich ebenfalls zurückziehen. Musik setzt ein, und mein Herz stolpert ein paarmal.

Der Typ mustert mich aufmerksam durch die schwarze Maske. Sie ist etwas größer als gewöhnlich und bedeckt beinahe sein ganzes Gesicht, trotzdem erkenne ich blonde Haare und Bartstoppel. Er ist groß, überragt mich deutlich und unter seinem Anzug zeichnen sich beeindruckende Muskeln ab. Als er einen großen Schritt auf mich zumacht und die Hand ausstreckt, muss ich schlucken.

Das hier ist genau der Moment, vor dem ich mich am meisten gefürchtet habe. Ich kann tanzen, in der Theorie. In der letzten Woche hatte ich jeden Tag Tanzunterricht, allerdings ist das etwas ganz anderes, als mit einem völlig Fremden vor Hunderten von Leuten zu tanzen, die ich nicht kenne. Und die mich genau beobachten. Die Hüter stehen ohnehin schon im Mittelpunkt der Aufmerksamkeit, ich lege da noch eine Schippe drauf. Alle kennen meine Geschichte, alle wissen, dass ich für den toten Hüter einspringe und quasi keinerlei Ausbildung habe. Jeder Fehltritt, jedes Zögern wird umso strenger bewertet.

Ich straffe die Schultern und feuere mich innerlich selbst an, als ich meine Hand in seine lege und mich von ihm in seine Arme ziehen lasse. Seine Hand ist kühl und vollkommen ruhig, keine Spur von Nervosität. Was nicht wirklich verwunderlich ist. Nach allem, was ich weiß, ist Milan bereits das zweite Jahr Hüter, weil sein Nachfolger noch nicht alt genug ist, um die Rolle zu übernehmen. Und auch er wurde jahrelang darauf vorbereitet. Für ihn ist das alles hier vermutlich längst ein alter Hut.

»Bereit?«

BROKEN CINDERELLA

Seine Stimme ist dunkel und vibriert in meiner Brust, während er mich sanft an sich zieht. Automatisch lege ich meine linke Hand auf seine Schulter. Als ich aufsehe, begegne ich braunen Augen.

»Ich habe wohl keine Wahl«, erwidere ich trocken, und im nächsten Moment dirigiert er mich auch schon in den Grundschritt. Ich lasse mich einfach von ihm führen, muss mich allerdings gewaltig konzentrieren, um nicht zu stolpern. Diese Schuhe zehren an meinen ohnehin begrenzten Tanzfähigkeiten. Nur verschwommen nehme ich die Menschen um uns herum wahr, die Dekoration und die Lichter. Ich weiß, dass ich, wenn ich mich auf etwas anderes als meinen Partner konzentriere, aus dem Tritt komme.

Sein leises Lachen klingt echt und entspannt mich ein wenig. »Du klingst nicht gerade begeistert.«

Ich lege den Kopf schief. »Gut kombiniert.«

Er führt mich sanft in eine Drehung, ohne mich dabei aus den Augen zu lassen. Wahrscheinlich verlässt er sich einfach darauf, dass die Leute ausweichen, sollten wir ihnen zu nahe kommen. Als meine Hand ein Stück nach unten rutscht und auf seinem Oberarm zu liegen kommt, spüre ich wie sich die Muskeln unter seiner Haut bewegen. Wirklich beeindruckende Muskeln. Seiner Statur nach zu urteilen, könnte er locker dem Sommerhof angehören, der für seine körperliche Überlegenheit bekannt ist.

»Nun, Wintermädchen«, raunt er und zieht mich kaum merklich ein wenig dichter an sich. »Diese kalte Fassade steht dir gut zu Gesicht.«

Schnaubend rücke ich wieder ein klein wenig von ihm ab. Nicht so sehr, dass man es von außen sehen könnte, aber ich bin mir ziemlich sicher, dass er es bemerkt. Ein winziges Lächeln stiehlt sich auf seine Lippen, und ich kann nicht verhindern, dass ich es ihm gleichtue.

»Sie steht mir gut zu Gesicht?«, wiederhole ich schmunzelnd. »Lernt ihr so etwas hier? Zu sprechen, als wärt ihr aus einem Jane-Austen-Roman geklettert?«

»Ihr?« Er verdreht die Augen. »Du bist auch eine Figur in diesem Spiel, vergiss das nicht.«

Da hat er recht, auch wenn ich das ungern zugebe. Sein Griff wird ein wenig fester, und wir drehen uns noch einmal. Dieses Mal komme ich kurz ins Stocken und wäre ihm beinahe auf die Füße getreten oder über den Saum meines Kleides gestolpert. Doch bevor ich ins Straucheln geraten kann, umfasst er meine Taille und hält mich aufrecht. Für den Bruchteil einer Sekunde heben meine Füße vom Boden ab, und ich schnappe leise nach Luft. Meine Brust drückt gegen seine, und er ist mir auf einmal so nahe, dass ich seinen Atem auf meinem Gesicht spüren kann. Die plötzliche Nähe sorgt dafür, dass ich beinahe komplett die Orientierung verliere.

Wow! Mir wird ein wenig heiß, und ich habe das Bedürfnis, mir Luft zuzufächeln. Ich bin diesen Abend in den vergangenen Wochen mehrfach in Gedanken durchgegangen, und jedes Mal habe ich mir ein schnödes, langweiliges Ereignis vorgestellt. Nicht in meinen wildesten Träumen hätte ich erwartet, von einem heißen Frühlingshüter über die Tanzfläche gewirbelt zu werden.

Mein Mund ist trocken und mein Gesicht vermutlich feuerrot, als er mich wieder auf meine eigenen Füße stellt. Schnell versuche ich, etwas Abstand zwischen uns zu bekommen.

»Gern geschehen«, kommentiert er die ganze Situation trocken, doch als ich ihn ansehe, grinst er breit.

»Ich bin keine große Tänzerin«, kläre ich ihn verlegen auf.

»Du machst das doch gut. Und mit dem Kleid sieht sowieso keiner, wenn du die falschen Schritte machst.«

Vermutlich nicht, allerdings habe ich mit so einem Kompliment nicht gerechnet. Dieser Milan ist tatsächlich überraschend nett. Ich habe einen Hüter à la Zara oder Sander erwartet. Dieser hier wirkt jedoch irgendwie lockerer und sympathischer.

»Das Ganze hier ist ein wenig sexistisch, oder nicht?«, frage ich leise und lächle übertrieben in die Runde, als Milan mich in einem großen Bogen an den umstehenden Gästen entlangführt. Himmel, wie lange dauert dieser Tanz eigentlich?

Er runzelt kaum merklich die Stirn. »Was meinst du?«

Ich zucke mit den Schultern. »Das hier ist die Mann-Frau-Variante des Balls, richtig? Wenn es einen männlichen und einen weiblichen Hüter gibt, wird getanzt und der Mann führt. Für zwei Männer gilt das wahrscheinlich nicht, oder?«

Milan sieht mich kurz an, schaut dann aber so schnell wieder weg, als hätte ihn irgendetwas erschrocken. Ich folge seinem Blick, kann aber nichts Ungewöhnliches erkennen. Statt einer Antwort lehnt er mich kurz darauf nach hinten, seine Hand warm an meinem Rücken, während ich ein wenig panisch versuche, nicht umzufallen.

Als wir wieder aufrecht stehen, schnaube ich einmal. »Wäre ich ein Kerl, wäre das hier nicht notwendig. Wir würden uns die Hände schütteln, ein paar Worte sagen und Ende.«

»Aber dann wäre uns all das hier entgangen, Wintermädchen«, sagt er leise, während er langsamer wird und schließlich vor mir stehen bleibt. Er sieht mich eindringlich an, löst sich von mir, hält aber immer noch meine Hand fest. Um uns herum brandet Applaus auf, aber ich bin immer noch von seinen braunen Augen gefangen. »Du hast sie alle verzaubert.«

Ich öffne den Mund, um zu protestieren. Doch bevor ich etwas sagen kann, lässt er meine Hand los und versinkt in eine Verbeugung, die ich hastig mit einem Knicks erwidere. Als ich mich aufrichte, dreht er sich um, zwinkert mir noch einmal kurz zu und verschwindet schließlich zwischen den Anhängern des Herbsthauses.

Einen Moment lang starre ich ihm sprachlos hinterher, fühle mich ein bisschen verloren. Wie Cinderella, nur ein wenig verkorkster.

Der offizielle Abend des Balls ist damit eröffnet, und ein paar Angestellte eilen herbei, um die Tanzfläche mit goldenen Blumenkästen abzugrenzen. Ein paar Gäste beginnen zu tanzen, während die anderen sich zerstreuen und sich auf die Suche nach Getränken und Essen machen. Das erste Hindernis habe ich geschafft, auch wenn es sich deutlich verwirrender gestaltet hat, als ich erwartet habe. Diesen Tanz habe ich mir peinlich vorgestellt, unangenehm von der ersten bis zur letzten Sekunde. Doch zu meiner Überraschung war es nichts dergleichen, im Gegenteil. Klar, auf das Tanzen an sich hätte ich durchaus verzichten können, mein Tanzpartner jedoch war … interessant. Ich fühle mich tatsächlich ein wenig zurückgewiesen, weil er so abrupt verschwunden ist.

In dem Moment entdecke ich meine Mom, die sich an zwei Herren in schwarzen Anzügen vorbeidrängt und breit lächelnd auf mich zukommt. Sie nimmt meine Hände und drückt sie kurz, bevor sie sich umsieht und mich ein wenig zur Seite zieht, weg von der Menge.

»Das war großartig, Bloom«, sagt sie und zieht mich in eine schnelle Umarmung. »Ich bin wahnsinnig stolz auf dich. Du hast wunderschön ausgesehen.«

Ich spüre, wie mir die Röte ins Gesicht steigt. Diese Worte aus dem Mund meiner Familie bedeuten mir viel, von meiner Mom jedoch noch mehr. Ich liebe meine Mutter, und sie war immer gut zu mir, wenn auch manchmal etwas distanziert, aber mir war auch immer klar, dass sie sich etwas anderes gewünscht hat. Ich bin mir sicher, dass sie mich liebt, aber ich erinnere sie auch ständig daran, dass sie sich mit ihrer Familie zerstritten hat. Wegen mir und wegen eines Kerls, der sie sitzen gelassen hat, sobald er erfahren hat, dass ich unterwegs war. Manchmal frage ich mich, ob ich ihr das alles wert war.

»Danke«, murmle ich und lächle verlegen. »Das hat ganz gut geklappt, oder? Was sagt Großvater?«

»Ist sehr zufrieden«, meint sie, sichtlich erfreut. »Du hast etwa eine Stunde Pause, während alle essen und trinken. Danach wird der Stein im Amulett getauscht, und dann geht's zum Baum.«

Der Baum. Tatsächlich ist das ein Punkt auf der Tagesordnung, auf den ich mich ein wenig freue. Am Abend eines jeden Balls leiten die Hüter und die Meister der Häuser gemeinsam die neue Jahreszeit ein. An jedem Hof gibt es einen alten Baum. Dieser wird, je nach anbrechender Jahreszeit, von den Hütern verändert. Zu Frühlingsbeginn wird er aus dem Winterschlaf geholt, der Reif taut ab und die ersten Blätter sprießen. Beim Sommerball erblühen Blumen, und er wird so dicht bewachsen sein, dass man kaum noch das Braun der Äste erkennen kann. Wenn der Herbst anbricht, verfärben sich die Blätter braun und rieseln zu Boden, und zum Winteranfang wird er kahl und mit einer Schicht Eis bedeckt. Ich weiß, dass dieser Schritt für den Wechsel der Jahreszeiten nicht zwingend notwendig ist. Er ist eher symbolischer Natur. Dieser eine Baum macht den Anfang, und die Welt wird folgen. Heute Nacht lassen wir den Frühling entstehen, und ja, deswegen bin ich ein wenig aufgeregt. Und nervös, da ich meine Kräfte so wenig im Griff habe. Allerdings hat mein Großvater mir versichert, dass die bloße Existenz meiner Magie reichen wird, um das Übergangsritual durchzuziehen.

Mom schaut mich fragend an, also nicke ich, bevor ich mich unschlüssig umsehe. In Wahrheit halte ich allerdings nach Milan Ausschau, aber das werde ich Mom sicher nicht erzählen.

»Sander wäre stolz auf dich«, sagt sie und reißt mich damit abrupt aus meinen Gedanken.

»Was?« Ungläubig starre ich sie an. »Wäre er nicht, Mom. Falls er da oben auf einer Wolke sitzt, wünscht er mir wahrscheinlich gerade die Pest an den Hals.«

»Bloom!«

»Was denn?«, frage ich und mustere sie ernst. »Hat Victoria seit der ganzen Sache auch nur ein einziges Wort mit dir gesprochen?«

Ihr Blick wird eine Spur kälter, und sie lässt meine Hände los. »Meine Schwester hat ihren Sohn verloren. Ich mag mir nicht einmal vorstellen, wie sie sich im Moment fühlen muss. Daher erwarte ich nicht, dass sie sich mit mir freut, wenn meine Tochter den Platz ihres Sohnes einnimmt.«

»Ich habe nicht darum gebeten«, erinnere ich sie leise. »Und vielleicht solltet ihr alle euch mehr Gedanken darum machen, was mit Sander passiert ist, als darüber, wer hier wessen Platz einnehmen muss.«

»Was willst du damit sagen?«

»Dass Sander nicht einfach tot umgekippt ist, Mom«, sage ich eindringlich. »Irgendjemand hat ihn umgebracht. Dieser Ball sollte nicht oben auf eurer Prioritätenliste stehen. Wir sind nur hier, um den Schein zu wahren, um die Tradition aufrechtzuerhalten oder was auch immer. Es ist eine Farce und mit Sicherheit nicht wichtiger als die Tatsache, dass einer von uns ermordet wurde!«

Meine Mom weicht einen Schritt zurück und wird so blass, dass ich mir einen Moment lang tatsächlich Sorgen mache. Der Moment ist aber schnell wieder vorbei, denn kurz darauf setzt sie eine undurchdringliche Miene auf. »Sander wurde nicht ermordet. Du unterstellst Dinge, von denen du keine Ahnung hast, Bloom.«

»Ach, nein?«, frage ich leise. Tränen brennen in meinen Augen, doch ich dränge sie energisch zurück. »Ich habe ihn gefunden, Mom. Ich habe ihn gesehen.«

Ein paar Sekunden lang starrt sie mich an, dann schüttelt sie langsam den Kopf, dreht sich um und geht. Und wieder stehe ich da und fühle mich, als wäre ich ein Gegenstand, den man einfach abstellt, wenn er nicht mehr gebraucht wird. Milan hatte recht – ich bin eine Figur in ihrem Spiel, mehr nicht. Wenn dieser Abend vorbei ist, werden sie mich nicht mehr brauchen.

Und ein Teil von mir wünscht sich das sogar.

Ich brauche eine Weile, bis ich mich wieder gefangen habe. Nachdem ich noch einmal tief durchgeatmet habe, mische ich mich unter die anderen Gäste, versuche aber, niemanden lange genug anzuschauen, um mich nicht in ein Gespräch verwickeln zu lassen. Zwei Stunden noch, mindestens. Dann kann ich mich höflich entschuldigen, in mein Zimmer verschwinden und Emma anrufen. Dann habe ich meine Schuldigkeit getan und kann dieses Kapitel abschließen, einfach weitermachen wie vorher. Inzwischen bin ich mir relativ sicher, dass meine Familie keine großartige Rolle für mich geplant hat. Wenn dieser Abend also etwas Gutes hat, dann, dass er mir etwas bewiesen hat: Ich gehöre nicht hierher. Und sie wollen mich hier auch nicht haben.

Ich drehe gerade meine dritte Runde, als mich jemand am Arm berührt. Hastig kleistere ich mir ein Lächeln ins Gesicht, bevor ich mich umdrehe und überrascht die Augen aufreiße. Es ist Milan.

»Hey«, sage ich ein wenig überrumpelt und sehe zu ihm hoch. Nach seinem abrupten Abgang hatte ich nicht mehr damit gerechnet, dass er mich noch mal ansprechen würde.

Sein Grinsen ist so einnehmend, dass mein Herz ein paar

Gänge zulegt. Ich bin ein wenig verwirrt, was für eine Wirkung er auf mich hat.

»Na, amüsierst du dich?«, fragt er und sieht sich ein paarmal um.

Ich zucke mit den Schultern. »Man schlägt sich so durch. Und du?«

Wieder schaut er über die Schulter. Sein Blick wirkt unruhig, so als wäre er nervös. »Ehrlich gesagt schwirrt mir ein bisschen der Kopf. Und ich habe keine Lust, mich unter die Gäste an den Tischen zu mischen.«

Die Überraschung steht mir vermutlich ins Gesicht geschrieben. Ich bin davon ausgegangen, dass der Hüter des Frühlings es gar nicht erwarten kann, sich von seinen Leuten beweihräuchern zu lassen.

»Kann ich nachvollziehen«, antworte ich und zupfe an meinem Rock herum. »Ich fürchte, bis zur Zeremonie müssen wir noch durchhalten.«

Erneut sieht er mich an. Beinahe hätte ich nach Luft geschnappt, so intensiv ist sein Blick. Er beugt sich ein kleines Stück zu mir herunter, und kurz habe ich das Gefühl, man würde die Spannung zwischen uns beiden merken.

»Wollen wir abhauen?«, raunt er leise.

Ich bin so gebannt, dass seine Worte zunächst keinerlei Bedeutung haben. Trotz der Maske, die die Hälfte seines Gesichts verdeckt, kann ich den Blick kaum von seinen Augen lösen. »Was?«, frage ich erstickt.

Aus den Augenwinkeln sehe ich, dass er die Hand ausstreckt, die Handfläche nach oben. Eine Einladung. »Wir könnten in die Küche gehen. Dort können wir essen, ohne angestarrt zu werden wie die Tiere im Zoo.«

»Wir können doch nicht …«

Er kommt noch ein Stück näher, und meine Worte verebben und vermischen sich mit den Hintergrundgeräuschen.

»Na, komm schon«, beschwört er mich lächelnd. »Eine kleine Auszeit kann uns wohl keiner übel nehmen.«

Meine vernünftige Seite weiß, dass das keine gute Idee ist. Meiner vernünftigen Seite ist klar, dass ich einfach nur die Regeln befolgen muss, einen Abend lang die Füße stillhalten und ich hätte es hinter mir. Trotzdem sehe ich mir beinahe selbst dabei zu, wie ich nicke und nach Milans Hand greife. Ein zufriedenes Grinsen breitet sich auf seinem Gesicht aus, bevor er sich umdreht und mich hinter sich her durch die Menge zieht. Die Blicke der Leute verfolgen uns, während ich fasziniert das Muskelspiel auf Milans Rücken beobachte. Ich weiß, dass ich die Sache gerade verkompliziere, doch ich protestiere nicht. Erst als wir den Lärm und die Hitze des Ballsaals verlassen und gedimmtes Licht uns umfängt, erwache ich aus dieser seltsamen Benommenheit.

»Das ist keine gute Idee«, sage ich mit einem nervösen Lachen und sehe mich um. Wir stehen in einer dunklen Küche, die für den Hof jedoch viel zu klein ist. Außerdem ist niemand hier, was ich für sehr unwahrscheinlich halte, schließlich ist gerade ein Fest am Laufen. »Wo sind wir?«

»In der Kaffeeküche«, antwortet Milan, lässt meine Hand los und dreht sich zu mir um. »Die Hauptküche ist zu voll, da herrscht momentan das reinste Chaos.«

Ich nicke nachdenklich. Irgendwie fühle ich mich seltsam, nicht wirklich unwohl, aber ein bisschen so, als wäre ich betrunken. Was nicht möglich ist, ich hatte lediglich ein Wasser und einen Orangensaft.

»Wir sollten wieder zurückgehen«, schlage ich zögernd vor, doch ich höre selbst, dass ich nicht wirklich überzeugend klinge. Tatsächlich fühlt es sich gut an, ein wenig Ruhe zu haben. Nicht beobachtet zu werden und nicht darauf achten zu müssen, wie ich mich verhalte. Ich kenne Milan kaum, aber ich habe das Gefühl, dass es ihm ähnlich geht wie mir. Auch er wirkt plötzlich gelöster und deutlich lockerer als noch im Ballsaal.

Er winkt ab und schenkt mir ein verdammt charmantes Lächeln, das meine Knie ein klein wenig weich werden lässt. »Mach dir keine Gedanken. Die sind alle viel zu sehr mit sich selbst beschäftigt.«

»Solltest du dich nicht von deiner Familie feiern lassen?«, frage ich nur halb im Spaß und setze mich auf eine der Arbeitsflächen, um meinen armen Füßen eine Pause zu gönnen. Als ich meine Maske und die Schuhe auch noch ausziehe, wirft Milan mir einen amüsierten Blick zu.

Er durchquert die Küche und öffnet einen gigantischen Kühlschrank. »Die feiern sich eher selber. Ostara benimmt sich wie ein verdammter König.«

Ich muss lachen, als mir einfällt, dass ich genau dasselbe gedacht habe, als ich hier angekommen bin. Dann stocke ich jedoch und lege den Kopf schief. »Warum nennst du deinen Großvater beim Nachnamen?«

Sein Rücken verspannt sich kaum merklich. »Wir haben kein allzu herzliches Verhältnis.«

»Ich weiß, was du meinst.«

Als er sich wieder aufrichtet, hält er eine Packung *Fla* in der Hand.

Ich quieke unwillkürlich auf, als ich die Packung erkenne. »O mein Gott, das ist dieser zweifarbige Pudding, oder?« Ich bin so begeistert, dass ich kurz auf der Arbeitsfläche herumhüpfe. Meine Mom liebt *Fla* und lässt sich regelmäßig ganze Wagenladungen davon schicken. Eigentlich handelt es sich dabei nur um Schoko- und Vanillepudding, aber seit ich einmal davon probiert habe, bin ich ebenfalls verrückt danach.

Milan starrt mich verwirrt an, was ich ihm nicht verübeln kann. »Zweifarbiger Pudding?«, wiederholt er und mustert die Packung. Dann greift er nach zwei Löffeln, die zum Trocknen auf der Spüle liegen, reißt kurzerhand die Packung auf und setzt sich neben mich.

Kurz bin ich ein bisschen irritiert, dass ich keine Schale aus purem Gold oder etwas in der Art bekomme, doch eigentlich ist es mir egal. Ich nehme den Löffel, den er mir hinhält, tauche ihn in den Pudding und seufze verzückt, als ich ihn ablecke. Okay, das hier ist deutlich anders als in meiner Vorstellung. Statt steif wie ein Stock an einer Tafel zu sitzen und mir Gedanken über die Wahl der richtigen Gabel zu machen, sitze ich barfuß in einer dunklen Küche und löffle Pudding direkt aus der Packung. Viel besser!

»Du bist nicht halb so furchtbar, wie ich erwartet habe«, bemerke ich und lache, als er irritiert die Stirn runzelt.

»Was hast du denn erwartet?«

»Dass du ein arrogantes Arschloch bist«, sage ich und zucke mit den Schultern. »Tut mir leid, aber ich spreche nur aus Erfahrung.«

»Willst du wissen, was *ich* erwartet habe?«, fragt er, während er mit seinem Löffel auf mein Gesicht deutet. Ich sehe ihn erwartungsvoll an. »Dass du 'ne Zicke bist, die sich für was Besseres und was Besonderes hält, weil sie das verlorene Kind ist.«

»Das verlorene Kind?« Ich pruste los. »Woher hast du das denn?«

»Du warst nie Thema«, bemerkt er nachdenklich. »Als durchgesickert ist, dass der eigentliche Hüter tot ist, haben alle erwartet, Zara wäre die nächste Wahl. Mit dir hat keiner gerechnet.«

»Du meinst, niemand wusste, dass ich überhaupt existiere.«

»Oder so.« Er legt den Kopf schief. »Viele andere wären da vermutlich ein bisschen größenwahnsinnig geworden.«

Ich esse noch einen Löffelvoll Pudding und denke kurz darüber nach. »Es lohnt sich nicht, größenwahnsinnig zu werden. Ich ziehe hier ihr Ding durch, und dann bin ich raus. Kein Grund, mehr daraus zu machen, als es ist.«

»Mehr als das Gleichgewicht der ganzen Erde aufrechtzuerhalten?«

»Glaubst du daran?«, frage ich ehrlich interessiert. »An all die Bedeutung dahinter? Ich meine, klar, wir lassen die Jahreszeiten entstehen. Aber woher wissen wir denn, dass das nicht auch von ganz allein passieren würde? So wie die normalen Menschen das Ganze sehen? Ein natürlicher Ablauf, der sich selbst regelt, und in Wahrheit sind wir nur irgendwelche Clowns, die jedes Mal einen verdammten Ball abhalten und sich furchtbar aufspielen. Ich meine, haben wir schon mal probiert, was passiert, wenn wir einfach gar nichts machen?«

Er mustert mich mit undefinierbarem Gesichtsausdruck. »Vermutlich würde alles ins Chaos stürzen.«

»Tut es das nicht ohnehin schon? Naturkatastrophen, Erderwärmung, die Polkappen schmelzen, die Bienen sterben … All das ist Chaos in rationierten Portionen. All das sollte eigentlich dank uns nicht passieren. Vielleicht machen wir etwas falsch, vielleicht sind wir nachlässig. Wir bezeichnen uns selbst als Meister und Hüter der Jahreszeiten, aber die Frage ist doch, wer kontrolliert die Wächter?«

»Wow!« Milan grinst, und als er seinen Löffel ableckt, bleibt mein Blick an seinen Lippen hängen. »Das ist verdammt viel Skepsis für ein Wintermädchen. Für eine Hüterin.«

»Wider Willen«, erinnere ich ihn.

Sein Blick wird forschend, und wieder habe ich das Gefühl, als würden diese braunen Augen mich in ihren Bann ziehen. Ich habe schon viele gut aussehende Typen getroffen, viele charmante und einnehmende Jungs. Niemand hat mich jedoch so beeindruckt wie dieser Milan, und ich kenne ihn kaum eine Stunde. Unwillkürlich lehne ich mich ein wenig in seine Richtung und bemerke, dass er es ebenfalls tut. Irgendetwas ist da, in seinem Lächeln, in dem Glanz seiner Augen, was mich nicht loslässt. Es ist, als würden unsichtbare Bänder uns zueinander hinziehen, ohne dass ich mich dagegen wehren kann. Oder will.

»Du bist so anders«, murmelt er. Wieder sehe ich auf seinen Mund. Seinen Mund, der immer näher kommt. Ich sehe, wie seine Lippen sich bewegen und Worte formen, die ich jedoch nicht verstehen kann.

Meine Gedanken werden irgendwie langsam.

Und setzen komplett aus, als Milan sich vorbeugt und mich küsst.

THE LAST BALL

Hinter meiner Stirn explodiert ein kleines Feuerwerk. Als würde mir jemand kleine Stromstöße durch den Körper jagen, aber auf die angenehme Art und Weise.

Ich höre das leise Rumsen, als Milan die Puddingpackung neben uns abstellt. Der Löffel rutscht mir aus der Hand und landet auf den Fliesen, doch das ist mir egal. Tatsächlich scheint sich im Moment mein gesamtes Denken auf Milan zu reduzieren; auf seine Lippen, die sich sanft auf meinen bewegen, und seine Fingerspitzen, die über die Seite meines Halses streichen. Ich erschaudere und presse mich dichter an ihn. Das hier ist nicht mein erster Kuss, aber mein erster richtig guter.

Mir ist vage bewusst, dass ich mich gerade auf dem Frühlingsball befinde und eigentlich Besseres zu tun hätte. Aber in diesem Moment fällt mir kein zwingender Grund ein, den Kuss zu beenden. Im Gegenteil, ich wünschte, er würde niemals aufhören.

Ich hebe die Arme und schlinge sie um seinen Nacken. Seine

Zunge fährt sanft über meine Lippen, fast, als würde er um Erlaubnis bitten. Mir wird beinahe schwindelig, als ich den Kuss intensiviere und er leise meinen Namen murmelt. Seine Finger spielen an dem Träger meines Kleides herum und an dem Band meiner Kette.

Viel zu schnell löst er sich von mir und weicht ein Stück zurück. Am liebsten würde ich den Kragen seines Anzugs packen und ihn wieder zu mir heranziehen, doch ich reiße mich zusammen. Meine Lippen prickeln, und mein ganzer Körper summt vor Anspannung. Ich fühle mich aufgekratzt, und mir ist so warm, als hätte ich in der prallen Sonne gesessen.

»Tut mir leid«, murmelt Milan und schüttelt kurz den Kopf, während er von mir abrückt. »Entschuldige, das war irgendwie unangemessen.«

Irritiert sehe ich ihn an. Der Ton seiner Stimme, die Art und Weise, wie er meinem Blick ausweicht, passt so gar nicht zu dem leidenschaftlichen Kuss. »Alles okay«, sage ich und lächle unsicher. »Vielleicht sollten wir …«

Er springt auf, noch bevor ich meinen Satz zu Ende sprechen kann. Plötzlich wirkt er so fahrig, als hätte ich ihm eine Ohrfeige verpasst. Er vergräbt die Hand in den Hosentaschen und macht ein paar Schritte rückwärts. Weg von mir.

»Ja«, unterbricht er mich und nickt. »Ja, du hast recht. Wir sollten zurück. Sie suchen sicher nach uns.«

»Milan …«

»Wir sehen uns!«

Ich öffne den Mund, doch bevor ich etwas sagen kann, dreht er sich um und verschwindet durch die Hintertür. Ich habe keine Ahnung, wohin sie führt, doch sicher nicht zurück in den Ballsaal.

Verwirrt und zurückgewiesen sitze ich auf der Arbeitsfläche und starre auf den polierten Türknauf. Was zur Hölle ist das gewesen? Ich habe nicht mit einem Heiratsantrag gerechnet, aber ein bisschen mehr als eine übereilte Flucht hätte ich dann doch erwartet. Ich hebe die Hand und fahre mir mit den Fingern über die Lippen, dann über den Hals. Meine Haut kribbelt immer noch, als wollte sie versuchen, sich an seine Berührungen zu erinnern.

Nach und nach klären sich meine Gedanken. Ich schließe die Augen und schüttle den Kopf, als könnte ich mich dadurch irgendwie selbst zur Vernunft bringen. Es kommt mir auf einmal seltsam vor, wie dringend ich ihm nahe sein wollte. Das passt nicht zu mir, das passt nicht zu diesem Abend.

Als meine Hand meinen Nacken berührt, schnappe ich nach Luft. Ohne darüber nachzudenken, springe ich von der Theke und renne barfuß hinüber zu dem verchromten Kühlschrank. Als ich mein verschwommenes Spiegelbild entdecke, fährt mir der Schock durch den ganzen Körper.

»Nein«, flüstere ich, während ich langsam zurückweiche. Meine Augen sind groß, und meine Haut ist fahl, ich sehe furchtbar aus. »Nein, nein, nein. Scheiße, nein!«

Die Kette. Sie ist weg.

Das Amulett, das gerade noch um meinen Hals hing, ist verschwunden. Ich weiß, dass ich es auf der Tanzfläche berührt habe, doch jetzt ist es weg.

Ich wirble herum und renne zu der Hintertür, durch die Milan verschwunden ist. Reiße sie auf. Vor mir liegt jedoch nur ein stockdunkler Korridor. Er ist verhältnismäßig schmucklos, was vermutlich bedeutet, dass es sich um den Angestelltenflügel handelt. Aber warum sollte Milan mein Amulett klauen?

Das ergibt keinen Sinn, immerhin hätte er es am Ende dieses Abends ohnehin bekommen.

Ob er mich einfach nur verarschen will? Die Neue in Schwierigkeiten bringen und sich danach über mich lustig machen. Was, wenn Zara mit drin steckt? Zugegeben, das wäre ein ziemlich kindisches Verhalten, aber das ist der einzige Grund, der mir in diesem Moment einfällt.

Tränen steigen mir in die Augen, wie immer, wenn ich wütend bin. Ich will nicht heulen, aber ich fühle mich so elend, dass ich mich am liebsten in eine Ecke verkrochen hätte und in Selbstmitleid versunken wäre. Mir ist klar, dass ich es meiner Mom sagen muss. Und die wird es meinem Großvater erzählen, und dann muss ich ihnen erklären, warum ich es nicht einmal einen Abend lang geschafft habe, auf eine verdammte Kette aufzupassen.

Wütend schlage ich die Tür wieder zu. Milan ist in diesem Haus aufgewachsen, es hat keinen Sinn, ihm hinterherzujagen. Aber das muss ich auch nicht. In schätzungsweise einer halben Stunde stehe ich ihm gegenüber und kann ihm ordentlich eine verpassen. Denn genau das ist es, was ich gerade will. Ich fühle mich benutzt und verarscht, und das ist wirklich kein schönes Gefühl. Ich bin stinksauer.

Es dauert noch ein paar Minuten, bis ich mich so weit gesammelt habe, um irgendetwas tun zu können. Mein erster Impuls ist es, einfach abzuhauen. Da wir uns aber nicht mal in demselben Land befinden wie mein Zuhause, ist das irgendwie schwierig. Ich atme ein paarmal tief durch, straffe die Schultern und durchquere die Küche.

Bevor ich zurück in den Ballsaal gehe, balle ich die Fäuste vor Wut. Die Leute um mich herum amüsieren sich immer noch und feiern sich gegenseitig. Was für eine scheinheilige Gesellschaft. Was würden sie wohl sagen, wenn sie wüssten, was ihre feine Hütergeneration für Spielchen spielt?

Nach vier oder fünf Runden entdecke ich endlich das rubinrote Kleid meiner Mom in der Ecke. Mein Großvater ist nirgends zu sehen, worüber ich ziemlich dankbar bin. Es ist eine Sache, meiner Mom alles zu beichten, meinem Großvater aber eine ganz andere.

»Bloom!«, ruft sie und kommt auf mich zu. Ihr Lächeln verwandelt sich in ein Stirnrunzeln, als sie meinen Gesichtsausdruck bemerkt. »Was ist passiert?«

»Mom.« Ich kann nicht verhindern, dass meine Stimme ein klein wenig zittert. Schnell reiße ich mich zusammen. »Mom, ich muss mit dir reden.«

»Was ist denn?«, fragt sie verständnislos und mustert mich von oben bis unten. »Süße, was ist passiert?«

»Er hat es mir weggenommen«, flüstere ich aufgelöst. Als mir klar wird, dass sie nicht versteht, was ich meine, lege ich meine Hand auf meinen Hals. Sie folgt der Bewegung und reißt die Augen auf. »Milan. Er hat es mir weggenommen.«

Sie öffnet den Mund, doch sie kommt nicht dazu, etwas zu sagen. Plötzlich wird es hinter ihr unruhig. Menschen beginnen durcheinanderzureden, die Musik verstummt abrupt und immer mehr Leute sehen sich verwirrt um.

»Was ist los?«, frage ich, aber meine Mom hört mir gar nicht mehr zu. Inzwischen scheinen die Leute den Grund der Unruhe entdeckt zu haben, denn sie laufen zu der großen Fensterfront und rufen immer lauter durcheinander. Ich löse mich von meiner Mutter und folge ihnen, zwänge mich durch die Ballkleider und Smokings, bis ich die Fenster erreiche. Sie geben den Blick auf eine kleine Parkanlage frei. Sanftes Licht scheint von draußen hereinzuschimmern, und einen Moment lang habe ich keine Ahnung, wo es herkommt.

Dann sehe ich es.

Draußen, in der Mitte einer kleinen Steinplatte, brennt ein Feuer. Kein Lagerfeuer, keine Feuerstelle. Sondern ein Kreis aus Flammen, der die nächtliche Dunkelheit durchbricht. Er umrahmt ein Symbol, das ich noch nie in meinem Leben gesehen habe. Vage erinnert es an das Wappen der Jahreszeiten, doch dieses ist anders. Es sieht aus wie ein Diamant. Die Flammen schießen in den Himmel, werden immer größer und lassen das seltsame Symbol in der Nacht leuchten wie ein Signalfeuer. Beinahe spüre ich die Wärme auf der Haut meines Gesichtes, auch wenn mir klar ist, dass das unmöglich ist. Die Leute um mich herum reden wild durcheinander, doch ich kann kein Wort verstehen.

In dem Moment berührt mich jemand an der Schulter, und als ich mich umdrehe, entdecke ich meine Mom neben mir.

»Komm mit«, raunt sie und greift nach meinem Oberarm. Da ich nicht sofort reagiere, drückt sie so fest, dass es beinahe wehtut. »Sofort.«

Überrascht sehe ich sie an und wäre beinahe zurückgezuckt, so ernst ist ihr Gesicht. Ich traue mich nicht zu protestieren, sondern lasse mich von ihr mitziehen.

Hinter meiner Mom stolpere ich durch den Saal. Immer wieder begegne ich verwirrten Mienen, die Leute rempeln mich an, doch meine Mutter wird nicht eine Sekunde langsamer oder beantwortet meine Fragen. In meinem Kopf herrscht das reinste Chaos. Meine Mutter wirkt irgendwie ängstlich, und ich weiß nicht wieso. Wäre nicht diese Panik in ihrem Blick, hätte ich das Feuer für eine übertriebene Deko oder eine Art Showeinlage gehalten, oder für einen dummen und geschmacklosen Streich, genau wie den Diebstahl des Amuletts.

Doch als wir ein Büro betreten und ich den ernsten Gesichtsausdruck meines Großvaters sehe, gibt es keine Zweifel mehr, dass nichts von alledem Show ist.

Wortlos drückt Mom mich in einen Sessel, und ich schaue mich neugierig um. Dieses Büro ist dem meines Großvaters sehr ähnlich. Und auch hinter diesem Schreibtisch sitzt ein Meister, allerdings handelt es sich hier um Ostara. Mein Großvater steht hinter ihm an ein gigantisches Bücherregal gelehnt. Beide mustern mich abwartend.

Ich muss schlucken.

»Was ist los?«, frage ich nach ein paar Sekunden und verschränke die Hände im Schoß, damit man nicht sieht, dass sie zittern.

Mein Großvater blickt zu Ostara, und sie scheinen irgendeinen stummen Konflikt auszutragen. Dann wendet er sich an mich. »Erzähl uns alles, was zwischen dem Tanz und jetzt geschehen ist, Bloom.«

Zur Hölle, nein. Nur über meine Leiche werde ich ihnen erzählen, dass ich mich von Milan habe weglocken lassen. Dass ich Pudding in der Küche gegessen und mit ihm rumgeknutscht habe. Und mir letztendlich auch noch das Amulett habe klauen lassen. Denn darum geht es schlussendlich – um das Amulett. Wie und wo genau es mir weggenommen wurde, spielt keine Rolle.

Also tische ich ihnen eine harmlose Variante auf, wonach Milan und ich uns mehrfach unterhalten und noch einmal getanzt haben. Durchaus glaubwürdig, dass er es mir beim Tanzen abgenommen haben kann.

»Wie hat Milan ausgesehen?«, fragt Ostara, nachdem er und mein Großvater mir schweigend und mit versteinerten Mienen zugehört haben.

Ich runzle die Stirn. »Wie meinen Sie das? Sie haben ihn doch gesehen?«

Er schüttelt den Kopf. »Ich möchte es von dir hören. In allen Details, Bloom.«

Verwirrt versuche ich, mich zu konzentrieren, was mir nicht sehr schwerfällt. Ich habe das Gefühl, diese Augen haben sich für immer in mein Gedächtnis eingebrannt. »Er hatte blonde Haare und trug einen schwarzen Anzug. Dazu diese Maske, weswegen ich nicht viel von seinem Gesicht erkennen konnte. Und braune Augen.«

Ostara lehnt sich in seinem Stuhl vor, der bei der Bewegung ein wenig knarzt. »Braune Augen?«

»Bist du sicher?«, fragt mein Großvater.

Ich nicke hastig. »Ja, ganz sicher. Sie waren braun.« Beide Männer fluchen derb. Ich richte mich auf und sehe von einem zum anderen. »Warum? Was ist denn los?«

Als keiner von beiden antwortet, drehe ich mich zu meiner Mom um, die sich ein wenig zu mir herunterlehnt und ihre Hand auf meine Schulter legt. »Milan wurde bewusstlos aufgefunden, Bloom. Er trug seinen Smoking, aber wir waren uns nicht sicher, wie lange er bereits außer Gefecht gesetzt war.«

»Was?«, frage ich fassungslos. »Aber … wir waren zusammen, das ist nicht lange her. Denkst du, jemand hat ihn … aber warum?«

Sie wirft meinem Großvater einen Blick zu und sieht mich dann beinahe mitleidig an. »Milan Ostara ist blauäugig, Schatz. Seine Augen sind blau.«

Ich starre sie verständnislos an. »Was?«, wiederhole ich, doch dieses Mal ist meine Stimme nur ein Flüstern. »Aber seine Augen …« Ich breche ab, als mir die Bedeutung des Ganzen bewusst wird. »Dann war das nicht der Hüter des Frühlings? Der Typ, mit dem ich getanzt habe und der mir das Amulett geklaut hat? Es war ein anderer?«

Sie muss mir nicht antworten, ich sehe es in ihrem Gesicht.

Verdammte Scheiße!

»Was bedeutet das?«, frage ich, dieses Mal an meinen Großvater und Ostara gewandt. »Warum sollte jemand das Amulett klauen wollen?«

Mein Großvater verschränkt die Arme vor der Brust. »Das wissen wir nicht.«

»Du lügst.« Ich habe nicht über meine Worte nachgedacht, keine bewusste Entscheidung getroffen, trotzdem weiß ich, dass es wahr ist. Er lügt, und Ostara weiß das. Sie alle wissen es.

»Bloom«, sagt meine Mom energisch. »Das reicht. Wir werden uns darum kümmern. Du solltest ins Bett gehen.«

»Was? Nein, was ist mit dem Ritual, was ist …?«

»Wir können das Ritual nicht durchführen, wenn einer unserer Hüter bewusstlos und das Amulett verschwunden ist. Wir brauchen den Kristall.«

Verständnislos schüttle ich den Kopf. »Ich weiß, dass ihr lügt.« Wütend sehe ich erst meine Mutter, dann die Männer an. »Ich bin keine Außenstehende mehr. Ihr könnt mich nicht mehr einfach ausschließen.« Während ich spreche, beginnt meine Haut zu kribbeln. Ich spüre das Alter der Holzdielen unter meinen Füßen, die Kraft der dicken Steinwände um mich herum. Und vor allem spüre ich die Macht, die die beiden Oberhäupter vor mir innehaben. Ich spüre sie so deutlich, als könnte ich sie anfassen. Inzwischen weiß ich, was das Kribbeln bedeutet, kann es richtig deuten. Und in diesem Moment versuche ich nicht, es aufzuhalten.

Ostara richtet sich auf und verengt die Augen. »Bloom«, sagt er warnend.

Doch ich höre nicht auf ihn. In Gedanken strecke ich die Hände nach seiner Energie aus, fülle damit die Leere und Hilflosigkeit in meinem Inneren. Noch zu gut kann ich mich daran erinnern, wie viel besser ich mich auf dem See gefühlt habe. Wie mein kleiner Ausbruch die Verzweiflung in meinem Herzen ausgelöscht hat.

Kaum merklich lehne ich mich in seine Richtung. Das Kribbeln wird deutlicher, das Summen in meinem Kopf immer lauter. Ich schließe die Augen und konzentriere mich auf die Quelle der Macht vor mir. Ich spüre die Unterschiede zwischen den Energien. Ostaras Macht ist sanft, beinahe süßlich, die meines Großvaters schwer und kalt. Aber beide sind mächtig.

Dann, plötzlich, hört alles auf. Meine Gedanken werden klar, und ein stechender Schmerz entsteht hinter meiner Stirn, der immer stärker wird.

Orientierungslos sehe ich meinen Großvater an, der auf einmal direkt vor mir steht.

»Schluss jetzt«, knurrt er, während er auf mich herabblickt. »Glaub nicht, dass du uns ebenbürtig bist, Bloom. Begehe diesen Fehler nicht.«

»Geh in dein Zimmer«, fügt meine Mutter hinzu, dieses Mal deutlich bestimmter.

Ich fühle mich wie ein Kind, das die Klappe zu halten hat, während die Erwachsenen sich unterhalten. Aber ich weiß auch, dass ich nichts erreichen kann, wenn ich mich weiter querstelle. Resigniert sacke ich in meinem Stuhl zusammen, wie ein Ballon, aus dem man die Luft gelassen hat. Auf einmal fühle ich mich furchtbar erschöpft. Ein Blick in die Gesichter der Menschen um mich herum macht deutlich, dass ich heute Nacht nichts mehr zu erwarten habe. Was immer hier vorgeht, sie werden es mir nicht erzählen.

Kraftlos stehe ich auf und verlasse das Büro. Schwungvoll wird die Tür hinter mir geschlossen, und ich bin ausgesperrt.

Erst als ich mich auf dem Flur umschaue, wird mir klar, dass ich keine Ahnung habe, wo ich mich befinde. Dieses Haus ist ein verdammter Irrgarten, und ich habe wirklich keine Lust, die halbe Nacht durch die Gänge zu laufen und nach meinem Zimmer zu suchen.

Ich gehe ein paar Meter nach rechts und öffne dann eine schmucklose Tür am Ende des Korridors. Der Raum dahinter entpuppt sich als Wäschekammer, wo ich Gott sei Dank eine ältere Angestellte finde, die mir den Weg zu meinem Zimmer zeigt. Während ich ihr hinterhertrotte, versuche ich, die Ereignisse der letzten Stunde Revue passieren zu lassen. Doch bereits nach ein paar Sekunden schwirrt mir der Kopf. Ich kriege es einfach nicht zusammen, es ergibt alles keinen Sinn. Wäre dieser Milan nur ein Idiot gewesen, der die Neue verarscht, wäre es nachvollziehbarer gewesen als das hier. Welches Interesse könnte jemand an dem Amulett haben? War es irgendeine Art Rebellenstreich von ein paar Jugendlichen, die nicht direkt zu der Familie gehören? Von Jugendlichen, wie ich selbst vor Kurzem noch eine war?

»Vielen Dank«, sage ich müde, als die Frau sich wortlos umdreht und mich allein lässt, und betrete mein Zimmer. Nachdem ich die Schuhe in die nächste Ecke gepfeffert habe, lasse ich mich bäuchlings auf mein Bett fallen.

Was für ein Chaos.

ALMOST, BUT NO

Auch am nächsten Morgen bekomme ich nichts aus meiner Mom heraus, als ich sie nach dem Frühstück kurz abpasse. Und meinen Großvater brauche ich gar nicht erst fragen. Sie sind beide immer noch der Meinung, ich solle mich raushalten und das Drama den *Erwachsenen* überlassen. Was ziemlich unfair ist, wenn man bedenkt, dass ich die Einzige bin, die dem Typen, wer auch immer er war, direkt ins Gesicht gesehen hat. Aber das ist ihnen offensichtlich egal.

Das wenige, was ich erfahren habe, ist, dass man das komplette Anwesen durchsucht hat, nachdem der Ball abrupt beendet und alle Gäste aus dem Haus oder auf ihre Zimmer geschafft worden sind. Ohne Erfolg. Weder der Eindringling noch das Amulett wurden gefunden. Was wiederum heißt, dass das Übergangsritual nicht vollzogen werden kann und wir uns mit dem Frühling einen Tag in Verzug befinden. Ehrlich gesagt habe ich keine Ahnung, was all das bedeutet, aber den Sorgenfalten meiner Familie nach zu urteilen, ist es durchaus ein Grund zur Beunruhigung.

Mir kommt das Gespräch mit dem Typen in der Küche wieder in den Sinn. Wie ich ihn gefragt habe, was passiert, wenn wir einfach nicht mehr in die Jahreszeiten eingreifen würden. Tja, sieht so aus, als würden wir es jetzt herausfinden.

Meiner Mom und meinem Großvater wäre es zwar lieber, wenn ich mich heraushalten würde, doch ich kann nicht einfach in meinem Zimmer hocken und darauf warten, dass irgendetwas passiert. Das Datenvolumen meines Handys ist aufgebraucht, und mir bleibt kaum eine andere Beschäftigung, als die Gedanken um all das kreisen zu lassen, was in den letzten vierundzwanzig Stunden passiert ist. Und das ist eine ganze Menge. Da ich sobald allerdings keine näheren Informationen bekommen werde, muss ich wohl selbst aktiv werden.

Also schlendere ich durch die Flure, in der Hoffnung, irgendetwas aufzuschnappen. Ich begegne ein paar Angestellten und Gästen, die vermutlich ebenfalls irgendwo an diesem Hof ein Zimmer bezogen haben. Doch entweder verstummen sie, sobald ich in Hörweite komme, oder sie sprechen so leise, dass ich nichts verstehen kann. Dass die meisten von ihnen Niederländisch sprechen, ist auch nicht gerade hilfreich.

Eine Weile laufe ich durch den ersten Stock und schaue mir die Familienporträts der Ostaras an, doch dann halte ich es zwischen den dicken Steinwänden nicht mehr aus. Überall wirbeln Angestellte umher und versuchen, die Spuren des gestrigen Abends zu beseitigen. Als ich an den großen Fenstern im Ballsaal vorbeigehe, fällt mein Blick auf die verbrannten Steine, wo gestern Nacht das Feuer gewütet hat. Der Ruß auf den Gehwegplatten ist wie eine blasse Erinnerung. Die Flammen haben kein wirkliches Muster hinterlassen, trotzdem habe ich das Bild noch genau vor Augen. Zum wiederholten Mal frage ich mich, was das alles soll. Wofür diese Aktion, was hat das alles für einen Zweck?

Ich sehe mich weiter um und entdecke auffallend viele Angestellte mit Putzlappen in dem kleinen Park herumrennen. Unauffällig folge ich ihnen nach draußen.

Wow! Überall auf den kleinen Mäuerchen, den Statuen, selbst auf dem Boden, sind Wörter aufgesprüht. Stirnrunzelnd trete ich näher und lese ein paar der Phrasen, deren Neonfarben sich leuchtend von dem weißen Sandstein abheben:

UNSERE ZEIT IST GEKOMMEN!

KÖNNT IHR UNS JETZT SEHEN?

WIR SIND LAUTER ALS EUER SCHWEIGEN!

VANITAS!

Immer wieder dieses Wort, in verschiedenen Farben und Größen über den ganzen Park verteilt. Ich stutze und lese es erneut. Ich kenne diesen Ausdruck aus alten Geschichten. Aber das waren nur alberne Märchen. Vanitas war angeblich eine Familie, die sich die Macht der Jahreszeiten aneignen wollte und dafür sogar gegen die anderen Familien in den Krieg gezogen ist. Ich kann mich noch daran erinnern, wie ich mir früher epische Schlachten vorgestellt habe, in denen alle mit ihren jeweiligen Kräften kämpfen, sich zusammentun und die bösen Vanitas besiegen. Aber all das sind nur Geschichten, die man Kindern erzählt, um sie zu beeindrucken. Zara hat das Ganze einmal so weit ausgeschmückt, dass die Anhänger von Vanitas aus Werwölfen und Vampiren bestanden. Diese Kindermärchen sind aber sicher keine Erklärung für das, was hier gerade passiert.

Viel wahrscheinlicher ist, dass es sich hierbei um irgendeinen dummen Streich handelt. Ich weiß aus eigener Erfahrung, dass das Leben als Außenstehende in dieser ganzen Sache verdammt frustrierend sein kann. Vielleicht wollten die Kinder der Angestellten oder derjenigen, die nicht zum engeren Kreis gehören, sich einen kleinen Spaß erlauben. Die hochnäsige Gesellschaft ein wenig aufmischen und sie daran erinnern, dass sie auch noch da sind. Bei dem Gedanken muss ich ein wenig grinsen, verkneife es mir aber hastig, als eine untersetzte Frau mit ernstem Gesicht und einem Putzeimer in den Armen an mir vorbeiläuft. Okay, vielleicht wäre ein Streich nachvollziehbar gewesen, wenn das Amulett gestern wieder aufgetaucht wäre. Ein kurzer Schreck, mehr nicht. Aber inzwischen bezweifle ich, dass irgendein halbstarker Jugendlicher den Mumm hätte, so lange auszuhalten.

Wir reisen deutlich früher ab, als ich erwartet habe. Eigentlich habe ich gedacht, wir würden wie geplant eine Woche in den Niederlanden bleiben, damit wir, falls das Amulett wieder auftaucht, das Ritual doch noch vollziehen können.

Dass wir heimfahren, obwohl der Winter nach wie vor anhält, macht mir ein wenig Sorgen. Vor allem da mein Großvater noch grimmiger ist als sonst; seit dem katastrophalen Ende des Balls hat er kaum ein Wort mit mir gesprochen. Und auch meine Mom ist nachdenklich und in sich gekehrt. Nur Zara verhält sich wie immer – sie ignoriert mich ganz einfach und behandelt mich wie Luft.

Auch auf dem Rückflug wird die Stimmung nicht besser. Nervös knete ich die Hände in meinem Schoß und meide den Blick aus dem kleinen Fenster neben mir. Ich bin kein Fan vom Fliegen – ich hasse den Druck auf den Ohren, und die Höhe macht mich immer ein wenig unruhig. Heute ist es allerdings noch schlimmer als sonst. Genau wie auf dem Hinweg habe ich die ganze Zeit Angst, das Flugzeug zum Abstürzen zu bringen. Das Gefühl, meine Kräfte würden wie ein Untier in meinem Inneren schlummern – unberechenbar und gefährlich – lässt mich einfach nicht los. Dabei habe ich nicht mal so große Angst, jemand anders oder mich selbst zu verletzten, ich befürchte eher die Konsequenzen, die mir bei weiteren Unfällen drohen. Das hier ist für uns alle Neuland. Keiner von uns kennt jemanden, dessen Kräfte sich erst nach so vielen Jahren gezeigt haben. Keiner weiß, wie stark sie werden können. Es gibt keine Gebrauchsanleitung für mich, was mir im schlimmsten Fall noch mehr Probleme bereiten könnte, als mir im Moment klar ist.

Um mich abzulenken, lasse ich den Blick durch das Flugzeug schweifen und versuche, mir vorzustellen, was in den Köpfen meiner Familienmitglieder wohl gerade vor sich geht. Mein Großvater sitzt ganz vorn allein und beschäftigt sich mit seinem Laptop. Ich habe keine Ahnung, was genau er eigentlich den ganzen Tag treibt. Ich wage jedoch zu bezweifeln, dass sich die Probleme, vor denen wir gerade stehen, mit Google lösen lassen. Wobei … vielleicht sollten wir darüber nachdenken, das Amulett künftig mit einem Peilsender auszustatten.

Zara und ihre Eltern unterhalten sich links von mir und drehen mir mehr oder weniger den Rücken zu. Als könnten sie so tun, als würde ich nicht existieren, solange sie mich nicht sehen. Meine Tante Victoria ist groß und blond, genau wie meine Mom. Tatsächlich ähneln die beiden sich sogar ein bisschen, wenn auch nur vom Knochenaufbau. Während meine Mutter irgendwie normal wirkt, legt meine Tante sehr viel Wert darauf, der Welt zu zeigen, dass sie etwas Besseres ist als der Rest. Ihr zweiteiliges Kostüm ist perfekt aufeinander abgestimmt und hat vermutlich mehr Geld gekostet, als der Durchschnittsmensch in einem Jahr verdient. Mein Onkel Askjell trägt einen dunklen Anzug und ein Einstecktuch, das zu dem Outfit seiner Frau passt. Zusammen mit Zara, die eigentlich immer wie aus dem Ei gepellt aussieht, hätten die drei problemlos in irgendein Hochglanzmagazin gepasst.

Victoria und meine Mom haben schon seit ihrer Kindheit ein angespanntes Verhältnis. Meine Tante ist nur ein knappes Jahr älter als meine Mutter, und ich denke, dass es schon immer eine Art Konkurrenzkampf unter ihnen gegeben hat. Als meine Großmutter starb und meine Mutter sich mit meinem Vater eingelassen hat, haben die beiden endgültig miteinander gebrochen. Manchmal frage ich mich, ob meine Familie einfach grundsätzlich toxisch ist. Dieses Rennen um die Aufmerksamkeit des Meisters, darum, wer der nächste Hüter wird und wer die wichtigste Rolle in der Familie spielt, tut Beziehungen einfach nicht gut.

Seufzend lehne ich mich zurück und schließe die Augen. Tatsächlich schaffe ich es, den Rest des Fluges nicht die Nerven zu verlieren oder irgendwelche wichtigen Maschinen zu zerstören. Meine Mutter schläft, und der Rest meiner Familie scheint nicht mehr in der Stimmung zu sein, sich miteinander zu unterhalten. Doch auch wenn keiner spricht, ist die angespannte Atmosphäre beinahe greifbar. Jeder hängt seinen eigenen Gedanken nach, und vor allem bei meinem Großvater hätte ich viel dafür gegeben, wenn er mich an seinen teilhaben lassen würde.

Alles in allem bin ich ziemlich erleichtert, als ich zu Hause meine Zimmertür hinter mir schließe und endlich wieder allein bin. Die ganze Aufregung des Balls sitzt mir in den Knochen, und ich habe das Gefühl, die Energie in meinem Inneren vibriert ohne Unterlass. Ich habe keine Ahnung, ob Matheo mich in den kommenden Tagen weiter unterrichten wird oder ob meine Kräfte inzwischen nicht mehr auf der Prioritätenliste stehen, jetzt, da wir uns um das Amulett Gedanken machen müssen.

Tatsächlich habe ich meinen Großvater noch nie so besorgt erlebt. Ein paar Sekunden stehe ich etwas unschlüssig im Zimmer herum und frage mich, was ich nun mit mir anfangen soll. Es ist gerade einmal Nachmittag, trotzdem wird es bereits dunkel. Kurz überlege ich, mir eine Serie anzugucken oder einen Podcast anzuhören, aber das habe ich im Flugzeug schon versucht. Leider hat es nicht geholfen, mich abzulenken. Dafür ist mein Kopf einfach zu voll. Immer wieder sind meine Gedanken zu dem Amulett gewandert, zu dem Dieb und all den Dingen, die am Frühlingshof passiert sind. Ich brauche also etwas anderes.

Kurz entschlossen ziehe ich mein Handy aus der Hosentasche und wähle eine Playlist aus, zu der ich für gewöhnlich mein Zimmer aufräume. Sie besteht aus einer soliden Mischung aus Liedern zum Mitgrölen und anspruchslosen Partyhits – genau das Richtige, um nicht zu denken. Sobald die Musik meine Gedanken übertönt, drehe ich die Heizung im Bad auf und schäle mich aus den unbequemen Klamotten, die ich hoffentlich nie mehr im Leben tragen muss. In der beigefarbenen Stoffhose und der weißen Bluse sehe ich aus wie Zara – und das ist wirklich keine positive Sache.

Mit einem kleinen Hüpfer werfe ich die Kleider in den Wäschekorb und kann mir ein Grinsen nicht verkneifen, als ich tatsächlich treffe. Dann lege ich ein Handtuch auf die Heizung und stelle mich unter die Dusche. Während das heiße Wasser auf meine überspannten Nackenmuskeln trifft, entspanne ich mich zum ersten Mal, seit wir in die Niederlande aufgebrochen sind, und ein Teil meiner Sorgen wird von dem Wasser einfach in den Abfluss gespült.

Ich dusche so lange, bis meine Finger ganz schrumpelig sind und ich vermutlich beinahe den Warmwasservorrat des gesamten Anwesens aufgebraucht habe. Die Musik schallt noch immer durchs ganze Zimmer, aber ich fühle mich ruhiger. Als hätte ich zumindest ein wenig Abstand zwischen mich und die Ereignisse gebracht und könnte sie nun endlich mit neuem Blick betrachten.

Nachdem ich meiner Haut eine Gesichtsmaske gegönnt und mich angezogen habe, stelle ich die Musik leiser und werfe einen raschen Blick auf die Uhr, bevor ich mich aufs Bett werfe und Emma anrufe. Wie erwartet ist sie total heiß auf den neusten Klatsch und Tratsch über meine Familie, und ich bleibe so nahe wie möglich bei der Wahrheit – dass der Ball nicht ganz so schlimm war wie erwartet, jedoch wegen eines dummen Streichs abgebrochen wurde. Ich erzähle ihr von dem unglaublich gut aussehenden grauhaarigen Kerl, der im Garten mein Herz hat höherschlagen lassen, den ich dann aber nicht mehr wiedergesehen habe, und von dem heißen Typen, mit dem ich getanzt habe. Auch wenn der sich im Nachhinein als Lügner und als Idiot herausgestellt hat. Denn dieser Punkt ist nicht gelogen: Milan, oder wie auch immer er wirklich heißt, spukt verdächtig oft in meinem Kopf herum. Ja, er ist ein Lügner, und ja, er hat mich eiskalt benutzt, um an das Amulett heranzukommen. Trotzdem erinnere ich mich noch an das Gefühl, verstanden zu werden – daran ändert auch seine linke Tour nichts. Als wir in der Küche gesessen und diesen bescheuerten Pudding aus der Packung gegessen haben, hatte ich zum ersten Mal seit meiner Kindheit das Gefühl, dass es noch jemanden in diesem ganzen Zirkus gibt, der mehr sein will als ein austauschbares Puzzlestück. Mehr als ein Zahnrad in diesem ganzen Familienbetrieb, in dem es kaum Individuen gibt und alle ein großes Ganzes ergeben. Ein Teil von mir ist sich sicher, dass er dabei nicht gelogen hat. Genau wie er sich sicher ist, dass der Kuss zumindest ein Stück weit echt war. Durchaus möglich, dass das ein wenig verzweifelt klingt, aber ich bleibe dabei. Ich war vielleicht ein Mittel zum Zweck, das bedeutet aber noch lange nicht, dass da keine Verbindung war.

»Warte!«, ruft Emma irgendwann dazwischen und unterbricht damit meine Erzählflut. »Ihr habt euch geküsst?«

Bei der ehrlichen Verwirrung in ihrer Stimme spüre ich, wie mir das Blut ins Gesicht schießt. Ich räuspere mich. »Es war anders, als du denkst.«

Sie lacht. »Ach ja?«

»Weißt du, das war quasi eine Extremsituation«, versuche ich, zu erklären, auch wenn ich selbst merke, wie dämlich ich klinge. Es wäre so viel einfacher, wenn ich Emma einfach die Wahrheit sagen könnte. »Es war irgendwie total skurril, weil wir in dieser Küche gesessen haben. Ich habe mich gefühlt, als wäre ich eine Rebellin oder so etwas. Dass wir etwas Verbotenes machen, weißt du?«

Sie schnaubt leise. »Das habt ihr auch.« Ich höre im Hintergrund ihr Bett quietschen. »Versteh mich nicht falsch, ich finde es super. Aber stell dir das Gesicht deiner Mom vor, wenn sie euch erwischt hätte.«

»Ich bin siebzehn«, erinnere ich sie mürrisch. »Jemanden auf einer Party zu küssen, ist wirklich nichts Schlimmes.«

»*Ich* weiß das«, sagt sie versöhnlich. »Deine Familie aber sicher nicht.«

Da muss ich ihr zustimmen. Langsam rolle ich mich auf den Rücken und mustere das willkürliche Muster in der Tapete an der Decke. »Danach ist er jedenfalls abgehauen, und es hat sich herausgestellt, dass er nicht einmal eingeladen war«, erzähle ich weiter und versuche, mich so nahe wie möglich an der wahren Geschichte zu orientieren. »Er hat sich einfach reingeschlichen und mich verarscht.«

»Weißt du«, erwidert sie undeutlich, als hätte sie sich gerade einen ganzen Apfel auf einmal in den Mund geschoben, »wäre es andersrum gewesen, wäre das eine wirklich romantische Geschichte.«

Ich runzle die Stirn. »Warum?«

»Na ja, das Mädchen, dass sich auf einen Ball schleicht, sich für jemand anders ausgibt und dann auf mysteriöse Weise verschwindet?«

»Cinderella?« Ich stöhne leicht genervt. »Glaub mir, im Märchen klingt das alles deutlich romantischer, als es in Wirklichkeit der Fall ist. Ich bin in erster Linie sauer und irgendwie … keine Ahnung, beleidigt.«

»Weil er dich angelogen hat?«

»Auch«, weiche ich aus. Dass er mich bestohlen hat und mich als Mittel zum Zweck benutzt hat, kann ich Emma nicht sagen.

Auch nicht, dass ich zum ersten Mal seit Langem das Gefühl hatte, unter den Jahreszeitenmitgliedern einen Gleichgesinnten zu treffen. Jemanden, dem dieses ganze System der Familien genauso missfällt wie mir.

»Ich würde mir da keine Gedanken machen, Bloom«, sagt Emma, und ich höre das Lächeln in ihrer Stimme. »Er hat sicher nicht geplant, dich anzulügen. Vielleicht wollte er nur mal schauen, was bei den Reichen auf dieser Party so abgeht. Und wenn du es so siehst, ist es sogar ziemlich schmeichelhaft, dass er seine Zeit stattdessen mir dir verbracht hat.«

Darauf antworte ich nicht, weil ich nicht die geringste Ahnung habe, was ich sagen soll. Nein, er hat seine Zeit nicht stattdessen mit mir verbracht. Er hat mich gezielt ausgesucht, weil ich nun mal diejenige war, die das verdammte Amulett um den Hals hatte.

Etwa eine Stunde telefoniere ich noch mit Emma. Als ich auflege, habe ich beinahe so etwas wie Heimweh. Eine Sehnsucht nach Normalität, nach den Zeiten, in denen ich mir noch keine Gedanken über Übergangsrituale, maskierte Verräter und unkontrollierbare Kräfte gemacht habe. Denn dass ich mich zumindest mit Letzterem auseinandersetzen muss, ist ziemlich deutlich. Seit dem Vorfall in Ostaras Büro scheinen sich meine Kräfte immer öfter bemerkbar zu machen. Auf dem Weg vom Flughafen zum Bootsanleger in Oslo war ich nachdenklich und habe mir Sorgen gemacht, weil alle so mies drauf waren. Ich habe meine Stirn gegen das Fenster des Autos gelehnt, bis ich gemerkt habe, dass das Gras am Straßenrand braun wurde und abstarb, als wir daran vorbeifuhren. Ich habe wortwörtlich eine Spur der Verwüstung hinterlassen, auch wenn es sich nur um Grünzeug gehandelt hat.

Plötzlich fällt mein Blick auf den kleinen Ficus auf meinem Schreibtisch. Ich rapple mich auf, setzte mich in den Schneidersitz und starre die saftig grünen Blätter an. Intuitiv verenge ich die Augen ein wenig und lege mir sogar die Finger an die Schläfen. Ich komme mir ziemlich dämlich vor, vor allem weil rein gar nichts passiert. Wäre ja auch zu schön gewesen. Ich versuche, mich daran zu erinnern, wie ich mich gefühlt habe, als ich die Kräfte eingesetzt habe. Ich war jedes Mal emotional aufgewühlt und habe es nie bewusst kontrolliert. Meine Finger haben geprickelt, manchmal auch meine Füße. Als würden sie sich mit der mächtigsten Quelle im Raum verbinden. Ich weiß noch, wie ich über die Stärke der Wände oder das Alter des Holzes der Dielen nachgedacht habe.

Kann das sein? Brauche ich, um etwas zu bewirken, irgendeine Art von Quelle?

Ratlos sehe ich mich um. In meinem Zimmer ist Teppich ausgelegt, weil ich als Kind darauf bestanden habe, um den Raum gemütlicher zu machen. Die Wände sind zwar dick, aber irgendwie wage ich zu bezweifeln, dass meine gelbe Tapete sonderlich gut als Energiespender funktioniert. Aber vielleicht der hölzerne Stützbalken am Fußende meines Bettes. Er ist mit einem Haufen Fotos beklebt, aber an manchen Stellen liegt das Holz frei.

Zögernd stehe ich auf und stelle mich davor. Das Holz sieht ein wenig schmuddelig und absolut unspektakulär aus, aber es ist sicher ziemlich alt. Falls ich recht habe, sollte es also funktionieren.

Ich komme mir immer noch ein wenig dämlich vor, als ich die Handfläche auf den Balken lege und erneut die Pflanze anstarre. Die Male, in denen ich meine Kräfte eingesetzt habe, dienten sie meiner eigenen Stärke. Ich war emotional am Ende oder habe mich zumindest ausgelaugt gefühlt. Ergo habe ich anderen Dingen die Energie entzogen, um mich selbst aufzuputschen. Aber das ergibt keinen Sinn. Die meisten Wintermitglieder können lediglich passive Dinge – Kraftlinien erkennen, in die Zukunft sehen, mit Toten kommunizieren und so weiter. Dass sich diese Begabung auch aktiv auf den eigenen Körper auswirkt, ist ziemlich selten. Wenn sich meine Kraft allerdings allein darauf beschränkt, mir zu nehmen, was ich brauche, ist das zwar auch nicht schlecht, aber im Vergleich zu den Kräften der anderen ziemlich lahm.

Energisch schüttle ich den Kopf und setze meinen Überlegungen ein Ende. Ich habe keine Ahnung, zu was ich in der Lage bin, aber ich denke, es wird allmählich Zeit, es herauszufinden.

Ich drücke die Hand fester gegen das Holz und schließe die Augen, um mich zu konzentrieren. Wenn ich recht habe, müsste die Energie des Holzes mir Kraft geben, und dann könnte ich dem Ficus Energie entziehen und auf mich übertragen. Theoretisch. Immerhin habe ich es auch bei dem Motor geschafft, und der ist vermutlich deutlich robuster als eine einfache Zimmerpflanze.

In Gedanken stelle ich mir den Ficus vor. Stelle mir vor, wie seine Energie als Nebel aus ihm emporsteigt. Stelle mir vor, wie er auf mich übergeht, wie ich ihn aufsauge. Ich versuche, mich auf das Holz zu konzentrieren und auf die Kraft, die von ihm ausgeht. Nach ein paar Sekunden beginnt meine Handfläche zu kribbeln. Vor Überraschung hätte ich sie beinahe zurückgezogen, doch ich zwinge mich, sie gegen den Balken zu drücken und mich zu konzentrieren. Das Prickeln fährt meinen Arm hinauf, gleichzeitig entsteht ein beinahe unangenehmer Druck in meinem Kopf. In meinen Ohren beginnt es zu rauschen, und ich kneife die Augen fester zusammen.

Dann, ganz plötzlich, ist es vorbei. Von einer Sekunde auf die andere verschwindet das Kribbeln, der Druck löst sich auf und meine Sinne klären sich. Vorsichtig öffne ich die Augen.

»Ach, komm schon«, schimpfe ich. Der Ficus steht nach wie vor auf meinem Schreibtisch, die Blätter grün wie eh und je.

Enttäuscht ziehe ich die Hand zurück, werfe einen kurzen Blick drauf – und sauge erschrocken die Luft ein, als ich bemerke, dass meine Fingerspitzen schwarz sind.

»Was zur …?«

Ich komme nicht dazu, den Satz zu Ende zu sprechen. Denn in dem Moment ertönt neben mir ein Knarzen, dicht gefolgt von einem ohrenbetäubenden Splittern. Ich schreie auf und springe zur Seite, gerade noch rechtzeitig, denn eine Sekunde später kracht der gesamte Balken an der Stelle zusammen, an der ich gerade noch gestanden habe.

Fassungslos starre ich auf den Haufen aus Splittern und Fotos, der sich mitten in meinem Zimmer auftürmt. Ich werfe einen vorsichtigen Blick zur Decke, halb in der Erwartung, das ganze Haus würde über mir zusammenstürzen. Als nichts geschieht, atme ich ein paarmal tief durch.

Das hat ja fantastisch funktioniert.

VANITAS

Nachdem ich die Splitter meiner großartigen Machtdemonstration halbherzig zusammengefegt habe, versuche ich es erneut mit Netflix. Etwas Spannendes kann ich gerade nicht ertragen, also entscheide ich mich für irgendeine Trash-TV-Sendung, bei der ich nicht wirklich folgen muss. Trotzdem wandert mein Blick immer wieder zu dem zersplitterten Holz, oder ich starre einfach an die Wand, während meine Gedanken Achterbahn fahren.

In der Show zoffen sich gerade zwei Frauen, bevor die eine die andere an sich heranzieht und beide in einem extrem leidenschaftlichen Kuss versinken. Ich verziehe das Gesicht und schließe die Augen, weil mein verräterischer Verstand beinahe augenblicklich das von der Maske verborgene Gesicht des Betrügers heraufbeschwört. Mir ist klar, dass das dämlich ist, und mir ist auch klar, dass ich deutlich größere Probleme habe – trotzdem durchfährt mich ein angenehmes Kribbeln, als ich daran denke, wie seine Lippen sich auf meinen angefühlt haben. Die Wahrheit ist, dass ich keine großen Erfahrungen in Sachen Liebe habe. Ich wurde zwar bereits geküsst und auch an Stellen berührt, die nur ausgewählten Personen vorbehalten sind. Aber echte Leidenschaft habe ich noch nie empfunden. Ich habe nie einen Typen nahe genug an mich herangelassen, dass solche Gefühle aufkommen konnten.

Feste Beziehungen mit Außenstehenden sind für uns eher schwierig. Einmal, weil meine Familie das nicht gutheißen würde, und zum anderen, weil die Lügen mir früher oder später in den Hintern treten würden. Emma zu belügen, ist eine Sache, einen Partner aber eine ganz andere.

Damit will ich nicht sagen, dass ich mir den Fake-Milan direkt schon als festen Freund vorgestellt habe. Trotzdem haben der Kuss und die Empfindungen, die er in mir ausgelöst hat, mich wieder daran erinnert, was ich eigentlich verpasse. Der Kuss war dumm und unüberlegt und vor allem rückblickend auch ein wenig vorschnell – trotzdem hat er mir gefallen.

Und dann ist das Chaos ausgebrochen. Das Amulett wurde gestohlen, der Schwindel ist aufgeflogen und ich stehe vor mir selbst wie die größte Idiotin da. Das naive Mädchen, das sich von dem erstbesten Typen, der ihr schöne Augen macht, an der Nase herumführen lässt.

Eine Sache, die mir einfach nicht aus dem Kopf geht, ist die Schrift auf den Steinen und das brennende Symbol. Ich bin mir hundertprozentig sicher, dass es sich bei Vanitas um eine alte Legende handelt. Ähnlich wie Bigfoot, Nessi oder der Yeti. Aber ehrlich gesagt habe ich mich damit nie wirklich beschäftigt, und das letzte Mal, dass ich davon gehört habe, war ich noch ein Kind.

Ich rapple mich ein wenig im Bett auf und mustere skeptisch

meinen Laptop. Es ist ziemlich offensichtlich, dass weder mein Großvater noch meine Mutter planen, mich in ihre Überlegungen über die Geschehnisse in den Niederlanden mit einzubeziehen. Wenn ich also Antworten will, dann muss ich sie mir selbst beschaffen. Ich bezweifle ernsthaft, dass Google mir bei dieser Jahreszeitensache weiterhelfen kann, aber es kommt mir auch dumm vor, es nicht wenigstens zu versuchen. Daher stoppe ich den Film, schließe das Fenster und öffne die Suchmaschine meines Vertrauens. Als ich »Vanitas« eintippe, erscheinen überraschend viele Ergebnisse. Darunter Abbildungen von irgendwelchen Gemälden aus der Barockzeit und Artikel über lyrische Dichtungen und Deutungen. Ganz oben steht eine Begriffserklärung, die ich mir stirnrunzelnd durchlese. Demzufolge ist Vanitas ein Begriff für Vergänglichkeit und Eitelkeit und stammt aus dem Alten Testament. Interessant, aber nicht wirklich hilfreich. Obwohl ich mich durch mehrere Seiten klicke, finde ich weder seinen Bezug zu den Jahreszeitenhäusern, noch taucht irgendwo die Legende auf, von der wir einander als Kinder erzählt haben.

Frustriert, aber nicht überrascht klappe ich den Laptop zu und sehe hinüber zu der Uhr, die über der Tür hängt. Es ist nicht einmal zehn Uhr, und ich habe morgen keine Schule – planmäßig wären wir jetzt nach wie vor in den Niederlanden, was bedeutet, dass ich noch offiziell freigestellt bin.

Kurz entschlossen stehe ich auf und ziehe mir ein Paar dicke Socken über, bevor ich mein Zimmer verlasse. Wenn das Internet mir nicht helfen kann, muss ich es eben analog versuchen. Und da die meisten aus meiner Familie vermutlich auch schon in ihren Räumen sind, wird mich niemand bei meinen Nachforschungen stören.

Der Flur vor meiner Tür liegt überwiegend im Dunkeln. Nur hier und da spenden ein paar Wandlampen ein wenig Licht – gerade genug, dass ich mich orientieren kann. Ich kenne dieses Haus in- und auswendig, trotzdem ist es nachts ein wenig unheimlich. Früher hat es mich an ein verwunschenes Schloss erinnert, was ziemlich cool war. Heute repräsentiert es für mich Kälte und Einsamkeit und hat jeglichen Zauber verloren, den meine kindliche Vorstellungskraft ihm angedichtet hat. Leise schleiche ich die Treppe hinunter in den zweiten Stock und sehe mich kurz um, bevor ich die Tür zur Bibliothek öffne. Es gibt mehrere Bibliotheken am Winterhof, was bei unserer Aufgabe als Archivare der Jahreszeitenhäuser natürlich auch Sinn ergibt. Mächtige Menschen haben oft das Gefühl, mehr zu sagen zu haben als normale Leute. Was bedeutet, dass fast alle meiner Vorfahren Autobiografien verfasst haben oder ihre Amtszeit haben dokumentieren lassen. Und da die Mitglieder des Winters quasi das Gedächtnis unserer Welt darstellen, findet man sämtliche Informationen bei uns. Wenn man denn weiß, wonach genau man sucht, was in meinem Fall nicht wirklich gegeben ist.

Vor Jahren habe ich einmal ein paar Kinder der anderen Häuser über uns reden hören, als die Familien zum Winterball auf unsere Insel kamen. Ich weiß, dass wir als die Kellerkinder unter den Familien gelten. Wir können in die Zukunft sehen, manchmal mit Geistern sprechen oder Auren erkennen. Und wir sammeln Bücher und machen Aufzeichnungen. Wir sind also im Prinzip Nerds.

Als ich die Tür hinter mir zuziehe und sanfte Pianomusik aus den Lautsprechern an den Wänden dringt, unterdrücke ich einen Schauder. Okay, das hier ist ein wenig unheimlich. Mein

Großvater hatte die tolle Idee, in der Bibliothek einen Bewegungsmelder anzubringen, der die Musik einschaltet, sobald jemand die Tür öffnet. Ich persönlich habe das schon immer gehasst.

Der Raum ist so groß, dass er kaum ein Ende zu haben scheint, und zusammen mit der Instrumentalmusik fühle ich mich wie in einem alten, verfluchten Schloss. Nach allem, was mit Sander und an dem Frühlingshof passiert ist, ist es vielleicht nicht die beste Idee, nachts allein durch ein gigantisches Anwesen zu spazieren. Doch wen soll ich schon fragen, ob er mich begleiten will? Zara? Sicher nicht. Matheo wäre eine Option, aber auch bei ihm ist mir die Gefahr zu groß, dass er mich bei meinem Großvater verpetzt.

Ein wenig ziellos gehe ich durch die endlos wirkenden Gänge und lasse meinen Blick über die Buchrücken schweifen. Immerhin sind die einzelnen Abteilungen beschriftet, sodass ich mich nicht mit Büchern über die meteorologischen Aufzeichnungen der letzten sechshundert Jahre aufhalten muss.

Als ich mich der Ecke mit den Geschichtsbüchern nähere, halte ich abrupt inne. Eine Tatsache, die mir beim Betreten der Bibliothek nicht aufgefallen ist, drängt sich plötzlich in mein Bewusstsein.

Das Licht. Das Licht war eingeschaltet. Die Lampen brannten bereits, als ich reingekommen bin. Sie haben nicht wie sonst geflackert. Und dass jemand vergessen hat, das Licht auszumachen, ist unwahrscheinlich. Schließlich gibt es eine automatische Funktion, die die Lampen ausschaltet, wenn sich längere Zeit niemand mehr bewegt.

Plötzlich rast mein Herz, und die Musik erscheint in meinen überempfindlichen Ohren auf einmal wahnsinnig laut. Ich weiche einen Schritt zurück, als ich ein Geräusch höre. Ein Rascheln, Schritte auf dem polierten Holzfußboden.

Verdammter Mist. Ich bin nicht allein. Und es ist mitten in der Nacht! Ich selbst habe das Gefühl, etwas Verbotenes zu tun. Auch wenn das nicht wirklich der Fall ist. Aber wer auch immer hier mit mir herumschleicht, hat sicher ähnliche Absichten wie ich und will bei seinen Nachforschungen nicht gesehen werden.

Für den Bruchteil einer Sekunde überlege ich, einfach abzuhauen. Mich so leise wie möglich zu verdrücken, in mein Zimmer zu rennen und die Tür hinter mir zu verschließen. Aber ich entscheide mich dagegen. Ich bin hergekommen, um Antworten zu finden. Und dieser nächtliche Besucher ist vielleicht genau derjenige, der sie mir liefern kann. Vorsichtig, mit angehaltenem Atem, schleiche ich mich weiter, wobei ich mich an die gigantischen Regale drücke, um nicht mitten im Gang herumzustehen. Ich bin mir ziemlich sicher, dass derjenige, wer auch immer es ist, mich noch nicht bemerkt hat. Ich höre seine Schritte und das Rascheln der Seiten, die er vermutlich umblättert.

Als ich näher komme, balle ich die Hände zu Fäusten und bewege mich Zentimeter für Zentimeter weiter, bis ich um das Regal spähen kann, das zwischen mir und dem Gang liegt, in dem sich die andere Person befindet. Erst kann ich nichts außer endlose Reihen voller Buchrücken sehen, dann erkenne ich eine große Gestalt.

Die Gestalt meines Großvaters.

Was zur Hölle ist hier los?

Ich bin mir hundertprozentig sicher, dass es sich um meinen Großvater handelt – ich erkenne seine Haare, seine ganze Haltung. Und seinen Morgenmantel mit den goldenen Monden darauf. Warum ist er hier, mitten in der Nacht? Klar, mein Grandpa liest gern, aber mir fällt kein Grund ein, warum er sich ausgerechnet um diese Uhrzeit noch in der Bibliothek aufhalten sollte.

Es sei denn, es handelt sich um denselben Grund, aus dem ich jetzt gerade hier bin – um nicht erwischt zu werden.

Neugierig lehne ich mich einen Schritt vor und versuche, das Buch zu erkennen, das er in der Hand hält. Aber es ist zu dunkel und sein Rücken versperrt mir die Sicht. Was auch immer es ist, ich bete zu den Göttern, dass er es nicht mitnimmt. Durchaus möglich, dass es sich einfach um irgendeinen Thriller handelt, aber mein Gefühl sagt etwas anderes.

Die Nervosität breitet sich wie ein Schwarm wütender Wespen in meinem Inneren aus, während ich flach atme und darauf warte, dass mein Großvater endlich verschwindet. Mit den Händen klammere ich mich an das Regalbrett neben mir und presse die Lippen aufeinander, um nicht aus Versehen einen Laut von mir zu geben.

Viel zu spät bemerke ich, dass die Kraft in meinem Inneren sich offensichtlich selbstständig gemacht hat. Meine Finger beginnen zu kribbeln, und ich spüre, dass sie langsam die Energie aus dem alten Holz des Regals ziehen.

Ich springe zurück, als hätte ich mich verbrannt. Aber ich bin nicht schnell genug. Ein lautes Knacken ertönt aus dem Holz, das in meinen Ohren und der Bibliothek widerhallt. Erschrocken weiche ich noch weiter zurück und gehe so leise wie möglich rückwärts. Es besteht absolut keine Chance, dass mein Großvater das nicht gehört hat. Wenn er mich hier erwischt, hat das möglicherweise keine Konsequenzen für mich – immerhin tue ich nichts Verbotenes. Aber sicher werde ich keine Möglichkeit mehr bekommen, mir das Buch anzusehen.

Mein Puls hallt so laut in meinen Ohren, dass ich kaum noch etwas anderes wahrnehmen kann, während ich die letzten Meter zurücklege und mich hinter einem der Regale in den Schatten drücke. Ich schließe die Augen und bitte stumm darum, dass mein Großvater mir nicht gefolgt ist. Das hier ist ein verdammt alter Raum, es ist sicher nicht ungewöhnlich, dass mal etwas knackt und knarzt. Bitte, lass das eine wahrscheinliche Erklärung sein!

Nach ein paar Minuten, die sich anfühlen wie Stunden, wage ich es, die Augen zu öffnen. Vor mir steht kein tobender Großvater, das ist eine gute Sache. Trotzdem werden meine Hände schweißnass, als ich mich langsam wieder hervorwage und einen vorsichtigen Blick in den Gang werfe, in dem mein Grandpa gerade noch gestanden hat.

Er ist leer. Erleichtert atme ich aus und richte mich auf, meine Nerven bleiben allerdings angespannt. Mit jedem Schritt, den ich auf das Regal zugehe, befürchte ich, dass ein Wintermitglied mich von hinten packt und mich zurück in mein Zimmer schleift.

Als ich mich der Stelle nähere, an der mein Großvater vor ein paar Minuten das Buch gelesen hat, verlangsamen sich meine Schritte, und ich überfliege ein paar der Titel. Es sind hauptsächlich Geschichtsbücher, die sich mit den verschiedenen Häusern und Familien beschäftigen. Die meisten Werke sind nach Jahreszeiten sortiert, aber das hilft mir nicht wirklich weiter. Selbst wenn die Vanitas-Legende eine zeitliche Einordnung hat, kenne ich sie nicht.

Schließlich ziehe ich ein Buch über Traditionen und Feste

heraus und überfliege kurz das Inhaltsverzeichnis, bevor ich es kopfschüttelnd zurück ins Regal schiebe. Hier werden nur unsere Bräuche beschrieben, und mir fällt kein Grund ein, warum mein Grandpa sich das mitten in der Nacht durchlesen sollte. Ich bin mir relativ sicher, dass wir ein digitales Archiv für die Bibliothek haben, aber ich habe keine Ahnung, wie ich da rankommen soll. Zara wüsste es sicher, und auch Sander hätte es gewusst. Ich nicht. Wie immer.

Gerade als ich mich abwenden will, fällt mein Blick auf ein recht modern aussehendes Buch mit dem Titel »Legenden und Mythen der Geschichte«. Ha! Ich ziehe es heraus und mustere den Einband. Er sieht tatsächlich ziemlich neu aus, auch wenn das Cover eher leidenschaftslos gestaltet ist – es zeigt die vier Wappen der Jahreszeitenhäuser und den Titel in schnörkelloser Schrift. Aber es hat dieselbe Farbe wie das, das mein Großvater in der Hand gehalten hat.

Stirnrunzelnd fahre ich mit dem Finger über die Seite des Inhaltsverzeichnisses, dann noch einmal, ohne Erfolg. Ich erwarte kein Kapitel mit dem Titel »Vanitas« zu finden, falls dieses Thema überhaupt außerhalb eines Märchenbuches existiert. Aber vielleicht einen Hinweis, ein Zeichen oder etwas in der Art. Ein wenig ratlos blättere ich durch die Seiten.

Und stocke, als ich die Abbildung eines Symbols sehe, das mir bekannt vorkommt. Nur ist es dieses Mal mit Tinte statt mit Feuer gezeichnet. Dieselben symmetrischen Streifen, die fächerförmig auslaufen und an eine Sonne erinnern.

Ich richte mich ein wenig auf und lese die Überschrift: *Der Fall des 5. Hauses*. Stirnrunzelnd überfliege ich den Text. Es ist nur ein kurzer Absatz, im Verhältnis zu den anderen Kapiteln beinahe eine Fußnote.

In der Geburtsstunde der Jahreszeitenhäuser ernannten die Götter die Familie Rocha zu den Wächtern des Vanitas – die fünfte Jahreszeit. Samuel Rocha empfing als erster Hüter seines Hauses die Magie des Geistes. Die Aufgabe des Vanitas bestand in der Regeneration und darin, sich seines Schaffens, seiner Verantwortung und Unterwerfung unter den Göttern bewusst zu werden.
Ursprünglich war der Vanitas den vier anderen Jahreszeiten ebenbürtig, er sollte sie kontrollieren und ihre Arbeit dokumentieren. Die gerechte Aufteilung der reellen Zeit unter den fünf Jahreszeiten führte zu einer Gleichverteilung der Macht und garantierte, dass keine der Hüterfamilien über die andere herrschen konnte. Dieses Privileg liegt allein bei den Göttern.
Im Jahre 200 v. Chr. erhoben sich Winter, Frühling, Sommer und Herbst gegen Vanitas, entmachteten das Geschlecht der Rocha und sorgten dafür, dass ihre Mitglieder zerstreut und zerschlagen wurden. Die reellen Tage des Vanitas wurden verhältnismäßig unter den vier übrigen aufgeteilt. Die Existenz und Entmachtung des Vanitas ist kaum noch bekannt.

Verwirrt lese ich den Text noch einmal, doch auch beim zweiten Mal entdecke ich nichts, was mir irgendwie weiterhelfen könnte. Das hier klingt tatsächlich wie die gestelzte, unspektakuläre Variante der Legende, die wir uns als Kinder erzählt haben. Genauso unglaubwürdig wie damals. Eine fünfte Jahreszeit, die im Laufe der Zeit in Vergessenheit geraten und zu einer Legende geworden ist? Bei unserem Faible für Geschichte und Tradition? Wohl eher nicht. Ganz abgesehen davon, dass eine Welt mit einer dauerhaft aussetzenden Jahreszeit überhaupt nicht existieren könnte. Das hier ist genau wie die Götterlegende – eine nette Anekdote, aber mehr nicht. Aber ist es möglich, dass ein paar Spinner diese Geschichte tatsächlich für bare Münze nehmen und nun meinen, irgendeine Art Aufstand anzetteln zu müssen.

Kopfschüttelnd schlage ich das Buch zu und atme einmal tief durch. Am liebsten würde ich mit meiner Mom über all das reden, aber ich weiß, dass das im Moment nicht viel bringt. Ich lebe lange genug in dieser Familie, um zu wissen, wann ich besser die Klappe halten muss, um keinen imaginären Klaps auf die Finger zu bekommen. Was auch immer sich mein Großvater von diesem Buch erhofft hat, er wollte anscheinend nicht, dass er dabei gesehen wird. Ich frage mich, warum er das Buch hiergelassen hat. Entweder ist er nicht fündig geworden, oder ich habe ihn erschreckt und er ist einfach abgehauen. Aber das ist eher unwahrscheinlich.

Ein wenig unschlüssig schaue ich mich um und überlege, ob ich noch weitersuchen soll, entscheide mich dann aber dagegen. Meine Füße sind kalt, und ein hartnäckiger Kopfschmerz pulsiert hinter meiner Stirn. So allmählich befürchte ich, dass ich wirklich einfach abwarten muss. Solange weder meine Mutter noch mein Großvater mit mir sprechen, sehe ich keine Möglichkeit, dem Geheimnis auf die Spur zu kommen.

Nachdem ich das Buch zurück ins Regal geschoben habe, verlasse ich die Bibliothek. Auf den Fluren ist es immer noch dunkel, nur vereinzelt treffe ich einen Mitarbeiter auf den Gängen oder höre irgendwo eine Tür ins Schloss fallen. Während ich die majestätischen Flure durchquere und an den Gemälden meiner Vorgänger vorbeigehe, versuche ich, mir vorzustellen, dass auch mal mein Bild dort hängen wird. Ich versuche, mir vorzustellen, mein Leben lang in diesem Haus zu wohnen. Irgendwann Meisterin zu werden und den Laden zu übernehmen.

Ein Teil dieser Vorstellung reizt mich tatsächlich – wäre ich Meisterin, könnte ich den Laden ordentlich aufmischen. Ich könnte die veralteten Traditionen zerschlagen und dafür sorgen, dass die Mitglieder dieser Familie freier leben können. Die Kinder zur Schule schicken und aus der Isolation holen, in die die Familie sie verbannt.

Auf der anderen Seite würde das aber auch bedeuten, dass ich mein Leben dieser ganzen Maschinerie verschreiben würde. Viermal im Jahr dieser blöde Ball, Politik und das Ringen um mehr Macht. Das will ich nicht.

Zurück in meinem Zimmer starte ich eine neue Folge meines Lieblingspodcasts, putze mir die Zähne, binde die Haare in einen unordentlichen Dutt und lege mich ins Bett, wo ich mir die Decke bis zum Kinn nach oben ziehe. Meine Mom hat früher immer zu mir gesagt, dass der nächste Morgen besser wird. Egal, wie schlimm der Tag war – der nächste wird besser. Heile, heile Segen, wie man den Kindern erzählt, um ihnen die Angst und Sorgen zu nehmen.

Leider bin ich kein Kind mehr. Und ich wage zu bezweifeln, dass mit dem neuen Tag auch die Lösung meiner Probleme kommt.

THE CALM
BEFORE THE STORM

Dafür, dass ich mich wirklich darauf gefreut habe, wieder zur Schule gehen zu können, gestaltet sich dieser Tag erschreckend eintönig. Aber alles ist besser, als weiter in diesem Haus zu sitzen und meine Familie dabei zu beobachten, wie sie durchdreht. Ich meine, klar, meine Familie war noch nie normal. Wir sind schließlich so etwas wie eine Art Geheimbund. Dementsprechend bin ich es gewohnt, dass hinter verschlossenen Türen getuschelt und kryptisch gesprochen wird.

In den vergangenen Tagen ist es aber immer schlimmer geworden. Mein Großvater hat sich abwechselnd in seinem Büro eingeschlossen und herumgeschrien. Gestern ist er sogar in die Niederlande geflogen, um mit den anderen Meistern zu beraten, und danach hat er sich die ganze Nacht in der Bibliothek verbarrikadiert. Irgendetwas geht da vor sich, aber kein Mensch will mir sagen, was. Immer wieder musste ich meiner Mutter oder meinem Großvater erzählen, was genau am Abend des

Balls passiert ist. Doch sobald ich ihnen berichtet habe, was sie hören wollten, haben sie mich wieder weggeschickt. Ich befürchte, dass sie ahnen, dass ich ihnen etwas verheimliche. Aber ich werde ihnen sicher nicht von dem Kuss in der Küche erzählen – warum auch? Das würde ihnen nicht weiterhelfen, und ich würde völlig umsonst Ärger kriegen.

Inzwischen ist vollkommen klar, dass es sich bei den Ereignissen auf dem Ball nicht um einen dummen Streich gehandelt hat. Das Amulett wird nach wie vor vermisst, und nach allem, was ich durch verschlossene Türen belauscht habe, sind auch an den anderen Höfen die Vanitas-Symbole aufgetaucht. Ich bin mir sicher, dass es dabei nicht um die Legende geht, die ich in dem Buch gefunden habe, denn dabei handelt es sich um ein Märchen. Stattdessen denke ich, dass die Leute das Symbol als eine Art Wappen verwenden. Vermutlich eine Revolution der vernachlässigten, entfernten Familie. Oder ein Aufstand der Jugendlichen, die kein ruhmreiches Leben in ihrem Haus in Aussicht haben. Ich weiß es nicht, aber sowohl meine Mom als auch mein Großvater machen sich Sorgen. Und das macht selbst mich ein wenig nervös. Immerhin bin ich die amtierende Hüterin und stehe damit aus Sicht dieser Leute auf der falschen Seite. Und auch wenn ich ihre Beweggründe irgendwie nachvollziehen kann, haben sie Milan Ostara niedergeschlagen. Körperverletzung geht selbst mir zu weit.

Als es endlich zur Mittagspause klingelt, packe ich meine Sachen zusammen und renne beinahe zur Cafeteria, wo ich mich mit Emma verabredet habe. Ich brauche meine beste Freundin im Moment dringender als je zuvor, auch wenn ich ihr nicht direkt von meinen Problemen erzählen kann. Aber allein, Zeit mit ihr zu verbringen und über alltägliche Dinge zu reden, würde mir helfen, nicht ständig über das Drama zu Hause nachzudenken.

Als ich sie an unserem Stammtisch in der hinteren Ecke zusammen mit ein paar Freunden sehe, fühle ich mich sofort ein bisschen, als würde ein großer Stein von meiner Seele fallen. Zu Hause dringt die Dramatik aus jeder einzelnen Pore, und es fällt mir schwer, mich davon zu lösen. Hier in der Schule ist alles vergleichsweise sorglos. Was ist schon eine vergessene Hausaufgabe oder ein verpatzter Mathetest im Vergleich zur Zerstörung eines jahrtausendealten Rituals, das eventuell den natürlichen Kreislauf der Welt zerstört und die Welt in Flammen aufgehen lässt? Okay, vielleicht werde ich selbst inzwischen ein wenig dramatisch.

»Bloooooom!«, ruft Emma, als sie mich entdeckt, und zieht meinen Namen dabei so sehr in die Länge, dass es wie Wolfsgeheul klingt.

Grinsend lasse ich mich neben sie fallen und schiebe meine Tasche unter die Bank, bevor ich nach ihrem Kaffeebecher greife und einen großen Schluck trinke. »Ich habe euch vermisst.«

Selma, mit der Emma und ich seit der dritten Klasse befreundet sind, schiebt mir einen Collegeblock über den Tisch zu. »Wir dich auch. Ich habe in Geschichte komplett für dich mitgeschrieben.«

Peinlich berührt werfe ich ihr eine Kusshand zu. »Danke, du hast was gut bei mir.«

»Mehr als das.« Sie zwinkert mir zu und streicht sich die langen roten Haarsträhnen hinter die Ohren. »Erzähl, wie war's?«

Ich verdrehe die Augen. »Frag nicht. Meine Familie hat mein Maß an Drama für die nächsten Monate erfüllt.«

Selmas Zwillingsschwester Hanna lacht. »Das ist ja nichts Neues.«

Da hat sie recht. Bevor sie mich ausfragen können, wechsle ich eilig das Thema und beginne eine hitzige Diskussion über den neusten Promiskandal, an der sich vor allem Emma mit Feuereifer beteiligt. Sie liebt Klatsch und Tratsch und ist immer über alles informiert. Ich bin nicht ganz so drin in der Materie wie sie, aber alles ist im Moment besser als meine eigenen Dramen.

Zehn Minuten später setzt sich ein dunkelhaariges Mädchen zu uns an den Tisch, das ich noch nie zuvor gesehen habe. Die anderen begrüßen sie, als würden sie sie schon länger kennen, und als Hanna meinen fragenden Blick bemerkt, wendet sie sich in meine Richtung.

»Bloom, das ist Katarina. Sie ist seit Montag bei uns an der Schule.«

Ich strecke ihr die Hand entgegen und erwidere ihr freundliches Lächeln. »Hey, ich bin Bloom. Woher kommst du?«

»Aus Irland«, sagt sie und grinst, als ich überrascht die Augenbrauen hochziehe. »Gebürtig. Meine Familie ist oft umgezogen, die letzte Station waren die USA.«

»Du sprichst wirklich gut Norwegisch«, bemerke ich und trinke noch einen Schluck von Emmas Kaffee, wofür ich einen genervten Stoß gegen den Oberarm ernte.

Katarina zuckt nur mit den Schultern. »Ich bin viel rumgekommen und spreche eine Menge Sprachen.« Ihr Blick wird irgendwie abschätzend, als sie mich einen Moment mustert. »Was ist mit dir? Kommst du aus Oslo?«

Seltsame Frage. »Hier geboren, aufgewachsen und vermutlich bin ich noch als Oma hier.«

Sie runzelt die Stirn, hat aber nicht die Gelegenheit zu antworten. Denn in dem Moment quiekt Hanna auf und zeigt uns eine WhatsApp-Nachricht, die offenbar längst überfällig war. Wie sich herausstellt, hat sie in meiner Abwesenheit angefangen, einen Typen aus der Nachbarklasse zu daten, und den Rest der Pause verbringen wir damit, eine geeignete Antwort zu formulieren. Immer wieder bemerke ich, wie Katarina zu mir rüberschaut, und frage mich, ob ich irgendetwas im Gesicht kleben habe. Sie wirkt nett und scheint sich mit den anderen gut zu verstehen, trotzdem habe ich ein seltsames Gefühl. Vielleicht werde ich auch einfach paranoid.

Als es nach der letzten Stunde klingelt, würde ich am liebsten einfach auf meinem Platz sitzen bleiben und mich noch ein paar Stunden in der Schule verstecken. Selbst ein leerer Klassenraum scheint mir im Moment eine bessere Alternative zu sein als die seltsame Stimmung auf Kalinøya. Allerdings haben Mom und ich einen Deal – ich darf zur Schule gehen, muss dafür aber direkt nach Hause kommen und weiter trainieren. Ich befürchte noch immer, dass sie mich zu Zara und den Kleineren ins Homeschooling schicken, jetzt, da sich meine Kräfte gezeigt haben und ich Hüterin bin. Mir ist klar, dass ich das Training dringend brauche, denn ich schaffe es nach wie vor nicht verlässlich, meine Kräfte zu kontrollieren, aber ich sehe nicht ein, warum meine Schule mir nicht weiterhin Mathe und Geschichte beibringen kann. Meinen Freunden ist es nicht erlaubt, mich zu Hause zu besuchen, und wenn ich sie nicht mehr in der Schule sehe, würde ich den Kontakt zu ihnen komplett verlieren.

Nachdem ich mich von den anderen verabschiedet habe,

gehe ich nach draußen und halte nach dem schwarzen Wagen Ausschau, der mich zum Anleger bringen soll. Für gewöhnlich nehme ich den Bus, oder bei gutem Wetter laufe ich die Viertelstunde sogar. Aber auch diese Tage scheinen gezählt zu sein.

Gerade als ich zur Straße laufen und dort auf Matheo warten will, berührt mich jedoch jemand am Arm, und als ich mich umdrehe, entdecke ich Katarina, die in einen Regenmantel gehüllt neben mir steht und die Schüler beobachtet, die aus der Schule strömen.

»Hey«, sage ich irritiert und lächle. »Was gibt's? Wartest du auf den Bus?«

Sie schüttelt den Kopf und wirkt irgendwie amüsiert. »Nein, ich wollte nur kurz mit dir reden.«

»Ach ja?«

Ihre braunen Augen richten sich auf mich, und einen Moment lang habe ich das Gefühl, zu erstarren. Ihr Blick ist so intensiv, dass es beinahe unangenehm ist.

»Du wohnst auf Kalinøya, oder?«

»Ja.« Ich sehe sie argwöhnisch an. Es ist kein Geheimnis, dass ich auf der Insel wohne, und die Einheimischen, vor allem meine Mitschüler, wissen davon. Die Insel und meine Familie sind ein Mysterium, und Mysterien haben die Menschen schon immer beschäftigt. Dass eine Fremde von mir oder von der Insel weiß, sogar ihren Namen kennt, ist allerdings seltsam. »Warum fragst du?«

Katarina schaut erneut auf die Straße. »Ich habe von eurer Familie gehört«, sagt sie leise. »Und von der in Groningen. Oder in Washington und auf Fakarava.«

Sprachlos starre ich sie an. Ich bin mir fast sicher, mich verhört zu haben. Sie hat gerade sämtliche Standorte der Jahreszeitenhöfe aufgezählt. Niemand kennt alle Standorte, und vor allem kann niemand sie miteinander in Verbindung bringen. Es sei denn, man ist …

»Zu welchem Hof gehörst du?«, frage ich genauso leise und mustere ihre langen braunen Haare. »Sommer? Oder Herbst?«

Ein paar Sekunden lang sieht sie mich nur an, dann schüttelt sie den Kopf. »Ich weiß nicht, wovon zu sprichst. Ich stamme von keinem Hof.«

»Aber …«

»Wir haben etwas, was dich interessieren könnte«, unterbricht sie mich und wirft erneut einen Blick Richtung Straße, auch wenn ich keine Ahnung habe, was sie sich dort zu finden erhofft. »Wenn wir uns bei dir melden, solltest du uns zuhören.«

»Was soll das?«, frage ich sie verwirrt. Aus den Augenwinkeln bemerke ich Matheo, der an der Fahrertür meines Wagens lehnt und mich beobachtet. Ich habe schätzungsweise noch zwei Minuten, bis er auf die Hupe drückt. »Hör mal, ich weiß wirklich nicht, warum du hier so eine Show abziehst, aber du kannst mir einfach sagen, wenn du eine Flores bist. Wir dürfen miteinander sprechen.«

Sie antwortet nicht, sondern hebt ruckartig die Hand und winkt jemandem zu, den ich nicht richtig erkennen kann. Es hat wieder zu regnen angefangen, und die Person – der Statur nach zu urteilen weiblich – ist zu weit entfernt. Dieser rote Mantel kommt mir allerdings vage bekannt vor.

»Ich muss los«, murmelt Katarina, ohne mich eines weiteren Blickes zu würdigen. »Denk an das, was ich gesagt habe.«

Bevor ich etwas darauf erwidern kann, hat sie sich an ein paar Schülern vorbeigedrängt und marschiert schnell in Richtung Coffeeshop, vor dem immer noch die Person in dem roten

Mantel steht. Ich kneife die Augen zusammen und versuche, durch die Regenschwaden etwas zu erkennen, aber ohne Erfolg. Dennoch, diesen Mantel habe ich schon einmal gesehen.

Die Erkenntnis trifft mich wie der Blitz, dummerweise genau in dem Moment, in dem ich auch Katarina aus den Augen verliere. Ich springe vor und renne in die Richtung, in der ich den roten Mantel gerade eben noch gesehen habe. Leute rufen mir hinterher oder schimpfen, als ich sie aus Versehen mit der Schulter ramme. Normalerweise bin ich ein höflicher Mensch, aber gerade habe ich keine Zeit für Freundlichkeit. Ich ignoriere eine rote Ampel und wäre beinahe von einem Taxi überfahren worden, das wild hupend einen halben Meter vor mir zum Stehen kommt. Mein Herz rast so wild in meiner Brust, als wollte es mich dazu treiben, noch schneller zu rennen. Bereits nach ein paar Sekunden bin ich komplett durchnässt vom Regen, aber selbst darauf achte ich nicht.

Im Eingang des Coffeeshops bleibe ich stehen. Schwer atmend sehe ich mich um, kann aber weder Katarina noch das Mädchen in dem Mantel sehen. Ich drehe mich im Kreis, scanne jedes Gesicht, das an mir vorbeiläuft, und spähe durch die Scheiben des Cafés. Nichts.

»Verdammt«, zische ich, bevor ich mit der Hand auf den nassen Tisch vor dem Laden schlage. Ich spüre das inzwischen vertraute Kribbeln in den Beinen, doch ich ignoriere es. Die Macht in mir versucht, Energie aus den Steinen unter meinen Füßen zu ziehen. Vielleicht, weil mein Unterbewusstsein mit einer Gefahr rechnet, vielleicht auch nur, um mich zu beruhigen. Ich weiß es nicht.

Kurz schließe ich die Augen und atme ein paarmal tief durch. Ich sehe wahrscheinlich ziemlich lächerlich aus, aber das spielt im Moment keine Rolle. Ich habe wirklich keine Lust auf Ärger, weil ich in aller Öffentlichkeit meine Kräfte eingesetzt habe. Von dem Deckenbalken in meinem Zimmer ist nur noch Kleinholz übrig geblieben – so ein Tisch stellt also sicherlich kein Hindernis für mich dar, falls meine Macht überhandnimmt.

Ich brauche einen klaren Kopf. Muss mich zusammenreißen, bevor ich etwas tue, was meinen Großvater und Mom doch noch auf die Idee bringt, mich von der Schule zu nehmen. Erneut atme ich tief ein, spüre die kalte Luft im Hals und versuche, an Blumenwiesen oder etwas in der Art zu denken.

Ein Hupen lässt mich zusammenfahren, und ich wirble erschrocken herum.

»Was zur Hölle ist denn los mit Ihnen?«, ruft Matheo. Der Wagen steht neben mir auf der Straße, mit laufendem Motor. Matheo hat die Scheibe heruntergelassen und sieht wütender aus, als ich ihn je gesehen habe. »Steigen Sie ein, oder wir bekommen beide Schwierigkeiten!«

Noch einmal blicke ich mich um. Nichts außer grauem Regen und fremden Menschen. Ich fluche noch einmal, dann reiße ich die Beifahrertür auf und lasse mich in den Sitz neben Matheo fallen.

»Solche Aktionen können mich den Kopf kosten, Miss Kalinin«, sagt Matheo zwischen zusammengebissenen Zähnen. »Es ist gefährlich in diesen Zeiten, vor allem für Sie. Tun Sie sich selbst einen Gefallen und passen Sie ein bisschen auf sich auf.«

Normalerweise würde ich mich über seine übertriebene Fürsorge lustig machen, aber im Moment habe ich keinen Nerv dafür. Ich habe den Mantel erkannt, habe mich daran erinnert, ihn zu Hause an der Garderobe gesehen zu haben. Und mir fällt nicht ein einziger vernünftiger Grund ein, warum die ach so wohlerzogene Zara sich mit Katarina treffen sollte. Schließlich hat meine Familie kaum Kontakt zu Außenstehenden.

Ich brauche dringend Antworten. Und dieses Mal werde ich mich nicht vertrösten lassen.

Als ich nach Hause komme, renne ich sofort rauf in mein Zimmer, um mich umzuziehen. Ich bin vollständig durchnässt und durchgefroren. Während der ganzen Fahrt haben meine Hände und Füße geprickelt, und ich bin stolz auf mich, dass ich es kontrolliert habe. Keine verbrannten Motoren oder dergleichen. Langsam werde ich besser.

Ich steige über den zersplitterten Haufen, der noch von dem Stützbalken übrig ist, und ziehe mich hastig um. Währenddessen rattern meine Gedanken unaufhaltsam. Ich habe Zara noch nie außerhalb des Hofes gesehen, außer zu offiziellen Anlässen oder in Begleitung ihrer Familie oder eines Angestellten. Im Gegensatz zu mir geht sie nicht auf eine öffentliche Schule, und soweit ich weiß, hat sie keine Freunde auf dem Festland. Nicht, dass es völlig ausgeschlossen wäre, immerhin sind Zara und ich nicht so dicke, dass sie mir etwas über ihr Leben erzählen würde. Aber diese Katarina hat sich sehr merkwürdig verhalten – und sie weiß etwas über die Jahreszeitenfamilien. Was bedeutet, dass sie ein Mitglied eines anderen Hofes sein musste. Aber warum hat sie mich dann angelogen? Wir dürfen miteinander sprechen, dürfen uns sogar anfreunden. Sie hat schlichtweg keinen Grund, mir gegenüber so geheimnisvoll zu tun. Aber wenn sie tatsächlich kein Mitglied der Jahreszeitenfamilien ist, dann ist sie eine Außenstehende. Eine Außenstehende, die von uns weiß.

Ist so etwas überhaupt möglich?

Vielleicht ist sie auch die Tochter einer Angestellten und zählt nicht mehr zur Familie oder so etwas in der Art. Aber selbst das erklärt nicht, warum sie sich mir nicht einfach zu erkennen gibt.

Egal, wie ich es drehe und wende, Katarina wirkt nicht unbedingt vertrauenswürdig. Warum trifft Zara sich also mit ihr?

Es kann natürlich auch sein, dass ich mich geirrt habe. Immerhin war die Sicht wirklich schlecht, und das Mädchen in dem Mantel stand ein ganzes Stück von mir entfernt. Vielleicht war es gar nicht derselbe, sondern nur ein ähnlicher Mantel. Vielleicht war es alles Zufall.

Sobald ich wieder trocken bin, verlasse ich mein Zimmer und renne auf der Suche nach Märtha durchs ganze Haus. Sie ist die Köchin und heimliche Chefin dieses Schuppens. Sie weiß über alles Bescheid, und genau so jemanden brauche ich jetzt. Ich finde sie schließlich in einer der Wäschekammern, wo sie gerade einen Stapel gebügelte Tischdecken durchsucht und sich dabei Notizen auf einem Klemmbrett macht.

Als ich im Türrahmen auftauche, dreht sie sich um und wirft mir ein warmes Lächeln zu. Ich habe meine Großmutter nie kennengelernt, sie und mein Grandpa haben sich lange vor meiner Geburt scheiden lassen. Märtha ist für mich das, was einer Oma am Nächsten kommt, auch wenn das ziemlich traurig klingt.

»Hey, Snuppa, was brauchst du?«, fragt sie und verwendet den Kosenamen, den sie mir schon als Kind gegeben hat, wenn wir allein waren. In der Hierarchie der Familie gibt es eine strikte Ordnung – Familienmitglieder aus dem engsten Kreis werden von den Angestellten gesiezt, was ich ziemlich lächerlich finde. In Norwegen wird höchstens die Königsfamilie mit »Sie« angesprochen. Märtha hält sich zwar an diese Regeln, allerdings nur, wenn die Erwachsenen anwesend sind. Das mochte ich an ihr schon immer.

Ich lehne mich mit der Schulter gegen den Türrahmen und versuche, so unschuldig wie möglich auszusehen. »Was weißt du über Vanitas?«

Das Lächeln auf ihrem Gesicht verrutscht ein wenig, und sie widmet sich wieder ihren Tischdecken. »So viel wie jeder andere vermutlich. Aber ich befürchte, dass Märchen in vielen verschiedenen Varianten existieren, Bloom. Ich bin da sicher keine verlässliche Quelle.«

Ich hebe eine Augenbraue. »Deine Version würde ich trotzdem gern hören.«

»Mister Kalinin würde es nicht gefallen, wenn ich sie dir erzähle«, sagt sie und wirft mir einen anklagenden Blick über die Schulter zu. »Vor allem nicht bei dem, was hier gerade los ist. Also geh und frag ihn selbst.«

»Warum sollte es ihm nicht gefallen?«, hake ich nach und kann nicht verhindern, dass meine Stimme einen fast flehenden Ton annimmt. »Wenn es doch nur ein Märchen ist, warum darfst du es mir dann nicht erzählen?«

Sie dreht sich zu mir um und sieht mich nachsichtig an. »Würdest du deinen Kindern Geschichten erzählen, die deine eigene Familie in den Schmutz ziehen? Ich denke nicht.«

»Warum denn in den Schmutz ziehen?« Ich runzle die Stirn. »Wir sind doch die Helden in dieser Geschichte.«

Unsicherheit erscheint auf ihrem Gesicht, doch sie hat sich schnell wieder im Griff und widmet sich erneut ihrem Klemmbrett. »Lass mich arbeiten, Snuppa. Geh und frag deinen Großvater.«

Ich kenne Märtha lange genug, um zu wissen, wann ich verloren habe. Seufzend verschränke ich die Hände vor der Brust. »Na gut. Kannst du mir wenigstens sagen, wo Zara abgeblieben ist?«

»Benjamin hat sie vorhin zum Festland gebracht«, sagt sie, während sie irgendwelche Punkte auf ihrer Liste abhakt. »Sie sollte in spätestens zwei Stunden wieder zurück sein. Soll ich ihr etwas ausrichten?«

Kopfschüttelnd weiche ich zurück. »Nein, danke. Ich warte auf sie.«

Frustriert verlasse ich die Wäschekammer und gehe in Richtung Eingangshalle. Ich ertrage es nicht mehr in diesem Haus. Jedes Mal, wenn ich es betrete, habe ich das Gefühl, von seinen Geheimnissen und Intrigen erdrückt zu werden. Also greife ich nach meiner Regenjacke, steige in die Gummistiefel, wickle mir einen dicken Schal um den Hals und gehe hinaus in den Park. Sofort pfeift mir der Wind die Locken ins Gesicht, aber die Kälte ist immer noch besser als die stickige Luft im Haus. Ich greife nach den Aufschlägen des Mantels, ziehe sie mir enger um den Körper und mache mich auf den Weg. Als Kinder haben wir in den Wäldern oft Verstecken und Fangen gespielt, und schon damals ist er meine Zuflucht gewesen. Ich habe jeden knorrigen Ast, jeden blattlosen Busch und jeden verwitterten Stein geliebt. In diesem Wald scheint irgendwie die Zeit stillzustehen. Vielleicht liegt es daran, dass er sich kaum verändert, nicht von dem Lauf der Jahreszeiten beeinflusst wird. Oder es ist wegen der Stille hier drin. Abgesehen von den Geräuschen des Windes und der Tiere ist es absolut friedlich. Als wäre man im Auge eines Tornados gefangen und würde dem Chaos zusehen, ohne selbst davon betroffen zu sein. Ein Schritt weiter, und man wird mitgerissen.

Eine Weile laufe ich ziellos umher, dann erreiche ich einen kleinen Felsvorsprung. Dahinter öffnet sich der Wald und macht einer rauen Steinküste Platz, die im Wasser endet. Inzwischen hat es aufgehört zu regnen, doch der Himmel ist immer noch grau, und der Wind peitscht den Fjord gegen den kalten Stein. Auf den ersten Blick erscheint die Szenerie ungemütlich, aber nicht für mich. Das hier ist echt und wahrhaftig – ganz anders als die selbst ernannte Überlegenheit meiner Familie.

Als mein Handy in der Hosentasche vibriert, greife ich danach und ziehe es heraus. Stirnrunzelnd betrachte ich den Vorschautext der WhatsApp-Nachricht. Sie ist von einer unbekannten Nummer. Mit klopfendem Herzen öffne ich sie.

21 Uhr. Sei pünktlich & komm allein.

I HATE SURPRISES

Ich lese die Nachricht mehrfach, die Erleuchtung kommt jedoch nicht. An den Text ist ein Standort angehängt, und als ich den Link öffne, lande ich irgendwo im Ekebergskråningen Naturschutzgebiet. Da war ich früher oft mit meiner Mom. Allerdings fand ich es damals schon bei Tageslicht unheimlich. Mich da nachts und allein herumzutreiben, erscheint mir nicht sonderlich reizvoll.

Noch einmal öffne ich die Kontaktinformationen, doch außer der Nummer ist dort nichts gespeichert, nicht einmal ein Profilbild.

Trotzdem ist mir schnell klar, von wem die Nachricht sein muss. Katarina hat prophezeit, dass sie sich bei mir melden werden. Wer auch immer sie sind. Unwillkürlich denke ich an Zara – und daran, dass sie sich mit Katarina getroffen hat. Es ist durchaus möglich, dass sie mich nur verarschen wollen. Vielleicht will Zara sich an mir rächen, weil ich ihr ihrer Meinung nach den Rang als Hüterin streitig gemacht habe. Immerhin würde das erklären, woher sie meine Nummer haben. Außerdem ist es durchaus möglich, dass der Milan-Doppelgänger an der Sache beteiligt ist, immerhin hat er das Amulett gestohlen.

Mein Daumen schwebt über der Tastatur. Mein erster Impuls ist es, die Nachricht einfach zu löschen und zu ignorieren. Doch ich bringe es nicht über mich. Ich bin immer noch neugierig, und ein Teil von mir will hinter das Geheimnis kommen, ohne meine Mom oder meinen Großvater anflehen zu müssen, mich endlich einzuweihen.

Und ihr seid wirklich der Meinung, dass dieses Spiel funktioniert? Wir sind hier nicht in einem Mystery-Thriller!

Ich lese die Nachricht noch einmal, bevor ich sie abschicke. Keine Ahnung, ob der Absender Humor hat, aber ich werde sicher nicht einfach gehorchen und mich an irgendeinen Ort zitieren lassen, ohne nachzufragen, worum es eigentlich geht.

Ein paar Sekunden später kommt die Antwort. Diesmal ist es kein Text, sondern ein Foto. Schon bei der verschwommenen Vorschau erkenne ich das Motiv, doch als sich das Bild klar auf meinem Bildschirm aufbaut, fluche ich leise. Es ist ein Foto von dem Amulett. Das Jahreszeitenamulett, das mir geklaut wurde. Daneben liegt eine Tageszeitung, was mich kurz die Stirn runzeln lässt. Das hier ist tatsächlich wie in einem schlechten Film. Die Frage ist nur, ob der Absender, wer auch immer er ist, auf meinen Witz mit dem Mystery-Thriller antworten will oder es tatsächlich ernst meint.

Allerdings ändert das Bild einiges. Es befeuert meine Neugierde und meinen Ehrgeiz. Ich war dumm genug, mir das Amulett stehlen zu lassen, weil irgendein Typ mir schöne Augen gemacht hat. Das hier ist meine Chance, meiner Familie und vor allem mir selbst zu beweisen, dass ich diesen Fehler selbst in Ordnung bringen kann. Viel zu oft habe ich mich in den letzten Tagen gefragt, was es mit dem Diebstahl und den Vanitas-Zeichen auf sich hat, und viel zu oft habe ich mich darüber geärgert, ausgeschlossen zu werden. Selbst wenn Zara dahintersteckt, interessiert es mich wirklich, warum sie diese ganze Show abzieht. Und außerdem – gehört es nicht zu meinen Aufgaben als Winterhüterin, mich um den Verbleib des Amuletts zu kümmern? Es gehört zwar sicher auch zu meinen Aufgaben, meinem Großvater Bescheid zu sagen, aber das ignoriere ich einfach mal.

Während ich aufstehe und mir meine Hose abklopfe, gehe ich in Gedanken meine Möglichkeiten durch, wie ich später aufs Festland kommen soll, komme aber nicht wirklich zu einem Ergebnis. Es gibt keine ideale Lösung, wenn man auf einer verdammten Insel mit einer kontrollsüchtigen Familie festsitzt. Davon abgesehen bin ich erst ein Mal ohne einen Fahrer von der Insel runter, und das war mit den größeren Kindern im Sommer. Wir haben uns ein Paddelboot geklaut und sind zum Festland gerudert. Aber an dem Tag war strahlend blauer Himmel, und wir haben beinahe zwei Stunden gebraucht. Allein, bei Nacht und diesem Sturm würde ich wahrscheinlich ertrinken, bevor überhaupt jemand bemerkt, dass ich weg bin.

In den nächsten Stunden sehe ich immer wieder aufs Handy, aber es kommen keine neuen Nachrichten. Ich überlege, einfach anzurufen, bezweifle allerdings, dass sie rangehen. Sie scheinen wirklich auf diese mysteriöse Nummer zu stehen, und ich bin mir ziemlich sicher, dass sie sich ihren Auftritt im Park nicht vermasseln lassen.

Nachdem ich mir einen Plan zurechtgelegt habe, reiße ich den Kleiderschrank auf und besehe mir die Auslage. Vielleicht ist es ein bisschen albern, dass ich mir Gedanken um mein Outfit mache, aber ich will einen guten Eindruck machen. Ich habe nicht vor, mich unterkriegen zu lassen, und ich will, dass ich das auch nach außen trage. Es reicht, dass sie mich einmal benutzt und mit mir gespielt haben. Ein zweites Mal lasse ich das nicht zu.

Nach einigem Hin und Her entscheide ich mich schließlich für eine schwarze Jeans mit Cut-Outs, Lederboots, einen schwarzen Hoodie und eine Lederjacke. Der Hoodie hat Daumenlöcher, was sich irgendwie ziemlich kämpferisch anfühlt. Dadurch wirke ich wie die Heldin in einer richtig coolen Serie, und das ist genau die Stimmung, die ich gebrauchen kann. Ich greife nach einem Rucksack, packe Kopfhörer, mein Handy, eine Taschenlampe und Pfefferspray ein. Danach binde ich mir die Locken zu einem hohen Zopf und werfe einen letzten Blick in den Spiegel, bevor ich das Zimmer verlasse.

Die Vernunft in meinem Inneren schreit mich an, dass das hier eine ganz, ganz schlechte Idee ist. Theoretisch weiß ich das auch. Praktisch allerdings habe ich es satt, immer nur benutzt zu werden wie eine Puppe. Meine Familie sieht mich lediglich als Aushängeschild, als Marionette in ihrem Spiel. Der Milan-Doppelgänger hat mit mir geflirtet und es ausgenutzt, dass ich mich nach jemandem zum Reden gesehnt habe. Sie alle haben mich für ihre Zwecke missbraucht und mich dann abgelegt, sobald ich meine Aufgabe erfüllt hatte.

Wenn ich diejenige bin, die das Amulett wiederbeschafft, werden sie mich ernst nehmen müssen. Das wird mein imaginärer Stinkefinger sein, bevor ich den Dienst quittiere und zurück in mein altes, langweiliges Leben kehre.

Guter Plan.

Auf dem Weg nach unten schaue ich kurz bei meiner Mom ins Schlafzimmer und wünsche ihr eine gute Nacht, um zu verhindern, dass sie heute Abend noch einmal bei mir nachsieht. Dann mache ich mich auf die Suche nach Matheo. Ich bin vielleicht gerade wirklich rebellisch drauf, aber ich bin nicht dumm. Ohne Hilfe komme ich hier nicht weg, und Matheo ist der einzige Mensch in diesem Haus, dem ich mehr oder weniger zutraue, ein Geheimnis zu bewahren. Zumindest hoffe ich das. Sollte er doch petzten, habe ich hoffentlich das Amulett, um meinen Großvater zu besänftigen.

Ich finde Matheo schließlich in einem der Mitarbeiterräume, zu denen wir eigentlich keinen Zutritt haben. Er sitzt auf einem Sofa und spielt irgendein Ballerspiel auf der Xbox. Was mich ein wenig verwirrt. Matheo wirkt immer irgendwie steif und reserviert. Ich hätte eher erwartet, dass er mit einem alten Buch und einem guten Whiskey vor dem Kamin sitzt und liest. Videospiele sind irritierend normal.

Er steht auf, als ich den Raum betrete, und wirft alarmiert den Controller neben sich auf das Polster. »Was ist passiert?« Sein Blick wandert über mein Outfit, und sein Stirnrunzeln vertieft sich.

Unsicher schiebe ich die Hände in die Hosentaschen. »Ich brauche einen Gefallen von dir.«

»Ach ja?« Matheo verschränkt die Arme vor der Brust. »Geht es Ihnen gut?«

Ich nicke energisch. »Ja. Ja, nichts passiert. Aber ich brauche deine Hilfe, um aufs Festland zu kommen.«

Sein Blick wird misstrauisch, was ich ihm nicht verübeln kann. »Warum wollen Sie um diese Uhrzeit aufs Festland? Weiß Ihr Großvater Bescheid?«

»Nein. Und es wäre mir lieb, wenn das auch so bleibt.«

»Hören Sie, Miss Bloom …«

Ich hebe die Hand, um ihn zu unterbrechen. »Ich bitte dich nicht als Enkelin des Meisters, Matheo. Ich bitte dich als … ich weiß nicht, als Freundin vielleicht. Als Bloom, die du hast aufwachsen sehen.«

Er mustert mich, und einen Moment lang bin ich mir sicher, dass er mich abblitzen lässt. Doch dann kommt er auf mich zu und legt mir beinahe väterlich die Hände auf die Oberarme. »Ich kann eine Menge Ärger dafür bekommen, Bloom. Wenn es hier nur darum geht, dass Sie sich mit Ihren Freunden davonschleichen, befürchte ich, dass ich das Risiko nicht eingehen kann.«

Ein halbes Grinsen stiehlt sich auf mein Gesicht. »Sehe ich so aus, als würde ich in der Stadt einen draufmachen wollen?«

»Ehrlich gesagt sehen Sie so aus, als würden Sie einen Schnapsladen überfallen wollen.«

Das ist nicht der Look, den ich beabsichtigt hatte, aber okay. »Bitte, Matheo, es ist mir ernst. Du musst mir vertrauen. Es ist wirklich wichtig.«

Ich sehe förmlich, wie es in seinem Kopf arbeitet. Nervös steige ich von einem Bein auf das andere. Wenn er mir diese Bitte abschlägt, habe ich versagt. Denn ich habe keinen Plan B.

»Okay«, sagt er schließlich und nickt ein paarmal, als müsste er sich selbst und nicht mich überzeugen. »Ich bringe Sie rüber. Sie haben eine Stunde, keine Sekunde mehr. Verstanden?«

»Verstanden!« Ohne darüber nachzudenken, schlinge ich die Arme um seine Mitte und drücke ihn einmal fest an mich. Er versteift sich kaum merklich, bevor er mir ein wenig ungelenk den Rücken tätschelt und sich von mir löst. Das hier gestaltet sich jetzt schon zu einer wirklich interessanten Nacht.

Eine halbe Stunde später betrete ich den dunklen Park und schlinge die Arme um meinen Oberkörper. Die Fahrt war ungemütlich, vor allem weil Matheo mich immer wieder dazu bringen wollte, ihm von meinem Vorhaben zu erzählen. Offensichtlich herrscht heute tatsächlich so etwas wie eine Grauzone zwischen uns – für gewöhnlich ist er viel zu professionell, um neugierig zu sein. Es tut mir ein bisschen leid, ihn so abfertigen zu müssen, immerhin hilft er mir. Aber auf der anderen Seite bin ich mir absolut sicher, dass er meinen Plan nicht gutheißen und mich davon abbringen würde. Und das kann ich nicht riskieren.

Trotzdem: Das hier ist das Dümmste, was ich jemals getan habe. Wirklich, ich kann mich nicht daran erinnern, jemals etwas Verantwortungsloseres getan zu haben. Und das soll schon etwas heißen, immerhin bin ich bekanntlich die Rebellin der Familie. Wäre ich ein ängstlicherer Mensch, würde ich mich wahrscheinlich vor der Dunkelheit fürchten oder davor, dass ich allein in einem Park herumlaufe. Der Aufregung nach, die im Moment am Hof herrscht, muss der Teufel selbst die Tore der Hölle geöffnet haben, und ich bin gerade auf dem Weg, mich mit ihm zu treffen.

Kurz werfe ich einen Blick aufs Handy mit dem geöffneten Navi.

Ich bin auf jeden Fall pünktlich und am richtigen Ort.

Schaudernd sehe ich mich um. Okay, ich bin vielleicht kein grundsätzlich ängstlicher Mensch, dennoch liegt etwas Bedrohliches in der Luft. Es ist, als würde es um mich herum knistern, wie vor einem Gewitter. Vielleicht ahnen die Steine unter meinen Füßen, dass etwas vor sich geht. In einer Welt, in der die Jahreszeiten von einem Kristall in einem Amulett abhängig sind, ist vermutlich auch das möglich.

Zweifelnd lasse ich den Blick über die Umgebung schweifen. Kein Mensch ist zu sehen, ich bin völlig allein. Der Wind heult leise auf, weht mir die Haare ins Gesicht und lässt ein Kribbeln auf meiner Haut zurück. Keine Ahnung, ob das ein natürlicher Vorgang oder meine Schuld ist. Ich versuche, meine innere Ruhe zu finden und meine Fähigkeiten zu fassen zu bekommen, doch keine Chance. Meine Gedanken schweifen immer wieder ab und gehen auf Wanderschaft, sodass ich keinen von ihnen richtig zu fassen bekomme.

»Du bist tatsächlich gekommen.«

Ich wirble herum und suche in der Dunkelheit nach einem Gesicht. Im ersten Moment sehe ich nichts als die schemenhaften Umrisse der Brücke und des Flusses zu meiner Rechten. Dann, als würde er sich in den Schatten materialisieren, taucht der Verräter auf. Der Typ, der mich beim Frühlingsball getäuscht, mir das Amulett geklaut und die vier Häuser ins Chaos gestürzt hat. Trotz des schwachen Lichts und trotz der Maske, die bei unserer letzten Begegnung sein Gesicht verdeckte, erkenne ich ihn sofort wieder. Dieses Mal allerdings trägt er keinen Anzug, sondern eine Jeans, Lederjacke und eine

Mütze. Und ich muss zugeben, dass ihm dieser Look genauso steht wie der Dreiteiler beim Frühlingsball.

Ich kann nicht wirklich behaupten, dass ich sonderlich überrascht bin. Nach dem Foto von dem Amulett war mir bereits klar gewesen, dass die Nachricht von ihm kam oder zumindest, dass er daran beteiligt ist. Trotzdem würde ich bei seinem Anblick am Liebsten die Beine in die Hand nehmen und rennen. Mag ja sein, dass der Typ – wie immer auch sein richtiger Name lautet – beim Ball freundlich und charmant gewesen ist, doch Tatsache bleibt, dass er ein Verräter ist. Und Verrätern ist nicht zu trauen. Vor allem dann nicht, wenn man selbst zu der Familie gehört, die er verraten hat.

Als er näher kommt und sich sein Gesicht aus den Schatten schält, schnappe ich kurz nach Luft. Obwohl das Licht schwach ist, erkenne ich ihn sofort: Das ist nicht nur der Kerl, der mir das Amulett geklaut hat, das ist auch der Typ, dem ich vor dem Frühlingsball im Garten begegnet bin. Wieso war mir das nicht aufgefallen? Gut, seine Haare waren auf dem Ball anders – nicht silbergrau, sondern blond. Und er hat eine Maske getragen. Trotzdem komme ich mir einen Moment lang wirklich, wirklich dumm vor.

Sein Blick bohrt sich in meinen, eine Mischung aus Herausforderung und … ich bin mir nicht sicher, Neugierde vielleicht. »Ich bin überrascht, dass du tatsächlich allein gekommen bist.«

»Ich bin ein höflicher Mensch«, erinnere ich ihn so gelassen wie möglich, während er komplett aus dem Schatten tritt. »Immerhin wurde ich eingeladen.« Ich halte mein Handy ins schwache Licht der Straßenlaterne. »Schriftlich.«

Sein Gesicht verzieht sich zu dem halben Grinsen, dem ich

ehrlich gesagt schon auf dem Frühlingsball ein wenig verfallen bin. »Wie nett, dass du der Einladung gefolgt bist.«

Ich lege den Kopf schief und checke hastig die Umgebung ab. Er scheint ebenfalls allein zu sein, aber ich habe keine Ahnung, mit wem ich mich hier gerade anlege. Oder verbünde. Ehrlich gesagt bin ich mir überhaupt nicht sicher, was ich hier eigentlich tue. »Was willst du? Das Amulett kann es ja nicht sein, das hast du schon.«

Er lacht kurz auf. Ein seltsamer Laut, ähnlich wie ein Bellen oder ein Husten. »Dafür sollte ich mich entschuldigen, oder?«

»Ach, meinst du?«, frage ich übertrieben freundlich. »Du hast mein halbes Haus gegen mich aufgehetzt, und die verbliebenen drei halten mich vermutlich für ein dummes Kind, das ihr kostbares Amulett verloren hat. Und das alles … wofür? Das Amulett bringt euch nichts, ihr verhindert nur den Lauf der Dinge. Was ist euer Problem? Mögt ihr den Frühling nicht? Pollenallergie oder etwas in der Art?«

Wieder lacht er, doch dieses Mal klingt es ehrlicher. »Irgendwie habe ich erwartet, dass du eingeschüchterter bist«, meint er stirnrunzelnd. »So ganz allein, mitten in der Nacht mit einem Fremden. Andere Mädchen hätten Angst.«

»Ich bin anders als andere Mädchen.«

»Das sagen alle anderen Mädchen auch.«

»Dann … Was?« Verwirrt schüttle ich den Kopf. »Das ergibt keinen Sinn.«

Allmählich geht mir sein Lachen auf den Zeiger. Zumal ich mir überhaupt nicht sicher bin, ob er mit mir oder über mich lacht.

»Also, Bloom, was machen wir jetzt mit dir?«

»Du könntest mir einfach sagen, was ihr vorhabt«, schlage ich vor.

Seine Augenbrauen wandern nach oben und er mustert mich abschätzend. Was ich ihm irgendwie nicht verdenken kann. Ich habe genug Filme gesehen und genug Bücher gelesen, um zu wissen, dass die Bösewichte mit ihrem Plan immer erst ganz am Ende herausrücken.

»Wer sagt, dass ich dir vertrauen kann?« Er klingt dabei tatsächlich eine Spur neugierig. Als hätte er sich diese Frage wirklich gestellt und als würde ein Teil von ihm eine ehrliche Antwort erwarten.

Ich hebe eine Augenbraue. »Du hast mich hergebeten, schon vergessen? Bestimmt nicht, um ein bisschen Small Talk mit mir zu führen.«

»Vielleicht bin ich hier, um dich zu töten«, bemerkt er ungerührt.

Mir ist, als würde mir das Blut in den Adern gefrieren. Unwillkürlich taucht Sanders lebloser Körper vor meinem inneren Auge auf. Trotzdem zwinge ich mich zu einem unbeteiligten Gesichtsausdruck. Mir ist klar, dass er mit mir spielt. Und ich werde ihm nicht die Genugtuung geben, mitzuspielen.

»Dann haben wir wohl ein Problem«, erwidere ich überraschend kaltschnäuzig.

»Warum?«

Ich lege den Kopf schief. »Weil ich nicht gekommen bin, um zu sterben.«

Er lacht so laut auf, dass ich zusammenzucke. »Wollen wir uns vielleicht setzen?«

»Nein.«

Wieder grinst er, bevor er sich auf eine kleine Bank sinken

lässt, die ein paar Meter von mir entfernt steht, und hinauf zum schwarzen Nachthimmel sieht. Das hier ist wohl der erste Moment in meinem Leben, in dem ich mir wünsche, in die Zukunft oder wenigstens in seinen Kopf hineinsehen zu können. Mir rasen unzählige Erklärungen für sein Verhalten durch den Kopf, aber nicht eine davon erscheint mir auch nur ansatzweise realistisch.

»Hast du schon einmal etwas von Vanitas gehört?«, fragt er unvermittelt.

Als ich nicht direkt antworte, wird sein Blick schneidend. Ich ahne, dass wir endlich zum eigentlichen Grund dieses seltsamen Treffens kommen. Auch wenn ich aus seinen Worten nicht ganz schlau werde.

»Nein«, lüge ich, leiser dieses Mal. »Habe ich nicht.«

»Das habe ich mir gedacht«, sagt er mit einem beinahe zufriedenen Unterton. Er breitet die Arme aus und legt sie auf die Rückenlehne der Bank. »Deine Familie hat dich angelogen, Wintermädchen.«

»Nenn mich nicht so«, erwidere ich trocken. »Aber ich höre mir deine Geschichte gern an. Muss ja der Hammer sein, wenn man bedenkt, mit wem ihr euch deswegen anlegt.«

Ungerührt erwidert er meinen Blick. »Was würdest du sagen, wenn ich dir erzähle, dass dein Haus vor Jahrhunderten dabei geholfen hat, mein Haus dem Erdboden gleichzumachen?«

Ich sehe ihn an und warte darauf, dass er weiterredet, doch es kommt nichts mehr. »Du hast kein Haus«, sage ich langsam und kneife die Augen zusammen. Das ist nur eine Vermutung, aber sie ergibt Sinn. Wäre er Mitglied eines der Häuser, würde er wissen, dass ich definitiv die falsche Verbündete bin. Ich bin unbedeutend.

»Du hast recht.« Er verschränkt die Arme vor der Brust und lehnt sich vor. »Ich habe kein Haus. Nicht mehr. Dafür haben die vier Höfe gesorgt.«

Ich schüttle den Kopf. »Ich verstehe ja, dass du dramatisch klingen willst und so weiter, aber tu mir einen Gefallen und komm zum Punkt – oder ich gehe.«

»Mein Haus hieß Vanitas«, fährt er ungerührt fort. »Es herrschte zwischen Winter und Frühling. So lange, bis der Sommer entschieden hat, dass es nicht länger von Bedeutung ist und einfach ausgelassen wird. Und soll ich dir mal was sagen, Bloom? Keines der anderen ach so anständigen Häuser hat dem Sommer widersprochen. Sie alle haben sich zusammengeschlossen und die Mitglieder meiner Familie abgeschlachtet wie Tiere. Blöd für sie, dass sie ein paar übersehen haben.«

Es dauert ein bisschen, bis ich begreife, dass er es ernst meint. Ich blinzle ein paarmal schnell hintereinander und sehe ihn ungläubig an. »Du erwartest nicht ernsthaft, dass ich dir das abnehme, oder?«

»Doch«, sagt er schlicht. »Doch, genau das erwarte ich ehrlich gesagt.«

Ich lache trocken auf. »Ist das ein Witz?«, frage ich. »Irgendein abgefahrenes Aufnahmeritual für neue Hüter oder so? Steckt Zara dahinter?«

»Es ist die Wahrheit!« Zum ersten Mal, seit er aus der Dunkelheit getreten ist, verändert sich seine Haltung. Vorher arrogant und beinahe desinteressiert, wird sie jetzt eindringlich und irgendwie … keine Ahnung, beinahe verzweifelt. Er hängt sich auf jeden Fall rein, das muss ich ihm lassen. »Meine Familie wurde zerschlagen, und die Überlebenden mussten fliehen und jahrhundertelang den Kopf einziehen, um nicht ebenfalls umgebracht zu werden!«

Ich schnaube. »Hörst du dir eigentlich zu? Du klingst wie ein wahnsinniger Verschwörungstheoretiker, der sich in einem albernen Kindermärchen verbeißt. Was seid ihr wirklich, hm? Verstoßene, die sich rächen wollen?«

Der Gedanke ist mir gerade eben gekommen, doch er ergibt durchaus Sinn. Verstoßene sind ehemalige Mitglieder der Häuser, die aus irgendwelchen Gründen nicht mehr mitmischen dürfen. Das konnten Expartner von eher unwichtigen Familienmitgliedern sein oder aber Leute, die aufgrund ihres Verhaltens ausgeschlossen worden waren. Es wäre tatsächlich mehr oder weniger nachvollziehbar, wenn ein paar von ihnen sich zusammengetan hätten, um sich an den Häusern zu rächen. Auf jeden Fall realistischer als die Geschichte mit dem zerschlagenen fünften Haus.

»Du musst mir glauben«, beschwört er mich und steht von der Bank auf. Seine Haltung hat sich nun vollends verändert. Der lässige, beinahe belustigte Ausdruck auf seinem Gesicht ist verschwunden und hat einer versteinerten Miene Platz gemacht, die mir Angst einjagt. Auf dem Ball habe ich ihn verspielt und charmant erlebt, doch dieser Kerl hier gleicht dem vom Ball nicht mehr im Geringsten. Der Mann, der vor mir steht, der mich überragt und auf dessen Gesicht unheimliche Schatten liegen, wirkt wie jemand, der mir wirklich gefährlich werden kann.

Reflexartig weiche ich einen Schritt zurück. »Warum sollte ich?«, frage ich atemlos. »Warum sollte ich dir diesen Scheiß glauben?«

»Weil wir dich brauchen«, sagt er leise, beinahe drohend. »Du musst das Ritual mit uns durchziehen.«

Mein Mund klappt auf, und in meinem Kopf herrscht auf einmal gähnende Leere. »Das Übergangsritual?«, frage ich verwirrt. »Was soll das bringen?«

»Wir lassen Vanitas entstehen.« Seine Worte ergeben keinen Sinn für mich, doch seine Augen sind so ernst, dass ich eine Gänsehaut bekomme. »Wir beweisen euch, dass wir existieren, und dann holen wir uns unseren Platz im Kreislauf zurück.«

»Ihr seid verrückt«, flüstere ich und weiche noch weiter zurück, auch wenn ich mich in die falsche Richtung bewege. In meinem Rücken erheben sich die Umrisse einer Brücke, allerdings bleibt mir keine andere Wahl, denn dieser Typ versperrt mir den Fluchtweg.

Eine seiner Augenbrauen wandert in die Höhe. »Dann ist das also ein Nein?«

»Natürlich ist das ein Nein!«, sage ich energisch. Ich muss hier weg. So viel Raum wie möglich zwischen mich und diesen Irren bringen. Ich mag meine Familie ja schon für bescheuert halten, doch sie ist nichts gegen diesen Kerl. Das hier ist definitiv kein Scherz, den Zara sich ausgedacht hat, um mich zu verarschen. Diesem Typ ist es ernst, so viel ist mir inzwischen klar.

Er sieht mich wie versteinert an, dann wandert sein Blick hinter mich in die Schatten. Einen Moment steht er vollkommen unbeweglich da, dann nickt er kaum merklich.

Ich habe genug Filme gesehen, um zu wissen, was das bedeutet. Er ist nicht allein. Von einer Sekunde auf die andere pumpt mein Gehirn Adrenalin durch meinen Körper. Anscheinend weiß er besser, was zu tun ist, als ich. Ich spüre die Macht in mir aufsteigen wie ein wütendes Untier, doch dieses Mal kämpfe ich nicht dagegen an. Schritte ertönen hinter mir, gleichzeitig beginnen meine Füße zu kribbeln. Keine Ahnung, woher ich die Energie nehme – vielleicht aus dem uralten Stein unter meinen Füßen oder aus den Wurzeln der mächtigen Bäume um uns herum. Es ist mir auch gleichgültig. Die Kraft rauscht durch mich hindurch – durch meine Adern, direkt in meine Knochen hinein. Meine Muskeln spannen sich an, und auf einmal sehe ich gestochen scharf. Ich bin mir sicher, dass ich die Staubkörner in der Luft würde zählen können, wenn ich mich konzentriere.

Ohne nachzudenken, springe ich vor, genau in dem Moment, in dem eine Hand von hinten nach meiner Schulter greift. Die Finger rutschen ab, doch die kurze Berührung hat gereicht. Ich kann die Energie nicht zuordnen – sie ist weder Winter noch Sommer, aber im Grunde spielt es auch keine Rolle. Sie versetzt mir einen Schub, und das ist alles, was zählt.

Mehrere Stimmen werden hinter mir laut, auch wenn die genauen Worte in dem Rauschen in meinen Ohren untergehen. Wie im Wahn schlage ich um mich, weiche dem falschen Milan aus, der mich festzuhalten versucht, und renne um mein Leben. Die geballte Macht in meinem Inneren überfordert mich ein wenig – meine Beine bewegen sich so schnell, dass ich Mühe habe, nicht zu stolpern.

»Bloom!«

Aus dem Wirrwarr an Geräuschen und Rufen schält sich mein Name klar und deutlich heraus, doch ich ignoriere es. Ich muss rennen, so schnell und so weit weg von hier, wie ich kann.

Wieder greift jemand nach mir. Dieses Mal bekommt er mich am Oberarm zu fassen und zerrt mich zurück. Meine Füße schlittern über den Boden. Ich schlage um mich, versuche, mich loszureißen, aber vergeblich. Die Hand umklammert mich so heftig, dass es wehtut. Entschlossen wirble ich herum, zu einem blonden Kerl mit Nickelbrille. Er wirkt nicht wie ein Schläger, doch in seinen Augen steht der blanke Hass, als er den freien Arm hebt und auf mein Gesicht zielt. Wie in Zeitlupe sehe ich seine geballte Faust auf mich zufliegen. Ich weiche aus, verhindere damit einen gezielten Schlag, aber er trifft mich dennoch am Ohr.

Der Schmerz explodiert in meinem Kopf. Ich keuche auf und schnappe nach Luft. Noch nie in meinem Leben bin ich geschlagen worden. Aber auch wenn ich keinen Vergleich habe, weiß ich, dass dieser Typ es ernst meint.

Wieder holt er aus, doch dieses Mal bin ich vorbereitet. Ich ducke mich, ziehe ruckartig das Knie an und ramme es ihm zwischen die Beine.

Er schreit auf und krümmt sich. Ich bin mir ziemlich sicher, dass die brodelnde Macht in meinem Körper dafür gesorgt hat, dass der Schlag um einiges härter ausgefallen ist, als ich erwartet habe. Der Typ sieht aus, als würde er gleich umkippen.

Hastig werfe ich einen Blick zurück. Drei Gestalten rennen auf mich zu. Das hier ist definitiv kein Spaß mehr. Kein Aufnahmeritual, keine Gruppe Freaks, die einfach Aufmerksamkeit haben will.

Ich versuche, die Kraft in meinem Inneren, die bereits wieder abklingt, zusammenzuraffen, wirble herum und renne um mein Leben.

PITCH BLACK

Immer wieder blicke ich über die Schulter, während ich schneller renne als je in meinem Leben zuvor. Aus den Augenwinkeln bemerke ich meine rabenschwarzen Finger. Meine Beine kribbeln, und bei jedem Schritt, in dem Bruchteil einer Sekunde, in dem meine Füße den Boden berühren, tanke ich Energie. Ohne meine Kraft wäre ich vermutlich längst kollabiert, doch sie hält mich aufrecht und treibt mich weiter. Noch immer spüre ich den Schub, den ich von dem Typen mit der Nickelbrille erhalten habe.

Als ich das Ufer des Fjords erreiche, strecke ich die Arme in die Luft und winke Matheo zu.

Hinter mir ist zum Glück alles ruhig, niemand folgt mir. Unwillkürlich frage ich mich, warum sie so schnell aufgegeben haben. Sie waren deutlich in der Überzahl, selbst wenn ich meinen Fahrer mitzähle.

»Was ist passiert?«, ruft Matheo, als er mich sieht. Er steht auf und reicht mir die Hand, während er das kleine Boot im Gleichgewicht hält.

Ich presse mir die Hand in die Seite und versuche, das Seitenstechen wegzuatmen, ohne Erfolg. So schnell wie möglich klettere ich in das Boot, ohne den dunklen Rand des Parks aus den Augen zu lassen. »Fahr los!«

Matheo gehorcht, doch ich spüre seinen Blick auf mir ruhen. Ich keuche so heftig, dass die kalte Luft schmerzhaft in meinen Hals schneidet. Die Gedanken rasen durch meinen Kopf, meine Finger zittern und die übrige Energie vibriert in meinen Knochen wie ein Schwarm Bienen.

»Bloom«, mahnt Matheo mich eindringlich. »Sagen Sie mir, was passiert ist!«

Ich atme ein paarmal tief durch. »Ich habe mich mit den Typen getroffen, die das Amulett geklaut haben«, platzt es aus mir heraus. In diesem Moment ist es mir egal, ob er mich an meinen Großvater verrät oder nicht. Ich brauche einfach nur jemanden, mit dem ich darüber reden kann. »Ich habe gedacht, sie wollen verhandeln, aber sie haben total verrückte Geschichten über ein fünftes Haus erzählt, und dann haben sie … sie haben …«

»Was?« Er duckt sich ein wenig, um mir in die Augen sehen zu können. »Was haben sie? Und warum hast du deine Kraft benutzt?«

Hastig ziehe ich mir die Ärmel über die schwarzen Finger, auch wenn er sie bereits bemerkt hat. »Sie haben mich angegriffen.«

»Konntest du sie unschädlich machen?«

Verwirrt schüttle ich den Kopf. »Keine Ahnung.«

Einen Moment schweigt er, dann schaltet er ruckartig den

Motor aus und lässt das Steuer los. Ich öffne den Mund, um zu protestieren, doch er nimmt energisch meine Hände und sieht mich eindringlich an. »Hör mir zu. Okay? Hör mir gut zu.« Ich nicke schaudernd. »Deine Kraft befeuert deine körperliche Stärke. Du entziehst Energie und eignest sie dir an, damit stärkst du dich selbst, schwächst aber die Quelle. Das können Gegenstände sein, aber auch andere Personen, die du channelst. Es ist eine Erweiterung des Erkennens von Kraftlinien und Energien, die wenigsten Wintermitglieder können das. Wenn du sie gegen ein Jahreszeitenmitglied einsetzt, saugst du einen Teil seiner magischen Fähigkeiten ab, hast du das verstanden? Du wirst stärker, der andere wird schwächer. Du kannst Leute durch eine bloße Berührung wehrlos machen, wenn du es kontrollieren kannst. Suche mächtige Quellen, wenn du nicht in den Nahkampf gehen kannst oder willst. Okay?«

Ich weiche zurück und entziehe ihm meine Hände. »Warum erzählst du mir das Matheo? Und woher weißt du das alles überhaupt? Als wir trainiert haben, konntest du mir nicht erklären …«

»Das ist jetzt nicht wichtig.« Er sieht über die Schulter, bevor er erneut zum Steuer greift. »Du musst dir das merken. Es ist wichtig, dass du weißt, wie du deine Kraft einsetzen kannst.«

»Warum, Matheo, ich …«

Wieder unterbricht er mich. Sein Blick verändert sich. »Bloom.«

»Was?«

»Es tut mir leid.«

Bevor ich etwas sagen oder tun kann, blitzt etwas in seiner Hand auf. Ich schreie auf und hebe abwehrend die Hand, aber zu spät. Im nächsten Moment spüre ich einen Stich an meinem Oberschenkel, dann wird alles schwarz.

Das Erste, was ich wieder bewusst wahrnehme, sind die Kopfschmerzen. Als würde jemand mit einem Presslufthammer darin herumbohren, unaufhörlich. Er hämmert von innen gegen meine Schädeldecke und lässt mich kaum einen klaren Gedanken fassen.

Ich strecke die Beine aus und spüre eine weiche Matratze unter mir. Wie zur Hölle bin ich ins Bett gekommen? In meinem Mund ist ein widerlicher Geschmack, und mein rechter Arm ist eingeschlafen. Ich fühle mich, als hätte ich stundenlang gepennt, aber erholt bin ich trotzdem nicht.

Vorsichtig öffne ich die Augen. Im ersten Moment sehe ich nichts als erdrückende Schwärze, dann schälen sich langsam schemenhafte Umrisse aus der Dunkelheit. Eine Tür, ein Tisch, ein Fenster. Mehr nicht.

Mein Herz stolpert schmerzhaft in meiner Brust, als mir klar wird, dass das hier nicht mein Zimmer ist. Oder ein anderes Zimmer am Hof, das ich kenne. Ganz allmählich sickern die Erinnerungsfetzen in meinen Kopf. Der Verräter im Park, der Angriff und … Matheo.

Ich setze mich so abrupt auf, dass mir einen Moment schwindelig wird und ich zischend die Augen zusammenkneife. Matheo hat irgendetwas mit mir gemacht. Wir haben über meine Gabe gesprochen, und dann …

Dann hat er mich betäubt. Ich weiß noch, dass ich einen Stich im Oberschenkel gespürt habe, dann wurde ich ohnmächtig, und jetzt bin ich hier.

Hektisch sehe ich mich um und versuche, die aufsteigende Panik niederzukämpfen. Auch auf den zweiten Blick kann ich nicht mehr entdecken als das schmale Bett, auf dem ich sitze, einen leeren Tisch, einen schmucklosen Holzstuhl und eine

Tür. Das Fenster ist klein und, so weit ich das erkennen kann, irgendwie abgeklebt. Trotzdem kämpft sich ein winziger Lichtstrahl durch einen schmalen Riss in der Folie.

Mit angehaltenem Atem stehe ich auf. Meine nackten Füße berühren eiskalten Steinboden. Wo zur Hölle sind meine Schuhe abgeblieben? Hastig checke ich den Rest meiner Klamotten, und zu meiner Erleichterung sind sowohl Hoodie als auch Hose noch an Ort und Stelle. Langsam schleiche ich zu dem Fenster hinüber und spähe durch den Schlitz, hinter dem ein wenig Tageslicht zum Vorschein kommt. Nach allem, was ich erkennen kann, dämmert es bereits. Draußen erkenne ich Hochhäuser und verspiegelte Fronten, mehr aber nicht. Allerdings muss ich mich in einer höheren Etage befinden, da ich nicht auf die Straße hinuntersehen kann.

»Scheiße«, flüstere ich und reibe mir mit den Händen über die Oberarme. Ich habe keine Ahnung, was hier abgeht oder was Matheo mit dem Ganzen zu tun hat. Er ist das, was einem Freund in meinem Zuhause noch am Nächsten kommt. Ich habe ihm vertraut. Meine Augen brennen, und in meiner Kehle braut sich ein Schrei zusammen, doch ich kämpfe die Emotionen nieder. Ich werde keine Schwäche zeigen. Entschlossen klopfe ich über meine Jeans, doch natürlich ist mein Handy nicht mehr da. Auch meinen Rucksack kann ich nirgends entdecken.

Ich drehe mich um und sehe zur Tür. Sie ist mit Sicherheit verschlossen. Aber wäre es nicht irgendwie auch dumm, es nicht wenigstens zu versuchen? In Filmen geraten die Leute immer in Panik und beginnen, sofort zu schreien und nach Hilfe zu rufen. Mir persönlich ist es im Moment ganz recht, wenn derjenige, der mich hier eingesperrt hat, nicht bemerkt, dass ich aufgewacht bin. Angst macht sich in mir breit und frisst sich in meine Eingeweide, doch ich dränge sie zurück. Ich bin mir relativ sicher, dass ich noch genug Zeit haben werde, zusammenzubrechen. Aber nicht jetzt.

Mit zitternden Händen drücke ich die abgenutzte Klinke runter, doch natürlich tut sich nichts. Die Tür ist verschlossen.

Ich drehe mich um, lehne mich mit dem Rücken gegen das Holz und verberge einen Moment das Gesicht in den Händen. Ich muss hier raus. Wer auch immer mich hier eingesperrt hat, will garantiert nicht nur nett mit mir plaudern. Ob es Matheo war? Oder hat er mich nur betäubt und dann den Vanitas-Verschwörern übergeben? Aber warum sollte er das tun? Verwirrt schüttle ich den Kopf. Ich muss mich konzentrieren. Wenn es wirklich Matheo war, wird er mir nicht wehtun, da bin ich mir sicher. Der Milan-Doppelgänger hingegen war zwar bisher halbwegs nett zu mir, aber das heißt noch lange nicht, dass das auch so bleiben wird. Und was den Rest von ihnen anbelangt … Der Nickelbrillen-Typ schien mir nicht gerade sympathisch.

Meine Gedanken wandern zu Mom, und eine einzelne Träne läuft mir über die Wange. Ich wische sie hastig weg, doch der Druck auf meiner Brust bleibt. Ob sie überhaupt schon bemerkt hat, dass ich verschwunden bin? Oder schläft sie noch? Ich kann nicht genau sagen, wie spät es ist. Vielleicht sitzen sie auch gerade alle zusammen beim Frühstück und zerreißen sich das Maul darüber, dass ich wieder mal mein eigenes Ding mache. Spätestens heute Mittag müssten sie mein Verschwinden jedoch bemerken, wenn ich nicht aus der Schule zurückkomme. Wobei – Matheo wird nichts sagen, und ich habe auch keine Ahnung, ob die Schule bei meiner Mom anrufen wird, wenn ich nicht auftauche.

Ein kleines Schluchzen steigt in meiner Kehle auf, und ich

drücke mir hastig die Hand auf den Mund. Was, wenn sie es erst morgen bemerken oder noch später? Ich habe so oft mein eigenes Ding gemacht, dass sie mich vielleicht so schnell gar nicht vermissen werden.

Fürs Erste bin ich also auf mich allein gestellt.

Ich atme ein paarmal tief ein und aus und versuche, mich zu beruhigen. Dann richte ich mich auf, straffe die Schultern und drehe mich wieder zur Tür um. Ich befinde mich mindestens in der siebten oder achten Etage, deswegen kommt das Fenster als möglicher Fluchtweg nicht infrage. Bleibt also nur die Flucht nach vorn.

Entschlossen schließe ich die Augen und konzentriere mich auf meine Füße. In diesem Raum sieht nichts danach aus, als wäre es wirklich alt oder mächtig. Das billige Bett und der Schreibtisch bieten keine gute Quelle, und es gibt auch keine Pflanzen, denen ich das Leben hätte entziehen können. Ich muss mich also darauf verlassen, dass die Energie des Gebäudes ausreicht.

Meine Füße beginnen zu kribbeln, und ein leises Lächeln breitet sich auf meinen Lippen aus. Ich versuche, mich an Matheos Worte zu erinnern, strecke die Hand aus und lege sie flach auf das Pressholz. Ich habe bereits stabilere Dinge zerstört – eine einfache Tür sollte da kein Problem sein. In Gedanken stelle ich mir vor, wie die Energie auf meinen Körper übergeht und die Tür in ihre Einzelteile zerfällt. *Channeln* – so hat Matheo es genannt. Das Summen in meinem Kopf wird lauter, das Pochen hinter meiner Stirn nimmt immer mehr zu.

In dem Moment, in dem ich denke, dass ich es geschafft habe, fährt jedoch ein stechender Schmerz durch meine Hand, hinauf in den Arm bis zur Schulter.

Mit einem Aufschrei weiche ich zurück. Ich reiße die Augen auf und blicke auf meine Hand, die zur Abwechslung einmal nicht schwarz ist. Mit schmerzverzerrtem Gesicht krümme ich die Finger. Es fühlt sich an, als wäre ein Auto darübergefahren, jede Bewegung tut weh. Völlig verwirrt starre ich auf die Tür, die vollkommen unbeschädigt ist.

Was zur Hölle ist das gewesen? Das ist eine einfache Tür, tausendmal schwächer als der jahrhundertealte Stützbalken in meinem Zimmer. Ich müsste sie mit Leichtigkeit zu Staub zermalmen können.

Gerade als ich überlege, es noch einmal zu versuchen, dringt ein Geräusch von draußen durch die Tür. Ich mache ein paar Schritte zurück und lausche, während mein Herz wie verrückt schlägt. Ich spüre es in meinem Hals, in meinen Fingerspitzen, in meinem ganzen verdammten Körper. Ich höre Schritte und dann … Stimmen! Leise Stimmen, nicht weit entfernt. Meine Knie zittern. Trotzdem straffe ich die Schultern und halte den Blick auf die Tür gerichtet. Ich habe Angst, panische Angst sogar. Aber das werde ich ihnen sicher nicht zeigen.

Wie in Zeitlupe senkt sich die Klinke. Mein Blick huscht kurz durchs Zimmer auf der Suche nach etwas, was ich als Waffe benutzen könnte, doch ich werde nicht fündig. Ein wenig wehmütig denke ich an das Pfefferspray in meinem Rucksack.

Als die Tür sich öffnet, erstarre ich. Ein Streifen gelbes Licht dringt ins Zimmer, kurz bevor ein dunkler Schatten erscheint und beinahe sämtliches Licht wieder verschluckt.

»Sie ist wach«, sagt er zu jemandem, den ich nicht sehen kann. Kaum eine Sekunde später erscheint ein zweiter Typ im Türrahmen. Da das Licht von hinten kommt, liegen ihre Gesichter im Dunkeln, und ich kann sie nicht genau erkennen. Es sieht allerdings so aus, als würden die beiden mich mustern, bevor sie eintreten.

»Wintermädchen«, sagt eine dunkle Stimme, die mir verdammt bekannt vorkommt.

Wut explodiert in meinem Bauch, und ich balle die Hände zu Fäusten. »Was willst du von mir?«

Bevor einer von beiden antworten kann, ertönt ein leises Klicken, und im nächsten Moment ist das Zimmer hell erleuchtet. Ich kneife die Augen zusammen und schirme sie mit der Hand ab. In Gedanken schlage ich mir selbst mit der flachen Hand auf die Stirn, weil ich nicht auf die Idee gekommen bin, mich nach einem Lichtschalter umzusehen. Ich setze es auf die Liste der Dinge, an die ich bei meiner nächsten Entführung denken muss. Zu der es hoffentlich nie kommen wird.

Nachdem sich meine Augen an die plötzliche Helligkeit gewöhnt haben, mustere ich die beiden Typen vor mir. Bei dem einen handelt es sich um den Kerl, der mir das Amulett geklaut hat. Mein Blick fällt als Erstes auf sein Gesicht, das ich im Park wegen des schwachen Lichts nicht deutlich gesehen habe, doch dann runzle ich die Stirn. Ich erkenne die Augen und die Mundpartie; alles, was nicht von der Maske verborgen wurde. Doch die Haare stimmen nicht. Beim Frühlingsball hatten sie eine blonde Farbe, im Park hatte ich sie in der Dunkelheit nicht genau erkannt, doch jetzt sind sie wieder grau. Eine Mischung aus Grau und Silber, genau wie im Hofgarten.

»Heute der natürliche Look?«, frage ich herausfordernd. »Das vierte Mal, dass wir uns begegnen, und jedes Mal siehst du anders aus.«

Sein Gesicht verzieht sich zu einem halben Lächeln. »Ich habe mich schon gefragt, ob du mich erkannt hast.«

»Was wollt ihr von mir?«, frage ich mit überraschend fester Stimme und sehe zuerst ihn und dann seinen Kumpel an. Er ist kleiner als der falsche Milan, aber nicht weniger muskulös. Seine Haare sind hellblond, und er trägt irritierenderweise lediglich eine Jogginghose.

»Zuerst einmal«, sagt der Verräter, zieht sich den Stuhl heran und setzt sich verkehrt herum drauf, »sollten wir uns einander richtig vorstellen, denkst du nicht?«

Ich stoße ein abfälliges Schnauben aus. »Von meiner Seite aus ist das ja eher überflüssig.«

Er grinst und streckt mir die Hand entgegen. »Ich heiße Kevo Peric.« Als ich demonstrativ die Arme vor der Brust verschränke, hebt er die Augenbrauen und stützt sich auf der Stuhllehne ab. »Bedeutet so viel wie ›von Geburt an hübsch und anmutig‹, was der Wahrheit entspricht, wie man sieht. Ich bin neunzehn Jahre alt, geboren und aufgewachsen in Irland. Meine Lieblingsfarbe ist grün – Tannengrün, nicht Hellgrün –, und mein Lieblingsfilm ist *Avengers: Endgame*.«

Ich blinzle ein paarmal und warte darauf, dass er lacht. Doch anscheinend meint er es ernst.

Der Blonde zwinkert mir zu und setzt sich auf den Tisch, bevor er mich ansieht. »Ich bin William, aber meine Freunde nennen mich Will. Und du musst Bloom Kalinin sein.«

»Ich würde ja sagen, dass es mich freut, euch kennenzulernen, aber das wäre gelogen.«

»Wie charmant.«

»Ihr habt damit angefangen, oder nicht?«, erinnere ich sie wütend. »Warum habt ihr mich hergebracht? Das ist Entführung und Freiheitsberaubung.«

»Wir haben dich gerettet«, bemerkt William und zuckt mit

der Schulter, als ich schnaube. »Dein Bodyguard hat dich ausgeknockt, was hätten wir tun sollen? Dich dort liegen lassen?«

Der Gedanke an Matheos Verrat schmerzt beinahe so sehr wie mein Kopf. »Was habt ihr ihm dafür gegeben, dass er euch hilft?«

William beugt sich vor. »Rein gar nichts. Er hat uns freiwillig geholfen.«

Ich weiche reflexartig zurück und beiße die Zähne zusammen. »Du lügst.«

»Warum sollten wir?«, mischt Kevo sich wieder ein. Er sieht mich eindringlich an, wirkt aber ausnahmsweise einmal ernst. »Du hast ziemlich deutlich gemacht, dass du uns nicht glaubst. Was ist denn deiner Meinung nach unser Plan?«

Kopfschüttelnd erwidere ich seinen Blick. »Ich habe keine Ahnung. Vielleicht seid ihr einfach durchgeknallt.«

»Wir sind viele, Bloom.« Er steht auf und beginnt im Zimmer auf und ab zu gehen. »Wir sind keine Handvoll Verrückter, die irgendeinem Hirngespinst hinterherjagen. Wenn du in den richtigen Büchern nachliest, findest du unsere Geschichte. Das fünfte Haus diente der Besinnung der Jahreszeitenhäuser. Der Sommer hat den Aufstand angezettelt, und die übrigen Häuser haben entweder geholfen oder weggesehen. Die Familie wurde vernichtet und das Haus dem Erdboden gleichgemacht. Wir sind nicht verrückt, wir versuchen nur, den Kreislauf wiederherzustellen. Wir sind die Guten.«

»Die Guten entführen für gewöhnlich keine Unschuldigen. Oder schlagen sie k. o. Oder bestehlen sie. Oder bringen sie um!«

Beim letzten Satz werfen die beiden einander einen vielsagenden Blick zu, und mir gefriert das Blut in den Adern. Sie wissen, wovon ich spreche. Ich habe die ganze Zeit vermutet, dass Sander ermordet wurde, aber wenn ich ehrlich bin, habe ich nicht ernsthaft erwartet, dass dieser Kevo etwas damit zu tun hat.

Ich habe ihn geküsst, verdammt noch mal.

Mir wird plötzlich schlecht, und einen Moment lang muss ich mich gewaltig auf meine Atmung konzentrieren, um mich nicht zu übergeben.

»Was ist los?«, höre ich Kevo sagen. Er kommt näher, aber ich weiche noch weiter zurück, bis ich fast gegen das Bett stolpere.

»Ihr seid echt das Letzte«, bringe ich mühsam heraus. »Ihr haltet euch für die Guten, aber nichts von dem, was ihr tut, ist gut!«

»Das stimmt nicht«, ruft William aufgebracht. »Du bist eine Hüterin. Du weißt, was geschieht, wenn der Kreislauf aus dem Gleichgewicht gerät.«

Mühsam hebe ich den Kopf und sehe ihn spöttisch an. »Ihr habt eure Hausaufgaben nicht besonders gut gemacht. Ich bin vielleicht eine Hüterin, aber ich weiß gar nichts. Ich bin nur hier, weil ihr Arschlöcher den echten Hüter getötet habt. Einen unpassenderen Ersatz als mich hättet ihr euch nicht aussuchen können.«

»Das war ein Fehler«, gibt Kevo zu. »Wir haben damit gerechnet, dass Zara die Nächste ist.«

»Zara?«, frage ich. »Was hat sie denn damit zu tun?«

Kevo öffnet den Mund, doch William kommt ihm zuvor. »Wir schweifen vom Thema ab.«

Ich funkle die beiden an. »Und was wäre das Thema?«

»Wir brauchen deine Hilfe«, gesteht Kevo. Seine Stimme ist ruhiger, fast versöhnlich. Als wäre ihm klar, dass er mit dieser sarkastischen, herrischen Nummer bei mir nicht weiterkommt. »Wir müssen Vanitas entstehen lassen, bevor alles den Bach runtergeht.«

»Selbst wenn ich euch diese ganze Geschichte glaube«, sage ich mit geballten Fäusten, »heißt das noch lange nicht, dass ich euch helfen würde. Ihr behauptet, dass Vanitas bereits seit Jahrtausenden nicht mehr existiert. Es muss so sein, wenn selbst in den Büchern nur noch von Legenden die Rede ist. Aber offensichtlich kommt die Welt auch ganz gut ohne diese fünfte Jahreszeit klar. Wisst ihr, was ich denke?« Ich sehe beide nacheinander an und versuche, so viel Hass wie möglich in meinen Blick zu legen. »Für mich klingt das alles nach einem gekränkten Ego. Vielleicht hat es tatsächlich ein fünftes Haus gegeben. Vielleicht gab es einen guten Grund, warum die anderen vier sich gegen Vanitas erhoben haben. Vielleicht auch nicht. Völlig egal. Bei eurem kleinen Racheplan werde ich jedenfalls mit Sicherheit nicht mitmachen, tut mir leid.«

»Wenn du wirklich denkst, dass es hierbei um einfache Rache geht, dann bist du dümmer als …«

Dieses Mal ist es Kevo, der seinen Kumpel unterbricht. Er macht ein paar große Schritte auf mich zu. Hastig weiche ich noch weiter zurück, ziehe die Beine aufs Bett und rutsche nach hinten, bis mein Rücken gegen die Wand stößt.

»Weißt du noch, was du mir gesagt hast, als wir in der Küche Pudding gegessen haben?«, fragt er ruhig und hockt sich vor mich.

Ich beiße die Zähne zusammen. »Ich erinnere mich daran, wie du mich verarscht, benutzt und beklaut hast. Ja, daran erinnere ich mich.«

»Du hast gesagt, alles würde ins Chaos stürzen. Die Naturkatastrophen, die Erderwärmung … Mag sein, dass die Katastrophe nicht mit einem lauten Knall passiert, aber sie findet statt. Stück für Stück. Das Fehlen von Vanitas hat Folgen, Bloom, und es wird schlimmer. Wir können es aufhalten. Aber dafür brauchen wir deine Hilfe.«

Ich erwidere seinen Blick, ohne mit der Wimper zu zucken. »Fahr zur Hölle!«

THE REBELS

»Hast du auch nur den Hauch einer Ahnung, was du damit anrichtest, wenn du dich weigerst, uns zu helfen?«, fragt William wütend. Offensichtlich habe ich einen Nerv getroffen.

Allerdings bringt es mir nichts, ihn zu reizen. Dennoch muss ich hier irgendwie die Oberhand gewinnen. Was auch immer es ist, das verhindert, dass ich meine Kräfte einsetzen kann, ich brauche einen Plan B. Körperlich kann ich gegen sie nicht ankommen, deswegen muss ich sie dazu bringen, mich gehen zu lassen. Ich bin mir ziemlich sicher, dass ich mit Mitleid nicht weit komme, weshalb ich es mit Vernunft versuche. Sie müssen einsehen, dass ich ihnen nichts bringe, dass sie ihre Zeit mit mir verschwenden.

»Nein«, sage ich kalt. »Nein, ich habe keine Ahnung, was ich damit anrichte. Das versuche ich euch ja die ganze Zeit zu erklären – ich habe keine Ahnung von irgendwas. Warum fragt ihr nicht einfach Zara, *die* scheint euch ja helfen zu wollen.«

»Zara ist nicht die Hüterin.«

»Das spielt keine Rolle.« Ich hebe das Kinn, um meinen Worten Nachdruck zu verleihen. Ich bin mir nicht sicher, ob das, was ich sage, wirklich stimmt. »Auf dem Frühlingsball hätte mein Großvater das Ritual durchgezogen, falls ich es nicht geschafft hätte. Es muss nicht zwangsläufig der Hüter sein.«

William lacht. »Nur Hüter können das Ritual vollziehen. Mag sein, dass ein Meister im Notfall dazu in der Lage wäre, aber ich bezweifle, dass Grandpa Kalinin uns behilflich sein wird.«

Allmählich werden meine Kopfschmerzen heftiger. Der ganze Mist mit verschwundenen Häusern, Kriegen und verpassten Übergangsritualen zerrt an meinen Nerven. Am liebsten würde ich noch ein paar Stunden schlafen, aber ich wage zu bezweifeln, dass ich hier auch nur ein Auge zubekomme. Ich will nach Hause.

Erschöpft sacke ich in mich zusammen und schaue Kevo an, der jede meiner Bewegungen beobachtet. In seinen Augen entdecke ich immer noch den charmanten, netten Typen vom Frühlingsball. Nur hat mein Gehirn Schwierigkeiten damit, ihn mit dem Kerl in Zusammenhang zu bringen, der mich verschleppt hat und gefangen hält.

»Ich werde kein Ritual mit euch durchführen«, sage ich und unterdrücke ein Zittern in der Stimme. »Ich kenne euch nicht, ihr seid Mörder und Diebe. Ich werde euch nicht helfen.«

»Hierbei geht es nicht um dich oder uns, Bloom«, antwortet Kevo eindringlich. »Hier geht es auch nicht darum, was du von uns hältst oder ob du uns leiden kannst. Das hier ist größer als wir.«

Ungerührt erwidere ich seinen Blick. »Hast du dir diesen Spruch aus einem dramatischen Meme abgeschrieben?«

»Das bringt doch nichts«, donnert William und springt so schnell auf, dass ich vor Schreck zusammenzucke. Wütend holt er aus und wirft den Holzstuhl um. Als er auf den Steinboden knallt, zersplittert er in einen Haufen Kleinteile.

Fassungslos starre ich auf die Bruchstücke, dann zu William. Er sieht stark aus, aber so stark? »Du bist …?«, beginne ich, breche ab und schüttle den Kopf. »Nein, das ist unmöglich, du kannst nicht zum Sommerhof gehören.«

Er hebt die Augenbrauen. »Und warum nicht, Süße?«

»Warum solltest du hier mitmachen?«

»Wie Kevo schon gesagt hat, das hier ist größer als du und ich.«

Damit dreht er sich um, reißt die Tür auf und knallt sie hinter sich zu. Wieder zucke ich zusammen und schlinge die Arme um die angezogenen Knie. Ein Sommerjunge, Matheo, Zara, Vanitas … das alles ergibt keinen Sinn. Es ist immer unwahrscheinlicher, dass sie alle nur ein Haufen Verrückte sind, dafür ist ihnen die Sache offensichtlich zu ernst.

»Bloom.« Ich schrecke aus meinen Überlegungen und sehe Kevo an. Er hockt immer noch vor mir. »Es tut mir leid«, sagt er leise. »Dass ich dir auf dem Ball nicht die Wahrheit gesagt und dich angelogen habe. Ich kannte dich nicht, und wenn ich gewusst hätte, dass du … Wie auch immer. Ich wollte kein Arsch sein.«

Ich bin ein wenig überrascht von dieser Entschuldigung. Tatsächlich hatte ich in der Küche während des Balls nicht das Gefühl gehabt, dass er mit mir spielt. Andererseits hat er es selbst gesagt: Wir kennen uns nicht. Er hat mich schon einmal angelogen, es ist also mehr als wahrscheinlich, dass er es in diesem Moment auch tut, um seinen Willen zu bekommen. Dass ich jetzt seinen echten Namen und seine Gründe kenne, ändert nichts daran, dass er ein Verräter ist. Ich mag meine Probleme mit meiner Familie haben, aber wenn ich mich zwischen ihnen und diesen Leuten entscheiden muss, dann wähle ich meine Familie.

»Lasst mich gehen«, sage ich, ohne auf seine Entschuldigung einzugehen. »Ich bin euch nicht von Nutzen. Lasst mich einfach nach Hause gehen.«

Sein Blick wird bedauernd. Falls er das hier spielt, ist er wirklich gut. »Das kann ich nicht. Will hat überreagiert, aber er hat recht: Diese Sache ist wichtig.«

»Ich bin nicht eure Spielfigur.«

»Das müsstest du auch nicht sein«, erwidert er heftig. »Du könntest an unserer Seite stehen und mit uns zusammenarbeiten. Wir müssen Vanitas entstehen lassen, Bloom. Und selbst wenn du nicht daran glaubst: Wir müssen den Winter beenden, das weißt du.«

»Ja. Aber es muss Frühling werden.«

»Nein. Hilf uns, und wir können es dir beweisen.«

Ich sehe ihn an, versuche, ihn irgendwie zu durchschauen, aber ich bin zu verwirrt. »Ich vertraue euch nicht.«

Kevo atmet hörbar aus. Die Verzweiflung steht ihm deutlich ins Gesicht geschrieben, und einen Moment habe ich beinahe so etwas wie Mitleid mit ihm. Aber wirklich nur einen kurzen Moment.

»Denk darüber nach.« Er richtet sich auf und geht zur Tür. Die Klinke bereits in der Hand dreht er sich noch einmal zu mir um. »Deine Kräfte sind übrigens blockiert. Versuch es also gar nicht erst, es wird dich nur schwächen. Jemand wird dir etwas zu Essen bringen, und wenn du ins Bad musst, klopf einfach.«

Ich werfe ihm einen vernichtenden Blick zu. »Erwartest du, dass ich mich bedanke?«

»Nein.« Langsam schüttelt er den Kopf. »Ich erwarte, dass du das Richtige tust.«

Und damit ist er weg. Er schaltet das Licht aus, die Tür fällt hinter ihm ins Schloss und ich sacke in mich zusammen. Es ist, als hätte jemand sämtliche Luft aus einem Ballon gelassen, als wäre ich dieses Mal diejenige, der man die Energie entzogen hat. Halbherzig versuche ich, meine Kräfte hervorzurufen, doch es gelingt mir nicht. Ich glaube Kevo, dass sie blockiert sind, das erklärt, warum ich daran gescheitert bin, die Tür zu zerstören. Was ich jedoch nicht verstehe, ist, wie sie das gemacht haben. Ich kenne kein Haus, das in der Lage ist, Kräfte über längere Zeit und ohne Körperkontakt zu blockieren. Wobei ich mich auch nicht wirklich als Expertin bezeichnen würde.

Langsam rutsche ich an der Wand herunter, bis meine Wange das kratzige Kissen berührt. Verzweiflung wächst in mir und wird so groß, dass ich das Gefühl habe, daran zu ersticken. Ich frage mich, wie lange diese Leute das wohl durchziehen werden, wenn ich mich weigere. Oder werden sie mich töten wie Sander? Haben sie ihn ebenfalls um Hilfe gebeten, und als er sich geweigert hat, haben sie ihn umgebracht? In der Hoffnung, dass sie Zara überzeugen können?

Ich schnappe ein paarmal nach Luft und ziehe die Knie an die Brust. Nein, sie werden mich nicht töten. Das wird Kevo nicht zulassen. Er ist vielleicht ein Lügner und ein Wahnsinniger, aber kein Mörder.

So oder so, ich werde hier nicht mitmachen. Ich werde ihnen sicher nicht helfen. Nicht, solange ich nicht alle Fakten kenne und mir absolut sicher bin, das Richtige zu tun. Es ist vollkommen klar, dass sie mir nicht die ganze Wahrheit sagen. Wie kann ich mir also sicher sein, dass ich niemandem schade, wenn ich ihnen helfe? Meiner eigenen Familie vielleicht? Dieses Risiko kann ich nicht eingehen, immerhin geht es hier auch um meine Mom.

Eine gefühlte Ewigkeit liege ich so da und hänge meinen Gedanken nach. Ich bin nicht richtig wach, schlafen kann ich aber auch nicht. All mein Denken dreht sich um Vanitas. Ich muss zugeben, dass ein Teil von dem, was dieser William und Kevo mir erzählt haben, durchaus möglich ist. Es existieren Legenden über Vanitas, und die meisten Legenden haben einen wahren Kern. Außerdem fällt es mir schwer, mir vorzustellen, dass diese Menschen all das auf sich nehmen, wenn sie nicht wirklich davon überzeugt sind.

Aber angenommen, ich ziehe für einen Moment tatsächlich in Betracht, dass sie die Wahrheit sagen. Was würde das bedeuten? Für mich? Für die Jahreszeitenhäuser? Vor Jahrtausenden sollen die Götter den ersten Hütern ihre Aufgabe und die Kräfte übereignet haben, bevor sie sich von der Erde zurückzogen und den Familien die Kontrolle über die Natur überließen. Das war eine Art zweite Chance, denn als sie das erste Mal die Erde verließen, war die Natur sich selbst überlassen, und alles endete im Chaos. Sander hat mir mal erzählt, dass aus diesem Grund die Dinosaurier ausstarben, aber das halte ich eher für ein Gerücht. Beim zweiten Mal wollten die Götter es daher besser machen und ermahnten die Menschen, sich streng an den Ablauf der Jahreszeiten zu halten, das Gleichgewicht zwischen Kälte und Hitze, Sterben und Leben aufrechtzuerhalten. So weit kann ich das Ganze nachvollziehen. Alles auf der Erde braucht ein Gegengewicht – Menschen werden geboren, Menschen sterben.

Nach dem Herbst und Winter, der Kälte und dem Tod der Pflanzen folgen der Frühling und der Sommer mit der Wärme und dem Leben. Was also, wenn es wirklich eine fünfte Jahreszeit gibt, die seit Jahrtausenden einfach übersprungen wird? Dann müsste das Konsequenzen haben, daran besteht kein Zweifel. Was, wenn die Erderwärmung und die zunehmenden Probleme mit dem Klima tatsächlich darauf zurückzuführen sind?

Wenn ich es von dieser Seite aus betrachte, kann ich verstehen, warum die Leute hier so engagiert sind. Denn aus diesem Blickwinkel sind sie die Guten in der ganzen Geschichte. Was für mich aber einfach nicht ins Bild passt, ist die Tatsache, dass die vier anderen Häuser sich offensichtlich dagegen wehren. Das ergibt einfach keinen Sinn. Existiert tatsächlich eine Lücke im Kreislauf, deren Konsequenzen mehr und mehr an die Oberfläche treten, wäre es da nicht die Aufgabe der Meister, genau dieses Problem zu lösen und Vanitas zurückzuholen?

Mein Kopf dröhnt, und ich vergrabe das Gesicht im Kissen. Am liebsten hätte ich geschrien. Das ist mir alles zu hoch. Ich habe nicht gelogen, als ich William und Kevo gesagt habe, ich wäre die Falsche für diese Aufgabe. Es ist beinahe lustig – mein ganzes Leben lang wurde ich aus der Sache herausgehalten, habe mich nicht dafür interessiert. Und jetzt soll ich der Schlüssel des Ganzen sein? Wohl kaum.

Ein leises Klopfen reißt mich aus meinen Gedanken. Ruckartig setze ich mich auf und kämpfe gegen den leichten Schwindel an, der mich bei der schnellen Bewegung überfällt. Ich rücke so weit wie möglich nach hinten und kauere mich in die Ecke, während ich die Tür anstarre.

Genau wie vorhin bei Kevo und William sehe ich zuerst nur

einen Umriss, dann geht das Licht an und ich erkenne das Mädchen, das in der Tür steht.

»Katarina«, sage ich erstaunt, bevor mir ein freudloses Lachen herausrutscht. »Das wird ja immer besser.«

Sie lächelt und stemmt die Hände in die Seiten. »Komm, es gibt Essen.« Mit einer Hand deutet sie über die Schulter in den Flur. »Das hier ist kein Kerker. Du solltest dir mal die Beine vertreten und dich waschen.«

»Na, vielen Dank«, murmle ich, rutsche aber an den Rand des Bettes, um aufzustehen. Ich muss tatsächlich mal pinkeln. »Warum warst du in der Schule? Meine Handynummer hattet ihr ja offensichtlich schon.«

»Zara war angepisst wegen ihrer Rolle in der ganzen Sache«, erklärt sie, während sie ungeduldig nickt. »Wir wussten nicht, ob ihre Informationen noch zuverlässig sind. Nach dem Ball hat der Frühlingshof sich abgeschottet, und wir kamen nicht mehr an dich ran. Also mussten wir uns etwas anderes einfallen lassen, wie wir sicherstellen konnten, dass du wieder zurück bist.«

Ich schnaube leise. »Das heißt, Zara gehört auch zu euch?«

»Das braucht dich im Moment nicht zu interessieren.«

Ungläubig schüttle ich den Kopf. Ich kann nicht glauben, dass Zara sich tatsächlich gegen ihre eigene Familie stellen würde. »Wo bin ich?«, frage ich.

Katarina deutet aus dem Fenster. »Immer noch in Oslo.« Sie mustert mich nachdenklich. »Das hier muss keine große Sache werden, weißt du? Hilf uns, und du kannst gehen.«

Nicht schon wieder. Ich habe einfach keine Kraft mehr für weitere Diskussionen. »Zeigst du mir jetzt das Bad oder nicht?«

Ein paar Sekunden lang sieht sie mich noch an, dann dreht

sie sich um und geht zurück in den Flur, offensichtlich in der Erwartung, dass ich ihr folge. Ich nehme mir einen Moment, um meine Arme und Beine zu strecken und mir kurz den Zopf neu zu binden. Ehrlich gesagt will ich mir lieber gar nicht vorstellen, wie ich gerade aussehe.

Meine ersten Schritte sind ein wenig unsicher, als müssten meine Muskeln sich erst daran gewöhnen, wieder zu arbeiten. Vorsichtig lege ich die Hand an den Türrahmen – ich befürchte ein wenig, erneut einen Schlag abzubekommen. Doch nichts passiert.

Ich trete in einen Flur, der deutlich moderner und stylischer ist als das kleine Zimmer. Der Boden besteht aus poliertem Marmor, an den Wänden hängen hochwertige Kunstdrucke und die Türen zu beiden Seiten sind schwarz und auf Hochglanz poliert. Irritiert drehe ich mich um. Ich komme mir vor, als hätte ich gerade eine Matrix durchbrochen oder so etwas.

Katarina schnippt ungeduldig mit den Fingern und zeigt dann auf eine Tür zu ihrer Rechten. »Das ist das Badezimmer. Beeil dich.«

Beinahe hätte ich salutiert, so herrisch ist der Ton in ihrer Stimme. Rasch verschwinde ich in dem Raum, benutze die Toilette und spritze mir eine Ladung Wasser ins Gesicht. Auch das Bad ist hochmodern und irgendwie leblos. Alles ist poliert, nicht ein Fingerabdruck ist zu sehen. Keine Zahnbürsten stehen auf der Ablage, keinerlei Pflegeprodukte oder dergleichen. Sollte hier tatsächlich jemand leben, hat er einen krassen Sauberkeitsfimmel. Schnell putze ich mir mit den Fingern die Zähne und gurgle ein paarmal, um den komischen Geschmack im Mund loszuwerden. Ich würde gern duschen, traue mich das aber irgendwie nicht.

Als ich zurück in den Flur trete, lehnt Katarina an der gegenüberliegenden Wand. »Fertig?« Ich nicke. »Dann komm.«

Neugierig folge ich ihr durch ein Wohnzimmer, das in demselben Stil eingerichtet ist wie die anderen Zimmer, die ich bereits gesehen habe. Eine breite Fensterfront zieht sich über die komplette hintere Wand und gibt einen gigantischen Blick auf Oslo frei. Inzwischen ist helllichter Tag, und ich frage mich, wie lange ich bereits hier bin. Ob meine Mom schon bemerkt hat, dass ich weg bin?

An einer gigantischen Schiebetür bleibt Katarina schließlich stehen. Sie zögert, dann dreht sie sich zu mir um und sieht zu mir herunter. »Hör zu. Ich weiß, dass mein Bruder eine Schwäche für dich hat. Ich weiß, dass er nett zu dir sein will, weil wir dich hier festhalten und so weiter. Aber das gilt nicht für alle, verstehst du? Sei also ruhig, und halte dich bedeckt.«

»Wer ist dein Bruder?«

»Kevo.« Als sie meinen irritierten Blick bemerkt, grinst sie. »Meine Haare sind gefärbt. Grau ist nicht so mein Ding. Komm schon.« Sie öffnet die Tür, und dahinter kommt eine Küche zum Vorschein. Eine Küche voller Menschen.

Reflexartig weiche ich einen Schritt zurück. Kevo, Katarina und William waren eine erträgliche Dosis, eine ganze Ansammlung dieser Leute ist ein bisschen zu viel für mich. Erst recht, da sich alle in meine Richtung drehen und mich anstarren wie ein Tier in einem Käfig. Ich spüre, wie mir das Blut ins Gesicht schießt und meine Hände schwitzig werden.

»Hört auf zu gaffen«, sagt Katarina und schlendert zu einer gigantischen Kücheninsel hinüber, auf der irritierend viele Pizzakartons aufgereiht sind. »Ihr tut ja so, als hättet ihr noch nie ein Mädchen gesehen, ihr Loser.«

Für den Spruch erntet sie ein paar Lacher, und einige der Typen wenden sich tatsächlich ab. Plötzlich erscheint Kevo hinter Katarina und mustert mich stirnrunzelnd, bevor er sie von mir wegdreht und leise auf sie einredet.

Unsicher trete ich von einem Bein auf das andere. Am liebsten würde ich einfach wieder in mein Zimmer gehen, aber allein der Geruch der Pizza lässt meinen Magen hörbar knurren.

»Jetzt komm schon rein«, ertönt eine herrische Stimme, kurz darauf taucht William in der Tür auf und deutet auf das Essen. »Nimm dir was. Bringt uns nichts, wenn du dich zu Tode hungerst.«

Ich schnaube. Aus William werde ich nicht so richtig schlau. Ich habe den Eindruck, er spielt mit sich selbst böser Cop, guter Cop.

Dennoch betrete ich die Küche, dabei sehe ich mich hastig um und zähle die Leute. Vier Männer und zwei Frauen, inklusive Katarina, Kevo und William. Keine wirklich gute Frauenquote. So oder so sind es zu viele, um irgendeine Art von Aufstand anzuzetteln. Vielleicht hätte ich eine Chance, wenn ich meine Kräfte benutzen könnte. Als ich Sander gefunden habe, habe ich es geschafft, sämtlichen Menschen im Raum das Bewusstsein zu nehmen. Wenn es mir gelingt, diese Kraft erneut hervorzurufen, könnte ich vielleicht entkommen. Aber so habe ich keine Chance.

Zögernd nehme ich mir ein Stück Pizza, ziehe mich aber sofort zurück in eine Ecke. Die Leute um mich herum wirken freundlich, sie lachen und reden miteinander. Wenn man davon absieht, dass sie mich entführt haben, könnte man denken, sie wären einfach eine Gruppe Freunde.

»Mach dir keine Sorgen.«

Ich schrecke zusammen und sehe Kevo an, der an meine Seite getreten ist. »Das ist ein ziemlich lahmer Spruch, wenn man bedenkt, dass ihr mich gekidnappt habt.«

»Eigentlich sind sie alle ganz nett.« Er streckt den Arm aus und deutet auf das dunkelhäutige Mädchen, das ich noch nicht kenne. »Das ist Isabella, aber nenn sie ruhig Bella. Sie ist cool, wenn du also was brauchst und ich nicht in der Nähe bin, frag sie.«

»Klingt, als wäre deine Schwester nicht deine erste Wahl«, bemerke ich spöttisch.

Er zuckt mit den Schultern. »Kat ist manchmal ein wenig direkt.«

Ich schnaube. »Ist das deine neue Masche? Den Beschützer spielen und dir damit mein Vertrauen erschleichen? Das ist so durchschaubar, Kevo.«

»Ich spiele nicht den Beschützer. Ich will das hier nicht dramatischer machen, als es sein muss, Bloom. Glaub mir, wenn es eine andere Möglichkeit gegeben hätte, dann hätte ich mich darauf niemals eingelassen. Du hast es mir zu verdanken, dass sie dir nicht einfach einen Knüppel über den Kopf gezogen haben.«

»Oh, dann sollte ich dir also auch noch dankbar sein.«

»Ja. Vielleicht solltest du das.«

Ich beiße von der Pizza ab, und allmählich beginne ich doch, mich etwas zu entspannen. Ich traue keinem dieser Menschen, aber ich denke, es geht im Moment keine direkte Gefahr von ihnen aus.

Zumindest fürs Erste.

LAST OF US

Ein hochgewachsener Mann kommt zu uns herüber und betrachtet erst Kevo und dann mich mit grüblerischem Blick. Auch er hat graue Haare, doch im Gegensatz zu Kevo könnte das bei ihm durchaus altersbedingt sein. Während die meisten hier in meinem Alter oder vielleicht ein, zwei Jahre älter zu sein scheinen, schätze ich diesen Mann auf Mitte, Ende dreißig. Er ist nicht so groß wie Kevo, aber genauso muskulös.

»Du bist also das Kalinin-Mädchen«, sagt er mit starkem italienischem Akzent und mustert mich von oben bis unten. »Ziemlich unscheinbar für das Drama, das du veranstaltest.«

Ein wenig vor den Kopf gestoßen sehe ich zu ihm auf. »Ihr macht auch keinen besonders einschüchternden Eindruck, falls es dich interessiert. Ein bisschen mehr Leder würde eurem Image sicher gut tun.«

Kevo hustet an meiner Seite. Ich bin mir ziemlich sicher, dass er ein Lachen zu verbergen versucht.

»Wir sind die letzten unseres Hauses«, sagt der Typ bedeutungsschwer. »Das ist ziemlich beeindruckend, wenn du mal darüber nachdenkst. Wir haben überlebt, womit die mächtigsten Köpfe dieser Welt garantiert nicht gerechnet hätten.«

Ich ziehe die Augenbrauen hoch. »Ich nehme an, bei den mächtigen Köpfen schließt du meinen Großvater mit ein.«

Er streckt eine Hand aus und fährt langsam mit den Fingern über meinen Hals. Ich halte die Luft an und balle die Hände zu Fäusten, rühre mich aber nicht vom Fleck. Ich kenne diesen Typen seit zehn Sekunden, aber ich verabscheue ihn schon jetzt. Und ich werde sicher keine Schwäche zeigen.

»In Ihren Adern fließt Königsblut, Miss Kalinin«, sagt er übertrieben förmlich. Seine Stimme klingt gefährlich leise. »Ich glaube, Sie haben keine Ahnung, wie wertvoll es sein kann.«

Kevo macht einen Schritt auf uns zu und zwingt den Kerl, seine Hand zurückzuziehen. »Das reicht jetzt, Elia.«

Der Mann, anscheinend Elia, weicht endlich zurück, und ich atme unauffällig auf.

»Spiel dich nicht so auf, als wärst du ihr Wachhündchen, Peric«, fährt der Typ ihn an. Seine Worte triefen nur so vor Überheblichkeit. »Du bist nicht besser als wir anderen. Wir haben alle dasselbe Ziel.«

Kevo zuckt nicht einmal mit der Wimper, was ich ziemlich beeindruckend finde. Mich persönlich schüchtert dieser Elia wahnsinnig ein. »Mag sein, dass wir dasselbe Ziel haben«, erwidert Kevo kalt. »Das heißt aber nicht, dass wir dieselben Methoden gutheißen, um dieses Ziel zu erreichen. Aber darüber sollten wir uns vielleicht besser unter vier Augen unterhalten, meinst du nicht?«

Ein paar Sekunden lang mustert Elia Kevo, dann dreht er sich um und geht zurück zu den anderen.

»Interessante Freunde hast du«, bemerke ich zittrig. Ich schiebe den Rest der Pizza demonstrativ von mir weg. Mir ist der Appetit vergangen.

Kevo sieht sich um und vergräbt die Hände in den Hosentaschen. »Verbündete sind nicht gleich Freunde, Wintermädchen. Halt dich von ihm fern.«

Als ob er mir das sagen müsste. »Warum seid ihr dann zusammen hier? Du scheinst ihn nicht sonderlich zu mögen.«

Er zuckt mit den Schultern. »Wir brauchen einander. Mehr musst du nicht wissen.«

Ich verdrehe die Augen. »Gut, machen wir weiter. Wie habt ihr meine Kräfte blockiert? Ich habe noch nie davon gehört.«

Einen Moment lang antwortet er nicht, so lange, dass ich mich schon frage, ob er mich einfach ignoriert. Dann seufzt er. »Jedes Haus hat seine eigene Magie, richtig?« Als ich nicke, fährt er fort: »Nun, Vanitas ist da keine Ausnahme. Wir haben Kräfte, von denen du noch nie gehört hast, weil du noch nie von Vanitas gehört hast.«

Neugierig sehe ich ihn an. Rein äußerlich passt er tatsächlich in kein Bild der vier Häuser, trotzdem bin ich mir sicher, dass er einem angehört. Immerhin hat er es geschafft, sich auf den Jahreszeitenball zu schmuggeln und mehrere Stunden die Familien zu täuschen. Dafür muss er Insiderwissen gehabt haben.

»Welche Kräfte hast du?«, frage ich ihn, ehrlich interessiert.

Ein leises Lächeln erscheint auf seinem Gesicht. »Das wüsstest du wohl gern.«

»Es wäre nur fair, oder? Du scheinst ziemlich viel über mich zu wissen. Ich kenne nur deinen Namen.«

»Und meine Lieblingsfarbe.«

Ich grinse. »Und deinen Lieblingsfilm.«

»Du sagst es.«

Ein wenig frustriert verziehe ich das Gesicht. »Du sagst es mir also wirklich nicht?«

Kevo schüttelt den Kopf. »Wir brauchen noch ein paar Gesprächsthemen für später, denke ich. Nicht, dass es so ein unangenehmes Schweigen zwischen uns gibt.«

Seine Bemerkung lässt den kurzen unbeschwerten Moment zwischen uns zerplatzen. Die Realität bricht über mir herein wie eine Flutwelle, und das beklemmende Gefühl in meiner Brust ist wieder da. »Wie lange wollt ihr mich hier festhalten, Kevo?« Ich kann nicht verhindern, dass sich ein leichtes Zittern in meine Stimme schleicht. »Ich will nach Hause. Ihr könnt mich nicht ewig gefangen halten.«

Auch aus seinem Gesicht weicht das Lächeln. »Es tut mir ehrlich leid, Bloom. Aber so schnell können wir nicht aufgeben. Dafür riskieren wir zu viel.«

Entmutigt lasse ich die Schultern hängen. Kevo erscheint mir der Vernünftigste in dieser seltsamen Gruppe, doch selbst er rückt nicht einen Zentimeter von seinem Standpunkt ab. Ich brauche dringend einen Plan, und zwar einen guten. Irgendwie muss ich meine Kräfte zurückholen. Auch wenn ich mich mit dem ganzen Kram nicht gut auskenne, ich bin nicht ganz unwissend. Ich weiß, dass es innerhalb der Familien unterschiedliche Machtverhältnisse gibt. Zwei Personen können über exakt dieselben Gaben verfügen, trotzdem sind sie unterschiedlich stark ausgeprägt. Was bedeutet, dass es durchaus möglich ist, dass ich stärker bin als die Person, die meine Kräfte blockiert hat. Wenn das der Fall ist, kann ich es vielleicht schaffen, den Bann zu brechen. Allerdings brauche ich dafür eine Quelle.

»Hör mal«, sage ich in der Hoffnung, dass meine Stimme nicht allzu verdächtig klingt. Ich bin keine sehr gute Lügnerin, allerdings habe ich die Befürchtung, dass ich das ganz bald werden muss. Es ist, als wäre ich eingeschlafen und in einer Welt voller Intrigen und Geheimnisse wieder aufgewacht. »Besteht die Möglichkeit, dass ich duschen gehe?«

Er blickt zu mir herunter und runzelt die Stirn. »Warum solltest du nicht?«

»'tschuldige das Misstrauen«, sage ich sarkastisch und hebe die Hände. »Das ist meine erste Entführung. Ich weiß nicht, wie das Regelwerk ist und ob ich mich im Bad einschließen darf oder nicht. Ich habe nämlich wirklich keine Lust, dass ein Haufen Spinner mir beim Duschen zuguckt.«

»Wir sind keine Perversen, Bloom«, erwidert er, überraschend schroff. Doch dann dreht er sich zu den anderen um und ruft nach Bella.

Ein wenig erleichtert atme ich aus.

Bella ist freundlich, aber eher still, was mir ganz recht ist. Sie stellt sich kurz vor und hört Kevo zu, der ihr erklärt, was sie tun soll. Dann bringt sie mich ins Bad und gibt mir Duschgel und zwei Handtücher. Als ich die Tür schließe, sehe ich, wie sie im Flur Stellung bezieht.

Nachdem ich den Schlüssel herumgedreht habe und das beruhigende Klicken des Schlosses höre, atme ich ein paar Sekunden lang ein und aus. Meine Nerven sind zum Zerreißen gespannt, und die Kopfschmerzen werden schon wieder stärker. Das hier muss funktionieren, es muss einfach. Ich bin unerfahren und habe meine Kräfte erst seit Kurzem, aber ich weiß, dass ich nicht schwach bin. Das hat mir der Vorfall im Keller bewiesen, als ich Sander gefunden habe. Und der Abend im Büro von Ostara, an dem ich kurz davor war, die Energie von zwei Meistern anzuzapfen. Ich kann es schaffen, solange ich mich konzentriere.

Mit zitternden Fingern drehe ich das Wasser der Dusche auf. Wenn ich Matheo richtig verstanden habe, kann ich aus den mächtigsten Elementen die meiste Energie ziehen. Diese moderne Einrichtung hier eignet sich nicht wirklich dafür, Wasser dagegen sehr wohl. Rein logisch betrachtet wäre das Meer oder natürliches Gewässer vermutlich am besten, aber das hier muss es auch tun. Es ist vielleicht gefiltert und gereinigt und so weiter, aber irgendwann war es sicher mal im Meer. Kurz habe ich überlegt, einfach die Hand unter das Waschbecken zu halten, aber ich könnte mir gut vorstellen, dass die Menge ausschlaggebend ist. Ich hoffe nur, dass das hier reicht.

Einen Moment lang stehe ich etwas unschlüssig vor der Dusche und frage mich, ob ich mich ausziehen soll. Eine heiße Dusche klingt gerade wirklich reizvoll. Allerdings weiß ich nicht, wie lange der Kraftschub anhält, sollte es tatsächlich funktionieren. Ich habe keine Ahnung, ob ich danach noch genug Zeit habe, mich wieder anzuziehen. Und ich will ungern nackt kämpfen und durch halb Oslo fliehen. Außerdem ist es gut möglich, dass ich aus den nassen Klamotten noch mehr Energie ziehen kann.

Noch einmal checke ich die Wassertemperatur, dann atme ich einmal tief durch und stelle mich in voller Montur unter den heißen Strahl. Gott, ich hoffe wirklich, dass das hier funktioniert. Ansonsten muss ich Bella und vermutlich auch allen anderen erklären, warum ich vollständig bekleidet unter die Dusche gestiegen bin. Was vermutlich ein sehr peinliches Gespräch werden würde.

Das Wasser durchweicht meine Kleidung und macht sie schwer. Ich schließe die Augen und lege den Kopf in den Nacken, lasse mir den Schmutz des Tages von der Haut waschen. Am liebsten würde ich einfach hierbleiben, mich zusammenkauern und warten, bis alles vorbei ist. Hätte ich das alles vorher gewusst, wäre ich abgehauen, als Grandpa und Mom mir eröffnet haben, dass ich die neue Hüterin bin.

Nach ein paar Minuten richte ich mich auf und straffe die Schultern. Ich muss mich zusammenreißen, ich weiß nicht, wie viel Zeit ich noch habe, bevor mich irgendeiner dieser Spinner an den Haaren aus der Dusche zerrt.

Ich halte die Augen geschlossen und versuche, mich auf das Wasser zu konzentrieren, das über meine Haut perlt. Versuche, die Energie zu spüren, die es beinhaltet. In Gedanken strecke ich die Finger danach aus, greife danach, nehme es in mich auf. Ein erleichterter Laut entfährt mir, als meine Hände und Füße zu kribbeln beginnen. Das Rauschen in meinem Kopf vermischt sich mit dem Rauschen des Wassers. Ein paar Sekunden lang stehe ich einfach nur da, um meine Konzentration nicht zu unterbrechen. Ich weiß, dass es funktioniert. Der Schmerz in meinem Kopf verschwindet, die Müdigkeit weicht aus meinen Knochen und ich fühle die körperliche Stärke, die immer mehr wird. Je mehr Wasser über meine Haut rinnt, desto fitter werde ich. Ich öffne die Augen und starre die Wand an, sehe die kleinen Unebenheiten in den Fliesen. Würde ich das Wasser ausschalten, könnte ich vermutlich sogar die Gespräche in der Küche belauschen.

Meine Arme und Beine beginnen zu zittern, so sehr stehen sie unter Anspannung. Noch nie zuvor habe ich mich so gefühlt. Das kleine Hochgefühl damals im Boot ist nichts gegen das hier. Ich fühle mich, als könnte ich Bäume ausreißen. Im wahrsten Sinne des Wortes.

Schnell stelle ich das Wasser aus und steige aus der Dusche. Ich weiß nicht, wie lange das Ganze anhält, darüber hat Matheo nichts gesagt. Aber ich bin mir sicher, dass ich den Bann gebrochen habe. Wenn meine Kräfte wieder aktiviert sind, kann ich zumindest ein paar von ihnen ausschalten und abhauen. Das Überraschungsmoment habe ich in jedem Fall auf meiner Seite.

Mein Herz rast schnell in meiner Brust, als ich Richtung Tür schleiche. Meine Klamotten sind immer noch vollgesogen mit Wasser, genau wie meine Haare. Doch das ist mein Vorteil. Es ist quasi meine eigene kleine Batterie.

Als ich die Hand nach dem Türschloss ausstrecke, bemerke ich wieder meine schwarzen Finger. Kein schöner Nebeneffekt meiner Kraft, aber wenn es nur das ist, nehme ich es gern in Kauf. Vorsichtig drehe ich den Schlüssel und atme einmal tief durch, um mich zu beruhigen. Die Energie wirbelt durch meinen Körper wie ein Tornado, und ich habe das Gefühl, zu vibrieren.

Entschlossen öffne ich die Tür. Ein wenig bedauernd sehe ich Bella an, die im Flur Wache gehalten hat. Sie ist wirklich nett, aber im Moment steht sie nun mal auf der falschen Seite.

Sie runzelt die Stirn, als sie meine nassen Kleider bemerkt. »Was hast du …?«

Ich lasse ihr nicht die Gelegenheit, den Satz zu beenden. Bevor sie weiß, was geschieht, lege ich ihr die flache Hand auf die Brust und sehe ihr in die Augen. Es ist, als wüsste mein Körper instinktiv, was er zu tun hat. Ihre Pupillen weiten sich, ihr Mund öffnet sich, doch kein Laut kommt heraus. Im nächsten Moment sackt sie zusammen.

Mit einer Mischung aus Bewunderung und Entsetzen weiche ich zurück. Wahnsinn.

Ohne weiter darüber nachzudenken, wirble ich herum und renne durch den schmalen Flur ins Wohnzimmer. Auf dem Weg in die Küche vorhin ist mir der Fahrstuhl aufgefallen, genau der ist jetzt mein Ziel.

Schätzungsweise fünf Meter schaffe ich, bevor ich die Rufe der anderen höre. Keine Ahnung, ob sie mich oder Bella entdeckt haben, es spielt auch keine Rolle. Ich höre ihre Schritte auf dem Marmor, spüre sogar die Erschütterung im Boden. Meine Finger treffen auf den Knopf für den Fahrstuhl, genau in dem Moment, in dem ich unsanft zurückgerissen werde. Eine Hand legt sich um mein Handgelenk, gefolgt von einem grellen Aufschrei. Als ich herumfahre, erkenne ich einen Jungen, den ich bereits in der Küche gesehen habe. Er hält sich die Hand und sieht mich so entgeistert an, als würde mir ein Auge fehlen oder etwas in der Art. Hinter ihm kommen die anderen angerannt, doch der Junge hält sie zurück, als sie sich auf mich werfen wollen.

»Nicht!«, ruft er panisch. »Fasst sie nicht an! Sie channelt Energie.«

Tue ich das? Der Kerl hat mich kaum berührt, und ich habe ihn nicht einmal angesehen. Aber ich will ihm sicher nicht widersprechen.

»Wie ist das möglich?«, fragt Katarina, die mich aus zusammengekniffenen Augen mustert.

»Ich dachte, ihre Kräfte wären blockiert«, sagt ein anderer.

Ich gehe ein wenig in die Knie, um schnell wegspringen zu können, sollte doch einer einen Angriff wagen. Hinter mir höre ich das leise Piepen des Aufzugs, der die verschiedenen Etagen ankündigt. Noch ein paar Sekunden.

Kevo drängelt sich an den anderen vorbei nach vorn. Ich sehe ihn an, behalte die anderen aber weiterhin im Auge.

»Bloom«, sagt er mit nervtötend ruhiger Stimme. »Was soll das?«

»Was das soll?«, frage ich höhnisch und grinse. Mag sein, dass ich gerade einen kleinen Höhenflug habe, aber das ist mir egal. Ich habe die Angst in den Augen des Jungen gesehen, und ich genieße es, endlich einmal die Oberhand zu haben. »Ich gehe, Rebellenjunge. Ich lasse mich nicht einsperren wie ein verdammtes Tier.«

Er macht einen Schritt auf mich zu, und ich strecke die Hand aus. Sofort bleibt er stehen. »Lass uns reden.«

»Ich will aber nicht reden«, stelle ich klar. »Und wenn du mir zu nahe kommst, sauge ich dich aus wie ein verdammter Vampir, hast du mich verstanden? Ich bin vielleicht kein Experte, aber ich bin mir ziemlich sicher, dass ich auch noch das letzte bisschen Leben aus dir heraussaugen kann, wenn ich es drauf anlege.«

In dem Moment tritt Will neben Kevo, dicht gefolgt von dem Italiener, der mich in der Küche angefasst hat. Der machttrunkene, leicht irre Teil in mir wünscht sich beinahe, dass er mir einen Grund gibt, ihn anzugreifen. Sie alle mustern mich argwöhnisch, nicht mehr herablassend wie noch vor einer halben Stunde.

Meine Hände zittern, und ich krümme die Finger, um das leicht taube Gefühl loszuwerden. Ganz hinten in meinem Unterbewusstsein spüre ich bereits die Erschöpfung. Ich muss mich beeilen.

»Ich werde ihnen nichts erzählen«, spucke ich ihnen entgegen und halte dabei vor allem Kevos Blick. »Startet eure kleine Revolution, vielleicht habt ihr sogar recht damit. Aber ich lasse mich nicht von euch benutzen, klar? Und wenn ihr das nächste Mal Hilfe braucht, versucht es doch mal mit fragen.«

Kevo öffnet den Mund, in dem Moment, in dem ich von der Seite eine Bewegung wahrnehme. Ich fahre herum, schneller, als ich es je für möglich gehalten habe. Trotzdem bin ich den Bruchteil einer Sekunde zu spät und eine Faust trifft mich in der Seite. Schmerz durchzuckt mich, und ich atme zischend aus, halte mich aber auf den Beinen. Ich bin mir ziemlich sicher, dass mich der Schlag normalerweise umgehauen hätte. Wut explodiert in meinem Bauch, entfacht meine letzten Kraftreserven und bäumt sich auf wie ein wütendes Untier. Ich erkenne den blonden Kerl, der mich vorhin in der Küche angestarrt hat. Er wirkt kaum älter als ich. Er steht etwa einen Meter von mir entfernt, als er erneut ausholt. Ich verenge die Augen zu Schlitzen, erkenne die Stelle, die er anvisiert.

Problemlos fange ich seine Faust ab und umklammere seine Finger. Er keucht auf, während ich die Zähne zusammenbeiße und mich auf seine Energie konzentriere. Genau wie bei Bella vorhin werden seine Augen groß vor Entsetzen, und jegliches Geräusch erstirbt in seinem Mund. Meine Finger beginnen zu kribbeln, und ich fühle den Moment, in dem seine Energie seinen Körper verlässt und auf meinen übergeht. Ich schließe die Augen, als kleine Sterne in mein Sichtfeld treten. Ich bin erschöpft, mein Körper wehrt sich allmählich gegen die Anstrengung. Aber ich muss durchhalten.

Hinter mir öffnen sich die Aufzugtüren, als der Typ zu Boden geht. Ich verliere den Kontakt zu seiner Haut, doch das ist egal. Gerade als ich zurückweichen will, höre ich ihn nach Luft schnappen, sehe, wie er zur Seite krabbelt. Verdammt, ich habe ihn nicht ganz geschafft. Im selben Moment bemerke ich, dass Kevo und William auf mich zukommen. Ich bin eindeutig in der Unterzahl, und ich weiß, dass ich nicht mehr lange durchhalte. Ohne sie aus den Augen zu lassen, taste ich nach dem Rahmen des Fahrstuhls, mache ein paar Schritte rückwärts und …

Stoße gegen eine Wand. Verwirrt blicke ich nach hinten, entdecke jedoch nichts als Staubpartikel, die durch die Luft wabern. Ich versuche es erneut, aber keine Chance. Es ist, als wäre dort eine Art Glasscheibe. Verzweifelt drücke ich dagegen, ohne dass die unsichtbare Wand auch nur einen Zentimeter nachgibt.

»Was …?« Ich sehe Kevo an, der inzwischen kaum einen Meter vor mir steht und die Hände hebt, als wollte er sich ergeben. »Was habt ihr gemacht?«, frage ich leicht panisch.

Er atmet schwer, und an seinem Hals treten Adern hervor. Er starrt mich so angestrengt an, als wollte er mich durch bloße Willenskraft zum Aufgeben zwingen. Das kann nicht sein.

»Was tust du?«, schreie ich ihn an. Die Kraft, das Hochgefühl, das gerade noch durch meine Adern geströmt ist, verebbt mit jeder Sekunde. Meine Beine beginnen zu zittern und drohen, unter mir nachzugeben.

»Wir … sind nicht … wehrlos«, presst Kevo hervor. Es klingt, als würde ihm jedes Wort Schmerzen bereiten, doch er wendet den Blick nicht eine Sekunde von mir ab.

Ich spüre, wie mir die Tränen in die Augen steigen.

Die Erschöpfung überkommt mich mit der derselben Heftigkeit wie der Kraftschub gerade eben. Es ist, als wäre plötzlich ich diejenige, der sämtliche Energie entzogen wird. Meine Knie geben nach und krachen auf den Boden. Mein Kopf wäre vermutlich ebenfalls auf den harten Stein geprallt, wenn starke Arme mich nicht aufgefangen und gehalten hätten. Meine Sicht verschwimmt und wird schwarz.

Eine Sekunde später versinke ich in tiefer Dunkelheit.

Ich habe verloren.

ONCE UPON A TIME

Der nächste Morgen ist hart. Emotional, körperlich und für mein Ego. Nach meinem kleinen misslungenen Aufstand habe ich gefühlt vierundzwanzig Stunden am Stück geschlafen und bin mit höllischen Schmerzen aufgewacht. Mein Körper mag den Kampf gut weggesteckt haben, solange er andauerte. Jetzt rächt er sich dafür für alles, womit ich ihn überfordert habe. Ich habe Muskelkater in jedem Quadratzentimeter meines Körpers, mindestens drei gezerrte Muskeln und höllische Kopfschmerzen. Was wirklich lächerlich ist. Wofür besitze ich Kräfte, wenn ich mich danach fühle, als wäre ich von einem Panzer überrollt worden?

Der emotionale Stress verstärkt mein Elend nur noch. Ich bin frustriert und verzweifelt. Das war mein einziger Ausweg aus dieser Hölle, und ich habe es vermasselt. Jetzt sind sie auf der Hut und wissen, wozu ich fähig bin. Was auch immer mich da am Aufzug aufgehalten hat, sie werden es weiter gegen mich einsetzen, und damit ist ein neuer Fluchtversuch unmöglich. Ich habe versagt.

Ich greife nach der Bettdecke und ziehe sie mir bis zum Kinn hoch. Jemand hat mir meine nassen Klamotten ausgezogen und mich in trockene gesteckt. Ich schätze, sie gehören Katarina oder Bella, denn sie sind mir mindestens zwei Nummern zu groß. Ich denke lieber nicht zu genau darüber nach, wer mich ausgezogen hat. Ich bin nicht masochistisch veranlagt.

Ein leises Klopfen ertönt, und ich kneife die Augen zusammen. Für meine Kopfschmerzen ist selbst dieses Geräusch zu laut.

Kurz darauf geht die Tür auf. Einen Moment lang ist es still, dann höre ich Schritte, die näher kommen. Ich lasse die Augen geschlossen und versuche, mich nicht zu bewegen, versuche, langsam und gleichmäßig zu atmen.

»Ich weiß, dass du wach bist.« Das ist Kevos Stimme. Natürlich, der Typ ist einfach überall. »Du bist echt mies darin, dich schlafend zu stellen.«

»Ich tue nicht so, als würde ich schlafen«, korrigiere ich heiser. »Ich tue so, als wäre ich tot.«

Er lacht leise. »Interessant.«

»Auch nicht überzeugend?«

Keine Antwort. Da ich die Augen aber immer noch geschlossen habe, kann ich nicht sehen, wie er reagiert.

»Komm mit«, höre ich ihn nach ein paar Sekunden sagen. »Du musst etwas essen.«

Ich schüttle den Kopf. »Kein Bedarf. Geh weg.«

»Und du solltest duschen – diesmal richtig«, fügt er trocken hinzu. »Ganz ehrlich, wir müssen uns unterhalten. Und dafür solltest du nicht mehr stinken.«

Wütend fahre ich hoch, presse mir aber schnell die Hände an die Schläfen, als der Schmerz durch meinen Kopf zuckt wie ein Blitz. Nachdem das Pochen etwas nachgelassen hat und ich gegen die Helligkeit anblinzle, hält Kevo mir zwei Tabletten entgegen. Als ich sie skeptisch beäuge, grinst er und verdreht die Augen. »Gegen den Schädel. Komm schon, wenn ich dich vergiften wollte, hätte ich andere Wege dafür.«

Ich greife danach und spüle sie mit dem Wasser hinunter, das er mir reicht. »Du bist ein Arsch, weißt du das?«

»Man hat mich schon schlimmer beschrieben.«

»Das kann ich mir vorstellen.«

Ich trinke noch ein paar Schlucke, dann rutsche ich vorsichtig an den Rand des Bettes. Kevo weicht zurück und hält mir eine Hand hin, die ich jedoch geflissentlich ignoriere. Sobald ich stehe, wird mir schwindelig, aber ich beiße die Zähne zusammen und stütze mich an dem Stuhl ab, den irgendjemand ersetzt haben muss, nachdem Will ihn geschrottet hat. Ich fühle mich, als hätte ich einen Kater. Keine Ahnung, ob das daran liegt, dass ich meine Kräfte noch nicht so oft eingesetzt habe oder ob es sich immer so anfühlt. Falls Letzteres der Fall ist, kann ich nicht verstehen, warum man seine Kräfte überhaupt noch anwendet.

Ein wenig überrascht und auf wackeligen Beinen folge ich Kevo ins Badezimmer, wo er die Arme verschränkt und sich mit dem Hintern gegen den Waschtisch lehnt. Ehrlich gesagt habe ich nicht erwartet, dass sie mich je wieder in die Nähe dieses Raumes lassen.

Als ich ihn fragend ansehe, deutet er auf die Duschkabine, die, im Gegensatz zu gestern, nun blickdicht ist. »Du kannst duschen gehen. Ich bleibe jedoch hier. Zur Sicherheit.«

»Wann habt ihr das gemacht?« Vorsichtig berühre die Glasscheibe, die mit irgendeiner Folie überklebt ist.

»Während du geschlafen hast. Glaub mir, keiner vor uns will dich dauerhaft vom Duschen abhalten.«

»Dauerhaft?«

Er legt den Kopf schief. »Wir reden nachher über alles, okay? In Ruhe. Aber erst musst du etwas essen und wieder zu Kräften kommen.«

Dieser fürsorgliche Ton berührt mich irgendwie. Vielleicht liegt es daran, dass ich mich furchtbar allein fühle und dieser Kevo tatsächlich mehr oder weniger nett zu mir ist. Oder ich entwickle ein Stockholmsyndrom, was mir auch durchaus schlüssig erscheint.

Ich verschränke die Arme vor der Brust. »Warum spielen Bella oder Katarina nicht den Babysitter? Ich denke, das wäre irgendwie anständiger.«

Sein Blick wird schneidend. »Weil ich der Einzige bin, der dich unter Kontrolle halten kann, wie man gestern gesehen hat. Und wir können es uns nicht leisten, dass du wieder so eine dumme Aktion versuchst und das nächste Mal vielleicht zwei Tage ausfällst. Wir haben keine Zeit für so etwas.«

»Du warst das?«, flüstere ich. »Du hast mich … blockiert?«

Ungeduldig deutet er auf die Dusche. »Später. Beeil dich.«

Einen Moment lang will ich protestieren, aber dann gebe ich auf. Tatsächlich kann ich es kaum erwarten, richtig zu duschen. Kevo läuft mir sicher nicht weg. Als ich hinter die Duschwand trete, stelle ich erleichtert fest, dass ich dahinter genug Platz habe, um mich auszuziehen und mich zu bewegen, ohne dass ich eine unfreiwillige Peepshow für Kevo hinlege. Ich streife mir die verschwitzten Klamotten ab und werfe sie über die Duschwand, in der Hoffnung, ihn damit zu treffen. Als ich ein ersticktes Lachen höre, grinse ich zufrieden.

Ich lasse mir mehr Zeit als üblich, allein um Kevo zu ärgern. Zu meiner Überraschung ist alles da, was ich brauche. Nicht nur ein Shampoo, sondern auch eine Spülung mit Wassermelonenduft und ein Körperpeeling. Alles sieht relativ neu aus, und ich frage mich, ob das zur Geiselgrundausstattung gehört oder ob Bella und Katarina das für mich zur Verfügung gestellt haben. So oder so fühle ich mich um einiges besser, als ich das Wasser abstelle und das Handtuch um mich wickle, das Kevo über die Duschwand gehängt hat.

Nachdem ich neue, immer noch deutlich zu große Klamotten angezogen habe, führt Kevo mich in die Küche, die dieses Mal menschenleer ist. Niemand betritt den Raum, während ich ein paar Bagel esse und einen großen Kaffee trinke, um meine Reserven wieder aufzuladen. Kevo spricht kaum mit mir und wenn, kann man das maximal als gezwungenen Small Talk bezeichnen. Jedes Mal, wenn ich eine Frage stelle, wimmelt er mich ab und vertröstet mich auf später.

Trotzdem kann ich nicht behaupten, dass seine Gesellschaft unangenehm ist. Es erinnert mich ein bisschen an unsere Zeit beim Frühlingsball, bevor das Chaos über mein Leben hereingebrochen ist. Hätte er mich nicht entführt, meine Kräfte blockiert und würde mich nicht gegen meinen Willen festhalten, würde ich Kevo wahrscheinlich mögen. Ich muss mich nur immer wieder daran erinnern, dass er nicht mein Freund ist.

Routiniert räumt er das Geschirr in die Spülmaschine und stellt die Lebensmittel zurück in den Kühlschrank. Er verhält sich, als wäre er hier zu Hause, was ich mir irgendwie schwer vorstellen kann. Diese ganze Revolution muss ziemlich zeitraubend sein, und ich bezweifle, dass er nebenher arbeitet. Wenn ich mir diese Wohnung so ansehe, bin ich mir sicher, dass sie verdammt teuer ist. Außerdem wirkt sie viel zu unpersönlich. Keine Fotos, kaum persönliche Gegenstände, nichts, was darauf schließen lässt, dass hier tatsächlich jemand lebt.

Als er fertig ist, winkt er mich zu sich, und wieder trotte ich hinter ihm her wie ein Hündchen seinem Besitzer. Ich frage mich, was genau er mit seiner neuen Masche beabsichtigt. Versucht er, mich positiv zu stimmen? Oder wiegt er mich in Sicherheit, und hinter der nächsten Ecke warten seine Komplizen darauf, mich k. o. zu schlagen?

Wortlos führt Kevo mich zurück durch den Flur und an den verschlossenen Türen vorbei.

»Sind das eure Zimmer?«, frage ich in der Hoffnung, dass das Thema oberflächlich genug ist, um eine Antwort von ihm zu erhalten.

Zu meiner Überraschung nickt er. »Es übernachten nicht alle hier, dafür ist die Wohnung zu klein.«

»Und wo sind alle?« Neugierig schaue ich mich um.

»Unterwegs«, erwidert er knapp. »Wir haben uns gedacht, dass du vielleicht entspannter bist, wenn dich nicht so viele Leute anstarren.«

»Ihr lernt dazu.«

Über die Schulter hinweg grinst er mich an, dann öffnet er eine schwere Tür auf der linken Seite. Sie sieht massiver aus als die anderen, und als Kevo den Blick auf das freigibt, was dahinter liegt, wird mir auch klar, warum. Die Tür führt auf eine gigantische, bewachsene Dachterrasse. Auf dem Boden liegen kleine Kieselsteine, überall stehen Rattanmöbel herum und in der Mitte gibt es sogar eine Feuerstelle. Wenn man die umliegenden Hochhäuser ausblendet, könnte man den Eindruck bekommen, man stünde in einem sehr gepflegten Park.

»Wow!«, sage ich und trete an Kevos Seite.

»Cool, oder?« Er sieht sich um, lässt den Blick genau wie ich über die Stadt schweifen, die sich zu unseren Füßen ausbreitet. Die Autos auf den Straßen sind nur als kleine Lichter zu erkennen, die über den Boden huschen wie Ameisen. Wir müssen doch höher sein, als ich ursprünglich vermutet habe. »Komm mal mit«, sagt er und geht zum Rand der Terrasse. Er setzt sich hin und steckt die Beine durch das silberfarbene Geländer, bis sie frei über dem Abgrund baumeln.

Als ich nicht direkt folge, sieht er zu mir hoch und runzelt die Stirn. »Was ist?«, fragt er und klopft mit der flachen Hand neben sich. »Hast du etwa Höhenangst?«

Ich zucke mit den Schultern. »Ein bisschen vielleicht.«

»Keine Sorge, es kann nichts passieren. Aber das Gefühl ist gigantisch.«

Zögernd setze ich mich neben ihn und schiebe ebenfalls die Beine durch das Geländer. Als ich nach unten schaue und meine Füße mitten in der Luft baumeln sehe, wird mir beinahe schwindelig. Meine Hände klammern sich um die Stangen, und ich richte den Blick starr geradeaus.

»Ich komme gern her«, murmelt Kevo. Er hat das Kinn auf das Geländer gestützt und mustert den entfernten Fjord, der sich durch die Landschaft zieht wie eine dicke schwarze Schlange.

Ich folge seinem Blick. Von hier aus ist es schwer zu erkennen, aber irgendwo da hinten müssen Kalinøya und mein Hof liegen. Inzwischen ist meiner Mom mit Sicherheit aufgefallen, dass ich nicht mehr da bin. Mein Großvater weiß Bescheid, und bestimmt suchen bereits alle nach mir. Ich stelle mir vor, wie Märtha durch die Wälder streift und ihr Nudelholz schwingt, um jeden umzuhauen, der ihr in den Weg tritt. Unwillkürlich frage ich mich, was Matheo wohl tut. Ob er sie alle anlügt und sich zusammen mit Zara ins Fäustchen lacht oder ob er sich Sorgen macht? Vielleicht ist einer von ihnen ja sogar eingeknickt, und jede Sekunde stürmt ein Pulk wütender Wintermitglieder die Wohnung.

So traurig es sich auch anhören mag, die Vorstellung, dass mein Großvater den ganzen Hof mobilisiert, um mich zu finden, fällt mir verdammt schwer.

»Woran denkst du?«, fragt Kevo nach ein paar Minuten. Ich spüre seinen Blick von der Seite, sehe ihn aber nicht an.

»Warum sprichst du eigentlich so gut Norwegisch?«, frage ich, einfach aus Neugier. »Du kommst doch nicht von hier.«

»Wir lernen alle Sprachen der Jahreszeitenhäuser«, erklärt er und zuckt mit den Schultern. »Gehört quasi zur Grundausbildung für Rebellen.«

Ich weiß, dass er das als Spaß meint, trotzdem versetzt mir die Bemerkung einen Stich. Selbst Rebellen bekommen eine Ausbildung. Hätte ich ein wenig mehr über meine Fähigkeiten und die Geschichte meiner Familie gelernt, würde ich hier vermutlich nicht sitzen.

»Warum guckst du so grimmig?«

»Ich frage mich, ob du mich gleich vom Dach schubst oder so.«

Er seufzt schwer. »Es wäre so viel einfacher, wenn du nicht so verdammt misstrauisch wärst.«

»Was ist mit Sander?«, frage ich mit belegter Stimme. »War er weniger misstrauisch?«

Ich sehe, wie er die Zähne zusammenbeißt. »Das war so nicht

geplant. Ein paar von uns wollten mit ihm sprechen und ihn davon überzeugen, uns zu helfen. Und es ist aus dem Ruder gelaufen. Ich hätte das niemals zugelassen, das musst du mir glauben. Die Typen, die dafür verantwortlich sind, sind nicht mehr dabei. Das sollst du wissen.«

»Und trotzdem erwartest du, dass ich euch vertraue?«

»Ganz ehrlich? Ich dachte, du würdest uns glauben. Ich habe dich auf dem Ball kennengelernt, und nach allem, was wir über dich herausfinden konnten, dachten wir, du würdest die Höfe genauso wenig mögen wie wir.«

»Sie sind immer noch meine Familie. Ich mag die Maschinerie hinter dem Ganzen nicht, aber ich gehöre nun einmal zu ihnen.«

»Dann glaubst du nicht an all das?«, fragt er herausfordernd. Er zupft einen verirrten Grashalm aus dem Boden und wirft ihn über die Kante. Ich beuge mich ein wenig vor und sehe ihm dabei zu, wie er gemächlich Richtung Stadt flattert. »Du glaubst nicht an die ganze Magie und den Kreislauf und so weiter?«

»Doch.« Ich zucke mit den Schultern. »Ich muss das Konzept der Kirche nicht gut finden, um mir einen Gott vorstellen zu können, verstehst du? Ich glaube daran, dass unsere Familien den Kreislauf kontrollieren müssen. Das muss ich einfach, wofür wären wir sonst so mächtig? Das heißt aber nicht, dass ich an die Göttergeschichte glauben muss oder daran, dass es einen verdammten Hüter geben muss und eine Hierarchie und einen Meister. Diese ganzen Traditionen und Rituale sind mit Sicherheit nicht notwendig, um die Jahreszeiten aufrechtzuerhalten.«

Er sieht mich nachdenklich an. »Wenn es nicht die Götter waren, die die Familien ausgewählt haben, wer war es dann?«

»Wer sagt, dass das eine aktive Handlung gewesen sein muss?«, halte ich dagegen. »In der Natur kümmert sich jeder um jeden. Die Bienen sorgen für die Verbreitung der Pflanzen, die Bäume filtern die Luft für die Lebewesen. Vielleicht wurden wir schlicht und ergreifend erschaffen, um die Kontrolle über die Jahreszeiten zu übernehmen. Es muss nicht alles so herrschaftlich und kompliziert sein, wenn du mich fragst. Wir könnten auch alle in irgendwelchen Höhlen hausen, uns viermal im Jahr treffen, das Ritual abhalten und Ende.«

»Fünf Mal.«

Ich seufze. »Okay. Nehmen wir mal an, ich glaube dir und es gab Vanitas. Wofür? Was hatte es für einen Nutzen? Die vier Jahreszeiten haben alle einen Gegenpol, richtig? Der Herbst tötet, der Frühling lässt Leben entstehen. Der Sommer steht in voller Blüte, der Winter ist still und quasi die Pause-Taste. Wie passt eine fünfte Zeit da rein?«

»Du hast es selbst gesagt, damals beim Ball.« Als ich ihn fragend ansehe, zieht er die Augenbrauen hoch. »*Wer kontrolliert die Wächter?*«

»Damit meinte ich …«

»Ich weiß, was du damit meintest«, unterbricht er mich. »Und du hattest recht. Vanitas war die Zeit der Besinnung und der Reflexion, verstehst du? Das ganze Jahr über sind die Häuser beschäftigt – entweder sie herrschen über ihre Zeit, sie bereiten die nächste vor oder sortieren sich neu. Während des Vanitas sollte alles stillstehen. In manchen Texten heißt es sogar, Vanitas wäre die mächtigste Jahreszeit von allen.«

»Was?«, hake ich nach und lache, weil die Vorstellung so absurd ist. Dann fällt mir allerdings wieder ein, wie ich gestern daran gehindert wurde, in den Fahrstuhl zu steigen, und mein

Lachen verstummt. »Gehörst du zum Vanitas? Bist du ein Nachfahre der ursprünglichen Familie?«

Er nickt knapp. »Meine Ur-ur-ur-ur-keine-Ahnung-wie-viel-urgroßmutter war eine Rocha, die Tochter eines Vanitashüters.«

Ich sehe ihn ungläubig an. »Du meinst das alles tatsächlich ernst.«

»Was hätte ich für einen Grund, dich anzulügen? Wir alle?«

»Keine Ahnung«, gebe ich müde zu. »Vielleicht wollt ihr die Jahreszeitenhöfe an euch reißen oder so? Vielleicht wollt ihr den Posten meines Großvaters?«

»Ich bin kein Wintermitglied, keiner von uns. Wir hätten also keine Macht in deinem Haus.«

»Aber warum sollten die anderen Häuser Vanitas stürzen? Wir alle wissen, wie wichtig der Kreislauf ist. Warum sollten sie das Risiko eingehen?«

Kevo zuckt mit den Schultern. »Vielleicht hatten sie keine Lust mehr auf die Kontrolle durch Vanitas, vielleicht mochten sie den Meister nicht. Ich persönlich denke aber, es ging ihnen um Macht. Die Macht der Häuser hängt von der Länge der Jahreszeit ab. Ihr seid am mächtigsten, wenn eure Zeit herrscht. Je mehr Tage ihr also habt, desto stärker seid ihr. Eine auf den ersten Blick unwichtige Jahreszeit zu stürzen und sich ihre Zeit unter den Nagel zu reißen, klingt für mich durchaus nach etwas, was die reichen, machthungrigen Männer von vor Tausenden von Jahren tun würden.«

»Das mag sein«, gebe ich zu. Ich reibe mir mit der Hand über die Stirn, weil ich schon wieder Kopfschmerzen bekomme. »Aber warum sollten die heutigen Meister da noch mitmachen?«

Seufzend dreht er sich zu mir um. »Das musst du deinen Großvater fragen, fürchte ich.«

Darauf habe ich keine Antwort, und auch Kevo schweigt, als würde er seinen eigenen Gedanken nachhängen. In meinem Innern herrscht ein einziges Gefühlschaos – eine Mischung aus Wut, Trotz und Zweifel. Ich glaube Kevo. Ich glaube ihm, dass er überzeugt ist von dem, was er tut, und ich glaube ihm, dass er es für das Richtige hält. Diese Welt ist so verrückt und mysteriös, dass ich seine Geschichte über eine fünfte Jahreszeit nicht ausschließen kann. Das wäre naiv. Aber ich kann auch nicht einfach aufstehen und ihnen helfen, nachdem sie mich bestohlen, belogen und entführt haben. Hinzu kommt, dass diese Leute hier gegen meine Familie kämpfen. Und wenn ich Kevo glaube, wenn ich mit ihnen zusammenarbeite, dann würde ich dasselbe tun. Es wäre nicht fair, mich gegen meine Familie zu stellen, ohne ihnen die Gelegenheit zu geben, mir ihre Version der Geschichte zu erzählen. Was, wenn sie einen guten Grund hatten, Vanitas zu stürzen? Was, wenn Kevo mir Dinge verheimlicht, um seine Mission zu erfüllen? Ich möchte ihm trauen, aber ich kenne ihn kaum.

Der Hass und der Zorn, den ich gegen Kevo und seine Leute empfunden habe, ist beinahe verschwunden. Ich kann ihre Beweggründe verstehen. Trotzdem bin ich mir nicht sicher, ob ich ihnen helfen will. Und das ist eine verdammte Zwickmühle.

Nach einer Weile drehe ich den Kopf und mustere sein Profil. »Was ist das mit deinen Haaren?«, stelle ich endlich die Frage, die mich bereits bei unserer ersten Begegnung damals im Garten des Frühlingshofes beschäftigt hat.

Er grinst und weiß offensichtlich sofort, was ich meine. »Ein

Familienerbstück, würde ich sagen. Die Kalinins sind hellblond, die Ostaras dunkelblond, die Flores braun- oder schwarzhaarig – und die Chastains rothaarig. Die Rochas sind grau. Klar gibt es Ausnahmen, aber bei mir hat es die Natur offensichtlich sehr genau genommen.«

»Du warst bei der Geburt schon grauhaarig?«

Lachend schüttelt er den Kopf. »Ich denke, es hat etwas mit meinen Fähigkeiten zu tun. Je stärker sie wurden, desto grauer wurde ich. Nur leben nicht mehr genügend Rochas, die es mir erklären könnten, fürchte ich.«

»Wie hast du meine Kräfte blockiert?« Ich schlucke bei dem Gedanken an das Gefühl, gegen eine unsichtbare Wand zu laufen. »Ich habe noch nie von so etwas gehört.«

Sein leises Seufzen klingt nach einer Mischung aus Kapitulation und Belustigung. »Vanitas nutzt die Magie des Äthers oder des Geistes. Wir können Gedanken beeinflussen, lesen, das Bewusstsein kontrollieren, all so was. Deine Kräfte bauen auf Konzentration und auf deinen Gedanken auf. Ich habe sie quasi gestoppt. Für gewöhnlich ist das ziemlich einfach, aber du hast es mir verdammt schwer gemacht. Du bist stark. Wenn du dich länger gewehrt hättest, hätte ich dich vermutlich nicht mehr aufhalten können.«

Völlig entgeistert sehe ich ihn an. »Du kannst meine Gedanken lesen?«

»Nein.« Er klingt tatsächlich ziemlich unzufrieden, wie ein Kind, dem man die Süßigkeiten verboten hat. Ich hingegen bin verdammt erleichtert. »Ich kann die Gedanken von allen lesen, nur manche Wintermitglieder machen mir Probleme. Keine Ahnung, warum. Allgemein seid ihr schwerer zu kontrollieren. Vielleicht, weil unsere Kräfte sich so ähnlich sind.«

Unwillkürlich muss ich wieder an unser erstes Treffen in der Küche denken. Nein, das zweite, auch wenn mir das zu diesem Zeitpunkt nicht klar gewesen ist. Ich erinnere mich daran, wie seltsam ich mich gefühlt habe und wie intensiv er mich manchmal gemustert hat. »Der Kuss …«, beginne ich und berühre mit den Fingern meine Lippen. »War das Gedankenkontrolle?«

Ein leises Lächeln huscht über seine Lippen, während er mir einen kurzen Blick zuwirft. »Nein. Wie gesagt, bei euch, besonders bei dir, ist es schwieriger. Glaub mir, ich habe es versucht, und vielleicht habe ich dich ein bisschen in die richtige Richtung geschubst, als du nicht mit in die Küche kommen wolltest. Aber der Kuss war echt.«

Ich spüre, wie mir das Blut ins Gesicht schießt, als ich wieder an den Abend denke – und daran, wie seine Lippen sich auf meine legten. Aber ich erinnere mich auch noch zu gut an dieses merkwürdige Gefühl, das ich mir nicht erklären konnte. Das mich aber dazu verleitet hat, mich mit ihm vom Ball zu schleichen. Wenn ich Kevo jetzt ansehe, spüre ich immer noch einen Teil dieser Spannung, auch wenn ich sie zu ignorieren versuche. Doch dann fällt mir wieder ein, warum er mich geküsst hat und was danach geschehen ist.

Ich wende mich von ihm ab und beobachte stattdessen die Autos zu unseren Füßen, die winzig kleinen Menschen, die über die Straßen huschen und ihrem normalen Leben nachgehen. Sie alle haben keine Ahnung davon, was um sie herum passiert. Sie alle wissen nicht, dass jetzt gerade, in diesem Moment, das Gleichgewicht der Natur ins Wanken gerät, da nach wie vor Winter herrscht. Und dass sich hier oben eine Revolution zusammenbraut.

Nach ein paar Minuten sehe ich Kevo an und warte darauf,

dass er meinen Blick erwidert. »Ich kann das nicht machen. Nicht, ohne mit meiner Familie zu sprechen.«

Er mustert mich mit einem traurigen Ausdruck in den braunen Augen. »Du weißt, dass du verlieren wirst.«

»Und du weißt, dass ich kämpfen werde.«

PEEKABOO

Kevo hat mich zurück in mein Zimmer gebracht, die Tür aber nicht verschlossen. Offenbar traut man mir genug gesunden Menschenverstand zu, nicht erneut einen Fluchtversuch zu starten. Damit liegen sie richtig, vorerst. Mir ist klar, dass ich mir keine zweite Aktion wie die gestern leisten kann. Falls doch, sperren sich mich sicher wieder ein und legen ein Dutzend Blockierungsbanne über mein Zimmer, und dann hätte ich keine Chance mehr. Nein, mein nächster Versuch muss gut durchdacht und lückenlos sein. Denn es ist mit Sicherheit mein letzter.

Während ich allein auf dem Bett liege und die Zimmerdecke anstarre, hab ich genügend Zeit, mir einen Plan nach dem anderen zu überlegen. Einen Plan, wie ich hier rauskomme, mit meinem Großvater reden und ihn dazu bringen kann, mit den Vanitas-Rebellen zusammenzuarbeiten. Wenn es stimmt, was Kevo mir erzählt hat, gehören sie zu den Guten. Das muss mein Großvater doch einsehen.

Nach meinen Gesprächen mit Kevo wage ich allerdings zu bezweifeln, dass er mich einfach gehen lässt. Er scheint meinem Großvater keinen Meter über den Weg zu trauen, was ich ihm bei seiner Familiengeschichte aber nicht wirklich verübeln kann.

Irgendwann kehren die anderen zurück, und es wird wieder laut in der Wohnung. Ich verspanne mich ein wenig und beobachte den schmalen Spalt der Tür, die zum Flur hinausführt. Ich mag Kevo mehr oder weniger vertrauen, das gilt aber garantiert nicht für die anderen hier.

Als Katarina schließlich an meine Tür klopft und mich zum Abendessen abholt, folge ich ihr nervös. Schon gestern habe ich mich ein wenig gefühlt, als wäre ich das Lamm, das zur Schlachtbank geführt wird. Das war allerdings, bevor ich gegen sie alle gekämpft und zwei von ihnen ausgeschaltet habe. Heute ist dieses Gefühl daher noch stärker.

Dieses Mal stapeln sich jedoch keine Kartons auf der Kücheninsel, sondern alle haben sich auf der Sofalandschaft versammelt und balancieren braune Pappkartons auf ihrem Schoß. Sie sehen tatsächlich aus wie eine Familie, die einen netten Abend verbringt.

Genau wie gestern sehen mich alle an, als ich den Raum betrete. Katarina beachtet das Starren nicht, sondern drückt mir wortlos einen Karton in die Hand und setzt sich zwischen Kevo und einen Kerl auf die Couch, dessen Name ich nicht kenne. Unschlüssig stehe ich da und überlege, was ich jetzt tun soll. Erwarten sie, dass ich mich zu ihnen setze, oder soll ich einfach das Essen nehmen und wieder in mein Zimmer verschwinden?

Nach ein paar Sekunden, in denen keiner mit mir spricht,

entscheide ich mich für eine Mischung aus beidem. Statt mich zu ihnen zu setzen, ziehe ich mir einen Stuhl von dem gigantischen Esstisch hervor und mache es mir dort bequem. Immer noch streifen mich ein paar Blicke, doch allmählich wenden sich alle wieder ihren Gesprächen zu, und nach einer Weile scheinen sie mich mehr oder weniger zu vergessen. Aus den Augenwinkeln sehe ich, wie Bella den Raum betritt. Sie sagt kein Wort zu mir, aber ich spüre einen Stich schlechten Gewissens. Vielleicht sollte ich mich bei ihr entschuldigen? Oder versuchen, mich mit ihnen allen anzufreunden?

Gerade, als ich darüber nachdenke, mich doch noch zu ihnen zu gesellen, taucht ein Schatten an meiner Seite auf. Ich schaue auf und entdecke Will, der sich neben mich setzt. Na toll.

»Was gibt's?«, frage ich so unbeteiligt wie möglich und fische eine Frühlingsrolle aus dem Karton.

Er stützt das Gesicht auf die Faust und mustert mich mit unleserlicher Miene. »Das war eine ganz schön starke Vorstellung gestern.«

»Danke.«

»Ich kann mich nicht entscheiden, ob du dumm oder einfach nur sehr mutig bist.«

Ich sehe ihn direkt an. »Darf ich wählen?«

»Du bist vorlaut«, bemerkt er, ohne auf meine Frage einzugehen. »Das hatte ich nicht erwartet von einer Winterhüterin. Ihr habt den Ruf, besonnen und nachdenklich zu sein.«

Ich bemühe mich um einen höflich distanzierten Gesichtsausdruck, habe aber das Gefühl, kläglich zu versagen. Meine beste Strategie ist es wahrscheinlich, ihn nicht zu reizen. Und dazu gehört auch, mich von ihm nicht provozieren zu lassen.

»Was hast du denn erwartet, Will?«, frage ich und benutze

bewusst den Spitznamen, den laut seiner Aussage nur Freunde verwenden. »Ein höfliches, stilles Mäuschen?«

»So ähnlich, ja. Ich habe gehört, Kinder wie du werden gut erzogen.«

»Du hast deine Hausaufgaben wohl wirklich nicht sehr gut gemacht.« Ich beiße mir auf die Lippe und zwinge mich zu einem Lächeln. »Ich habe diese Erziehung leider nicht genossen. Ich war ein Quereinsteiger, schon vergessen?«

Sein Stirnrunzeln vertieft sich. »Du hast deine Kräfte erst vor Kurzem erhalten, stimmt's? Wie kommt das wohl?«

Das ist eine gute Frage. »Falls du es herausfindest, lass es mich wissen, okay?«

Sein leises Lachen fährt mir durch Mark und Bein. Am Anfang hatte Will irgendwie nett gewirkt, inzwischen bin ich mir aber sicher, dass ich mich besser so weit wie möglich von ihm fernhalten sollte. Unauffällig sehe ich hinüber zu Kevo, der jedoch in ein Gespräch mit Katarina vertieft ist.

Will bemerkt meinen Blick jedoch und mustert mich spöttisch. »Er spielt den Beschützer. Das ist irgendwie niedlich, findest du nicht?«

»Ich würde es eher menschlich nennen«, entgegne ich und beiße in die Frühlingsrolle, auch wenn mir der Appetit schon wieder vergangen ist.

»Du glaubst vielleicht, dass er der Held in schimmernder Rüstung ist, aber da irrst du dich.« Lässig greift er nach meinem Karton und stochert mit der Gabel darin herum. »Er hat dir nicht alles erzählt. Wusstest du, dass wir deine Zustimmung für das Ritual im Grunde nicht einmal brauchen?«

»Ach nein?«, frage ich zwischen zusammengebissenen Zähnen. »Nur zu, klär mich auf.«

»Es ist nur ein Gerücht.« Er schenkt mir ein herablassendes Lächeln. »Wenn man sich mit den alten Legenden der Jahreszeiten beschäftigt, findet man eine ganze Reihe an Zaubern und Ritualen, von denen die rechtschaffenen Meister ihren Hütern nichts erzählen. Anscheinend hatten die Götter einen recht grausamen Humor.«

»Komm zum Punkt.«

Wieder lacht er. Es ist so offensichtlich, dass er das hier genießt. Am liebsten würde ich aufstehen und gehen oder mich einfach neben Kevo setzen. Aber ein Teil von mir ist neugierig. Noch vor ein paar Tagen hätte ich ihm wahrscheinlich nicht einmal zugehört, aber nach allem, was ich bislang erfahren habe, existieren tatsächlich haufenweise Geheimnisse, von denen ich nichts weiß.

»Einer dieser Legenden nach kann man das Übergangsritual auch durchführen, ohne dass der Hüter anwesend sein muss. Alles, was man dafür braucht, ist sein Blut.«

Mein Blick schnellt zu ihm. »Was?«

»Wenn du mich fragst, handelt es sich um einen Notfallplan«, erklärt er seelenruhig. »Vielleicht für den Fall, dass der Hüter stirbt oder einen Aufstand anzettelt. Die Götter hatten bestimmt einen Plan B für so einen Fall. Wir wissen leider nicht, wie viel Blut wir benötigen, vielleicht einen halben Liter …«

Ich keuche leise auf. »Einen halben Liter? Willst du mich verarschen?«

Will schnalzt mit der Zunge. »Vielleicht auch nur ein paar Tropfen, die Aufzeichnungen darüber sind nicht ganz vollständig. Wie gesagt, wir wissen nicht, ob es wirklich funktioniert. Aber soll ich dir ein Geheimnis verraten, Bloom?« Als ich nicht antworte, hebt er die Hand und fährt mir mit den Fingerspitzen langsam über den Hals, genau wie Elia gestern in der Küche. »Ich bin bereit, es auszuprobieren. Denn ich habe nicht gelogen, als ich sagte, diese Sache ist größer als du und ich. Ich werde Vanitas wieder aufbauen. Die vier Häuser haben damals ihre Macht mit dem Blut der Rocha-Vorfahren gestärkt. Und im Gegensatz zu Kevo habe ich kein Problem damit, ihr Haus mit dem Blut der Euren erneut entstehen zu lassen. Haben wir uns verstanden?«

Ich nicke, nicht in der Lage, irgendetwas dazu zu sagen. Die Angst hat ihre Klauen in mein Herz geschlagen und lässt nicht zu, dass ich irgendwie darauf reagiere.

Will grinst und steht auf. »Genieß dein Essen.«

Den Blick gesenkt, lausche ich seinen Schritten, die sich langsam entfernen. Als sie nicht mehr zu hören sind, atme ich zittrig aus. Ich versuche, mich wieder auf das Essen zu konzentrieren, doch der Appetit ist mir gründlich vergangen.

Wenig später drehe ich den Schlüssel der Badezimmertür und setze mich auf den geschlossenen Klodeckel, um durchzuatmen. Mein Zimmer lässt sich nur von außen verschließen, das macht das Bad zu dem einzigen Raum in dieser verdammten Wohnung, in dem ich mich mehr oder weniger sicher fühle. Keine Ahnung, warum sie mir das hier überhaupt durchgehen lassen, immerhin hat Kevo vor ein paar Stunden noch vor der Dusche gestanden, damit ich keine Dummheiten mache. Vielleicht ist ihnen nicht einmal aufgefallen, dass ich gegangen bin. Vor einer halben Stunde ist dieser Elia mit ein paar Flaschen Alkohol aufgetaucht, und ich bin mir ziemlich sicher, dass die Hälfte von ihnen inzwischen zumindest angetrunken ist.

Kevo hat mich die ganze Zeit über ignoriert. Vielleicht war

ihm das Gespräch auf dem Dach vorhin zu kuschelig, und er will mich daran erinnern, dass er hier das Sagen hat.

Ich vergrabe das Gesicht in den Händen und blinzle die Tränen fort. Ich kann nicht mehr. Dieses Hin und Her, dieses Gefühlschaos zehrt mehr an meinen Nerven als meine misslungene Fluchtaktion gestern Abend.

Ein lautes Klopfen an der Tür lässt mich zusammenfahren.

»Moment!« Hastig betätige ich die Klospülung und stelle das Wasser im Waschbecken an.

»Beeil dich, du gehst wieder in dein Zimmer!«, höre ich eine gedämpfte Stimme aus dem Flur. Ich habe keine Ahnung, wem sie gehört, doch eigentlich ist es auch egal. Ich bin beinahe erleichtert, dass ich für den Rest des Abends meine Ruhe habe.

Als ich hinaus in den Flur trete, steht dort der Blonde mit der Nickelbrille, der mich im Park geschlagen hat. Ich schrecke kaum merklich zurück, doch er grinst mich nur an.

»Keine Sorge, ich fresse dich nicht«, sagt er und deutet dann auf meine Tür.

Ich spare mir eine Antwort. Mit hoch erhobenem Kopf gehe ich in mein Zimmer und setze mich aufs Bett, während er die Tür schließt und ich das vertraute Geräusch des Schlüssels höre, der im Schloss gedreht wird.

Sobald seine Schritte im Flur verhallen, kommen mir wieder die Tränen. Es ist, als würde der Damm, den ich die vergangenen zwei Tage so verzweifelt aufrechterhalten habe, nun endgültig brechen. Ein leises Schluchzen löst sich aus meiner Kehle, während ich auf dem Bett zusammensacke und mich meiner Angst und Verzweiflung hingebe. Meine Gedanken wandern zu meiner Mom. Ich drücke das Gesicht ins Kissen, um keine Geräusche zu machen. Noch nie in meinem Leben hatte ich

Heimweh, doch in diesem Moment zerreißt es mir beinahe das Herz. Meine Mutter und ich haben vielleicht unsere Probleme, aber im Moment will ich einfach nur von ihr in den Arm genommen werden und gesagt bekommen, dass alles gut wird. Wie als Kind, wenn ich einen Albtraum hatte und sie mir versichert hat, dass die Monster unter meinem Bett nicht existieren.

Keine Ahnung, wie lange ich so dagelegen und mir den Schmerz von der Seele geweint habe. Irgendwann muss ich wohl eingeschlafen sein, denn als ich das nächste Mal die Augen öffne, ist das Stück Himmel vor meinem Fenster, das ich durch den Schlitz in der Folie sehen kann, dunkel. Im ersten Moment habe ich keine Ahnung, was mich geweckt hat, dann nehme ich eine Bewegung vor meinem Bett wahr.

Ich schrecke hoch. »Was …?«

Der Rest des Satzes wird von der Hand erstickt, die sich auf meinen Mund presst. Ich schreie auf und versuche, die Hand wegzuziehen, doch keine Chance. Sie bewegt sich keinen Zentimeter. Panik steigt in mir auf und nimmt mir einen Moment den Atem. Erneut will ich schreien, aber kein Ton verlässt meine Lippen, stattdessen verwandelt sich der Schrei in ein ersticktes Grunzen. Allmählich gewöhnen sich meine Augen an die Dunkelheit, aber ich kann dennoch kaum etwas erkennen. In meiner Angst scheinen sich alle Schatten zu bewegen und mich einzukreisen, als ich versuche, mich aufzusetzen. Jemand versetzt mir einen harten Schlag auf die Brust und drückt mich zurück in die Matratze.

Den Bruchteil einer Sekunde bekomme ich kaum Luft. Ich japse auf, als die Hand verschwindet, doch ich kann nicht schreien. Der Schlag hat ein schmerzhaftes Pochen hinterlassen, und ich atme hastig ein und aus.

Zwei Arme schlingen sich um meine Taille und heben mich vom Bett. Einen Moment lang schwebe ich in der Luft, bevor ich wieder einen halbwegs klaren Gedanken fassen kann. Verzweifelt trete ich mit den Füßen nach hinten aus und treffe tatsächlich etwas. Ein Grunzen ertönt, der Griff lockert sich kurz, doch dann legt sich ein kräftiger Arm um meinen Hals und nimmt mir erneut jede Chance, einen Ton herauszubekommen. Tränen steigen mir in die Augen, ohne dass ich etwas dagegen tun kann.

»Miststück«, hustet mir jemand von hinten ins Ohr und pustet mir die Haare ins Gesicht. »Mach das noch einmal und ich breche dir ein paar Knochen.«

Ich erstarre, als ich die Stimme erkenne. Der italienische Akzent ist selbst durch das Flüstern deutlich zu hören. Elia.

Eine zweite Hand greift nach meinen Haaren und zerrt so heftig daran, dass ich erstickt aufheule. Inzwischen habe ich völlig die Orientierung verloren.

»Setz sie auf den Stuhl.« Das war der andere, und sofort werde ich hart auf den Holzstuhl geschubst, und meine Arme werden nach hinten gezogen.

Der Druck um meinen Hals verschwindet, doch beinahe sofort drückt sich eine große Hand auf meinen Mund. Mit aller Gewalt stemme ich mich hoch, aber die Arme sind stärker als ich. Ich kneife die Augen zusammen, versuche, mich auf meine Magie zu konzentrieren, aber Kevos bescheuerte Blockade steht wie eine Wand vor mir. Ich schreie erneut, kämpfe gegen die Panik an, die mich zu lähmen droht.

Plötzlich spüre ich etwas um meine Handgelenke, und mir wird klar, dass sie mich fesseln. Nein, nein, nein …

»Halt die Klappe«, zischt jemand, als ich erneut aus voller

Kehle brülle. Jetzt erst erkenne ich die Stimme, sie gehört Will. Nicht gerade überraschend, trotzdem trifft mich der Schock wie eine Kanonenkugel. »Beruhig dich, verdammt noch mal. Das hier muss keine große Sache werden, für keinen von uns. Also sei still!«

Verzweifelt zerre ich an den Fesseln um meine Handgelenke.

»Beeil dich, wir nehmen ihr Blut, und dann verschwinden wir«, bellt Elia.

Im nächsten Moment spüre ich einen stechenden Schmerz am Hals. Ich reiße die Augen auf und brülle gegen die Hand auf meinen Lippen. Blind vor Angst öffne ich den Mund und beiße, so fest ich kann, zu. In der Dunkelheit höre ich ein wütendes Knurren, die Hand verschwindet und ein heftiger Schlag landet auf meiner Schläfe. Eine Sekunde sehe ich nur noch Sterne, doch ich reiße mich zusammen und schreie. Meine Stimme schrillt in meinen Ohren und übertönt alle Geräusche im Zimmer.

Danach geht alles ganz schnell. Die Stimmen um mich herum werden lauter, irgendetwas trifft meinen Stuhl und das Zimmer dreht sich, bevor ich hart auf dem Boden aufschlage. Schritte auf dem glatten Marmorboden, dann dringt ein Streifen grelles Licht ins Zimmer, und Chaos bricht aus, so schnell, dass ich kaum folgen kann.

Das Nächste, was ich wieder bewusst wahrnehme, ist Kevos Gesicht, das sich in mein Blickfeld schiebt.

»Bloom?«, seine Hände legen sich an meine Wangen, und ich schrecke zurück, so gut wie das in meiner Position eben geht. »Bloom, rede mit mir.«

»Bleib weg von mir«, zische ich.

»Soll ich dich vielleicht hier liegen lassen?«, fragt er und wirft einen schnellen Blick über die Schulter. »Sicher nicht.«

Bevor ich etwas darauf erwidern kann, hat er die Arme um meine Taille geschlungen und mich hochgehoben. Er stellt den Stuhl aufrecht und ruft irgendetwas, was in dem Rauschen in meinen Ohren untergeht. Katarina rennt zu mir herüber und beginnt, an den Fesseln zu zerren, während ich mich hektisch umsehe.

»Wo sind sie?«, frage ich niemand bestimmten und reiße meine Hände nach vorn, sobald sich die Bänder um meine Handgelenke lockern. »Wo sind Will und Elia?«

Wieder umfasst Kevo mein Gesicht, und dieses Mal lasse ich es zu. Ich spüre, wie mir die Tränen über die Wangen laufen, aber das ist mir im Moment egal. »Bloom«, sagt er eindringlich. »Sie sind weg. Ich schwöre dir, sie sind weg.«

Mein Atem geht schneller als gewöhnlich, und mein Herz beginnt zu rasen. Das Adrenalin pumpt durch meinen Körper, als würde er sich für den Kampf vorbereiten. Ein Kampf, der inzwischen längst vorbei ist.

Als ich zu hyperventilieren beginne, huscht ein Anflug von Panik über Kevos Gesicht.

»Kat!«, brüllt er, ohne mich aus den Augen zu lassen. »Schick alle raus!«

»Aber …«

»Verschwindet! Macht das Licht an und dann raus!«

Ich wende den Blick nicht von Kevos Gesicht ab, deswegen kann ich nicht erkennen, ob sie ihm gehorchen. Doch wenige Sekunden später wird es hell im Zimmer, und ich höre das leise Klicken der Tür, die ins Schloss fällt.

»Bloom«, sagt er wieder. Seine Daumen beginnen über meine

Wangen zu streichen, doch ich nehme es kaum wahr. »Wir sind allein, okay? Du bist in Sicherheit.«

»In Sicherheit«, wiederhole ich verächtlich und befreie mich aus seinem Griff. Meine Hände zittern, und das Atmen fällt mir immer noch schwer, aber allmählich klären sich meine Gedanken. »Du gehörst zu ihnen!«

»Nein«, widerspricht er heftig und schüttelt den Kopf. »Nein, sie gehören nicht zu uns. Wenn ich gewusst hätte, was sie vorhaben, hätte ich sie niemals in deine Nähe gelassen.«

Als ich versuche, mich umzusehen, spüre ich einen scharfen Schmerz an meinem Hals, und ich zucke zusammen. Mit den Fingern taste ich vorsichtig über die Haut, und als ich sie wegziehe, klebt Blut dran. »Scheiße.«

Kevo flucht und fährt sich mit der Hand durch die Haare. »Wir müssen ins Bad, die Wunde reinigen. Das Licht ist hier zu schlecht, und ich muss mir das genauer ansehen, okay?«

Ich nicke erschöpft. Realistisch gesehen hätte Kevo mich längst verletzen können, wenn er es drauf anlegen würde. Und ich will nur noch ins Bett und das alles vergessen.

Ohne auf meine Proteste zu achten, schiebt Kevo einen Arm unter meine Kniekehlen, den anderen um meinen Rücken und hebt mich hoch. Mit dem Fuß öffnet er die Tür, bevor er mich den Flur entlang zu dem kleinen Badezimmer trägt. Als mein Blick auf mein Spiegelbild fällt, schlage ich erschrocken die Hand vor den Mund. Wow! Meine Haut ist so weiß wie die Fliesen an der Wand, und ein scharlachroter Fleck breitet sich über meinen Hals und den Stoff des Shirts aus, das meine Schulter bedeckt. Ich sehe richtig fertig aus.

Behutsam setzt Kevo mich auf dem geschlossenen Klodeckel ab.

»Kannst du dich allein aufrecht halten?«, fragt er, während er mich prüfend mustert.

Als ich nicke, lässt er mich vorsichtig los. Es ist ziemlich deutlich, dass er meiner Selbsteinschätzung nicht wirklich traut. Einen Moment sieht er mich noch skeptisch an, doch dann dreht er sich um und reißt ein paar Blätter Toilettenpapier ab, hält sie unter den geöffneten Wasserhahn und hockt sich dann vor mich.

»Sie haben mir Blut abgezapft«, murmle ich und lache freudlos auf. »Das ist doch ein Witz.«

»Ich fürchte, ich kann deinen Humor nicht so richtig teilen.«

Behutsam tupft er über meinen Hals, ohne die Stelle, an der sie mich verletzt haben, zu berühren. Dennoch zucke ich zusammen und fluche leise.

»Tut mir leid«, flüstert er ernst. »Ich schwöre es, Bloom, ich wusste nichts davon. Ich wäre damit nie und nimmer einverstanden gewesen.«

»Ich weiß.« Das ist keine Lüge. Tief in meinem Inneren weiß ich, dass das nicht sein Plan war. »Halb so wild.«

»Wieder nicht deiner Meinung.« Er beugt sich vor und mustert den Schnitt. »Die Wunde ist nicht sehr tief, aber wir sollten sie trotzdem desinfizieren und vielleicht klammern.«

Schnaubend schließe ich die Augen. »Ich gehe nicht davon aus, dass ihr mich in ein Krankenhaus bringt.«

Kevo schweigt so lange, dass ich ihn ansehe.

»Bloom …«

»Ich weiß«, unterbreche ich ihn und winke ab. Ich habe keine Lust mehr zu diskutieren, nicht heute.

Den Rest der Behandlung schweigen wir, was mir ganz recht ist. Irgendwann fallen mir die Augen zu, und ich lehne mich zurück, während Kevo an meinem Hals rumtupft. Ich bin so erschöpft, dass ich befürchte, jeden Moment vom Klo zu rutschen. Mir ist klar, dass das die Nachwirkung des Adrenalins ist und dass ich eigentlich auf der Hut bleiben sollte.

Aber ich schaffe es nicht. Ich kann nicht verhindern, dass ich mich bei Kevo sicher fühle.

READY TO FIGHT

Kevo bringt mich ins Wohnzimmer, das überraschend leer ist. Ich habe mit einem Haufen Rebellen gerechnet, stattdessen sitzt dort lediglich Katarina auf einem der Sofas und blättert in einer Zeitschrift. Sie sieht auf, als wir hereinkommen, und ich bin sehr froh, dass ich dieses Mal auf eigenen Beinen stehe – wenn auch auf wackeligen.

»Du hast da einen blauen Fleck im Gesicht«, sagt sie, während sie mich mustert. Als ihr Blick auf meinen Hals fällt, verzieht sie das Gesicht. »Wurdest du etwa von einem Vampir angefallen?«

»Halt die Klappe, Kat.«

Ich unterdrücke ein Stöhnen, als ich mich auf die andere Couch sinken lassen. Bei dem Sturz mit dem Stuhl habe ich mir gefühlt hundert blaue Flecken zugezogen.

»Geht's?«, fragt Kevo, der sich auf den Wohnzimmertisch mir gegenüber setzt.

»Himmel, sie hat keinen Kopfschuss abbekommen«, sagt Katarina und wirft die Zeitschrift zur Seite. »Viel wichtiger ist, wie es jetzt weitergeht.«

Ich sehe mich um. »Wo sind sie? Will und Elia, meine ich.«

»Weg«, sagt Katarina.

»Was meinst du damit?«

Mit dem Finger deutet sie auf die Aufzugtüren. »Sie sind weg. Als Kevo das Zimmer gestürmt hat, sind sie raus. Wohin genau, kann ich dir leider nicht sagen.«

»Verdammt schade«, knurrt Kevo und überrascht mich ein wenig mit der Härte in seiner Stimme. »Ich hätte ihnen wirklich gern gezeigt, was ich von dieser ganzen Scheißaktion halte.«

Stirnrunzelnd sehe ich ihn an. »Ihr seid doch Verbündete«, sage ich verwirrt und reibe meine Hände gegeneinander. »Solltet ihr nicht auf einer Seite sein?«

»Eigentlich kennen wir Will und Elia kaum. Wir sind nur über einen Bekannten zueinander gekommen.« Er schnaubt wütend. »Wir hätten niemals gemeinsame Sache mit ihnen machen sollen.«

Seufzend lege ich den Kopf auf die Rückenlehne. »Und die anderen?«

Kat zieht die Füße auf das Polster und setzt sich in den Schneidersitz, während sie ihren Bruder ernst ansieht. »Sie sind nicht alle deiner Meinung, Kevo. Ein paar von ihnen – vor allem die, die nicht hier in der Wohnung leben – hätten Will und Elia vermutlich bei ihrem Plan unterstützt.«

Ruckartig fahre ich hoch, doch Kevo drückt mich sanft zurück, bevor er sich an seine Schwester wendet. »Dann sollen sie auch gehen«, knurrt er. »Sie alle.«

»Das hast nicht unbedingt du zu entscheiden, Kevo. Ich will

hier wirklich nicht die Bitch spielen, aber sie sind in der Überzahl. Elia hat die meisten von dieser Sache überzeugt. Du kannst ihnen nicht verübeln, wenn sie ihm mehr vertrauen als dir.«

»Was schlägst du also vor?«, fragt Kevo barsch, ohne seine Schwester aus den Augen zu lassen. »Dass wir ihr die Kehle aufschlitzen und sie in den Fjord werfen?«

»Oh, wow«, murmle ich.

Er wirft mir einen schneidenden Blick zu.

Katarina hebt die Hände, als würde sie kapitulieren. »Ich sage doch nur, dass manche von ihnen sich nicht auf deine Seite stellen werden, wenn sie sich entscheiden müssen.«

»Dann lasst mich einfach gehen«, schlage ich energisch vor. »Im Ernst, die Lage hat sich jetzt ja wohl geändert.«

Kevo senkt den Blick, Katarina jedoch schüttelt den Kopf. »Das können wir nicht machen.«

»Aber …«

»Nein!«, fährt sie mir dazwischen. »Selbst wenn wir dir vertrauen würden, dass du uns nicht verrätst, können wir das Risiko nicht eingehen. Selbst wenn wir das Ritual ohne dich durchführen könnten.«

»Und warum nicht?«

»Weil Vanitas zwischen Winter und Frühling entstehen muss«, beschwört sie mich. »Wenn du nach Hause gehst und sie den Frühling einleiten, haben wir unsere Chance verpasst. Und die anderen Häuser haben ein Jahr Zeit, sich gegen uns zu wappnen. Das können wir nicht zulassen.«

»Ohne das Amulett können wir aber nichts entstehen lassen, und das weißt du.«

»Darauf verlasse ich mich lieber nicht.« Sie verschränkt die Arme vor der Brust. »Die einzige Möglichkeit …«

»Moment«, unterbricht Kevo sie und springt auf. Alarmiert sehe ich mich um, kann jedoch keinen messerschwingenden Rebellen entdecken. »Das Amulett. Wo ist es?«

Katarina wird blass, und sie erhebt sich ebenfalls. Überraschend schnell rennt sie los und ist eine Sekunde später in einem der Schlafzimmer verschwunden. Als sie wieder auftaucht, steht ihr das Entsetzen ins Gesicht geschrieben. »Es ist weg.«

Kevo flucht so heftig, dass es mir die Röte ins Gesicht treibt.

»Sie haben euch das Amulett geklaut?«, frage ich und lache trocken auf. »Wow, wie paradox! Ist ein Scheißgefühl, verraten und bestohlen zu werden, oder?«

»Spar uns deine Schadenfreude«, fährt Katarina mich an, während Kevo beginnt, im Wohnzimmer hin- und herzulaufen.

»Okay, dann könnt ihr mich ja doch gehen lassen.« Mein Vorschlag stößt nicht unbedingt auf Gegenliebe. »Im Ernst, ihr könnt jetzt sowieso nichts ausrichten. Lasst mich gehen. Ruft mich an, wenn ihr es wiederhabt.«

Katarina schnaubt spöttisch. »Mega-Idee. Wir lassen auch noch das letzte Puzzlestück gehen, das wir haben. Tut mir leid, Herzchen, du wirst uns noch eine Weile mit deiner Anwesenheit erfreuen müssen.«

Ich werfe ihr einen schneidenden Blick zu. Wenn ich ehrlich bin, kann ich nicht genau sagen, ob ich sie besonders gut leiden kann oder nicht. Sie ist eine Zicke, aber immerhin ehrlich.

»Ich muss mit den anderen reden«, sagt Kevo plötzlich, ohne einen von uns direkt anzusehen. Das erste Mal, seit ich ihn kenne, wirkt er wirklich überfordert. Und das beruhigt mich nicht gerade. »Ich rede mit ihnen und überzeuge sie davon, dass das, was Will und Elia hier abgezogen haben, 'ne linke Nummer war. Sie werden das verstehen, wir sind keine Mörder!«

»Mörder?«, hake ich nach. »Sie haben mir ein bisschen Blut abgezapft. Ich will nicht sagen, dass ich das okay finde, aber sie haben nicht versucht, mich umzubringen.«

Ich sehe, wie er und Katarina einen Blick tauschen, und ziehe die Augenbrauen hoch.

»Noch nicht«, sagt Katarina.

»Hör mal«, beginnt Kevo, der endlich mit dem Herumgerenne aufhört und sich erneut auf den Couchtisch setzt. »Ich will dir keine Angst machen, aber du erinnerst dich bestimmt noch daran, was mit dem anderen Hüter passiert ist.«

»Sander«, flüstere ich, und ohne dass ich es verhindern kann, sehe ich seinen Körper vor mir.

»Ja. Diejenigen, die das waren, sind nicht länger Teil unserer Gruppe, aber, Bloom, wir sind nicht wenige. Inzwischen gibt es viele, die für unsere Sache kämpfen, und ich bin nicht so dumm, ihnen allen zu vertrauen. Es gibt immer welche, die übers Ziel hinausschießen.«

Ich muss ein paarmal schlucken. »Und was genau soll das heißen?«

»Dass einige von ihnen dich vermutlich töten würden, nur um zu verhindern, dass du den Frühling einleitest«, springt seine Schwester ein.

Kraftlos sinke ich in die weichen Polster.

»Hier bist du sicher«, beschwört Kevo und nimmt meine Hände. Ein wenig überrascht sehe ich zu ihm hoch, ziehe sie aber nicht weg. »Die anderen sind vielleicht nicht unbedingt meiner Meinung, aber sie werden nichts unternehmen. Es ist eine Sache, einem Mord zuzustimmen, eine andere, ihn selbst zu begehen. Und wir haben immer noch den Vanitaskristall. Sie brauchen uns also.«

Ich lache hustend. Wie wir hier sitzen und über meine Ermordung diskutieren, ist dermaßen abgedreht, dass es absolut unwirklich erscheint. Vielleicht ist das alles nur ein beschissener Traum, und morgen wache ich zu Hause in meinem Bett auf.

Resigniert lasse ich meine Schultern sinken. »Und was machen wir jetzt?«

Kopfschüttelnd steht er auf und greift nach einem Bier, das er in einem Zug leert. Dann sieht er mich an. »Du gehst schlafen. Ich werde vor deiner Tür Wache halten, in Ordnung? Heute Nacht brauchst du dir keine Sorgen machen. Morgen entscheiden wir, wie es weitergeht.«

Ich nicke, während die Gedanken in meinem Kopf Achterbahn fahren. So viele Fragen, so viele Wenn und Aber, dass es in meiner Schläfe zu pochen beginnt. Aber Kevo hat recht. Heute können wir nichts mehr ausrichten.

Das Gefühl von gestern Nacht, in Kevo und Katarina so etwas wie Verbündete gefunden zu haben, ist am nächsten Morgen wie weggeblasen. Der Blonde mit der Nickelbrille bringt mir Frühstück, und als ich vorsichtig die Tür öffne, sitzt dort ein Typ mit türkischem Akzent, der mich zur Toilette begleitet. Im Bad drehe ich probeweise die Dusche auf, aber kein Tropfen Wasser kommt heraus. Offensichtlich haben sie das Wasser abgeklemmt.

Abgesehen davon verlasse ich das Zimmer nicht, nicht einmal für die Mahlzeiten. Offensichtlich ist meine kurze Zeit des Freigangs vorbei, auch wenn ich mir das nicht erklären kann. Immerhin bin nicht ich diejenige, die Scheiße gebaut habe.

Den ganzen Vormittag über bekomme ich weder Kevo noch Katarina zu Gesicht. Als ich den Blonden nach den beiden frage, bekomme ich jedoch keine Antwort. Ich bin völlig verwirrt. Gestern Nacht noch hatte ich das Gefühl, sie stünden auf meiner Seite. Aber jetzt? Was, wenn sie von den anderen überstimmt wurden?

Gegen Nachmittag, zumindest gehe ich davon aus, dass es Nachmittag ist, klopft es schließlich an meiner Tür. Ich richte mich auf und balle die Hände zu Fäusten. Ein sehr dramatischer Teil von mir rechnet damit, dass jeden Moment die Rebellen das Zimmer stürmen und mich ausbluten lassen.

Stattdessen erscheint Katarina im Türrahmen und mustert mich einen Moment. »Wie geht es dir?«

Ich beiße die Zähne aufeinander und zucke mit den Schultern. »Sind nur Kratzer.«

»Gut.« Mit einer ungeduldigen Geste dreht sie sich wieder Richtung Flur um. »Komm mit. Kein Wort, einfach nur mitkommen.«

Einen Moment lang überlege ich, mich einfach zu weigern, gebe dann aber nach. Hauptsächlich, weil mir langweilig ist.

Ich schiebe die Hände in die Hosentaschen und folge Katarina auf die Dachterrasse, die ich bereits kenne. Doch zu meiner Verwirrung geht sie weiter, überquert die große Fläche und öffnet schließlich eine Tür auf der anderen Seite, die mir beim letzten Mal gar nicht aufgefallen ist. Misstrauisch verenge ich die Augen, als ich hinter ihr einen gigantischen Fitnessraum betrete. An den Wänden sind Sportgeräte aufgereiht, es gibt Hantelbänke, Stepper und allerlei Geräte, von denen ich nicht einmal weiß, wie man sie benutzt. Ein wenig irritiert sehe ich Katarina an.

»Was machen wir hier?«, frage ich.

»Wirst du gleich sehen.« Sie grinst mich an. »Wie war dein Tag bisher?«

»Sterbenslangweilig. Wo ist Kevo?«

Genau der räuspert sich in diesem Moment. »Bin ich wirklich so leicht zu übersehen? Ich hatte mir eigentlich eingebildet, dass ich jeden Raum dominiere.«

Ich mustere ihn abschätzend, spare mir aber eine Antwort.

Er schmunzelt. »Okay, wie du meinst.«

»Also, was ist nun?«, meldet sich Katarina wieder zu Wort, die uns mit hochgezogenen Augenbrauen beobachtet. »Wollt ihr euch nun weiter anzicken oder fangt ihr an?«

Irritiert sehe ich erst sie, dann Kevo an. »Womit fangen wir an?«

Kevo streckt die Arme über den Kopf und beginnt, sich zu dehnen. »Wir trainieren. So etwas wie gestern darf nicht noch einmal passieren. Du musst in der Lage sein, dich zu wehren, auch ohne deine Kräfte.«

»Euer Ernst?« Als keiner von beiden etwas sagt, schnaube ich spöttisch. »Ihr blockiert meine Kräfte, trainiert mich dann aber im Kampfsport?«

Katarina verschränkt die Arme vor der Brust. »Im Nahkampf hast du gegen uns beide keine Chance. Wir riskieren damit also nicht, dass du abhaust.«

»Ihr habt mich den ganzen Tag ignoriert.«

Kevo wirft mir einen entschuldigenden Blick zu. »Wir wollen den anderen keinen Grund geben, hinter unserem Rücken irgendwelche Pläne zu schmieden.«

»Und warum bist du dann hier?«, frage ich Katarina, während ich die Strickjacke, die der Blonde mir heute Morgen gegeben hat, ausziehe und in eine Ecke schleudere. Ein bisschen Training kann sicher nicht schaden, und es bietet zumindest eine Abwechslung zum ewigen Im-Zimmer-Hocken.

Katarinas Grinsen ist mir nicht geheuer. »Ich passe auf dich auf.« Mit dem Kopf deutet sie auf Kevo, der jetzt einen der schweren Vorhänge zuzieht. »Ich habe ein bisschen Angst, dass der da zu ruppig mit dir umgeht.«

»Keine Sorge, ich werde dir nicht wehtun«, versichert mir Kevo, als ich ihn ein wenig besorgt mustere. Allerdings liegt auch auf seine Lippen ein leichtes Grinsen, was mich an seinen Worten zweifeln lässt.

Trotzdem reiße ich mich zusammen. »Okay, womit fangen wir an?« Ich straffe die Schultern und versuche, so furchtlos wie möglich zu klingen. Der Boden unter meinen nackten Füßen ist zwar mit dünnen Matten ausgelegt, aber ich bin mir sicher, dass es dennoch ziemlich wehtut, wenn ich daraufknalle.

Kevo betrachtet mich prüfend von oben bis unten. »Irgendwelche Erfahrungen im Kampfsport?«

Verlegen scharre ich mit den Füßen. »Ich hatte eine Zeit lang Kickboxen.«

Seine Augen verengen sich überrascht. »Wirklich?«

»Ist aber nicht viel hängen geblieben«, erwidere ich. »Ich war nie gut darin, jemanden abzuwehren. Bei Angriffen war ich immer geliefert.«

Er nickt. »Ich denke, das Wichtigste ist, dass wir dir erst einmal beibringen, wie du dich wehren kannst. Und sobald du dich verteidigen kannst, können wir in den Angriff übergehen.«

Ich zucke nur mit den Schultern. »Wie du meinst.«

Einen Moment lang mustert er mich noch nachdenklich, dann baut er sich wenige Meter vor mir auf, und meine Furchtlosigkeit verpufft im Nichts. Mir ist nie richtig aufgefallen, wie groß er ist. Und breit. Er überragt mich bei Weitem.

»Erschrick nicht, okay?«, sagt er. »Ich werde jetzt auf dich zugehen und versuchen, dich festzuhalten, ja? Du versuchst einfach, mich abzuwehren.«

»Nein«, erwidere ich, als er einen großen Schritt auf mich zumacht. »Was soll ich denn machen?«

»Genau das, was du machen würdest, wenn ich ein Schlägertyp auf der Straße wäre.«

Ich weiche zurück und sage ihm nicht, was ich wirklich tun würde, wenn er ein Idiot auf der Straße wäre: meine Kraft einsetzen oder, alternativ, kreischen und wegrennen. »Aber ich würde ihm das Knie zwischen die Beine rammen. Oder die Finger in die Augen. Das kann ich bei dir doch nicht machen!«

Noch ein Schritt – und schon steht er nur noch einen Meter von mir entfernt. »Wehr dich einfach, okay? Und wenn ich ein Knie in meine Weichteile riskiere, dann ist das meine Sache.«

Bevor ich noch etwas erwidern kann, macht er einen Satz auf mich zu.

Na gut, ich habe ihn gewarnt. Hastig greife ich nach seinen breiten Schultern und will zutreten, aber im nächsten Moment liege ich schon mit dem Rücken auf dem Boden, und er kauert über mir. Ich habe überhaupt nicht mitbekommen, dass er mich gepackt oder umgeschmissen hat. Aber hier liege ich, wie ein Käfer auf dem Rücken.

»Und genau deswegen müssen wir trainieren«, sagt Kevo mit einem triumphierenden Blick. Seine Hände halten mich an den Oberarmen umklammert und drücken meine Schultern zu Boden. Seine Beine befinden sich links und rechts neben meinen Oberschenkeln, sodass er breitbeinig über mir kniet. Sein

Atem geht genauso gleichmäßig wie vorher, was mich verdammt ärgert.

»Ja, danke, du kannst mich jetzt loslassen.«

Grinsend richtet er sich auf und weicht zurück. Ich rapple mich hoch und ziehe meine Klamotten zurecht, während Kevo sich wieder mir gegenüber aufstellt, kaum fünf Meter von mir entfernt.

»Wir sollten mit deinem Gleichgewicht und einem sicheren Stand anfangen. Wenn du falsch stehst und dein Körper nicht vorbereitet ist, dann kann dich ein sechsjähriges Mädchen von der Matte pusten. Also festigen wir das als Erstes.«

Ich beiße mir auf die Lippe, um eine patzige Antwort zurückzuhalten. Mir ist klar, dass er mir nur helfen will, trotzdem wage ich zu bezweifeln, dass ein sicherer Stand mich sonderlich weit bringen wird. Zumal ich wirklich hoffe, dass wir nicht monatelang Zeit haben werden, um meine Kampfkünste zu perfektionieren. Vielleicht wäre es also doch besser, wenn wir nicht bei null beginnen würden. Doch das behalte ich für mich. Stattdessen stelle ich mich ein wenig breitbeinig hin, schüttle die Arme aus und strecke mich.

»Gut«, sagt Kevo und geht langsam um mich herum. »Versuch, dich mit dem Boden zu verankern und diese Haltung zu verinnerlichen. Solltest du stolpern oder fallen, kehr immer wieder in diese Position zurück, sie ist sowohl deine Angriffs- als auch Verteidigungsstellung.« Er bleibt vor mir stehen. »Spring einen Schritt nach vorn.«

»Warum?«

»Mach einfach, Bloom.«

Ich komme mir blöd vor, tue aber, was er gesagt hat. Kevo nickt aus irgendeinem mir nicht ersichtlichen Grund, beugt sich herunter und umfasst meinen rechten Oberschenkel. Ich versteife mich, als die Berührung kleine Stromstöße durch meinen Körper schickt. Doch Kevo lässt sich davon nicht beirren, er hebt wortlos meinen rechten Fuß an und stellt ihn ein Stück weiter nach vorn. Dann richtet er sich wieder auf.

»Wir brauchen ein paar Regeln für das Training, in Ordnung?«, sagt Kevo und baut sich vor mir auf. »Kopf, Brust und … na ja, *Downtown* sind verbotene Zonen, verstanden?«

Ich werde rot, zwinge mich jedoch zu einem schiefen Grinsen. »Ich dachte, du nimmst es in Kauf, einen Tritt in die Kronjuwelen zu kassieren.«

»Du auch?«

»Gutes Argument.« Ich schüttle erneut die Arme aus. »Also gut, ich stehe. Was jetzt?«

»Jetzt versuche ich, dich aus dem Gleichgewicht zu bringen. Wenn du die Position verlierst, nimm sie so schnell wie möglich wieder ein, okay?«

Zögernd stemme ich meine Füße auseinander und nehme die Verteidigungshaltung ein. Ich fühle mich jetzt schon wackelig auf den Beinen, und es ist auch nicht gerade förderlich, dass Kevo und Katarina mich breit grinsend beobachten.

»Wenn du mich umwirfst«, zische ich ihm drohend zu, »erzähle ich den anderen, du hättest meine verbotenen Zonen berührt.«

Sein Grinsen wird noch eine Spur breiter, was mich ernsthaft an seiner Aufrichtigkeit zweifeln lässt. »Jetzt dreh dich um, mit dem Rücken zu mir. Wir langweilen Kat.«

»Als ob mir das was ausmachen würde«, sage ich schnaubend, gehorche aber und korrigiere erneut meine Position.

Ohne Vorwarnung stößt Kevo von hinten gegen meine

Schulterblätter, und prompt stolpere ich einen Schritt nach vorn. Verdammt!

»Das war schlecht«, kommentiert er das Offensichtliche, während ich mich fluchend wieder vor ihn stelle.

So geht das ein paar Mal. Er rempelt gegen meine Schulter, meinen Rücken und gegen meine Hüfte, und ich schaffe es einfach nicht, meinen Stand zu halten.

»Du verlagerst deinen Schwerpunkt falsch«, sagt Kevo, als ich wieder einmal die Verteidigungsposition einnehme. »Du lehnst dich nach vorn, wenn du auf den Schlag wartest. Damit fällst du automatisch um.«

»Was bist du, ein gottverdammter Profiboxer?«, schnauze ich, auch wenn mir eigentlich klar ist, dass er nichts dafür kann. Mir gefällt diese ganze Situation nicht. Lieber wäre ich diejenige, die ihn herumschubst.

Mein Meckern scheint ihn allerdings nicht im Geringsten zu kümmern. Stattdessen bemerke ich sein amüsiertes Grinsen, und ich werfe ihm einen wütenden Blick zu.

»Irgendwie ist es ziemlich knuffig, wenn du fluchst«, meint er, eindeutig, um mich zu provozieren. Doch dann schlägt er einen versöhnlichen Ton an. »Warte, ich zeig's dir.«

Argwöhnisch beobachte ich, wie er einen Schritt näher an mich herantritt, sodass ich seinen Atem nun in meinem Nacken spüre. Am liebsten würde ich zurückweichen, was albern wäre. Wir sind immerhin keine dreizehn mehr.

Als seine Hände sich jedoch auf meine Hüften legen, ist es mit meiner Konzentration dahin. All mein Denken scheint sich innerhalb von Sekunden auf das Stück Haut zu reduzieren, an der wir uns berühren. Ich muss mich echt zusammenreißen.

DEAR HEART, WHY HIM?

»Lehn dich ein wenig nach hinten«, sagt Kevo und zieht mich an den Hüften so weit zurück, dass ich glaube, schräg zu stehen. Es fühlt sich unnatürlich an, doch gleichzeitig spüre ich, wie meine Füße am Boden verankern. »Und jetzt die Schultern.« Er greift nach meinen Oberarmen und zieht auch daran, bis mein Oberkörper wieder gerade ist.

Erst als er mich loslässt, fällt mir auf, dass ich die Luft angehalten habe.

»Jetzt probieren wir es noch mal. Bereit?«

Ich nicke und warte darauf, erneut nach vorn zu stolpern. Doch als er mir dieses Mal einen Stoß ins Kreuz verpasst, bleiben meine Füße genau da, wo sie hingehören. Ich schwanke zwar ein bisschen, bleibe aber stehen.

Mit einem triumphierenden Schrei drehe ich mich zu Kevo um, der mich mit verschränkten Armen ansieht.

»Ich bin nicht gestolpert«, sage ich zufrieden.

Er lacht. »Du bist eine verdammte Kampfmaschine, Wintermädchen.«

»Da kannst du einen drauf lassen.«

»Okay, lass uns einmal tauschen«, weist er mich an, immer noch grinsend. »Umgekehrt geht es im Grunde genauso. Wenn du angreifst, versuchst du, deinen Gegner aus dem Gleichgewicht zu bringen.«

Ich stelle mich hinter ihn und reibe mir erwartungsvoll die Hände. Zu meiner Enttäuschung lässt er sich nicht annähernd so schnell aus dem Gleichgewicht bringen wie ich. Obwohl ich am Ende tatsächlich beinahe auf ihn einprügle, bleiben seine Füße genau in derselben Position, wohingegen sein Lächeln immer breiter wird.

»Das ist nicht fair«, beschwere ich mich, als ich ein wenig um Atem ringe. »Das Kräfteverhältnis ist nicht annähernd ausgeglichen.«

Katarina räuspert sich amüsiert aus ihrer Ecke. Ich habe beinahe vergessen, dass sie anwesend ist, aber jetzt drehe ich mich zu ihr um und hebe fragend die Augenbrauen.

»Kevo macht das schon seit Jahren«, erklärt sie schließlich. »Lass dich dadurch nicht einschüchtern. Du brauchst eine Ausbildung im Schnelldurchlauf, also nimm von ihm alles, was du kriegen kannst.«

Ist das ihr Ernst? Es ist völlig unmöglich, dass ihr die Doppeldeutigkeit ihrer Worte entgangen sein kann.

Vorsichtig sehe ich Kevo an. Sein Gesichtsausdruck macht deutlich, dass ihm vollkommen klar ist, was Katarina gerade gesagt hat.

»Du hast sie gehört«, bemerkt er feixend und breitet die Arme aus. »Nimm, was du kriegen kannst.«

Ich unterdrücke ein Grinsen, als ich mich auf meine Füße und den Marmor unter den Trainingsmatten konzentriere. Der Bann ist noch immer aktiv, doch für ein wenig Energie reicht es aus. Meine Füße beginnen zu kribbeln, und ich fühle die Kraft durch meine Adern pulsieren. Ohne Kevo aus den Augen zu lassen, mache ich einen Satz nach vorn und schlage ihm mit der Faust auf die Brust. Offenbar trifft ihn der Angriff ziemlich unerwartet, denn mit einem leisen Schnaufen stolpert er ein paar Schritte zurück und landet schließlich auf dem Hintern.

»Ha!«, rufe ich aus und stemme die Hände in die Seiten, während ich auf ihn herabsehe.

»Das war kein Sieg, das war Betrug«, stellt er klar, als er sich erneut hinter mir aufbaut. »Jetzt bin ich wieder dran.«

Dieses Mal schlage ich mich besser. Auch wenn ich es nicht gern zugebe, ist mein Gleichgewicht durch Kevos Hilfe jetzt wesentlich verlässlicher, und ich halte mindestens der Hälfte seiner Angriffe stand. Was ich jedoch wesentlich schlechter ignorieren kann, ist das Gefühl, das mich jedes Mal durchzuckt, wenn er mich berührt. Oder wenn mein Shirt ein wenig hochrutscht und seine Hände auf meine nackte Haut treffen. Ich versuche, es dem Adrenalin zuzuschreiben.

Doch leider bin ich kein unbedarfter Teenager, und ich kenne die Signale, die mein Körper mir schickt. Ich weiß ganz genau, was es bedeutet, dass meine Handflächen feucht werden und mein Herz ein wenig an Tempo aufnimmt, wenn Kevo mir zu nahe kommt. Himmel, als seine Hand einmal flüchtig meinen Rippenboden gestreift hat, habe ich es nur knapp geschafft, ein Schaudern zu unterdrücken.

Irgendwann scheint Kevo zufrieden mit meiner Leistung als Stehaufmännchen zu sein, denn er umrundet mich und baut sich wieder vor mir auf. Seine Stimmung ist im Großen und Ganzen lockerer, als ich ihn bislang in dieser Wohnung erlebt habe, und ich muss zugeben, dass ich diesen Kevo um einiges lieber mag als den missmutigen.

»Versuchen wir es noch einmal mit dem Frontalangriff«, sagt er. »Und diesmal versuch, auf meine Hände zu achten, halte dein Gleichgewicht und wehre mich ab. Lass nicht zu, dass ich dich an den Schultern zu fassen bekomme.«

»Das ergibt doch keinen Sinn, du bist viel zu …« Aber er lässt mich gar nicht erst aussprechen, sondern bringt mich mit einem langen Schritt zum Verstummen. Hastig visiere ich seine Hände an, die nach vorn schnellen wie Nattern und nach meinem Oberkörper greifen. Trotz der Übungen mache ich instinktiv einen Satz zurück und halte die Arme hoch. Einen Moment denke ich sogar, es würde funktionieren, doch dann liegt seine eine Hand an meiner Hüfte, seine andere an meinem Rücken und mit dem Fuß tritt er mir von hinten in die Kniekehlen, sodass ich zusammensacke. Dieses Mal verzichtet er wenigstens darauf, mich auf den Boden zu schmeißen, sondern hält mich aufrecht und bedenkt mich stattdessen mit einem wissenden Blick.

Ohne ein Wort lässt er mich wieder los und zieht sich auf seinen Platz mir gegenüber zurück. Dann schnellt er abermals vor. Diesmal versuche ich es mit meinen kläglichen Kickboxkünsten. Mein Fuß schnellt vor und zielt genau auf seine Brust, doch bevor ich ihn treffen kann, hat sich seine Hand fest um meinen Knöchel geschlossen, sodass ich um mein Gleichgewicht kämpfen muss.

So geht das ein paarmal. Er ermahnt mich, besser auf seine Hände zu achten, während ich ihm mehrmals erkläre, dass ich gegen Stahlarme nun mal nichts ausrichten kann, selbst wenn ich auf die Hände achte. Aber irgendwann bekomme ich den Dreh raus und kann tatsächlich verhindern, dass er meine Schultern erreicht.

»Na, siehst du«, sagt er, als ich ihn erfolgreich abgewehrt habe und nun seine Hände in meinem Griff umklammert halte.

»Wetten, dass du nur einmal zucken musst, und schon liege ich wieder auf dem Boden?«, antworte ich ziemlich außer Atem. »Es ist einfach unfair, dass ich meine Kräfte nicht benutzen kann.«

Statt einer Antwort dreht Kevo die Hände aus meinem Griff, schlingt den rechten Arm um meine Taille und tritt mir gleichzeitig mit dem Fuß die Beine weg. Ich sacke weg und lande zusammen mit ihm auf dem Boden, auch wenn er mich eher hinlegt, als dass ich falle. Blitzschnell kniet er sich über mich und hält mit seinen großen Händen meine Arme am Boden fest.

Ich funkle wütend zu ihm hoch. »Vielen Dank.«

Grinsend sieht er auf mich herab. »Wette gewonnen.«

»Ich finde das absolut lächerlich«, sage ich genervt, auch wenn mir durchaus bewusst ist, dass ich im Moment vielleicht nicht in der besten Lage bin, um zu meckern. »Wenn mich irgendwer angreift, der auch nur halb so stark ist wie du, bin ich Hackfleisch. Also, wieso gibst du mir nicht einfach einen Revolver oder so etwas und wir vergessen die Sache mit dem Nahkampf?«

»Mit einem Revolver würdest du dich wahrscheinlich nur selbst erschießen.« Er sitzt immer noch halb auf meinen Knien und hält mich fest, sodass ich mich einen Moment lang frage, ob er vielleicht befürchtet, dass ich sonst die Flucht ergreife. »Und ich finde, du hast deutlich Fortschritte gemacht.«

Ich befreie meine Hände und drücke ihn weg. »Ich denke, wir sind hier fertig.«

Katarina räuspert sich amüsiert. Schön, dass wenigstens eine hier ihren Spaß hat.

»Wenn ich dich ablösen soll, sag Bescheid!«, ruft sie ihrem Bruder zu.

»Bescheid«, sage ich trocken, obwohl dieses Angebot nicht mir galt. »Ehrlich, du könntest mir ruhig mal helfen.«

Während Kevo nur verächtlich die Augen verdreht, huscht ein erwartungsvoller Ausdruck über Katarinas Gesicht.

»Wirklich?«, fragt sie und macht ein paar Schritte auf uns zu. »Brauchst du Hilfe?«

»Nein!«, antwortet Kevo sofort, während ich »Ja!« rufe.

Katarinas Grinsen wird breiter, und noch bevor ich etwas sagen kann, wirft sie sich auf ihren Bruder. Sie macht genau dasselbe mit Kevo wie er gerade mit mir, und einen Moment später hockt sie auf seiner Brust.

Ein wenig schockiert sehe ich den beiden zu. Obwohl Kevo sich heftig wehrt, behält Katarina die Oberhand. Sie ist zwar größer als ich, aber so viel Kraft hätte ich ihr trotzdem nicht zugetraut.

Sie setzt eine gelangweilte Miene auf und verschränkt die Arme vor der Brust. »Ich denke, wir lassen ihn eine Weile schmoren. Könntest du mir inzwischen einen Donut holen?«

Kevo schnaubt unter ihr. »Also ehrlich, ihr hattet euren Spaß, in Ordnung? Lass mich los.«

Ich pruste los, und mein angeknackstes Ego applaudiert lautstark. Für einen Moment, einen winzigen Moment, vergesse ich sogar die Sorgen und Ängste um mich herum.

»Wie machst du das?«, frage ich glucksend, während Katarina wieder auf die Beine springt und Kevo sich die Schulter reibt.

»Gedankenkontrolle«, knurrt er und steht auf. »Sie hat versucht, meine Kräfte zu blockieren, und ich war kurz abgelenkt. Sie hat mich überrascht.«

»Das ist echt praktisch«, bemerke ich nachdenklich. »Könnt ihr eure Gedanken lesen? Also gegenseitig?«

»Wir könnten es, wenn wir es zuließen«, erklärt Katarina, die überhaupt nicht außer Atem wirkt. »Es ist aber eher so, dass wir einander Gedanken rüberschicken, wir können sie nicht wahllos lesen. Es kommt nur das an, was wir tatsächlich übermitteln wollen.«

»Das funktioniert auch bei dir«, sagt Kevo. »Du kannst in Gedanken mit mir sprechen.«

»Ach ja?«, frage ich überrascht. »Aber du hast doch gesagt …«

»Es ist nicht so, dass ich einfach in deinen Kopf hineinschauen kann. Eher eine telepathische Verbindung. Ich nehme deine Signale wahr, wenn du sie aussendest, und du meine, wenn du es zulässt.«

Ich verenge ein wenig die Augen und starre Kevo an, der sich grinsend vor mir aufstellt. Ein bisschen albern komme ich mir dabei zwar schon vor, aber ich konzentriere mich trotzdem auf die Worte, die ich – wie hatte er es genannt? – aussenden will.

Kevo, bitte kommen!

Er verdreht lachend die Augen. »Wie kreativ.«

Okay, das ist vielleicht ein bisschen zu allgemein.

Warum ist ausgerechnet Endgame *dein Lieblingsfilm?*

»Weil er der dramatischste ist«, antwortet er und wackelt mit den Augenbrauen, als mir der Mund aufklappt.

»Halt dich bloß aus meinem Kopf raus«, murre ich und wende

mich gähnend ab. In den letzten Minuten hat sich Erschöpfung in mir breitgemacht. Offenbar sitzt mir die Nacht doch noch mehr in den Knochen als gedacht. Das Training hatte mich zwar für eine Weile aufgeputscht und wach gehalten, doch inzwischen habe ich das Gefühl, jeden Moment einzuschlafen.

Als ich nach meiner Strickjacke greife und hineinschlüpfe, grummelt mein Magen auffordernd, und ich spüre, wie ich rot werde.

Kevo grinst kurz, doch dann wird er wieder ernst. »Kat geht mit dir zurück in dein Zimmer«, sagt Kevo in geschäftsmäßigem Ton und wirft seiner Schwester einen auffordernden Blick zu. »Sie bringt dir dann auch etwas zu essen, und ich schaue nachher noch mal bei dir vorbei, okay?«

»Die anderen sind wieder da?«

»Vermutlich.« Als er die Sorge in meinen Augen sieht, kommt er ein wenig näher und geht etwas in die Knie, damit wir auf einer Höhe sind. »Wir passen auf dich auf, versprochen.«

Seufzend sehe ich zur Seite. Der unbeschwerte Moment ist vorbei, die Realität hat mich wieder. Das hier war eine nette Abwechslung, aber jetzt muss ich zurück in die Höhle des Löwen. Und spätestens nach gestern Nacht ist mir klar, dass dieser Löwe nicht unbedingt auf Kuschelkurs ist.

Als Kat mich zurück ins Zimmer bringt, knurrt mir der Magen. Die Anstrengung – die psychische und körperliche – zeigt allmählich Wirkung. Ich habe keine Ahnung, was ich von dieser kleinen Trainingseinheit halten soll. Wenn ich das Drumherum ausblende, hat sich das Verhältnis zwischen Kevo und mir beinahe freundschaftlich angefühlt, vielleicht sogar flirtend. Er hat mich an die Version seiner selbst erinnert, die im Garten des

Frühlingshofes mit mir gesprochen und während des Balls mit mir Pudding gegessen hat. Aber um mich und Kevo wirklich als Freunde bezeichnen zu können, müsste ich vergessen, dass er mich verraten, angelogen und entführt hat. Und das ist nicht so leicht.

Mit dem Versprechen, mir etwas zu essen zu besorgen, dreht Kat sich um und lässt mich allein im Zimmer zurück. Im Gehen greift sie nach der Tür und zieht sie hinter sich zu, aber nicht fest genug. Denn sie fällt nicht ins Schloss, sondern schwingt stattdessen ein paar Zentimeter zurück. Mit klopfendem Herzen mustere ich den Spalt, durch den helles Licht aus dem Flur hereinfällt. Das hier fühlt sich an wie eine Chance. Als würde das Schicksal den Finger krümmen und mich zu sich locken wollen. Einen Moment lang kribbelt mein ganzer Körper vor Aufregung, dann rufe ich mich selbst zur Ordnung. Ich habe bereits einen gescheiterten, schlecht durchdachten Fluchtversuch hinter mir. Einfach losrennen und das Beste hoffen, hat nicht funktioniert, und wenn ich ehrlich bin, ist es nicht die geschlossene Zimmertür, die mich davon abhält, zu fliehen. Vielmehr ist es die Tatsache, dass ich dadurch das kleine bisschen Vertrauen, das sich vielleicht zwischen den anderen und mir aufgebaut hat, sofort wieder einreißen würde, sollte ich meine Flucht erneut vermasseln.

Trotzdem gehe ich ein Schritt auf die Tür zu und drücke sie ein paar Zentimeter weiter auf. Als ich Stimmen aus Richtung der Küche höre, halte ich den Atem an, um sie besser verstehen zu können.

»Ich finde, sie macht es sich ein bisschen zu gemütlich«, höre ich eine weibliche Stimme. Sie klingt nicht nach Kats, also muss es Bella sein. »Das hier ist kein Hotel.«

»Stimmt, sie nimmt uns nicht ernst genug«, fügt einer der Jungs hinzu, der Blonde, wenn mich nicht alles täuscht.

Stirnrunzelnd klammere ich mich an die Türklinke. Ich höre Teller klappern und ein leises Quietschen, das wie eine Kühlschranktür klingt und einen Moment lang die Unterhaltung übertönt.

»... können sie nicht gehen lassen. Das heißt aber nicht, dass wir sie verhungern lassen müssen.« Das war Kevo.

»Ein bisschen Hungern schadet niemandem«, erwidert Bella, deutlich gereizt. »Im Ernst, es gibt einen Haufen Dinge, die wir mit ihr anstellen können, ohne dass sie daran stirbt. Ich sage nicht, dass ich auf Wills und Elias Seite bin, aber mit einer Sache hatten sie recht.«

»Und welcher?«, fragt Kevo. Ich kann sein Gesicht natürlich nicht sehen, aber ich bin mir ziemlich sicher, die Wut aus seiner Stimme heraushören zu können.

Ein paar Sekunden vergehen, in denen erneut Teller klappern. Ich kneife die Augen zusammen und dränge mich dichter gegen die Tür, um nichts zu verpassen. Dass mein Herz inzwischen ziemlich lautstark poltert, ist dabei auch nicht wirklich hilfreich.

»Sie sollte Angst vor uns haben«, antwortet Bella. »Du fährst hier den Kuschelkurs, und ich verstehe auch, warum. Aber das hat offensichtlich nicht allzu viel Erfolg, oder? Sie wird nur übermütig, wenn sie sich zu sicher fühlt.«

Keine Ahnung, was als Nächstes passiert. Ich höre Kevos Stimme, leise und irgendwie drohend, verstehe aber die Worte nicht. Dann erklingen schwere Schritte, und ich höre eine Tür ins Schloss knallen. Ich zucke zusammen, weiche aber nicht zurück, während ich mich frage, was da gerade abgeht. Ist Kevo gegangen? Selbst von meiner Position aus war ziemlich deutlich, dass Kevo und die anderen nicht wirklich einer Meinung sind. Das überrascht mich ehrlich gesagt auch nicht. Viel wichtiger ist allerdings, wer von ihnen sich am Ende durchsetzen wird.

Nach ein paar Sekunden, in denen das ungute Gefühl in meinem Magen immer größer wird, ertönt das Piepen einer Mikrowelle.

»Die Hälfte wird reichen«, sagt der Blonde und seufzt, als Kat etwas erwidert, was ich nicht verstehen kann. »So schnell wird sie nicht verhungern. Aber Bella hat recht. Wir müssen uns durchsetzen.«

Ein Schatten fällt in den Flur, und ich weiche schnell zurück. Mein Atem geht flach, und meine Handflächen sind inzwischen schweißnass. Ich bin mir relativ sicher, dass Kevo mich nicht elendig verhungern lassen wird. Aber es gibt tatsächlich eine ganze Menge Dinge, die diese Leute mit mir anstellen könnten, um mich gefügig zu machen. Und eine dumpfe Vorahnung sagt mir, dass Kevo nicht mehr allzu lange in der Lage sein wird, seine Leute davon abzuhalten.

Das Ganze hier wird immer verrückter. Kat und Kevo scheinen anders zu sein, aber ich habe nicht viel Hoffnung, dass wir uns zu dritt gegen all die anderen würden behaupten können, falls es wirklich hart auf hart käme. Zumal das bedeuten würde, dass die beiden sich zwischen mir und ihren Freunden entscheiden müssten, und darauf vertraue ich lieber nicht.

Um einen unschuldigen Gesichtsausdruck bemüht, drehe ich mich um und gehe zum Fenster, als die Schritte auf dem Flur näher kommen. Ein paar Sekunden später geht die Tür auf, und Kat stellte einen Teller auf dem kleinen Tisch ab, bevor sie die

Tür hinter sich abschließt – dieses Mal richtig. Als ich einen wütenden Blick auf mein Essen werfe, bemerke ich, dass die Portion tatsächlich winzig ist. Nicht so wenig, dass ich mir ernsthaft Sorgen machen müsste, aber trotzdem. Das hier könnte lediglich der Anfang sein.

Am liebsten würde ich das Essen ganz einfach ignorieren. Um ihnen zuvorzukommen oder, ich weiß auch nicht, irgendetwas zu beweisen. Aber dafür bin ich zu hungrig. Also entscheide ich mich für ein Zwischending und esse etwa die Hälfte. Ich bin noch lange nicht satt, aber es geht um die Botschaft, die sie hoffentlich verstehen – dass sie mich nicht kleinkriegen werden.

Draußen ist es bereits dunkel, als es leise an der Tür klopft und Kevo ins Zimmer tritt. Wieder sitze ich auf dem Bett in der Ecke und wieder hockt er sich auf die Kante und sieht mich mit diesem grüblerischen Gesichtsausdruck an.

»Ich muss hier raus«, sage ich ohne Umschweife. »Das weißt du.«

»Ja.« Die Falte auf seiner Stirn wird tiefer, und seine Stimme ist so ernst, dass ich mich unwillkürlich versteife. »Hilf uns und du bist frei.«

Ich unterdrücke ein Schnauben. »Ihr habt das Amulett nicht mehr.« Muss ich ihn daran wirklich erinnern? »Erwartest du von mir, dass ich Wochen hierbleibe und darauf warte, dass ihr es wiederbekommt? Vielleicht Monate?«

Frustriert fährt er sich mit der Hand durch die Haare und flucht. Ihm muss selbst klar sein, wie aussichtslos diese Situation ist. Sicher hat er das alles anders geplant, und ich glaube ihm auch, dass seine Absichten die richtigen waren, als er bei meiner

Entführung mitgeholfen hat. Trotzdem läuft die Sache hier allmählich aus dem Ruder, und ich werde nicht einfach tatenlos dabei zusehen.

»Wir können sicher Kontakt mit Will oder Elia aufnehmen«, schlägt er vor und sieht mich prüfend an. »Sie werden mit uns zusammenarbeiten, wenn ich ihnen zusichern kann, dass du uns hilfst.«

»Ist das dein Ernst?«, frage ich fassungslos. »Und dann warten wir in aller Seelenruhe darauf, dass sie mir das nächste Mal die Kehle durchschneiden?«

»Wenn du auf unserer Seite stehst, haben sie keinen Grund, dir etwas anzutun. Wir sind nicht pauschal die Bösen, Bloom.«

Langsam hebe ich eine Augenbraue. »Den letzten Hüter habe ich tot in unserem Keller gefunden. Mag sein, dass du persönlich damit nichts zu tun hattest, aber mein Vertrauen in euch ist ein wenig erschüttert.«

Kevo flucht erneut. Tatsächlich wirkt er beinahe so verzweifelt, wie ich mich fühle, aber das spielt keine Rolle. »Ich regle das, Bloom. Du musst mir vertrauen.«

»Lass mich gehen«, sage ich flehend und nehme seine Hand. »Sie beobachten uns kaum noch, also lass mich einfach gehen.«

Ich kann die Zweifel in seinen Augen sehen, noch bevor er antwortet. »Das kann ich nicht. Sie werden wissen, dass ich es war.«

»Und?«, frage ich mit einer Mischung aus Verzweiflung und Frust. »Dann wissen sie es eben. Komm einfach mit mir. Wir können zusammen weggehen, wir können …«

»Nein«, unterbricht er mich hart. Als er die Hand hebt und behutsam mit den Fingerknöcheln über mein Gesicht streichelt, steht seine sanfte Berührung im krassen Gegensatz zu seinem barschen Tonfall. »Wir haben schon das Amulett verloren, Bloom. Wenn wir jetzt gehen, wird die Chance, den Vanitas einzuleiten, immer geringer. Das Risiko kann ich nicht eingehen. Außerdem würden sie dich jagen, und das kann ich nicht zulassen.«

Ich werde einfach nicht schlau aus ihm. Auf der einen Seite ist er abweisend, undurchschaubar und dermaßen arrogant, dass ich ihm am liebsten den ganzen Tag eine reinhauen würde. Doch auf der anderen Seite ist er nett, beinahe vorsichtig, wenn er mit mir zusammen ist. Ich fühle mich wie Belle aus *Die Schöne und das Biest* – nur dass Kevo deutlich besser aussieht. Zudem kommt, dass ich keine Ahnung habe, was genau er mit seinem letzten Kommentar meint. Muss er mich beschützen, weil er es will? Oder weil ich irgendeine Rolle in seinem bescheuerten Spiel spielen soll? Ich würde gern an Ersteres glauben, doch so dumm bin ich nicht. Schließlich bin ich immer noch seine Gefangene. Und das darf ich nie vergessen.

»Warum tust du das?«, frage ich halb erstickt. So allmählich gewinnt die Verzweiflung in meinem Inneren die Oberhand. »Warum tust du so, als wärst du mein Freund?«

»Ich bin dein Freund«, murmelt er, weicht meinem Blick jedoch aus. »Ich versuche es zumindest.«

»Du bist wirklich schlecht darin«, sage ich leise.

Endlich sieht er mich an, doch in seinen Augen liegt so viel Schmerz, dass ich beinahe zurückschrecke. Was nicht so einfach ist, immerhin lehne ich mit dem Rücken an einer kalten Betonwand.

»Ich weiß«, flüstert er und beugt sich ein Stück in meine Richtung. »Ich wünschte wirklich, es wäre einfach.«

»Was?«

»Das alles hier«, sagt er und deutet auf meinen kleinen Kerker. »Damals beim Ball habe ich dich falsch eingeschätzt, Bloom. Ich dachte, du seist irgendein hirnloses Mädchen, leicht zu beeinflussen und so weiter.«

Ich schnaube. »Na, vielen Dank.«

»Ich hatte kein Problem damit, dich auszunutzen«, fährt er fort, ohne auch nur im Mindesten auf meine Worte zu achten. »Es war ein Job für unsere Sache, weißt du? Ein kleiner Kollateralschaden, zum Wohle des Ganzen … du weißt schon.«

Ich hole tief Luft, doch er hebt die Hand und bringt mich zum Schweigen. »Aber ich habe mich geirrt. Du bist stark und unverwüstlich und stehst für das ein, an das du glaubst. Auch wenn es das Falsche ist.«

»Sagst du.«

Ein halbes Lächeln breitet sich auf seinem Gesicht aus. Am Anfang habe ich dieses Lächeln gehasst, doch inzwischen löst es etwas Seltsames in meiner Magengegend aus. Ein warmes Gefühl, das ich lieber nicht genauer definieren will.

»Du bist stärker, als ich erwartet habe«, sagt er leise und rutscht noch ein kleines bisschen näher zu mir heran. Ich habe mich unbewusst ein Stück nach vorn gebeugt, sodass unsere Gesichter inzwischen kaum fünf Zentimeter voneinander entfernt sind. Ich spüre seinen Atem auf meinem Gesicht, kann jede einzelne Wimper erkennen und sehe das Glühen in seinen Augen.

Ich muss schlucken. »Was hast du vor, Kevo?«

»Du traust mir immer noch nicht, oder?«, fragt er leise. Mein Blick fällt auf seine Lippen, doch ich reiße mich hastig los.

»Vertrauen ist eine gefährliche Sache, wenn dein Leben davon abhängt«, entgegne ich flüsternd. Keine Ahnung, warum, doch irgendwie habe ich das Gefühl, jedes noch so kleine Geräusch wäre zu laut. Die Luft um uns herum scheint zu knistern, als wäre sie elektrisch aufgeladen.

Kevo sieht mich an, so intensiv, dass mir heiß wird. Er ist zu nah, sagt zu verwirrende Dinge und ist einfach zu gut aussehend. Ich kann nicht mehr klar denken, was wohl das Dümmste ist, was man in meiner Situation tun kann.

»Küss mich.«

Ich bin mir sicher, mich verhört zu haben. Ein Stromstoß jagt durch meinen Körper, der sämtliche Nerven in mir zum Klingen bringt. »Was?«

Wieder dieses halbe Lächeln, und sein Blick zuckt kurz zu meinen Lippen. »Küss mich, Wintermädchen.«

Ich habe keine Ahnung, was ich hier eigentlich mache. Warum ich mich vorlehne und die Augen schließe. Warum mein Herz einige Gänge zulegt und das Blut plötzlich so laut in meinen Ohren rauscht, dass ich lediglich meinen eigenen Atem hören kann. Es ist, als würde mich ein unsichtbares Band in seine Richtung ziehen. Ich spüre die Wärme, die von seiner Haut abstrahlt, seine Finger, die sich hauchzart an meine Wange legen.

Als seine Lippen meine berühren, vergesse ich für einen Moment zu atmen. All mein Denken, all mein Fühlen reduziert sich auf diese wenigen Quadratzentimeter Haut, an denen wir einander berühren. Ich keuche leise auf, als er einen Arm um meine Taille schlingt und mich an sich zieht. Plötzlich bin ich ihm so nah, viel zu nah. Meine Hände umschlingen seinen Nacken, meine Finger vergraben sich in seinem Haar und ich klettere beinahe auf seinen Schoß, während er mich immer leidenschaftlicher küsst. Durch den Nebel meiner Emotionen höre ich uns beide schwer atmen, das Rascheln der Kleider und das leise Seufzen, das meinen Lippen entweicht.

Ich höre einfach auf zu denken.

Als er sich schließlich von mir löst, schwirrt mir immer noch der Kopf. Meine Lippen prickeln so heftig, dass ich sie mit zitternden Fingern betaste. Wow! Ich habe Kevo bereits auf dem Frühlingsball geküsst, doch das hier ist eine ganz andere Nummer.

O Gott, ich habe Kevo geküsst. Schon wieder. Ich habe einen der Rebellen geküsst, die mich gefangen genommen und mich hier eingesperrt haben. Gut, dieser eine Rebell mag mit Abstand der Netteste hier sein, trotzdem ist er einer von ihnen.

Abrupt weiche ich zurück. Das hier ist nicht meine Art. Überhaupt nicht. Und er ist laut eigener Aussage ein Vanitas. Ein Mitglied des Hauses, das mentale Beeinflussung beherrscht.

Ich keuche auf. »Du warst das!«

Offensichtlich verwirrt über meinen plötzlichen Stimmungswechsel, sieht er mich an. »Was?«

Wieder will ich nach hinten rutschen, Platz zwischen uns beiden schaffen, doch er ist mir so nahe, dass ich kaum Ausweichmöglichkeiten habe. Mein Atem geht ein wenig schneller, dieses Mal jedoch aus anderen Gründen als noch vor ein paar Sekunden. Die Erkenntnis sickert langsam in mein Bewusstsein, Tropfen für Tropfen.

»Du hast mich manipuliert«, sage ich laut, ohne mich darum zu kümmern, ob die anderen uns hören können. »Du hast deine Taschenspielertricks bei mir angewendet.«

Er schüttelt den Kopf, doch ich erkenne den Hauch von Schuldgefühlen in seiner Unschuldsmiene. »Bloom, komm mal runter. Ich habe nichts gemacht.«

Ich schlage mir die Hand vor den Mund. »Hau ab!«

»Aber …«

»Nein!«, schreie ich. Mir steigen die Tränen in die Augen, obwohl das totaler Blödsinn ist. Immerhin habe ich diesen Kerl schon einmal geküsst, freiwillig – und es hatte mir gefallen –, doch das war etwas anderes. Ich wusste damals noch nicht, wer er ist. Wusste nicht, dass er es auf meine Familie und mein ganzes Haus abgesehen hat. Mag ja sein, dass er mich in den vergangenen Tagen gut behandelt hat, doch diese Aktion hier beweist, dass er mich auch jetzt nur benutzen will, um irgendeinen absurden Plan durchzusetzen.

Plötzlich komme ich mir schmutzig vor. Ich habe Kevo vertraut und gehofft, dass er zu einem Verbündeten in dieser Hölle werden würde. Doch er ist genauso wie die anderen Arschlöcher hier drin. Wie habe ich nur denken können, echte Gefühle für ihn zu haben? Liebe ist schließlich nichts anderes als eine biochemische Reaktion. Ähnlich wie kotzen.

»Bloom«, sagt er langsam und versucht, meine Hand zu nehmen, doch ich ziehe sie eilig zurück. »Im Ernst, du verstehst da etwas falsch.«

»Ach ja?«, frage ich mit einem freudlosen Lachen. »Dann beweis es mir und bring mich hier raus.«

»Wir würden nicht einmal aus dem Gebäude rauskommen«, sagt er eindringlich. »Ich meine es ernst, wenn wir es versuchen, ist das für alle der Beweis, dass ich nicht hinter unserer Sache stehe. Sie werden uns aufhalten, Bloom, um jeden Preis. Dann haben Will und Elia gewonnen.«

»Dann verschwinde«, presse ich mit erstickter Stimme hervor. Ich weiß, dass ich gleich anfange zu heulen. Und ich habe keine Lust, dass Kevo mich dabei sieht. Das Ganze hier ist schon demütigend genug. »Geh zu deinen Leuten und erzähle ihnen, dass du das dumme Mädchen rumgekriegt hast.«

»Ich habe nicht …«

»Hau ab!«

Weil ich nicht weglaufen kann, drehe ich mich einfach von ihm weg und lasse mich mit der Schläfe gegen die Wand sinken. Die Kälte des Steins kühlt mich ein wenig ab, doch sie schafft es nicht, die Verzweiflung aus meinem Herzen zu vertreiben. Wieder einmal habe ich das Gefühl, dass alles über mir zusammenbricht. Der Kampfgeist, den ich in den letzten Tagen noch so krampfhaft aufrechterhalten habe, verpufft wie eine Wolke. Ich kann nicht fassen, dass ich Kevo geküsst habe. Dass er mich erneut manipuliert und ausgenutzt hat, dass ich tatsächlich langsam so etwas wie freundschaftliche Gefühle für ihn entwickelt habe. Vielleicht ist das ja eine Art Stockholmsyndrom. Vielleicht verliere ich allmählich den Verstand. Was mir wohl niemand übel nehmen kann.

So wie es aussieht, brauche ich jedenfalls nicht mehr auf Kevos Hilfe zu hoffen. Ich muss es allein schaffen, wenn ich nicht bis zum Ende meiner Tage in diesem Loch sitzen will.

Kevo ist so leise verschwunden, dass ich es kaum bemerkt habe. Als die Tür hinter ihm ins Schloss fällt und ich erneut in Stille gehüllt werde, ziehe ich die Knie an und lasse meine Stirn darauf sinken. Ich mache mich so klein wie möglich. Vielleicht sollte ich doch einen neuen Fluchtversuch wagen. Immerhin bin ich mächtig, das hat zumindest Kevo gesagt. Vielleicht ja sogar so mächtig, dass ich mich … keine Ahnung, teleportieren kann? Ich durchforste mein Hirn und überlege, ob ich irgendwann einmal etwas über Teleportation in Verbindung mit den Jahreszeitenmächten gelesen habe. Ich kneife die Augen zusammen, drücke mein Gesicht stärker gegen meine Knie und versuche, mir einen Ort vorzustellen. Irgendeinen, Hauptsache, er befindet sich nicht in diesem Gebäude.

Doch weder verschwindet die kalte Wand in meinem Rücken noch die harte Matratze unter meinem Hintern. Die Stille bleibt, genau wie der muffige Geruch und die Dunkelheit. Wozu sind Kräfte überhaupt da, wenn sie einen nicht aus einer solchen Situation befreien können? Ich wünschte, ich wäre ein Sommermädchen. Dann wäre ich vielleicht so stark, dass ich die Wand einfach eintreten könnte oder etwas in der Art.

Ich schluchze leise auf und drücke das Gesicht in die Kissen. Ich bin mir sicher, dass einer von ihnen vor der Tür Wache steht. Und ich gönne ihnen nicht die Genugtuung, mich weinen zu hören.

TO TAKE THEM ALL DOWN

Mein Plan hat Lücken. Große, beängstigende Lücken, aber immerhin ist es ein Plan. Ich werde aus dieser verdammten Wohnung rauskommen, und wenn ich bei dem Versuch draufgehe. Es besteht durchaus die Chance, dass die anderen sich Will und Elia anschließen und mich töten, wenn ihnen die Möglichkeiten ausgehen. Und wenn ich schon sterbe, dann auf meine Art.

Die letzten beiden Tage habe ich mit Warten und Beobachten verbracht. Kevo hat mich gemieden, genau wie Kat. Ich weiß, dass Kevo jede Nacht vor meiner Tür Wache gehalten hat, er hat mein Zimmer jedoch nie betreten. Vermutlich hätte ich ihn aber auch mit einem Arschtritt sofort wieder zurück in den Flur befördert.

So oder so bin ich auf mich allein gestellt. Es war dumm von mir, zu hoffen, dass ich hier Verbündete habe. Aber solange ich mich auf mich selbst verlasse, kann ich wenigstens nicht verraten werden.

Mit einem Blick zur Tür hebe ich die Matratze an und mustere noch einmal meine Ausbeute: eine schwere Tasse, eine Socke, ein altes Buch, eine Baumscheibe, die ich auf der Terrasse gefunden habe, und eine Plastiktüte von irgendeinem Lieferdienst, in der sich ein bisschen Regenwasser gesammelt hat – ebenfalls von der Dachterrasse. Gott sei Dank darf ich einmal am Tag für ein paar Minuten an die frische Luft. Das hier ist wahrlich kein Schatz, aber es ist immerhin etwas. Und mir zu überlegen, wie ich die Gegenstände für eine Flucht nutzen kann, ist besser, als herumzusitzen und abzuwarten.

In den letzten Tagen habe ich zudem noch so viel gegessen, wie ich kriegen konnte. Ich brauche definitiv sämtliche Kraft, die mir zur Verfügung steht.

Fehlt nur noch eine Sache.

Ich stehe auf und gehe hinüber zum Fenster. Wenn man direkt davorsteht, kann man sehen, dass die Folie nur noch an den Ecken an der Scheibe klebt. Meine Finger sind wund und blutig vom Abknibbeln, aber ich habe es geschafft. Als ich einen Blick hinter die Folie werfe, stelle ich fest, dass es draußen bereits dunkel ist. Perfekt, genau darauf habe ich gewartet.

Mit wild klopfendem Herzen drehe ich mich um und greife nach der Wasserflasche neben meinem Bett. Hastig versichere ich mich, dass die Tür nach wie vor geschlossen ist, dann umfasse ich mit beiden Händen den Hals der Flasche. Meine Finger zittern, doch darauf kann ich im Moment keine Rücksicht nehmen. Das hier ist möglicherweise eine Art Himmelfahrtskommando, da habe ich wohl das Recht auf ein bisschen Nervosität.

Ohne weiter darüber nachzudenken, kneife ich die Augen zusammen und schlage mir die Flasche gegen die Schläfe. Ich unterdrücke einen Schrei, meine Finger lösen sich automatisch von dem Glas und ich sinke auf die Knie. Kleine weiße Lichter tanzen vor meinen Augen, und einen Moment befürchte ich, ohnmächtig zu werden. Ein paarmal atme ich tief ein und aus, um mich zu beruhigen. Etwas Nasses läuft mir über die Wange und ich wische mit den Fingern darüber, um es ein wenig zu verteilen.

Als ich mir sicher bin, dass ich bei Bewusstsein bleibe, hole ich tief Luft und rufe nach Hilfe, dann noch einmal.

Sofort höre ich schwere Schritte auf dem Flur, kaum eine Sekunde später wird meine Tür aufgerissen und Bella stolpert ins Zimmer. Ihre Augen weiten sich, als sie mich sieht. »Was ist passiert?«

Ich versuche, irgendwie leidend auszusehen. »Ich bin gefallen. Mein Kopf …«

Sie ruft nach Kevo, und ich versuche angestrengt, ein Lächeln zu unterdrücken.

Kurz darauf rennt Kevo ins Zimmer und lässt sich so hart neben mir auf den Boden fallen, dass ich die Erschütterung spüren kann. Er kniet vor mir, nimmt mein Gesicht in die Hände und hebt es so behutsam an, als wäre es aus Porzellan. Mein Herz zieht sich ein wenig zusammen, aber ich schiebe die Gefühle beiseite und verschließe sie irgendwo in meinem Inneren, wo ich mich später mit ihnen beschäftigen kann. Im Moment stehen sie mir nur im Weg.

»Bloom«, flüstert er, doch als er mich genauer betrachtet und das Blut sieht, flucht er leise. »Was ist passiert? Hat Bella …?«

»Hey!«, knurrt sie und verschränkt wütend die Arme vor der Brust.

Ich schüttle den Kopf, verziehe aber das Gesicht, als mein

Kopf augenblicklich schmerzhaft zu pochen beginnt. Hastig kneife ich die Augen zusammen. Okay, vielleicht hätte ich nicht so hart zuschlagen sollen. »Ich bin ausgerutscht und gegen den Tisch geknallt.«

»Komm«, sagt Kevo und versucht, mich hochzuziehen, aber ich wehre mich stöhnend gegen seinen Griff.

»Nein.« Ich mache eine dramatische Pause und atme ein paarmal schwer durch die Nase ein. »Mir ist schwindelig, und mir ist schlecht.«

»Okay, aber …«

»Schick sie raus«, unterbreche ich ihn, während ich mir die Hände gegen die Schläfen drücke. »Bitte. Sie soll gehen.«

Er mustert mich einen Moment lang besorgt, dann sagt er irgendwas in einer Sprache, die ich nicht verstehe. Bella verschwindet kurz und kommt wenig später mit einem Verbandskasten zurück, bevor sie hinter sich die Tür schließt und ich mit Kevo allein bin.

»Lass mal sehen«, sagt er bestimmt. Seine Stimme duldet keinen Widerspruch, also lasse ich ihn die Wunde versorgen.

»So, besser?«, fragt er leise und versucht erneut, mich hochzuziehen. Als ich mich wehre, hebt er eine Hand und beginnt, über meinen Rücken zu streicheln. Eine etwas unbeholfene Geste, aber sie berührt mich irgendwie. Verdammt, jetzt nicht einknicken!

Ich stöhne, was vielleicht ein bisschen zu viel des Guten ist. »Es tut immer noch weh. Und mir ist so schwindelig.«

»Vielleicht solltest du versuchen zu schlafen.«

Ich werfe ihm einen wütenden Blick zu. »Ich will nicht schlafen. Ich fühle mich sowieso schon nicht sicher hier, da werde ich mich garantiert nicht so verletzlich machen!«

Er weicht kaum merklich zurück. »Ich kann dich nicht zu einem Arzt bringen, Bloom. Das weißt du.«

Energisch mache ich mich los, atme zischend aus und halte mir erneut den Kopf. Ich tue so, als würde ich nachdenken und versuche, mir sogar ein paar Tränen abzuzwingen, aber ohne Erfolg. An meinen Schauspielkünsten muss ich auf jeden Fall noch arbeiten.

»Heb die Barrieren auf«, sage ich schließlich flehend und mit zitternder Stimme. »Bitte, nur für eine Nacht. Ich kann mich selbst stärken, wenn ich meine Kräfte nutzen kann.«

»Das kann ich nicht machen.«

»Ich fühle mich elend, und ich wette, ich könnte nicht einmal auf einer geraden Linie laufen«, beschwöre ich ihn. »Selbst wenn ich es jetzt versuchen würde, würde ich nicht weit kommen – nicht mal, wenn ich freie Bahn hätte. Leg dich meinetwegen wieder vor die Tür, wenn du mir nicht traust.«

»Bloom …«

»Bitte!« Während ich ihn ansehe, werden meine Augen tatsächlich glasig. Doch diese Tränen sind echt. »Nur eine Nacht. Morgen früh kannst du mich wieder blockieren, aber gib mir eine Nacht.«

Ich sehe die Zweifel in seinen Augen, sehe den Wunsch, mir zu helfen. Der Anflug eines schlechten Gewissens regt sich in mir, aber ich ignoriere es. Ich bin hier das Opfer, er der Böse, daran muss ich mich immer wieder erinnern.

Ein paar Sekunden lang sieht er mich an. Mein Kopf pocht wie verrückt, und in Wahrheit erscheint mir ein Schläfchen im Moment ziemlich verlockend. Ich darf allerdings nicht unaufmerksam werden. Das hier ist meine letzte Chance, bevor sie mich ans Bett fesseln oder etwas in der Art.

Als er schließlich seufzt und ergeben nickt, hätte ich am liebsten losgeheult vor Erleichterung. Mein Herz stolpert ein paarmal unangenehm, und meine Hände werden schwitzig vor Aufregung. Sämtliche Muskeln in meinem Körper spannen sich an und warten auf mein Signal.

Kevo legt mir erneut die Hände an die Schläfen, sieht mich kurz an und schließt dann die Augen. Ich versuche, mich zu konzentrieren und irgendetwas zu spüren, aber nichts. Als er die Augen wieder öffnet und nickt, habe ich nicht das Gefühl, dass sich etwas verändert hat.

»Leg dich hin«, sagt er heiser und steht auf. »Kat bringt dir nachher etwas zu trinken.«

Ich lasse mich von ihm auf die Beine ziehen und zum Bett führen. Stöhnend sinke ich auf die Matratze und warte darauf, dass er das Zimmer verlässt. Doch stattdessen setzt er sich auf den Stuhl und legt die Füße auf das Fußende meines Bettes, während er mich beobachtet.

»Was machst du?«, frage ich mit belegter Stimme.

Er zuckt mit den Schultern. »Ich bleibe heute Nacht hier. Mach dir keine Gedanken, du kannst ruhig schlafen.«

»Warum?«

»Ich fühle mich besser, wenn ich dich sehen kann«, erklärt er trocken. »Dann muss ich nicht alle fünf Minuten die Tür aufmachen, um nach dir zu sehen. Ich würde dich damit nur ständig aufwecken.«

In meinem Kopf wirbeln die Gedanken durcheinander, aber ich versuche, mir nichts anmerken zu lassen. Dann also Plan B. Nicht dass ich mir im Vorfeld wirklich einen überlegt habe, aber ich werde wohl improvisieren müssen. Ich kann es immer noch schaffen.

Langsam rutsche ich zurück und lege mich auf die dünne Matratze. Ich schließe die Augen und versuche, mein Gesicht zu entspannen, doch in Wahrheit sind meine Nerven zum Zerreißen gespannt. Meine Finger wandern unter der Bettdecke über das Spannbettlaken zu der Stelle, unter der meine Schätze versteckt liegen. Ich drücke die Handflächen darauf und stelle mir vor, wie ich die Energie aus den Gegenständen ziehe. Wie ich das Wissen des alten Buches channle und es in pure körperliche Kraft umwandle, stelle mir den Baum vor, aus dem die Scheibe herausgesägt wurde. Ähnlich wie seine Wurzeln es einst in der Erde getan haben, verankere ich meine Kraft in all der Energie um mich herum. Meine Hände beginnen zu kribbeln, in meinem Kopf setzt das inzwischen vertraute Summen ein. Ich spüre, wie ich stärker werde. Der Schmerz hinter meiner Stirn lässt nach, mein Hörsinn wird besser, mein Verstand schärfer. Ich liege bewegungslos da und nehme alles, bis jede Faser meines Körpers vor lauter Energie regelrecht summt.

Eine Sekunde lang nehme ich mir Zeit, mich vorzubereiten. Dann spanne ich all meine Muskeln zeitgleich an, und den Bruchteil einer Sekunde später stehe ich aufrecht neben dem Bett. Die Bewegung war so schnell, dass man sie mit bloßem Auge wahrscheinlich nicht nachverfolgen konnte. Mein Blick richtet sich auf Kevo, der noch immer auf seinem Stuhl sitzt. Er ist die Unbekannte in dieser Gleichung, mit ihm habe ich nicht gerechnet.

Für meine geschärften Sinne dauert es verhältnismäßig lange, bis er die Situation verarbeitet, doch dann geht alles ganz schnell. Ich will mich gerade wieder zur Matratze umdrehen, da schrauben sich seine Finger um mein Handgelenk und halten mich zurück. Mit einem wütenden Knurren mache ich mich los und wende mich in Richtung Tür, als er sich mir in den Weg stellt.

Ein Grinsen huscht über sein Gesicht. »Bloom, nicht«, sagt er in einem beruhigenden Singsang. Er spricht mit mir wie mit einem scheuen Tier, einem Reh, das vor ein Auto gelaufen und im Scheinwerferlicht erstarrt ist.

Aber er irrt sich. Ich bin kein Reh, ich bin eine verdammte Löwin.

Wieder huscht mein Blick zu der Matratze, aber kurz entschlossen verwerfe ich diesen Teil des Plans. Ursprünglich wollte ich mir aus der Socke und der Tasse eine Art Schleuder bauen, aber dafür habe ich jetzt keine Zeit mehr. Es muss auch ohne gehen.

In Gedanken gehe ich den Rest des Plans durch. Angst zuckt in mir auf – ich habe keine Ahnung, ob die Kraft der Gegenstände reicht, um diese Aktion durchzuziehen. Eine Idee ploppt in meinem Kopf auf, und ich fixiere Kevo abschätzend.

Bevor ich es mir anders überlege oder Kevo sich auch nur einen Zentimeter rühren kann, springe ich vor und lege ihm meine flache Hand auf die Brust. Dieses Mal schließe ich nicht die Augen, ich stelle mir nichts vor, ich konzentriere mich nicht. Und das muss ich auch nicht. Kaum habe ich seine Brust berührt, schießt seine Energie wie ein Geysir durch meine Handfläche, meinen Arm hinauf bis ins Herz.

Keuchend stolpere ich zurück. Ich habe bereits Bella gechannelt, aber sie war bei Weitem nicht so stark wie Kevo. Mit seiner Energie fühle ich mich fast wie auf Drogen.

Hastig wirble ich herum und laufe zum Fenster, während Kevo langsam zu Boden sackt. Ich mache mir keine Sorgen um ihn, er kommt wieder auf die Beine. Aber bis dahin werde ich weg sein.

Warte!

Beinahe wäre ich über meine eigenen Füße gestolpert. Kevos Stimme knallt wie ein Peitschenschlag durch meinen Kopf, und das Gefühl ist so ungewohnt, dass es mich einen Moment aus der Fassung bringt. Langsam drehe ich mich zu ihm um. Er hockt auf dem Boden und sieht flehend zu mir auf.

Ein Teil von mir will noch einmal versuchen, ihn davon zu überzeugen, mich zu begleiten. Doch der andere, der mächtigere, ist immer noch verletzt von der Lüge in seinem Kuss. Ich erwidere seinen Blick, während ich mit den Gedanken die Worte forme: *Es tut mir leid.* Dann drehe ich mich um, balle die Hände zu Fäusten und renne los. Im letzten Moment hebe ich die Arme, halte sie schützend vors Gesicht und springe. Mit einem ohrenbetäubenden Knallen zerbirst die Fensterscheibe. Kaltes Glas schneidet in meine Haut, ohne dass der Schmerz zu mir durchdringt.

Und dann falle ich.

ALONE

Die Luft ist eisig, beinahe schneidend, während ich wie ein Stein dem Boden entgegenjage. Panik bäumt sich in mir auf, doch ich halte den Blick starr auf die Dachterrasse unter mir gerichtet.

Der Aufprall treibt mir sämtliche Luft aus der Lunge. Ich keuche auf und versuche noch, mich abzurollen, aber keine Chance. Schwer atmend bleibe ich liegen, während ich darauf warte, dass die Schmerzen in meinem Körper nachlassen.

Stöhnend rolle ich mich auf den Rücken. Der Regen prasselt mir ins Gesicht, als ich nach oben schaue und die schemenhaften Umrisse meines Fensters suche. Wäre ich ein normaler Mensch, hätte mich dieser Sturz wahrscheinlich umgebracht. Aber ich lebe. Und bin mir relativ sicher, dass nichts gebrochen ist.

Als ich gestern endlich diese Folie an meinem Fenster gelöst habe, ist mir die Dachterrasse darunter aufgefallen. Es war immer noch ein gewaltiger Sturz in die Tiefe, aber besser als direkt auf die Straße zu krachen.

»Bloom!«

Kevos Stimme hallt durch die Nacht und lässt mich zusammenfahren. Hastig rapple ich mich auf und renne um mein Leben. Es kann nicht mehr lange dauern, bis sie mir folgen. Aber ich habe immer noch Kevos Energie in meinem Körper, das heißt, ich bin schnell. Und ich habe einen Vorsprung.

Mit den Augen scanne ich im Laufen die Umgebung ab und entdecke einen Vorsprung an dem Nachbargebäude. Ohne darüber nachzudenken, springe ich und lande auf dem Glasdach. Ich war immer schon sportlich – das hier ist allerdings eine ganz andere Nummer. Ein Teil von mir will lachen und laut schreien, doch dafür ist die Situation zu ernst. Wenn diese ganze Sache vorbei ist, werde ich mir Zeit nehmen, meine neuen Kräfte auszuprobieren und ein bisschen Spaß mit ihnen zu haben, anstatt sie immer nur zum Überleben einzusetzen.

Nur noch zwei Sprünge, dann lande ich mit einem Schnaufen in einer kleinen Seitengasse, wo ich mir eine Sekunde nehme, um durchzuatmen. Kurz drehe ich mich um und schaue hinauf zu dem zerbrochenen Fenster. Kevo ist nicht mehr zu sehen, was mich allerdings nicht wundert. Wahrscheinlich haben sie längst die Jagd auf mich eröffnet.

Ein wenig ratlos drehe ich mich im Kreis. Mein Plan hat Lücken, und eine davon ist, dass ich keine Ahnung habe, wie es ab hier weitergehen soll. Im Moment fühle ich mich stark und unbesiegbar, aber ich weiß auch, dass das schnell wieder vergeht. Und wenn auf das Hoch genau wie beim letzten Mal die große Erschöpfung folgt, sollte ich mich bis dahin besser in Sicherheit gebracht haben. Ich blicke an mir herab. Ich trage eine

Jogginghose und ein gelbes Shirt von Katarina. Nicht unbedingt unauffällig, wenn alle um mich herum dicke Jacken, Mützen und Regenmäntel anhaben. Wenn ich in der Masse verschwinden will, brauche ich also andere Klamotten.

Vorsichtig trete ich aus der Gasse hinaus und sehe mich um. Die Umgebung kommt mir vage bekannt vor, aber es ist definitiv nicht eine meiner üblichen Gegenden. Nach ein paar Minuten, in denen ich immer nervöser werde, entdecke ich endlich einen kleinen Secondhandladen, der noch geöffnet hat. Hastig schlüpfe ich hinein und laufe durch die Reihen auf der Suche nach etwas, was mich ein bisschen besser tarnt. Schließlich finde ich eine schwarze Jeans, einen dunklen Pullover mit Rollkragen und Turnschuhe, die nach Salami stinken. Eine Jacke kann ich auf die Schnelle nicht entdecken, aber das hier ist immerhin deutlich besser als gar nichts. Während ich zur Kabine laufe, werfe ich immer wieder einen nervösen Blick über die Schulter. Keine Feinde zu sehen, dafür aber eine aufmerksame Verkäuferin. Verdammt, wäre ich Kevo, könnte ich wahrscheinlich einfach mit den Fingern schnipsen und die Dame würde denken, ich hätte längst bezahlt.

Ruckartig ziehe ich den Vorhang der kleinen Kabine zu. Den Pullover streife ich einfach über das dünne Shirt, in der Hoffnung, die fehlende Jacke damit wenigstens ein wenig auszugleichen. Die Schuhe sind etwas zu groß, während die Jeans an den Hüften einschneidet. Alles in allem kein wirklicher Erfolg, aber es wird schon gehen.

Nachdem ich tief durchgeatmet habe, zähle ich bis drei, dann renne ich los. Ich höre die Verkäuferin etwas rufen, aber für sie bin ich vermutlich nur ein undeutlicher, dunkler Blitz. Ladendiebstahl ist wirklich die geringste meiner Sorgen. Sobald ich in den Nieselregen trete, werde ich langsamer. Vermutlich bin ich unauffälliger, wenn ich mich einfach unter die Leute mische. Ich spüre bereits, wie meine Beine müde werden und der Kopfschmerz hinter meiner Stirn zu pochen beginnt. Bald gehen mir die Lichter aus, was bedeutet, dass ich bis dahin weit weg sein sollte. Denn ab diesem Zeitpunkt bin ich im Nachteil. Wenn sie mich dann finden, habe ich verloren. Und das darf nicht passieren.

Jeden Meter, den ich durch die Stadt laufe, rechne ich damit, dass mich jemand zu Boden ringt und zurück in dieses verdammte Zimmer sperrt, ohne Aussicht auf eine erneute Flucht. Meine Beine zittern, und meine Sicht verschwimmt immer wieder.

Kurz überlege ich, mit der Bahn zu fahren, aber die Angst, einfach auf dem Sitz einzuschlafen und die nächsten zwanzig Stunden bewusstlos durch die Gegend zu fahren, ist zu groß. Also winke ich ein Taxi heran, und als ich in den warmen Wagen falle, breche ich vor Erleichterung beinahe in Tränen aus.

Ich nenne dem Fahrer die Adresse und schließe einen Moment die Augen, um mich zu beruhigen. Am liebsten würde ich direkt nach Hause fahren. Das Einzige, was ich im Moment will, ist, mich meiner Mom in die Arme zu werfen und ein bisschen zu heulen. Aber das wäre dumm. Die Rebellen rechnen sicher damit, dass ich dort als Erstes hinrenne. Und dann können sie mich einfangen, bevor ich meine Mutter überhaupt erreiche. Ich habe keine Ahnung, wo mein Handy ist, und wir leben in einer Zeit, in der man keine Telefonnummern mehr auswendig kann. Kurz habe ich überlegt, zu einem der Anleger zu gehen und mich dort zu verstecken. Nach der Sache mit Matheo weiß ich allerdings nicht mehr, wem ich noch vertrauen kann.

Wir fahren beinahe zwanzig Minuten, und wieder frage ich mich, wo zur Hölle in Oslo diese Wohnung gelegen hat. Hoffentlich finde ich es nie heraus.

Ich lasse das Taxi ein paar Blocks vor meinem Ziel stoppen, doch als der Fahrer sich zu mir umdreht, bin ich bereits verschwunden. Die Liste meiner Verbrechen wächst kontinuierlich.

Mit letzter Kraft renne ich um das Mehrfamilienhaus herum und rette mich vor dem Regen unter das kleine Vordach. Als ich mich umdrehe, um noch einmal zu überprüfen, ob mir jemand folgt, stocke ich. Verwirrt kneife ich die Augen zusammen und starre hinaus auf die Straße. Der Regen hat sich in Schnee verwandelt. Ungewöhnlich dicke Flocken rieseln vom Himmel und haben bereits angefangen, die Umgebung einzupudern. Es ist fast idyllisch.

Ich reiße mich von dem Anblick los, drücke auf den obersten Klingelknopf und sehe kurz zu der kleinen Kamera, die den Bewohnern den Besuch anzeigt. Nur wenig später ertönt der Summer, ich drücke die Tür auf und renne, so schnell es meine schwindenden Kräfte zulassen, die Treppen hinauf.

Emma kommt mir bereits auf halber Strecke entgegen. Sie bleibt abrupt stehen, als sie mich erblickt, und schnappt so entsetzt nach Luft, dass man meinen könnte, ich würde meinen Kopf unterm Arm tragen.

»Bloom?« Sie spricht leise, dann macht sie einen Sprung auf mich zu und schlingt mir die Arme um den Hals. Ich stolpere zurück und wäre sicher auf dem Hintern gelandet, hätte sie mich nicht gehalten. Als sie meine Erschöpfung bemerkt, hält sie mich auf Armeslänge von sich und mustert mich alarmiert. »Was ist mir dir? Was ist passiert? Wir haben uns solche Sorgen gemacht, deine Mom hat …«

Ich unterbreche sie mit einer lahmen Handbewegung. »Können wir vielleicht oben weiterreden? Ich würde das ungern im Treppenhaus besprechen.«

Sie nickt hastig und schlingt mir einem Arm um die Taille, um mich zu stützen. Mir ist erst klar, wie sehr ich ihre Hilfe brauche, als wir die ersten Stufen angehen. Beinahe knicken meine Beine ein, doch ich beiße die Zähne zusammen und halte mich aufrecht. Nur noch ein paar Minuten.

Emmas Mutter arbeitet nachts, weswegen Emma abends eigentlich immer allein ist. Das war auch einer der Gründe, warum ich mir ihr Haus ausgesucht habe. Hier ist das perfekte Versteck.

Im Wohnzimmer angekommen, lässt Emma mich los, und ich sacke auf der Couch zusammen. Wenn es nach mir gehen würde, würde ich einfach schlafen, aber mir ist klar, dass ich das Emma nicht antun kann. Ich bin überrascht, dass wir es überhaupt bis nach oben geschafft haben, ohne dass sie mich mit Fragen bombardiert.

»Was ist passiert?«, fragt sie, kaum dass wir beide sitzen. Als hätte sie nur auf ihren Einsatz gewartet.

Ich atme einmal tief ein und aus. Natürlich könnte ich sie anlügen und ihr irgendeine Geschichte erzählen, dass ich abgehauen und ein paar Tage einen draufgemacht habe. Aber ich weiß, dass ich eine Verbündete brauche. Eine objektive Meinung von jemandem, der nicht involviert ist in diesem ganzen Chaos der Jahreszeiten.

»Du findest meine Familie doch seltsam, oder?«, beginne ich

ein wenig ungeschickt und greife nach der Wasserflasche, die sie mir hinhält.

Ihr Schnauben ist eine Mischung aus Sarkasmus und Irritation. »Was? Nein! Ich meine, wer würde diesen Haufen schon seltsam finden?«

Ich ringe mir ein schwaches Grinsen ab. »Genau. Ich fürchte, ich habe dich angelogen, was meine Familie betrifft.«

Ihre Augenbrauen schießen in die Höhe. »Bitte sag mir, dass du adoptiert wurdest oder etwas in der Art.«

Müde lehne ich mich in die Kissen zurück und ziehe die Füße auf die Sitzfläche. Dann beginne ich zögernd zu erzählen. Von Anfang an. Ich starte mit der Legende der Götter, auch wenn ich deutlich mache, dass ich an diese Version der Entstehungsgeschichte nicht wirklich glaube.

»Du verarschst mich«, sagt Emma, als ich kurz innehalte, um meine Gedanken zu sortieren. Sie ist ein wenig blasser als vorher, und sie hat die Augen weit aufgerissen. Ich kann ihre Reaktion gut nachempfinden, auch wenn ich mir sicher bin, dass es sich in ihren Ohren noch viel krasser anhören muss als in meiner Vorstellung.

Ein wenig verlegen zucke ich mit den Schultern. »Nein. Ich weiß, wie sich das anhören muss, aber …«

»Das hört sich nach einem wirklich schlechten Scherz an, Bloom.«

Unsicher sehe ich sie an. Was, wenn sie mir nicht glaubt? Ich habe damit gerechnet, dass sie Dinge hinterfragt und mit Sicherheit überrascht ist, aber ehrlich gesagt habe ich mir nie Gedanken darüber gemacht, dass sie mich einfach für eine Lügnerin halten könnte.

Wir sind seit Ewigkeiten Freundinnen, ich habe keine Ahnung, was es mit mir machen würde, sollte sie mich wirklich zurückweisen.

»Ich sage die Wahrheit«, beschwöre ich sie hilflos. »Ich konnte dir nichts sagen, weil es strenge Regeln gibt. Hätte ich es dir verraten und meine Familie hätte davon Wind bekommen, hätten sie dich auf jeden Fall überprüft. Deine Familie, deine Mom, deinen Dad … sie hätten dich vielleicht sogar überwachen lassen oder mir verboten, mich weiter mit dir zu treffen.«

Emma blinzelt ein paarmal und schüttelt langsam den Kopf. »Meine Güte, Bloom. Ich wusste, dass mit deiner Familie etwas nicht stimmt. Aber das Schlimmste, womit ich gerechnet hätte, war, dass ihr in krumme Geschäfte verwickelt seid oder mit Drogen handelt oder so etwas in der Art. Nicht, dass ihr zaubern könnt und die ganze verdammte Welt beherrscht.«

»Wir beherrschen sie nicht«, werfe ich ein wenig kleinlaut ein. »Nur die Jahreszeiten. Und wir können auch nicht alle *zaubern*. Wir haben nur bestimmte Kräfte, die auch unterschiedlich stark ausgeprägt sind.«

»Versuch nicht, das kleinzureden«, erwidert sie und hebt die Hände, als wollte sie mich stoppen.

Ich beiße mir auf die Lippe und sehe sie abwartend an. Ich kann die Gedanken in ihrem Kopf beinahe rattern hören, also halte ich mich zurück. Wenn sie ein paar Minuten braucht, um das Ganze zu verarbeiten, dann werde ich ihr die Zeit sicherlich geben.

»Das heißt also«, fängt sie wieder an, »deine Familie ist für den Winter zuständig?«

Ich nicke.

»Ist es deswegen immer so … leblos auf Kalinøya?«

»Der Sommer kommt bei uns nicht so richtig an«, versuche ich, zu erklären, und lächle vorsichtig, als sie ungläubig schnaubt. »Es ist immer kälter als in Oslo. Das liegt vermutlich an der ganzen Winterenergie, die sich in dem Haus ansammelt. So genau weiß ich das nicht.«

»Und du konntest schon immer ... zaubern? Wie konnte ich das nicht mitbekommen?«

Okay, das wird jetzt ein wenig komplizierter. Ich erzähle ihr von den Hütern, von meiner Kindheit, von dem Mord an Sander und davon, dass meine Kräfte auf einmal zum Vorschein gekommen sind. Immer wieder mustere ich ihr Gesicht und suche nach Anzeichen, dass sie aufstehen und einfach aus dem Zimmer stürmen könnte. Doch das tut sie nicht. Sie sitzt da und hört mir zu, und in diesem Augenblick bin ich ihr so dankbar, dass ich weinen könnte. Als ich auf meine Rolle als Hüterin zu sprechen komme, hält sie die Hände in die Luft und fuchtelt damit herum.

»Warte, warte, warte«, sagt sie und starrt mich an. »Du willst mir erzählen, dein Cousin wurde ermordet, und deine Familie hatte nichts Besseres zu tun, als seinen Tod als allergischen Schock abzutun und dich für die Rolle zu besetzen, die ihn das Leben gekostet hat?«

Ich stocke und runzle die Stirn. »Wie kommst du darauf, dass er wegen seiner Rolle als Hüter gestorben ist?«

Ihr Lachen klingt ein wenig hohl, was ich ihr nicht wirklich verübeln kann. Ich mag mir gar nicht vorstellen, wie das alles für sie klingen muss.

»Ist das nicht irgendwie naheliegend?«, fragt sie und reibt sich mit den Fingern über die Stirn. »Ich meine, bei dir klingt das Ganze wie eine Mafiabande oder so etwas in der Art. Wenn

Hüter zu sein eine so große Sache ist, dann ist es nicht besonders abwegig, dass das auch der Grund für einen Mord sein könnte.«

Damit hat sie nicht ganz unrecht, wie ich zugeben muss, aber ich will im Moment nicht zu viel darüber nachdenken. »Wie auch immer«, sage ich erschöpft. »Der Ball, auf dem ich war. Dabei handelte es sich um einen Übergangsball. Wann immer eine neue Jahreszeit anbricht, wird ein Ball veranstaltet, ein Übergangsritual abgehalten und die neue Jahreszeit eingeleitet. Dafür sind die Hüter zuständig. Aber dieses Mal ist etwas schiefgegangen.«

Als ich ihr von Kevo, dem Kuss, seiner Täuschung und von Vanitas erzähle, reißt sie dramatisch die Augen auf und schlägt sich genau an den richtigen Stellen die Hand vor den Mund.

Ich trinke einen großen Schluck Wasser und schließe einen Moment die Augen.

»Die Rebellen haben also dafür gesorgt, dass der Frühling nicht beginnt?«

Ich nicke. »Sie behaupten, sie seien die letzten Anhänger des Vanitas. Manche direkte Mitglieder und Nachfahren des ursprünglichen Hüters, manche unterstützen ihr Vorhaben bloß und gehören eigentlich anderen Höfen an. Zumindest habe ich es so verstanden.«

»Und wo bist du all die Zeit gewesen?«, fragt sie und greift nach meinen Händen.

Rein chronologisch kommt jetzt die Entführung und Kevos Rolle in dem Ganzen. Will und Elia, meine Flucht … Aber aus irgendeinem Grund kommt mir dieser Teil der Geschichte nicht so leicht über die Lippen wie der Anfang.

»Ich war bei ihnen«, sage ich ausweichend, während ich

ihren Blick meide. Keine Ahnung, warum ich ihr ausgerechnet das nicht erzählen will. Vielleicht, weil ich befürchte, sie würde mir meine Gefühle für Kevo im Gesicht ablesen können. Vielleicht auch einfach, weil ich keine Lust mehr habe zu reden. »Sie wollten mich davon überzeugen, mit ihnen den Vanitas einzuleiten.«

Sie macht große Augen. »Und? Hast du?«

Seufzend schüttle ich den Kopf. »Ich kenne nur ihre Seite der Geschichte. Sie stellen es so hin, als wären alle anderen Höfe die Bösen und als wäre es das einzig Richtige, Vanitas zurück in den Kreislauf zu holen. Wenn sie tatsächlich die Wahrheit sagen, würde ich ihnen natürlich, ohne zu zögern, helfen. Aber ich kenne sie kaum. Was, wenn es einen Grund dafür gibt, dass Vanitas damals verbannt wurde, und ich die Welt in noch mehr Chaos stürze, wenn ich ihnen helfe? Das wäre ein Fehler, der sicher nicht so leicht rückgängig zu machen ist.«

Emma nickt langsam. »Du hast also noch nicht mit deiner Familie darüber gesprochen?« Als ich verneine, verengt sie die Augen. »Warum bist du dann nicht zu Hause?«

Unsicher rutsche ich ein wenig auf dem Platz herum. »Na ja, die Rebellen waren nicht gerade glücklich darüber, dass ich gegangen bin. Ich habe Angst, dass sie dort auf mich warten, und ich habe mein Handy verloren, also kann ich meine Familie auch nicht anrufen.«

Ich sehe ihr an, dass sie mir nicht glaubt. Doch obwohl sie weiß, dass ich ihr nicht die ganze Wahrheit sage, kommentiert sie es nicht. Vielleicht hat sie genau wie ich das Gefühl, ihr Verstand könnte keine weiteren Informationen verarbeiten.

Ich lehne mich ein wenig vor und sehe sie entschuldigend an. »Es tut mir leid, dass ich dir nie etwas erzählt habe. Aber seit ich denken kann, wurde uns eingetrichtert, dass wir nichts verraten dürfen.«

Sie legt den Kopf schief und lächelt vorsichtig. »Ich erwarte ehrlich gesagt, dass du mir gleich erzählst, du hättest mich verarscht.«

»Ehrlich gesagt hoffe ich das selber noch.«

»Das ist unfassbar. Ich meine, die ganze Zeit über habe ich gedacht, ihr seid einfach nur ein Haufen Freaks.«

»Womit du nicht ganz unrecht hast«, räume ich müde ein.

»Es spricht nicht wirklich für dich, dass ich dir einfach so glaube, oder?«, fragt Emma und lacht trocken auf. »Irgendwie habe ich immer gewusst, dass mit euch irgendwas nicht stimmt.«

Gähnend rutsche ich tiefer in die Kissen und lege meinen Kopf auf das Polster hinter mir. »Ich kann mir gar nicht vorstellen, wie sich das für dich anhören muss.«

Sie zuckt mit den Schultern. »Und jetzt? Was ist der Plan?«

»Darf ich heute Nacht hierbleiben?«, frage ich kleinlaut. »Morgen gehe ich nach Hause, versprochen. Aber im Moment will ich einfach nur schlafen.«

Einen Moment lang sieht sie mich schweigend an, dann nickt sie und steht auf. »Ich hole dir Bettzeug, komm einfach ins Bett, wenn du fertig bist. Im Badezimmerschrank ist noch eine Zahnbürste, die kannst du dir nehmen. Geh in die Wanne, das wird dir gut tun.«

Dankbar breite ich die Arme aus und ziehe sie an mich. Einem Teil meines Verstandes wird erst jetzt ganz bewusst, dass ich es geschafft habe. Ich bin geflohen, und morgen werde ich wieder in meinem eigenen Bett liegen. Tränen steigen mir in die Augen, aber ich blinzle sie hastig fort und lasse Emma los.

Sie verschwindet kurz und bringt mir Klamotten zum Schlafen, bevor sie mir eine gute Nacht wünscht und wieder in ihr Zimmer geht. Im Türrahmen bleibt sie jedoch stehen und sieht über die Schulter zu mir zurück. »Bloom?«

Ich sehe auf. »Hm?«

»Was hat sich verändert?«, fragt sie und zuckt mit den Schultern, als ich sie verständnislos ansehe. »Du sagtest, euch wurde eingetrichtert, niemandem etwas davon zu erzählen. Was ist jetzt anders?«

»Alles wird sich verändern«, sage ich leise, bevor ich überhaupt richtig über die Antwort nachdenken kann. »Da kommt es auf diese Kleinigkeit auch nicht mehr an.«

Sie grinst, wird aber schnell wieder ernst. »Ich weiß, dass du Dinge ausgelassen hast. Wenn du reden willst, jederzeit. Okay?«

Wieder kommen die Tränen, und ich nicke lächelnd. Ich kann nicht antworten, hoffe aber, dass sie mich trotzdem versteht. Sie wünscht mir erneut eine gute Nacht, dann verschwindet sie in ihrem Zimmer, lässt die Tür aber einen Spaltbreit auf. Wir werden im selben Bett schlafen, aber ich weiß es zu schätzen, dass sie mir noch ein bisschen Freiraum gibt.

Ein paar Sekunden lang sitze ich einfach da und blicke ins Leere. Ich fühle mich seltsam. Erleichtert, müde und irgendwie kribbelig gleichzeitig. Meine Gedanken wandern zu Kevo, aber ich würge sie ab, bevor sie wirklich Gestalt annehmen können.

Es ist ein merkwürdiges Gefühl, dass Emma über mich Bescheid weiß. Dass ich hier bin und einem Teil meines normalen Lebens gegenüberstehe. Ich kann es nicht genau beschreiben, aber die letzten Tage war ich von allem überfordert, als wäre ich vom Rand der Erde gefallen. Als würde ich auf einmal nicht mehr zu dieser Welt gehören.

Erschöpft stehe ich auf und gehe hinüber ins Badezimmer, um zu duschen. Als das heiße Wasser meine überspannten Muskeln trifft, steigen mir erneut Tränen in die Augen. Auch wenn ich weiß, dass Emma und mich gerade nur eine Wand trennt, fühle ich mich immer noch ein wenig fehl am Platz.

Ich fühle mich allein.

THE TRUTH

Die Kopfschmerzen am nächsten Morgen sind heftig, aber nicht so zerstörend wie nach meiner missglückten Flucht im Apartment der Rebellen. Ich werde besser, immerhin ein Lichtblick in dieser seltsamen Zeit.

Emma ist furchtbar aufgeregt und wirbelt um mich herum. Was ein wenig anstrengend ist, da ihre Mutter zu Hause ist und ich ständig Angst habe, sie könnte aufwachen und sich wundern, warum ein seit Tagen vermisstes Mädchen an ihrem Küchentisch sitzt. Nach einem kurzen Frühstück und insgesamt drei Schmerztabletten drückt Emma mir ihr Handy in die Hand und deutet auf ihr Zimmer, während sie die Spülmaschine belädt.

Mein Herz rast wie wild, als ich die Tür hinter mir schließe und mich auf Emmas Bett setze. Einen Moment lang sehe ich mich um – mintgrüne Tapeten, Poster und Fotos an den Wänden, überall liegen Klamotten. Alles wirkt wie immer. Ich erinnere mich noch gut an all die Tage, an denen wir hier gesessen und uns über Jungs, Filme und die Schule unterhalten haben. Die Erinnerung wirkt jedoch wie aus einem anderen Leben.

Ich scrolle durch Emmas Kontakte und halte die Luft an, als die Nummer meiner Mom auftaucht. Mein Herz schlägt einen Purzelbaum. Warum bin ich so nervös? Ich bin nicht abgehauen, ich kann nichts dafür, dass ich entführt wurde. Ich habe auch nichts Falsches gemacht. Und sie ist meine Mom. Trotzdem habe ich Angst, und das Gefühl, mich jeden Moment übergeben zu müssen, wird immer stärker, als ich auf ›wählen‹ tippe und das Freizeichen ertönt.

Es dauert nur ein paar Sekunden, bis sie den Anruf annimmt. »Emma«, sagt sie atemlos. »Hast du was gehört?«

Allein der Klang ihrer Stimme löst so viele Gefühle in mir aus, dass ich sie kaum auseinanderhalten kann. Bevor ich etwas dagegen tun kann, steigen mir die Tränen in die Augen und laufen über. »Mom.«

»Bloom?« Sie schreit so laut, dass ich erschrocken zusammenzucke. »Mein Gott, Bloom, wo bist du?«

»Mom«, setze ich erneut an. Ich atme zischend aus, während ich versuche, meine flatternden Nerven zu beruhigen. »Mom, hör mir zu.«

Im Hintergrund höre ich Türen zuknallen und hastige Schritte auf den Holzdielen. »Warte, Bloom, ich muss zu deinem …«

»Nein!«, rufe ich so laut, dass ich hastig den Kopf einziehe und einen Blick zur Tür werfe. Als nichts geschieht, entspanne ich mich ein klein wenig. »Nein, Mom, hör mir bitte erst mal zu.«

»Nein, du hörst mir zu. Du bist seit einer Woche verschwunden, ich dachte du wärst … du wärst …« Ich höre, wie sie zitternd Luft holt. »Bloom, nach dem, was mit Sander passiert ist, habe ich befürchtet, dich nie wiederzusehen.«

Ein Schmerz fährt mir durch die Brust. Meine Unterlippe beginnt zu zittern. »Es geht mir gut. Ich war bei den Vanitas-Leuten.«

»Was? Süße, du kannst ihnen nicht vertrauen.«

»Das weiß ich«, antworte ich barsch. »Ich war auch nicht freiwillig da, Mom.«

»Was haben sie getan?«, fragt sie, auf einmal wütend.

»Nichts«, sage ich ausweichend. Ich schließe die Augen und kneife mir in den Nasenrücken. »Aber sie haben mir eine Menge Dinge erzählt. Über Vanitas und die Häuser.«

Sie schweigt einen Moment. »Komm nach Hause«, fleht sie erstickt. »Komm nach Hause, und wir reden darüber.«

»Das will ich auch, aber …« Ich unterdrücke ein Schluchzen. »Matheo hat ihnen geholfen, Mom. Ich bin bei Emma, aber ich weiß nicht, wie ich zu euch kommen soll.«

»Matheo ist mit dir zusammen verschwunden«, erklärt sie mit einem wütenden Schnauben. »Wir dachten uns schon, dass er etwas damit zu tun hat.«

»Er ist nicht nach Hause gekommen?«, frage ich irritiert, dann schüttle ich den Kopf. »Ist im Moment auch egal.«

Wieder höre ich Geräusche im Hintergrund. Ich bin mir sicher, dass sie durchs Haus läuft. »Bleib bei Emma. Ich komme und hole dich ab. Bleib einfach da, in Ordnung?«

Die Erleichterung überschwemmt mich wie eine Flutwelle. Meine Mom kommt. Ich gehe nach Hause. Ich habe unendlich viele Fragen, aber für den Moment reicht es mir, zu wissen, dass ich heute Nacht wieder in meinem Bett schlafen werde.

»Ich hab dich lieb, Mom«, flüstere ich.

Sie schluchzt leise am anderen Ende. »Ich dich auch, Bloom. Bleib einfach da, ich bin in einer Stunde bei dir.«

Als ich auflege, zittern meine Finger. Meine Welt ist in den letzten Tagen in so viele Einzelteile zersplittert, dass es mir beinahe surreal vorkommt, sie wieder zusammensetzen zu wollen. Noch vor ein paar Wochen habe ich mir eingeredet, einfach den Übergangsball durchziehen zu müssen und danach mein altes Leben wiederzukommen. Genauso wie ich ein schlechtes Buch zuschlagen könnte, ohne mich je wieder damit beschäftigen zu müssen. Jetzt ist mir jedoch klar, dass es so nicht passieren wird. Dieses ganze Chaos ist ein Teil von mir, wird es immer sein. Der Krieg, der uns allen bevorsteht … ich kann ihn nicht ignorieren.

Wenn ich nur wüsste, auf welcher Seite ich kämpfen werde.

Emma steckt vorsichtig den Kopf zur Tür rein, wohl um zu schauen, ob ich noch telefoniere. Als sie die Tränen in meinen Augen schimmern sieht, schließt sie leise die Tür hinter sich. Sie kommt zu mir herüber und nimmt mich in den Arm, bevor sie sich dicht neben mich setzt und sich gegen das Kopfteil des Bettes lehnt.

»Kann ich etwas für dich tun?«, flüstert sie.

Ratlos zucke ich mit den Schultern. »Ich habe keine Ahnung, was ich machen soll.«

Sie runzelt die Stirn. »Was meinst du?«

Mit dem Handrücken wische ich mir über die Wange. »Ich habe mich nie wirklich als Teil meiner Familie gefühlt, verstehst du?«

»Ja.« Sie sieht mich traurig an. »Den Eindruck hatte ich auch immer.«

»Ich hab nie dazugehört. Als Kind war ich traurig deswegen, aber irgendwann wurde ich arrogant. Statt mich davon runterziehen zu lassen, habe ich auf sie herabgeschaut und sie wie Freaks behandelt. Ich hab mich cool gefühlt, weil ich frei und unabhängig war und gegen den Strom geschwommen bin.« Ich lache freudlos bei der Erinnerung. »Irgendwie komme ich mir vor wie eine Heuchlerin, dass ich jetzt dabei bin. Dabei gehöre ich immer noch nicht richtig dazu. Auf der einen Seite bin ich wichtig für sie, aber auf der anderen Seite traut mir keiner von ihnen wirklich was zu.«

»Das werden sie«, sagt Emma ermutigend und nimmt meine Hände in ihre. »Du wirst ihnen beweisen, dass du sie alle locker in die Tasche stecken kannst.«

Ich atme einmal tief durch. »Vielleicht. Aber das ist nicht das eigentliche Problem. Sie sind meine Familie. Und ich will ihnen gegenüber loyal sein, aber ich habe keine Ahnung, ob es das Richtige ist.«

»Was denn sonst?«

»Die Rebellen«, antworte ich vorsichtig. »Ich bin mir nicht sicher, ob sie nicht vielleicht doch im Recht sind.«

Sie setzt sich ein wenig aufrechter hin. »Du meinst, du bist auf ihrer Seite?«

»Das weiß ich eben nicht!«, jammere ich und lasse mich rücklings auf die Matratze fallen. Als sie sich neben mich legt, drehe ich den Kopf und schaue sie an. »Ich stehe irgendwie auf keiner Seite. Ich bin nicht richtig für jemanden, aber auch nicht richtig gegen jemanden. Ich fühle mich wie ein Doppelagent.«

Emma lacht hustend, beißt sich aber schnell auf die Lippe, als ich sie böse ansehe. »Sorry. Aber irgendwie klingt das verrückt.«

»Ich weiß«, murmle ich seufzend, muss aber auch grinsen.

»Wie in einem Film.« Plötzlich reißt sie die Augen auf. »Wer ist der Love Interest?«

»Der was?«

Sie wackelt mit den Augenbrauen. »Der Love Interest. Wenn du die Heldin bist, die ganz unverhofft in die Handlung mit reingezogen wird, dann brauchst du einen Love Interest. Hat sich in eurem ganzen Clan schon ein Held herauskristallisiert? Der wäre perfekt. Oder es gibt einen krassen Plot Twist, und du heiratest am Ende den Antagonisten.«

Ich spüre, wie mir das Blut in die Wangen steigt. Mir ist klar, dass Emma sich da gerade nur etwas zusammenspinnt, trotzdem taucht sofort Kevos Gesicht in meinen Gedanken auf. »Ich werde sicher niemanden heiraten.«

»Das kommt vermutlich erst im Epilog«, überlegt sie so ernst, dass ich lachen muss. »So fünf Jahre später oder so.«

»Ich verzichte«, sage ich trocken und werfe einen Blick auf die Uhr. Zehn Minuten sind seit dem Gespräch mit meiner Mom vergangen, und ich frage mich, wo sie gerade wohl ist. Ob sie jemanden um Hilfe gebeten hat oder ob sie nach Matheos Verrat genauso paranoid ist wie ich. Wobei ich mir schwer vorstellen kann, wie sie allein in einem Ruderboot über den Fjord paddelt.

»Bloom?«

»Hm?«

Emma zögert, und ich drehe den Kopf, um sie anzusehen. Ihr Blick ist zur Decke gerichtet, doch ich sehe, wie sie die Zähne aufeinanderbeißt. »Sind wir in Gefahr?«

Ich taste nach ihrer Hand und verflechte meine Finger mit ihren. »Ich habe keine Ahnung.«

Emma schnaubt. »Wie ermutigend. Die Welt geht unter, und das Mädchen, das uns vielleicht alle retten kann, hat keine Ahnung.«

Auch wenn es vermutlich nicht der passende Augenblick ist, bricht ein Lachen aus mir heraus. Ich schlage mir die Hand auf den Mund und versuche, mich zusammenzureißen, aber ohne Erfolg. Emma stimmt schließlich in mein Lachen mit ein, und einen Moment lang liegen wir einfach da und lachen über die Absurdität dieser ganzen Situation. Lachen hat sich selten so gut angefühlt.

Nachdem ich Emma umarmt und ein paar Minuten zu lange an mich gedrückt habe, verlasse ich leise die Wohnung und schleiche die Treppen hinunter zur Haustür. Emmas Mom ist immer noch nicht aufgewacht, und ich will verhindern, dass meine Mutter hereindonnert und sie weckt.

Mein Herz hüpft immer wieder vor Aufregung. Vielleicht, ganz vielleicht, kann ich das Denken in den nächsten Tagen einfach meiner Mom überlassen. Einen Teil meiner Sorgen auf sie abwälzen, so wie Kinder es bei ihren Eltern nun mal tun. Nur ein paar Tage, dann kann ich mich gern wieder der Realität stellen.

Nachdem ich die letzten Stufen hinuntergesprungen bin, renne ich die restlichen Meter, reiße die Haustür auf und werfe mich meiner Mutter in die Arme, die gerade die Vordertreppe heraufkommt. Sie sagt irgendwas, was ich nicht verstehen kann, dann schlingt sie die Arme um mich. Mehr nicht. Sie hält mich einfach nur fest.

»Mein Schatz«, schluchzt sie. »Ich kann nicht fassen, dass ich dich wiederhabe.«

Ich vergrabe das Gesicht in ihrer Halsbeuge und schließe die Augen. »Hi, Mom.«

Sie lacht erstickt. »Hi, Bloom.«

Gefühlte Stunden stehen wir so da, während ich mich an sie drücke und versuche, meine panischen Gedanken für ein paar Minuten zum Verstummen zu bringen. Mein Herz rast, meine Augen brennen, aber es kommen keine Tränen. Als würde mein Herz dem ganzen Frieden einfach nicht trauen. Meine Nerven sind noch immer zum Zerreißen gespannt, und ich spüre meine Kraft unter meiner Haut brodeln, jederzeit bereit, herauszubrechen und mich zu verteidigen.

»Geht es dir gut?«, fragt Mom, als ich mich von ihr löse, und mustert mich kurz mit glänzenden Augen. »Haben sie dir etwas getan?«

Ich schüttle den Kopf, auch wenn meine Gedanken ganz automatisch zu dem Zwischenfall mit Elia und William wandern. Oder zu der Glasflasche, die ich mir selbst gegen den Kopf geschlagen habe. Das ist aber vergleichsweise nicht wirklich bedeutend. »Alles okay.«

»Wir gehen nach Hause«, verkündet sie entschlossen und greift nach meiner Hand. »Wir müssen mit deinem Grandpa sprechen. Du musst uns erzählen, was …«

»Warte«, sage ich energisch. Ich entziehe mich ihrem Griff, auch wenn es mir verdammt schwerfällt. Am liebsten würde ich den Rest des Tages so tun, als würde mich das alles überhaupt nichts angehen. Aber das hier ist wichtig. Ich wurde in dieses ganze Chaos hineingezogen, und jetzt liegt es an mir, mich wieder daraus zu befreien.

Verwirrt sieht sie mich an. »Was ist los?«

Unruhig blicke ich mich um. Ich erwarte nicht, dass einer

der Vanitas-Rebellen mir in einem Hausflur auflauert, aber ich bin nicht naiv. Sie werden nach mir suchen. »Können wir irgendwo hingehen, wo wir reden können? Allein und nicht zu Hause?« Ohne Grandpa und neugierige Wintermitglieder.

»Bloom, ich …«

»Ich meine es ernst«, sage ich bestimmt. »Bitte, Mom, wir müssen … wir müssen reden. Danach können wir nach Hause.«

Ich sehe immer noch das Unverständnis in ihren Augen, doch da ist auch noch etwas anderes. Etwas, was ich nicht richtig benennen kann. Sorge vielleicht oder schlechtes Gewissen. Wir müssen dringend miteinander sprechen. Ein Teil von mir kann es gar nicht erwarten, nach Hause zu gehen und in mein Bett zu kriechen. Aber ich weiß, dass ich ein paar Minuten mit meiner Mom brauche, in denen weder mein Grandpa uns über die Schulter schaut, noch ein Haufen Angestellter lauscht.

»Okay«, gibt sie schließlich nach und hakt sich bei mir unter. Ich bin mir nicht sicher, ob diese Geste ihre Besorgnis oder ihr Misstrauen ausdrückt, aber in meinem Gehirn ist kein Platz mehr, um mir auch noch darüber Gedanken machen zu können. »Lass uns einfach rumfahren. Im Auto sind wir ungestört.«

Ich nicke und folge meiner Mom aus dem Haus. Draußen sehe ich mich einmal kurz um, kann aber niemand Verdächtigen entdecken. Dann steigen meine Mom und ich in den schwarzen Wagen mit den getönten Scheiben, der an der Straße parkt.

Als Mom den Motor startet und die Heizung voll aufdreht, schließe ich einen Moment die Augen. Ich bin in Sicherheit, fürs Erste.

Ein paar Minuten fahren wir schweigend durch die Gegend.

Meine Mutter schaltet die Scheibenwischer ein, als erneut dicke Flocken vom Himmel rieseln.

»Es sollte Frühling sein«, murmelt sie leise. »Es sollte nicht mehr schneien.«

»Was ist eigentlich mit den Eisheiligen?«, frage ich ehrlich neugierig. »Sind die nicht auch im Frühling?«

»Der Götterlegende nach sind die Eisheiligen eine Erinnerung der Götter daran, dass die Jahreszeitenfamilien nur ihre Stellvertreter sind«, erklärt sie beinahe mechanisch. »Sie sollten uns daran erinnern, dass wir zwar die Kontrolle haben, aber unsere Macht nicht ebenbürtig mit denen der Götter ist. Wir können den Frühling zwar einleiten, aber sie können das Wetter beliebig lenken. Inzwischen ist dieser kleine Wintereinbruch im Frühling jedoch eine Art Tradition, um den Göttern zu gedenken. Wir lassen es nur kurz schneien, aber das hier ist etwas anderes. Das liegt nicht in unserer Macht.«

Ich schnaube. »Es gibt zu allem eine Legende, oder?«

Sie zuckt mit den Schultern. »Unsere Geschichte ist alt, Bloom. Eine lange Zeit, um sich Dinge auszudenken und Legenden auszuschmücken.«

Vorsichtig schaue ich sie an. »Es gibt vieles, was ich nicht weiß, richtig?«

»Du hast nur eine Sparversion der Ausbildung erhalten. Da du keine Kräfte hattest, hielt ich es nicht für nötig, dich die ganze Theorie pauken zu lassen. Du hast dich auch nicht dafür interessiert.«

Das sehe ich zwar ein bisschen anders, aber darum geht es jetzt nicht. »Das meine ich nicht«, bemerke ich leicht gereizt. »Ich meine Dinge, die auch Sander oder Zara nicht wissen. Dinge, die ihr uns nicht erzählt.«

Einen Moment lang schweigt sie, als würde sie darüber nachdenken, mich weiterhin anzulügen. Doch dann atmet sie schwer aus. »Du meinst Vanitas.«

»Ja.«

Sie wirft einen Blick über die Schulter, dann setzt sie den Blinker und parkt in einer schmalen Seitenstraße. Um uns herum hat die Welt sich in tristes Grau gehüllt, und die Menschen huschen mit über das Gesicht gezogenen Kapuzen an uns vorbei.

»Was haben sie dir erzählt?«, fragt Mom, ohne mich anzusehen.

»Darum geht es nicht. Ich will es von dir wissen.«

Wieder antwortet sie nicht sofort. Wenn ich vorher Zweifel daran hatte, dass sie etwas weiß, dann sind diese jetzt ausgelöscht.

»Vanitas war das fünfte Jahreszeitenhaus«, erklärt sie schließlich zögernd. »Aber das weißt du vermutlich schon.«

Ich nicke. »Ja. Ich habe die Nachfahren kennengelernt.«

Ihr Kopf fährt herum. »Das ist unmöglich.«

»Was?«

»Die komplette Rocha-Familie wurde ausgelöscht. Entfernte Mitglieder haben es möglicherweise geschafft, aber die Blutlinie wurde unterbrochen.«

Ich starre sie entsetzt an und versuche, zu verarbeiten, was sie gerade gesagt hat. »Hast du gerade *ausgelöscht* gesagt?«

»Bloom, das war lange vor deiner oder meiner Zeit. Ich verteidige das nicht, Bloom, aber jede Familie, jedes Land hat ein Kapitel in seiner Geschichte, über das es nicht gern spricht. Das macht uns nicht zu schlechten Menschen.«

»Du hast recht«, lenke ich zähneknirschend ein. »Dass ihr das

Ganze allerdings unter den Tisch kehrt und die Vanitas-Rebellen bekämpft, *das* macht euch zu schlechten Menschen.«

»Du weißt nicht …«

»Stimmt!«, fahre ich wütend dazwischen. »Ich weiß *nichts* über all das, nur das, was die Rebellen mir erzählt haben. Also wäre es vielleicht das Beste, wenn du mir unsere Seite der Geschichte erzählen würdest. Denkst du nicht?« Als sie nicht reagiert, sondern stattdessen den Blick erneut auf die dunkle Straße richtet, lehne ich mich zu ihr hinüber. »Bitte, Mom. Ich habe es verdient, die Wahrheit zu erfahren. Ich stehe nicht mehr nur am Rand und schaue zu, ich bin mittendrin!«

»Ich will aber nicht, dass du ein Teil dessen bist«, flüstert sie mit einem verzweifelten Unterton. »Ich wollte das nie.«

»Warum nicht?«

»Weil die Familien gefährlich sind!«, sagt sie energisch. »Sie sind machthungrig und besessen davon, ihr Ego zu demonstrieren. Sie würden alles tun, um am oberen Ende der Nahrungskette zu bleiben. Solange sie sich nur gegenseitig übertrumpfen wollen, ist das kein Problem, aber das hier könnte ein Krieg werden, Bloom. Grandpa und die anderen Meister werden nicht einfach kampflos Tage ihrer Amtszeit an Vanitas übergeben, sie werden sie bis aufs Blut verteidigen. Leute werden verletzt werden, vielleicht sogar sterben. Und ich werde nicht einfach dabei zusehen, wie du zwischen die Fronten gerätst und sie dich benutzen. Du bist die Hüterin. Sie brauchen dich.«

»Warum?«

»Die einzigen Menschen, die den Winter beenden und Vanitas einleiten können, sind du und vielleicht dein Großvater, das wissen wir aber nicht mit absoluter Sicherheit. Ihn bekommen sie nicht. Du hingegen bist ein leichteres Ziel. Du stehst in der Schusslinie, und ich werde dafür sorgen, dass dir nichts passiert.«

Ich schnaube. »Indem wir den Vanitas-Rebellen ihr Recht verweigern? Es mag ja sein, dass keiner von uns etwas für die Ereignisse von damals kann, aber wir haben die Chance, die Fehler unserer Familie wiedergutzumachen.«

»Das werden die Meister nicht zulassen.«

Müde lasse ich den Kopf gegen die Lehne sinken und schließe einen Moment die Augen. »Was haben sie für ein Problem?«

Meine Mom stößt einen tiefen Seufzer aus. »Je mehr Tage eine Jahreszeit andauert, desto größer wird die Macht ihrer Mitglieder. Indem sie damals die Zeit des Vanitas untereinander aufteilten, haben sie an Macht gewonnen. Wenn sie sie jetzt wieder abgeben, werden sie schwächer. Und dafür sind sie zu stolz.«

»Dann ist es wahr?«, flüstere ich. Ich sehe hinab auf meine im Schoß verschränkten Hände. »Dass sie die Vanitas-Familie getötet haben, um mehr Macht zu bekommen? Und dass sie sie nun bekämpfen? Alles ist wahr?«

Aus den Augenwinkeln sehe ich meine Mom nicken, und mein Herz hüpft schmerzhaft in meiner Brust.

»Die Rebellen werden sich ihre Zeit gewaltsam zurückholen«, fährt sie leise fort. »Dad hat immer so etwas befürchtet, und in den letzten Jahren sind die Anzeichen mehr geworden. Aber richtig dran geglaubt habe ich nicht.«

»Die Anzeichen?«

»Das Wappen, das hie und da aufgetaucht ist. Die alten Geschichten, die wieder lauter wurden. Nur Kleinigkeiten, aber wir haben sie nicht sehr ernst genommen. Wir waren uns sicher, dass keine lebenden Nachfahren existieren.«

»Tun sie aber. Und sie besitzen Kräfte.«

Sie mustert mich von der Seite. »Welche Art von Kräften?«

Zögernd erwidere ich ihren Blick. Wenn ich ehrlich bin, bin ich nicht überrascht, dass Kevos Geschichten wahr sind. In meinem Herzen habe ich es gewusst, auch wenn mein Verstand sich geweigert hat, sich überzeugen zu lassen. Ich heiße nicht gut, dass sie mich entführt haben, und noch weniger, was Elia und William mit mir gemacht haben. Aber wenn ich mir das alles so anhöre, bekomme ich das Gefühl, dass nicht sie die Bösen sind. Sie sind verzweifelt, in der Unterzahl und kämpfen gegen mächtige Gegner.

Ich denke wieder an die Barriere, die Kevo gegen mich errichtet hat und daran, dass sie Gedanken manipulieren können. Sie können definitiv gefährlich sein, wenn sie es drauf anlegen.

»Ich weiß es nicht«, sage ich schließlich, auch wenn ein Teil von mir bei dieser Lüge die Hände über dem Kopf zusammenschlägt.

HOME, SWEET HOME

Ich blicke hinaus auf das unruhige Wasser und versuche, meine flatternden Nerven zu beruhigen. Ein Gefühl in meinem Herzen sagt mir, dass ich woanders sein sollte. An einer anderen Front kämpfen. Aber auch wenn ich kein Fan von den Taten meiner Familie bin, sind sie trotzdem noch genau das – meine Familie. Mit dem Rest setze ich mich auseinander, wenn ich ordentlich geschlafen und etwas gegessen habe.

»Wie ist es damals eigentlich abgelaufen?«, frage ich, ohne meine Mom anzusehen. Sie sitzt am Steuer des kleinen Motorbootes und lässt den Blick genauso übers Wasser schweifen wie ich. »Gab es einen Krieg? Oder sind wir einfach nachts in den Vanitashof geschlichen und haben den Leuten die Kehlen durchgeschnitten?«

Sie schnaubt leise. Normalerweise hätte ich Ärger wegen meiner Ausdrucksweise bekommen, aber wahrscheinlich ist das hier eine Ausnahmesituation.

»Es gab einen Krieg«, beginnt sie nach ein paar Sekunden und kneift die Augen zusammen, als würde sie sich an die Details zu erinnern versuchen. »Vanitas galt ursprünglich als die Jahreszeit der Götter. Sie sind unsere Schöpfer und so weiter, sie wollten eine Zeit im Jahr haben, in der wir ihnen huldigen und uns an sie erinnern. Quasi eine Zeit des Durchatmens, bevor der Frühling beginnt und die Natur wieder organisiert werden muss, verstehst du?«

Ich nicke. »Eine Zeit der Reflexion.«

»Genau. Dieser Bezug zu den Göttern ging im Laufe der Zeit verloren, wir vergaßen, dass wir unsere Macht ihnen zu verdanken haben.«

»Und damit ging auch die Bedeutung des Vanitas flöten.«

Meine Mom nickt. »Die anderen Häuser empfanden ihn als überflüssig. Der Frühling bringt das Auferstehen, der Sommer das Leben und die Ernte, der Herbst das Sterben und den Tod und der Winter die Ruhe, das Gedächtnis und die Regeneration. Jede Jahreszeit hat ihren Nutzen. Der des Vanitas war nicht mehr offensichtlich und wirkte nutzlos. Die Zeit der Götter lag so weit zurück, dass ihre Mahnungen verhallten wie ein Echo. Aus der gemeinsamen Aufgabe, der Zusammenarbeit und der gegenseitigen Unterstützung wurden Konkurrenzdenken und gegenseitige Machtdemonstration. Wenn du mich fragst, haben die Götter bei ihrer Gleichung die natürliche Gier der Menschen vergessen. Sie haben uns Macht gegeben, aber nicht beachtet, dass wir früher oder später damit nicht mehr zufrieden sein und nach mehr Macht streben werden.«

Sie verstummt, und ich sehe sie an. Ihr Gesicht ist beinahe ausdruckslos, und ich frage mich, ob sie wirklich an die Geschichte der Götter glaubt. Es klingt nach einer schönen Legende, aber auch ziemlich weit hergeholt. Wenn es die Götter wirklich geben würde, warum haben sie dann noch nicht eingegriffen? Die Häuser zur Ordnung gerufen und sie daran erinnert, was ihre Aufgabe ist?

Wahrscheinlicher ist, dass uns niemand erschaffen hat. Vermutlich existieren wir aus demselben Grund wie Menschen, Tiere und Pflanzen existieren.

»Was ist dann passiert?«, frage ich, als sie keine Anstalten macht, weiterzureden.

»Der Winter und der Sommer haben sich gegen Vanitas aufgelehnt und wollten die fünfte Jahreszeit auf die restlichen vier aufteilen. Der Herbst war dagegen und stellte sich auf die Seite des Vanitas, der Frühling schloss sich schließlich uns an. Es gab einen Krieg, viele starben. Doch wir gewannen. Die Familie Rocha wurde bis auf das letzte Mitglied ausgelöscht und das Haus dem Erdboden gleichgemacht. Die Zeit des Vanitas wurde aufgeteilt, wobei Winter und Sommer die meiste Macht erhielten, weil sie den Aufstand anführten. In manchen Teilen der Welt wird das Jahr aus diesem Grund sogar nur in zwei Jahreszeiten aufgeteilt – die Regen- und Trockenzeit zum Beispiel oder das Nordsommerhalbjahr und das Südwinterhalbjahr. Mit der Zeit geriet Vanitas, genau wie die Götter, in Vergessenheit.«

»Und die Häuser haben alles darangesetzt, dass das auch so bleibt. Dieses Kapitel wird wohl eher nicht im Geschichtsunterricht durchgenommen, oder?«

»Dein Zynismus bringt uns nicht weiter, Bloom.«

Ihr Gesichtsausdruck ist hart geworden, als wäre ihr Maß an Geduld für mich inzwischen voll.

»Nein, weißt du, was uns nicht weiterbringt? Diese ganze beschissene Jahreszeitenpolitik! Würden wir einfach friedlich zusammenarbeiten und uns nicht ständig gegenseitig überbieten wollen, dann gäbe es diesen ganzen Aufstand nicht, vor dem du mich beschützen willst.«

Sie sieht mich kurz an. »Auch Mutmaßungen sind nicht hilfreich.«

Ich unterdrücke ein Schnauben. Nach allem, was bisher passiert ist – was ich durchgemacht habe –, habe ich eigentlich erwartet, dass meine Mom mich endlich wie ein vollwertiges Mitglied behandelt. Doch sie tut immer noch so, als wäre ich ein ungezogenes Kind. Aber das bin ich nicht. Und es geht mir gegen den Strich, so behandelt zu werden. Doch mir ist auch klar, dass es keinen Sinn hat, mit ihr deswegen zu streiten. Sie hat vorhin deutlich gemacht, dass sie mich aus allem raushalten will. Aber dafür ist es längst zu spät.

Den Rest der Überfahrt schweigen wir und hängen wohl beide unseren eigenen Gedanken nach. Keine Ahnung, worum sich ihre drehen. Ich würde gern wissen, ob sie ein schlechtes Gewissen hat. Ob sie sich wünscht, unsere Familie hätte eine andere Rolle in der Geschichte gespielt oder ob sie ihr insgeheim zustimmt. Mir ist klar, dass ich ihr persönlich keine Schuld dafür geben kann, was damals passiert ist. Das war lange vor ihrer Geburt. Aber im Gegensatz zu mir hat sie davon gewusst und hat es bewusst verschwiegen. Mehr noch – als die Rebellen sich erhoben und ihr Recht eingefordert haben, hat sie nichts getan, während die Häuser sie einfach ignorierten und jetzt sogar vor einem weiteren Krieg nicht zurückschrecken. Im Versteck der Rebellen habe ich mich gefragt, ob es einen Grund gibt, der das Verhalten meiner Familie rechtfertigt, einen Grund, den Kevo mir verschweigt. Aber offensichtlich ist das nicht der Fall.

Als wir am Ufer andocken, starre ich einen Moment lang zwischen die Bäume, bevor ich vorsichtig aufstehe und die Hand meiner Mom nehme, die mir aus dem Boot hilft. Ich schlinge die Arme um den Körper und schaudere, als ein eisiger Wind durch meine Haare fährt und meine Locken über die Schultern wirft. Ich sehe hinauf in die kahlen Baumkronen, die leise knarzen.

Ich bin zu Hause.

Der Weg zum Hof kommt mir länger vor als gewöhnlich, die Luft kälter und der Wald um uns herum dichter. Schweigend steigen wir die kleine Anhöhe hinauf. Ich halte einen Moment lang die Luft an, als der Winterhof sich vor dem dunklen Himmel abhebt. Er hat schon immer abschreckend und einschüchternd gewirkt, doch heute habe ich das Gefühl, er würde auf mich herabschauen. Als würden die steinernen Wände näher kommen und mich zu zerquetschen drohen.

Die Tür quietscht leise, als wir hindurchgehen. In der Eingangshalle sehe ich mich kurz um, entdecke aber niemanden. Keine Ahnung, was ich erwartet habe. Ein Empfangskomitee vielleicht, irgendjemanden, der mich nach einer Entführung und einer Flucht willkommen heißt. Meine Mom dreht sich zu mir um und legt mir die Hand auf die Schulter. Ein paar Sekunden lang mustert sie mich mit ernstem Gesichtsausdruck, dann zieht sie mich in ihre Arme.

Automatisch schließe ich die Augen und presse mich dichter an sie.

»Geh rauf auf dein Zimmer, in Ordnung?«, murmelt sie, bevor sie sich von mir löst. »Ich gehe und rede mit deinem Großvater. Beim Abendessen unterhalten wir uns. Aber ruh dich erst einmal aus.«

Ein wenig sehnsüchtig blicke ich zu der breiten Steintreppe, die hinauf zu den Schlafzimmern führt. Ein Teil von mir braucht dringend meine Seife mit Apfelduft, meine eigenen Klamotten und dann mein Bett.

Der andere Teil in mir jedoch sieht meiner Mutter hinterher, als sie im Flur verschwindet, in dem Großvaters Büro liegt. Es ist derselbe Teil, der mich dazu gebracht hat, der Einladung der Rebellen in der WhatsApp-Nachricht zu folgen. Der Teil, der nicht länger ausgeschlossen werden will und der allmählich ein wenig paranoid wird.

Mit einem leicht wehmütigen Seufzen lasse ich die Treppe links liegen und folge meiner Mom mit dem nötigen Sicherheitsabstand. Grundsätzlich habe ich nichts dagegen, dass sie ihm meine Geschichte allein erzählt und ich nicht dabei sein muss, um Rede und Antwort zu stehen. Aber wenn ich etwas in den vergangenen Tagen gelernt habe, dann, dass man niemandem trauen kann. Auch nicht der eigenen Familie. Schon gar nicht, wenn es sich bei ihr um eine Art Göttergeheimbund handelt.

Leise schleiche ich um die nächste Ecke, während Mom, an die Tür des Arbeitszimmers klopft und dann darin verschwindet. Kurz sehe ich mich um, doch ich bin immer noch allein. Normalerweise hasse ich die Einsamkeit dieses Hauses, momentan bin ich allerdings dankbar dafür. Mit klopfendem Herzen schleiche ich näher, bis ich direkt vor der glänzenden Mahagonitür stehe. Ich zögere eine Sekunde, dann lehne ich mich vor und presse das Ohr gegen das Holz. Gedämpftes Stimmengewirr dringt zu mir durch, aber ich kann nichts richtig verstehen. Ein wenig frustriert balle ich die Hände und konzentriere mich auf den Boden unter meinen Füßen. Meine Kraft erhebt sich in meinem Inneren und streckt ihre Finger nach der Energie des alten Marmors aus. Mein Gehör schärft sich, und aus dem undeutlichen Gemurmel schälen sich einzelne Worte heraus, als würde man einen Sender bei einem alten Radio einstellen.

»Wir hätten es ihr erzählen sollen.« Das ist meine Mom. Sie klingt eindringlich und vielleicht ein bisschen wütend. »Du hast sie zu einer Waffe für die Rebellen gemacht, ohne dass sie es überhaupt wusste.«

»Ich habe sie zu gar nichts gemacht, Elise«, antwortet mein Großvater barsch. »Es ist ihre Bestimmung, Hüterin zu sein. Es hätte jeden anderen genauso treffen können.«

»Du hättest uns trotzdem früher etwas sagen müssen! Uns darauf vorbereiten«, erwidert Mom. »Du hast gewusst, dass der Winter am meisten betroffen sein wird, wenn die Rebellen sich erheben. Es gab unzählige Zeichen, doch du hast sie alle für dich behalten. Hätten wir Bloom darauf vorbereitet, würde sie nicht …«

»Würde sie nicht was? Mit den Rebellen einen Kaffee trinken und tagelang mit ihnen in ihrem Quartier verbringen?«

Wütend starre ich das Holz an.

»Sie war nicht freiwillig dort, Dad. Aber du wusstest, dass die Rebellen sich erheben. Du hast es gewusst und uns erst gewarnt, als es zu spät war.«

Ich höre meinen Grandpa seufzen. »Weil es nicht notwendig war, Elise. Das sind Halbstarke, die sich aufplustern und sich unter einem fremden Wappen wichtigmachen. Sie sind keine Gefahr für uns.«

Einen Moment lang bleibt es still. Ich höre ein Polster quietschen und bin mir sicher, dass meine Mutter sich auf einen der kleinen Sessel vor Grandpas Schreibtisch gesetzt hat.

»Es sind Rocha-Nachfahren.« Ihre Stimme ist leise, und ich drücke mein Ohr stärker gegen das Holz, um nichts zu verpassen. »Bloom sagt, es sind direkte Nachfahren, echte Vanitas-Nachfahren.«

»Das ist nicht möglich.«

»Und wenn doch? Was, wenn sie die Macht des Vanitas besitzen?«

Wieder höre ich ein Knarzen, dann Schritte, die sich immer wieder nähern und entfernen. Wahrscheinlich läuft mein Großvater vor seinem Schreibtisch auf und ab. »Sie sind untrainiert. Selbst wenn es direkte lebende Nachfahren gibt, sind sie nicht annähernd so trainiert wie wir. Sie haben keine Chance.«

»Was willst du damit sagen?«

»Dass sie keine große Herausforderung sein werden.«

Meine Mom schnappt hörbar nach Luft. »Das ist nicht dein Ernst, Dad! Du kannst nicht gegen sie kämpfen.«

»Ich kann, und ich werde!« Die Stimme meines Großvaters ist schneidend wie Glas und so kalt, dass ich beinahe zurückschrecke. »*Wir* werden, Elise. Wenn wir zulassen, dass der Vanitas zurück in den Kreislauf kommt, bedeutet das einen erheblichen Schlag für unsere Familie. Der Vanitas war eine mächtige Jahreszeit, ein mächtiges Haus, eine mächtige Familie. Wir können das Risiko nicht eingehen, dass sie zu ihrer einstigen Größe zurückfinden und ihre Rache planen.«

»Und was schlägst du jetzt vor?«

»Wir vernichten sie, ein für alle Mal. Und dieses Mal bleibt keiner übrig.«

Ich ziehe scharf die Luft ein. Das kann nicht stimmen, ich muss mich verhört haben.

Meine Mom scheint Ähnliches zu denken, denn die Sekunden vergehen, ohne dass sie etwas antwortet. »Das kann nicht dein Ernst sein.«

»Wir alle müssen wählen. Zwischen unserer Familie und einem Haufen Rebellen, die unser Leben bedrohen und unsere Kinder töten und entführen. Wenn es hart auf hart kommt, auf welcher Seite wirst du stehen?«

Ruckartig weiche ich zurück und stolpere ein paar Schritte den Flur hinunter. Ich will ihre Antwort nicht hören, kann sie nicht hören. Will nicht länger Zeuge ihrer Mordpläne sein. Natürlich bin ich auch nicht wirklich glücklich über meine Entführung und über das, was Elia und William mit mir angestellt haben. Aber ich kann ihre Gründe nachvollziehen. Ihnen wurde Schreckliches angetan und sie fordern lediglich ihr Recht ein. Sie wollen sich etwas zurückholen, was ihnen all die Jahrtausende über verwehrt wurde.

Die Gründe meines Großvaters hingegen sind einfach … falsch. Er ist im Unrecht. Mein Haus, meine Familie ist im Unrecht.

Kurz bleibe ich stehen, unschlüssig, was ich tun soll. Auf der einen Seite will ich in das Büro stürmen und ihnen gehörig die Meinung sagen oder sie überzeugen, dass ein Krieg unnötig ist. Doch auf der anderen Seite weiß ich, dass ich keine Chance habe und meinen Großvater niemals davon abbringen kann.

Plötzlich habe ich das Bedürfnis, so viel Raum wie möglich zwischen mich und diese Menschen zu bringen. Ich wirble herum und renne den Flur entlang. Ein verirrter und sichtlich irritierter Angestellter springt mir aus dem Weg, doch ich ignoriere ihn. Ich renne immer weiter, bis ich vor dem Haus stehe und der graue Himmel sich über mir ausbreitet. Auf einmal kommt mir die Vorstellung, in meinem Zimmer zu sein, nicht mehr so verlockend vor. Dieses Haus erdrückt mich. Seine Bewohner schmieden nicht nur Intrigen und haben die Geheimniskrämerei perfektioniert, sondern sie reden auch davon, unzählige Menschen einfach umzubringen. Und davon will ich kein Teil sein.

Während ich den Weg verlasse und Richtung Wald laufe, denke ich an Kevo, Katarina und die anderen Rebellen. Ja, sie haben mich entführt und mich gegen meinen Willen festgehalten. Ja, sie haben mich bekämpft. Aber den Tod wünsche ich ihnen trotzdem nicht. Vor allem nicht Kevo. Sie sind verzweifelt und haben es definitiv nicht verdient, auf der Abschussliste der vier mächtigsten Familien der Welt zu stehen. Nein, da werde ich nicht mitmachen. Ich werde ihr Blut nicht an meinen Händen haben, auf keinen Fall. Es muss eine friedliche Lösung geben, ohne Krieg und ohne Töten. Auch wenn ich wie ein verdammter Hippie klinge, muss es eine Möglichkeit geben, die Meister der Häuser mit den Rebellen an einen Tisch zu setzen und die ganze Sache gewaltfrei zu regeln.

Ich merke überhaupt nicht, wohin ich gehe, bis ich an dem Felsvorsprung stehe, der den Blick auf den Fjord freigibt. Es wird bereits dunkel, und die einsetzende Dämmerung verwandelt die Landschaft in eine Mischung aus Grau und Weiß. Es ist verdammt kalt, und ein paar vereinzelte Schneeflocken rieseln auf mich herab. Ich denke an die Geschichte, die meine Mom mir erzählt hat. Zum hundertsten Mal in meinem Leben frage ich mich, ob die Götter tatsächlich existieren. Und ob wir ihnen egal sind. Immerhin sind es Götter; sie müssen von dem Verrat der Häuser und den Bemühungen des Vanitas wissen. Warum greifen sie also nicht ein? Warum entziehen sie uns nicht einfach unsere Kräfte und geben sie Leuten, die besser damit umgehen?

Gedankenverloren lege ich die Hand auf den kalten Felsen und greife nach seiner Energie. Inzwischen geht es deutlich schneller und müheloser, die Elemente zu channeln. Ich werde besser. Selbst das Kribbeln wird weniger, und meine Fingerspitzen sind höchstens gräulich statt pechschwarz. Ich frage mich, ob es noch mehr gibt, von dem ich nichts weiß. Der Unterricht, den ich für meine neu entdeckten Kräfte bekommen habe, war nicht annähernd intensiv genug. Ich habe also keine Ahnung, wozu ich fähig bin. Soweit ich weiß, gab es Leute, die immer weiter an ihren Kräften gearbeitet und dadurch ganz neue Möglichkeiten entdeckt haben. Ein Junge aus dem Sommerhaus konnte anfangs zum Beispiel einfach nur sehr schnell rennen, am Ende war er dazu in Lage, einen voll besetzten Bus zu heben.

Ich drücke meine Hand energischer auf den Stein und verenge die Augen. Ein, zwei Minuten vergehen, dann ertönt ein leises Knacken. Wenig später zieht sich ein deutlicher Riss durch den Felsen, bevor er mit einem lauten Knall in zwei Teile bricht.

Beeindruckt von mir selbst, weiche ich zurück. Ich lege den Kopf in den Nacken und atme ein paarmal tief durch, während ich die schwarzen Äste vor dem immer dunkler werdenden Himmel mustere.

Es war ein Fehler herzukommen.

Aber ich hab keine Ahnung was ich jetzt tun soll. Ich will nicht wieder zurück ins Haus, am liebsten würde ich mich mit alldem nicht mehr auseinandersetzen.

Doch das ist keine Option. Ich bin so sehr in diese Sache verwickelt, dass ich nicht mehr wegsehen kann. Ich muss Kevo warnen. Zum einen, weil ein geplanter Mord an unzähligen Menschen grundsätzlich falsch ist, zum anderen … weil ich nicht will, dass Kevo etwas geschieht. Ja, er hat mich verraten und mit meinen Gefühlen gespielt, aber er hat mir auch geholfen, auf mich aufgepasst und mich geküsst. Dieser Kuss. Ich spüre immer noch seine Lippen auf meinen, und seinen Blick, der mich durchdringt und mich alles Mögliche fühlen lässt. Ich kann mich nicht einfach in meinem Zimmer verkriechen und zusehen, wie meine Familie plant, sämtliche Vanitas-Rebellen gnadenlos umzubringen.

Allerdings weiß ich nicht, wie ich mit Kevo Kontakt aufnehmen kann. Ich habe mein Handy nicht mehr, und im Moment komme ich auch nicht aufs Festland zurück. Es allein zu versuchen, wäre glatter Selbstmord, und ich bin mir ziemlich sicher, dass mir meine Familie kein Taxi zur Verfügung stellt.

Überfordert lasse ich mich auf den Felsen sinken und verschränke die Arme vor der Brust. Die Wellen des Fjords schlagen wütend gegen das Ufer, als wollten sie einen Teil der Insel herausreißen.

»Du sitzt hier draußen wie die Ziege im T-Rex-Gehege.«

Ich schrecke so heftig zusammen, dass ich mit dem Fuß abrutsche und beinahe die kleine Klippe runtergefallen wäre, wenn ich mich nicht in letzter Sekunde an einem tief hängenden Ast festgehalten hätte. Alarmiert wirble ich herum, auch wenn ich die Stimme bereits erkannt habe.

Hinter mir, zwischen den Ästen und zwei hüfthohen Felsen, steht Kevo. In seiner Jeans, dem dunkelroten Hoodie und der schwarzen Beanie sieht er aus wie ein verirrter Wanderer. Mit dem Unterschied, dass sich Touristen für gewöhnlich nicht auf Kalinøya verirren. Vor allem keine Touristen, die gerade dabei sind, einen Krieg gegen die Familie anzuzetteln, der diese Insel gehört.

Instinktiv springe ich auf und weiche zurück, auch wenn der neu gewonnene Abstand kaum nennenswert ist. Denn hinter mir befindet sich der eisige Fjord und neben mir Wald und dichtes Buschwerk.

»Was machst du hier?«, frage ich, während ich gleichzeitig meine Hand auf den dicken Baumstamm neben mir lege, um notfalls Energie zu channeln.

Kevo scheint meine Gedanken zu lesen, denn sein Blick wandert zu meiner Hand, und ein schiefes Grinsen breitet sich auf seinem Gesicht aus. »Versuch es erst gar nicht. Ich habe deine Kräfte blockiert. Du kannst mir nichts tun.«

»Doch«, sage ich wütend. »Schlagen kann ich dich auch ohne Magie.«

Eine seiner Augenbrauen wandert in die Höhe. »Touché, aber es würde dir nichts bringen.«

DECISIONS

Langsam weiche ich noch einen Schritt zurück, was nicht so einfach ist, da ich den Fjord im Rücken habe. Mein Herz legt immer mehr an Fahrt zu, während ich möglichst unauffällig die Umgebung absuche. Außer Kevo kann ich allerdings niemanden entdecken, was aber nicht bedeutet, dass sich seine Freunde nicht irgendwo in den Büschen verstecken. Dieser verdammte Wald ist groß und dicht bewachsen. Und niemand würde mich hören, wenn ich hier draußen schreie.

Kevo bemerkt meinen Blick jedoch und hebt beinahe vorsichtig die Hände, als wollte er sich ergeben. »Ich bin alleine.«

Ich schnaube. »Das sagt jeder, bevor seine Komplizen aus den Büschen springen«, fahre ich ihn an. Noch einmal sehe ich mich um, doch auch diesmal entdecke ich niemanden – und es gibt immer noch keinen Fluchtweg. Höchstens das Wasser, aber ich habe wirklich, wirklich keine Lust zu schwimmen. Selbst wenn ich die Energie des Fjords channle, bin ich wahrscheinlich schneller erfroren, als ich channeln kann.

»Also?« Ich mustere ihn von oben bis unten und versuche, die Gefühle, die in mir aufsteigen, zu unterdrücken. Ich habe Angst, und der Schreck seines plötzlichen Auftauchens sitzt mir in den Knochen. Auf jeden Fall bin ich misstrauisch, warum er hier ist. Doch gleichzeitig hüpft mein Herz auch aufgeregt in meiner Brust. Was nicht nur daran liegt, dass ich ihn vor meiner Familie warnen kann. Ein Teil von mir, ein wirklich kleiner, unbedeutender Teil, freut sich einfach, ihn zu sehen. Was unfassbar dumm ist. Aber Gefühle sind nun mal nicht rational. »Was willst du hier, Kevo?«

»Ich habe viel über diese Insel gehört«, sagt er im Plauderton und blickt sich um. »In der Stadt wird viel geredet. Also wollte ich sie mir mal selbst ansehen.«

»Schlechter Zeitpunkt für Sightseeing, würde ich sagen.«

»Ach ja, meinst du?«

»Du hast mich entführt und gefangen gehalten, Kevo«, erinnere ich ihn wütend. »Und ihr plant eine Rebellion gegen die anderen Familien. Sie werden nicht kampflos aufgeben! Himmel, sie planen einen verdammten Krieg gegen euch und wollen euch alle vernichten. Was denkst du, was sie mit dir machen, wenn sie dich hier erwischen?«

»Wie gesagt, ich kann alle Kräfte …«

»Es gibt auch nicht magische Mittel und Wege, dich zu besiegen, du Vollidiot!«, unterbreche ich ihn energisch. »Hau ab hier!«

Ein kaum wahrnehmbares Lächeln zuckt um seine Mundwinkel. »Machst du dir etwa Sorgen um mich?«

Ja, verdammt. Ich will nicht, dass ihm etwas geschieht. Er hat mich beschützt, so gut er konnte. Ich werde nicht zulassen, dass meine Familie ihm etwas antut. Aber das werde ich ihm sicher nicht sagen.

»Ich will, dass die Familien Frieden schließen«, sage ich stattdessen und schiebe die Hände in die Hosentaschen. »Da bringt uns ein toter Vanitas-Rebell sicher nicht weiter.«

»Es ist zu spät für eine friedliche Lösung, Wintermädchen«, murmelt er und wirft mir einen bedauernden Blick zu. »Sie wissen seit Monaten, was wir vorhaben. Sie hatten alle Zeit der Welt, sich mit uns zu einigen. Wir wollten diesen Krieg nicht, aber sie lassen uns keine andere Wahl. Und wir sind bereit, uns zu verteidigen.«

»Ich denke, die Meinungen darüber, wer angreift und wer sich nur verteidigt, gehen weit auseinander.«

Kevo macht einen Schritt auf mich zu und sieht mich eindringlich an. »Die Meinungen der anderen interessieren mich nicht.«

»Ach nein?«

»Nein.« Er kommt noch näher, und ich unterdrücke den Drang, ihm tatsächlich gegen das Schienenbein zu treten. »Die einzige Meinung, die mich interessiert, ist deine.«

Sein Blick wird weich und bringt mich einen Moment aus dem Konzept. In diesem Moment erinnert er mich wieder an den netten Kevo, den, der mich beschützt und der mich trainiert hat, damit mir nichts passiert.

»Warum?«, frage ich. Meine Stimme ist über das Rauschen des Wassers und des Windes hinweg kaum zu verstehen.

Eine Sekunde lang zögert er noch, doch dann überbrückt er die restliche Distanz zwischen uns. Und plötzlich steht er direkt vor mir. Als er seine Hand nach meiner ausstreckt, ziehe ich sie energisch zurück. Er sieht mich unverwandt an. In seinen Augen spiegeln sich so viele Gefühle, dass ich sie kaum auseinanderhalten kann.

»Ich habe nicht gewollt, dass du verletzt wirst«, beginnt er stockend, als wüsste er selbst nicht genau, was er sagen will. »Am liebsten würde ich dich aus alldem raushalten, aber das geht nicht. Du bist die Hüterin, und alle Rebellen des Vanitas werden versuchen, dich zu benutzen, um den Winter zu beenden. Manche von ihnen, wie Will und Elia, werden vor nichts zurückschrecken. Und die anderen Häuser werden den Frühling einleiten wollen, wozu sie dich ebenfalls brauchen. Ich werde nicht zulassen, dass dir etwas geschieht oder du möglicherweise gewaltsam zu etwas gezwungen wirst, was du nicht willst.«

Seine Worte berühren mich, aber ich weiß nicht, ob ich ihm wirklich trauen kann. Er hat mich schon mal angelogen.

»Wir brauchen dich«, macht er weiter. Seine Stimme wird immer beschwörender. »Aber ich will nicht mehr über deinen Kopf hinweg entscheiden.«

Ich hebe die Augenbrauen. »Sondern?«

Er strafft die Schultern, als müsste er sich für das wappnen, was als Nächstes kommt. »Komm mit mir.«

Reflexartig lache ich auf. »Das ist doch ein Witz.«

»Ich denke, die Sache ist viel zu ernst, um Witze darüber zu machen.«

»Warum sollte ich mit dir kommen?«, frage ich. »Warum sollte ich dir trauen?«

Er hebt die Hände, lässt sie dann aber wieder sinken. »Der Grund, warum sich jetzt alle kampfbereit machen, ist, dass sie das Entstehen des Vanitas entweder herbeiführen oder verhindern wollen. Die Jahreszeitenhäuser wollen den Frühling einleiten und damit Vanitas erneut aus dem Kreislauf ausschließen. Elia, Will und die anderen hingegen wollen diejenigen sein, die Vanitas entstehen lassen, um danach an der Spitze des Hauses zu stehen und die Kontrolle übernehmen zu können. Deswegen wollen sie dich unbedingt haben. Wenn *wir beide* allerdings den Vanitas einleiten, dann gibt es keinen Grund mehr für einen Krieg. Wir nehmen ihnen dadurch also den Wind aus den Segeln. Wir brauchen uns für keine Seite entscheiden. Wir sind der Plan C.«

Ich verschränke die Arme vor der Brust. »Gut. Dann machen wir es. Hier und jetzt.«

»So einfach ist das nicht. Wir brauchen erst das Amulett.«

»Dann such es und komm wieder«, mache ich unbeeindruckt weiter.

Sein Gesichtsausdruck wird beinahe flehend. »Ich lasse dich nicht hier. Sowohl die Rebellen, die Will und Elias Meinung sind – was inzwischen fast alle sein dürften –, als auch die Jahreszeitenfamilien werden versuchen, dich für ihre Zwecke zu benutzen. Wenn wir zu zweit abhauen, schaffen wir es vielleicht, einfach hindurchzuschlüpfen. Zu zweit fallen wir nicht auf.«

Ich öffne den Mund, um zu protestieren. Will ihm sagen, dass meine Familie mich beschützen und dafür sorgen wird, dass mir nichts passiert. Aber die Worte bleiben mir im Halse stecken. Denn wenn ich ehrlich bin, habe ich keine Ahnung, was sie tun würden.

»Ich kann nicht einfach mit dir kommen«, sage ich zögernd. »Meine Familie …«

»Dein Großvater wird dich genauso überreden – und notfalls zwingen – wie jeder andere Meister der Jahreszeitenhäuser,

Bloom, und das weißt du. Denk doch mal drüber nach. Wenn du mir in die Augen schaust und mir sagst, dass du lieber zurück in diesen Bunker gehst, dich in dein Zimmer einschließt und die Hände über dem Kopf zusammenschlägst – dann gehe ich. Und du siehst mich nie wieder.«

Damit nimmt er mir den Wind aus den Segeln, und ich bin mir sicher, dass er das auch weiß. Ich wurde hier mit reingezogen, und wenn ich mich jetzt aus allem heraushalte, bin ich nicht besser als die Familienmitglieder, die tatenlos am Rand stehen und dabei zusehen, wie die Rebellen erneut zerschlagen werden.

»Ich kann nicht einfach mit dir gehen«, sage ich erneut, aber bei Weitem nicht mehr so energisch. »Meine Mom würde sich Sorgen machen.«

»Wir lassen deine Mutter wissen, dass es dir gut geht. Das verspreche ich dir.«

»Lass mich reingehen und mich von ihr verabschieden.«

Sein Gesicht nimmt einen mitleidigen Ausdruck an. »Wenn du jetzt wieder reingehst, kommst du nicht mehr raus. Entweder du gehst mit mir mit oder nicht. Deine Entscheidung.«

»Und was dann?«, frage ich mit einer Mischung aus Herausforderung und Verzweiflung. »Hast du einen Plan, wie es weitergeht?«

In seinen Augen steht eine Entschlossenheit, um die ich ihn ehrlich beneide. »Wir beenden diesen Krieg, bevor er richtig anfangen kann. Danach kannst du zurückkommen und dein Leben wiederhaben. Aber tief in deinem Inneren weißt du, dass es das Richtige ist.«

Und das weiß ich tatsächlich. Bereits bei dem Gespräch mit meiner Mom war mir klar, dass ich etwas unternehmen muss.

Ohne meine Familie. Ich liebe sie, und sie ist mein Zuhause, aber ich teile ihre Ansichten nicht. Und ich möchte sicher nicht an ihrer Seite stehen, wenn sie gegen Kevo und die anderen kämpfen.

Stöhnend lasse ich mich auf den Felsen sinken. »Wie konnte das alles so weit kommen?«, frage ich leise. »Ich wollte einfach nur diesen blöden Ball hinter mich bringen.«

Kevo sieht mich einen Moment lang an, dann geht er vor mir in die Hocke, damit er mir ins Gesicht sehen kann. »Es tut mir leid. Wenn ich damals gewusst hätte, dass du … Es tut mir leid, okay? Wir kriegen das wieder hin.«

Ich lache trocken. »Wir? Ich will mich ja wirklich nicht selbst kleinreden, aber du hättest es bei der Wahl deiner Verbündeten ganz sicher besser treffen können.«

»Das sehe ich anders.« Erneut greift er nach meiner Hand, und dieses Mal entziehe ich ihm sie nicht. Vielleicht ist es dumm und naiv, aber ich habe keine Angst vor ihm. Er hatte Dutzende Gelegenheiten, mich umzubringen und mich für seine Zwecke zu missbrauchen, wenn er es gewollt hätte. Natürlich besteht die Chance, dass er mich nur dazu bringen will, freiwillig mitzugehen, und dass seine Freunde dann auf dem Festland auf uns warten. Aber das ist ein Risiko, das ich bereit bin, einzugehen. Denn wenn ich zurück ins Haus gehe, besteht tatsächlich die Möglichkeit, dass meine Familie mich nicht wieder gehen lässt.

»Eine Woche«, höre ich mich sagen, auch wenn ich selbst nicht richtig glauben kann, dass ich dem Ganzen zustimme. »Ich gebe dir eine Woche, um das Amulett zu beschaffen und mich wieder nach Hause zu bringen. Danach bin ich weg.«

Ein zufriedenes Lächeln breitet sich auf seinem Gesicht aus. »Einverstanden.«

Eine Weile streiten wir darüber, welcher Plan sinnvoller ist – warten und den Schutz der Dunkelheit nutzen oder abhauen, bevor meine Mom oder eines der anderen Mitglieder des Winterhofes nach mir suchen. Letztendlich entscheiden wir uns dafür, direkt abzuhauen. Kevo würde gern die Dunkelheit abwarten, aber ich will nicht wie ein Opferlamm hier herumsitzen, bis meine Familie mich findet. Keine Ahnung, was sie mit mir machen würden, wenn sie mich mit einem Vanitas-Rebellen im Gebüsch erwischen. Und ich will es mir auch gar nicht vorstellen.

»Wo gehen wir hin?«, frage ich, während er einen tief hängenden Ast zur Seite schiebt und mich tiefer in den Wald hineinführt.

»Dort hinten liegt mein Boot«, antwortet er leise und blickt sich immer wieder aufmerksam um. »Es war nicht einfach, eine Stelle zu finden, an der sie uns nicht sehen können.«

Ich runzle die Stirn. Eigentlich sollte es nicht schwer gewesen sein. Die Insel wird kaum überwacht, weil sie mit Schutzzaubern und dergleichen umgeben ist, um neugierige Touristen und Schaulustige daran zu hindern, eine Erkundungstour über die Insel zu machen. Theoretisch sollte es auch andere Jahreszeitenmitglieder fernhalten, aber offensichtlich gilt das nicht für Vanitas. Ich frage mich, ob meinem Großvater das nicht bewusst ist oder ob er arrogant genug ist, zu glauben, dass keiner von ihnen sich hierher traut.

Nach ein paar Minuten wird der Wald endlich lichter, und ich höre wieder die Wellen, die wütend gegen die Steinklippen schlagen. Als wir aus dem Schutz der Bäume treten, ist mir schnell klar, wo wir sind. Die Insel ist zwar nicht besonders groß, doch als Kinder wurde uns eingetrichtert, uns von dieser

Gegend fernzuhalten. Der Wald endet hier abrupt, um einem steilen Abhang Platz zu machen, und das Gelände ist ziemlich uneben. Ein falscher Schritt und man landet im Wasser, bevor man von der Strömung gegen die Felswand geschleudert wird.

Vorsichtig mache ich ein paar Schritte vor und spähe über die Felskante. Es geht schätzungsweise zwei Meter bergab, aus dem Wasser ragen spitze Felsen heraus und brechen die Wellen. Wenn ich jetzt falle, bin ich ziemlich sicher tot. Was nicht unbedingt ermutigend ist.

»Und wo soll dein Boot sein?«, frage ich schaudernd und sehe mich um. Sollte er es wirklich hier angelegt haben, ist es inzwischen vermutlich Kleinholz oder liegt in Einzelteilen auf dem Grund des Fjords.

»Komm mit.« Er nimmt meine Hand und zieht mich ein Stück weiter. Bei genauem Hinsehen entdecke ich eine natürliche Steintreppe, die hinunter zum Wasser führt. »Dort unten ist eine kleine Höhle. Da können wir warten, bis es dunkel ist, und dann zur Nachbarinsel paddeln. Das sollte funktionieren.«

Als er auf die Treppe zuläuft, entziehe ich mich seinem Griff und bleibe demonstrativ stehen. Ich hebe beide Augenbrauen, als er sich fragend zu mir umdreht.

»Was ist los?«

»Lass die Barrieren fallen«, sage ich.

»Was?«

»Ich komme nur mit, wenn du die Barrieren fallen lässt. Wenn wir schon zusammen auf diese Selbstmordmission gehen, dann sollten wir uns auch vertrauen, oder nicht? Ich habe dir nichts entgegenzusetzen, wenn ich meine Kräfte nicht channeln kann. Lass sie fallen, dann können wir weitergehen.«

Einen Moment lang mustert er mich nachdenklich, dann

seufzt er leise. »Du hast recht.« Ich blinzle ein paarmal, denn einen Moment lang sieht es so aus, als würde die Luft um ihn herum flimmern. Dann streckt er mir die Hand entgegen. »Probier es aus.«

Ohne ihn aus den Augen zu lassen, greife ich nach seinen Fingern. Es dauert kaum fünf Sekunden, dann beginnt meine Haut an seiner ganz leicht zu prickeln, und ich spüre die Energie, die von ihm ausgeht.

»Zufrieden?«, fragt er, und als ich nicke, führt er mich auf die steile Steintreppe zu.

Unwillkürlich klammere ich mich an ihm fest, als ich auf die brechenden Wellen schaue. Wir steigen langsam hinab, während Kevo sich immer wieder umsieht. Die Luft um uns herum prickelt beinahe vor Spannung. Jede Minute rechne ich damit, Rufe durch den Wald schallen zu hören oder dass jemand uns entdeckt. Das Gefühl ist ähnlich wie das, als ich vor Kevo und seinen Rebellen geflohen bin. Nur, dass es diesmal meine eigene Familie ist, vor der ich wegrenne.

Am Fuß der Steintreppe balancieren wir über eine schmale Felskante. Die Höhle ist klein und gut versteckt, aber ich kann aufrecht darin stehen. Das Geräusch des Wassers wird von den kalten Wänden zurückgeworfen, und ein kleines Motorboot wippt träge auf den sterbenden Wellen. Hier drin ist es so dunkel, dass Kevo eine Taschenlampe aus seinem Rucksack zieht und einschaltet, damit wir nicht aus Versehen danebentreten und im Wasser landen.

Er klettert als Erstes ins Boot und streckt mir erneut die Hand entgegen, um mir hineinzuhelfen. Mit angehaltenem Atem lasse ich mich auf die schmale Bank sinken und klammere mich an den Rand des Bootes. Mein Herz rast in meiner Brust, und drängende Zweifel verlangen in meinem Kopf nach Aufmerksamkeit. Ich weiß, dass das hier dumm ist. Aber solange ich keine akzeptable Alternative habe, muss es das Richtige sein.

Die nächste halbe Stunde verbringen wir überwiegend schweigend, während wir darauf warten, dass die Dunkelheit sich vollends über den Fjord legt. Eigentlich sollte es inzwischen später dunkel werden, aber dank des immer noch andauernden Winters geht die Sonne schnell unter. Es ist ungewöhnlich kalt für diese Zeit, und immer wieder fällt Schnee, der schwerer und grober wirkt als gewöhnlich. Ich frage mich, was Wissenschaftler zu dieser Entwicklung sagen werden. Schieben sie es auf den Klimawandel? Sicher kommen sie nicht darauf, dass es an einem internen Krieg zwischen Jahreszeiten beherrschenden Familien liegt.

»Los geht's«, durchbricht Kevo irgendwann die Stille. »Behalte das Ufer im Auge, okay? Wenn uns jemand folgt, fahre ich die Barrieren wieder hoch.«

Ich nicke, antworte aber nicht. Als er den Motor startet und langsam aus der kleinen Höhle heraussteuert, richtet sich mein Blick auf die steile Felskante. Bei jedem Meter, den wir uns von Kalinøya entfernen, zieht mein Herz sich schmerzhafter zusammen. Das hier ist ein Ende, vielleicht auch ein Anfang. Aber es ist eine Entscheidung, die ich bewusst treffe. Und ich treffe sie gegen meine Familie.

Die Insel erhebt sich als schwarzer Berg vor dem dunklen Nachthimmel und wird immer kleiner. Als wir uns so weit entfernt haben, dass uns niemand vom Ufer aus würde erkennen können, drehe ich mich zu Kevo um. Sein Blick ist auf mich gerichtet, doch er sieht hastig weg.

»Was ist?«, frage ich und schlinge die Arme um mich, um mich tiefer in meinem Pullover zu vergraben.

Er zuckt mit den Schultern. »Ich hätte nicht gedacht, dass du tatsächlich mitkommst. Eigentlich habe ich erwartet, dass du mich schlägst oder mir mit deinen Ninjakräften sämtliche Energie aus dem Körper ziehst.«

Ich grinse müde, werde aber schnell wieder ernst. »Warum bist du das Risiko dann eingegangen?«

Kevo überlegt eine Weile. »Für Katarina, denke ich. Für dich. Für die Mitglieder der Jahreszeitenhäuser, die nichts für all das können. Ich will, dass Vanitas wieder auflebt, es ist unser Recht. Aber ich will keinen Krieg und keine Toten. Wenn wir es schaffen, können wir alle vor vollendete Tatsachen stellen. Sie werden sich aufregen, aber sie können nichts mehr dagegen tun. Ein Krieg wäre nicht mehr nötig.«

Ein wenig überrascht lege ich den Kopf schief. »Du bist ein guter Kerl, was?«

»Nein«, sagt er lachend. »Sicher nicht. Ich habe nur meine Überzeugungen.«

»Mag sein. Aber du hättest mich auch wieder kidnappen und deinen Plan durchziehen können. Stattdessen hast du mir die Wahl gelassen.«

»Wer sagt, dass das nicht mein Plan B war?«, fragt er feixend.

Statt einer Antwort verdrehe ich nur die Augen. Kalter Wind fegt über uns hinweg und lässt mich frösteln.

»Ist dir kalt?«

Ich winke ab. »Nicht dramatisch.«

Ohne ein Wort lässt er das Steuer los und zieht einen großen Rucksack auf seinen Schoß, den ich bislang nicht bemerkt habe. Dann holt er eine Winterjacke heraus und reicht sie mir. Als ich nicht direkt reagiere, beugt er sich zu mir herüber und legt sie mir über die Schultern. Bei der plötzlichen Nähe erstarre ich unwillkürlich und halte den Atem an. Trotz allem, was aktuell um mich herum los ist, wandern meine Gedanken erneut zu dem Kuss kurz vor meiner Flucht aus dem Rebellenquartier. Wie von selbst huscht mein Blick zu Kevos Lippen, als er ein Stück zurückweicht, um mich anzusehen. In seinen Augen entdecke ich unausgesprochene Fragen. Ich habe ihm vorgeworfen, mich mithilfe seiner Fähigkeiten zu dem Kuss überredet zu haben. Damals erschien es mir logisch, doch jetzt … jetzt habe ich meine Zweifel. Ich bin mir ziemlich sicher, dass er mich im Moment nicht beeinflusst, und trotzdem spüre ich ein Kribbeln in meiner Magengegend, und ein Teil von mir würde sich gern vorbeugen und ihn noch einmal küssen. Kevo ist aufregend und irgendwie mysteriös. Aber gleichzeitig ist er auch freundlich und scheint sich für die richtigen Dinge einzusetzen. Er ist ein wirklich netter Kerl mit sehr harter Schale.

Auch wenn es mir schwerfällt, es zuzugeben, ich mag Kevo. Während meiner Gefangenschaft hätte ich es vielleicht noch als Stockholmsyndrom auslegen können, aber jetzt bin ich frei, und … ich will ihn immer noch.

Hastig wende ich den Blick ab und lehne mich räuspernd zurück, während ich nach den Aufschlägen der Jacke greife. »Danke.«

Er legt den Kopf schief. »Bloom …«

»Jetzt nicht.« Ich bin mir nicht sicher, was genau Kevo sagen will, aber dem Blick nach zu urteilen, den er mir zuwirft, sind seine Gedanken in dieselbe Richtung gewandert wie meine. »Dafür haben wir später noch Zeit. Ich will erst aus diesem Boot raus.«

Einen Moment lang sieht er mich noch an, dann greift er wieder nach dem Ruder und konzentriert sich darauf, das kleine Boot durch die schwarze Nacht zu steuern. Hinein ins Ungewisse.

WINTER NIGHTS

Kevo legt an einer kleinen Insel an, auf der meines Wissens nach hauptsächlich Ferienwohnungen und Stellplätze für Campingwagen sind. Wir sehen ein paar Lichter zwischen den Bäumen, aber darüber mache ich mir keine Sorgen. Im Zweifelsfall sind wir einfach zwei Jugendliche auf einem nächtlichen Abenteuer.

Wieder bietet Kevo mir seine Hand an, und wieder ist sein Griff weich und fest zugleich. Er zieht mich ein Stück ins Innere der Insel hinein, bis wir auf einen kleinen Campingplatz stoßen. Zielsicher steuert er durch die Wagen und Häuschen, bis er schließlich vor einer kleinen Holzhütte haltmacht und in seiner Hosentasche kramt. Als er einen Schlüssel herauszieht, runzle ich die Stirn.

»Hast du die etwa gemietet?«

Trotz der Dunkelheit erkenne ich, dass er grinst. »Ich bin gern vorbereitet.«

Kopfschüttelnd beobachte ich, wie er die Tür aufschließt,

und betrete hinter ihm die Hütte. Sie ist klein und zweckmäßig, aber durchaus gemütlich. Es gibt nur einen großen Raum und eine Tür, die vermutlich zu einer Toilette führt. Der mittlere Bereich wird von einer schmalen Kochnische und einem Tisch mit zwei Stühlen eingenommen, links steht ein Doppelbett und rechts von uns eine kleine Couch mit unzähligen Kissen.

»Nett«, kommentiere ich und lasse mich auf einen der Stühle fallen.

Kevo zieht die karierten Gardinen zu und entfacht einen kleinen Gasofen in der Ecke des Raums, wofür ich ihm unendlich dankbar bin. Ich habe das Gefühl, niemals wieder warm werden zu können.

»Wie lange bleiben wir hier?«, frage ich, während ich mir die Schuhe von den Füßen streife und mich auf meinem Stuhl herumdrehe, um sie näher an den Ofen halten zu können. »Wirklich sicher wirkt das hier nicht.«

»Nur eine Nacht.« Er wirft mir einen Blick über die Schulter zu und öffnet dann den kleinen Kühlschrank, um dessen Inhalt zu begutachten. Allein bei dem Gedanken an Essen knurrt mein Magen auffordernd. »Eigentlich wollte ich direkt in die Stadt, aber es ist zu dunkel. Wir würden uns entweder verfahren oder zu viel Aufmerksamkeit erregen. Morgen ziehen wir weiter.«

»Morgen werden sie nach mir suchen«, gebe ich zu bedenken. »Das wird mit Sicherheit nicht so leicht.«

»Das schaffen wir schon.«

Ich kann seinen Optimismus nicht so wirklich teilen, aber fürs Erste begrabe ich die Gedanken an den nächsten Tag. Denn mir ist trotz der Wärme, die von dem Feuer ausgeht, immer noch viel zu kalt, weshalb ich schnell unter die Dusche springe, während Kevo Käsetoasts in der kleinen Pfanne macht. Der Duschkopf hängt direkt über der Toilette, sodass der kleine Raum quasi als Duschkabine fungiert. Es ist nicht wirklich komfortabel, aber dafür warm. Wenig später fühle ich mich wieder ein bisschen mehr wie ein Mensch, als ich in einen dicken Bademantel gehüllt und mit einem Handtuch um den Kopf wieder in den Wohnraum trete. In der Zwischenzeit hat Kevo den kleinen Couchtisch gedeckt und mehrere Decken über dem Sofa ausgebreitet. Unwillkürlich hebe ich die Augenbrauen, als ich die Szene betrachte.

Kevo räuspert sich leise, und ich glaube, dass er sogar ein wenig rot wird. »Ich dachte, dir ist vielleicht kalt. Und die Couch ist gemütlicher als die Stühle.«

»Ich habe mich nicht beschwert«, versichere ich ihm, wickle mich enger in den Bademantel und lasse mich auf die eine Seite des Sofas fallen. Es ist knallrot und hat die Konsistenz eines Marshmallows, sodass ich mir nicht sicher bin, mich jemals wieder daraus befreien zu können.

Kevo setzt sich mit etwas Abstand neben mich und reicht mir den Teller. Erst als ich den ersten Bissen nehme, merke ich, wie ausgehungert ich bin. Ich esse drei Toasts, bevor ich mich schließlich seufzend zurücklehne, kurz davor, in ein Fresskoma zu fallen.

»Alles okay?«, frage Kevo, der sich neben mich in die Polster sinken lässt.

Ich nicke langsam. »So weit es eben geht, denke ich.«

»Du hast recht.« Er wirft mir einen Blick von der Seite zu. »Im Moment ist es ziemlich chaotisch, was?«

Ich lache trocken. »Das ist die Untertreibung des Jahres.«

Er streckt die Arme über den Kopf und lässt die Gelenke knacken, was mich erschaudern lässt. Ich hasse so etwas.

»Wie ist es eigentlich, am Winterhof aufzuwachsen?«, fragt er plötzlich. »Ich kann mir das gar nicht vorstellen.«

»Was genau?«

Kevo zuckt mit den Schultern. »Ich habe bis jetzt nur zwei der Meister kennengelernt, doch sie wirkten beide nicht wirklich … freundlich. Eher wie die Direktoren eines sehr strengen Internats.«

Ich lache unwillkürlich. »So hat es sich auch ein bisschen angefühlt. Wobei ich nicht unbedingt die beste Wahl bin, das Leben auf dem Hof zu beschreiben. Ich hatte bis vor Kurzem keine Kräfte, und mein Vater war ein normaler Mensch, der uns vor meiner Geburt verlassen hat. Ich war nie wirklich ein Teil dieses ganzen Jahreszeitengedöns.«

Sein Blick verändert sich kaum merklich, auch wenn ich ihn nicht recht deuten kann. »Deinen Vater hast du nie kennengelernt?«

»Nope. Vielleicht hat er geahnt, dass mit der Familie meiner Mom etwas nicht stimmt, vielleicht hatte er auch einfach keine Lust auf die Verantwortung für ein Kind. So oder so ist er weg. Ich weiß daher kaum etwas über ihn. Er heißt Joseph, da hört es aber auch schon auf.«

»Wie kommt es eigentlich, dass deine Mom mit einem normalen Typen zusammen war?«, fragt er und lächelt ein wenig. »Ist das nicht so etwas wie eine Todsünde bei den Häusern?«

»Ich glaube, meine Mom hatte damals eine rebellische Phase. Sie war keine Hüterin und hat sich vermutlich noch nicht so richtig verantwortlich gefühlt. Ich kann das verstehen.«

Einen Moment wirkt er nachdenklich, dann runzelt er die

Stirn. »Eine Sache, die ich bei den ganzen Häusern nie so ganz verstanden habe … Ihr dürft nur untereinander heiraten, richtig? Auch Partner aus anderen Häusern sind nicht so wirklich beliebt, oder?« Als ich nicke, vertieft sich sein Stirnrunzeln. »Aber wie macht ihr das? Wäre das dann nicht irgendwann zwangsläufig Inzucht?«

Ich verziehe angewidert das Gesicht. »Wir heiraten ja nicht unsere Cousins oder so. Ich glaube, du hast eine falsche Vorstellung davon, was alles als Familie bezeichnet wird.«

»Ach ja?«

»Stell es dir wie eine Kleinstadt vor. Oder einen Staat. Es kommt durchaus vor, dass weiter entfernte Verwandte normale Menschen heiraten, da interessiert es die Leute nicht so sehr. Als Familie bezeichnen wir grundsätzlich alle, die über uns Bescheid wissen. Da findet man schon jemanden zum Heiraten, mit dem man nicht direkt verwandt ist. Für uns, also für die direkten Nachfahren, gelten allgemein strengere Regeln als für die weiter entfernte Verwandtschaft.«

Er nickt langsam. »Aber deine Mom hat sich verliebt.«

»Ich denke schon«, sage ich seufzend. »Vielleicht wäre es auch keine so große Sache gewesen, wenn sie kein Kind bekommen hätte. Immerhin sind ihre Kinder die Nachfolger des Meisters, die Thronfolger, wenn du so willst. Jemanden wie mich kann man in der Linie nicht gebrauchen.«

Kevos Miene wird düster. »Sag so etwas nicht.«

»Aber es stimmt. Ich hatte keine Kräfte und war damit irgendwie unbrauchbar für das Familienunternehmen.«

»Das heißt, du wurdest nie unterrichtet oder so? Du hast nie gelernt, mit den Kräften umzugehen?«

»Das war ja nicht nötig.«

Er dreht sich ein Stück in meine Richtung und stützt den Kopf auf seine Hand. »Wie kommt es, dass sie sich so lange nicht gezeigt haben?«

»Keine Ahnung«, sage ich ehrlich. »Wegen meines Vaters hat niemand damit gerechnet, dass ich überhaupt Kräfte habe. Vielleicht haben sie sich auch nie gezeigt, weil sie nicht gefördert wurden. Vielleicht brauchten sie einfach nur einen Auslöser.«

»Gab es denn einen?«, fragt er ruhig. »Als sie sich das erste Mal gezeigt haben, meine ich.«

Allein bei dem Gedanken macht mein Magen einen unangenehmen Hüpfer. »Als ich Sander gefunden habe. Nachdem er ermordet wurde.«

»Also war der Tod der Auslöser«, murmelt Kevo nachdenklich. »Das passt zumindest zu den Winterkräften, oder?«

Ich seufze leise. »Mag sein. Ist im Grunde aber auch egal, oder? Jetzt sind sie da.«

»Und sie sind beeindruckend«, meint er nickend. »Ich habe noch nie von einem Wintermitglied mit solchen körperlichen Kräften gehört. Die Herbstmitglieder können die Lebensdauer verkürzen und Dinge altern lassen, aber ich habe noch nie erlebt, dass jemand Energie entzieht und sie sich selbst auf diese Weise aneignet.«

Mir schießt das Blut ins Gesicht, weil Kevo beinahe ehrfürchtig klingt. »Jedes Haus verfügt doch über eine bestimmte Bandbreite, was die Fähigkeiten angeht. Es gab mit Sicherheit schon einmal ein Wintermitglied mit ähnlichen Kräften.«

»Wenn du meinst«, sagt Kevo, auch wenn ihm deutlich anzusehen ist, dass er nicht meiner Meinung ist.

Ich greife nach einer der Decken und ziehe sie mir bis zum Kinn hoch. Zwar hat der Ofen es inzwischen geschafft, die kleine Hütte aufzuheizen, aber die Kälte in meinen Knochen scheint von innen zu kommen und sich einfach nicht vertreiben zu lassen.

»Was ist mir dir?«, frage ich, als ich den Kopf nach hinten lehne und ihn ansehe. »Was ist deine Geschichte?«

Er schmunzelt. »Die, die jeder kennt, oder der *Director's Cut*?«

»Wie du möchtest.«

»Na gut.« Er seufzt. »Ich komme aus Irland, genauer gesagt aus Wicklow an der Ostküste. Meine Familie stammt mütterlicherseits von der Ursprungsfamilie Rocha ab, auch wenn der Name meines Wissens nach nicht mehr existiert. Mein Vater ist Kroate, von ihm kommt auch mein Nachname, Peric.«

»Dann bist du also ein perfekt Englisch und Norwegisch sprechender halb kroatischer Ire in Norwegen?«

Sein Schmunzeln wirkt ein wenig traurig. »Wir haben alle Sprachen der Jahreszeitenhäuser gelernt. Als Vorbereitung auf die Rebellion.«

»Dann sind deine Eltern auch Rebellen?«, frage ich mit einer Spur Überraschung in der Stimme. Keine Ahnung, warum, aber irgendwie habe ich nie darüber nachgedacht, dass diese ganze Vanitas-Bewegung vermutlich genauso eine Familienangelegenheit ist wie die Jahreszeitenpolitik an den Höfen.

»Sie waren es, ja. Genau wie meine Großeltern und deren Eltern und so weiter. Die Rebellion gärt schon eine ganze Weile im Untergrund, weißt du?«

Ich zögere einen Moment, dann hake ich nach. »Sie *waren*?«

Sein Blick richtet sich ins Leere, als würde er an einer weit entfernten Erinnerung hängen. »Sie sind beide tot. Dad starb vor zwei Jahren an Krebs, meine Mom wurde … sie wurde ermordet.«

»Das tut mir leid«, sage ich leise und muss schlucken. »Wie ist das passiert?«

Ein paar Sekunden lang mustert er seine ineinander verschränkten Hände. »Wie gesagt, die Rebellion ist keine neue Modeerscheinung oder etwas in der Art. Vor uns haben es schon viele versucht.« Er sieht mich direkt an, und in seinen Augen liegt so viel Schmerz, dass ich beinahe zurückgewichen wäre. »Ich war noch ein Kind, als meine Mom versuchte, den Übergang zum Frühling zu verhindern und das Amulett zu stehlen. Anders als ich wurde sie dabei allerdings erwischt. Sie wurde getötet.«

Fassungslos sehe ich ihn an. »Ich weiß nicht, was ich sagen soll.«

»Dazu gibt es nicht viel zu sagen«, erwidert er mit einem traurigen Lächeln. »Der Krieg zwischen den Häusern ist älter als wir beide zusammen. Und er hat viele Opfer. Zu viele.«

»Warum wissen wir nichts davon?«, frage ich beinahe verzweifelt. »Wenn es schon Angriffe gegeben hat – Morde! –, dann müssten wir doch davon wissen. Auf diesen Bällen sind Hunderte von Menschen.«

Anfangs sieht er aus, als würde er mir nicht antworten wollen. Vielleicht ist die Frage auch zu intim, vielleicht sind die Erinnerungen zu schmerzhaft. Doch dann seufzt er, lehnt sich vor und stützt sich mit den Armen auf den Knien ab. »Erinnerst du dich noch daran, dass ein paar der Rebellen aus anderen Häusern stammen?«

Ich nicke langsam. »Will ist vom Sommerhof, oder?«

»Genau. Andersrum ist es auch schon vorgekommen. Wir wissen zum Beispiel von einem Vanitasmitglied, das mit dem Meister des Sommers zusammenarbeitet.« Er zuckt mit den

Schultern. »Der Sommer versucht zwar, es geheim zu halten, aber wir sind uns ziemlich sicher, dass diese Person für den Meister die Erinnerungen seiner Familie verändert.«

»Warum?«

»Vielleicht, um keine Zweifel zu säen. Im Laufe der Jahre sind nicht wenige Mitglieder der anderen Häuser zu uns übergelaufen. Vielleicht haben die Meister Angst, dass jemand eine Meuterei anzettelt.«

Unwillkürlich muss ich an meine Mom denken, und mein Herz wird schwer. Ich frage mich, ob sie von alldem gewusst hat. Ob sie ebenfalls bei dem Ball gewesen ist, auf dem Kevos Mutter gestorben ist.

»Ich mache das für sie«, flüstert Kevo kaum hörbar. »Ich bringe ihre Mission zu Ende. Und ich werde es schaffen.«

Schweigend betrachte ich ihn von der Seite. Sein markantes Profil, sein Haar, das im Licht der schwachen Lampe silberfarben schimmert. Mir ist klar, dass das eine seltsame Beschreibung für einen Mann ist, aber Kevo ist verdammt schön. Keine klassische Schönheit, aber trotzdem kann ich den Blick kaum von ihm abwenden.

Und er hat viel durchgemacht. Am Anfang habe ich die Rebellen für Kinder gehalten, die sich in ihrem Leben vielleicht ein wenig zu sehr langweilen. Die eine Rebellion anzetteln, ohne über die Folgen nachzudenken. Ich habe ihnen nicht geglaubt. Inzwischen ist mir klar, dass mehr dahintersteckt. Viel mehr. Kevos Überzeugungen sind nicht nur richtig, sie kommen auch von Herzen. Er tut es für seine Mutter, seinen Vater, seine Familie und all die Vanitasmitglieder, die für ihr Recht gekämpft und verloren haben. Und dafür respektiere ich ihn.

Als Kevo meinen Blick auffängt, lächelt er vorsichtig. »Keine wirklich schöne Geschichte, befürchte ich.«

Ohne darüber nachzudenken, befreie ich eine Hand aus der Decke und lege sie über seine. Seine Haut ist kalt, genau wie meine. Einen Moment lang zögert er, doch dann verschränkt er seine Finger mit meinen und hält mich fest. Trotz der drückenden Stimmung startet eine Schar Schmetterlinge in meinem Bauch, und mein Mund wird trocken. Das hier ist so surreal. Wir sitzen in einer Holzhütte und sehen einem Krieg entgegen, der deutlich größer ist als wir beide. Und trotzdem kann ich im Moment an nichts anderes denken als daran, Kevo zu berühren.

Ich ziehe die Füße auf die Couch, ohne seine Hand loszulassen und drehe mich ein wenig herum, damit ich ihn besser ansehen kann. Er sitzt immer noch angespannt da, vornübergebeugt und mit ernstem Gesicht.

»Es tut mir leid, was meine Familie deiner angetan hat«, sage ich ehrlich. »Ich habe nichts davon gewusst, aber ich schäme mich für sie. Wir sollten zusammenarbeiten, und nicht gegeneinander.«

Ein halbes Lächeln stiehlt sich auf seine Lippen. »Wären wir vor ein paar Tagen schon an diesem Punkt gewesen, hätten wir uns eine Menge Drama ersparen können.«

Schlechtes Gewissen durchzuckt mich. »Zu meiner Verteidigung; ihr habt euch nicht sehr vertrauenswürdig verhalten.«

Zu meiner Überraschung prustet er los, und nach einer Weile muss ich auch mitlachen. Die Stimmung ist seltsam, trotzdem fühle ich mich wohl. Vielleicht, weil ich das Gefühl habe, dass zum ersten Mal in meinem Leben jemand wirklich ehrlich zu mir ist. Kevo mag mich entführt und auf dem Ball belogen haben, doch *jetzt* ist er ehrlich. Etwas, was ich von meiner Mom oder meinem Großvater nicht behaupten kann.

»Bloom«, sagt er und dreht sich zu mir um. Noch immer sind unsere Finger ineinander verschlungen, und im Moment will ich nichts an diesem Zustand ändern.

»Kevo.«

»In der Nacht … vor deiner Flucht aus dem Quartier«, beginnt er zögernd. Wieder werde ich rot – ich weiß genau, auf welche Szene er anspielt. »Ich schwöre dir, ich habe dich nicht beeinflusst. Dieser Kuss … das war ich nicht. Also zumindest nicht mit Magie.«

»Ich weiß.« Die Worte sind raus, bevor ich richtig darüber nachdenken kann.

»Tust du?«

Meine Wangen werden heiß, als ich nicke. »Ich wollte dich küssen.«

Er legt kaum merklich den Kopf schief. »Wie kannst du dir da so sicher sein?«

Unbewusst habe ich mich ein Stück in seine Richtung gelehnt. »Weil ich dich immer noch küssen will.«

Ich bin mir beinahe sicher, seinen Atem stocken zu hören. Ruckartig wandert sein Blick zu meinen Lippen, und der Griff seiner Hand um meine wird fester. Mein Herz beginnt zu rasen, als er sich vorbeugt und einen hauchzarten Kuss auf meinen Mundwinkel haucht, wie der Flügelschlag eines Schmetterlings. Seine Lippen berühren meine kaum, und dennoch sind die Gefühle, die er damit auslöst, gewaltig.

Mit einem leisen Seufzen lehne ich mich zu ihm hinüber und lege ihm die freie Hand in den Nacken. Meine Augenlider flattern und schließen sich, bevor er seine Finger aus meinem Griff befreit und den Arm um meine Taille schlingt. Nun streichen seine Lippen über meine, und dieses Mal ist der Kuss nicht halb so unschuldig wie der gerade eben. Sein Mund bewegt sich drängend auf meinem, als wären wir füreinander der Sauerstoff, den wir zum Atmen brauchen.

Vielleicht ist es die Anspannung, die aus meinem Körper weicht wie die Luft aus einem Ballon. Vielleicht sind es auch all die Gefühle, die ich mir zu fühlen verboten habe. Was es auch ist, ich rücke näher an ihn heran und erwidere ungeduldig seinen Kuss.

Für einen Moment scheint die Zeit um uns herum stillzustehen, dann richtet er sich auf, ohne auch nur eine Sekunde lang den Kontakt zu meinen Lippen zu verlieren. Sanft drückt er mich nach hinten, bis ich mit dem Rücken auf der kleinen Couch liege, und bedeckt meinen Körper mit seinem. Durch die dicke Decke, in die ich immer noch gewickelt bin, berühren wir uns kaum, doch es reicht, um meinen Kopf von einer Sekunde auf die andere leer zu fegen. Alles, woran ich noch denken kann, ist, dass wir zusammen hier sind, allein. Niemand kann uns stören.

Kevo stützt die Arme links und rechts von meinem Kopf ab, damit nicht sein ganzes Gewicht auf mir lastet. Am liebsten würde ich ihm sagen, dass er das lassen soll. Ich will ihn spüren, jeder Zentimeter meiner Haut steht regelrecht in Flammen, und ich will so viel von ihm, wie ich bekommen kann.

Erneut dränge ich mich gegen ihn und vergrabe die Finger in seinen Haaren. Seinen Lippen entweicht ein Laut, rau und unendlich sanft zugleich. Eine Gänsehaut breitet sich auf meinem Körper aus, meine Haut scheint plötzlich überempfindlich zu sein. Der Stoff des Bademantels fühlt sich auf einmal gröber an als zuvor, Kevos Lippen heißer und der Druck seines Körpers auf meinem intensiver.

Gerade als ich mich aus der verdammten Decke befreien will, gibt Kevo einen erstickten Laut von sich und weicht ruckartig zurück. Ich reiße die Augen auf und richte mich auf, halb in der Erwartung, einen Haufen Fackeln schwingende Jahreszeitenmitglieder durch die Tür stürmen zu sehen.

»Was ist?«, frage ich heiser. Hastig greife ich nach den Aufschlägen des Bademantels, die ein wenig auseinandergerutscht sind.

Er starrt mich an. »Du hast mir die Energie entzogen«, sagt er mit einer Mischung aus Vorwurf und Irritation in der Stimme. »Mir wurde ganz schwindelig.«

Stirnrunzelnd erwidere ich seinen Blick. »Nein, habe ich nicht.«

»Doch.« Er hebt die Augenbrauen. »Es hat sich genauso angefühlt wie das letzte Mal.«

Mir weicht das Blut aus dem Gesicht. »Das habe ich nicht gewollt! Ich habe es nicht einmal gemerkt.«

»Ernsthaft?«

Ich schüttle den Kopf. Ja, ich fühle mich besser. Irgendwie beflügelt und wacher und selbstbewusster. Aber sollte das nicht auch die Wirkung eines solchen Kusses sein.

»Entschuldige«, murmle ich peinlich berührt. »Ich habe … ich war … Keine Ahnung, ich war abgelenkt, glaube ich.«

Kevos verwirrte Miene verwandelt sich in ein beinahe zufriedenes Lächeln. »Gut, zu wissen, dass ich so eine Wirkung auf dich habe.«

Ich sehe ihn böse an. »Das ist nicht witzig. Ich fühle mich wie ein Vampir.«

»Wenn du hier einen auf Edward Cullen machst,«, sagt er und lacht, als ich die Augen verdrehe, »dann macht mich das zu Bella. Also lassen wir diesen Vergleich lieber.«

Immer noch verlegen richte ich mich auf, bis ich in der Ecke des Sofas sitze, so weit von ihm entfernt wie möglich. »Ich finde es seltsam genug, dass du ihre Namen kennst.«

»Ich habe eine Schwester«, sagt er, als würde das alles erklären, und setzt sich mühsam auf.

Bei dem Anblick, wie er sich dabei an der Lehne abstützen muss, würde ich am liebsten im Boden versinken. Er wirkt nicht sauer, das ändert aber nichts an der Tatsache, dass ich gerade scheinbar versucht habe, ihm das Leben auszusaugen, während wir einander geküsst haben. Es ist, als wäre ich verflucht. Natürlich habe ich schon vorher Jungs geküsst, aber das hier war anders, irgendwie intensiver.

Und ich versaue es.

TURN THE PAIN INTO POWER

Zwischen uns herrscht eine seltsame Stimmung, als wir am nächsten Morgen unsere Sachen zusammenpacken. Zwar scheint Kevo nicht wirklich nachtragend zu sein, trotzdem hat er den Kuss mit keinem Wort erwähnt, und er macht auch nicht den Eindruck, als wollte er ihn wiederholen. Als er am Abend vorgeschlagen hat, auf der Couch zu schlafen, damit ich das Bett haben könne, habe ich zugestimmt. Ein Teil von mir war froh darüber, ein anderer hat sich gefragt, ob das ein schlechtes Zeichen ist. Immerhin hätten wir uns durchaus das Bett teilen können. Vielleicht hatte er auch einfach Angst, dass ich im Schlaf erneut seine Energie anzapfen könnte, aber der Gedanke ist zu peinlich, um ihn wirklich in Betracht zu ziehen.

Nicht dass ich mich frage, ob das zwischen Kevo und mir etwas Ernstes werden könnte. Wir befinden uns gerade bestenfalls zwischen einer Apokalypse und einem Krieg, das ist mit Sicherheit nicht der beste Zeitpunkt für Beziehungskisten.

Trotzdem habe ich irgendwie erwartet, dass der Kuss etwas zwischen uns beiden ändert. Aber Kevo verhält sich wie immer sarkastisch und ein wenig distanziert, als wäre nichts passiert. Oder er macht sich tatsächlich Sorgen, dass ich ihn das nächste Mal aus Versehen umbringe oder seine Energie bis zur Ohnmacht abzapfe. Das wäre sicher ein Stimmungskiller.

»Also,«, frage ich und schultere den Rucksack, den Kevo in der Hütte positioniert hat, »was ist der Plan?« Als ich ihm hinaus ins Freie folge, stutze ich kurz. Die ganze Landschaft ist unter weißem Pulverschnee begraben, mit Sicherheit vierzig Zentimeter dick. »Wow!«

Kevo nickt grimmig. »Wir müssen den Winter beenden.«

Da muss ich ihm zustimmen. Das hier kann unmöglich gesund für die Natur sein.

»Was machen wir jetzt?«, frage ich noch einmal und sehe mich unschlüssig um. Ein Pärchen schlendert Hand in Hand an uns vorbei, scheint uns aber kaum zu beachten.

»Wir nehmen die Fähre zum Festland, das ist weniger auffällig als das Boot«, erklärt er und deutet auf ein Schild rechts von uns, das auf einen Anleger hinweist. »Danach geht's weiter nach Göteborg.«

»Nach Göteborg?«, frage ich stirnrunzelnd. »Was wollen wir denn in Schweden?«

»Katarina hat dort ein Haus«, erklärt er beiläufig. »Ab da sehen wir weiter.«

Ich würde gern nachfragen, warum seine Schwester, die kaum älter sein kann als ich selbst, ein Haus in Schweden besitzt. Aber ich halte die Klappe. Die Stimmung ist komisch genug, und irgendwie weiß ich nicht recht, wie ich mich verhalten soll.

Also trotte ich hinter ihm her zur Anlegestelle. Immer wenn der Fjord zwischen den Bäumen auftaucht, recke ich den Hals und versuche, Kalinøya zu erkennen, doch keine Chance. Wenn man die Insel von hier aus überhaupt sehen kann, dann verhindert der immer dichter fallende Schnee, dass man mehr als drei Meter weit schauen kann. Im Stillen danke ich Kevo dafür, dass er mir eine Jacke mitgebracht hat. Es wird mit jeder Minute kälter.

Wir erreichen den Anleger, an dem sich bereits eine kleine Gruppe gebildet hat, und stellen uns in dem kleinen Wartehäuschen unter. Immer wieder scanne ich die Gesichter, kann jedoch niemanden erkennen. Unmöglich, dass meine Familie noch nicht nach mir sucht. Wenigstens meiner Mom muss inzwischen aufgefallen sein, dass ich nicht mehr da bin. Und da alle davon ausgehen, dass die Insel vor Eindringlingen geschützt ist, muss sie wissen, dass ich freiwillig gegangen bin. Zumindest hoffe ich das. Wenn sie sauer auf mich ist, überlagert die Wut vielleicht einen Teil der Sorge und Angst.

Wenig später betreten wir gemeinsam mit den anderen die Fähre und suchen uns einen Platz weiter hinten, wo weniger los ist. Während ich mich erneut umschaue, frage ich mich, was die anderen Leute wohl über uns denken. Wirken wir wie ein Pärchen, das einen Campingtrip macht, oder sieht man uns an, dass wir etwas Verbotenes tun? Dass wir auf der Flucht sind und jederzeit damit rechnen, von meiner Familie erwischt zu werden?

Ein Piepen reißt mich aus meinen Gedanken, und ich sehe zu Kevo, der gerade sein Handy aus der Tasche zieht. Stirnrunzelnd liest er die Nachricht, dann flucht er.

»Was ist?«

»Sie suchen uns«, erklärt er wütend. »Sie wissen, dass du bei mir bist.«

»Wer?«, flüstere ich mit zitternder Stimme.

»Eine Rebellengruppe.« Er wirft mir einen düsteren Blick zu. »Die, der auch Elia und Will angehören.«

Allein der Klang dieser beiden Namen löst ein Schaudern bei mir aus. »Wie meinst du das, eine Gruppe? Seid ihr nicht eine Gemeinschaft? Die Rebellen eben?«

Er fährt sich mit der Hand über die Stirn, als hätte er gerade keinen Nerv für meine Fragen. »Die Ursprungsfamilie wurde ganz schön zerschlagen. Die Überlebenden haben sich auf der ganzen Welt verteilt. Es gibt eine Menge Rebellengruppen, die sich die Wiederkehr des Vanitas wünschen. Wir haben alle dasselbe Ziel, wir arbeiten teilweise sogar zusammen, haben aber davon abgesehen nicht zwangsläufig viel miteinander am Hut.«

»Das heißt, die Gruppe von Elia und William ist ...«

»Sagen wir«, unterbricht er mich, »sie sind keine allzu netten Menschen. Wir sollten uns von ihnen fernhalten.«

Mir schwirrt schon wieder der Kopf. Mein Blick fällt auf ein älteres Ehepaar, das fasziniert aus dem Fenster schaut und den Schnee bestaunt. »Und sie wissen, dass ich bei dir bin. Was bedeutet das?«

»Dass sie versuchen werden, dich zu erwischen, jetzt, da du frei herumläufst. Ich kann mir gut vorstellen, dass sie uns beobachten und mitbekommen haben, dass du aus unserem Quartier geflohen bist. Am Winterhof wäre es zwar schwerer gewesen, an dich heranzukommen, aber da hätten sie zumindest gewusst, wo du bist. Das heißt, wir haben durch unsere erneute Flucht einen kleinen Vorteil.«

Sie suchen sich ihre Puzzlestücke zusammen. Das Amulett

haben sie bereits. Unwillkürlich muss ich daran denken, wie es beim Ball um meinen Hals hing, mit dem blauen Jaspis in der Mitte. »Wer hat eigentlich den Vanitaskristall?«, frage ich ein wenig überfordert. »Wir brauchen doch den Stein für das Übergangsritual.«

Er wirft mir einen kurzen Blick zu, sieht aber schnell wieder weg, als wäre ihm das Thema unangenehm. »Der ist an einem sicheren Ort.«

Ich drehe mich ein wenig in seine Richtung, während die Fähre bedenklich schaukelt. »Du verrätst es mir nicht, oder?«

»Du bist immer noch ein Wintermädchen«, sagt er entschuldigend, aber mit fester Stimme. »Ich weiß nicht, was passiert, sollte der Stein zerstört werden.«

Wütend verschränke ich die Arme vor der Brust und wende mich ab. Wieder fällt mein Blick auf das alte Paar. Sie halten sich an den Händen und machen nicht den Eindruck, als hätten sie große Sorgen. Ich beneide sie. Aktuell werde ich, wie es aussieht, sowohl von einer unfreundlichen Rebellengruppe gejagt als auch von meiner eigenen Familie. Und der Typ neben mir vertraut mir nur so weit, wie ich seinen Plänen nicht in die Quere komme.

Der Rest der Überfahrt kommt mir wie eine Ewigkeit vor, auch wenn es höchstens zehn Minuten gewesen sein können. Ich bin wütend und enttäuscht. Am liebsten würde ich Kevo fragen, was dieser ganze Deal überhaupt wert ist, wenn wir einander nicht vertrauen. Ich *habe* ihm vertraut – tue es immer noch, ich habe meine Familie, mein Zuhause verlassen und bin mit ihm gegangen, um ihm zu helfen. Gut, ich helfe damit vermutlich auch mir selbst und der gesamten Menschheit, aber das ändert nichts an der Tatsache, dass ich ihm einen Vertrauensvorschuss gegeben habe. Und was macht er? Bei der ersten Gelegenheit, bei der er mir ebenfalls Vertrauen entgegenbringen könnte, schließt er mich aus.

Bevor ich Kevo jedoch zur Rede stellen kann, ertönt die Durchsage, dass wir in ein paar Minuten anlegen. Schweigend packen wir unseren Kram zusammen und gehen nach vorn zu der Stelle, an der der Steg angebracht wird. Als die Fähre erneut schaukelt, beiße ich die Zähne zusammen. Ich hasse Bootfahren. Ich finde die Überfahrten nach Hause schon immer ätzend, die hier hat aber alles getoppt. Vielleicht liegt es an den anderen Menschen – schließlich war ich sonst immer allein mit meinem Fahrer –, aber genau kann ich das nicht sagen.

Ich lasse meinen Blick nach links und rechts schweifen – eine Gruppe Jugendlicher, die wahrscheinlich ein lustiges Wochenende hinter sich hat, Pärchen, die einander an den Händen halten, und zwei Frauen mit Ferngläsern um den Hals. Vermutlich haben sie Vögel oder so beobachtet.

Als der Hafen endlich in Sicht kommt, fange ich an zu zappeln. Ich kann es kaum erwarten, aus dieser Nussschale herauszukommen.

Plötzlich greift Kevo fest nach meiner Hand. Ich zucke zusammen und sehe alarmiert zu ihm auf, aber er hat den Blick starr nach vorn gerichtet.

»Bloom«, raunt er, gerade mal so laut, dass ich ihn über das Gemurmel der anderen Leute hinweg hören kann. »Wir werden erwartet.«

Angst frisst sich in meine Eingeweide. »Was? Von wem?«

Er deutet mit dem Kinn kaum merklich nach vorn, und ich kneife die Augen zusammen, während ich die Leute mustere, die am Hafen warten. Erst verstehe ich nicht, was er meint, doch dann entdecke ich drei Männer in dunklen Anzügen, die etwas abseitsstehen. Durch den Nebel und den Schnee kann ich ihre Gesichter nicht erkennen, aber sie wirken tatsächlich etwas fehl am Platz.

»Woher weißt du das?«, frage ich ebenso leise. Ich habe keine Ahnung, warum wir flüstern, aber es wird wohl seinen Sinn haben.

»Ich höre ihre Gedanken«, antwortet er gepresst. »Sie warten auf dich.«

Nervös sehe ich mich um. »Kevo. Wer sind die?«

»Wintermitglieder. Nicht sehr hochrangig, deswegen kann ich ihre Gedanken hören. Es sind nur Bruchstücke, aber die sind recht eindeutig.«

»Vielleicht wollen sie reden?«, frage ich, auch wenn mir klar ist, dass ich ein wenig verzweifelt klinge.

Das Boot ruckelt, als der Fender leicht gegen die Box stößt. Bald wird der Steg angelegt, und dann haben die Männer freie Bahn.

»Glaub mir, sie sind nicht zum Reden hier.«

»Sondern?«

»Sie sollen dich mitnehmen und mich töten. Also verzeih mir, wenn ich kein Pläuschchen mit ihnen halten will.«

Als zwei Männer hervortreten und damit beginnen, das Boot anzutauen, sehe ich mich hektisch um, suche nach einem Fluchtweg, doch wir sind auf dem verdammten Fjord. Wir können nicht einfach über die Reling hüpfen und zur nächsten Insel schwimmen. Bei dem Wetter und dem Seegang würden wir entweder ertrinken, erfrieren oder die Männer würden uns einfach folgen.

Der einzige Ausweg ist die Flucht nach vorn.

»Irgendwelche Vorschläge?«, frage ich in normaler Lautstärke.

Kevo dreht sich um und packt mich an den Schultern, bevor er leicht in die Knie geht und mich eindringlich ansieht. »Hör mir zu, Bloom, okay? Wir haben nicht viel Zeit, also hör mir gut zu.«

Ich nicke hastig. Ich bin mir sicher, dass mir meine Gefühle ins Gesicht geschrieben stehen, aber ich versuche, mich zusammenzureißen. Um uns herum setzen sich die Leute in Bewegung, aber ich konzentriere mich allein auf Kevos braune Augen.

»Wir rennen nach rechts in die Seitenstraße.« Er deutet mit dem Kopf in Richtung einer kleinen Gasse gegenüber dem Anleger. »Sieht du die? Immer geradeaus, versuch, sie abzuschütteln. Es sind Wintermitglieder, was bedeutet, dass sie körperlich nicht besonders stark sind. Falls wir getrennt werden, nimm ein Taxi oder einen Anhalter oder was auch immer. Du musst nach Göteborg. Um jeden Preis. Hast du mich verstanden?«

Wieder nicke ich. »Wir bleiben einfach zusammen, okay?«

Er grinst, aber nur kurz. »Channle das Wasser. Es ist das mächtigste Element hier, du musst die Energie nutzen.«

»Okay«, sage ich leise und konzentriere mich dann auf meine Füße, auf das Geräusch der Wellen und den Geruch des Wassers. Inzwischen klappt das Anzapfen der Energie beinahe automatisch, und bereits nach wenigen Sekunden spüre ich die Kraft, die durch meinen Körper strömt. Kevo hat recht. Der Winter mag mächtig sein, aber er ist nicht unbedingt für seine körperliche Überlegenheit bekannt. Ich kann schneller sein als sie – und stärker.

»Was, wenn sie in die Zukunft sehen können?«, frage ich leise. »Dann wissen sie, was wir vorhaben.«

In seinem Gesicht zuckt ein Muskel. »Das Risiko müssen wir eingehen.«

»Wie ermutigend.«

Wieder grinst er. Seine Augen glitzern, und einen Moment lang erinnern sie mich an den lustigen Kevo, der mir am liebsten ist. »Bereit, Wintermädchen?«, fragt er herausfordernd und drückt meine Hand.

Ich nicke, bin aber nicht wirklich fähig, ihm zu antworten. Stattdessen atme ich tief durch. Ich werde mich und Kevo mit allem, was ich habe, verteidigen, das bedeutet aber nicht, dass ich mir nicht gerade vor Angst in die Hose mache. Vielleicht ist das aber auch gar nicht so schlecht. Mit Angst kann ich arbeiten, kann sie umwandeln in Stärke und den Vertretern meines Hauses beweisen, dass sie mich all die Jahre gewaltig unterschätzt haben.

Die ersten Leute vor uns setzen sich in Bewegung und verlassen das Boot. Reflexartig klammere ich eine Hand an den Träger meines Rucksacks, die andere umschlingt Kevos Finger.

»Auf mein Kommando«, murmelt Kevo, während wir den anderen zum Ausgang folgen. Nach ein paar Schritten beginnt er, sich meinem Griff zu entziehen. Als ich fragend aufsehe, grinst er verhalten. »Du saugst mich aus.«

Hastig lasse ich ihn los und verziehe das Gesicht. Noch ein Punkt auf meiner To-do-Liste, an dem ich arbeiten muss. Ich konzentriere mich wieder, und beinahe sofort durchströmt Energie meinen Körper, erst die des Wassers, dann die der umgebenden Steine. Ich kann rennen, und ich kann kämpfen. Was immer nötig ist.

Als wir den schmalen Steg betreten und das Boot verlassen, streckt Kevo einen Arm aus und schiebt mich ein Stück hinter sich. Aus den Augenwinkeln sehe ich, wie die Männer in unsere Richtung kommen. Ich kann sie immer noch nicht genau erkennen, aber im Grunde ist es auch egal, wer sie sind. Die Typen kommen immer näher, und ich muss mich gewaltig anstrengen, nicht einfach loszurennen. Keine Ahnung, worauf Kevo wartet.

Plötzlich hebt einer von ihnen die Hand und sagt etwas, was ich nicht verstehen kann.

Kevo richtet sich auf. »Jetzt!«

Wir springen im selben Moment vor wie die Männer. Vermutlich haben sie damit gerechnet, denn sie nehmen sofort die Verfolgung auf. Dicht an Kevos Seite drängle ich mich durch die Leute, die irritiert zur Seite springen. Ich konzentriere mich nur auf die Gasse vor uns, während ich schneller renne als je zuvor in meinem Leben. Kevo ist direkt neben mir, aber auch hinter uns höre ich schwere Schritte auf dem nassen Asphalt.

Wir weichen einem hupenden Taxi aus, dann ragen auch schon rote Backsteinhäuser links und rechts von uns auf. Die Gasse ist schmal und dunkel, und unsere Schritte hallen dumpf von den Wänden wider. Im Rennen werfe ich einen Blick über die Schulter. Drei Männer folgen uns, keine zehn Meter von uns entfernt. Sollten sie tatsächlich langsamer sein als wir, dann nur unerheblich.

»Schneller«, ruft Kevo mir zu und streckt seine Hand aus. »Channle mich! Wir sind zu langsam!«

Ich schüttle den Kopf, auch wenn mir selbst auffällt, dass mein Atem deutlich schwerer geht als seiner. »Noch nicht.« Ich schaffe das. Ich bin stark und mächtig, und ich werde es schaffen, diesen verdammten Typen zu entkommen.

Schlitternd biegen wir um eine Ecke in eine weitere Gasse. Diese ist breiter, aber genauso verlassen wie die davor. Meine Lunge brennt, und meine Muskeln verlangen nach einer Pause, aber ich reiße mich zusammen. Mit jedem Schritt versuche ich, neue Energie aus den Steinen zu saugen, bin mir aber nicht sicher, ob der kurze Kontakt ausreicht. Ich verbrauche mehr Kraft, als ich aufnehmen kann.

Wie aus dem Nichts erscheint ein kleiner schwarzer Schatten in einem der Hauseingänge rechts von mir. Er schießt über die Straße, genau vor meine Füße.

Ich fluche, als ich die Katze erkenne, die mit gesträubtem Fell und wild fauchend hinter der nächsten Ecke verschwindet. Eine verdammte Katze! Den Bruchteil einer Sekunde wird meine Aufmerksamkeit von dem Tier abgelenkt, doch die reicht, um mich aus dem Tritt zu bringen. Ich stolpere und höre Kevo ein paar Schritte vor mir derbe fluchen.

In dem Moment packen mich zwei Hände von hinten an den Schultern und reißen mich hart zurück. Mein Kinn knallt auf meine Brust, und sämtliche Luft wird mir aus der Lunge gepresst, als ich brutal nach hinten gezogen werde.

»Du bleibst hier!«, bellt eine dunkle Stimme in mein Ohr.

Ich versuche, mich loszumachen, doch der Griff um meine Arme ist zu fest. Scheiße, Scheiße, Scheiße! Hektisch blicke ich auf, als Kevo herumwirbelt und auf mich zurast. Einerseits bin ich erleichtert, dass er mich nicht im Stich lässt, auf der anderen Seite frage ich mich, warum er sich nicht an den verdammten Plan hält. Mich sollen sie nur einfangen, ihn wollen sie umbringen.

Kevo ist kaum drei Meter von uns entfernt, als es hinter uns laut knallt. Ich zucke zusammen, wenige Sekunden später breitet sich dichter weißer Nebel in der kleinen Gasse aus.

»Was ist das?«, schreie ich, auch wenn ich keine Ahnung habe, wo Kevo ist. Ich kann kaum die Hand vor Augen sehen. Aber mir ist klar, was sie vorhaben: Sie wollen uns blind machen.

Kurz werde ich panisch, rufe mich aber hastig zur Ordnung, während der Typ hinter mir mich zwingt, rückwärtszugehen. Ich muss mich zusammenreißen. Kevo kann zwar nichts mehr sehen, aber das macht nichts. Er kann ihre Gedanken hören.

Und meine!

Hastig schließe ich die Augen, was bei dem ganzen Nebel nicht wirklich einen Unterschied macht, und konzentriere mich auf Kevos Gesicht.

Kannst du mich hören?

Ein paar Sekunden lang passiert nichts, dann: *Ja. Wo bist du?*

Ich blicke mich hektisch um. Ich kann kaum etwas erkennen, doch dann fällt mir der Hauseingang auf, aus dem die Katze geschossen ist. *Hauseingang, Katze!*

Nutz deine Kräfte, Bloom!

In meiner Panik weiß ich einen Moment lang nicht, wovon er spricht. Doch dann schlingt der Typ seinen Arm fester um meine Taille, und der Groschen fällt. Gleichzeitig springt Kevo durch den Rauch in unsere Richtung und baut sich vor uns auf. Kurz bleibt sein Blick auf mir und den Händen des Kerls hängen, bevor er dem Angreifer direkt ins Gesicht sieht.

»Nimm deine dreckigen Pfoten von ihr«, knurrt er beinahe und kommt drohend näher.

Entschlossen schließe ich die Augen und greife mit beiden Händen nach dem Arm, der mich umklammert hält. Sofort beginnt meine Haut zu prickeln. Ich höre, wie der Kerl nach Luft schnappt, bevor er mich abrupt loslässt. Er versucht, zurückzuweichen, aber ich halte ihn fest, entziehe ihm seine Energie und stärke mich selbst. Gefühlte Stunden steht er bewegungslos da, dann sackt er zu Boden.

Ich springe zur Seite, und als mich die nächste Hand an der Schulter greift, wirble ich herum und hole aus.

»Ich bin's!«, schreit Kevo und hebt abwehrend die Arme.

Ein erleichtertes Lachen entfährt mir. »Ich habe einen von innen erledigt.«

»Ich auch. Einer ist noch da.«

Ohne darüber nachzudenken, greife ich nach seiner Hand und renne los. Ich kann immer noch nichts erkennen, aber wenn ich wählen muss, ob ich dort stehen bleibe und mich erwischen lasse oder ob ich gegen eine Wand renne, wähle ich definitiv die Wand.

Er ist hinter uns, höre ich Kevos Stimme in meinem Kopf. Ich widerstehe dem Drang, mich umzuschauen und konzentriere mich aufs Rennen. *Du musst meine Energie nehmen, Bloom. Wir müssen schneller sein.*

Dieses Mal zögere ich nicht. Meine Hand in seiner prickelt, und beinahe sofort spüre ich, wie Kevos Energie durch meinen Körper strömt. Doch seine ist anders als die des unbekannten Kerls. Sie ist reiner und … mächtiger. Als würde sie mich nicht nur in den Muskeln und Knochen erreichen, sondern in meinem Inneren. Ich werde schneller, atme tiefer durch, und mein Kopf wird klarer, während wir den verdammten Nebel hinter uns lassen und die schweren Schritte in der kleinen Gasse verhallen.

Ein Grinsen stiehlt sich auf mein Gesicht. Ich habe noch nie in meinem Leben Drogen genommen, aber ich könnte mir durchaus vorstellen, dass es sich so ähnlich anfühlt wie das hier. Kevo und ich rennen beinahe unmenschlich schnell, und das Adrenalin schießt regelrecht durch meinen Körper, sodass es mir ein bisschen so vorkommt, als würden wir fliegen. Meine Hand prickelt noch immer, wobei ich mir ziemlich sicher bin, dass ich Kevo nicht länger channle. Nein, es ist nicht die Energie, die die Verbindung zwischen uns herstellt. Es ist etwas anderes, etwas, was tiefer geht, als ich es mir vielleicht eingestehen will. Wir sind ein Team, wir haben es zusammen geschafft, diesen Kerlen zu entkommen. Und das fühlt sich verdammt gut an.

Aus den Augenwinkeln nehme ich eine Bewegung im Schatten wahr und drehe den Kopf, aber es ist zu spät. Kaum eine Sekunde später stürzt eine in Schwarz gekleidete Gestalt aus einem der Hauseingänge, holt aus und trifft Kevo mit der Faust hart an der Schläfe.

Ich schnappe nach Luft und springe zurück, lasse Kevos Hand aber nicht los. Verzweifelt umklammere ich seine Finger, während sein Griff sich lockert und er einen Schritt nach hinten taumelt. Einen Moment lang bin ich wie erstarrt, dann scheint mein Verstand seinen Dienst wieder aufzunehmen. Ich dachte, wir hätten den dritten Typen abgeschüttelt oder dass er zurückgeblieben ist, um sich um die anderen beiden zu kümmern. Aber da habe ich mich wohl geirrt. Reflexartig straffe ich die Schultern und konzentriere mich auf die alten Steine unter meinen Füßen. Ich spüre, wie die Energie schwerer durch meinen Körper sickert, als wäre sie dickflüssiger als noch vor ein paar Minuten. Als müsste sie gegen die Erschöpfung ankämpfen. Doch ich kann mir im Moment keine Pause leisten.

Gerade als ich vorspringe, um Kevo, der immer noch ein wenig benommen ist, aus der Schusslinie zu ziehen, hebt der Typ ruckartig ein Bein und rammt es Kevo in den Magen. Sein Stöhnen geht mir durch Mark und Bein. Als seine Finger aus meinen rutschen und er auf dem nassen Kopfsteinpflaster zusammensackt, explodiert die Wut in meinem Bauch: Ich habe es so satt. Und ich bin es leid, dass meine Familie mit meinem Leben spielt, als hätte ich darin kein Mitbestimmungsrecht. Dass sie mich und meine Freunde sogar angreifen, ist nur der Gipfel des Eisbergs.

Plötzlich fühle ich mich stärker, größer und irgendwie mächtiger. Wütend beiße ich die Zähne zusammen und gehe auf den Kerl zu, vor dem ich noch vor ein paar Minuten weggerannt bin. Kurz werfe ich einen Blick zu Kevo, der ausgeknockt auf dem Boden liegt.

Also bin ich wohl am Zug.

Als ich näher komme, hebt der Typ den Kopf, und unter der großen Kapuze begegne ich hellblauen Augen. Ich habe mich geirrt – es ist eine Frau, kein Mann. Eine Frau, die ich schon ein paarmal gesehen habe. Sie ist einer der Bodyguards, war jedoch nie für mich zuständig. Ich kenne ihren Namen nicht, aber im Grunde spielt es auch keine Rolle. Ich muss sie ausschalten, bevor sie es mit mir tut und mich zurück zum Winterhof schleift.

»Komm nach Hause«, sagt sie mit beschwörender Stimme.

Mit Mühe unterdrücke ich ein Schnauben. Als würde ein einfacher Befehl mich dazu bringen, mit ihr zu kommen. Ich habe keine Lust zu reden, zu diskutieren oder mit ihr darüber zu streiten, welche unserer Seiten im Recht ist.

Also tue ich genau das, was sich in diesem Moment richtig anfühlt. Ich bin keine Kampfmaschine, und ich bin immer noch viel zu unerfahren, was meine Kräfte angeht. Aber ein Teil meines Körpers scheint instinktiv zu wissen, was zu tun ist. Mit einem wütenden Aufschrei springe ich vor, die Handfläche ausgestreckt, und ziele auf ihre Brust. Vielleicht bin ich eine Sekunde zu spät, vielleicht hat diese Frau auch geahnt, was ich vorhabe. So oder so macht sie einen blitzschnellen Schritt zur Seite, sodass ich sie um einen halben Meter verfehle und meine Hand schmerzhaft gegen die Hauswand kracht, vor der sie gerade noch gestanden hat. Ich ziehe scharf die Luft ein und schüttle die Hand aus, bevor ich herumwirble. Gerade noch rechtzeitig schaffe ich es, ihrem Schlag auszuweichen, mit dem sie auf mein Gesicht gezielt hat. Ich werfe erneut einen Blick auf Kevo, der immer noch auf dem Boden liegt. Allmählich bekomme ich Angst um ihn. Kevo ist stark und irgendwie unverwüstlich, dass er einfach umgehauen wurde, verwirrt mich. Aber immerhin kann ich das Heben und Senken seiner Brust sehen.

Schnell reiße ich mich von ihm los und konzentriere mich wieder auf die Frau.

Sie atmet schwerer, genau wie ich, und hebt die Hand, um sich mit einer schnellen Bewegung die Kapuze vom Kopf zu schieben. »Was soll das hier werden?«

Statt einer Antwort, mache ich einen weiteren Satz auf sie zu, und dieses Mal schaffe ich es, sie zu überraschen. Meine Hand schließt sich um ihr Handgelenk, während ich ihr gleichzeitig mit voller Wucht gegen das Schienbein trete. Das mag ein wenig kindisch wirken, aber das Schienbein ist ein unterschätzter Angriffspunkt – es ist der spitzeste Knochen im Körper, und ein gut platzierter Tritt kann verdammt schmerzhaft sein.

Tatsächlich jault sie laut auf, während sie versucht, sich aus meinem Griff zu befreien, aber keine Chance. Ihre Energie rauscht durch meinen Körper wie ein reißender Fluss und entzieht ihr nach und nach die Kraft. Sie schnappt nach Luft und sinkt auf die Knie, dann kippt sie zur Seite. Hastig lasse ich sie los und springe zurück, als hätte ich mich verbrannt. Sie ist bewusstlos.

Tausend Gedanken jagen durch meinen Kopf, als ich herumwirble und mich zu Kevo umdrehe. Die Erleichterung macht mich beinahe schwindelig, als ich sehe, dass er sich bereits wieder aufrappelt.

»Kevo.« Ich renne zu ihm hinüber und strecke die Hände aus, ohne wirklich zu wissen, was ich tun soll. »Alles okay?«

»Heilige Scheiße!«, murmelt er und schüttelt kurz den Kopf, bevor er leicht schwankend aufsteht. »Die war ja übel.«

Ich werfe einen Blick über die Schulter und mustere die Frau in dem schwarzen Mantel, die lang ausgestreckt auf dem nassen Kopfsteinpflaster liegt. »Ich kenne sie.«

»Tut mir leid«, sagte er und verzieht das Gesicht, als ich ihn fragend ansehe. »Dass ich dich mit ihr allein gelassen habe. Keine Ahnung, warum ich so schnell k. o. war. Oder warum ich ihre Gedanken nicht früher gehört habe.«

»Du hast mir viel Energie gegeben«, erinnere ich ihn leise. Das Adrenalin, das durch meinen Körper geschossen ist, verebbt allmählich, und plötzlich fühlen sich meine Füße an, als wären sie bleischwer. »Vielleicht hattest du nicht mehr genug für dich selbst.«

»Wie auch immer.« Kevo rollt mit den Schultern und betrachtet stirnrunzelnd die bewusstlose Frau. »Verdammt gute Arbeit.«

Ich lächle matt. Ich bin ziemlich stolz auf mich. Nicht nur, weil ich mich gegen jemanden behauptet habe, dessen Job es ist, zu kämpfen, sondern auch, weil ich es allein geschafft habe. Als Kevo die Hände auf meine Schultern legt und mich eindringlich ansieht, wird mir unwillkürlich etwas wärmer.

»Geht es dir gut?«, fragt er und mustert mich kurz von oben bis unten.

Nickend mache ich mich los. »Alles bestens. Wir sollten aber von hier verschwinden. Keine Ahnung, ob sie zwischendurch Verstärkung angefordert hat.«

»Meinst du, wir können noch mal rennen? Wir sollten vielleicht ein paar Meter zwischen uns und diesen Ort bringen.«

Allein die Vorstellung, erneut fliehen zu müssen, verursacht mir Übelkeit, aber ich nicke und straffe die Schultern. Die Müdigkeit droht mich zu überwältigen, aber ich muss mich zusammenreißen. Hier ist sicherlich der falsche Ort für einen Zusammenbruch.

»Nimm meine Energie, wenn du etwas brauchst«, sagt Kevo, und bevor ich protestieren kann, greift er nach meiner Hand und läuft los. Ich stoße mich vom Boden ab und hole auf, ohne ihn loszulassen. Ich will seine Energie nicht nehmen, aber bereits nach ein paar Metern bemerke ich, dass ich es allein nicht schaffe. Jeder Schritt, jeder Meter zerrt an mir.

Keine Ahnung, wie lange wir rennen. Es kommt mir vor wie Stunden, auch wenn es sicher nur ein paar Minuten waren. Ich habe inzwischen völlig die Orientierung verloren – mein Verstand hat in eine Art Überlebensmodus gewechselt. Das Einzige, worauf ich mich noch konzentrieren kann, ist, unsere Verfolger hinter uns zu lassen und mich und Kevo in Sicherheit zu bringen.

Ich merke, wie Kevo neben mir das Tempo drosselt und schließlich meine Hand loslässt. Die Verbindung zwischen uns bricht ab, und plötzlich habe ich das Gefühl, ich würde vor eine Wand rennen. Von einer Sekunde auf die andere sickert die Energie aus meinem Körper und hinterlässt eine bleierne Müdigkeit, wie ich es noch nie zuvor erlebt habe. Ich schaffe noch ein paar Schritte, dann geben meine Beine unter mir nach. Wahrscheinlich wäre ich mit voller Wucht auf das Backsteinpflaster gekracht, wenn Kevo mich nicht um die Taille gepackt und mich aufrecht gehalten hätte.

»Was ist los?«, fragt er. Ich höre die Panik in seiner Stimme, während er mich so sanft wie möglich zur Seite zieht, weg von einer Gruppe Touristen. »Bloom, rede mit mir.«

Ich versuche abzuwinken, aber irgendwie gehorcht mein Körper mir nicht mehr. Meine Arme und Beine fühlen sich an, als wären Gewichte an ihnen befestigt. »Alles gut«, presse ich hervor.

Vorsichtig setzt er sich auf eine schmale Bank vor einem Herrenausstatter und zieht mich auf seinen Schoß. Die plötzliche Nähe löst eine Menge Gefühle in mir aus, auf die ich mich im Moment allerdings nicht konzentrieren kann.

»Bloom«, sagt er eindringlich. »Hey, geht es dir gut?«

Ich öffne den Mund, bringe aber kein Wort heraus.

Rede so mit mir, ertönt Kevos Stimme in meinen Gedanken. *Das ist nicht so anstrengend.*

Ich bin einfach nur müde, versuche ich zu erklären, und verdrehe die Augen, als er die Stirn runzelt. *Erinnerst du dich noch an meinen missglückten Fluchtversuch in eurer Wohnung? Das hier fühlt sich ähnlich an.*

Er mustert mich besorgt. *Bist du sicher, dass es nicht mehr ist? Hat die Frau dich verletzt?*

Ich schüttle den Kopf und schließe kurz die Augen. Sofort

sehe ich die drei schwarz gekleideten Angreifer vor mir, und ich erschaudere. Es waren Wintermitglieder, was heißt, sie haben ihre Befehle von oben bekommen. Und *oben* bedeutet in diesem Fall von meinem Großvater. Er ist dafür verantwortlich, dass die drei am Anleger auf mich gewartet und mir in die Gasse gefolgt waren, um mich – wenn nötig sogar gewaltsam – zurückzubringen. Er ist für all das verantwortlich.

»Wir werden von allen Seiten gejagt«, sage ich leise und huste, als meine Stimme sich als ein heiseres Krächzen entpuppt. »Deine und meine Leute.« Ich sacke an Kevos Brust zusammen und lausche seinen Herzschlag, was mich irgendwie beruhigt.

Nach ein paar Minuten drückt er mich ein Stück von sich weg, nimmt mein Gesicht in seine großen Hände und sieht mich eindringlich an. »Ich passe auf dich auf. Ich bringe dich nach Göteborg, Bloom. Ich verspreche es dir.«

Und ich glaube ihm.

INTO THE UNKNOWN

Ich bin schon ein paarmal in Schweden gewesen, aber dieses Mal fühlt es sich ganz anders an. Der Unterschied ist offensichtlich und sitzt neben mir in einem geklauten Auto. Ich habe protestiert, als Kevo mir seinen brillanten Plan offenbart hat, der sowohl Autodiebstahl als auch Betrug beinhaltet. Allerdings waren seine Argumente letztendlich überzeugender als meine. Wir besitzen beide kein eigenes Auto, und wir können es nicht riskieren, auf unseren Namen eins zu mieten. Die Spur wäre einfach zu leicht nachzuverfolgen.

Also sitze ich jetzt in einem gestohlenen Wagen und habe eine komplette Backgroundstory, für den Fall, dass die Polizei uns anhält. Ich fühle mich ein bisschen wie in einer schmuddeligen Kopie von Bonnie und Clyde. Nur ohne die Bankraube und Schießereien. Bis jetzt zumindest.

Im Radio läuft gerade eine Coverversion von *Bella Ciao*, und anscheinend kennt Kevo den kompletten Text, denn er singt leise mit. Aus irgendeinem Grund kann ich mir jedoch nicht vorstellen, dass Kevo irgendwann einmal in seinem Leben auf der Couch gesessen und *Haus des Geldes* gesuchtet hat. Er wirkt so knallhart und mit allen Wassern gewaschen. Das sind keine Eigenschaften, die man innerhalb von ein paar Wochen lernt. Sein Leben ist also mit Sicherheit ganz anders verlaufen als meines.

»Das heißt, wir müssen lediglich das Amulett mit dem Winterkristall wiederbeschaffen, den Vanitaskristall wo auch immer herholen, Vanitas entstehen lassen und den Krieg verhindern?«, frage ich und fasse damit alles zusammen, worüber wir in der vergangenen halben Stunde diskutiert haben.

Kevo nickt. »Wir treffen uns mit Kat, und dann besprechen wir den genauen Schlachtplan. Wir sind in der Unterzahl, und wir müssen uns auf jeden Fall gut überlegen, wem wir noch trauen und wen wir um Hilfe bitten können. Immerhin wissen wir, wo das Amulett ist. Oder zumindest, wer es hat. Will und Elia sollten nicht schwer zu finden sein.«

Ich mustere ihn von der Seite. »Und du bist der Vanitashüter?«

Er zuckt mit den Schultern. »Davon gehen wir zumindest aus. Ich habe das richtige Alter, starke Kräfte und bin, soweit wir wissen, einer der wenigen direkten Nachfahren der Rocha-Familie. Elia käme auch infrage, aber wenn er Hüter wird, wird er die Kontrolle des neuen Vanitashauses an sich reißen. Deswegen sollten wir hoffen, dass ich es bin.«

Gedankenverloren wende ich den Blick ab und schaue aus dem Fenster auf die einsame Landstraße. Die Aussicht ist ernüchternd, da man wegen des Schnees nur ein paar Meter weit sehen kann. »Was, wenn es zu spät ist?«, frage ich vorsichtig.

»Was, wenn die Welt schon so aus den Fugen ist, dass das plötzliche Auftauchen des Vanitas es nur noch schlimmer macht?«

»Jetzt oder nie«, sagt er mit fester Stimme. »Wenn wir ein weiteres Jahr warten, haben die Jahreszeitenhäuser genug Zeit, einen Gegenplan zu entwickeln und uns endgültig zu schlagen. Das können wir nicht riskieren.«

Mit gerunzelter Stirn schüttle ich den Kopf. »Wie kann es sein, dass nicht schon vorher etwas passiert ist?«, frage ich. »Der Frühling ist gerade einmal etwas mehr als eine Woche überfällig, und die Auswirkungen auf die Natur sind bereits jetzt überdeutlich. Wenn Vanitas Jahrtausende übersprungen wurde, müsste die Welt nicht schon längst in Flammen stehen?«

»Vanitas ist für die Menschen die wichtigste Jahreszeit«, erklärt er und lacht, als ich ihn skeptisch ansehe. »Zumindest laut der Legende. Vanitas ist mehr für die *Menschen* als die *Natur.* Frühling, Sommer, Herbst und Winter sind natürliche Jahreszeiten, deswegen hat Vanitas keinen so großen Einfluss auf die Natur wie die anderen vier. Trotzdem gibt es Auswirkungen, wenn auch schleichende. Du hast es selbst gesagt beim Ball. Die Erderwärmung ist so offensichtlich.«

»Ach ja?«

»Vanitas ist eine kalte Jahreszeit. Nachdem Vanitas aus dem Kreislauf ausgeschlossen wurde, wurde seine Zeit auf die anderen aufgeteilt. Ein Großteil ging an den Winter – also wieder an eine kalte Jahreszeit, aber ein Teil wurde dem Sommer und dem Herbst zugesprochen. Die Erde hat sich dem zwar angepasst, aber natürlich fehlt etwas, und nun reagiert sie mit Massenaussterben, Anstieg der Meeresspiegel, Polkappen schmelzen, Wirbelstürme häufen sich … man kann wahrscheinlich ewig so weitermachen.«

Ein wenig irritiert ziehe ich ein Bein an und sehe ihn an. »Du willst mir also erzählen, dass das Fehlen des Vanitas schuld am Klimawandel ist?«

»Nein.« Er grinst. »Die Menschen haben Schuld am Klimawandel. Aber das Fehlen des Vanitas ist sicher nicht hilfreich. Es bringt das Gleichgewicht durcheinander.«

»Okay«, sage ich nachdenklich. »Was ist mit den Eiszeiten? Was haben die Familien da für einen Mist gebaut?«

Wieder lacht er. »Ich habe keine Ahnung. Aber ich bin mir sicher, dass sie es damals irgendwie gewaltig verkackt haben.«

Ich versuche, mir das vorzustellen. Was hat mein Haus da nur falsch gemacht, um eine verdammte Eiszeit auszulösen? Und warum habe ich noch nie darüber nachgedacht? Meine Gedanken wandern zu meiner Familie, und ich frage mich, ob Zara, Sander und die anderen genau das in ihrem Unterricht gelernt haben. Vielleicht wissen sie sogar von Vanitas. Dass Zara davon gewusst hat, ist offensichtlich.

»Was ist eigentlich mit Zara?«, frage ich nach ein paar Minuten und werfe Kevo einen kurzen Blick zu.

»Was soll mit ihr sein?«

Ich klammere mich an die Tür, als Kevo abrupt beschleunigt, um einen vor uns herschleichenden Truck zu überholen. »Was hat sie mit euch zu tun? Ich habe sie mit Katarina gesehen, und ihr habt sie erwähnt. Seitdem habe ich nichts mehr von ihr mitbekommen.«

»Nach …«, er stockt kurz und sieht mich von der Seite an, »nach Sanders Tod waren wir uns sicher, dass sie die nächste Hüterin wird. Niemand hatte dich auf dem Schirm. Katarina sollte sie überzeugen, uns zu helfen.«

Wie immer, wenn ich an Sander denke, tauchen die Bilder

von seinem blassen Gesicht vor meinem inneren Auge auf. Ich erschaudere unwillkürlich. »Hast du es gewusst?«, frage ich leise. »Dass sie ihn töten würden?«

Er schüttelt energisch den Kopf. »Nein. Sie wollten nur mit ihm reden. Ich weiß nicht, wie es so aus dem Ruder laufen konnte. Ich schwöre dir, Bloom, ich war daran nicht beteiligt. Und ich hätte das auch nie zugelassen.«

Ich nicke. Ich glaube ihm. »Also ist Zara eure Verbündete?«

»Nicht mehr«, gibt er zähneknirschend zu. »Nachdem du zur Hüterin ernannt wurdest, hat sie sich ziemlich dämlich verhalten und rumgezickt. Ich glaube, sie war angepisst, dass sie nicht auserwählt wurde. Katarina hat noch Kontakt zu ihr, aber wir erzählen ihr nicht mehr viel. Wir vertrauen ihr nicht.«

Ich erinnere mich an die Szene beim Frühlingsball, als Zara mir vorgeworfen hat, nicht die Richtige für die Aufgaben der Hüterin zu sein. Jetzt, da ich weiß, welch bedeutende Rolle in der Revolution sie spielen sollte, kann ich ihren Frust allerdings tatsächlich ein wenig nachvollziehen.

»Ich kann kaum glauben, dass sie unser Haus verraten wollte«, überlege ich laut. »Mir kam sie immer wie die perfekte Musterschülerin vor.«

»Menschen haben eine Menge Beweggründe. Manche würden wir sicher nicht erwarten.«

Ich grinse. »Wow! Wie tiefgründig.«

Mit dem Finger pikt er mich in die Seite. »Du wärst überrascht, was noch so alles in mir steckt.«

»Denkst du?«

»Ich bin nicht nur wahnsinnig gut aussehend und extrem muskulös, ich bin auch tiefsinnig und wirklich, wirklich schlau. Neben meinen anderen fantastischen Eigenschaften natürlich.«

»Zum Beispiel deine Bescheidenheit?«

»Warum sollte ich bescheiden sein?«, fragt er herausfordernd und zwinkert mir zu. »Ich weiß, dass ich großartig bin. Kein Grund für Bescheidenheit.«

»Wow!« Ich schnaube, muss aber lachen.

»Du wirst mir noch früh genug zustimmen«, versichert er mir feixend, während er sich mit einer Hand durch die Haare fährt. Ich folge der Bewegung seines Arms und starre eine Sekunde zu lang auf die Muskeln, die sich unter seinem Shirt abzeichnen. »Da bin ich mir sicher.«

Ich spüre, wie ich rot werde. »Ach, fahr zur Hölle.«

»Und lasse dich hier allein zurück? Sicher nicht.«

Ich verdrehe die Augen, spare mir aber eine Antwort. Mein Kopf ist vollgestopft mit widersprüchlichen Gedanken und Gefühlen, und ich habe im Moment keine Lust, auch nur zu versuchen, sie zu entwirren. Im Augenblick fühle ich mich in diesem gestohlenen Wagen, mit Kevo an meiner Seite und auf dem Weg nach Göteborg, erstaunlich wohl.

»Wo wohnst du eigentlich?« Das habe ich mich schon ein paarmal gefragt, weil er nie von einem Zuhause erzählt hat. Doch bisher hat sich nie eine Gelegenheit ergeben, ihn darauf anzusprechen.

»Du meinst, wenn ich nicht gerade eine Rebellion in Norwegen anzettle?«

Ich lache. »Ja, genau das meine ich.«

Er wirft mir einen belustigen Blick zu. »Ich denke, in dem Fall bin ich aktuell obdachlos. Oder etwas Ähnliches. Kat und ich haben schon lange kein richtiges Zuhause mehr, zumindest nicht im Sinne von einem Haus oder einer Wohnung, in die wir immer wieder regelmäßig zurückkehren.«

»Das klingt traurig«, bemerke ich vorsichtig. »Nichts zu haben, wo man hingehört.«

»Daran arbeiten wir im Moment.« Seine Stimme klingt nicht verbittert, eher entschlossen, und ich verstehe, was er meint. Wenn ich darüber nachdenke, habe ich auch keinen festen Ort mehr, an dem ich mich zugehörig fühle, vielleicht hatte ich ihn nie. Mein eigenes Zuhause war immer ein goldener Käfig. Inzwischen sehe ich ihn allerdings eher wie eine Art Gefängnis. Kevo, Kat und die anderen Vanitasmitglieder wurden vor viel zu vielen Jahren ihres Hauses beraubt, und es wird Zeit, dass wir es ihnen zurückholen. Wo mein Platz in dieser neuen Welt sein wird, wird sich zeigen.

Nach etwa zwei Stunden hält Kevo bei einem Drive-in und bestellt uns ein paar Burger und heißen Kaffee, bevor er auf einem verlassenen Parkplatz stehen bleibt. Da wir so lange im Auto gesessen haben, entscheiden wir uns für ein kurzes Picknick auf der Motorhaube. Nebeneinander lehnen wir am Wagen und lassen den Blick über die verschneite Landschaft wandern. Wäre das hier nicht Teil eines Weltuntergangszenarios, wäre es tatsächlich ganz hübsch. Ich mochte den Winter schon immer, was nichts mit meinem Haus oder meiner Familie zu tun hat. Der Winter ist magisch, und das hier ist die vollendete Form eines Winterwunderlands. Keine Fußspuren verunstalten die weiße Oberfläche, kein dreckiger Schneematsch türmt sich an den Rändern des Feldes, vor dem wir stehen.

Als wir irgendwann auf Elia und Will zu sprechen kommen, umfasse ich mit den Händen den heißen Kaffeebecher und mustere Kevo von der Seite.

»Ich bin mir nicht sicher, ob ich das richtig verstanden habe«, sage ich und nehme vorsichtig einen Schluck. »Ihr seid doch alle Rebellen, oder nicht? Entweder seid ihr tatsächlich richtige Vanitasmitglieder oder Leute aus den anderen Häusern, die sich entschieden haben, für eure Sache zu kämpfen. Solltet ihr dann nicht alle auf einer Seite stehen, anstatt euch gegenseitig Amulette zu stehen und Hüter zu entführen?«

Kevo lächelt ein wenig über meinen lahmen Witz. »Theoretisch schon, denke ich. Wir haben dasselbe Ziel, was aber nicht bedeutet, dass wir alle denselben Weg verfolgen, um es zu erreichen.«

»Und was heißt das genau?«

Er zuckt mit den Schultern. »Will und Elia würden so ziemlich alles tun, um den Vanitas einzuleiten. Sie brauchen keine friedliche Lösung dafür, Hauptsache, sie bekommen, was sie wollen. Wer den Vanitas entstehen lässt, wird auch in Zukunft etwas zu sagen haben. Nimm deine Familie zum Beispiel. Es gibt den Meister, der über die größte Macht verfügt, danach kommt die engere Familie, die mächtigeren Mitglieder und so weiter. Bis hin zu den kleinen Angestellten, den entfernteren Verwandten, die im Grunde kaum Privilegien haben. Das Vanitashaus wird komplett neu entstehen. Der Stammbaum der Rocha-Familie wurde viel zu lange nicht mehr verfolgt, um eine genaue Hierarchie festsetzen zu können.« Mit der Hand greift er in den Schnee, der sich auf der Motorhaube sammelt, und presst ihn zwischen den Fingern zusammen. »Wenn Vanitas entsteht, werden viele darum kämpfen, eine mächtige Position in dem neuen Haus einzunehmen. Leute wie Will und Elia haben genau das im Blick. Für sie wäre es daher auch eine Niederlage, wenn wir beide still und heimlich das Übergangsritual vollziehen würden.«

»Aber«, sage ich und versuche, die Informationen in meinem

Kopf zu sortieren, »Elia ist ein richtiges Vanitasmitglied, oder nicht? Wäre er dann nicht so oder so irgendwo in der … na ja, Führungsebene?«

»Keine Ahnung.« Kevo grinst, als ich fragend die Augenbrauen hochziehe. »Wer weiß das schon so genau. Es gibt dafür kein Handbuch, keine Regeln oder etwas in der Art. Das hat es noch nie gegeben.«

»Wie viele Rebellengruppen gibt es eigentlich?«, hake ich verwirrt nach.

»Auch das kann ich dir nicht genau beantworten.« Als ich frustriert seufze, lehnt er sich zu mir herüber und stößt sanft mit der Schulter gegen meine. »Ich weiß, dass das kompliziert klingt. Aber wir haben nun mal keine gemeinsame WhatsApp-Gruppe. Ich weiß von ein paar Leuten, die wiederum ein paar Leute kennen. Elia und Will habe ich durch einen gemeinsamen Bekannten kennengelernt, aber da wusste ich noch nicht, welche Sorte Mensch die beiden wirklich sind.«

Mein Magen macht einen kleinen Satz, als ich daran denke, wie Will und Elia mich in Oslo überfallen haben. Kevo hat recht – er hat mit den beiden nichts gemeinsam. »Dann seid ihr also die *guten* Rebellen. Die, die eine friedliche Lösung herbeiführen wollen und bereit sind zu verhandeln. Und den *bösen* geht es vorrangig um die Macht, und sie würden sogar über Leichen gehen?«

Kevo nickt ernst. »Ja, ich denke, so könnte man es ganz gut zusammenfassen.«

Nachdenklich stoße ich die Luft aus. Die Welt ist in den letzten Wochen irgendwie größer und komplizierter geworden. Als ich das erste Mal von den Rebellen erfahren habe, habe ich mir eine einzelne Gruppe vorgestellt, die für ihr Recht im Kreislauf kämpft. Die ganze politische Sache, die ein neues Haus mit sich bringt, habe ich überhaupt nicht berücksichtigt.

Ich hänge immer noch meinen Gedanken nach, als etwas Kaltes in meinem Nacken landet. Kreischend springe ich auf und schüttle mich, als der Schnee in meinen Pullover und langsam meinen Rücken hinunterrutscht.

Wütend drehe ich mich um und funkle Kevo an, der meinen Blick mit Unschuldsmiene erwidert. »Du«, sage ich drohend, während ich mich bücke und nach einer Handvoll Schnee greife, »bist so was von geliefert.«

Er lacht laut. »Ich zittere vor Angst.«

»Solltest du auch.« Ohne ihn aus den Augen zu lassen, forme ich einen perfekten Schneeball zwischen den Händen. »Bist du dir sicher, dass du ein Wintermädchen zu einer Schneeballschlacht herausfordern willst? Das ist ziemlich dumm, Vanitasjunge. Wirklich, wirklich dumm.«

Wieder lacht er, lauter dieses Mal. Als ich näher komme, weicht er jedoch zurück und hebt die Hände, als wollte er sich ergeben. »Ach, komm schon, das war doch nur ein Spaß.«

»Du hast recht. Ich denke, wir sollten …« Ich beende den Satz nicht, stattdessen springe ich vor und hole gleichzeitig aus.

Kevo hat damit offensichtlich nicht gerechnet, denn er ist eine knappe Sekunde zu langsam – der Schneeball trifft ihn seitlich im Gesicht, und er schnappt so empört nach Luft, dass ich lachen muss. Jedoch nur für einen Augenblick. Als Kevo sich bückt und zum Gegenangriff ansetzt, wirble ich herum und renne auf das Feld zu, um meine Munition aufzurüsten. Und schon bald liefern wir uns eine heftige Schneeballschlacht.

Ich kassiere zwar mehrere Schneebälle, lande aber mindestens genauso viele Treffer wie er. Unsere Kräfte sind ziemlich ausgeglichen – Kevo ist körperlich stärker als ich und kann besser zielen, dafür bin ich schneller und strategisch eindeutig schlauer. Während er immer nur einen Schneeball nach dem anderen formt, lege ich mir einen kleinen Vorrat an und feuere sie schnell hintereinander ab. Nach ein paar Minuten vergesse ich sogar die Kälte und das Chaos um uns herum. Wir lachen beide so sehr, dass mir der Bauch wehtut und mir die Tränen über die Wangen laufen. Mir wird klar, dass ich Kevo noch nie zuvor richtig lachen gesehen habe – vielleicht, weil es bislang keinen Grund dafür gab. Aber ich mag sein Lachen – es klingt dunkel und voll und so herzhaft, dass ich gar nicht anders kann, als mit einzustimmen.

Als ich mich hinter das Auto ducke, um ihn von hinten zu überraschen, verliere ich Kevo kurz aus den Augen. Verwirrt richte ich mich auf, genau in dem Moment, als sich seine Arme von hinten um meine Taille schlingen. Ich wehre mich mit Händen und Füßen, aber keine Chance. Er hebt mich hoch und bringt sein Gesicht so nahe neben meines, dass ich die Wärme seiner Haut auf meiner spüren kann. Die plötzliche Nähe, der Druck seiner Arme und die Tatsache, dass kaum noch ein Blatt zwischen meinen Hintern und ihn passt, bringt mich ein wenig aus dem Konzept.

»Gibst du auf?«, fragt er. Ich kann sein Gesicht nicht sehen, aber ich höre das Schmunzeln in seiner Stimme.

Ich schnaube verächtlich. »Niemals.«

Als er sich nach vorn lehnt, bin ich mir ziemlich sicher, was sein Plan ist – er versucht, mein Gesicht in den Schnee zu drücken. Netter Versuch, aber nicht mit mir. Ich greife nach seinen Armen und konzentriere mich auf meine Finger, während ich nach seiner Energie taste. Es dauert nur ein paar Sekunden, bis ihm klar wird, was ich da gerade tue. Er lässt mich los und weicht so schnell zurück, als hätte er sich verbrannt.

In seinem Gesicht spiegelt sich eine Mischung aus Belustigung und Wut. »Du schummelst, Wintermädchen.«

Ich tue so, als würde ich mir meine Fingernägel genauer ansehen, und werfe ihm ein zufriedenes Lächeln zu. »Ich nutze nur meine Möglichkeiten. Solltest du auch tun.«

Er kommt auf mich zu, wobei er mich so eindringlich ansieht, dass ich für einen Moment lang das Atmen vergesse. Wie ein Raubtier auf der Jagd pirscht er sich an mich heran, während meine Muskeln ihren Dienst versagen. Ein Teil von mir wünscht sich, dass er mich noch einmal packt, mir noch einmal so nahe ist. Ein anderer will ihm eine Ladung Schnee ins Gesicht werfen.

Kaum dreißig Zentimeter vor mir bleibt er stehen. Sein Gesicht ist gerötet, genau wie meins, und seine Augen glitzern, wie ich es noch nie zuvor bei ihm gesehen habe. »Waffenstillstand?«, fragt er und streckt mir die Hand entgegen.

Ich überlege kurz, ob das eine Falle ist. Aber seine Kräfte sind nicht so offensiv wie meine. Bevor er etwas ausrichten kann, hätte ich bereits seine Energie gechannelt. Als ich einschlage und unsere Finger sich berühren, durchfährt mich ein kurzer Blitz wie von einem Stromschlag. Mein Herz klopft ein wenig schneller in meiner Brust, aber ich zwinge mich, seinen Blick so gleichgültig wie möglich zu erwidern.

»Eins zu null für mich, würde ich sagen.«

Einer seiner Mundwinkel hebt sich. »Die Herausforderung nehme ich gern an.«

Den Rest der Fahrt reden wir über Belanglosigkeiten. Kevo erzählt mir von dem Haus, in dem er aufgewachsen ist, und von ein paar Freunden, die ebenfalls den Rebellen angehören. Ich rede über die Schule, über Emma, über die beiden Salamander, die ich als Kind gefunden habe und die ich als Haustiere behalten wollte, bis sie mir beide ausgebüxt sind. Bei der Erinnerung daran, wie Märtha noch wochenlang durchs Haus gerannt ist und die Tiere gesucht hat, muss ich lächeln.

Als wir uns Göteborg nähern, startet Kevo ein Frage-Antwort-Spiel. Ich bin mir sicher, dass er mich abzulenken versucht. Die Schneeballschlacht und die lockere Stimmung im Auto haben die Gedanken an die Realität eine Weile in den Hintergrund gedrängt, doch der Schreck über den Überfall am Dock sitzt mir immer noch in den Knochen. Und die Nähe der Großstadt macht mich mit jedem Meter nervöser.

Er überlegt einen Moment, dann sieht er mich ernst an. »Kino oder Billard?«

»Billard«, sage ich bestimmt. »Kaffee oder Tee?«

»Definitiv Kaffee.«

»Dem stimme ich zu.«

Kevo grinst. »Meerjungfrauen oder Einhörner?«

»Einhörner.« Ich zögere kurz. »Wusstest du, dass Meerjungfrauen eigentlich dick, kahlköpfig und weiß sein müssten?«

Irritiert sieht er mich an. »Was?«

»Na ja«, beginne ich ernst, »im Wasser haben Haare keine Funktion. Es gibt kein dauerhaft im Wasser lebendes Tier, das Fell besitzt, richtig? Also wären Meerjungfrauen eigentlich kahlköpfig. Dunkle Haut bietet Schutz vor UV-Strahlen. Da UV-Strahlen aber schwerer durch Wasser in die Tiefe gelangen, müsste die Haut von Meerjungfrauen also besonders hell sein.

Wenn man davon ausgeht, dass es sich bei Meerjungfrauen um eine Art Mensch handelt. Sind es Tiere, ist die Haut vielleicht sogar bunt. Und sie müssten eine dicke Fettschicht haben, um nicht zu erfrieren. Ähnlich wie Wale. Sie wären also weiß, dick und kahlköpfig.«

Ich schaue auf und begegne Kevos Blick. Er wirkt so traumatisiert, dass ich lachen muss.

»Stell es dir vor«, sage ich glucksend. »Stell es dir einfach nur vor.«

Energisch schüttelt er den Kopf. »Ich kann nicht glauben, dass du dir so viele Gedanken darüber gemacht hast.«

»Das ist unnützes Wissen in seiner reinsten und schönsten Form, mein Freund.«

»Okay, Wintermädchen, du hast dieses Spiel versaut.«

Grinsend lehne ich mich zurück und blicke aus dem Fenster. Die karge Schneelandschaft wurde in der Zwischenzeit von Zivilisation abgelöst. Katarinas Haus liegt am Rande der Stadt, sodass wir nicht hineinfahren müssen. Was mir ganz lieb ist. Seitdem die Mitglieder meiner Familie uns am Hafen abgepasst haben, macht allein der Gedanke an größere Menschenmassen mich ein wenig nervös.

Zwanzig Minuten später fahren wir durch eine sehr dünn besiedelte Wohngegend. Es gibt einen seltsamen Mix aus herrschaftlich anmutenden Villen im Empirestil, klassischen Reihenhäusern und den typisch schwedischen Einfamilienhäusern. Vor so einem hält Kevo schließlich und stellt den Motor ab, während ich mich ein wenig zur Seite lehne und das Haus mustere. Es ist wirklich hübsch. Es hat die typische dunkelrote Holzverkleidung, weiße Fenster und eine kleine Veranda, ebenfalls aus weißem Holz, auf dem eine Hollywoodschaukel steht.

»Das gehört deiner Schwester?«, frage ich verwundert. »Das sieht aus, als würde dort jeden Abend eine Oma zum Stricken auf der Veranda sitzen.«

Lachend steigt Kevo aus und umrundet den Wagen, um mir die Tür zu öffnen. Er wirkt locker und gut drauf, aber ich bemerke die Blicke, mit denen er die Umgebung scannt. Ich bin ihm dankbar für den Versuch, den Schein zu wahren. Er will mir vermutlich ein Gefühl von Sicherheit geben, aber leider bin ich mir der Gefahren nur allzu sehr bewusst. Es gibt nicht nur die Jahreszeitenhäuser und die Rebellen. Es gibt die guten und die bösen Rebellen; die, die mich um Hilfe bitten, und die, die mich dazu zwingen wollen.

Schaudernd steige ich aus dem Auto und ziehe reflexartig die Jacke enger um mich herum. Es ist verdammt kalt. Der Wind geht so heftig, dass ich mich beinahe ans Auto klammere, um nicht zur Seite zu stolpern. Wenn es so weitergeht, sind wir bis zum Morgen eingeschneit.

»Na komm.« Kevo greift nach meiner Hand, und ich verflechte meine Finger ganz automatisch mit seinen. Während wir die vereiste Treppe zur Veranda hinaufsteigen, muss ich wieder an unseren Kuss in der Hütte denken. Ich frage mich, ob er ihn bereut. Ob er vielleicht doch irgendwie befürchtet, dass ich ihm erneut Energie entziehen könnte. Er hat es seitdem nicht wieder versucht, wobei wir auch nicht wirklich die Gelegenheit zum Rumknutschen hatten.

Irgendwie habe ich erwartet, dass wir klingeln oder anklopfen würden, aber Kevo marschiert einfach hinein, als würde er hier wohnen. Was vielleicht sogar stimmt, immerhin scheint er kein richtiges Zuhause zu haben. Einen Ort, wo sein ganzes Zeug ist, wo er sich abends die Zähne putzt und ins Bett geht, wenn er nicht gerade dabei ist, eine Revolution anzutreiben oder einen anstehenden Krieg zu verhindern.

Drinnen zieht Kevo mich direkt den schmalen Flur entlang durch einen breiten Türbogen hindurch in ein Wohnzimmer. Zwei kleine Sofas stehen in der Mitte um einen Couchtisch aus Glas, Bücherregale nehmen zwei der vier Wände ein und überall stehen Pflanzen herum. Es ist hübsch und gemütlich, aber irgendwie nicht das, was ich von Katarina erwartet habe.

Die sitzt auf einem der Sofas und blickt nur kurz auf, als wir hereinkommen. Keine Begrüßung, keine Umarmung oder dergleichen. Stattdessen deutet sie wortlos auf den Fernseher, der an der gegenüberliegenden Wand hängt.

»Was ist los?«, frage ich, als Kevo mich auf das freie Sofa zieht.

»Hör zu«, fährt Katarina mich an.

Ich verdrehe kurz die Augen über die offensichtliche Wiedersehensfreude, dann richte ich den Blick auf den Fernseher. Dort laufen amerikanische Nachrichten, und ich erkenne auf den ersten Blick, worum es geht.

New York friert zu. Im wahrsten Sinne des Wortes. Auf den Bildern, die aus einem über die Stadt fliegenden Hubschrauber live übertragen werden, sind Gebäude, Straßen und Autos mit Eis überzogen. Der See im Central Park ist zugefroren, und die Innenstadt selbst sieht nicht besser aus.

Ich schnappe entsetzt nach Luft, als eine Großaufnahme von einem Obdachlosen erscheint, der in der Nacht auf der Straße erfroren ist.

»O mein Gott«, flüstere ich, und aus dem Augenwinkel sehe ich, wie Kevo nickt.

»Wart's ab«, murmelt Katarina. Ihren Worten und ihrem Tonfall nach zu urteilen, bin ich mir nicht sicher, ob ich wirklich wissen will, was als Nächstes kommt.

Trotzdem kann ich den Blick nicht abwenden, als eine Reporterin eingeblendet wird, die von aktuellen Ereignissen in Deutschland berichtet. Erdbeben haben eine Großstadt in Schutt und Asche gelegt. Mehrere schwere Beben hintereinander haben dazu geführt, dass Gebäude eingestürzt, Brücken in sich zusammengefallen und U-Bahn-Tunnel zerstört worden sind. Auf den Bildern rennen Menschen panisch durcheinander, überall hängt Rauch und Nebel in der Luft und dazwischen der Schnee. Die Straßen sind vollgestopft mit Autos und Lastwagen, die aufgrund der Glätte nicht weiterkommen; Rettungsdienste schaffen es nicht bis zu den unzähligen Unfallstellen und Menschen fliehen zu Fuß aus ihren Autos. Das Chaos und das Leid sind so deutlich, dass meine Augen zu brennen beginnen.

So geht es weiter. Überall liegt Schnee, die Kälte ist allgegenwärtig, die Natur generell völlig außer Kontrolle. Tokyo wurde von einer Flutwelle überrannt, in Mittelamerika sind mehrere Vulkane ausgebrochen.

Kraftlos lasse ich mich gegen Kevo sinken, der reflexartig einen Arm um mich legt und mich an sich zieht. Keiner von uns sagt ein Wort, während wir auf den Bildschirm starren und versuchen, die Ereignisse zu verarbeiten. Die vergangenen Tage habe ich wie unter eine Kuppel gelebt. Mein Handy ist seit der Entführung weg, ich habe weder ferngesehen noch Radio gehört. Das einzige Mal, dass ich ein Smartphone in der Hand hatte, war auf der Fahrt hierher, als ich kurz Emma angerufen und ihr die Situation erklärt habe, damit sie meiner Mom sagen kann, dass sie sich keine Sorgen um mich machen solle.

Aber dabei habe ich nicht die Nachrichten gecheckt. Das alles ist passiert, ohne dass ich es mitbekommen habe.

Es ist wie in einem Film. Einem Film, in dem die Welt untergeht. Eine Mischung aus *The Day After Tomorrow, 2020* und *Snowpiercer.* Würden jetzt noch Zombies oder Aliens auftauchen, würde es mich vermutlich nicht einmal überraschen.

Nach ein paar Minuten und weiteren schockierenden Bildern beginnt die Berichterstattung von vorn. Anscheinend läuft sie in einer Art Dauerschleife, während am unteren Rand ein Banner eingeblendet ist, auf dem die neusten Informationen stehen. Sie ändern sich im Sekundentakt und kündigen immer neue Katastrophen an. Mir wird schlecht.

Katarina beugt sich vor, greift nach einer Fernbedienung und das Bild wird schwarz. Ich bin ein wenig erleichtert, denn ich weiß nicht, wie lange ich mir das noch hätte mit ansehen können.

Kevo ist der Erste, der die Stille durchbricht. »Wie ist es in der Stadt?«, fragt er Katarina und nickt mit dem Kopf Richtung Fenster.

»Friert ebenfalls zu«, erklärt sie seufzend. »Die meisten Nachbarn sind heute Morgen abgehauen, deswegen ist es hier so ruhig. Keine Ahnung, wo sie hinwollen.«

»Sind wir hier in Sicherheit?« Kevo sieht sich um.

Ich unterdrücke den Drang, auf seinen Schoß zu klettern und alles da draußen auszublenden. Es ist eine Sache, wenn der Feind nur in Form von Menschen hinter uns her ist, aber eine ganz andere, wenn die Gefahr von der Natur herrührt. Denn Katarina hat recht – wir können nicht wegrennen.

Sie zuckt mit den Schultern. »So sicher wie überall anders auch, schätze ich.«

Darauf gibt es nicht viel zu sagen.

»Was bedeutet das jetzt?«, frage ich nach einer Weile und schaue zu Kevo hoch. Ich selbst höre die Verzweiflung in meiner Stimme, kann aber nichts dagegen tun.

Sein Blick richtet sich auf mich. Ein paar Sekunden lang sieht er mich an, dann heben sich seine Augenbrauen. »Dass wir uns beeilen müssen.«

HOPE

Mir bleibt kaum Zeit, die Informationen zu verarbeiten, denn nicht mal eine Sekunde später knallt die Eingangstür ins Schloss.

Kevo und ich springen beide auf. Sofort streckt er den Arm aus und schiebt mich energisch hinter sich. Ich stelle mich auf Zehenspitzen, um über seine Schulter hinweg etwas sehen zu können.

Und schnappe überrascht nach Luft, als Zara das Wohnzimmer betritt. Das hellblonde Haar hängt ihr in nassen Strähnen im Gesicht, sie trägt einen dunklen, dicken Wintermantel und vor allem – sie wirkt nicht im Mindesten überrascht, uns hier zu sehen.

Mein Blick wandert zu Katarina, die immer noch auf dem Sofa sitzt. Sie macht nicht den Eindruck, als wäre sie beeindruckt von Zaras Auftritt.

Ganz im Gegensatz zu mir.

»Was machst du denn hier?«, frage ich verwirrt und trete

einen Schritt zur Seite, um mich nicht länger hinter Kevo zu verstecken.

Ohne auf meine Frage zu achten, marschiert Zara an uns vorbei und setzt sich auf das Sofa, auf dem gerade noch Kevo und ich gesessen haben. Katarina sieht sie dabei überhaupt nicht an.

»Entspann dich, Bloom«, sagt sie mit einem gelangweilten Unterton. »Du bist nicht die Einzige, die mit Rebellen spielen darf.«

Ich öffne den Mund, aber Kevo kommt mir zuvor. Er dreht sich zu seiner Schwester um. »Was macht sie hier, Kat?«

»Ich musste weg«, antwortet Zara stattdessen. »Sie haben Nachrichten auf meinem Handy gefunden und wussten, dass ich bereit war, mit euch zusammenzuarbeiten. Da wurde es ein wenig ungemütlich. Vor allem, nachdem Blümchen hier sich aus dem Staub gemacht hat.«

»Was haben sie gemacht?«, frage ich.

»Eine Ausgangssperre verhängt«, erklärt sie schulterzuckend. Mir ist klar, dass sie die Coole zu spielen versucht, aber so richtig gelingt es ihr nicht. »Niemand darf mehr rein und raus, der Großteil des Personals wurde von der Insel geschickt. Alle bereiten sich auf den Krieg vor. Als ich damit nicht einverstanden war und gesagt habe, dass Vanitas ein Recht auf einen Platz im Kreislauf hat, haben sie mich rausgeworfen. Wahrscheinlich wollten sie nicht riskieren, einen Maulwurf im Haus zu haben, und sie wissen, dass ich den Rebellen nicht helfen kann, da ich nicht die Hüterin bin.«

Ich erkenne Schmerz in ihren Augen. Wenn sie sagt, dass sie sie rausgeworfen haben, dann ist mir klar, wen das mit einbezieht: ihre Mom und ihren Dad. Ich habe kein wirklich gutes

Verhältnis zu ihnen – meine Tante und mein Onkel waren schon immer ein wenig zu arrogant und herablassend für meinen Geschmack. Trotzdem bin ich davon ausgegangen, dass sie ihre Tochter lieben. Zumal sie gerade ihren Sohn verloren haben. Und sie nicht vor die Tür setzen, wenn sich gerade eine verdammte Apokalypse anbahnt.

»Und dann bist du hierher gekommen?«, fragt Kevo.

Zara wirft Katarina einen kurzen Blick zu. »Hatte ich eine andere Wahl? Die Welt geht unter, und ich will ungern auf einer Parkbank übernachten. Hier kann ich mich vielleicht wenigstens nützlich machen.«

Katarina schnaubt.

»Kat …«, setzt Zara an, bricht dann aber ab und verschränkt die Arme vor der Brust. »Vergiss es.«

»Du gehörst also zu ihnen?«, hake ich nach und beäuge Zara skeptisch. »Zu den Rebellen?«

»Du nicht? Immerhin bist du mit einem von ihnen von zu Hause abgehauen, oder nicht?« Sie mustert Kevo einen kurzen Moment, bevor sie sich wieder mir zuwendet. »Oder hatte er andere überzeugende Argumente?«

Ich kann nicht verhindern, dass mir das Blut ins Gesicht schießt. Mein Kopf leuchtet wahrscheinlich wie eine Ampel. Ihr gehässiges Grinsen zeigt deutlich, dass sie genau weiß, dass etwas zwischen Kevo und mir läuft.

»Du bist hier nicht willkommen«, wirft Kat plötzlich ein und steht auf. Sie sieht ihren Bruder an. »Ich habe ihr gesagt, dass sie nicht bleiben kann. Das Haus ist voll.«

»Du wirfst mich raus, aber Anatoli darf bleiben?«, fragt Zara und springt auf. Sie und Kat beziehen voreinander Stellung, als würden sie sich gleich gegenseitig an die Gurgel gehen.

Kat verengt wütend die Augen. »Ich würde jeden Menschen aus ganz Göteborg eher aufnehmen als dich, Zara. Ohne auch nur eine Sekunde zu überlegen!«

»Hey, Leute …«, beginnt Kevo, gibt aber schnell wieder auf, als seine Schwester ihm einen vernichtenden Blick zuwirft.

»Du benimmst dich wie ein beleidigtes Kind!«, ruft Zara mit vor Zorn geröteten Wangen. »Ich war von Anfang an ehrlich zu dir, Kat. Ich kann nichts dafür, dass du Dinge totanalysierst, die völlig klar sind!«

Verwirrt sehe ich zwischen Kat und Zara hin und her. Ich verstehe kein Wort, und Kevos Gesichtsausdruck lässt darauf schließen, dass es ihm ähnlich geht. Klar ist, dass wir irgendetwas verpasst haben.

Katarina funkelt Zara noch einen Moment lang an, dann wirbelt sie herum und rauscht aus dem Wohnzimmer. Da ich das Haus nicht kenne, habe ich keine Ahnung, wo sie hingeht, aber es ist auf jeden Fall ein dramatischer Abgang.

Kevo seufzt. »Wie auch immer. Was ist der Plan, Zara?«

Ich habe den Eindruck, als würde meine Cousine ein klein wenig in sich zusammenfallen. Als würde ihrem Körper die Energie entweichen, die sich gerade während des kleinen Schlagabtauschs mit Katarina angestaut hat.

»Kann ich bleiben?«, fragt sie und hebt ein wenig das Kinn. »Morgen bin ich weg. Aber wenn ich jetzt gehe, erfriere ich heute Nacht.«

Ohne darüber nachzudenken, richte ich mich ein Stück auf. »Die Nacht über kannst du hierbleiben. Und morgen reden wir.«

Verwundert starrt sie mich an. Was kein Wunder ist, denn ich weiß selbst nicht, woher das gerade kam. Dann nickt sie knapp und verschwindet im Hausflur.

Ich sehe ihr nach, bis Kevo in mein Blickfeld tritt. Stirnrunzelnd schaut er auf mich herunter, und einen Moment lang kämpfe ich gegen den Drang, die Arme um seine Taille zu schlingen und ihn zu umarmen.

Seit dem Kuss in der Hütte ist die Stimmung zwischen uns irgendwie seltsam, als wüssten wir beide nicht so richtig, wie wir miteinander umgehen sollen. Einerseits sucht er meine Nähe, aber andererseits ist er manchmal auch irgendwie distanziert. Er ist mein Anker, mein sicherer Hafen. Doch gleichzeitig ist er nach wie vor ein Fremder.

»Was war das denn gerade?«, fragt er und kommt einen Schritt näher.

Ich zucke mit den Schultern. »Wir verstehen uns nicht sehr gut. Schätze, ich wollte mein Revier markieren.«

Sein Grinsen gerät ein wenig schief. Er hebt eine Hand und streicht mir kurz mit den Fingerkuppen über die Schläfe und die Wange. Die Bewegung ist so schnell vorbei, dass ich mich einen Moment lang frage, ob ich sie mir nicht doch nur eingebildet habe. Was ziemlich erbärmlich wäre.

»Du siehst müde aus«, sagt er mit rauer Stimme und deutet zur Treppe. »Oben sind ein paar Schlafzimmer, such dir ein freies aus, okay? Nimm ein Bad oder so etwas. Katarina hat ein paar Klamotten besorgt.«

Der Gedanke an ein weiches Bett lässt mich innerlich aufseufzen vor Freude.

»Was machst du?«, frage ich ihn und schiebe die Hände in die Hosentaschen, weil ich keine Ahnung habe, was ich sonst mit ihnen machen soll.

Er lächelt zu mir herunter. »Ich verschaffe mir einen Überblick. Wir bleiben ein paar Tage hier, während wir versuchen, mit Will und Elia zu verhandeln. Und ich will nachschauen, was wir noch an Lebensmitteln und so dahaben.«

Das überrascht mich ein wenig. Natürlich ergibt es Sinn, dass er sich Gedanken über Essen und Trinken macht, aber bei dem ganzen Chaos der letzten Tage habe ich an solch bodenständige Dinge überhaupt nicht mehr gedacht.

»Sag Bescheid, wenn du Hilfe brauchst«, murmle ich und sehe ihn ein wenig unschlüssig an. Soll ich ihn umarmen? Oder einschlagen? Nein, das wäre ein wenig dämlich.

Kevo scheint meine Unsicherheit zu bemerken, denn er legt die Hände an meine Schultern und beugt sich zu mir herunter, um mir einen Kuss auf die Stirn zu geben. Es ist ein federleichter Kuss, ich spüre kaum die Berührung seiner Lippen auf meiner Haut. Trotzdem reicht es, dass eine Schar Schmetterlinge in meinem Bauch aufflattert.

Mir steigt das Blut ins Gesicht, und ich werfe ihm ein kurzes Lächeln zu, bevor ich mich umdrehe. Ich gehe in die Richtung, in die Kevo gezeigt hat, und schleppe mich die Treppe hoch in den ersten Stock. Auf einmal bin ich furchtbar müde. Wahrscheinlich haben mich die Ereignisse der letzten Stunden und die ständige Angst, angegriffen zu werden, auf den Beinen gehalten, doch nun, da wir in Sicherheit sind, trifft mich die Erschöpfung wie ein Keulenschlag.

Oben öffne ich vorsichtig ein paar identisch aussehende Türen, bis ich ein freies Zimmer finde. Von innen ist das Haus deutlich größer, als es von außen den Anschein macht. Fünf Schlafzimmer, davon sind drei bereits bezogen. Zara hat etwas von einem Anatoli gesagt, aber ich habe keine Ahnung, wer das ist.

Im Flur treffe ich Kat, die mir wortkarg einen Koffer in die Hand drückt und dann hinter einer der Türen verschwindet.

Ihre Augen sind rot gerändert, als hätte sie geweint. Unwillkürlich frage ich mich, was mit ihr los ist, aber ich traue mich nicht, sie darauf anzusprechen. Ich denke, aktuell hätten wir alle mehr als genug Gründe, uns die Augen aus dem Kopf zu weinen.

Als ich im Zimmer den Koffer durchsuche, finde ich tatsächlich eine passend aussehende Yogahose, ein Paar dicke Socken und einen Hoodie mit Blümchenmuster. Die Farb- und Musterkombination ist vielleicht ein bisschen gewagt, aber das ist mir egal. Ich brauche etwas Gemütliches, etwas, in dem ich nicht das Gefühl habe, auf der Flucht zu sein, während draußen vor dem Fenster gerade die Welt untergeht.

Als ich wieder aus dem Bad trete, riechen meine Haare nach Lavendel, und meine Haut ist schrumpelig vom Badewasser. Ich fühle mich tatsächlich das erste Mal seit Langem wieder ansatzweise wie ein Mensch. Zusammen mit den neuen Klamotten geht es mir um einiges besser als noch vor einer Stunde.

Ich will gerade in mein Schlafzimmer gehen, als die Tür neben meiner aufgeht und ein blonder Junge den Flur betritt. Zuerst sehe ich nur seinen Rücken, doch als er sich umdreht, ziehe ich geräuschvoll die Luft ein.

Es ist der Typ mit der Nickelbrille. Der Typ, der mich im Park geschlagen hat und den ich auch in der Wohnung in Oslo ein paarmal gesehen habe.

»Anatoli, nehme ich an«, sage ich und räuspere mich hastig, als ich höre, wie heiser meine Stimme klingt.

Er nickt und lächelt vorsichtig. »Hey.« Als er nichts weiter hinzufügt, hebe ich herausfordernd eine Augenbraue, und er lacht nervös auf. »Tut mir leid, das ist irgendwie sehr unangenehm.«

»Ach, findest du?«

»Ich sollte mich wohl bei dir entschuldigen«, meint er verlegen. Wieder lächelt er, doch damit kriegt er mich nicht.

Ich mag Kevo trauen und irgendwie auch Katarina, das bedeutet aber nicht, dass ich ab jetzt mit allen Rebellen sofort auf Kuschelkurs bin. Ich weiß, wozu sie in der Lage sind, und ich weiß, dass manche von ihnen keine netten Absichten haben.

»Es tut mir wirklich leid. Die Dinge standen nicht gut für uns, und einige von uns waren … verzweifelt.«

»Ich weiß«, sage ich schlicht. »Ich bin hier, um zu helfen. Freiwillig.«

»Hat Kat mir erzählt.« Er mustert mich kurz. »Geht es dir gut?«

Ich blinzle verwirrt. »Was?«

»Ob es dir gut geht«, wiederholt er schulterzuckend. »Ich kann mir gut vorstellen, wie überwältigend das alles für dich sein muss.«

Bevor ich antworten kann, legt sich ein schwerer Arm um meine Schultern. Als ich aufblicke, entdecke ich Kevo, der hinter mir steht.

»Alles okay hier?«, fragt er mich, wobei er Anatoli nicht aus den Augen lässt.

Der weicht abrupt einen Schritt zurück, als wäre er gerade dabei erwischt worden, wie er verbotenerweise Süßigkeiten klaut. »Gute Nacht«, sagt er, wendet sich ab und läuft den Flur hinunter.

Stirnrunzelnd drehe ich mich zu Kevo um und schüttle seinen Arm ab. »Was war das denn?«

»Ich vertraue dir, mir und Kat. Zu mehr reichen meine Nerven momentan nicht aus.«

Ich schnaube, auch wenn ich gut verstehen kann, was er meint. Trotzdem wirkte das gerade mehr, als würde er sein Revier markieren, als eine notwendige Sicherheitsmaßnahme. Und aus irgendeinem Grund gefällt mir der Gedanke.

Als er sich umdreht und in einem Schlafzimmer den Flur runter verschwindet, breitet sich unwillkürlich ein Lächeln auf meinem Gesicht aus.

Eine Hand legt sich auf meinen Mund. Ich versuche, zu schreien, aber kein Laut kommt über meine Lippen. Überall um mich herum sind Nebel und Schnee. Ich kann kaum einen Meter weit sehen, aber dafür höre ich leise Stimmen, die von Hunderten gesichtslosen Feinden stammen müssen.

Gleichzeitig schlingt sich ein Arm um meinen Oberkörper, presst meinen Brustkorb fest zusammen und zieht mich zurück, nimmt mir die Luft zum Atmen. Ich trete nach hinten aus, aber mein Fuß trifft ins Leere. Langsam schälen sich Männer aus dem Nebel, alle in Schwarz gekleidet, alle gleich groß.

Vollkommen synchron heben sie den Kopf. Ich schaue in ihre Gesichter, doch es ist immer dasselbe. Hunderte Menschen – und sie alle haben das Gesicht meines Großvaters.

Ruckartig setze ich mich auf. Meine Haut ist schweißnass, genau wie die Matratze, auf der ich geschlafen habe. Mein Herz rast so schnell, als wäre ich gerade einen Marathon gerannt. Gleichzeitig fühle ich mich vollkommen ausgelaugt, als hätte ich seit Tagen nicht geschlafen, und mein ganzer Körper schmerzt, als wäre ich verprügelt worden. Hektisch sehe ich mich um, mustere die Schatten in den Ecken meines Schlafzimmers.

Als mein Blick über die Pflanzen wandert, erschaudere ich.

Sie alle sind vertrocknet, sind zu einem Häufchen zusammengeschrumpft. Manche von ihnen sind kaum noch als Pflanzen zu erkennen.

»Was zum Teufel …?«

Vorsichtig stehe ich auf. Ich zucke kurz zusammen, als mein nackter Fuß den kalten Holzfußboden berührt. Verdammt, es ist eisig im Zimmer. Ich schlinge die Arme um meinen Oberkörper und schleiche hinüber zu dem Blumentopf, der auf der Fensterbank steht. Doch von der leuchtend grünen Pflanze ist nichts mehr übrig.

Scheiße! Bin ich das gewesen? Im … im Schlaf?

Nein, das kann nicht sein. Diese Pflanzen sind nicht nur verwelkt oder lassen ein bisschen die Köpfe hängen. Das hat nichts mit der Energie zu tun, die ich von anderen Lebewesen channle. Diese hier sind tot, vollkommen ausgebrannt.

Vielleicht hat ein Blitz eingeschlagen. Durchaus vorstellbar bei allem, was hier gerade passiert. Als ich aus dem Fenster schaue, fällt mein Blick auf eine ebenmäßige Schneeschicht. Der Schnee ist so hoch, dass die meisten Autos, die am Straßenrand standen, schon nicht mehr zu erkennen sind. Der Schnee glitzert im schwachen Licht des Mondes und sieht eigentlich ganz hübsch aus.

Eigentlich. Ich möchte mir lieber nicht so genau vorstellen, wie viele Menschen und Tiere in dieser Nacht schon den Tod gefunden haben. Und das ist teilweise meine Schuld. Hätte ich am ersten Tag meiner Entführung den Rebellen geholfen, wäre es nicht so weit gekommen. Der Vanitas wäre eingeleitet worden und der Kreislauf wiederhergestellt.

Seufzend wende ich mich ab und starre auf mein zerwühltes Bett. Ich bin immer noch müde, aber gleichzeitig bin ich viel zu aufgedreht, um mich wieder hinzulegen. Ich will nicht wieder träumen, ich will nicht … allein sein.

Unschlüssig stehe ich in meinem Zimmer. Die Lösung ist so naheliegend, trotzdem zögere ich. Kevo und ich befinden uns in einem nicht näher definierten Zwischenstadium. Unser Verhältnis als rein freundschaftlich zu bezeichnen, wäre naiv, aber ein Paar sind wir auch nicht. Würden wir in einer anderen Welt leben, in einer anderen Zeit oder in einem anderen Leben, hätten Kevo und ich vielleicht sogar eine Zukunft. Vermutlich hätten wir uns dann auf der Highschool kennengelernt und wären zusammen zum Abschlussball gegangen. Denn ich kann nicht leugnen, dass wir uns zueinander hingezogen fühlen. Er stellt etwas mit meinem Herzen an.

Wenn es nach mir ginge, würde ich mich voll und ganz auf ihn einlassen und sehen, wo es hinführt. Aber ich kann die Stimme der Vernunft nicht ignorieren. Im Moment sind wir aufeinander angewiesen. Wir haben andere Probleme, auf die wir uns dringender konzentrieren müssen. Wir sollten uns nicht ablenken lassen. Es wäre dumm, wenn wir durch unsere Gefühle unser Vorhaben, die verdammte Welt zu retten, aufs Spiel setzen würden.

Erneut sehe ich mich um, sehe die Schatten näher kommen und die Gesichter meines Großvaters aus meinem Traum. Ich muss hier raus.

Ohne weiter darüber nachzudenken, schlüpfe ich in meine Yogahose und renne aus dem Raum. Der Flur liegt dunkel und still da und ist eiskalt. Fröstelnd schleiche ich zwei Türen weiter, bis ich vor Kevos Schlafzimmer stehe. Vorsichtig öffne ich die Tür. Mein Herz schlägt schneller als gewöhnlich, und eine kleine Stimme in meinem Kopf schreit mich an, dass ich umdrehen und wieder in mein eigenes Bett verschwinden soll. Aber das hier ist eine ungewöhnliche Situation, und die erfordert ungewöhnliche Maßnahmen.

Kevo liegt auf dem Rücken ausgestreckt auf seinem Bett. Die Vorhänge sind nicht zugezogen, sodass sein ganzes Zimmer in sanftweißes Dämmerlicht getaucht ist. Und er trägt kein T-Shirt. Es ist vermutlich nicht ungewöhnlich für einen Typen, oberkörperfrei zu schlafen, trotzdem wirft es mich ein bisschen aus der Bahn. Die Bettdecke ist bis zu den Hüften heruntergerutscht, sodass seine nackte Brust zu sehen ist. Mein Blick bleibt auf seiner gebräunten Haut hängen, auf den Muskeln, die selbst jetzt, wo er entspannt ist, deutlich zu erkennen sind. Seine Brust hebt und senkt sich langsam und gleichmäßig. Ich mache einen zögerlichen Schritt auf ihn zu. Als ich näher komme, fällt mir ein kleines Tattoo auf seinem Rippenbogen auf, doch es ist zu dunkel, um es genauer zu erkennen.

Ich sollte gehen. Ich stehe hier im Dunkeln herum und starre ihn an, während er halb nackt vor mir liegt und schläft. Das ist creepy. Das macht man nicht.

»Bloom?«

Ich zucke so heftig zusammen, dass ich zurückstolpere und mit dem Knie gegen die breite Holzkommode stoße, die sich rechts neben der Tür befindet. Kaum eine Sekunde später steht Kevo vor mir, irritierend nahe und mit weit aufgerissenen Augen.

»Was ist passiert?«, fragt er barsch, greift nach meinen Schultern und zieht mich zu sich heran. Er greift an mir vorbei und schließt die Tür ab, als wollte er jemanden aussperren.

»Nichts«, flüstere ich hastig. Das Letzte, was ich jetzt gebrauchen kann, ist, dass er Katarina oder Zara weckt und eine der beiden mich mitten in der Nacht in seinem Zimmer erwischt.

Kevo scheint sich immer noch nicht zu entspannen. »Was machst du hier?«

Peinlich berührt sehe ich zur Seite. »Es ist alles gut, wirklich. Ich hatte einen Albtraum und wollte nicht allein sein, und ... keine Ahnung.« Plötzlich kommt mir die ganze Aktion furchtbar dämlich vor. »Weißt du was, ich gehe einfach wieder zurück. Geh wieder in dein Bett, ich geh in meins, und wir ... ähm ... vergessen das Ganze einfach.«

Ich will mich umdrehen und meinen Hintern so schnell wie möglich hier rausschaffen, aber seine Hände auf meinen Oberarmen lassen nicht locker. Er wartet, bis ich ihn anschaue, dann beugt er sich ein wenig zu mir herunter. »Falls du mich einfach nur oben ohne sehen wolltest, hättest du auch fragen können, Wintermädchen. Ich habe nichts dagegen, mich von dir anstarren zu lassen.«

Mir schießt das Blut ins Gesicht. »Wow!«, sage ich trocken. »Du verstehst es wirklich, unangenehme Situationen zu entschärfen.«

»Ich weiß.« Selbst in der Dunkelheit erkenne ich das belustigte Glitzern in seinen Augen. »Du kannst hierbleiben, wenn du willst. Also, wenn du noch müde bist.«

Langsam nicke ich. »Ich bin todmüde.«

Ein halbes Lächeln erscheint auf seinem Gesicht. »Ich bin ein großer Junge, Wintermädchen. Ich schaffe es, eine Nacht neben dir zu schlafen, okay?«

Ich werde knallrot. »Ich wollte damit nicht ...«

»Komm«, unterbricht er mich, nimmt meine Hand und zieht mich zu seinem Bett. Es ist wirklich groß, gigantisch. Wir haben locker beide darin Platz, ohne einander in die Quere zu kommen. Trotzdem ist es ein seltsames Gefühl, als er die Decke zurückschlägt und ich ins Bett klettere. Ich lege mich flach auf den Rücken, so nahe an den Rand, dass ich beinahe herausfalle. Okay, wirklich gemütlich ist das nicht. Allerdings haben die plötzliche Nähe zu Kevo und die ganze Situation mich auch hellwach werden lassen. Ich bezweifle, dass ich so auch nur ein Auge zubekomme.

Kevo legt sich neben mich. Die Matratze sinkt ein wenig ein und die Decke raschelt, als er sie über uns ausbreitet. Über uns beide.

Oh, Heiliger.

Eine Weile wage ich es nicht, mich zu rühren, während ich den Geräuschen seines Atems lausche. Ich denke schon, dass er eingeschlafen ist, doch dann bewegt sich erneut die Matratze, als er ein Stück weiter in die Mitte rutscht.

»Bloom.«

»Hm?«

»Komm her.«

Meine Nerven gehen mit mir durch. Es ist, als hätten meine Hormone sich gerade bunte Partyhütchen aufgesetzt und würden eine Sause in meiner Magengegend veranstalten. Meine Hände sind schweißnass, mein Mund trocken und mein Gesicht leuchtet wahrscheinlich so rot, dass er es selbst im Dunkeln sehen kann.

»Alles gut«, flüstere ich heiser. »Schlaf.«

Wieder raschelt die Decke, dann schlingt sich ein Arm um meine Taille. Kevo zieht mich zu sich heran, als würde ich nicht mehr wiegen als eine Puppe. Ich halte die Luft an, als meine Seite sich an seine nackte Brust drückt.

»Du wolltest nicht allein sein, und ich kann das verstehen«, flüstert er, plötzlich viel näher. Sein Atem streift beim Reden mein Gesicht und verursacht eine Gänsehaut auf meiner überhitzten Haut. »Wir brauchen alle gerade ein bisschen Gesellschaft. Es ist nichts dabei. Okay?«

Ich nicke dankbar. Statt einer Antwort drehe ich mich um und lege den Kopf auf seinen ausgestreckten Arm. Wir berühren einander nicht an pikanten Stellen, dennoch ist das hier so intim, dass mein Herz ganz kurz stolpert. Er greift nach der Decke und zieht sie so hoch, dass sie mich beinahe bis zum Kinn bedeckt. Ich erschaudere kurz, entspanne mich dann aber ein bisschen.

»Danke«, murmle ich so leise, dass ich mir nicht sicher bin, ob er mich überhaupt versteht.

Etwas berührt meine Stirn, doch ich kann nicht zweifelsfrei sagen, was es ist. Dann schlingt er einen Arm um mich und umhüllt mich wie eine schützende Decke.

»Wir schaffen das, Wintermädchen«, raunt er in mein Ohr. »Irgendwie schaffen wir das. Ich finde einen Weg.«

Als Antwort nicke ich nur. Gern hätte ich ihm erklärt, dass er das nicht allein machen muss, dass ich an seiner Seite stehe. Aber ich habe den Eindruck, dass er das braucht. Dass er das Gefühl braucht, mich beschützen zu können.

Und für den Moment ist das in Ordnung für mich.

TWO TRUTHS AND A LIE

Als ich am nächsten Morgen aufwache, ist Kevo verschwunden. Die Matratze neben mir ist kalt, also gehe ich davon aus, dass er schon vor einer Weile aufgestanden ist. Bilder von gestern Nacht steigen vor meinem geistigen Auge auf, und ich muss unwillkürlich lächeln. Er hat mich einfach im Arm gehalten und mir die Sicherheit gegeben, die mir in meinem eigenen Bett gefehlt hat. Falls ich noch eine Bestätigung dafür gebraucht hätte, dass Kevo einer von den Guten ist, dann habe ich sie jetzt bekommen.

Ich stehe auf, nehme eine schnelle Dusche, putze mir die Zähne und ziehe mir frische Klamotten an, bevor ich nach unten gehe. Im Haus ist es kalt, aber erträglich. Sollte jedoch der Strom ausfallen und die Heizungen nicht mehr funktionieren, wird sich das sicher schnell ändern.

Zara sitzt auf dem Sofa und schaut fern, als ich ins Wohnzimmer komme. Vorsichtig werfe ich einen Blick auf den Fernseher, aber es läuft nur die Wiederholung irgendeiner Soap. Ich bin ein bisschen erleichtert. Ich brauche erst einmal Kaffee, bevor ich mich erneut mit den Geschehnissen auf der Welt auseinandersetzen kann.

Zara wirft mir einen gelangweilten Blick zu und widmet sich dann direkt wieder der Sendung. Einen Moment lang überlege ich, sie einfach zu ignorieren. Ein Teil von mir will sich auf die Suche nach Kevo machen, ein anderer fürchtet sich ein wenig vor der Begegnung, weil ich nicht genau weiß, wie ich mich verhalten soll. Nach einem kurzen Zögern lasse ich mich seufzend auf das freie Sofa sinken, greife nach der Fernbedienung und schalte den Fernseher aus.

»Was soll das?«, fragt Zara genervt und dreht sich zu mir um.

»Wir wollten uns unterhalten«, erinnere ich sie tonlos.

Sie sieht mich herausfordernd an. »Und worüber?«

»Zuerst einmal würde mich deine Rolle in dieser ganzen Sache interessieren«, sage ich und schlage die Beine übereinander, während ich sie mustere. Sie wirkt schmaler als sonst und irgendwie nicht so zurechtgemacht. Wir sehen uns nicht besonders ähnlich. Wo ich eher wilde Locken und Sommersprossen habe, sind ihre Haare glatt und haben beinahe einen Silberstich, so hell sind sie. Und anders als ich verlässt sie das Haus normalerweise nie ohne eine Tonne Make-up im Gesicht. Heute wirkt ihre Haut jedoch durchscheinend, und sie hat dunkle Ringe unter den Augen.

»Spiel dich nicht so auf, Bloom«, fährt sie mich an und reibt sich über die Augen. »Du bist wie immer der Star des Geschehens. Kannst du es damit nicht gut sein lassen?«

»Wie immer?«, wiederhole ich fassungslos. »Ich bin *wie immer* der Star des Geschehens?«

Sie wirft mir einen giftigen Blick zu. »Alle lieben die Underdogs. Du warst die kleine Rebellin, die frei und unbeschwert ihr Leben gelebt hat. Die auf alles gepfiffen und ihr Ding durchgezogen hat. Die zur Schule gegangen ist und ein verdammtes *Leben* hatte!«

»Ich hatte ein eigenes Leben, weil ihr mich nicht in eurem wolltet!«, halte ich wütend dagegen. »Ich habe mir ein Leben aufgebaut, aber das ist allein mein Verdienst, Zara. Glaub mir, wenn ich es mir hätte aussuchen dürfen, wäre ich gern Teil eurer Gang gewesen. Als wir Kinder waren, war ich der Außenseiter. Denkst du, das hat Spaß gemacht?«

Sie schnaubt. »Tja, jetzt bist du es nicht mehr. Herzlichen Glückwunsch.«

Ungläubig sehe ich sie an. »Was ist denn dein Problem?«

Schneller, als ich schauen kann, springt sie auf. »Mein Problem ist, dass dir immer alles in den Schoß fällt. Du konntest all deine Freiheiten genießen, musstest nicht eine Minute in diesem verdammten, verstaubten Unterrichtsraum von Großvater sitzen. Hattest keinerlei Verpflichtungen. Und trotzdem durftest *du* das blaue Kleid beim Frühlingsball tragen, trotzdem wurdest *du* zur Hüterin, und selbst die Rebellen haben *dich* ausgewählt, verdammt!«

»Wärst du gern an meiner Stelle?«, frage ich angriffslustig. »Ist es das? Denn wenn das so sein sollte, glaub mir, ich würde wirklich sofort mit dir tauschen.«

»Ich war immer die zweite Wahl. Immer auf der Ersatzbank.« Sie funkelt mich so hasserfüllt an, dass ich kaum merklich zurückweiche. »Und glaub mir, das werde ich nicht noch einmal sein.« Damit wirbelt sie herum und marschiert aus dem Wohnzimmer.

»Dramatischer Abgang«, murmle ich und bleibe ratlos zurück. Zara war schon immer egozentrisch, aber die Tatsache, dass sie lieber an meiner Stelle mit einer imaginären Zielscheibe auf der Stirn herumrennen würde, als in der zweiten Reihe zu stehen, setzt dem Ganzen wirklich noch die Krone auf.

Seufzend stehe ich auf und mache mich auf die Suche nach Kaffee. In der Küche treffe ich auf Kat, die an einem kleinen Küchentisch sitzt und auf ihrem Handy herumtippt. Sie sieht auf, als ich hereinkomme, und deutet auf eine Thermoskanne auf der Anrichte.

»Da drin ist Kaffee«, sagt sie mit einem leichten Grinsen. »Tassen sind in dem Hängeschrank über der Spüle.«

Ich nicke dankbar und gieße mir eine große Tasse ein. Normalerweise trinke ich ihn mit Milch und ziemlich süß, aber ich habe irgendwie das Gefühl, dass heute ein Tag für schwarzen Kaffee ist.

»Das war ja ein richtiger Bitchfight«, bemerkt Kat. »Was habt ihr für ein Problem miteinander?«

Müde winke ich ab. »Lange Geschichte. Wir sind miteinander aufgewachsen und sind … nun ja, sehr unterschiedlich.«

Sie lacht. »Ja, so könnte man es auch bezeichnen.«

Neugierig lege ich den Kopf schief. »Und was habt *ihr* für ein Problem miteinander?«

Ihr Lachen verschwindet abrupt. »Keins. Nur eine Meinungsverschiedenheit.« Ah ja. Das wage ich zu bezweifeln, doch bevor ich etwas erwidern kann, fährt sie fort: »Vielleicht solltest du versuchen, die Sache von ihrer Position aus zu betrachten.«

Ich nehme einen Schluck Kaffee und sehe sie skeptisch an. »Die da wäre?«

»Stell dir vor, du wurdest immer in dem Glauben großgezogen, etwas ganz Besonderes zu sein«, sagt Katarina und zuckt mit den Schultern. »Das wurde ihr quasi eingetrichtert. Eine besondere Familie, ein besonderes Kind, eine besondere Aufgabe, bla bla. Nach Sander wäre sie die Nächste gewesen. Dann kamst du dazwischen, und wenn es schlecht läuft – und die Dinge laufen nun mal im Moment sehr schlecht –, war alles, worauf sie hingearbeitet hat, für die Tonne.«

»Das mag sein. Aber das ist nicht meine Schuld.«

»Aber du personifizierst all das.« Als ich sie mürrisch anblicke, hebt sie kapitulierend die Hände. »Ich sage nicht, dass das meine Meinung ist. Nur, dass es vielleicht ein klein bisschen nachvollziehbar ist.«

Ich muss zugeben, dass sie damit nicht ganz unrecht hat. Doch im Moment bin ich so wütend, dass ich es nicht schaffe, Zaras Standpunkt zu verstehen. Trotzdem schlucke ich meine Gefühle hinunter. Mit Kat darüber zu streiten, bringt uns jetzt auch nicht weiter.

»Wo ist Kevo?« Ich versuche einen beiläufigen Ton, versage aber anscheinend auf ganzer Linie, denn Kat zieht amüsiert die Augenbrauen hoch.

»Laufen«, sagt sie grinsend. »Müsste jeden Moment wiederkommen.«

Stirnrunzelnd lasse ich mich auf den freien Stuhl fallen und sehe mich in der Küche um. Dieses Haus ist ziemlich groß, aber wie es aussieht, wurde der Platz für die vielen Schlafzimmer von der Küche abgezwackt. Sie ist so klein, dass die Rückenlehne meines Stuhls beinahe gegen die Arbeitsplatte stößt. Es gibt eine schlichte Hintertür hinaus in den Garten, doch im Moment ist der Ausblick durch die vereiste Scheibe nicht sonderlich abwechslungsreich – alles ist weiß.

»Hoffen wir, dass er nicht erfriert«, murmle ich, nur halb im Spaß. »Ist es nicht ein bisschen zu gefährlich, um draußen herumzulaufen?«

Kat zuckt mit den Schultern. »Davon kann ihn auch der Weltuntergang nicht abhalten, schätze ich. Hilft ihm, den Kopf freizubekommen.«

Ich schwenke meine Tasse und beobachte den Kaffee, der darin hin- und herschwappt. »Kevo hat mir von euren Eltern erzählt. Das tut mir leid, wirklich.«

Ein trauriges Lächeln erscheint auf ihren Lippen. »Um genau zu sein, war es nur meine Mom. Meinen Dad kenne ich nicht besonders gut. Aber er lebt, soweit ich weiß.«

»Ja, meiner auch«, sage ich nachdenklich und seufze, als sie mich fragend ansieht. »Er war ein Außenstehender. Etwas unüblich für die Tochter des Wintermeisters, wie du dir vielleicht vorstellen kannst. Meine Familie war – um es nett auszudrücken – nicht sonderlich begeistert, als sie davon erfahren hat.«

»Autsch!« Sie lacht leise, hält dann aber abrupt inne. »Tut mir leid.«

Ich winke grinsend ab. »Mach dir keine Gedanken. Ich habe keine emotionale Bindung zu ihm oder etwas in der Art. Er ist schließlich abgehauen, bevor ich geboren wurde. Wenn ich ihn jemals vermisst habe, dann höchstens wie etwas, von dem man eigentlich weiß, dass man es haben sollte. Verstehst du, was ich meine?«

»Ja, so ging es mir auch.« Sie legt den Kopf schief. »Deine Familie war also dagegen, dass deine Mom mit einem Außenstehenden zusammen war?«

Ich nicke. »Genau. Unsere Familie ist ziemlich groß. Für gewöhnlich wird nur untereinander geheiratet.« Als sie angewidert das Gesicht verzieht, lache ich. »Nicht so, wir sind keine Fans von Inzucht. Vielleicht ist Familie das falsche Wort, nennen wir es Kreis oder Eingeweihte. Manche Menschen gehören einfach irgendwie dazu, ich habe sie aber noch nie in meinem Leben gesehen oder auch nur ihre Namen gehört. Wir heiraten nicht unseren Bruder oder so.«

»Was ist mit anderen Häusern? Dürftest du einen Sommerhüter heiraten?«

»Vermutlich schon, aber es wird nicht gern gesehen«, sage ich nachdenklich. »Ich denke, in Wahrheit hassen die Familien sich gegenseitig. Aber ich war nie tief genug in der ganzen Materie drin, um das mit Sicherheit sagen zu können.«

»Okay, verstehe.« Plötzlich stützt sie den Kopf auf die Faust und sieht mich erwartungsvoll an. »Das ist besser als jeder Promi-Gossip. Was ist passiert, nachdem deine Mom einen Außenstehenden gedated hat?«

Ich grinse. »Soweit ich weiß, waren sie eine Weile heimlich zusammen. Mom war noch recht jung und vielleicht auch ein bisschen rebellisch. Ich denke, es hat ihr gefallen, dass es ein Geheimnis war. Vermutlich war es ihre Art, gegen das ganze Familienunternehmen zu rebellieren. Sie war nicht als Hüterin vorgesehen, deswegen waren die Regeln für sie am Hof ein bisschen lockerer. Als meine Mom bemerkte, dass sie mit mir schwanger ist und ihm davon erzählt hat, war er weg. Mein Großvater ist ausgerastet, als er es erfahren hat, und hat ihre Aufgaben am Winterhof so weit wie möglich runtergeschraubt. Dann kam ich; ich wurde komplett ausgeschlossen, dann wurde Sander getötet, meine Kräfte sind aus dem Winterschlaf erwacht, ich wurde Hüterin, hab mich mehr oder weniger den Rebellen angeschlossen und da sind wir.«

Kat bläst die Wangen auf und stößt geräuschvoll die Luft aus. »Klingt nach 'nem tragischen Teeniefilm.«

»Vielen Dank auch.« Ich lache trocken und trinke meinen Kaffee aus, als die Hintertür sich ruckartig öffnet. Mein Herz macht einen Sprung, und meine Kräfte beginnen ganz automatisch, die Energie im Raum zu channeln. Inzwischen ist es wie eine Art Reflex, genau wie blinzeln. Eine Art Schutzmechanismus, wann immer ich Angst habe oder aufgewühlt bin.

Ich muss das wirklich unter Kontrolle bringen, denn es ist nur Kevo. Als er hereinschlendert, lässt er den Blick kurz über mich und seine Schwester wandern. Den Bruchteil einer Sekunde schaut er mir in die Augen, und ein kaum wahrnehmbares Lächeln zuckt um seine Mundwinkel, bevor er sich schüttelt und damit einen kleinen Schneesturm in der Küche auslöst.

»Dein Ernst?«, schimpft Kat und weicht den dicken Flocken aus, die von Kevos Kopf und Schultern rieseln. »Hier drinnen ist es kalt genug, auch ohne, dass du dich wie ein verdammter Hund nach seiner Gassirunde benimmst.«

Anstatt zu antworten, kommt er zu mir herüber und setzt sich hinter mich auf den Küchentresen. Die Bewegung wirkt beiläufig, aber sein Oberschenkel berührt dabei ganz sacht meine Schulter. »Worüber habt ihr gesprochen?«, fragt er, während er nach meiner Tasse greift. Er verzieht missmutig das Gesicht, als ihm auffällt, dass sie leer ist.

Kat wirft mir einen kurzen Blick zu. »Wir haben Blooms Lebensgeschichte durchtherapiert.«

Ich schnaube. »So kann man es auch ausdrücken.«

Kevo runzelt die Stirn und sieht seine Schwester an. »Hast du sie genervt?«

Empört öffnet sie den Mund.

»Hat sie nicht«, werfe ich ein. »Aber Zara, wenn du es genau wissen willst.«

»Will ich wissen, was sie gemacht hat?«

Seufzend schüttle ich den Kopf. »Wahrscheinlich nicht. Wie lange bleibt sie?«

»Wir können sie schlecht rauswerfen«, bemerkt Kat, die plötzlich irgendwie kleinlaut wirkt. Was auch immer da zwischen ihr und Zara steht, es wirkt, als würde Zara sie einschüchtern. Was mich verwirrt – auf mich hat Kat immer einen ziemlich selbstbewussten Eindruck gemacht.

»Aber können wir ihr trauen?«, halte ich dagegen und verschränke die Arme vor der Brust. »Versteht mich nicht falsch, ich bin nicht scharf darauf, irgendjemanden in die Apokalypse zu schicken oder so. Aber wir wurden bereits von meiner Familie angegriffen, und wir wissen, dass ein paar von euren Leuten ebenfalls hinter uns her sind. So wie ich das sehe, liegt unter anderem Will und Elia wohl recht viel daran, mich in die Finger zu bekommen. Ich habe wirklich keine Lust, mit offenen Augen zu schlafen, weil ich Angst haben muss, dass jemand mir unterm Bett auflauert. Und Zara hat Kontakt zu beiden Seiten. Wer sagt uns, dass sie nicht hier ist, um uns auszuspionieren?«

»Von ihr droht keine Gefahr«, versichert Kat mir.

»Ach nein?« Ich hebe eine Augenbraue und nicke mit dem Kopf Richtung Wohnzimmer. »Sie hat mehr als deutlich gemacht, was sie von meiner und ihrer Rolle in dieser ganzen Sache hält. Ich bin mir sicher, dass sie nicht allzu traurig darüber wäre, sollte ich es vermasseln.«

»Sie überlebt keine Woche da draußen. Sie kann nicht zurück, und ich glaube nicht, dass sie sonst noch jemanden hat, zu dem sie gehen kann.« Kat sieht mich herausfordernd an. »Du hast selbst gesagt, dass deine Familie wie die Mafia ist. Sie hat niemand anders.«

Ich schnaube, doch bevor ich etwas erwidern kann, legt Kevo mir von hinten die Hand auf die Schulter. »Wir werden sie im Auge behalten, okay?«

Ich antworte nicht. Möglicherweise mache ich mir tatsächlich gar keine so großen Sorgen darüber, dass Zara uns verraten könnte. Möglicherweise will ich sie einfach nicht hier haben. Sie kann mir erzählen, was sie will, unser ganzes Leben lang hat sie auf mich herabgesehen und mich spüren lassen, dass sie keinen Wert auf meine Anwesenheit legt. Vielleicht sollte sie auch einfach mal am eigenen Leib spüren, wie sich so etwas anfühlt. Andererseits sollte jeder Mensch auf dieser Welt einen Platz in diesem Leben haben. Wir haben schließlich alle denselben Wert, haben es alle im selben Maße verdient, wertgeschätzt zu werden.

Meine eigene Logik setzt mich ein wenig schachmatt, also nicke ich nur und straffe die Schultern. »Was steht heute an?«, frage ich in geschäftsmäßigem Ton.

Kevo sieht mich noch ein paar Sekunden lang an, als versuchte er, meine Gedanken zu lesen. Gut, dass er dazu nicht in der Lage ist. Das wäre verdammt unangenehm.

»Wir nehmen Kontakt mit Elia und Will auf und schauen, ob sie uns das Amulett überlassen.«

Meine Skepsis ist kaum zu übersehen. »Und du denkst, sie übergeben es uns so einfach?«

Kevo zuckt mit den Schultern. »Einen Versuch ist es wert. Vielleicht sind sie bereit zu verhandeln.«

»Und was kannst du ihnen anbieten?«, frage ich.

»Dich.«

Kat und ich blicken gleichzeitig auf. »Was?«

Kevo reibt sich über die Stirn, als würde ihm diese Idee selbst nicht gefallen. »Sie werden uns das Amulett nicht einfach geben, Bloom. Ich sage ihnen, dass ich dich und den Vanitaskristall habe. Und dass wir uns treffen sollten, um das Übergangsritual zu vollziehen.«

»Ich bin also der Lockvogel?« Ich rümpfe die Nase. »Klingt ja spaßig.«

Wieder legt er mir die Hand auf die Schulter, dieses Mal ein wenig sanfter als gerade eben. »Ich lasse sie nicht in deine Nähe.«

»Lass sie ruhig. Ich würde mich gern für das letzte Mal revanchieren.«

Er grinst. »Fahr die Krallen ein.«

»Nein, ich werde nicht hier herumsitzen und das hilflose kleine Mädchen spielen, Kevo.« Ich stoße schnaubend die Luft aus. »Nicht nach allem, was passiert ist. Ich wurde innerhalb von wenigen Wochen verarscht, entführt, angegriffen und noch mal angegriffen. Auch von dir. Ich lasse mich nicht länger nur als Spielball in einem dämlichen Krieg benutzen. Ich bin echt angefressen.«

In seinen Augen blitzt Schuld auf. »Ich habe mich dafür entschuldigt. Ich kann nicht ändern, was ich getan habe.«

»Genau.«

»Vertraust du mir etwa nicht?«, fragt Kevo. Seine Stimme klingt locker, beiläufig, doch da ist ein Unterton, der mich ein wenig stutzig macht. Als wäre er sich ehrlich unsicher, wie die Antwort auf diese Frage lautet.

»Du hast Geheimnisse«, erinnere ich ihn ein wenig schnippisch. »Wir sind ein Team, aber ich werde mich nicht mehr blind auf andere verlassen. Das musst du verstehen.«

Er öffnet den Mund, macht ihn aber wieder zu und schluckt schwer. »Es gibt keinen Grund, uns zu misstrauen«, sagt er schließlich und sieht mir in die Augen. Sein Blick ist so eindringlich, dass ich einfach nicht wegsehen kann. »Ich bin an deiner Seite.«

»So habe ich das nicht gemeint.«

»Nein«, sagt er schnell. »Ich weiß.«

Müde lasse ich den Kopf in die Hände sinken. »Wie auch immer, zurück zum Thema. Wir lassen die beiden also wissen, dass ich hier bin und dass sie mich für das Übergangsritual benutzen können.«

Kevo verzieht das Gesicht. »Bitte sag nicht *benutzen*.«

»Dass sie mich für das Übergangsritual *um Hilfe bitten können*?«, verbessere ich mich und verdrehe die Augen, als er zustimmend nickt. »Wir lassen sie antanzen … und dann?«

»Dann nehmen wir ihnen das Amulett weg, leiten Vanitas ein und alle leben glücklich bis ans Ende ihrer Tage.«

Dieser Plan hat eindeutig Lücken. Zum Beispiel werden Will und Elia uns den Kristall sicher nicht kampflos überlassen, und wir können sie auch nicht so einfach in einem der Schlafzimmer einsperren. Oder sie gar töten. Außerdem müssen wir uns beeilen. Wenn ich keinen wahnsinnigen Denkfehler habe, haben wir nicht mehr viel Zeit, um Vanitas einzuleiten. Dauert es noch länger, ist die Zeit für Vanitas vorüber und der Frühling ist an der Reihe. Und dann haben wir unsere Chance verpasst.

»Warum brauchen wir überhaupt einen Plan?« Ich zucke mit den Schultern, als er mich ungläubig ansieht. »Wir wollen doch dasselbe, oder nicht? Wir wollen Vanitas entstehen lassen.«

»Das ist nicht unbedingt dasselbe. Ein neues Haus bedeutet schließlich auch einen neuen Meister, eine neue Hierarchie, eine neue Machtverteilung und so weiter. Wer Vanitas entstehen lässt oder dabei hilft, wird zwangsläufig mit an der Spitze stehen, weil sich die genaue Linie der Rocha-Familie nach all der Zeit nicht mehr nachvollziehen lässt. Und wir wollen ganz bestimmt nicht Elia und Will an der Spitze des Vanitashauses sehen.«

»Was, wenn wir einfach zu ihnen gehen?«, fragt Kat, die inzwischen genauso müde klingt, wie ich mich fühle. »Dann können wir fliehen und zurückkommen. Wenn wir sie einladen, wissen sie, wo wir sind.«

Kevo schüttelt den Kopf. »Wir wissen nicht, wie viele Rebellen sie inzwischen um sich geschart haben. Wir sind möglicherweise in der Unterzahl, und Bloom hat ihre Kräfte noch nicht vollkommen unter Kontrolle.«

»Ich habe zwei der Angreifer gestern allein erledigt!«, werfe ich ein.

»Und danach bist du beinahe zusammengebrochen. Wärst du allein gewesen, hätten sie dich überwältigt«, sagt er bestimmt. »Ich meine das nicht böse, aber die Magie ist wie eine Sportart. Wenn man sie oft trainiert, erinnert sich der Körper daran und man hält länger durch. Du bist noch am Anfang.«

Ich hebe das Kinn. »Dann trainiere ich. Gehe an meine Grenzen und gewöhne so meinen Körper daran.«

Kevo schüttelt energisch den Kopf. »Dafür haben wir keine Zeit.«

Doch Kat sieht mich nachdenklich an. »Das ist keine schlechte Idee.«

»Du willst sie bis zur Erschöpfung verausgaben?«, fragt Kevo skeptisch. »Bei allem, was im Moment abgeht? Sie wäre bei einem Angriff vollkommen schutzlos, solange sie sich erholt.«

»Und was ist die Alternative?«, erwidere ich. »Mich hinter dir zu verstecken oder deine Kräfte anzuzapfen wie in Oslo?«

»Ja.« Er stößt sich von der Arbeitsplatte ab und verschränkt die Arme vor der Brust, während er sich wie eine Wand vor mir aufbaut. Unnachgiebig und nicht bereit, auch nur einen Zentimeter von seiner Meinung abzurücken. »Ja, genau das ist die Alternative, die mir im Moment vorschwebt. Wenn das alles vorbei ist, solltest du an deinen Kräften arbeiten, aber für den Moment haben wir nicht die Zeit dafür. Aber ich kann auf dich aufpassen, solange du aufrecht stehen und weglaufen kannst, wenn es nötig ist. Wenn du umkippst, kann ich dich nicht mehr richtig beschützen.«

»Das ist sexistisch«, sage ich wütend. »Ich bin nicht hilflos, Kevo. Wenn ich trainiere, kann ich genauso mächtig sein wie du. Vielleicht sogar mächtiger.«

»Das hat nichts damit zu tun, dass ich der Typ bin und du das hilflose Mädchen, Bloom. Es hat etwas damit zu tun, dass du vor ein paar Wochen noch nicht einmal eine Ahnung hattest, dass du überhaupt Kräfte besitzt. Von mir aus bin ich ein Macho, von mir aus bin ich auch sexistisch, wenn das bedeutet, dass ich dein Leben nicht in die Hände von irgendwelchen wankelmütigen Kräften lege!«

Ich funkle ihn wütend an. »Und was, wenn du k. o. gehst oder gerade unter der Dusche stehst oder Brötchen holst oder was auch immer? Soll ich Will und Elia dann bitten, kurz zu warten und erst dann zu versuchen, mich umzubringen, wenn du wieder da bist?«

»Ich bin nicht bereit, das Risiko einzugehen, Bloom. Wir können dich nicht bewusst ausknocken, nicht im Moment.«

»Das ist aber nicht deine Entscheidung!«

Er rauft sich die Haare und beginnt in der kleinen Küche auf und ab zu gehen. »Wenn ich gewusst hätte, dass du einen auf Rambo machst, dann hätte ich dich nicht geholt.«

»Wow!« Mit einem sarkastischen Lachen lasse ich mich auf dem Stuhl zurücksinken. »Du hast ganz dringend einen Ego-Check nötig.«

Sein steinerner Gesichtsausdruck macht ziemlich deutlich, was er von diesem Vorschlag hält.

»Okay, Leute«, wirft Kat ein und fuchtelt mit den Händen zwischen uns herum, als wollte sie uns davon abhalten, aufeinander loszugehen. »Unter anderen Umständen fände ich dieses Drama ja witzig, aber irgendwie ist das gerade unpassend, also reißt euch zusammen. Kevo, wenn Bloom ihre Kräfte trainieren will, dann kannst du sie nicht davon abhalten.«

»Und ob ich das kann.«

Ich schnaube.

»Nein«, antwortet Kat. »Aber du kannst ihr helfen. Du bist stärker als ich und sicher auch stärker als Zara und Anatoli. Wenn sie schnell lernen muss, dann sollte sie es von dir tun.«

Ich sehe ihn erwartungsvoll an, und er erwidert meinen Blick. Seine ganze Haltung zeigt immer noch deutlich, dass ihm die ganze Sache nicht passt. Aber Katarina hat recht. Kevo ist mächtig, und er hat seine Kräfte im Griff. Ich nicht. Und egal, was er sagt, ich werde dafür sorgen, dass ich auf mich selbst aufpassen kann.

EVERYTHING YOU CAN'T CONTROL

Zu meiner Überraschung willigt Kevo schließlich doch ein, mir zu helfen. Vielleicht ist ihm klar geworden, dass er es nicht verhindern kann. Vielleicht will er auch nur die Kontrolle haben, wenn er schon nicht seinen Willen bekommt. Vielleicht, ganz vielleicht, hat ihn auch mein Vorschlag überzeugt, statt ihm Anatoli um Hilfe zu bitten.

Was auch immer es ist, ich habe keine Einwände.

Da Kat bereits eine Nachricht an Will geschickt hat und wir auf die Antwort warten müssen, will Kevo direkt anfangen. Die Kavallerie der bösen Rebellen braucht sicher ein paar Tage, um sich zu beratschlagen und nach Göteborg zu fahren. Wir haben also noch ein wenig Zeit, meine Kräfte auszureizen und mich dann wieder auf die Beine zu kriegen, bevor wir uns für die Konfrontation bereit machen müssen.

Ich ziehe eine kürzere Sporthose und ein Tanktop an, bevor ich runter ins Wohnzimmer gehe, wo meine erste Lektion stattfinden soll. Als ich den Raum betrete, sehe ich mich erstaunt um. Kevo hat die beiden Sofas an die hintere Wand geschoben, und der kleine Tisch ist verschwunden. Das Zimmer wirkt plötzlich um einiges größer als noch vor einer halben Stunde.

Kevo selbst trägt ebenfalls eine kurze Hose und obenrum, natürlich, nichts. Mein Blick fällt kurz auf seine nackte Haut, dann wende ich mich schnell ab und rufe meine auf Wanderschaft gehenden Gedanken zur Ordnung. Vielleicht sollte ich ihn bitten, das Shirt wieder anzuziehen. Doch die Genugtuung will ich ihm nicht geben.

»Okay«, sage ich und mache ein paar Schritte auf der Stelle. Ich überlege, ob ich Dehnübungen machen sollte oder etwas in der Art. »Was machen wir?«

Kevo seufzt und presst die Lippen zusammen. Ich unterdrücke ein genervtes Stöhnen und hoffe inständig, dass er nicht die ganze Zeit über schmollen wird. »Eigentlich sollten wir mit Ausdauertraining anfangen«, sagt er grimmig, »aber dafür haben wir keine Zeit.«

Ich werfe einen Blick aus dem Fenster und erschaudere. Die Schneewehen sind mit Sicherheit zwei Meter hoch. Auf Joggen habe ich unter diesen Umständen wirklich keine Lust – eigentlich unter keinen Umständen.

»Und stattdessen?«, frage ich geduldig. »Schubsen wir uns gegenseitig?«

Ein kurzes Grinsen huscht über sein Gesicht, ist aber schnell wieder verschwunden, als wäre es ein Versehen gewesen. »Nein. Das diente der Verteidigung, wenn du deine Kräfte nicht einsetzen kannst. Mit Sicherheit auch etwas, an dem wir arbeiten sollten, aber das hat jetzt keine Priorität.« Ich nicke. »Ich habe über deine Kräfte nachgedacht. Du bist ein Wintermädchen.

Das heißt, deine Kräfte müssten dieser Jahreszeit in irgendeiner Art und Weise ähneln. Im Winter regeneriert sich die Natur, sie stärkt sich für den Frühling und den Sommer. Wenn du Energie channelst, dient das also in erster Linie deiner eigenen Regeneration, nicht dem Ausschalten oder dem Schädigen anderer Leute oder Lebewesen, verstehst du das?«

»Wenn ich ehrlich bin, nein.«

Er nickt. »Unsere Kräfte entsprechen der Natur unserer Jahreszeiten, wenn du so willst. Der Frühling, zum Beispiel, steht für die Verjüngung und die Auferstehung. Die Natur erholt sich von der Kälte und dem Schnee im Winter. Daher haben die Mitglieder alle irgendeine Form von Heilkräften.«

»Ist mir klar.«

»Im Winter wird die Natur auf ein Minimum runtergefahren. Sie hat Zeit, sich von all der Arbeit zu erholen, die sie das Jahr über erbringt. Im Frühling und Sommer lässt sie Blüten erblühen, Früchte wachsen und so weiter. Im Winter holt sie sich die Energie zurück, die sie in den vorangegangenen Jahreszeiten verbraucht hat. Vereinfacht gesagt. Der Winter ist eine passive Jahreszeit.«

Nachdenklich sehe ich ihn an. »Das heißt, meine Kräfte sind passiv?«

»Ganz genau. Deine Kräfte dienen eigentlich nicht dem Angriff, sondern der Verteidigung. Du channelst die Energie, um dich selbst zu stärken. Dass du dabei andere anzapfst, ist ein notwendiges Übel.«

»Okay«, sage ich langsam. Mir kommt der Tag in den Sinn, als ich versucht habe, den kleinen Ficus in meinem Zimmer zu töten und stattdessen den Holzbalken zerstört habe. Damals dachte ich, dass ich wahllos Energie channeln und diese gegen etwas anderes einsetzen kann. Aber da hatte ich wohl einen Denkfehler. »Das ist ja alles ganz interessant, aber was bringt uns das?«

»Wir müssen verstehen, wie deine Magie funktioniert«, erklärt er, während er beginnt, um mich herumzulaufen. »Du kannst nur ein gewisses Maß an Energie channeln, nur das, was dein Körper braucht. Deswegen kannst du Pflanzen töten, Menschen aber nicht. Das wäre gegen die Natur des Winters, da der Winter keine degenerative Jahreszeit ist. Ich bin mir sicher, dass die Erschöpfungserscheinungen, die du in der Gasse gezeigt hast, eine Art natürliche Strafe sind, weil du mehr als nötig genommen hast. Ähnlich, wie wenn du Alkohol trinkst. Ein bisschen davon fühlt sich gut an, zu viel und du kotzt ins Klo.«

Ich runzle die Stirn. »Hast du nicht gerade gesagt, dass ich gar nicht zu viel abzapfen kann?«

»Wenn es um dein Überleben geht, kannst du mit Sicherheit mehr nehmen. Aber du hast es in der Gasse einzig und allein deswegen getan, um unseren Angreifern zu schaden. Und du hast die Quittung dafür bekommen.«

»Wow!«, sage ich trocken. »Das ist ja eine gute Grundlage, um in den Krieg zu ziehen.«

»Aber ich denke, dass es ein Schlupfloch gibt«, fährt er unbeirrt fort.

Fragend sehe ich ihn an. »Und das wäre?«

»Wir müssen dich schwach machen, damit das Schwächen des Gegners eine Rechtfertigung hat.«

Ich lache, halte dann aber inne, als mir klar wird, dass er es ernst meint. »Und was soll ich deiner Meinung nach machen? Mir selbst eine reinhauen, bevor ich jemanden angreife?«

»Dich körperlich zu schwächen, ergibt im Kampf wenig

Sinn«, erklärt er überflüssigerweise. »Das heißt, wir müssen mit deinen Emotionen arbeiten. Kennst du den Patronus-Zauber aus *Harry Potter*?«

»Ich hoffe, das ist keine ernst gemeinte Frage.«

»Stell es dir auf diese Weise vor. Um einen Patronus zu erschaffen, brauchst du starke Emotionen. Sieh deine Kraft als eine Art Patronus. Mit dem Unterschied, dass du für deinen negative Emotionen benötigst anstatt positive.«

Ich nicke langsam. »Also muss ich traurig oder wütend sein. Oder Angst haben.«

»Genau.« Er grinst zufrieden. »Und du musst diese Emotion aufrechterhalten. Im Kampf musst du deine Wut schüren, damit die wiederum deine Kraft schürt.«

Meine Gedanken wandern zu Elia, zu Will, zu meinem Großvater und den Angreifern, die uns am Hafen überfallen haben. Zu all den Menschen, auf die ich gerade wütend bin. »Das sollte nicht allzu schwer sein.«

»Gut.« Sein Blick verändert sich kurz und wird beinahe vorsichtig. »Behalte das im Hinterkopf. Anatoli?«

Auf Kevos Kommando kommt Anatoli aus der Küche und stellt sich neben ihn. Er trägt ebenfalls Sportkleidung.

Misstrauisch blicke ich zwischen den beiden hin und her. Als ich vorgeschlagen habe, mit Anatoli zu trainieren, habe ich das nicht ernst gemeint. Ich wollte nur Kevo provozieren. »Was soll das?«

Kevo hebt die Hände. »Wir brauchen negative Emotionen, wenn wir einen Erfolg sehen wollen. Du brauchst also einen Gegner, auf den du wütend sein kannst.«

Schnaubend stemme ich die Hände in die Seiten. »Du glaubst, ich kann nicht wütend auf *dich* sein?«

Er grinst breit. »Doch. Aber so kann ich beobachten, während du mit Anatoli trainierst. Er wollte dich niederschlagen und so weiter. Das sollte genug Stoff bieten.«

Anatoli zuckt ein wenig verlegen mit den Schultern. »Ich habe mich entschuldigt. Aber das darfst du gern ignorieren, wenn es weiterhilft.«

»Danke für das Angebot«, erwidere ich sarkastisch. Ich schüttle die Arme aus und sehe dann erwartungsvoll Kevo an.

»Bereit?«, fragt er, und Anatoli und ich nicken beide. »Okay. Dann saug ihn aus.«

Ich stutze. »Was?«

»Saug ihn aus«, wiederholt Kevo gelassen. »Wir müssen herausfinden, wie viel du schaffst, ohne k. o. zu gehen.«

Ehrlich gesagt habe ich erwartet, dass ich noch ein paar Pflanzen killen oder die alten Holzdielen channeln soll, um schneller oder stärker zu werden.

Kevo scheint meine Gedanken zu lesen. »Es bringt nichts, aus Elementen zu channeln«, erklärt er. »Damit kannst du keinen Angreifer ausschalten.«

»Doch. Wenn ich ihm mit voller Wucht zwischen die Beine trete.«

Anatoli wird blass.

»Dafür müssten wir an deinem Nahkampf arbeiten, Bloom. Für den Anfang ist es mit Sicherheit am effektivsten, wenn du die Bösen einfach aussaugst und für eine Weile schachmatt setzt.«

Da hat er recht. Wenn ich ehrlich bin, bin ich auch nicht sonderlich scharf darauf, einen ausgewachsenen Mann im Nahkampf fertigzumachen. Zumindest noch nicht. Ich wäre zwar gern eine Kampfmaschine, aber dafür haben wir jetzt keine

Zeit. Für das, was wir vorhaben, muss es schnell gehen. Um jemandem die Energie zu entziehen, muss ich ihn nur berühren. Ich weiß, dass ich sie auch aus der Entfernung channeln kann, bin mir aber nicht sicher, ob es dieselbe Wirkung hat. Daher gehe ich lieber auf Nummer sicher und mache einen zögernden Schritt auf Anatoli zu, der kaum merklich die Schultern strafft.

»Ist das okay?«, frage ich, auch wenn ich mir ziemlich dämlich dabei vorkomme, ihn um Erlaubnis zu bitten.

Als er tapfer nickt, strecke ich eine Hand aus und lege sie ihm auf die Brust. Er zuckt ein wenig zusammen, als würde er Schmerzen erwarten. Doch nach ein paar Sekunden entspannt er sich wieder, und ich schließe die Augen. Ich konzentriere mich auf meine Hand, rufe die Kraft in mir und greife in Gedanken nach der Energie des Jungen, der vor mir steht. Meine Finger beginnen zu kribbeln, und ich spüre, wie die Kraft wie heißes Blut aus Anatolis Körper sickert und durch meine Adern strömt – durch meine Handfläche, meinen Arm hinauf und direkt in mein Herz. Je mehr Energie ich entziehe, desto heftiger schlägt es. Ich versuche, an das zu denken, was Kevo gesagt hat. An den Abend im Park, als Anatoli mich geschlagen hat. An die Angst, die ich gespürt habe, als mir klar geworden ist, was die Typen vorhatten. Und daran, dass Anatoli vor meiner Tür gesessen und mich bewacht hat, als ich bei den Rebellen gefangen gehalten wurde.

Je mehr ich mich in meine Wut und meine Angst hineinsteigere, desto mehr verschwindet der Schwindel in meinem Kopf. Ich atme ein bisschen freier, finde mein Gleichgewicht wieder. Ein paar Sekunden lang fühle ich mich großartig, dann geht es abrupt bergab. Die Wut und die Angst reichen nicht. Ja, Anatoli hat mich geschlagen, aber er ist sicher kein schlechter Kerl. Er hat sich bei mir entschuldigt, und …

Meine Beine geben unter mir nach. Der Kontakt zu Anatoli bricht ab, und ich sacke auf die Knie, ohne dass ich etwas dagegen tun kann.

Als ich die Augen öffne, kniet Kevo neben mir, die Arme ausgestreckt, um mich notfalls auffangen zu können.

Ich winke ab. »Geht schon«, nuschle ich. In Wahrheit habe ich jedoch das Gefühl, mich jede Sekunde auf Kevos Schoß übergeben zu müssen. Das Wohnzimmer dreht sich, meine Finger sind taub und meine Gedanken wandern wie durch dichten Nebel. Das hier ist nicht so schlimm wie in der Gasse, aber auch nicht besonders angenehm.

Als ich mich umsehe, fällt mir auf, dass Anatoli ebenfalls nicht mehr auf den Beinen ist. Er lehnt an einer Kommode und hat das Gesicht in die Hände gestützt, während er hörbar schwer atmet.

»Ich habe ihn nicht einmal k. o. gehauen?«, frage ich und huste, als meine Stimme im trockenen Hals kratzt.

Kevos Gesicht nimmt einen besorgten Zug an. Er greift hinter sich, und im nächsten Moment hält er mir eine Wasserflasche entgegen.

Ich nehme ein paar Schlucke und setze mich gemütlicher hin.

»Du warst nicht entschlossen genug«, sagt Kevo und seufzt leise. »Eine Extremsituation zu trainieren, ist echt verdammt schwierig.«

»Ich bin nicht wütend genug auf ihn«, erkläre ich entschuldigend und lächle schwach, als Anatoli schnaubt.

»Das hat sich ziemlich wütend angefühlt«, widerspricht er, ohne aufzuschauen. »Ein richtig ekeliges Gefühl.«

»Tut mir leid.«

Er zuckt mit den Schultern. »Habe ich verdient, schätze ich.«

In dem Moment öffnet sich die Küchentür, und Zara marschiert ins Wohnzimmer, gefolgt von Kat, die mich zweifelnd ansieht.

»Alles okay?«, fragt sie, während ihr Blick von mir zu Anatoli wandert.

Ich atme frustriert aus. »Was bringt mir eine Kraft, die nicht nur meinen Angreifer, sondern auch mich selbst umhaut? Das ergibt überhaupt keinen Sinn.«

»Vielleicht soll es verhindern, dass du die Macht missbrauchst«, überlegt Kat laut. Sie reicht erst Anatoli und dann mir einen Schokoriegel.

Zara verschränkt die Arme und kommt zu uns herüber. »Dann machen wir es mit mir.«

Ruckartig schaue ich auf. »Was?«

Sie sieht mich herausfordernd an. »Wenn du negative Emotionen brauchst, bin ich die Richtige, denke ich. Saug mich aus.«

Ich versuche aufzustehen – hauptsächlich, weil ich nicht vor ihr auf dem Boden hocken will –, aber meine Beine gehorchen mir noch nicht so wirklich. Wortlos greift Kevo nach meiner Taille und hebt mich auf die Couch, als wäre ich ein kleines Kind. Ich schaue ihn ein wenig genervt an, doch er zwinkert nur.

»Warum solltest du das wollen?«, frage ich Zara misstrauisch.

Sie seufzt so schwer, als würde sie einem Hund das Alphabet beibringen wollen. »Wir stehen auf derselben Seite. Wenn das mein Beitrag ist, dann bitte. Bilde dir nichts darauf ein, das hat rein egoistische Gründe. Ich verdiene mir mein Bett in diesem Haus.«

»Danke, aber ich brauche deine Almosen nicht«, erwidere ich bemüht freundlich.

»Bloom.«

Ich drehe mich zu Kevo um, der sich neben mich gesetzt hat. »Was?«

»Das ist eigentlich eine gute Idee«, beschwört er mich und deutet auf Zara. »Das sind genau die negativen Emotionen, die wir brauchen.«

Ich folge seinem Blick und mustere meine Cousine, die immer noch mit verschränkten Armen dasteht und mich so arrogant mustert, als wäre sie eine verdammte Königin.

»Na gut«, gebe ich nach und unterdrücke ein bösartiges Grinsen. Gut, es gefällt mir nicht, dass ich ihre Hilfe annehmen muss. Aber mir gefällt die Vorstellung, dass ich es sein werde, die sie auf die Matte schickt.

Meine Gedanken stehen mir anscheinend ins Gesicht geschrieben, denn ihre Augen verengen sich kaum merklich. »Du genießt das, oder?«

»Das bildest du dir nur ein«, antworte ich sarkastisch.

»Konzentriert euch«, sagt Kevo barsch. Als ich zu ihm aufschaue, entdecke ich ein amüsiertes Funkeln in seinen Augen, aber er sieht hastig weg.

»Bloom, bist du bereit für eine zweite Runde?«, fragt Kat aus der Zimmerecke.

Ich atme einmal tief durch. Ich fühle mich immer noch müde, als wäre ich lange gerannt und müsste mich dringend mal einen Moment ausruhen. Aber der Zucker aus der Schokolade hat geholfen, und die Erschöpfung ist nicht mehr so allumfassend wie noch vor ein paar Minuten. Um Zara fertigzumachen, reicht es allemal.

Mühsam rapple ich mich auf und schüttle Kevos Hand ab, mit der er mich zu stützen versucht. Ich liebe Kevos fürsorgliche Art, und ein Teil von mir würde sich gern in seine starken Arme werfen und beschützen lassen. Aber es wird Zeit, dass ich für mich selbst einstehen kann. Ich werde kein Spielball sein. Wenn es hart auf hart kommt, will ich auf mich selbst aufpassen können. Und auch auf Kevo. Ich werde an seiner Seite stehen und ihn, wenn nötig, sogar beschützen.

Zara löst die Arme und baut sich vor mir auf, als würde sie sich für einen Kampf vorbereiten. Ich ahme ihre Position nach, fixiere ihr Gesicht.

»Bist du dir sicher?«, frage ich sie.

Sie reckt ihr Kinn. »Versuch's ruhig.«

Ich mache einen Schritt vor und strecke die Hand aus, genau wie ich es gerade bei Anatoli gemacht habe. Doch anstatt einfach dazustehen, schlägt sie mit der flachen Hand auf meinen Arm. Ich verziehe das Gesicht.

»Was soll das?«, frage ich wütend.

Unbeeindruckt mustert sie ihre Fingernägel, die definitiv schon bessere Tage gesehen haben. »Ich dachte, wir machen die Sache ein bisschen interessant. Immerhin sollst du negative Emotionen katalysieren, oder?«

Mit zusammengebissenen Zähnen sehe ich sie an, während ich wieder einen Schritt zurücktrete. Schön, wenn sie Ärger will, dann kann sie ihn haben. Zara ist kleiner als ich, und im Gegensatz zu mir hat ihr verhätschelter Hintern den Großteil seines Lebens im gemütlichen Winterhof verbracht.

»Du siehst ziemlich siegessicher aus«, meint sie mit einem bösen Lächeln.

»Und du größenwahnsinnig.«

Ohne Vorwarnung springe ich vor und ziele auf ihre Beine. Ich will sie nicht wirklich verletzen – okay, ich will schon, aber mir ist klar, dass die anderen damit nicht einverstanden sind –, ich will sie nur zum Fallen bringen. Ein paar blaue Flecken werden sie nicht umbringen. Aber Zara hat offensichtlich andere Pläne. Blitzschnell weicht sie mir aus, holt mit der Hand aus und schlägt mir auf den Rücken. Ein fieser Schmerz zuckt durch meinen Körper, und ich ziehe scharf die Luft ein.

Okay, damit habe ich nicht gerechnet. Zara kann in die Zukunft sehen, wenn auch nicht sehr verlässlich. Sie kann nicht alles und jederzeit sehen, eher Visionen, die teilweise mit monatelangem Abstand kommen. Gut möglich, dass sie ihm Nahkampf trainiert wurde, weil ihre Kräfte offensichtlich nicht sehr hilfreich in einem Kampf sind.

Gerade als ich erneut einen Schritt zurücktreten und mich sammeln will, macht sie einen Satz auf mich zu und verpasst mir eine heftige Ohrfeige. Wut explodiert in meinem Bauch und entfacht meine Kräfte wie ein Strohfeuer.

»Was soll das?«, höre ich Kevo sagen, doch seine Stimme dringt wie durch Watte zu mir hindurch.

Ich sehe nur noch Zara. Höre ihre hämischen Bemerkungen darüber, wie nutzlos ich für meine Familie bin. Erinnerungen tauchen vor meinem inneren Auge auf, davon, wie sie mich beim Versteckenspielen ausgeschlossen hat, als wir noch Kinder waren. Bilder, Worte und Emotionen wirbeln durch meinen Kopf, treffen mich mitten ins Herz.

Entschlossen strecke ich erneut den Arm aus. Gleichzeitig setzt Zara zum Schlag an doch dieses Mal bin ich schneller. Ich umfange ihr Handgelenk und drücke zu. Ich spüre weder das Kribbeln meiner Finger noch die Energie, die aus ihr heraus- und in mich hineinfließt. Alles, was ich wahrnehme, ist die Wut. Jedes Mal, wenn die Gedanken zu verschwinden beginnen, lasse ich sie wieder aufleben. Ich denke an die Szene auf dem Frühlingsball, als sie mir an den Kopf geworfen hat, dass Sander und sie die bessere Wahl für den Hüter gewesen wären. Erinnere mich an meinen siebten Geburtstag, als Zara sämtliche Einladungen abgefangen hat und niemand zu meiner Feier gekommen ist. Ich schließe die Augen und beiße die Zähne zusammen, kralle meine Finger fester in ihren Arm. Undeutlich dringen Stimmen an mein Ohr, laute Stimmen, aber ich ignoriere sie. Ich muss mich konzentrieren, hat Kevo gesagt. Und ich konzentriere mich.

Jemand schlingt die Arme um meine Taille, und ich werde abrupt nach hinten gerissen. Meine Finger lösen sich von Zaras Haut, und die Verbindung bricht ab.

Verwirrt blinzle ich. Es dauert ein paar Sekunden, um meine Sicht zu klären, doch dann fällt mein Blick auf eine Gestalt am Boden. Zara liegt auf der Seite, mit geschlossenen Augen. Ein dünnes Rinnsal aus Blut rinnt aus ihrer Nase und versickert in dem Teppich unter ihrem kalkweißen Gesicht.

Erschrocken schlage ich die Hände vor den Mund. »Was …?«

In einer einzigen Bewegung ist Kat bei Zara und lässt sich neben ihr auf die Knie fallen. »Zara!«, schreit sie, während sie nach ihren Schultern greift und sie auf ihren Schoß zieht. In Zaras Gesicht zuckt kein Muskel, kein Zeichen, dass sie Kat hört.

»Was habe ich getan?«, flüstere ich heiser. Ich habe Menschen schon so weit ausgesaugt, dass sie ohnmächtig wurden. Aber keiner von ihnen hat geblutet, keiner hat so kalt und blass ausgesehen.

Kevos Arme, die immer noch um meine Taille geschlungen

sind, drücken mich fest an seine Brust. »Es ist nicht deine Schuld.«

Ich will protestieren, aber meine Worte bleiben mir im Hals stecken. Ich mache mich von ihm los und renne hinüber zu der Stelle, an der Kat und Zara am Boden liegen.

Kat sieht mich panisch an. Ich sehe die Erkenntnis in ihren Augen, als sie sich mit Tränen füllen.

Ich schnappe nach Luft. Nein, das kann nicht sein. So mächtig bin ich nicht. Die Winterkräfte können nicht töten. Das können sie nicht, das ist unmöglich.

Ungläubig richte ich den Blick wieder auf Zara. Mit zitternden Fingern hebe ich die Hand und streiche über die schwarzen Flecken an ihrem Handgelenk, genau da, wo ich es umklammert habe.

Wo ich sie getötet habe.

AUTUMN

Mir wird schwindelig. Stimmen rufen durcheinander, aber ich nehme keine von ihnen richtig wahr. Sie vermischen sich zu einem Wirrwarr aus Tönen, während ich Zara anstarre. Ihre Augen sind geschlossen, ihre Wangen blass. Sie ist nicht tot. Sie kann nicht tot sein. Ich bin ein Mitglied des Winterhauses, zu so etwas sind wir nicht in der Lage. Wir können nicht töten.

Jemand greift nach mir, streicht sanft mit einer Hand über meine Wange, aber auch darauf reagiere ich nicht.

Wie durch einen Nebel bekomme ich mit, wie Kat nach Anatoli schreit. Er lässt sich neben sie fallen und legt Zara die Hand auf die Brust.

Mein Verstand ist nicht in der Lage, einen logischen Zusammenhang zwischen den Ereignissen herzustellen. Alles, woran ich denken kann, ist, dass Zaras Lebensenergie durch meinen Körper strömt und mich aufrecht hält, während sie tot am Boden liegt.

Keine Ahnung, wie viel Zeit vergeht. Zwei Sekunden, vielleicht aber auch zwei Stunden. Während ich dasitze und versuche, meine Gedanken zu klären, beginnen Anatolis Hände leicht zu flimmern, ähnlich wie Kevo, als er seine Barrieren fallen gelassen hat. Kat schluchzt, dicke Tränen rollen ihr übers Gesicht, während sie Zara auf ihrem Schoß hält und sie sanft wiegt.

»Ich hab sie«, ruft Anatoli. Schweißtropfen stehen ihm auf der Stirn, und seine Brille ist ein Stück die Nase heruntergerutscht. Er wirkt, als würde das, was auch immer er da tut, ihm körperliche Schmerzen bereiten.

Kat sieht auf. »Was bedeutet das?«

»Ich hole sie zurück.«

Unwillkürlich halte ich die Luft an. Vage nehme ich Kevo an meiner Seite wahr, bemerke, dass er die Arme um mich geschlungen hat.

Wieder dauert es ein paar Minuten, dann zieht Anatoli die Hände zurück und sackt nach hinten, bis er an der Wohnzimmerwand lehnt. Er sieht völlig fertig aus, aber langsam breitet sich ein zufriedenes Lächeln auf seinem Gesicht aus.

»Was hast du getan?«, flüstere ich erstickt. Meine Stimme klingt nicht wie meine eigene und zittert bei jedem Wort.

»Ich habe sie geheilt«, sagt er und sieht mich an. »Ich habe ihr genug Energie zurückgegeben, damit sie überlebt.«

»Aber …«

»Ich bin ein Frühlingskind«, erklärt er, bevor ich meine Frage beenden kann. »Meine Kräfte sind das Gegenteil von deinen, wie es aussieht. Ich schwäche mich selbst, um andere zu stärken. Bei Menschen ist es am heftigsten.«

Ungläubig schaue ich von ihm zu Zara, die immer noch die Augen geschlossen hat.

»Sie braucht noch ein bisschen«, sagt er an Kat gerichtet. »Legt sie in ein Bett oder so. Sie muss eigene Energie tanken. In ein paar Stunden ist sie wieder ganz die Alte.«

Kevo hat mir zwar erzählt, dass unter den Rebellen auch Anhänger der anderen Häuser sind. Trotzdem habe ich nicht damit gerechnet, dass Anatoli ein Frühlingsmitglied ist. Ich frage mich, was seine Geschichte ist, warum er sich den Rebellen angeschlossen hat, aber das ist im Moment nicht wichtig.

Zara lebt. Ich habe sie nicht getötet. Trotzdem will sich die Erleichterung nicht einstellen. Denn im Grunde ändert Anatolis Eingreifen nichts daran, dass ich Zara umgebracht habe. Ich bin dafür verantwortlich, meine Kräfte … alles in mir. Und ich habe es nicht einmal bemerkt. Hätte Kevo mich nicht zur Seite gerissen … ich habe keine Ahnung, was ich getan hätte. Vielleicht hätte dann nicht einmal Anatoli mit seiner Frühlingskraft noch eingreifen können.

Wie betäubt sehe ich dabei zu, wie Kat Zara hochhebt. Kevo springt auf und will ihr helfen, doch sie schüttelt vehement den Kopf. Ihr Gesichtsausdruck ist eine Maske aus Schmerz und Verzweiflung, während sie Zara aus dem Wohnzimmer trägt. Wo sie die Kraft hernimmt, ist mir ein Rätsel.

»Hey«, sagt Kevo leise, nachdem auch Anatoli die Treppen hoch Richtung Schlafzimmer verschwunden ist. Er geht wieder neben mir in die Knie und legt mir eine Hand auf den Rücken, aber ich schüttle sie ab. »Das ist nicht deine Schuld, Bloom.«

»Ach nein?«, frage ich mit einem freudlosen Lachen. »Ich denke schon.«

Er versucht, mich auf die Beine und zur Couch zu ziehen, aber auch dagegen wehre ich mich. Im Moment hat er mir körperlich nicht viel entgegenzusetzen. Durch meinen Körper fließt immer noch Zaras Energie.

Ich erschaudere. »Ich muss raus hier.« Als Kevo nur die Stirn runzelt, stehe ich abrupt auf und weiche zurück. »Ich muss raus. Ich muss … ich muss die Energie loswerden.«

Er mustert mich kurz, dann nickt er und steht ebenfalls auf. Als er den Raum verlässt, sehe ich ihm ein wenig überrascht nach und frage mich, ob er nun auch abhaut und Kat folgt. Ich könnte es ihm nicht verdenken. Ich bin eine Mörderin, zumindest beinahe.

Aber bevor ich den Gedanken zu Ende bringen kann, ist er wieder zurück, zwei dicke Winterjacken unterm Arm.

»Ich komme mit«, sagt er mit fester Stimme und hält mir einen der Mäntel hin. »Komm.«

Ich ziehe die Jacke an, meide aber seinen Blick. Ich werde nicht mit ihm diskutieren. Wenn er den Bodyguard spielen will, dann soll er das tun. Vielleicht hat er auch Angst, dass ich weglaufe und dass ihm seine kostbare Hüterin abhandenkommt. Er muss wütend auf mich sein. Oder enttäuscht. Vielleicht auch schockiert darüber, wozu ich imstande bin. Ich will es gar nicht so genau wissen.

Nachdem wir in unsere Stiefel geschlüpft sind, verlassen wir das Haus durch die Hintertür. Trotz der dicken Jacke bin ich viel zu dünn angezogen für das Wetter. Meine Yogahose bietet kaum Schutz vor dem eisigen Schnee, in dem ich fast bis zu den Knien versinke. Trotzdem ist mir nicht kalt. Im Gegenteil. Schweiß steht mir auf der Stirn, und ich habe das Gefühl, von innen zu glühen.

Als wir vom Grundstück auf die Straße treten, werfe ich Kevo einen schnellen Blick zu. Er sieht mich nicht an, sondern scannt die Umgebung. Ob er nach anderen Menschen oder Feinden Ausschau hält, kann ich nicht sagen, es ist mir aber auch egal. Sollten wir jetzt angegriffen werden, habe ich nichts zu befürchten.

Meine Gedanken überschlagen sich und fordern alle gleichzeitig nach Aufmerksamkeit. Immer wieder erscheint Zara vor meinem inneren Auge, reglos und tot. Ich kann es nicht mehr ertragen. Ohne darüber nachzudenken, stemme ich die Stiefel in den Schnee und renne los. Dank der Energie, die immer noch durch meinen Körper strömt, bin ich schneller als gewöhnlich. Die weiße Landschaft rast an mir vorbei und verschwimmt zu einer einzigen hellen Masse. Die Geräusche meiner Füße auf dem Boden hallen durch meinen Kopf und vermischen sich mit dem Rauschen meines Blutes, das laut in meinen Ohren dröhnt und somit die Gedanken übertönt, sie endlich zum Schweigen bringt.

Der kalte Wind trifft mein Gesicht, und kurz schließe ich die Augen. Vielleicht sollte ich einfach weiterrennen. So lange und so schnell ich kann, das ganze Chaos hinter mir lassen und alles vergessen. Ich weiß nicht, wie lange Zaras Energie mich stärkt, aber im Moment habe ich nicht das Gefühl, jemals wieder müde werden zu können. Es ist wie ein Rausch. Ein Rausch, der eigentlich das Leben eines anderen hätte nehmen sollen.

Ich zögere kurz, dann öffne ich den Mund und schreie. Schreie in die verlassene Stadt hinein und gegen die Stimmen in meinem Kopf an, die mich daran erinnern wollen, was ich getan habe. Ich schreie all meine Gefühle hinaus, die Ängste, die Zweifel. Meine Stimme wird von den Häusern um uns herum zurückgeworfen, aber niemand kann mich hören. Denn die Häuser sind leer. Die Menschen sind geflohen vor einer

Macht, der sie nicht entkommen können. Mit Sicherheit sind inzwischen viele von ihnen gestorben. In ihren Autos erfroren oder einer der anderen Naturkatastrophen zum Opfer gefallen, mit denen sich die Erde gegen das Andauern des Winters wehrt.

Keine Ahnung, wie lange ich schreie. Irgendwann taucht Kevo vor mir auf, sagt etwas, was ich nicht verstehe. Als ich nicht reagiere, greift er nach meinen Armen und zieht mich an sich, drückt mich an seine Brust und hält mich fest. Ich weiß nicht, warum er das macht. Er muss mich doch hassen, mich verabscheuen. Vielleicht sogar Angst vor mir haben. Trotzdem versiegt meine Stimme, und die Tränen kommen, als ich mein Gesicht in seiner dicken Jacke vergrabe und die Arme um seine Mitte schlinge. Er drückt mich so fest an sich, dass es vermutlich wehgetan hätte, wäre ich nicht so aufgepusht gewesen.

»Ich habe sie getötet«, schluchze ich so leise, dass ich mir sicher bin, er kann mich nicht verstehen.

Doch dann nimmt er mein Gesicht vorsichtig in seine Hände und zwingt mich, ihn anzusehen. »Das war nicht deine Schuld. Du wusstest nicht, was du tust. Wenn jemand Schuld hat, dann ich.«

Ich schüttle den Kopf, was bei seinem Griff gar nicht so einfach ist. »Du konntest nichts dafür.«

Sein Blick nimmt einen verzweifelten Zug an. »Ich dachte, ich wüsste, womit ich es zu tun habe. Ich hätte dich nicht unterrichten dürfen. Als du Zara gechannelt hast, habe ich noch versucht, deine Kräfte zu blockieren, aber ich habe es nicht geschafft. Wie es scheint, funktionieren die Barrieren nicht, wenn du direkten Körperkontakt hast. Ich konnte nichts tun.«

»Ich will nicht mehr mittendrin sein, Kevo«, flüstere ich verzweifelt.

Er legt den Kopf schief und sieht mich so eindringlich an, dass mir das Blut ins Gesicht schießt. »Du bist eine von den Guten, Wintermädchen. Du kannst nicht anders. Mittendrin ist genau der richtige Platz für dich.«

Dann beugt er sich herunter und küsst mich. Seine Lippen sind überraschend warm und streichen erst ganz kurz über meine, als würde er um Erlaubnis bitten. Als ich meine Finger in seine Jacke kralle, intensiviert er den Kuss. Für einen Moment ist nichts mehr wichtig auf der Welt. Nicht der drohende Krieg, nicht die außer Kontrolle geratene Natur, nicht meine Familie oder die Rebellen. Nichts existiert mehr, außer Kevo und mir und diesem Kuss.

Viel zu schnell löst er sich wieder von mir. Als ich die Augen öffne, sehe ich das halbe Lächeln, das ich inzwischen so liebe. Er mustert mich kurz, dann deutet er in die Richtung, aus der wir gekommen sind. »Sollen wir zurück?«

»Wollen wir nicht noch ein bisschen schreien?«, frage ich nur halb im Spaß. »Das war ziemlich befreiend.«

»Das kann ich mir vorstellen.« Er grinst und drückt mir einen Kuss auf die Nasenspitze. »Aber wenn es dir nichts ausmacht, würde ich deinen Hintern gern wieder ins Haus schaffen. Es macht mich ein bisschen nervös, dass du hier herumstehst wie eine wandelnde Zielscheibe.«

Ich blicke mich kurz um. »Du bist paranoid. Wir sind am verdammten Ende der Welt.«

Statt einer Antwort nimmt er meine Hand und zieht mich zurück. Ich protestiere nicht. Zwar bin ich wirklich nicht scharf darauf, wieder in dieses Haus zurückzukehren, aber ich weiß, dass mein Hoch nicht lange andauern wird. Selbst wenn meine Wut ausgereicht hat, um die größten Nebenwirkungen meiner

Kräfte zu verhindern, werde ich erschöpft sein, wenn die Energie verbraucht ist. Und ich will nicht, dass Kevo mich tragen muss.

Als wir zurück ins Wohnzimmer kommen, sitzt Anatoli auf der Couch und wirft uns ein vorsichtiges Grinsen zu. Offensichtlich hat er unsere Abwesenheit dazu genutzt, die Möbel wieder an ihre Plätze zu schieben.

»Wir haben dich schreien gehört«, sagt er. »Respekt.«

Ich werde rot und verziehe das Gesicht. »Hat gut getan.«

»Kann ich mir vorstellen. Geht es dir besser?«

»Nicht so richtig. Keine Ahnung, wie lange es dauert, sich von dem Beinahe-Mord an seiner Cousine zu erholen.«

Kevo drückt meine Hand. »Du bist hier sicher. Ich schau nur schnell nach Kat, okay?«

Als ich nicke, lässt er mich los, und ich sehe ihm nach, während er die Treppen nach oben verschwindet.

Anatoli folgt meinen Blick. »Weiß er, dass seine Schwester in deine Cousine verliebt ist?«

Ich zucke mit den Schultern. Die Verzweiflung und der Schmerz in Kats Augen, als wir Zara für tot gehalten haben, waren offensichtlich. Zusammen mit dem merkwürdigen Verhalten der beiden ist die Sache eigentlich recht klar.

Als ich auch weiterhin schweige, seufzt Anatoli und streckt die Arme über den Kopf, um die Gelenke knacken zu lassen. »Es ist nicht deine Schuld, Bloom.«

»Das hat Kevo auch gesagt«, meine ich tonlos und ziehe mir die Jacke aus, um sie an einer Heizung trocknen zu lassen. »Aber es kommt niemand anders infrage, dem man die Schuld geben kann, oder? Ihr müsst mich nicht in Watte packen, damit es mir gut geht.«

Er hebt eine Augenbraue. »Wir kennen uns kaum. Ich habe keinen Grund, dich in Watte zu packen.«

»Wenn du das sagst.«

»Du kannst nichts dafür, dass deine Kräfte so heftig sind«, fährt er ungerührt fort. »Viele von uns müssen mit solchen Risiken nicht umgehen. Wir müssen nicht lernen, keinen Schaden damit anzurichten. Was kann in meinem Fall schlimmstenfalls passieren? Dass ich jemanden *zu sehr* heile? Oder bei Kat. Sie könnte deine Kräfte vielleicht zu lange blockieren, genau wie Kevo. Oder er könnte zu viele Gedanken lesen. Verstehst du, was ich meine? Es ist nicht deine Schuld, dass du bislang kein Training hattest, und es ist nicht deine Schuld, dass dein worst case deutlich mehr Schaden anrichtet als der der meisten.«

Da hat er recht, trotzdem ändert es nichts an der Tatsache, dass ich Zara getötet habe. Oder zumindest fast.

»Was schlägst du also vor?«, frage ich ihn beinahe herausfordernd. »Dass ich ein paar Tote in Kauf nehme, bevor ich meine Kräfte beherrsche?«

»Du weißt jetzt Bescheid«, erwidert er schulterzuckend. »Du kannst besser aufpassen. Es ist ein Teil von dir, daran kannst du nichts ändern.«

Seufzend gehe ich in die Küche und hole mir eine Wasserflasche aus dem Kühlschrank. Als ich zurückkomme, tippt Anatoli gerade auf seinem Handy herum. Ich lehne mich in den Türrahmen und beobachte ihn eine Weile.

»Warum bist du hier?«, frage ich schließlich neugierig.

»Was meinst du?« Er sieht nicht auf. »Warum ich nicht draußen in einer Schneewehe erfriere?«

Ich schüttle den Kopf. »Warum du nicht an deinem Hof bist. Deine Kräfte sind stark, das bedeutet, dass du ein direkter Nachfahre des ersten Hüters sein musst. Warum bist du bei den Rebellen?«

Er presst kurz die Lippen aufeinander, als würde er eine ehrliche Antwort zurückhalten. »Das ist eine lange Geschichte«, sagt er schließlich ausweichend. »Vermutlich kommt dir eine Menge davon bekannt vor. Ich habe herausgefunden, was die Häuser damals gemacht haben und war damit nicht einverstanden. Dinge sind passiert, und jetzt bin ich hier.«

»Klingt vertraut.«

Er grinst kurz, dann hält er sein Handy hoch. »Ich muss kurz telefonieren.«

Nickend gehe ich Richtung Treppe. »Falls Kevo nach mir sucht, sagst du ihm, dass ich mich hingelegt habe? Ich fühle mich, als wäre ich durch ganz Göteborg gerannt.«

Lachend steht er auf und verschwindet in die Küche. Ich seufzte leise und zwinge meine erschöpften Muskeln zur Arbeit. Der kleine Run und das Herumschreien fordern langsam ihren Tribut, außerdem kann ich es gar nicht erwarten, meinem Kopf eine kleine Pause zu gönnen. Ob die nächsten Tage wohl genauso aussehen werden? Herumsitzen, darauf warten, dass Will oder Elia sich melden und … was? Trainieren? Ich bin immer noch der Meinung, dass ich meine Kräfte unter Kontrolle kriegen muss. Jetzt mehr denn je. Aber wie zur Hölle soll ich das anstellen? Ich kann ja schlecht von den anderen verlangen, sich erneut als Opferlamm anzubieten. Selbst mit Anatolis Hilfe. Das Risiko gehe ich sicher nicht ein. Schließlich gibt es keinen Messbecher für Energie, mit dem ich kontrollieren kann, wie viel ich aussaugen darf und wann es zu spät ist. Kevo würde sich bestimmt anbieten, aber nur über meine Leiche.

Leise betrete ich den Flur und mache einen kurzen Abstecher ins Bad. Wahrscheinlich schläft Zara in Kats Zimmer und ich will sie nicht wecken. Falls Kat nach dieser ganzen Sache überhaupt noch mit mir redet, muss ich sie unbedingt fragen, was genau das zwischen ihr und Zara ist. Kat ist mit Sicherheit eine gute Wahl, aber Kevos Schwester sollte vielleicht doch noch einmal überlegen, ob sie sich wirklich auf meine Cousine einlassen will. Das riecht förmlich nach Drama.

Als ich kurz darauf das Badezimmer wieder verlasse, höre ich gedämpfte Stimmen aus einem der Schlafzimmer. Vorsichtig nähere ich mich der Tür. Ob Zara doch schon aufgewacht ist? Falls das der Fall ist, sollte ich mich vielleicht lieber von ihr fernhalten. Wenn ihr klar wird, dass ich sie beinahe umgebracht habe, springt sie mir garantiert an die Kehle.

Kevos Stimme ist die erste, die ich ausmache. Er flüstert, trotzdem kann ich seine Worte klar verstehen. Zaras Energie schärft immer noch meine Sinne. Ich bin mir ziemlich sicher, dass das Gespräch mit meinen normalen, menschlichen Sinnen nicht zu hören gewesen wäre.

»Ich habe es nicht gewusst«, sagt Kevo und stößt einen tiefen Seufzer aus.

Mit klopfendem Herzen bleibe ich stehen. Mir ist klar, dass Lauschen nicht die feine englische Art ist, aber, ganz ehrlich, jeder lauscht.

»Wie kannst du das übersehen haben?«, antwortet Kat, offensichtlich wütend. »Das sind eindeutig Herbstkräfte.«

»*Jetzt* sind es eindeutig Herbstkräfte! Vorher hätten sie auch nur eine Erweiterung der Winterkräfte sein können! Dass sie töten kann, wussten wir nicht.«

Mein Herz macht einen schmerzhaften Sprung. Sie sprechen über mich. Über mich und meine … Herbstkräfte?

»Was machen wir jetzt?«, flüstert Kat eindringlich. »Du lässt diese verdammte Bombe platzen und erwartest von mir, dass ich es vor ihr verheimliche? Weißt du eigentlich, was das für eine riesengroße Scheiße ist?«

Meine Finger beginnen zu kribbeln, und meine Kraft regt sich in meinem Inneren. Ich habe keine Ahnung, wovon Kat spricht, aber eines weiß ich – dass es mir ganz und gar nicht gefallen wird. Und dass Kevo daran beteiligt ist.

»Es ist mir über den Kopf gewachsen«, antwortet der zischend. Ich kann mir nur allzu gut vorstellen, wie er sich gerade frustriert mit der Hand durch die Haare fährt oder wütend die Stirn runzelt. Ich hasse es, wie genau ich mir sein Gesicht vorstellen kann. »Ich dachte, ihre Winterkräfte wären mehr ausgeprägt, weil sie an dem Hof aufgewachsen ist. Aber wenn die Gene ihres Vaters stärker waren, dann ergibt es Sinn, dass sich als Erstes ihre Herbstkraft zeigt. Sie sind das erste Mal aufgetreten, als sie ihren Cousin gefunden hat. Der Tod hat die Herbstkraft ausgelöst. Im Nachhinein betrachtet, ist das logisch, aber ich bin kein beschissener Jahreszeitenexperte, Kat!«

»Wir haben also eine Herbsttochter in unserem Haus, die jederzeit in der Lage ist, uns einfach zu töten? Eine, die fuchsteufelswild sein wird, wenn sie herausfindet, dass du der Handlanger ihres verschollenen Vaters bist? Willst du mich verarschen, Kevo?«

Der Flur beginnt, vor meinen Augen zu verschwimmen und sich zu drehen. Kats und Kevos Worte wirbeln durch meinen Kopf wie ein Tornado und laufen in einer Art Dauerschleife ab. Wie eine Schallplatte, die einen Sprung hat. Kevo sagt noch etwas, doch ich kann es nicht mehr richtig verstehen.

Mein Vater. Sie sprechen von meinem Vater und meinen

Herbstkräften und davon, dass Kevo meinen Vater kennt und für ihn … für ihn arbeitet. Das kann nicht sein. Das ergibt einfach keinen Sinn. Mein Vater war ein normaler Mensch, der keine Verbindung zu den Jahreszeitenhäusern hatte. Er war ein Außenstehender.

Es sei denn … es sei denn, meine Mom hat mich angelogen. Eine verhältnismäßig kleine Lüge, die bei dem ganzen Lügenkonstrukt, das meine Familie im Laufe der letzten Jahrtausende um sich herum aufgebaut hat, nicht mehr wirklich ins Gewicht fällt.

Mir bleibt kaum Zeit, das Ausmaß dieser Gesprächsfetzen wirklich zu begreifen. Denn kaum eine Sekunde später wird der Flur von einem gewaltigen Knall erschüttert. Ich schreie auf und werde von einer unsichtbaren Macht nach hinten geschleudert, als die gesamte Vorderseite des Hauses explodiert.

END OF STORY

Mit einem dumpfen Schlag lande ich auf dem Rücken. Ich schnappe nach Luft, als der Schmerz in meiner Wirbelsäule explodiert und mir für einen Moment die Sicht nimmt. In meinen Ohren klingelt es, meine Haut brennt vor Hitze und mein Kopf ist leer. Noch immer schallt ein gewaltiger Krach durch den Flur, ohne dass ich richtig sagen kann, woher er kommt.

Als ich japsend die Augen öffne, blicke ich in blendendes Weiß. Da, wo gerade noch die Treppe und die Vorderwand des Hauses waren, klafft jetzt ein gähnendes Loch. Schneemassen fallen vom Dach herunter und türmen sich am Boden zu einer Art Wall, kleine Flammen ersterben im Eis und dicker grauer Rauch vernebelt die Sicht.

Ich habe keine Ahnung, was passiert ist. Irgendwo schreien Kevo und Kat, aber ich kann keinen von ihnen richtig verstehen. Als ich mich aufrappeln will, fährt mir ein stechender Schmerz durch die Hand. Ich sehe hinab und schnappe gleich noch mal nach Luft. Leuchtend rotes Blut sickert aus einer Wunde am Handgelenk in den Teppich, und die Haut verfärbt sich bereits blau. Wunderbar.

Hastig checke ich den Rest meines Körpers, aber die Hand scheint der einzige Teil zu sein, der etwas abbekommen hat.

»Bloom!«, ruft Kevo, und im nächsten Moment sitzt er auch schon neben mir. In seinen Augen steht die blanke Angst. »Bist du verletzt?«

»Geht schon.« Mühsam kämpfe ich mich hoch. Kevo nimmt meine Hand und dreht sie vorsichtig vor seinem Gesicht, bevor ich sie ihm entziehe. »Im Ernst, es geht schon. Was ist passiert?«

Er schüttelt den Kopf. »Keine Ahnung. Wir müssen …«

Weiter kommt er nicht. Ein weiterer Knall übertönt seine Worte, dieses Mal weiter entfernt. Sofort fangen mehrere Autoalarmanlagen an zu heulen. Ich wirble herum, aber zu meiner Erleichterung stürzen keine weiteren Teile des Hauses ein. Immerhin.

»Wo ist Zara?«, frage ich alarmiert.

»Kat bringt sie in Sicherheit. Sie ist aufgewacht, aber noch schwach. In ihrem Zustand kann sie nicht kämpfen«, informiert er mich knapp. »Kat holt Hilfe.«

Mit einer energischen Bewegung wische ich mir das Blut an der Hose ab und mache ein paar Schritte vor, um über die Kante ins Erdgeschoss sehen zu können. Außer einem Haufen Trümmer kann ich nichts erkennen.

»Wir müssen hier raus«, sage ich knapp. »Wenn das Haus einstürzt, sollten wir nicht unbedingt hier oben sein. Und Anatoli könnte noch unten sein.«

Kevo nickt und streckt mir die Hand entgegen. Als sich unsere Blicke treffen, zieht mein Herz sich schmerzhaft zusammen.

Das Haus ist explodiert, und die Kacke ist so richtig am Dampfen. Trotzdem habe ich nicht vergessen, was ich davor mit angehört habe. Kevo hat mich belogen, von Anfang an. Auch wenn mir noch eine ganze Menge Details fehlen und ich die Zusammenhänge nicht kenne, ist eines ganz offensichtlich: Kevo verfolgt einen Plan, von dem ich nichts weiß, und er benutzt mich für seine Zwecke. Er kennt meinen Vater. Und dieser Verrat tut mir mehr weh als jede Wunde, die mir diese verdammte Explosion zugefügt haben könnte.

Als ich nicht reagiere, kommt er einen Schritt näher. »Bloom, was …?«

»Wir müssen runter«, wiederhole ich kalt und wende mich ab. Das hier ist sicher nicht der richtige Ort oder der richtige Zeitpunkt für dieses Gespräch, aber ich werde auch nicht so tun, als wäre alles in Ordnung.

Erneut sehe ich nach unten. Die Treppe liegt in Trümmern im Erdgeschoss. »Wir müssen springen«, sage ich.

Kevo tritt neben mich. »Wie fühlst du dich? Ist noch was von der Energie übrig?« Ich spüre seinen fragenden Blick auf meinem Gesicht, aber ich ignoriere ihn. Eins nach dem anderen.

»Denke schon.« Ich erinnere mich an den Sprung, als ich vor den Rebellen geflohen bin. Und vor Kevo. Der war um ein Vielfaches heftiger. »Ich schaffe das schon.«

Er beginnt zu zählen, aber ich achte nicht auf ihn. Ich atme einmal tief durch, dann halte ich die Luft an und springe. Den Bruchteil einer Sekunde fühlt es sich an, als würde ich in der Luft schweben, dann lande ich auf den Füßen. Es tut echt weh, aber ich glaube nicht, dass ich mir irgendetwas gebrochen habe. Hastig sehe ich mich um. Wer auch immer für diese Scheiße hier verantwortlich ist, ist vielleicht noch irgendwo in der Nähe.

Der untere Eingangsbereich ist kaum noch als solcher zu erkennen. Die Garderobe und die kleine Kommode, die neben der Tür ins Wohnzimmer stand, liegen in Splittern auf dem Boden verteilt, und der Türbogen steht nur noch zur Hälfte. Die vordere Wand ist komplett verschwunden.

Ich mache ein paar große Schritte ins Wohnzimmer, wobei ich versuche, mich nicht an einem der großen Trümmer zu schneiden. Hinter mir höre ich, wie Kevo landet, und kaum eine Sekunde später schließt sich seine Hand um meinen gesunden Unterarm.

»Was?«, fauche ich und wirble herum.

Er sieht mich ratlos an. »Was auch immer du für ein Problem hast, es muss warten, Bloom. Du kannst nicht einfach vorlaufen, klar? Wir müssen zusammenarbeiten.«

»Du meinst, ich muss mich hinter dir verstecken«, fahre ich ihn an und befreie mit einem energischen Ruck meinen Arm. »Du musst mich im Auge behalten. Danke, aber ich denke, ich verlasse mich heute mal auf mich selbst.«

»Scheiße, Bloom, was ist denn los mit dir?«

»Nichts.«

Ich drehe mich um und durchquere das Wohnzimmer. Keine Spur von Anatoli. Mir fällt wieder ein, dass er zum Telefonieren in die Küche verschwunden ist, als ich nach oben gegangen bin. Vielleicht war er draußen, als das Haus explodiert ist. Vielleicht hat er es geschafft.

Bevor ich jedoch die Küche erreiche, fliegt die Tür auf und knallt gegen die dahinter liegende Wand. Abrupt bleibe ich stehen, als ich den Mann erkenne, der plötzlich vor mir steht.

Elia.

Kevo tritt sofort an meine Seite und schiebt mich energisch

hinter seinen Rücken. Wütend beiße ich die Zähne zusammen, protestiere aber nicht. Ich will nicht klein beigeben, aber noch weniger will ich mich vor Elia mit ihm zoffen wie ein streitendes Pärchen.

»Warum überrascht mich das nicht?«, sagt Elia und lehnt sich so lässig in den Türrahmen, als wäre er nur auf einen Kaffee vorbeigekommen. »Sie wirkt nicht wie deine Geisel, Kevo.«

»Eine Nachricht hätte es auch getan«, erwidert Kevo, nicht minder beiläufig. »So antwortet man normalerweise, weißt du? Anderer Leute Häuser in die Luft zu jagen, ist ein wenig aus der Mode.«

Ich schnaube. Männer gehen mir manchmal so auf die Nerven mit dieser Show, die sie immer abziehen müssen. Wenn es nach mir gehen würde, würde ich Elia einfach eine reinhauen und fertig. Wir brauchen das Amulett. Kein Grund für Höflichkeiten.

»Heutzutage ist es so schwer, jemandem zu vertrauen«, sinniert Elia und legt den Kopf schief, als er mich neugierig mustert. »Und dieses Mädchen entpuppt sich als überraschend widerspenstig.«

»Was genau erwartest du?«, frage ich herausfordernd und mache einen Schritt zur Seite, um nicht länger hinter Kevo zu stehen. »Dass ich mich einfach so ausliefere?«

»Ein kluger Mensch weiß, wann er verloren hat«, bemerkt er spöttisch.

Ich hebe eine Augenbraue. »Dann willst du dich ergeben?«

Hinter Elia ertönt ein Lachen, und ich nehme aus den Augenwinkeln wahr, wie Kevo sich verspannt. Ich richte den Blick auf die Küchentür, als ein Mann dort erscheint.

»Joseph«, sagt Kevo. Seine Stimme ist kalt und irgendwie

ernüchternd, ganz anders als seine großspurige Art, mit der er gerade noch Elia begegnet ist.

»Warum streiten wir uns?«, fragt der Kerl, offensichtlich Joseph, während er näher kommt und sich in dem zerstörten Wohnzimmer umsieht. Er schnalzt mit der Zunge. »Was für ein Chaos. Da haben wir uns mit dem Explosionsradius ein wenig verschätzt, was, Elia?«

Der zuckt nur mit den Schultern, als wäre ein in Schutt und Asche gelegtes Haus nichts Besonderes. »Hat ohnehin nicht funktioniert. Die Mädchen sind entkommen, Will verfolgt sie.«

»Er soll sie fernhalten«, bellt der Kerl, woraufhin Elia nach seinem Handy greift.

Joseph nickt zufrieden und wendet sich wieder uns zu. »Also, wie ihr seht, sind Elia und William inzwischen zur Vernunft gekommen und haben eingesehen, dass eine Zusammenarbeit das Vernünftigste ist. Wir haben alles, was wir brauchen, denke ich.«

»Nicht ganz«, sage ich kalt und straffe die Schultern.

Der Typ lächelt matt. »Ziemlich viel Selbstbewusstsein für so eine kleine Person. Vor allem wenn man bedenkt, wie wankelmütig deine Kräfte sind, nicht wahr?«

Ich beiße die Zähne aufeinander. »Ich wüsste nicht, was dich das angeht.«

»Ich bin mir ziemlich sicher, dass es eine ganze Menge gibt, was du nicht weißt.«

Der Blick, mit dem er mich mustert, ist eine Mischung aus Überlegenheit und Spott. Doch es sind seine Worte, die sich anfühlen, als hätte sich eine kalte Hand um mein Herz gelegt. Der Typ ist schätzungsweise Anfang, Mitte vierzig, hat blonde Haare und ist groß. Seine Augenfarbe kann ich aus der Entfernung nicht erkennen, doch sie sehen dunkel aus. Kevo hat ihn begrüßt, als würden die beiden sich kennen. Joseph … So hat Kevo ihn genannt.

Ich muss mich gewaltig zusammenreißen, um nicht laut nach Luft zu schnappen, als der Groschen fällt. Der Typ ist mein Vater.

Kevo berührt mich leicht an der Schulter, aber ich sehe ihn nicht an. Er hat keine Ahnung, was ich gerade begriffen habe, immerhin weiß er nicht, dass ich sein Gespräch mit Kat belauscht habe.

Bloom.

Seine Stimme hallt durch meinen Kopf. Ich versuche, sie auszublenden, schaffe es aber nicht.

Lass mich in Ruhe. Wir haben wichtigere Probleme.

»Also«, sagt Joseph und klatscht kurz in die Hände.

Meine Gedanken und Gefühle drohen, mich zu überwältigen, aber ich schiebe sie zur Seite. Ich kann mich im Moment nicht mit ihnen auseinandersetzen. Ich muss hier raus. Und ich muss es allein schaffen. So wie die Dinge im Moment stehen, kämpft Kevo auf der Seite des Mannes, der mir gegenübersteht.

»Was machen wir jetzt?«, fährt Joseph gut gelaunt fort. »Gibst du auf, oder wollen wir so tun, als würden wir gegen dich kämpfen, bevor wir dich besiegen?«

Wut braut sich in meinem Magen zusammen und durchströmt meinen Körper. Ich hatte niemals Erwartungen an meinen Vater. Aber wenn ich ehrlich bin, tut es verdammt weh, dass er mir droht. Regungslos stehe ich da und versuche, meine Kraft heraufzubeschwören, was mir nicht sehr schwerfällt. Es ist ein wenig anstrengender als sonst, was vermutlich daran liegt, dass ich mich heute schon so sehr verausgabt habe. Aber es wird reichen, um meinen Vater und Kevo gewaltig in den Arsch zu treten.

Kat ist unterwegs, sagt Kevo in meinem Kopf. *Mach dich bereit, sie hat Verstärkung dabei.*

Automatisch spanne ich sämtliche Muskeln an. Dieses Spiel, das Kevo hier gerade abzieht, ist wirklich überzeugend. Mir gegenüber tut er so, als wäre er immer noch auf meiner Seite, doch gleichzeitig gibt er sich Joseph gegenüber beinahe unterwürfig. Die ganze Zeit über hat er sich ziemlich bedeckt gehalten. Ein Teil von mir – ein Teil, der von meinem Herzen regiert wird –, will ihm glauben. Ihm vertrauen. Aber ich weiß es besser. Vermutlich tut er nur so, als wäre er auf meiner Seite, um mich vom Abhauen abzuhalten. Um mich zu kontrollieren. Vielleicht war das von Anfang an Josephs Plan: Er schickt seine Rebellen und hat Kevo als eine Art Joker neben mir positioniert, falls seine Leute scheitern.

Mein Herz zieht sich schmerzhaft zusammen, so stark, dass ich kaum atmen kann. All die Gefühle, die ich für Kevo habe, verstopfen meinen Verstand und lassen mich kaum einen klaren Gedanken fassen. Damit muss ich mich später beschäftigen. Später, falls ich es lebend aus der Höhle der Löwen schaffe.

Wohin?, frage ich, verzweifelt bemüht, mir nichts anmerken zu lassen.

Kevo strafft die Schultern. *Wir lenken sie ab. Du rennst zur Hintertür. Wir treffen uns ein paar Häuser weiter, bei dem mit der grünen Haustür. Hast du das verstanden?*

Verstanden.

Ich spüre die anderen, bevor ich sie sehe. In den vergangenen Minuten habe ich verzweifelt die Holzdielen unter meinen Füßen gechannelt, und meine Sinne arbeiten auf Hochtouren.

Zuerst höre ich entfernte Schritte, dann bläst der Wind auf und weht mir von hinten die Haare ins Gesicht. Als Nächstes ertönt ein lauter Schrei, als eine gewaltige Energiewelle über uns hinwegschwappt. Wie eine feste Wand wälzt sie durchs Wohnzimmer, wobei sie mich und Kevo einfach auslässt. Abgesehen von dem Wind merke ich nichts, dann erreicht sie Elia und Joseph. Mein Vater öffnet den Mund, doch im nächsten Moment wird er nach hinten geschleudert und knallt gegen die Arbeitsplatte.

Ich wirble herum und entdecke einen der Rebellen aus dem Apartment in Oslo. Ich kann mich nicht mehr an seinen Namen erinnern, aber der tut auch nichts zur Sache. Hinter ihm steht Kat, mit geballten Fäusten und wütendem Gesicht. Keine Ahnung, was für eine Kraft das ist oder aus welchem Haus sie stammt. Was ich jedoch weiß, ist, dass dieser Typ mächtig ist. Mächtig genug, um mich aufzuhalten, sollte er es darauf anlegen.

Kevo springt vor und rennt auf die Küche zu, in die Elia und Joseph geschleudert wurden, und auch seine Schwester und der andere Rebell jagen darauf zu. Das ist die Ablenkung, die ich gebraucht habe. Gern würde ich noch ein bisschen bleiben und mir das Chaos ansehen, aber dafür habe ich keine Zeit. Ich muss hier weg. Und zwar, bevor sie sich wieder auf mich konzentrieren.

Wie ich heute Morgen zu Kevo gesagt habe – ich bin die Einzige, auf die ich mich verlassen sollte. Denn ich weiß nicht mehr, wer hier auf welcher Seite steht. Ich weiß nicht, wie mächtig mein Vater ist oder wie weit er gehen würde, um mich unter seine Kontrolle zu bringen.

Grüß meinen Vater von mir!

Ich schicke die Worte mit aller Macht in Kevos Richtung. Für den Bruchteil einer Sekunde treffen sich unsere Blicke, als er herumwirbelt. Kurz schaue ich noch auf die Szene hinter mir, dann drehe ich mich um und renne. Nicht durch die Hintertür, nicht zu dem Haus mit der grünen Tür, sondern in die entgegengesetzte Richtung.

Während ich laufe und mit jedem Schritt mehr Energie channle, strömen mir die Tränen über das Gesicht. Die Schreie und Kampfgeräusche bleiben hinter mir zurück.

Genau wie mein Herz.

Ich renne, bis meine Muskeln brennen und ich kaum noch Luft bekomme. Sämtliche Energie ist verbraucht, und ich bin einfach nicht mehr in der Lage, weitere zu channeln. Mein Körper streikt, und ich kann ihm nicht mal wirklich böse sein. Ich bin einfach erschöpft, sowohl körperlich als auch mental.

Als ich stolpernd stehen bleibe und mich an einem der dicken Bäume abstütze, brechen die Gefühle, die ich so verzweifelt unterdrückt habe, über mich herein. Ich bin allein. Kevo hat mich verraten, er hat mir das Herz aus der Brust gerissen und ist darauf herumgetrampelt.

Mein Vater, er … er ist in diesem Haus und hat nach mir gesucht. Er ist nicht nur kein Außenstehender, er ist ein Rebell. Ein Rebell, der im Kampf gegen die Häuser und gegen meine Familie in der ersten Reihe steht und nicht mal davor zurückschreckt, das Haus in die Luft zu jagen, in dem ich mich gerade befinde.

Ich ringe mühsam nach Luft. Es ist einfach zu viel.

Noch vor einer Stunde habe ich auf einer verschneiten Straße gestanden, mich an Kevo geklammert und ihn geküsst.

Ich habe ihm vertraut. Ich habe gedacht, dass er auf meiner Seite ist und bei dem ganzen Chaos um mich herum mein Halt sein wird.

Und jetzt ist nichts mehr davon übrig. Ich stehe in einem verdammten Wald, ohne Winterjacke, mitten in Schweden, während der Weltuntergang um mich herum tobt. Verzweifelt sehe ich mich um. Ich weiß weder, wo ich hier bin, noch wo ich jetzt hinsoll. Wobei sich dieses Problem vielleicht ganz von allein erledigt, sollte ich heute Nacht erfrieren. Wie praktisch.

Ich sacke gegen den Baum und lasse mein Gesicht in die Hände sinken, während ich ein Schluchzen unterdrücke. Am liebsten würde ich mich irgendwo zusammenrollen und in Selbstmitleid zerfließen, aber dafür habe ich keine Zeit. Außerdem ist es viel zu riskant. Ich weiß nicht genau, wie weit ich gekommen bin und ob sie bereits in der Nähe sind. Bei meinem Glück bin ich im Kreis um das Haus herumgerannt und laufe gleich einem von ihnen in die Arme.

Wütend schlage ich mit der gesunden Hand gegen den Baumstamm. Die andere brennt inzwischen wie Feuer und fängt immer wieder an zu bluten.

Nach ein paar Minuten reiße ich mich zusammen und rapple mich auf. Ich muss mir etwas überlegen. Es bringt mich nicht weiter, wenn ich hier herumsitze und mir vorstelle, wie sehr mein Leben in den letzten Tagen und Stunden aus den Fugen geraten ist. Ich brauche einen Plan, genau wie in dem Versteck der Rebellen. Ich muss nachdenken.

Ich straffe die Schultern und sehe mich um. Überall sind Bäume, aber ich bin vermutlich immer noch in Göteborg, oder zumindest in der Nähe. Der Wald muss irgendwo enden, und wenn ich verdammt viel Glück habe, finde ich sogar Menschen. Das ist die einzige Möglichkeit für mich, hier wegzukommen.

Und dann … dann weiß ich auch nicht.

TRUST NO ONE

»Bitte, bitte, bitte«, flüstere ich wütend und drehe noch einmal den Schlüssel. »Komm schon!«

Als der Motor anspringt, hätte ich am liebsten vor Freude geheult. Ich war schon beinahe erfroren, als ich in dem kleinen Kaff hinter dem Wald endlich einen Wagen gefunden habe, bei dem der Schlüssel steckte. Dass er bei der Kälte überhaupt angesprungen ist, gleicht einem Wunder, genauso wie die Tatsache, dass die Heizung noch funktioniert. Dass er sich jetzt alle halbe Stunde aufhängt, ist allerdings nicht wirklich hilfreich. Es ist so schon schwierig genug, mit der wenigen Fahrpraxis, die ich dank Emma habe, auf den eisigen Straßen zu fahren.

Davon abgesehen habe ich nicht einmal einen verdammten Führerschein, und dieses Ding besitzt kein Navi, und Handy habe ich natürlich auch keins. Außer meinem Orientierungssinn habe ich also nichts, was mich davon abhält, aus Versehen nach Finnland statt nach Norwegen zu fahren. Okay, das wäre vielleicht ein krasser Umweg.

Vorsichtig fahre ich weiter und versuche, dabei sowohl den Eisflächen als auch den zu hohen Schneewehen auszuweichen. Immerhin habe ich mir einen Landrover geklaut, der ist ein wenig robuster als irgendein Kleinwagen. Und zum Glück sind die Straßen weitestgehend geräumt.

Ich werfe einen nervösen Blick in den Rückspiegel, aber noch immer erkenne ich nicht, dass mich jemand verfolgt. Was mich ein wenig wundert. Dass ich zurück nach Norwegen fahre, sollte weder Kevo noch Joseph überraschen.

Meinen … *Vater*. Allein das Wort zu denken, fällt mir schwer.

Die nächste Stunde verbringe ich damit, laut 90er-Hits vor mich hin zu singen. Das Radio hat keinen Empfang, und ich brauche etwas, um meine Gedanken zu übertönen. Denn meine Gedanken sind verdammt laut. Seit ich mich entschieden habe, nach Hause zu fahren, schreien sie mich an und wollen mich überzeugen, dass das eine extrem dumme Idee ist. Kurz habe ich auch überlegt, zu Emma zu fahren, aber das Risiko kann ich nicht eingehen. Falls Kevo, Joseph oder einer der anderen mich findet, ist Emma ein leichtes Ziel. Bleibt also nur der Hof. Meine Familie ist im Moment vermutlich nicht besonders kuschelig auf mich zu sprechen, aber sie können nichts mit mir anfangen, solange die Rebellen das Amulett und den Winterkristall haben.

Ich brauche wirklich ganz dringend bessere Verbündete.

Als schließlich die ersten Schilder auftauchen, die Oslo ausschildern, juble ich laut auf. Ein tonnenschwerer Stein fällt mir vom Herzen, was nicht wirklich ins Gewicht fällt. Es gibt noch einen Haufen andere.

Langsam fahre ich in die Stadt hinein und versuche, nicht an Kevo zu denken. Oder daran, wie wir nebeneinander im Auto gesessen haben und er die Lieder im Radio mitgesungen hat. Es fühlt sich an wie ein anderes Leben, auch wenn es erst gestern war. Wie konnte mir nicht auffallen, dass er mich verarscht? Wie konnte mir nicht auffallen, dass er nur eine Show abzieht? Mir war die ganze Zeit klar, dass er Geheimnisse hat, aber die hat doch jeder, oder? Vielleicht hätte ich doch mehr hinterfragen sollen. Dass er im Versteck der Rebellen so nett zu mir war, dass er mir die Wahl gelassen hat, als er auf Kalinøya aufgetaucht ist … Ich weiß noch, wie ich mich gewundert habe, wie Kevo es allein geschafft hat, auf die Insel zu kommen. Jetzt weiß ich, dass er nicht allein war. Er hatte meinen Vater an seiner Seite und hat in seinem Namen gehandelt. Wahrscheinlich war das von Anfang an der Plan: Wickle das kleine Wintermädchen um den Finger, und bring es dazu, mit dir zusammenzuarbeiten. Bring sie dazu, dass sie sich in dich verliebt.

Denn ich *habe* mich in ihn verliebt. Viel zu sehr und viel zu stark, bevor mein Herz in Tausend Stücke zersprungen ist.

Verdammte Scheiße. Ich habe wirklich einen schlimmen Männergeschmack. Dummes, dummes Herz.

Als die Gebäude höher werden, werden meine Gedanken von dem Chaos um mich herum abgelenkt. Es sind kaum Menschen unterwegs, keine Autos fahren auf den Straßen und keine Leuchtreklamen haben mehr Licht. Oslo, so lebendig und laut in meiner Erinnerung, ist nicht mehr wiederzuerkennen. Eis überzieht die Straßen und Fenster, Schneeberge türmen sich an jeder Ecke. Manche der Scheiben sind zerschlagen, als hätten die Menschen die Läden geplündert. Das hier ist schlimmer als jeder Katastrophenfilm, denn es ist die Realität.

Eins ist mir inzwischen unmissverständlich klar: Ich muss dafür sorgen, dass der Vanitas eingeleitet wird. Ich weiß noch nicht, wie, und ich weiß noch nicht, wann, aber es muss passieren. Und ich muss meine Familie davon überzeugen.

Inzwischen erkenne ich die Gebäude um mich herum, und mein Herz schlägt immer schneller. Mit jedem Meter, den ich mich dem Hafen nähere, will es energischer aus meiner Brust klettern und umkehren, zurück zu dem Jungen, der mich erst um den Finger gewickelt und mich dann verraten hat.

Wenig später parke ich den Wagen am Straßenrand und steige langsam aus. Es ist kalt, viel zu kalt für meine Klamotten. Der Hafen ist genauso verlassen wie der Rest der Stadt. Schaudernd stehe ich da und sehe mich um. Noch eine Lücke in meinem Plan: Ich habe kein Handy, um meine Mom anzurufen, und ich habe kein Boot. Es ist schon ein kleines Wunder, dass ich es überhaupt bis hierher geschafft habe, allein. Und selbst wenn ich erneut Energie channle, kann ich nicht einfach nach Kalinøya schwimmen.

Mein Blick wandert über den unruhigen Fjord. Noch ist er nicht vollständig zugefroren, aber an den Rändern ist das Wasser bereits vereist. Das hier war immer mein Zuhause, ich habe nie woanders gelebt. Aber jetzt fühlt es sich falsch an. Irgendwie fremd, wie aus einem anderen Leben. Vielleicht, weil ich mich verändert habe. Es ist noch gar nicht lange her, dass ich in dieser Stadt zur Schule gegangen bin, mich mit meinen Freunden getroffen und mich aus dem Winterhof geschlichen habe, um ein normaler Teenager zu sein. Doch das alles ist jetzt wahnsinnig weit weg.

»Bloom.«

Ich zucke zusammen, drehe mich aber nicht um. Ich erkenne

die Stimme, und aus irgendeinem Grund bin ich nicht wirklich überrascht, sie zu hören. »Mom.«

Sie tritt neben mich und nimmt meine Hand. Ich will sie ihr entziehen, schaffe es aber nicht. Mir ist klar, dass sie mich belogen hat, aber sie ist immer noch meine Mom. Ein Teil von mir will sich einfach nur in ihre Arme werfen und sich wegen meines gebrochenen Herzens an ihrer Schulter ausheulen. Doch ich tue es nicht.

Sie seufzt leise und dreht sich zu mir, sodass wir einander ansehen können. Tränen glänzen in ihren Augen, doch sie lächelt traurig. »Ich habe kaum noch damit gerechnet, dass du tatsächlich auftauchst.«

»Ich auch nicht«, sage ich mit einem trockenen Lachen. »Ich will ehrlich sein, es war auch nicht meine erste Wahl.«

»Ich werde nicht so tun, als würde mich das überraschen.«

Ich schlinge die Arme um meinen Oberkörper, sage jedoch nichts.

Meine Mom seufzt erneut. »Wir haben Fehler gemacht, Bloom.« Als ich sie ansehe, zuckt sie mit den Schultern. »Du bist erwachsen geworden, Süße. Wir haben dich ausgegrenzt, dich angelogen, also hast du deine eigenen Entscheidungen getroffen. Und das kann ich verstehen, glaub mir. Ich denke, es ist an der Zeit, dass wir richtig miteinander reden. Dann werden wir für alles eine Lösung finden.«

Gern würde ich protestieren, aber ich zwinge mich, zu nicken. Ich komme mit nach Hause, doch das bedeutet nicht, dass ich mich mit ihnen verbünden und ihnen mein Herz ausschütten werde.

Meine Mom muss mir eine Menge erklären, in erster Linie die Sache mit meinem wieder aufgetauchten Vater. Aber fürs

Erste bin ich dort in Sicherheit, was danach kommt, weiß ich selbst noch nicht.

Es ist surreal, wieder zu Hause zu sein. Als wäre ich aus einem langen, wirklich verwirrenden Traum aufgewacht. Einem Albtraum. Ich habe mich bewusst gegen meine Familie und den Hof entschieden, um den Rebellen zu helfen. Habe allerdings nichts ausrichten können. Zurückzukommen fühlt sich nun wie Versagen an, wie eine Niederlage. Meine Mission ist gescheitert.

Im Gegensatz zum letzten Mal gehe ich direkt in mein Zimmer, um mich kurz zu sammeln. Ich brauche eine kleine Verschnaufpause, bevor ich mich all den Fragen stelle. Bevor ich mich entscheiden muss, ob ich sie überhaupt beantworte. Und ich brauche definitiv frische Klamotten. Denn auch wenn es seltsam ist, wieder hier zu sein, freue ich mich dennoch ein klein wenig auf meine eigenen Sachen, mein Shampoo und die Privatsphäre meines eigenen Zimmers.

Ein wenig unschlüssig setze ich mich aufs Bett und lasse den Blick schweifen. Alles ist wie immer, kein Staubkorn verunstaltet eine der polierten Oberflächen. Einzig der zerstörte Holzbalken ist verschwunden. Wahrscheinlich hat Märtha es einfach nicht übers Herz gebracht, dieses Chaos liegen zu lassen.

Seufzend lasse ich mich auf den Rücken fallen und starre zur Decke. Ich fühle mich irgendwie leer. Die letzten Tage habe ich immer unter Spannung gestanden, habe über unsere Pläne nachgedacht, habe überlegt, was als Nächstes zu tun ist. Jetzt weiß ich einfach nicht, was ich tun soll.

Unwillkürlich wandern meine Gedanken zu Kevo. Und zu Kat und Zara und all den anderen. Was sie wohl vorhaben? Es gibt eine Menge Fragezeichen in meinem Kopf, die ich wahrscheinlich nie ganz klären kann. Auf den ersten Blick ergibt es keinen Sinn, dass sie Joseph angegriffen haben, als er ins Haus eingedrungen ist. Oder dass Will und Elia das Haus in die Luft gejagt haben. Außer, sie halten weiterhin an dem Plan fest, dass Kevo den Guten spielt. Vermutlich war das alles einfach nur ein Spiel, eine Inszenierung, um mich glauben zu lassen, dass Kevo nach wie vor mein Verbündeter ist und auf meiner Seite steht. Vielleicht hoffen die Rebellen, mich damit gefügiger zu machen. Möglicherweise haben sie auch herausgefunden, dass ein Übergangsritual nicht unter Zwang vollzogen werden kann. Und sie brauchten einen Schwachpunkt, den sie gegen mich verwenden können – Kevo. Hätte gestern jemand Kevo bedroht, ich hätte alles getan, um ihn zu retten.

Aber im Grunde spielt es auch keine Rolle, was genau der Plan war.

Als es an meiner Tür klopft, schrecke ich auf und setze mich hastig aufrecht hin. Ob ich mich jemals wieder entspannen kann? Oder werde ich die nächsten Jahre ständig über die Schulter sehen und mich fragen, wem ich noch vertrauen kann.

Die Tür geht auf und mein Großvater kommt herein. Mir fallen beinahe die Augen aus dem Kopf.

»Grandpa«, sage ich überrascht. »Was machst du hier?«

Noch nie zuvor hat mein Großvater mich in meinem Zimmer besucht. Wenn er mit mir reden wollte, wurde ich entweder in sein Büro zitiert oder wir haben uns beim Essen unterhalten. Ehrlich gesagt war ich mir nicht mal sicher, ob er weiß, wo mein Zimmer sich befindet.

»Bloom.« Er bleibt im offenen Türrahmen stehen und mustert mich kurz. »Du bist also wieder da.«

Ich nicke. »Sieht so aus.«

»War es ein Versehen?«, fragt er knapp. »Oder wolltest du wirklich zurückkommen? Deine Mutter hat erzählt, dass sie dich am Hafen gefunden hat.«

»Demselben, an dem deine Leute mich angegriffen haben«, sage ich schnippisch und hebe die Augenbrauen, als er verhalten lächelt.

»Hast du erwartet, dass ich nichts unternehme? Wir wussten, dass du mit einem Rebellen unterwegs bist. Wir mussten schließlich befürchten, dass es gegen deinen Willen geschieht.«

Ich straffe ein wenig die Schultern. »Ich bin freiwillig mit ihm gegangen.«

»Das ist uns inzwischen klar.« Er kommt ins Zimmer herein, schließt die Tür hinter sich und setzt sich auf meinen Schreibtischstuhl. »Warum?«

»Ist das nicht offensichtlich?«, frage ich geradeheraus. »Ihr habt einen Fehler gemacht. Jedes Mal, wenn ihr euch entschieden habt, gegen die Rebellen zu kämpfen oder sie zu ignorieren, habt ihr euch geirrt.«

»Ich wusste nicht, dass du inzwischen eine Expertin in Jahreszeitenpolitik geworden bist.«

Ungerührt erwidere ich seinen Blick. »Man muss kein Experte sein, um Unrecht zu erkennen. Und das Abschlachten einer ganzen Familie ist ziemlich eindeutig.«

»Wenn du dir so sicher bist, warum bist zu dann hier?« Er legt die Fingerspitzen aneinander, während er mich nachdenklich mustert. »Offensichtlich ist irgendetwas passiert, was deine Meinung geändert hat.«

»Ich weiß, wo das Amulett ist, falls es das ist, was du wissen willst. Und auch, wo der Vanitaskristall ist.«

Eine seiner Augenbrauen wandert in die Höhe. »Das macht die Frage, warum du hier bist, noch interessanter.«

»Mir hat der mögliche Meister in dieser Konstellation nicht gefallen«, erkläre ich schlicht. »Mir ist klar, dass diejenigen, die Vanitas einleiten, in der Führungsebene mitspielen werden. Die Jahreszeitenpolitik, wie du es nennst, ist schon kaputt genug. Diesen Typen brauchen wir nicht auch noch mittendrin.«

Einen Moment lang sieht mein Großvater mich an, dann seufzt er. »Dein Vater.«

Überrascht sehe ich auf. »Du weißt davon?«

»Mir sind Gerüchte zu Ohren gekommen. Ich habe es nicht glauben wollen.«

Unwillkürlich lehne ich mich ein wenig vor. »Erkläre es mir, bitte! Was ist seine Rolle in dem Ganzen?«

»Ganz ehrlich?«, sagt er und zuckt mit den Schultern. »Genau weiß ich das auch nicht. Ich habe deinen Vater das letzte Mal ein paar Wochen nach deiner Geburt gesehen. Er ist der Neffe des Herbstmeisters, wurde aber schon vor Jahren verstoßen, weil er sich nicht an die Regeln gehalten hat. Er wollte Hüter werden, um jeden Preis. Dein Vater ist machthungrig und arrogant, auch wenn ich das anfangs nicht sehen wollte. Es sollte mich vermutlich nicht überraschen, dass er in der ersten Reihe steht, wenn es darum geht, ein neues Haus aufzubauen, selbst wenn dieses aus verschiedenen Jahreszeitenmitgliedern bestehen wird.«

»Darum geht es ihm?«, frage ich leise. »Um Macht?«

»Macht ist ein wertvolles Instrument, Bloom«, sinniert er. »Vergiss das nicht.«

»Ist es das? Der Grund, warum ihr euch gegen Vanitas wehrt? Weil ihr keine Macht abgeben wollt?«

Eine Weile schweigt er, so lange, dass ich mir sicher bin, keine Antwort mehr zu bekommen. Ich fühle mich, als würde ich mein Glück ein wenig überstrapazieren. Ich kann mich nicht daran erinnern, dass mein Großvater mir jemals Rede und Antwort gestanden hat. Für gewöhnlich ist er derjenige, der Fragen stellt. Ich mache mir daher keine Illusion, dass dieses Gespräch irgendetwas ändert – dass er mich jetzt ernst nimmt oder gar etwas auf meine Meinung gibt. Der einzige Grund, warum er hier sitzt und sich mit mir unterhält, ist, dass er sich Informationen erhofft.

»Weißt du, was das Problem an eurer Generation ist?«, fragt er nach ein paar Minuten und mustert mich aufmerksam. »Ihr denkt, ihr wisst alles. Dabei ist das Gegenteil der Fall.«

Ich sehe ihn ruhig an. »Vielleicht liegt das daran, dass ihr uns nichts erzählt.«

»Während des Vanitas werden sämtliche Kräfte der Häuser außer Kraft gesetzt.« Mein Großvater lehnt sich vor, und ein schmales Lächeln breitet sich auf seinen Lippen aus, als ich blass werde. »Davon hat dein Rebellen-Freund dir nichts erzählt, oder? Sollten die Rebellen es tatsächlich schaffen, den Vanitas entstehen zu lassen, bleibt ihnen genug Zeit, um sich an uns allen zu rächen. Wir sind vollkommen machtlos, während sie sich seit Generationen auf einen Kampf vorbereiten. Vanitas ist die Jahreszeit der Götter, in der wir daran erinnert werden sollen, dass wir auch nur Menschen und ihnen unterlegen sind. Also, um deine Frage zu beantworten: Nein, Bloom, ich bin nicht bereit, meine Kräfte abzugeben und mich einer Horde wütender Rebellen entgegenzustellen. Selbst wenn diese ihre Kräfte auch nicht einsetzen können. Weder ich noch meine Familie. Und ich werde jeden beseitigen, der sich mir in den Weg stellt.«

»So wie mich?«

Er zuckt nicht einmal mit der Wimper. »Wenn es nötig ist. Ich beschütze meine Familie, Bloom. Du musst für dich selbst entscheiden, ob du dazugehören willst oder nicht.«

Allmählich bekomme ich Kopfschmerzen. In letzter Zeit prasseln so viele Informationen auf mich ein, dass ich befürchte, mir langsam Notizen machen zu müssen, um nicht den Überblick zu verlieren.

»Dass Vanitas sich rächen *könnte*, rechtfertigt nicht, dass ihr sie alle umbringt«, halte ich dagegen, während ich verzweifelt versuche, irgendeinen Sinn in diesem ganzen Durcheinander zu finden. »Vanitas gehört in den Kreislauf, daran ist nichts zu ändern.«

»Ich sage nicht, dass ich gutheiße, was unsere Familie vor so langer Zeit getan hat, Bloom.« Müde reibt er sich über die Augen. »Aber ich werde meine Familie und mein Haus nicht einfach den Feinden zum Fraß vorwerfen.«

»Was, wenn sie den Vanitas ohne mich einleiten?«, frage ich. »Es muss doch möglich sein, jemand anders zu nehmen, oder nicht?«

Mein Großvater schüttelt den Kopf und mustert mich mit einem seltsamen Blick. »Vanitas war jahrtausendelang inaktiv. Es wird ein wirklich mächtiger Hüter nötig sein, um diese Aufgabe zu stemmen. Und wie ich gehört habe, sind deine Kräfte inzwischen deutlich stärker als noch vor ein paar Wochen.«

»Meine Herbstkräfte«, verbessere ich grimmig.

»Es ist eine Kombination aus beiden. Die Häuser sind sich ähnlich, was bedeutet, dass die Kräfte sich gegenseitig ergänzen. Für gewöhnlich haben Kinder von unterschiedlichen Häusern keinerlei Magie. Du scheinst eine Ausnahme zu sein.«

Ich schnaube. »Ich Glückliche.«

Er lächelt kurz, dann steht er auf und geht zur Tür. Kurz vorher dreht er sich noch einmal um und sieht mich an. »Ich werde dir nicht drohen, Bloom, du bist immerhin meine Enkeltochter. Aber noch einmal werde ich dir einen Verrat nicht verzeihen. Wir sind keine Herberge, in die du zurückkehren kannst, wann immer dir danach ist. Es wird Zeit, sich für eine Seite zu entscheiden.« Ohne auf meine Antwort zu warten, zieht er die Tür hinter sich zu.

Erschöpft lasse ich mich auf die Matratze fallen und drehe mich auf die Seite. Vor dem Fenster wird es bereits dunkel, trotzdem kann man den Schnee erkennen, der unaufhörlich vom Himmel rieselt. Wie soll ich mich für eine Seite entscheiden, wenn keine von ihnen im Recht ist? Ja, der Vanitas muss eingeleitet werden, aber mit einem vernünftigen Meister, der das Haus anführt und dafür sorgt, dass auf die Entstehung kein riesiges Massaker folgt. Grandpa hat recht, Kevo hat mir nichts davon erzählt, dass wir unsere Kräfte während des Vanitas verlieren. Aber das ist verhältnismäßig die kleinste Lüge, die er mir aufgetischt hat.

Solange Joseph das Amulett und den Vanitaskristall hat, werde ich ihnen nicht helfen. Das steht fest. Das Einfachste wäre wahrscheinlich, diese verdammte Jahreszeitenpolitik komplett abzuschaffen. Aber mir ist klar, dass das Wunschdenken ist. Mein Großvater hat sich so verächtlich über die Machtbesessenheit meines Vaters geäußert, dabei ist er genauso.

Während vor meinem Fenster die Nacht anbricht, liege ich auf dem Bett und starre ins Leere. Ich habe keine Kraft, aufzustehen und das Licht einzuschalten. Ich will auch nicht nach unten gehen und etwas essen, obwohl mein Magen inzwischen ziemlich energisch knurrt. Aber ich will niemandem begegnen. Weder meiner Familie noch neugierigen Angestellten, die sich fragen, ob ich mich nach meiner rebellischen Phase wieder eingekriegt habe.

Kevos Gesicht taucht in meinen Gedanken auf. Vielleicht ist es doch nicht so schlimm, wie es auf den ersten Blick den Anschein hat. Vielleicht gibt es doch mehr, was ich nicht weiß. Etwas, was sein Verhalten erklärt. Ich denke an die vielen Male, die wir uns geküsst haben. Denke an all die Momente, in denen er mich beschützt oder getröstet hat. An die Nacht, in der er mich im Arm gehalten hat und einfach nur da war.

Hätte ich es nicht bemerkt, wenn all das nur Teil eines Spiels war?

Meine Augen beginnen zu brennen, und ich drücke das Gesicht in mein Kissen. Ich werde nicht weinen, nicht schon wieder. Ich habe auf der Fahrt hierher genug Tränen für diesen verdammten Kerl vergossen. Am liebsten würde ich Emma anrufen, aber ich habe nicht daran gedacht, meine Mom nach einem neuen Handy zu fragen.

Irgendwann fallen mir die Augen zu. Während der Schnee und der Regen draußen leise gegen die Scheibe trommeln, stelle ich meine Gedanken ab und sinke in einen verdammt unruhigen Schlaf, voll von gebrochenen Herzen und gesichtslosen Feinden.

THE BATTLE OF KALINØYA

Ich erwache, als mich jemand an der Schulter packt und brutal schüttelt.

»Bloom!«

Die Stimme meiner Mutter dringt durch den Schlaf in mein Bewusstsein. Ich versuche, mich zur Seite zu drehen und weiterzuschlafen, aber keine Chance.

»Bloom, wach auf!«

Widerstrebend öffne ich die Augen und blicke in das ernste Gesicht meiner Mom. Schlagartig bin ich hellwach. »Was ist los?«

»Rebellen«, sagt sie matt und weicht zurück, als ich mich aufsetze. »Sie sind auf der Insel.«

Mein Gehirn hat noch damit zu kämpfen, die Information zu verarbeiten, doch gleichzeitig schwirren mir eine Million Fragen durch den Kopf. Während ich aufstehe und nach einer Jeans greife, sehe ich mich um. »Was wollen sie?«

Mom verschränkt die Arme vor der Brust. Sie ist vollständig angezogen. »Dich, würde ich sagen.«

»Verdammt.« Hastig steige ich in meine Turnschuhe. »Was ist der Plan?«

»Du versteckst dich in den Katakomben. Dein Großvater versucht, mit ihnen zu reden, aber alle sind alarmiert. Wenn sie nicht kooperieren, werden wir kämpfen.«

Ich schnaube. »Ich verstecke mich sicher nicht.«

»Bloom«, sagt sie eindringlich, kommt auf mich zu und packt mich an den Schultern, damit ich sie ansehe. Noch nie in meinem Leben habe ich sie so ernst erlebt. In ihren Augen stehen Angst und Sorge. Um mich. »In den letzten Wochen habe ich zweimal befürchtet, dich verloren zu haben. Ich habe mich mit dem Gedanken anfreunden müssen, dich vielleicht nicht wiederzusehen. Beide Male konnte ich nichts dagegen tun. Bitte erwarte nicht, dass ich zulasse, dass es ein drittes Mal geschieht. Das werde ich nicht tun.«

Als sie ausgeredet hat, greife ich nach ihren Händen und drücke sie. »Die Welt hat sich verändert seit Sanders Tod, Mom.« Ich muss schlucken und blinzle die Tränen weg. »Und ich habe mich mit ihr verändert. Ich werde kämpfen, und ich bitte dich nicht, es zuzulassen. Ich bitte dich, mich zu unterstützen. Ich bin nicht mehr das Mädchen, das am Rand steht. Dieses Mädchen hast du tatsächlich verloren.«

Ihre Lippen zittern, als sie mich an sich zieht und mich umarmt. »Es tut mir so leid«, flüstert sie in mein Haar. »Ich habe nie gewollt, dass das geschieht. Ich hätte es dir erzählen sollen, aber ich habe gehofft, dass du sorgenfrei leben kannst.«

»Ich weiß«, sage ich leise und löse mich sanft von ihr. »Und die Chancen standen gut, dass es klappt. Aber jetzt müssen wir damit umgehen. Wenn die Rebellen wegen mir hier sind, werde ich mich nicht im Keller verstecken.«

Sie lässt meine Hände los und verschränkt die Finger ineinander. »Ich habe keine aktiven Kräfte. Mit den Toten zu kommunizieren, wird dir wohl nicht helfen. Aber ich bin an deiner Seite.«

Ich lächle vorsichtig. »Ich weiß.«

Mit einem letzten Blick durch mein Zimmer, greife ich nach Moms Hand und reiße die Tür auf. Ich habe keine Ahnung, wie spät es ist, doch draußen ist es noch dunkel. Trotzdem herrscht ein enormer Lärm. Leute rennen durcheinander, rufen sich gegenseitig Anweisungen zu und stellen Fragen. Mom hat nicht gelogen, der gesamte Hof scheint auf den Beinen zu sein. Am Ende des Korridors erkenne ich Märtha, die mit einer weinenden Köchin an der Hand Richtung Katakomben verschwindet. Wenigstens hat jemand daran gedacht, das Personal in Sicherheit zu bringen.

»Wie viele sind es?«, frage ich, während ich meine Mom zu den Treppen ziehe.

»Wissen wir nicht. Sie sind mit Booten gekommen. Ich bin sofort los, um dich zu wecken.«

Im Laufen wecke ich meine Kraft. Inzwischen bin ich ziemlich gut darin, die Elemente zu channeln, auch wenn es vergleichsweise wenig Energie liefert. Für den Kampf brauche ich allerdings menschliche Energie. Unwillkürlich taucht Zaras lebloses Gesicht vor meinem inneren Auge auf, aber ich schiebe das Bild hastig beiseite. Mit diesem Problem beschäftige ich mich, wenn es so weit ist.

Wir haben fast die Treppe erreicht, da hören wir den ersten Knall. Ähnlich wie bei dem Haus in Göteborg habe ich das

Gefühl, das gesamte Gebäude würde erbeben. Stimmen dringen zu uns herüber, und das Chaos wird noch gewaltiger.

»Sieht so aus, als wollten sie nicht reden«, sage ich sarkastisch und werfe meiner Mutter einen Blick zu, den sie ängstlich erwidert.

Zwei Männer rennen an uns vorbei in die entgegengesetzte Richtung, dann ertönt ein weiterer Knall. Irgendwo zerbersten Fenster und Leute schreien.

Je weiter wir laufen, desto schwerer fällt es mir, meine Kraft aufrechtzuerhalten. Nach ein paar Metern beginne ich zu keuchen und werde langsamer. Was zum Teufel …?

»Was ist los?«, fragt Mom panisch, als meine Hand aus ihrer rutscht.

Ich stütze mich auf den Knien ab und versuche, zu Atem zu kommen. »Sie haben Barrieren errichtet«, erkläre ich mühsam. »Sie blockieren unsere Kräfte.«

Meine Mutter flucht sehr mutter-untypisch und greift nach meinem Arm, um ihn sich über ihre Schultern zu legen. Okay, Elemente channeln fällt schon mal flach. Bleibt hoffentlich noch die menschliche Energie.

»Vorsicht!«, schreie ich und springe zur Seite, als ich die Frau bemerke, die auf uns zurennt. Sie ist keine von uns. Von ihr geht eine Energie aus, die ich nicht recht deuten kann, ähnlich wie die, mit der der Rebell in Göteborg Elia und Joseph angegriffen hat. Kaum einen Meter vor uns bleibt sie stehen und verengt die Augen.

»Du.«

»Ja, ich«, erwidere ich und schiebe meine Mom hinter mich. Sie mag meine Mutter und deutlich älter sein als ich, aber sie hat keine aktiven Kräfte und auch keine Kampferfahrung. In dieser Konstellation muss ich diejenige sein, die vortritt. Hier gibt es keine Rücken, hinter denen ich mich verstecken könnte.

Die Frau öffnet den Mund, vermutlich, um nach Verstärkung zu rufen. Doch sie kommt nicht weit. Bevor sie auch nur einen Ton hervorbringt, springe ich vor und schlage ihr mit der Hand vor die Brust. Als hätte meine Kraft nur auf ihren Einsatz gewartet, fließt augenblicklich ihre Energie durch meinen Körper. Ich konzentriere mich auf die Angst um meine Mom und auf die Wut auf die Rebellen, schließe aber nicht die Augen. Stattdessen starre ich die Frau an, die mich fassungslos ansieht. Als sie in sich zusammensackt, ziehe ich die Hand zurück. Sie ist nicht tot, immerhin ein Fortschritt.

Beflügelt von der Energie drehe ich mich zu meiner Mom um, die die Hände vor den Mund geschlagen hat und mich mit weit aufgerissenen Augen beobachtet.

»Es geht ihr gut«, sage ich energisch und deute auf die Frau am Boden. »Sie ist nur k. o. Wir müssen weiter.«

»Wie hast du …?« Mom weicht einen Schritt zurück. »Ich dachte, deine Kräfte sind blockiert.«

»Bei Körperkontakt kann ich sie einsetzen«, erkläre ich knapp. »Komm schon, Mom, wir müssen Grandpa finden.«

Meine Mom macht nicht den Eindruck, als würde sie sich so schnell von diesem Schock erholen. Ein bisschen kann ich sie sogar verstehen. Man erlebt es wohl nicht sehr oft, dass die Tochter in die Welt hinausgeht und als übernatürliche Profikillerin zurückkommt.

Ungeduldig greife ich nach ihrer Hand und ziehe sie weiter. Wir passieren zwei Männer, die ineinander verkeilt über den Boden rollen. Man kann nicht wirklich erkennen, wer von beiden die Oberhand hat. Das Verwirrende daran ist allerdings, dass ich mich nicht entscheiden kann, wem von beiden ich den Sieg wünsche. Das hier ist ein Krieg, bei dem ich mir nicht sicher bin, auf welcher Seite ich kämpfe. In meiner Brust schlagen zwei Herzen – eines für meine Familie, das andere für die guten Rebellen. Die, die sich den Vanitas zurückwünschen und nach einer friedlichen Lösung streben. Es ist immerhin durchaus möglich, dass einige von ihnen gerade in den Winterhof eingebrochen sind.

Wir kommen an einem brennenden Sessel vorbei und rennen dann die Treppen in die Eingangshalle hinunter. Der große, einst herrschaftliche Raum gleicht einem Schlachtfeld. Gemälde sind von den Wänden gefallen, und der Kronleuchter liegt zersplittert und zerstört auf den Marmorfliesen. Mein Blick fällt auf eine reglose Gestalt in der Ecke, aber ich schaue besser nicht zu genau hin. Ich will nicht wissen, um wen es sich handelt. Nicht jetzt.

»Wo ist Grandpa?«, frage ich wütend.

Meine Mom zieht an meiner Hand und zwingt mich dazu, stehen zu bleiben. Als ich mich zu ihr umdrehe, bemerke ich, dass ihr Gesicht blass ist. Ihre Augen sind vor Angst weit aufgerissen, und sie atmet viel zu schnell.

»Hey, Mom«, sage ich beruhigend und lege ihr eine Hand auf die Schulter. »Alles gut, wir schaffen das, okay? Wir sind stark. Und das Haus ist voll mit guten Kämpfern.«

»Ich will dich aber nicht kämpfen sehen«, beschwört sie mich verzweifelt. »Ich will nicht zusehen, wie du all diese Dinge tust. Das habe ich nicht für dich gewollt.«

»Das weiß ich.«

Sie zieht mich zu sich. »Ich habe Angst, Bloom. Um mich, aber vor allem um dich.«

Ein wenig erinnert sie mich an mich selbst. Daran, wie ich vor ein paar Wochen noch war. Als ich aus meinem behüteten Zuhause in diese Welt geschubst wurde.

»Wir schaffen das«, sage ich noch einmal. »Wir müssen Großvater suchen. Wenn er mit den Rebellen reden will, werde ich dabei sein. Wir finden eine Lösung.«

»Wir sollten uns verstecken«, schlägt sie erneut vor. »Wenn sie dich nicht finden, verschwinden sie vielleicht wieder.«

Das wage ich zu bezweifeln. Wenn sie mich nicht finden, werden sie unter jeden verdammten Stein schauen und den Hof auseinandernehmen, wenn es nötig ist. Die Rebellen sind im Vorteil, solange sie unsere Kräfte blockieren. Ich muss herausfinden, wer dafür verantwortlich ist. Soweit ich weiß, ist nicht jedes Vanitasmitglied dazu in der Lage. Ich muss also nur denjenigen finden, der die Barrieren aufrechthält, und ihn ausschalten. Dann haben wir den Heimvorteil und können die Sache vielleicht doch noch friedlich regeln.

Aber das muss bald passieren. Je mehr Opfer es gibt, desto schwieriger wird eine gewaltfreie Lösung.

»Geh in die Katakomben«, sage ich eindringlich und sehe meiner Mom in die Augen. »Ich meine es ernst, geh runter und warte da auf mich.«

»Aber du …«

»Ich kann auf mich selbst aufpassen, Mom«, versuche ich, sie zu überzeugen. »Ich …«

Weiter komme ich nicht. In dem Moment, in dem ich kurz aufschaue, bemerke ich Elia. Er steht hinter uns am Rand der Eingangshalle und starrt hasserfüllt zu mir herüber. Das Blut gefriert mir in den Adern, und mein Herz stolpert ein paarmal schmerzhaft in meiner Brust.

Offensichtlich kann man mir meine Reaktion ziemlich deutlich ansehen, denn meine Mutter wird noch blasser und folgt meinem Blick. »Wer ist das?«

»Einer von den bösen Rebellen«, sage ich mit einem Knurren in der Stimme. Ich lasse Mom los und mache einen Schritt zur Seite, damit ich nicht mehr hinter ihr stehe. »Geh in die Katakomben, Mom.«

Sie strafft die Schultern. »Ich bin direkt neben dir.«

»Mom, bitte.«

Ich habe keine Zeit, weiter auf sie einzureden. Elia setzt sich in Bewegung und schlendert beinahe gelassen zu uns herüber. Dass dabei eine Fensterscheibe hinter ihm zerbirst, scheint er nicht einmal wahrzunehmen. Auch nicht die Schreie um ihn herum oder den Rauch einer Rauchbombe, die in einem der Korridore gezündet wurde und zu uns herüberweht. Er sieht aus wie der Teufel, der sich seinen Weg zu seinem nächsten Opfer bahnt.

Meine Hände ballen sich zu Fäusten, während ich ihn beobachte. Ich wusste nicht, wie sehr ich einen Menschen hassen kann, bis jetzt. Aber es ist einfacher, ihn zu hassen, ihn für alles verantwortlich zu machen, was passiert ist. Es befeuert meine Kräfte.

»Wir müssen damit aufhören, uns so über den Weg zu laufen«, sagt er lässig, sobald er in Hörweite ist. »Das wird allmählich zum Running Gag.«

Ich zucke nicht einmal mit der Wimper. In Wahrheit geht mir gerade der Arsch auf Grundeis, aber ich werde einen Teufel tun und mir etwas anmerken lassen. Diese Genugtuung gönne ich ihm nicht. »Wir sollten grundsätzlich aufhören, uns über den Weg zu laufen, wenn du mich fragst.«

»Weißt du?«, erwidert er und bleibt etwa zwei Meter vor mir stehen. »Als ich dich in dieser Wohnung von Anatoli gesehen habe, hätte ich nicht für möglich gehalten, dass du uns so viel Ärger bereitest. Du warst ein bemitleidenswertes Häufchen Elend. Kaum der Rede wert.«

»Es war ein Fehler, mich zu unterschätzen.«

»Sieht so aus.«

Ich hebe das Kinn und versuche, mich ein wenig größer zu machen, um beeindruckender zu wirken. Keine Ahnung, ob es funktioniert. »Was wollt ihr?«

»Dass du mit uns kommst«, sagt er so beiläufig, als wäre das ein ganz harmloser Vorschlag. »Komm mit, und wir ziehen uns zurück. Alle. Niemand muss verletzt werden.«

Ich schaffe es nicht, ein Schnauben zu unterdrücken. »Damit Joseph zum Meister des Vanitas wird und uns alle abschlachtet, sobald unsere Kräfte blockiert sind? Sicher nicht.« Die Überraschung in seinen Augen ist kaum zu übersehen. »Oh, hätte ich das nicht wissen sollen? Tut mir leid, niemand hat mich über die Regeln dieses Spiels aufgeklärt.«

»Du hast gar keine andere Wahl«, bellt er, ohne auf meine Worte einzugehen. »Wir können dich auch zwingen, mit uns zu kommen. Du machst es nur komplizierter und unnötig dramatisch.«

Automatisch stelle ich mich ein wenig aufrechter hin und verankere die Füße im Boden, um einen besseren Stand zu bekommen, so wie Kevo es mir gezeigt hat. Die Erinnerung an ihn versetzt mir einen kurzen schmerzhaften Stich, und ich schiebe sie energisch beiseite.

»Versucht es ruhig.«

Als wäre das sein Kommando gewesen, jagt er auf mich zu.

Dem ersten Schlag weiche ich aus, der zweite landet auf meiner Schulter. Der Schmerz ist heftig, aber im Moment nicht von Bedeutung. Egal, wie sehr ich es auch versuche, ich schaffe es nicht, ihm die Hand auf die Brust zu legen. Aber das muss ich auch nicht. Jedes Mal, wenn meine Haut seine berührt, selbst wenn er mich schlägt, überträgt sich ein wenig seiner Energie auf mich.

Nach dem dritten Schlag stolpert er zurück und starrt mich entsetzt an. »Was tust du da?«, keucht er.

Ein bösartiges Grinsen breitet sich auf meinem Gesicht aus, als mir klar wird, dass ich die Oberhand habe. Körperlich kann er mir nichts tun, ohne sich selbst zu schwächen, und wenn er aktive Kräfte besitzen würde, hätte er sie bereits gegen mich eingesetzt. Er ist machtlos.

Ich erkenne den Moment, in dem ihm bewusst wird, dass meine Kräfte nicht blockiert werden. Seine verwirrte Miene wird zu Wut, und ein Knurren dringt aus seinem Mund.

»Gar nicht mehr so bemitleidenswert, oder?«

Ein wütender Schrei dringt aus seiner Kehle, dann springt er vor. Er wirkt verzweifelt, aber Verzweiflung macht unvorsichtig. Gelassen weiche ich zur Seite aus und hätte am liebsten laut losgelacht, als er mich deutlich verfehlt. Ich schlage einen Haken und drehe mich um.

Viel zu spät bemerke ich meinen Fehler.

Zuerst höre ich nur ein Knacken. Ein lautes, widerliches Knacken, das mit Sicherheit noch jahrelang durch meinen Kopf hallen wird wie ein schreckliches Echo. Dann sehe ich Mom. Ihre Augen sind weit aufgerissen vor Schreck, ihre Haut immer noch blass vor Angst. Wie in Zeitlupe gleitet sie zu Boden. Als würde sich die Welt auf einmal langsamer drehen, sehe ich Elias

Hände von ihrem Hals rutschen, als mir klar wird, was er getan hat.

Wut, unbändige, alles vernichtende Wut explodiert in meiner Brust, genau an der Stelle, an der mein Herz gerade ein zweites Mal in Tausend Stücke bricht. Meine Sicht verschwimmt vor lauter Tränen, und meine Stimme scheint durch den ganzen Hof zu schallen, als ich aufschreie und auf Elia zurenne. Er steht genau hinter dem leblosen Körper meiner Mom, immer noch an der Stelle, an der er sie getötet hat. Meine Faust kracht so hart auf seine Brust, dass er nach hinten taumelt und fällt. Mit einem Krachen knallt sein Rücken auf die gesprungenen Marmorfliesen. Nicht den Bruchteil einer Sekunde verliert meine Hand den Kontakt zu seiner Brust, die Energie verlässt wie heiße Lava seinen Körper und stärkt meinen. Ich klettere auf seine Brust und halte ihn am Boden, während ich mehr nehme, immer mehr. Seine Augen sind weit aufgerissen, genau wie die meiner Mom. Aber anders als sie sieht er, was kommt. Er kann es fühlen, mit jeder Faser. Kann spüren, wie immer mehr Leben seinen Körper verlässt, wie der Tod näher rückt und seine kalte Hand neben meine legt, sich Zentimeter um Zentimeter um sein schwarzes Herz schlingt.

Ich wende nicht eine Sekunde den Blick von ihm ab. Während um uns herum das Chaos tobt, beiße ich die Zähne zusammen und beobachte Elia beim Sterben. Ich erkenne den Moment, in dem er den letzten Atemzug tut, spüre das letzte Heben und Senken seiner Brust. Fühle den letzten Herzschlag.

Als kein Leben mehr in ihm ist, springe ich auf, als hätte ich mich verbrannt. Noch immer strömen Tränen über mein Gesicht, ohne dass ich sie aufhalten kann. Ich falle neben meiner Mom auf die Knie und ziehe sie auf meinen Schoß. Ihr Körper ist warm, aber keine Luft dringt in ihre Lunge. Sie ist tot. Und ich habe keinen Anatoli, der sie zurück ins Leben holen kann.

»Es tut mir so leid«, schluchze ich und drücke sie an mich. »Es tut mir so leid, Mom, ich habe nicht aufgepasst. Ich hätte schneller sein müssen, ich hätte … Mom, bitte.«

Neben mir explodiert etwas, und ich zucke zurück. Widerstrebend sehe ich auf und bemerke eine Gruppe Rebellen auf mich zustürzen.

Ohne darüber nachzudenken, springe ich auf und komme ihnen entgegen. Der Erste taumelt zurück, als ihn meine Faust mit voller Wucht ins Gesicht trifft, der Zweite sackt zu Boden, als ich ihm das Knie zwischen die Beine ramme. Die anderen nehmen die Beine in die Hand und flüchten. Mit einem letzten Blick auf meine Mom drehe ich mich um und jage ihnen hinterher. Sie alle werden büßen. Sie werden dafür büßen, dass sie in mein Zuhause eingedrungen sind und meine Mom getötet haben.

Als ich durch die breiten Flügeltüren renne und den Hinterhof erreiche, bleibe ich stolpernd stehen. Ich nehme mir einen kurzen Moment und sehe mich um. Es raubt mir beinahe den Atem. Hunderte Leute, die miteinander kämpfen. Das da drinnen ist eine Schlacht, hier draußen ist der Krieg. Während die Kraft, die ich Elia entzogen habe, durch meinen Körper strömt, laufe ich zwischen den Kämpfenden hindurch, bis ich meinen Großvater finde. Er hat eine Platzwunde an der Stirn, und eine Stelle an seinem Kiefer ist angeschwollen. Ich habe ihn noch nie so lädiert gesehen.

Als er mich in der Menge entdeckt, kommt er mit ernstem Gesicht auf mich zu. »Wo bist du gewesen?«, fährt er mich an und packt mich hart am Oberarm.

Ich schluchze auf und muss mich einen Moment konzentrieren, um die Übelkeit zurückzudrängen. »Sie haben Mom getötet.«

»Was?«, schreit er. Der Griff um meinen Arm ist inzwischen so fest, dass es wehtut.

»Einer der Rebellen«, erkläre ich erstickt. Meine Stimme zittert. »Ich habe ihn getötet.«

»Wir müssen …«

Seine Stimme wird von einem Knall übertönt, der aus dem Inneren des Hauses kommt. Mein Großvater hebt den Kopf, und ich erkenne die Hilflosigkeit in seinem Blick. Mir wird klar, dass er genauso machtlos ist wie meine Mom. Er ist der Meister des Winterhauses, aber ich bin mir sicher, dass er noch nie in seinem Leben richtig kämpfen musste. Politik betreiben, Entscheidungen treffen, Bälle veranstalten, darin kennt er sich aus. Aber einen Krieg zu führen, ist etwas ganz anderes.

Plötzlich stockt er. Sein Gesicht wird leichenblass, und seine Augen weiten sich, als er etwas oder jemanden in der Menge entdeckt.

Mit klopfenden Herzen drehe ich mich um. Ich habe Angst vor dem, was ich dort sehe. Mein Shirt ist an der Schulter zerrissen, und etwas Warmes läuft meinen Arm hinunter, trotzdem spüre ich keinen Schmerz. Ich bin wie betäubt. Schlimmer kann es nicht mehr werden.

Aber natürlich stimmt das nicht. Als ich dem Blick meines Großvaters folge, entdecke ich ihn. Joseph, der zwischen den Kämpfenden steht und meinen Grandpa kalt und abschätzend mustert.

Nur ist es nicht mein Vater, der mein Herz für den Bruchteil einer Sekunde zum Stillstand bringt und mir das Gefühl gibt, der Boden würde unter meinen Füßen weggerissen.

Es ist der Junge, der neben ihm steht.

Kevo.

Ganz automatisch balle ich die Hände zu Fäusten und erwidere seinen Blick. Ich kann die Gefühle über die Entfernung hinweg in seinen Augen lesen, aber keines von ihnen berührt mein Herz. Ich habe es hinter einer dicken Mauer verschlossen, in dem Moment, in dem meine Mom gestorben ist. Zu oft wurde es bereits verletzt.

Ich spüre, wie Kevo in meinem Kopf einzudringen und mit mir zu sprechen versucht, doch dieses Mal schaffe ich es, ihn auszuschließen.

Meine Augen verengen sich zu Schlitzen, als ich ihn ansehe.

Kevo und ich stehen auf unterschiedlichen Seiten. Er hat seine gewählt und hat damit auch meine entschieden.

ENDE

LESEPROBE

»Die Hüter der fünf Jahreszeiten«
Band 2
The Truth in Your Touch
von Kim Nina Ocker
ISBN 978-3-473-58608-0

Um mich herum, auf dem Boden ausgestreckt und auf ihren Stühlen zusammengesackt, liegen Körper. Leblose, bewegungslose Körper.

Keuchend weiche ich zurück. »Was zur Hölle …?«, flüstere ich und stolpere noch weiter zurück, bis ich Äste in meinem Rücken spüre.

Hektisch sehe ich mich um. Schon wieder rollen mir Tränen über die Wangen, aber dieses Mal weiß ich nicht, ob ich aus Trauer, Wut oder Angst weine. Vermutlich eine Mischung aus allem zusammen.

Ich muss etwas tun. Ich kann nicht einfach nur hier herumstehen. Völlig überfordert steige ich über den Körper eines blonden Mannes und renne hinüber zu dem kleinen Altar, auf dem die Urne meiner Mom steht. Mit zitternden schwarzen Fingern berühre ich kurz das Holz. Es ist eiskalt, wie alles in diesen Tagen.

»Es tut mir leid«, flüstere ich mit einem leisen Schluchzen. »Es tut mir so leid. Ich wünschte, es wäre alles anders gelaufen. Ich hab dich lieb.«

Dann wirbele ich herum und renne, während ich versuche, auf niemanden zu treten. Ich wische mir die Tränen vom Gesicht und laufe so schnell durch den Wald, dass die Bäume um mich herum verschwimmen. Mir ist klar, dass das an der Energie liegt, die wie ein Orkan durch meinen Körper rauscht. Unter normalen Umständen wäre ich längst erschöpft zusammengebrochen oder gegen einen Baum geprallt.

Als ich die Klippen erreiche, bleibe ich schlitternd stehen. Mein Puls rauscht mir in den Ohren, als ich mich aufrichte und auf den Fjord hinausblicke. Grandpa hatte recht – das sonst so unruhige, unberechenbare Wasser ist komplett zugefroren. Die kalte Wintersonne spiegelt sich auf seiner Oberfläche, und Nebel kriecht vom Festland zu uns herüber. Ein total unwirkliches Bild, das mir einen Schauer über den Rücken jagt. Etwas so Unbändiges, Ursprüngliches sollte nicht so still und tot daliegen.

Trotzdem. So gruselig der zugefrorene Fjord auch aussieht, er ist meine einzige Chance. Es ist nur eine Frage der Zeit, bis sie nach mir suchen. Auf der Insel zu bleiben, ist keine Option. Nicht mehr lange, dann wird der Machtrausch nachlassen, und darauf folgt zwangsläufig die Erschöpfung. Bis dahin muss ich in Sicherheit sein, irgendwo, wo sie mich nicht finden können.

Überfordert blicke ich mich um. Vor mir endet der Weg in Steinklippen, die viel zu scharfkantig und zu steil sind, um daran hinunterzuklettern. Normalerweise befinden sich auch im Wasser spitze, aus dem Boden ragende Felsen, weshalb uns als Kinder eingetrichtert wurde, hier niemals ins Wasser zu gehen.

Natürlich könnte ich an der Küste bis zu den Bootsanlegern entlanglaufen, von denen aus man den zugefrorenen Fjord leichter erreichen kann. Allerdings bin ich mir ziemlich sicher, dass sie dort Wache halten.

Ich kneife die Augen ein wenig zusammen und mustere die Eisfläche unter mir. Sie sieht stabil aus, und es sind höchstens drei, vielleicht vier Meter. Als ich in Oslo aus dem Apartment der Rebellen sprang, war die Entfernung deutlich größer. Allerdings landete ich damals auch auf festem Boden und nicht auf einer Eisschicht, die möglicherweise unter mir zusammenbrechen wird.

Aber habe ich eine Wahl?

Energisch ersticke ich die Stimme in meinem Kopf, die mich hysterisch anschreit und mir klar machen will, dass das hier eine ziemlich bescheuerte Idee ist. Womit sie – wenn ich ehrlich bin – nicht ganz unrecht hat. Bei meinem Glück würde ich einbrechen und in dem verdammten Fjord erfrieren. Und *das* wäre ein wirklich erbärmliches Ende.

Bevor ich es mir doch noch anders überlegen kann, hole ich tief Luft, dann halte ich den Atem an und springe. Wobei, *springen* ist vielleicht das falsche Wort, vielmehr mache ich einen großen Schritt über den Rand der Klippe. Unwillkürlich breite ich die Arme aus und beginne, mit ihnen zu rudern, während mein Körper in die Tiefe fällt. Der Schrei, der sich in meiner Kehle zusammenbraut, wird von der vorbeirauschenden Luft und dem Schlagen meines Herzens übertönt. Es dauert nur ein paar Sekunden, fühlt sich aber an wie Stunden. Als ich hart mit den Füßen auf dem Eis aufkomme, federe ich mich so gut wie möglich mit den Knien ab, stolpere aber trotzdem ein paar Schritte vorwärts. Sobald ich das Gleichgewicht wiedergefunden habe, halte ich inne und lausche. Nichts zu hören – kein knackendes Eis oder Rufe, die von der Insel aus zu mir herüberwehen. Die Welt ist still.

Ich werfe einen letzten Blick zurück, zu meinem Zuhause, dann wirble ich herum und renne. Kaum zwei Meter von mir entfernt baut sich eine dichte Nebelwand auf. Ich kann nichts erkennen, habe keine Ahnung, ob ich überhaupt in die richtige Richtung laufe. Ich höre nichts außer meinem rasselnden Atem und dem schmatzenden Geräusch meiner Schuhe, die auf das Eis treffen. Beim Rennen versuche ich verzweifelt, mich zu orientieren, aber keine Chance. Um mich herum ist nur dichter Nebel, Schneeflocken, die mir der Wind ins Gesicht peitscht, und Eis. Der Schnee verschluckt alle Geräusche. Wenn ich Pech habe, renne ich tatsächlich in die falsche Richtung und lande an der Landzunge gegenüber von Oslo. Dort wäre ich zwar auch sicherer als hier, aber ich kenne mich dort nicht aus. Ich brauche eine vertraute Umgebung, ich brauche einen Plan.

Keine Ahnung, wie lange ich inzwischen schon renne. Zeit scheint hier draußen keine Rolle zu spielen, und es gibt keinerlei Anhaltspunkte, an denen ich mich orientieren könnte. Ich weiß, dass ich dank der Macht in meinem Innern schneller bin als gewöhnlich. Vielleicht bin ich bereits mehrere Kilometer weit gekommen, vielleicht renne ich aber auch über den Fjord geradewegs aufs offene Meer hinaus. Der Oslofjord mündet nach knapp hundert Kilometern in die Nordsee. Keine Ahnung, ob ich das schaffen würde. Meine Macht ist immer noch ein unbekannter Teil von mir, und wenn ich ehrlich bin, weiß ich nicht, wozu ich wirklich fähig bin.